À tous ceux qui rêvent…

Carte de Linaria

Réalisée par Mathieu Garcia

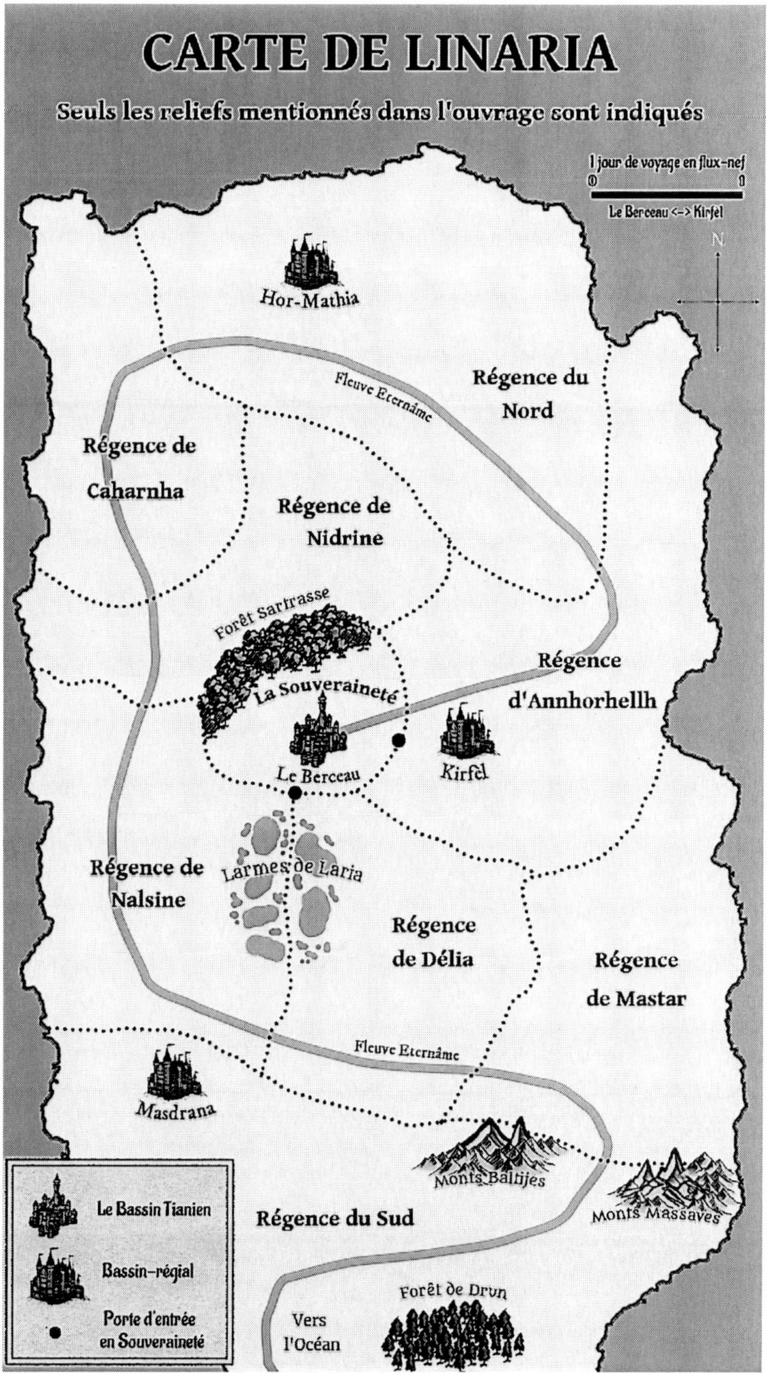

Prologue

« Je ne regrette rien. Encore aujourd'hui, même après tout ce qui s'est passé, je suis fière de ce que j'ai accompli. Je n'ai toujours désiré que le bien. Le monde a changé et j'ai changé avec lui. La vie ne sera plus jamais comme avant. Des écarts et discordances subsisteront, non par ma faute, mais parce qu'il en avait été décidé ainsi, bien avant ma naissance.

Malgré mon envie d'améliorer les conditions de vie de chacun, aucune n'était d'accord avec moi. Vous savez très bien de qui je veux parler. Elles me traitaient d'insensée, d'utopique, et je les ai même entendues murmurer que j'étais folle. Je ne les ai jamais comprises, mais qui y parviendrait ? La vie qu'elles mènent, bien différente de la mienne, de la vôtre, n'a fait que les isoler davantage. À travers leur bulle, elles ne peuvent agir comme j'en ai le pouvoir. Elles ne savent pas ce que c'est que de vivre ici-bas, comme je l'ai fait et comme vous le faites, vous.

Survivre ne signifie rien pour elles. Comment peuvent-elles saisir ce qu'est la vie ? Ce qu'est l'essence même de tout ce qui est et de tout ce qui sera ? J'aurais aimé les convaincre afin que les choses évoluent. Ma détermination sans faille les ébranlera ! Vous verrez, j'arriverai à mes fins. Je ne sais où me mèneront mes recherches. Trouverai-je la mort ou me transformerai-je ? Parviendrai-je à les persuader, même après tous nos désaccords ? M'aideront-elles ou me perdront-elles ?

Une chose est néanmoins certaine : moi et moi seule vous sauverai. Je vous le promets, sur ma vie. »

Cela constitua le dernier discours de Laria en tant qu'humaine. Des mots d'une mégalomane insensible et d'un tyran en devenir.

Chapitre 12 – Partie 4 : Laria, nouvelle déesse, de Pourquoi le monde
par Irani Destia, historien grède, sacre 400

Chapitre 1

La porte pivota sur ses gonds. Un grincement crispant se répercuta dans toute la salle, suivi par un écho terrifiant. Personne ne sembla s'en inquiéter. À cette heure tardive, peu de croyants foulaient encore les marches du bâtiment. L'obscurité avait enveloppé la petite Lariane. Le peu de lumière qui s'infiltrait suffisait à éclairer le sol dallé. Les rares fenêtres ouvragées invitaient les rayons de la nuit à dessiner des figures lumineuses sur les murs.

Une ombre passa dans l'ouverture et s'avança avec légèreté. Une longue cape noire tombait sur ses épaules et une capuche lui recouvrait le visage. La forme marcha doucement en suivant le chemin qui bordait les rangées de sièges, avant de s'arrêter devant la représentation de la déesse Bleue. La déesse Laria, resplendissante avec ses bras levés en signe de victoire, sa robe flottant autour de son corps gracieux et ses yeux révoltés, affichait un visage fier, figé à jamais dans le temps. L'inconnu mit un genou à terre et murmura quelques mots en ancien langage afin que la déesse l'aidât et le protégeât.

Alors qu'il méditait paisiblement, l'inconnu perçut des bruits de pas. Tous ses sens se mirent en éveil. Rapidement, il se leva et se cacha derrière des tabourets de bois. Un Larien venait de pénétrer dans la nef centrale. Reconnaissable grâce à son costume blanc aux reflets bleus, il marmonnait et s'avançait vers la porte, restée grande ouverte. Des images de Lauroires, cérémonies durant lesquelles des Lariens s'adressaient à la déesse Laria, s'affichèrent dans l'esprit de l'inconnu, dont les lèvres se retroussèrent de nostalgie. Ces festivités simples de la vie quotidienne lui manquaient.

— Qui est l'inconscient qui a laissé cette porte ouverte ? Il fait si froid, rouspéta le Larien en grelottant.

Sa tenue légère et traditionnelle, habituellement accompagnée d'une cape en fourrure pour supporter la bleue-verre, la saison la plus glaciale, traînait nonchalamment sur le sol. L'inconnu remarqua également l'absence de la ceinture en cuir sacrée, du collier et des broches que les Lariens adoraient exposer. L'homme ne paraissait pas se préoccuper de sa prestance, alors que les Larianes pouvaient accueillir des fidèles à tout instant. L'inconnu décida de se montrer, attiré par ce Larien atypique.

— Qui êtes-vous ? Que voulez-vous ? s'écria le Larien en apercevant la forme noire sortir de l'obscurité.

L'inconnu l'entendit murmurer des paroles saintes, utilisées pour éloigner les mauvais esprits. Cela le perturba ; personne ne l'avait jamais accueilli avec autant de froideur. Le Larien hésita devant l'immobilité du visiteur avant de s'approcher, l'air interrogateur. La peur quitta son regard, remplacée par une générosité émouvante. L'inconnu se plongea dans ces yeux bienveillants.

— Je viens demander refuge, chuchota l'ombre.

Le Larien dut tendre l'oreille pour que la voix fluette lui parvînt. La sensibilité et la fébrilité qui émanaient de l'inconnu l'étonnèrent. Son corps se détendit instinctivement.

— Pourquoi vous aiderais-je ? demanda-t-il. En ces temps obscurs, vous vous doutez bien que nous sommes surveillés. Nous ne pouvons malheureusement accueillir tous ceux qui en auraient besoin.

L'inconnu ôta soudain sa capuche. Le Larien découvrit, bouche bée, un ravissant visage de jeune femme aux cheveux bleus. Bleus comme ceux de la déesse Laria, symbole distinctif de la descendance tianienne. Le Larien referma la bouche, impoliment restée entrouverte, et agita fébrilement la tête et les bras.

— Suivez-moi.

Le Larien avait agi avec son cœur. Il savait que la jeune femme vivait des instants difficiles, son cas illustrait régulièrement les lettres et journaux du royaume. Pourtant, il ne croyait pas les rumeurs ou les dires de ses ennemis. La déesse Laria ne répandait qu'amour. Les Lariens, détenteurs de la parole sacrée, se devaient de répandre la bonne parole quand la déesse se montrait absente.

La jeune femme replaça sa capuche et suivit l'homme sans dire un mot. Sa réaction l'avait rassurée. Il l'aiderait. Tous deux passèrent devant le portrait de la déesse puis prirent un couloir sur le côté, faiblement éclairé par des torches disséminées le long des murs. Les flammes, sources de faible chaleur, réconfortèrent par leur douce lueur. Le Larien observa à la dérobée celle qui marchait à ses côtés. Sa cape et capuche cachaient ses traits. Seule une mèche bleue reflétait le feu des torches.

Ses confrères n'auraient sans doute pas aidé la jeune femme, l'autorité les effrayait. Le Larien avait confiance en la déesse et ses décisions. Jamais il ne l'aurait trahie. Malgré sa foi, un doute perça son esprit, insufflé par une peur perfide qui s'insinuait doucement en lui.

— Personne ne vous a vue entrer, mon enfant ? questionna-t-il.

— Non, Gardien. J'ai fui mes poursuivants. Je ne serais jamais venue en sachant que je pourrais vous mettre en danger.

— Bien sûr.

En silence, ils poursuivirent leur chemin, quand un bruit sourd leur parvint. Le Larien s'immobilisa et tressaillit. Il connaissait par cœur le son caractéristique de la vieille porte qui s'ouvrait. La jeune femme lui lança un regard troublé par l'angoisse, et lui intima de continuer leur route en lui tirant les mains. L'homme ne bougea pas. L'oreille tendue, le Larien comprit qu'un danger approchait. L'intrus n'avait pas fermé la porte, comme la jeune femme avant lui. Cependant, cette fois-ci, des sons sinistres de sièges renversés, d'objets métalliques percutant les dalles, et de rires gras envahissaient la Lariane.

Le Larien trembla ; une goutte de sueur atteignit son œil, qui papillota sous la surprise.

— Gardien ! Je…

Une voix forte et grave interrompit la jeune femme.

— Trouvez-la, et tuez-la ! Je ne veux aucun témoin !

— Pitié, Gardien, avancez !

La jeune femme implora le Larien. Elle avait reconnu l'homme sans cœur qui avait prononcé ces paroles de mort. Alors qu'elle avait pensé l'avoir semé, il l'avait retrouvée. Encore. Le Larien restait étrangement immobile. Il fixait la jeune femme avec détermination. Il avait décidé de la sauver, de lui donner du temps, au péril de sa propre vie. La déesse l'accueillerait en son sein avec fierté.

— Continuez par ce couloir puis prenez celui de droite, lui ordonna-t-il. Là, vous trouverez un passage. Il vous mènera vers la sortie qui se situe non loin des dortoirs. Courez et ne vous arrêtez pas, je ferai diversion.

La jeune femme hésita. Elle ne pouvait accepter qu'une autre personne se sacrifiât pour elle. Chaque vie importait, aucune ne méritait de tels actes héroïques. Remarquant son malaise, le Larien lui prit les mains et la regarda intensément. Son regard déterminé et empli d'amour fit flancher la jeune femme. Elle baissa la tête, résignée, et répondit à l'étreinte de son sauveur.

— Que le bleu de l'Océan vous submerge, lui dit-elle, la voix brisée.

— Qu'Il vous éloigne des côtes aux sommets tranchants…

La jeune femme quitta son hôte à regret, retenant avec peine ses larmes de couler. Le Larien se dirigea vers la nef et disparut. Elle se mit à courir. Ses mouvements irréguliers et sa respiration saccadée, accentués par un épuisement général, l'empêchaient d'avancer avec aisance. Ses pouvoirs bridés ne pouvaient soutenir ses muscles ou protéger qui que ce soit. La magicienne déchue ne s'était jamais sentie aussi inutile. S'appuyer sur ses capacités magiques lui avait fait dénigrer la pratique sportive.

Elle le regrettait aujourd'hui. Le Larien savait pour ses pouvoirs ; son état pathétique avait noirci les pages des lettres les plus sarcastiques du royaume, au plus grand plaisir de ses adversaires. L'homme courageux avait compris qu'il ne pouvait compter que sur lui-même. Il avait choisi. Il l'avait sauvée. Une larme coula le long de la joue de la jeune femme.

Après quelques secondes de course, un hurlement terrible rebondit sur les murs. Le dernier cri de son sauveur avait résonné jusqu'à ses oreilles. L'intensité, la douleur et la brièveté de ce hurlement avaient atteint la jeune femme tel un coup de poignard. Elle s'arrêta, tremblante de fatigue et de désespoir. Les vieilles pierres amplifiaient les sons ; des bruits de pas et de rires pathétiques résonnaient, des sons sinistres que la fugitive aurait aimé ne plus jamais entendre. Déterminée à échapper à ces monstres, elle se redressa et reprit sa course, le souffle court.

Ses yeux rivés sur la direction à prendre, elle ne remarqua pas le petit rocher qui la fit trébucher. La jeune femme tomba lourdement sur le sol, son genou s'ouvrit ; son pantalon fin rapiécé n'avait pu supporter le choc. Le sang s'étala, formant une flaque luisante sur les dalles. Le sol inégal avait eu raison de son visage, sur lequel des entailles rosissaient. La fugitive essaya de se relever, en vain. Supporter la douleur n'avait jamais fait partie de ses priorités, la faute à une vie bien réglée et aisée, toujours à l'abri du moindre danger. Jusqu'à ces derniers jours. Des explosions terribles enflèrent dans son esprit, s'étendant depuis ses blessures, frôlant son âme désespérée et meurtrie, et s'agglomérant en boules d'angoisse dans son estomac. Sa vue se troubla, ses membres se raidirent et la panique la gagna.

Les flammes des torches attirèrent son regard ; la jeune femme se perdit dans leur contemplation. Son passé, son présent et son avenir incertain se brouillèrent. Alors qu'elle songeait à ses enfants, elle sentit une présence. Dans un dernier effort pour défier la mort en face, elle se retourna et l'aperçut. Un soldat de la garde tianienne bandait son arc. Ses yeux sombres et son visage fermé n'affichaient que de la haine. Il tira une flèche. La jeune femme abaissa ses paupières.

— Comment... ?

La rescapée rouvrit les yeux. La flèche ne se trouvait pas plantée en elle, comme elle s'y attendait, mais s'était retournée contre son propriétaire qui gisait à présent sur le sol, figé dans une interrogation éternelle. Du sang dégoulinait de ses lèvres. La rescapée sourit et rit comme une démente. Elle ne comprenait rien mais savourait cette victoire inattendue. D'autres soldats approchèrent. Elle ne les entendait plus, tout son être avait migré dans une autre dimension, entre folie et désespoir.

Soudain, du sang émergea de sa gorge. Sa bouche, empêtrée dans une hilarité délirante, se contracta pour délivrer des sons gutturaux peu gracieux. La jeune femme vomit du liquide rouge, manquant de s'étouffer. À bout de forces, elle tomba sur le sol. Sa cape s'éparpilla sur les côtés ; ses courbes fines et ses membres menus, amaigris par la faim et la fuite, se dévoilèrent.

Les soldats approchèrent. La jeune femme ne réagissait plus, sa tunique bleutée, déchirée en toutes parts, affichait une plaie béante au niveau du nombril, comme si une flèche l'avait transpercé. Ils se regardèrent, surpris et ravis. La mort, habituée à faucher des corps depuis l'aube des temps, ne tarderait pas à se montrer. Les soldats avaient accompli leur tâche. Leur chef se montra et vint se poser de sorte à examiner la jeune femme avec attention. Elle ouvrit une dernière fois les yeux. L'image d'un sourire ironique, et la sensation d'un membre dur sur sa peau resteraient à jamais gravées dans son esprit qui s'éteignait.

***

Sacre 1410, levée d'Iliath, jour 32 – Dans la nuit – Château tianien

Via se réveilla en sursaut dans sa chambre. Elle posa une main sur son front et s'aperçut qu'il était brûlant. Ses cheveux collaient à son front luisant de transpiration et sa respiration restait irrégulière. Elle tremblait encore, bien que les images sombres s'atténuassent. D'expérience, elle savait que ces scènes oniriques resurgiraient dans la journée. Cela l'angoissait ; un cercle vicieux malaisant l'empêchait de calmer ses peurs. Tout son être s'agitait de soubresauts.

Ses terribles cauchemars s'accumulaient, nuit après nuit, dans la douleur. Via craignait que ces images funestes lui annoncent un futur ravagé, dominé par la mort. Pire que des incertitudes sur son avenir, ces visions lui rappelaient d'horribles souvenirs.

Elle-même possédait des cheveux azur, marque de la déesse Laria, comme sa mère avant elle, morte depuis bientôt un sacre. Anciennement mariée à Falor-la-Laria-Tiane, dirigeant suprême du royaume de Linaria, sa mère, Énévive, ensoleillait la vie de tous ceux qu'elle croisait. Une vie idyllique, une souveraine affectueuse, jusqu'à ce qu'une ombre envahît son cœur et son âme.

Via peinait à effacer cette terrible journée de sa mémoire, imprégnée du signe de la trahison. La jeune fille s'efforçait de regarder vers l'avant, pour oublier qu'elle portait le prénom d'une femme désormais honni par tous. Le diminutif qu'elle avait choisi lui convenait mieux. Son père, Falor, le Tiane, avait également décidé d'avancer, il s'était remarié sans plus attendre. Chacun gérait son deuil à sa manière. Son frère et sa sœur semblaient, quant à eux, ne plus se rappeler leur mère défunte.

Encore un peu chamboulée, la jeune fille se leva. Via prit les rideaux de velours bleu dans l'une de ses mains, quand l'autre s'activait à ouvrir sa fenêtre. Le firmament renvoyait encore des éclats sombres mais de légères éclaircies perçaient l'horizon. Les anneaux luminescents verts de la planète Arcaria allaient bientôt se confondre dans le bleu lumineux du ciel. Le jour ne tarderait pas à se lever. Une bise rafraîchissante atteignit la jeune fille. Le silence, à peine perturbé par les agitations des fontaines qui entouraient l'allée centrale menant au palais, la détendit. Elle resta immobile, les yeux fermés, jusqu'à ce que son front sèche. Quelques frissons la secouèrent et l'éloignèrent de la fenêtre.

Via préférait éviter de se rendormir après un tel rêve. Elle alluma une bougie et se dirigea vers son armoire. Contrairement à sa grande sœur Loria, qui possédait une multitude de robes et adorait en porter, la jeune aelrelna se sentait plus à l'aise en pantalon. La majorité de ses vêtements prenait peu de place, sa bibliothèque avait pu envahir tout l'espace disponible. La faible lumière émise par la chandelle lui permettait à peine de discerner leurs différentes couleurs. Elle choisit un pantalon fin, un chemisier noir ainsi qu'un gilet sur lequel ressortait un ciel étoilé brodé. Prenant ses chaussures à la main et vérifiant à la hâte que les couleurs de ses habits s'accordaient, la jeune femme s'isola derrière un paravent pour s'habiller.

— Aelrelna, avez-vous besoin d'aide pour vous préparer ?

— Non, merci.

Nandra, une servante dévouée et bien réveillée, attendait derrière la porte de la chambre. Via l'oubliait fréquemment. La discrétion de la jeune domestique était telle qu'elle passait inaperçue la plupart du temps, tout en accomplissant ses tâches à la perfection. Elle ne parlait pas beaucoup et les conversations badines ne l'intéressaient guère. Via s'était habituée à ce mutisme et ne s'adressait à elle qu'en cas d'extrême nécessité. Nandra avait dû entendre les cris de Via, une fois encore. Comme les dernières nuits, elle ne l'importunerait pas à ce propos. Via lui en savait gré.

— Je voudrais descendre pour petit-déjeuner, chuchota l'aelrelna tout en ouvrant la porte.

Nandra acquiesça, récupéra sa propre bougie et avança, suivie de Via. Même s'il était encore un peu tôt pour petit-déjeuner, la servante avait appris à ne pas se formaliser des drôles d'habitudes des membres de la famille humaine régnante. Nandra obéissait sans réfléchir.

Les cris de la jeune fille l'avaient fait sursauter. Superstitieuse et froussarde, la jeune domestique psalmodiait souvent en espérant ainsi se protéger des mauvais sorts. Les visites nocturnes qui hantaient Via lui apparaissaient comme un signe néfaste. Dès que son emploi du temps le lui permettrait, elle comptait tout raconter à la reine, sa maîtresse. Cela ne pouvait plus durer. Ses cernes alourdis et sa santé mentale en pâtissaient.

Via avait faim après ces abominables aventures oniriques. Elle descendait l'escalier d'un pas pressé, en direction de la petite salle à manger, uniquement réservée au cercle restreint de la famille dirigeante. Nandra et Via entrèrent ; les servants avaient déjà dressé le petit-déjeuner, ce qui rassura l'estomac moribond de l'aelrelna. La domestique se hâta d'allumer les bougies pendant que Via s'installait. La jeune fille commença par se préparer quelques tartines sucrées, puis se servit du lait, sous l'attention d'une Nandra protectrice, assise dans l'obscurité. Le pichet fragile et délicat pesa dans la main de la jeune fille. Son anse en forme de nageoire, assortie à des décorations d'éclats d'eau, alourdissait la cruche.

Le silence réconforta l'aelrelna, apaisant ses craintes et permettant à son cœur palpitant de se calmer. Ses yeux dérivèrent discrètement sur les gardes postés aux différentes sorties de la pièce, tous harnachés et prêts à combattre, effrayants dans leurs tuniques bleu foncé et droits comme des piquets. Via les enviait presque. Avoir la capacité et l'obligation de se concentrer et veiller, attentifs pendant des heures, ne laissait pas le temps de cauchemarder. Ni de dormir.

Les murs de la pièce, couverts de tapisseries représentant des scènes de batailles, attirèrent son regard. Son père, un grand guerrier, adorait séjourner dans un lieu où son talent pour le combat pouvait rayonner. Le rouge revenait souvent sur les tableaux et décorations du palais. Cette couleur rendait mal à l'aise certaines femmes de la demeure qui ne supportaient pas la violence. Via avait toujours regardé ces peintures avec indifférence. Elle ne s'attardait jamais longtemps dans cette pièce, celle qui affichait le plus de toiles sanglantes, préférant habituellement petit-déjeuner seule dans sa chambre. Ce matin-là, pourtant, elle ne souhaitait pas s'attarder plus que de raison sur les lieux de son dernier cauchemar.

Absorbée par ses mastications, Via fixait les flammes des bougies. Les lustres immenses ne s'allumeraient par magie qu'au petit matin, suite aux restrictions amenées par la reine Héléna. Ses origines sudistes entravaient le fonctionnement du palais ; des lubies exaspérantes pour certains, des idées avant-gardistes pour d'autres. Les traditions du Sud préconisaient des économies de magie, des principes que la reine Cassiopée entendait bien étendre à tout le royaume. Si sa nièce y parvenait grâce à son statut, ses colporteurs éviteraient de perdre leur temps. Via appréciait ce changement. Elle goûtait aux mouvements orangés qui ondulaient dans le vent, aux morceaux de cire qui tombaient par moments, aux élancements brûlants qui la frôlaient de temps en temps et à cette obscurité qui s'installait.

Un claquement sec la détourna de ces visions hypnotiques. Via émit un hoquet de frayeur avant de détourner la tête vers l'origine du son. Une étrange boîte noire étincelait sur l'une des tables voisines, à peine visible dans l'ombre. La jeune fille tressaillit, cette sombre couleur annonçait un présage aussi mauvais que celui de son rêve. Via abandonna ses tartines pour observer les alentours un instant, persuadée qu'un autre membre de la famille s'était levé bien avant elle et qu'elle ne l'avait pas vu. Seul le silence lui répondit.

Un autre claquement retentit dans l'air. Via jeta un coup d'œil rapide à Nandra, ainsi qu'aux gardes impassibles. Ils n'avaient apparemment rien remarqué. « Bizarre », pensa-t-elle. Elle reporta son attention sur l'artefact énigmatique.

L'objet paraissait vivant. Il ondulait comme s'il possédait une âme. La crainte de l'aelrelna ne fit que s'amplifier quand émana un rayon de lumière du carré noir. Tel un signal, la boîte se pétrifia alors pour ne plus bouger. Interloquée, Via n'entendit plus les plaintes de son estomac, se leva et s'approcha de la table voisine, marchant doucement. La chose ressemblait maintenant à une pierre et, tout à sa curiosité et fascination, l'envie de la prendre dans ses mains devint de plus en plus forte.

— Aelrelna, tout va bien ? Avez-vous besoin de quelque chose ? demanda Nandra, un sourcil froncé.

— Euh, tout va bien. Une crampe. Je m'étire un peu, éluda Via, soulagée d'avoir trouvé une excuse aussi plausible.

Nandra retourna calmement à ses méditations, les yeux à demi-clos. Via savait la domestique superstitieuse ; lui révéler qu'un objet obscur, qu'elle ne pouvait percevoir, se mouvait comme un être vivant, l'aurait effrayée. Ses instincts protecteurs auraient surtout empêché Via d'en approcher. L'objet appelait la jeune fille d'une voix suave, ne s'adressant qu'à elle en répétant inlassablement son prénom : « Via… Via… ». L'aelrelna souhaitait ardemment toucher l'objet, s'imprégner de la puissance qui s'en dégageait. La force attractive qui s'insinuait en elle la perturbait ; elle contrait aisément tous les avertissements prodigués sur des pratiques encore inconnues pour elle. Même si son instinct s'appliquait à attribuer à l'artefact des attraits ténébreux, elle n'en avait aucune certitude. Les nombreux trous dans ses connaissances l'agaçaient.

Trop jeune encore, Via n'avait pas été initiée aux secrets de la magie. Son empressement à s'en servir se révélait chaque jour grandissant. Sa vie n'aurait plus la même saveur ; de nouvelles portes s'ouvriraient à elle. De nombreuses tâches quotidiennes gagneraient également en intérêt avec l'aide de nouveaux sortilèges. Allumer une bougie, repriser un vêtement, laver ses cheveux... La maladresse de Via à se brûler et se couper agaçait son père, qui espérait que l'usage de la magie l'amènerait à moins d'incidents fâcheux.

L'aelrelna approchait des dix-huit sacres, âge où ses pouvoirs se révélaient à peine. Encore incontrôlables, ces derniers pouvaient s'avérer dangereux. Un professeur lui enseignerait bientôt comment les utiliser et comment les contrôler. Pendant deux sacres, elle suivrait des cours intensifs et s'entraînerait pour atteindre le niveau d'Adepte de la magie. Sa sœur Loria venait tout juste d'atteindre ce degré. Sa fierté et condescendance résonnaient dans tout le château à chaque heure de la journée. Elle s'impatientait de recevoir son titre. Leur frère Ystar, l'aelrelne suprême de la couronne du royaume dépassait, quant à lui, l'âge adulte des vingt-trois sacres. Il en jouait, se montrant d'une prétention agaçante, concurrençant Loria. Dans quelques jours, une cérémonie le proclamerait officiellement héritier du trône. Son excitation puérile exaspérait tous les habitants du domaine, obligés de supporter son comportement inapproprié sans pouvoir le réprimander.

Via deviendrait Disciple de la magie une fois ses prochains examens réussis. Son premier cycle d'études, débuté à ses huit sacres, se terminait. Il lui avait apporté des connaissances scientifiques, une maîtrise en écriture magique et une méthodologie de travail. Ce cycle de dix sacres se clôturait par une célébration durant laquelle un nouveau précepteur se présentait à l'étudiant pour l'accompagner les deux sacres suivants. Les trois derniers sacres d'études s'appelaient « Spécialité ». Via y choisirait sa profession, à condition que ses résultats dans la matière choisie l'y autorisent. Elle entrerait ainsi dans la vie active à l'âge adulte, un métier déjà éprouvé en main.

À son grand regret, la jeune fille ne savait quelle profession exercer. Cependant, continuer de vivre au palais demeurait exclu, tant cela la répugnait. Tout y transpirait la vanité. Sa belle-mère Héléna, tout comme sa sœur Loria, semblait née pour vivre dans le luxe ; elles ne le cachaient absolument pas, peu soucieuses du moindre sujet qui ne les concernait pas. Du même âge qu'Ystar, la frivole Héléna ne songeait qu'à s'amuser et profiter. Via préférait dépenser le plus clair de son temps libre en apprentissage et lectures dans sa bibliothèque personnelle. Elle s'y sentait plus sereine, tranquille.

Via s'aperçut que le Soleil Talel-Ama, plus communément appelé l'Étoile Talel-Ama, se levait, suivi de près par sa partenaire, l'Étoile Rouge, surnommée l'Étoile Mijé-Timèn. Elle jeta un dernier regard à la boîte noire et décida de s'en écarter prudemment. Cela lui avait demandé de déployer des forces qu'elle n'aurait cru posséder, ainsi qu'une volonté de fer. L'image du

Tiane l'avait aidée à reculer. Enfant, elle avait déçu son père pour avoir été trop curieuse. Le prix payé restait gravé dans sa chair. Frustrée, elle se mordit les lèvres. « Je ferai tout de même des recherches », pensa-t-elle. Sa soif de connaissance ne savait s'apaiser.

Perdue dans ses pensées et de nouveau assise en face de ses tartines, la jeune fille prit le temps de les déguster tout en laissant ses yeux fixer l'aurore montante. Spectacle d'autant plus magnifique que la baie vitrée se situait à l'endroit précis où les deux astres apparaissaient. De sa chambre, elle ne possédait pas une aussi belle vue. Cette danse de lumière l'empêchait de s'intéresser aux appels qui provenaient de la boîte noire.

— Bonjour Via.

— Bonjour Ystar, répondit la jeune femme en essayant de maîtriser son corps qui tremblait de peur.

Son frère l'avait effrayée, tous ses poils s'étaient hérissés. Ystar maîtrisait la magie à la perfection. En tant qu'héritier suprême, il n'avait pas l'obligation de se spécialiser dans une forme de magie plutôt qu'une autre. Il pouvait tout apprendre, jusqu'à une certaine limite définie par le corps et le mental. Ystar s'était approprié toutes les connaissances magiques possibles, au grand désarroi de son père qui s'inquiétait de la montée en puissance de son fils, capable d'emmagasiner nombre de connaissances avec un talent rare et inattendu. Le jeune garçon avait ainsi développé le don d'apparaître et de réapparaître partout, où il le souhaitait et quand il le voulait, capacité notamment enseignée à quelques rares personnes triées sur le volet, comme les espions ou les envoyés tianiens haut gradés.

La respiration de Via se faisait encore haletante lorsque son frère reprit la parole. Elle leva les yeux et l'observa. Habillé comme à son habitude, il ressemblait davantage à un artiste des rues qu'à un futur dirigeant. Sa veste de velours lui tombait à la taille et sa chemise bouffante l'aidait, disait-il, à paraître mince et sportif. Ses cheveux sombres, sans aucune touche bleutée, créaient des émois ; les détracteurs prétextaient que la déesse Laria n'accordait pas ses dons à la gent masculine et, pire encore, que l'aelrelne devait ainsi abandonner son titre. Ystar, outré, n'accompagnait plus sa famille aux cérémonies religieuses. De cette façon, il croyait indiquer à tous ses ennemis combien ces accusations sans fondement le rendaient furieux. Le Tiane trouvait cette stratégie déplorable, allant plutôt en faveur des opposants. Dénué d'une intelligence certaine, Ystar n'agissait pas toujours de manière logique. Pourtant, l'aelrelne avait su apprendre et maîtriser une quantité incroyable de pouvoirs, jamais observée jusqu'alors. Même sa mère, connue pour avoir été une magicienne de génie, n'avait pu accéder à ce niveau. Falor n'aurait jamais imaginé un seul instant que son fils devienne aussi puissant. Il avait complètement perdu le contrôle.

— Tu t'es levée tôt à ce que je vois, fit Ystar.

Via perçut du mépris et un étonnement sincère dans sa voix. Il ne s'attendait pas du tout à la trouver ici. La jeune fille reprit possession de son corps et le fixa d'un air las. Elle essayait de ne pas lui dévoiler ses émotions pour lui assener une réplique aussi acerbe que la sienne.

— Toujours aussi perspicace à ce que je vois.

Les lèvres de l'aelrelne se plissèrent en un sourire mesquin. Son rire viscéral parvint jusqu'aux oreilles de la jeune fille. Ystar ne semblait pas aussi sûr de lui malgré son allure décontractée. Cet éclat caractéristique témoignait de son malaise. Placé devant la table voisine, le corps de son frère lui cachait l'objet noir qui l'avait intriguée plus tôt. L'artefact ne l'appelait plus, redevenu muet. « La boîte lui appartient-elle ? », se questionna Via. Ystar possédait toutes les connaissances requises pour se fabriquer ou se procurer ce genre d'artefacts. Via tordit légèrement le cou, espérant apercevoir l'objet en question. Le jeune homme, qui avait observé son manège, finit par se retourner pour se poster dos à sa sœur.

— À plus tard, lança-t-il avant de disparaître comme il était arrivé, sans un bruit.

L'objet s'était envolé avec lui. La jeune fille fronça les sourcils. Ystar leur cachait quelque chose. Son mauvais pressentiment à propos de la boîte noire ne l'abandonnait pas. Prévenir sa famille la tentait, même si la discussion la ridiculiserait sans doute. Il se pouvait qu'elle se trompât complètement sur l'objet, qui l'avait pourtant appelée par son prénom. Si ce dernier constituait un talisman bienfaisant ou l'un des sujets d'étude triviaux de son frère, Via aurait inquiété inutilement ses proches. Elle avait hâte de pouvoir explorer toutes les pistes, de se plonger pour cela dans ses livres.

À l'arrivée d'Ystar, Nandra avait sursauté, comme tous les gardes. Via pouvait encore les voir trembloter. Une goutte de sueur coulait sur le menton de l'un d'entre eux. Les habitants du palais n'aimaient pas Ystar. Sa capacité à se transfluer à volonté effrayait et empêchait ses servants de le suivre là où il se rendait. Leur père cherchait activement une manière pratique de protéger son fils tout en le surveillant discrètement. Cela lui donnait du fil à retordre.

Lasse de ne pouvoir répondre à ses interrogations, Via décida de remonter dans sa chambre, suivie par l'impassible Nandra. Elle choisit un livre avant de s'asseoir dans son fauteuil fétiche. Lire allait lui changer les idées.

L'ouvrage d'Histoire racontait la vie de la déesse Laria ; des sacres jalonnés de nombreuses péripéties, notamment celles aboutissant à l'amélioration des espèces peuplant le royaume de Linaria. Via le connaissait presque par cœur. Laria l'avait bénie dès sa naissance, lui procurant de magnifiques cheveux bleus. Depuis des générations, sa famille appartenait au cercle restreint des protégés de la déesse. Ils devaient assumer leurs responsabilités et régner sur Linaria, comme l'avait fait Laria du temps de son parcours en dehors de la sphère céleste, alors qu'elle n'était qu'une simple humaine parmi tant d'autres.

La déesse avait toujours été son héroïne, son modèle, celle vers qui se dirigeaient naturellement toutes ses prières, ses questionnements et ses doutes. Via adorait les Lauroires, cérémonies lors desquelles elle s'adonnait à celle qui lui avait donné son statut semi-divin, ainsi que ce bleu si caractéristique, qui lui avait procuré le pouvoir d'être crainte par le peuple, tout en étant vénérée. La jeune fille ne comprenait pas certains courants de pensée, qui n'acceptaient pas que Laria soit la seule, l'unique ; paroles insensées que certains Elfes perpétraient dès qu'ils le pouvaient, s'inventant de nombreuses autres divinités sans aucun sens. La déesse représentait tout ce qui vivait en Linaria. Ses bénédictions, distribuées sans aucune discrimination, voyageaient vers ses enfants sur le dos des vagues de l'Océan ; de l'eau salée pour le berceau des Larmes de Laria.

Depuis l'apparition de ses cauchemars, Via se sentait néanmoins trahie par sa protectrice. Ses pensées se divisaient, comme si certains de ses souvenirs s'altéraient à cause de parasites extérieurs. Cela perturbait Via qui ne savait comment remédier à sa foi meurtrie. Une partie d'elle-même se méfiait de la bienveillance de la déesse. Dans ses cauchemars, la déesse Laria semblait permettre que l'on traquât impunément l'une de ses enfants bénies, laissée sans protection ni pouvoirs. Via s'identifiait à cette inconnue en cape, et souffrait quand celle-ci agonisait. L'aelrelna fut secouée de frissons quand des images fugaces de son cauchemar réapparurent dans son esprit. « Pensons à autre chose », s'encouragea-t-elle.

La jeune fille parcourut les pages du livre, inspirant pour que l'odeur du parchemin ancien la troublât, et s'imprégnant du bout des doigts des reliefs dessinés par l'encre noire. À son grand regret, elle ne put se concentrer bien longtemps. En plus des rappels incessants de son dernier cauchemar, l'image de la boîte noire lui revenait en tête. Via désirait ardemment comprendre. Questionner ou espionner son frère s'avérait néanmoins impossible, ou du moins très risqué, compte tenu de ses récentes aptitudes. « Transfluer à volonté est vraiment malfaisant », pensa-t-elle. Pénétrer dans la bibliothèque magique lui était également impossible, tant qu'elle ne contrôlait pas ses pouvoirs. La frustration la gagna.

S'exhortant au calme, elle laissa son regard se poser sur les premières lignes constituant le prologue du livre. Son cœur se calma, comme les pérégrinations de son esprit fatigué. Via s'arrêta de lire quelques instants pour entamer, en pensée, une prière à sa protectrice. Elle lui demanda de bien vouloir lui envoyer toutes les solutions à ses multiples questions. Un souffle chaud lui caressa le menton, en réponse à ses interrogations muettes.

Chapitre 2

« Le genre linarien n'a pas sa pareille pour créer de nouveaux systèmes politiques et hiérarchiques. Avant même l'ère Bleue, les frontières changeaient sans cesse et les dirigeants se succédaient à un rythme effréné, mourant à tour de bras, conquête après conquête. Laria, que son âme nous submerge, a su créer un système à son image tout en pacifiant les régions frontalières et dissidentes. Les Elfes, les Nains, les Grèdes, et les autres ne savent que difficilement oublier leurs conflits personnels pour penser au bien commun. La séparation du royaume en plusieurs domaines bien définis a aidé la fin des guerres et l'acceptation d'une cohabitation précaire. Le racisme ambiant ne semble pourtant pas avoir pris fin.

Le dirigeant du pays, l'aimé de Laria et son représentant divin, Falor-la-Laria-Tiane, est respecté de tous les régents du royaume. Bien qu'humain, la population l'apprécie pour sa justesse et parcimonie. L'héritier suprême, l'aelrelne Ystar, sera bientôt proclamé officiellement comme le digne successeur de son père, même si cette décision ne semble pas convenir à tout le monde.

Laria n'a pas béni son descendant. Le bleu caractéristique ne se présente que sur ses vêtements et non ses cheveux ou son corps, comme à l'accoutumée. Des attentats ont déjà été perpétrés sur les lieux de la future cérémonie, bien vite mis à néant par la garde tianienne, toujours aussi efficace et surentraînée. « Les lieux sont bien défendus et aucune future attaque ne pourra s'y dérouler », a récemment proclamé le Tiane. « Les invités seront protégés et tout se passera pour le mieux. Laria a évidemment béni mon fils à la naissance. Les cheveux bleus ne sont pas la seule émanation de son amour, voilà tout. », nous a-t-il confié, toujours aussi furieux quant aux menaces qui pèsent sur son fils adoré. Il désire démontrer à la population la légitimité de son fils grâce à l'aide des hauts-magiciens, les Gardiens de la paix. Ils examineront l'héritier avec attention et en appelleront à Laria pour prouver sa dignité à régner.

Le verdict sera bientôt annoncé. Préparez-vous ! »

Reportage de Aël Madane, chroniqueur pour la
lettre *Linaria à tout va !*, sacre 1410

***

Sacre 1410, levée d'Iliath, jour 32 – Le matin – Château tianien

Quelques heures plus tard, le château commença à s'agiter. Les domestiques avaient encombré les cuisines pour y prendre leur petit-déjeuner et discutaient bon train de la cérémonie à venir, ainsi que de la venue des hauts-magiciens. La lettre *Linaria à tout va !* traînait sur l'une des tables. De nombreuses messes basses avaient débuté après qu'un commis eut lu le reportage sur la famille gouvernante. Certains s'angoissaient quand d'autres se réjouissaient. Le royaume ne vivait pas ses premières manifestations ni ses premiers rassemblements contre le pouvoir. Pourtant, ces derniers se densifiaient. Bien au contraire, la défaite subie récemment ne dissuadait en rien les meneurs qui désiraient voir Ystar tomber.

— Au boulot ! hurla un grand barbu aux lèvres plissées en un rictus assassin. Arrêtez de brailler ou j'en vire !

Le silence s'installa d'un seul coup. Tari, le chef des domestiques, avait la réputation de ne pas exagérer. Tous se remirent au travail. Sa forte carrure lui seyait à merveille et sa réputation de combattant avait dépassé les frontières du pays. Les parieurs tenaient là l'un de leur meilleur soldat et s'en vantaient souvent lors des soirs de mêlée. Sa force de caractère permettait aux dirigeants de vivre en paix dans un environnement sain. Il ne supportait pas les messes basses, des comportements malvenus généralement synonymes de trahison. Avec le temps, ou plutôt l'expérience, la paranoïa s'était emparée de lui.

Il approcha de la table où reposait le journal, et posa un œil curieux sur les grands titres. Il se hâta de jeter la lettre à la poubelle, après un soupir. Des souvenirs d'antan se rappelèrent à lui. Il se remémorait l'époque où la vie au château s'avérait bien plus paisible, quand sa reine préférée, que l'on désignait auparavant sous le terme de Masda-Tiana, venait saluer tout le monde de son plus beau sourire. Elle considérait chacun comme un être à part entière. Elle connaissait le prénom de tout le monde et n'oubliait pas de les remercier ou de prendre de leurs nouvelles. Tari avait été amoureux d'Énévive, comme nombre de domestiques, cette reine au sang chaud et à l'allure majestueuse. Il n'avait jamais cru aux accusations de trahison portées à son encontre et l'avait soutenue jusqu'au bout, malgré des preuves accablantes. Persuadé d'un coup monté contre celle qu'il vénérait plus que tout, il avait failli perdre sa place.

Cette époque paisible était malheureusement révolue. La venue d'Héléna au pouvoir avait radicalement changé la donne. Nombre des amis de Tari avaient quitté le château, afin d'éviter l'atmosphère morose qui s'y installait. La majorité des domestiques avait dû rester au service de cette nouvelle reine, plus préoccupée de choisir de nouveaux vêtements que de rechercher des solutions capables de résoudre les problèmes de son peuple. Tari avait décidé de tenir bon, en l'honneur de sa reine perdue, pour que sa réputation ne fût pas entachée à l'intérieur des murs du palais tianien. Quant à l'extérieur, il espérait que la population finît par changer d'avis, et que le prénom d'Énévive reprît la véritable place qu'il méritait.

Tari comprenait parfaitement les craintes et les angoisses de ses subalternes. Il se trouvait même en adéquation avec la plupart d'entre eux. Les gardes avaient été doublés et la surveillance accrue, le Tiane avait prétexté vouloir éviter de nouveaux cas « Énévive ». Pourtant, Tari s'accordait à cette vision d'ordre. Ce travail lui plaisait également. Il lui donnait un statut d'importance qui le rendait fier. Diriger une équipe au sein du palais tianien comblait ses rêves les plus fous, malgré tous les problèmes que cela engendrait. Il ne pouvait de toute manière pas partir. Sa famille comptait trop sur lui. Fuir signifierait abolir tous les privilèges accordés à ses proches. Comment ferait sa fille sans ses jolies robes, son fils sans ses cours de musique, ou sa femme sans de quoi impressionner la galerie ?

Sortant des cuisines, il entendit un hurlement reconnaissable entre tous. Loria devait martyriser l'une de ses suivantes, ou se disputer avec son frère ou sa sœur. Quand sa reine favorite dirigeait encore le pays, cette jeune insolente restait à sa place. Tari accéléra le pas. Il ne parvenait pas à regarder au loin, vers l'avenir, le passé se rappelait constamment à lui. Sa femme le sermonnait souvent à ce propos, agacée d'apercevoir dans les yeux de son aimé les images d'un monde révolu, ainsi que des sentiments envers une reine traîtresse déchue.

Tari secoua la tête pour dissiper ses tristes réflexions. Le présent avait besoin de lui. L'arrivée des hauts-magiciens approchait à grands pas, leurs suites manquaient encore d'entretien et de draps propres. En plus de ce cirque, le château nécessitait des soins particuliers pour la cérémonie d'Ystar. Deux évènements majeurs dont le patron avait la charge et pour lesquels il n'arrêtait pas de courir à droite et à gauche.

Des serviteurs chargés d'habiller Leurs Majestés passèrent précipitamment à côté de Tari, manquant de le faire tomber à la renverse. Leur chef ne se priva pas de les insulter de tous les noms avant de lever les yeux au ciel. Désireux de satisfaire les envies extravagantes de Loria et d'Héléna, les domestiques ne savaient plus où donner de la tête. Comme tous les matins. La robe jaune ou la bleue ? La tiare avec dix pétales ou celle avec vingt ? Les talons de dix centimètres ou ceux de quatorze ? Ces préoccupations l'enquiquinaient. Il tourna à l'angle d'un couloir et se dirigea vers sa prochaine mission, profitant des baies vitrées pour jeter un œil au-dehors.

À l'extérieur, les jardiniers avaient commencé à tailler quelques haies quand d'autres domestiques, un panier à la main, récupéraient les fruits que le verger leur avait donnés. Alors en plein cœur de la période chaude, les arbres fruitiers jouaient les célébrités en montrant à tous les passants leurs plus belles couleurs, quand les oiseaux s'amusaient à chanter pour les oreilles charmées des visiteurs. Toute à sa lecture, Via n'entendait pas, ou ignorait volontairement, les agitations perpétuelles qui secouaient la maison, comme les cris de sa sœur aînée, ou les courses désespérées des serviteurs.

Totalement absorbée par ce qu'elle lisait, elle ne s'aperçut pas que quelqu'un frappait à la porte de sa chambre.

Une Loria énervée ouvrit sans que sa sœur lui en donnât la permission. Dans son fauteuil, Via affichait une colère terrible. Elle ne supportait pas les libertés que prenait sa grande sœur à son égard.

Nandra afficha une mine d'excuse dans l'embrasure de la porte. La suivante n'avait pas réussi à lutter contre l'insistance de Loria. Via lui jeta un regard noir, bien qu'elle comprît les difficultés des employés de la demeure à gérer une intrigante aussi effrontée que sa sœur aînée. Nandra décida de s'effacer promptement pour éviter le courroux de Via. L'apaisement de la jeune fille venait de voler en éclats. « Merci sœurette de me gâcher ce moment de répit », s'énerva-t-elle intérieurement avant de se lever, puis de poser son livre sur sa table de chevet.

Loria fixait les vêtements de sa sœur d'un air peu approbateur, presque dégoûté.

— Via, mais qu'es...

— Laisse-moi tranquille, la coupa Via.

La plus jeune aelrelna savait très bien pourquoi sa grande sœur avait choisi de la déranger. Dans quelques heures, une importante délégation foulerait le sol du palais. Loria, plus alarmée que jamais, et pressée de montrer à tous à quel point elle savait se montrer belle et raffinée, paniquait à l'idée que de puissantes instances l'approchent. Quand elle stressait, elle adorait martyriser Via, dont les réactions cocasses lui changeaient les idées.

Cachée dans l'ombre de la jeune femme, Via aperçut Nata, une jeune servante à la peau pâle, assignée exclusivement à Loria. Via la plaignait grandement. Elle la salua de la main, ignorant le regard malveillant de sa sœur qui ne souhaitait pas que de simples domestiques, surtout les siens, fussent pris en considération.

— Tu as intérêt à te préparer, la reine nous attend en bas. Il semblerait qu'elle ait des choses importantes à nous dire, minauda-t-elle. Enlève-moi ce pantalon ridicule, tu vas faire peur à nos invités ! dit-elle après une légère pause.

Loria resta encore quelques instants à inspecter l'intérieur de la chambre avec dédain, s'appuyant de tout son poids sur le montant de la porte pour que tous assistassent à la représentation. Elle riait bêtement, satisfaite d'irriter Via dont les gestes désespérés pour tenter de fermer sa porte ne faisaient qu'augmenter son hilarité. Sa petite sœur abandonna et examina sa grande sœur d'un œil incisif. La taille de Loria incarnait la plus fine des fleurs, et son visage ressemblait à celui d'une poupée. Belle à l'extérieur mais laide à l'intérieur. Ses cheveux bleus surélevés en une coiffure des plus sophistiquée, parsemée de pétales de fleurs fraîches, devaient peser une tonne. Via n'aimait pas ce que portait sa sœur : sa robe vert pâle la mettait trop ouvertement en valeur, son abondante poitrine tressautait à chacune de ses respirations de sorte que tous les regards convergeassent vers elle.

— Tu es resplendissante, se força à dire Via, espérant apaiser sa sœur et la faire déguerpir au plus vite.

— Évidemment, lâcha la perfide sur un ton hautain, tout en s'éventant de sa main. Il fait chaud chez toi. Nata, mon éventail, ordonna-t-elle.

La servante se pencha en avant dans une courte révérence et partit en courant vers la chambre de sa maîtresse. Elle revint essoufflée avec un bel objet ornementé, à la dentelle fine et délicate. Loria devint rouge en le reconnaissant. Via craignit le pire. Sa grande sœur piquait souvent de terribles colères.

— Je t'avais demandé de quoi m'éventer ! De quoi m'éventer ! hurla Loria. Tu me ramènes le cadeau de mon prétendant numéro sept. Tu sais à quel point j'y tiens et combien il est précieux à mes yeux ! Tous les autres auraient fait l'affaire. Tu es une véritable incapable !

Loria récupéra son artefact et leva sa main libre. La gifle partit vite, avec violence. Nata se retrouva au sol, à se tenir la joue, toute recroquevillée dans l'entrée de l'antre de Via. La petite ne pleurait pas et ne laissait rien paraître. Loria y aurait trouvé une raison supplémentaire de la frapper derechef. Nata l'avait appris à ses dépens. Nandra, qui n'avait pas quitté son poste, aida la suivante à se relever et lui tamponna la peau avec douceur.

— Dégage d'ici ! s'écria Via, à bout.

Loria afficha un air faussement surpris, et reprit sa place sur le montant en bois, tout en pointant son cadeau précieux vers la poitrine de Via.

— Tu n'as pas d'ordre à me donner, s'exclama-t-elle avec arrogance. Dépêche-toi de nous retrouver en bas. La reine n'attend pas, continua Loria alors qu'elle commençait à tourner les talons, gardant un pied dans l'embrasure pour que la porte ne lui claquât pas au nez. J'ai un peu faim, reprit-elle, alors je te quitte volontiers sans que la décision vienne de toi.

Loria examina Via avec répugnance.

— Mets une robe. C'est le protocole, lui cracha-t-elle à la figure avant de s'éloigner à reculons, suivie par une Nata impassible.

La jeune méprisante gardait un regard assassin et une expression meurtrière. Via ne se sentit pas bien. Des nausées lui torturèrent le bas du ventre, et sa tête la lança. La haine profonde qu'elle ressentait la rendait malade. Loria recula sans baisser les yeux, son rictus mauvais sur les lèvres, jusqu'au-devant de l'escalier. Elle prit Nata par le bras et obligea cette dernière à descendre la première, devant elle, pour l'annoncer en cuisines. « Quelle garce », pensa Via, excédée par ce comportement puéril. Nandra approcha de Via et lui prit la main pour la tranquilliser. Quand les pas de la diablesse ne firent plus aucun bruit dans les escaliers, Via respira de nouveau normalement. Nandra ferma la porte de sa chambre pour lui laisser le temps de se préparer en paix, lui promettant que personne d'autre ne viendrait l'embêter avant qu'elle fût prête.

Sa sœur s'apparentait à un véritable monstre. Leur père serait déçu s'il la percevait ainsi dans son élément naturel, méconnaissable, transformée en une bête sans cœur et sans pitié. Héléna n'avait malheureusement pas l'autorité de leur défunte génitrice pour que les folies de Loria se heurtassent à des barrières infranchissables.

Via détestait le protocole et toutes les stupidités qui allaient avec. Pourtant, elle s'approcha de son armoire pour en sortir une robe blanche aux reflets azur, parcourue de fleurs violettes et bleu foncé. Elle n'avait que peu porté cette tenue. La dernière solennité lors de laquelle elle avait dû se vêtir de la sorte commençait à dater. Via se coiffa rapidement, laissant pendre ses cheveux de manière naturelle, et ne se maquilla pas. Même insignifiants, ces manquements aux règles lui permettaient de se rebeller à sa façon, sans violence. Le fait qu'elle n'eût aucune suivante personnelle attitrée la différenciait également des autres femmes de la maison qui, en plus de Nandra, possédait plusieurs autres domestiques prêtes à tout pour satisfaire leurs moindres désirs. Ne pas se coiffer ni se maquiller pendant des heures lui évitait d'y avoir recours.

Via regrettait amèrement que son père ne l'autorise pas à fermer sa chambre à clé, ou à l'aide d'un sortilège magique. Cela lui éviterait bien des tourments. Le Tiane préférait savoir la chambre de ses enfants facilement accessibles, au cas où des problèmes surviendraient. Des gardes postés aux extrémités surveillaient les alentours et interdisaient à toutes personnes non autorisées d'y pénétrer. À son sens, la protection de ses enfants l'emportait sur le reste. Il avait cependant oublié leur intimité, et les disputes entre frère et sœurs. Via s'arrêta là dans ses grognements intérieurs. Elle ouvrit la porte et inspira longuement pour se donner du courage.

***

La réunion familiale débuta sans aucun problème majeur. Ystar arriva en retard, comme à son habitude, et effraya tout le monde. Via commençait à s'habituer à ces surgissements intempestifs : elle se maîtrisait mieux quand il apparaissait à l'improviste. Ce qui n'était pas du tout le cas de la reine Héléna, leur belle-mère, enceinte de trois levées. Son frère n'avait décidément aucun scrupule. Le silence envahit la salle pour que la reine se détendît. Après quelques secondes, ses traits s'apaisèrent enfin, illuminant son visage fin. La grossesse la sublimait.

La reine commença par deviser étiquette, protocole et autres contrariétés qui ne concernaient vraisemblablement pas ses beaux-enfants. Loria rêvassait. Via l'imita dès qu'il fut fait état du repas de bienvenue des invités, et du détail des différents plats. La reine continuait de déblatérer, ignorant l'ennui de son public. Elle fixait dans les yeux chacun de ces jeunes gens tour à tour, quand ils daignaient la regarder. Ces derniers acquiesçaient sagement à tout sans rouspéter, peu leur importait s'ils comprenaient ce qu'ils approuvaient ou non.

— J'attends de vous une tenue irréprochable ces prochains jours. Nous représentons le royaume, continua-t-elle sur un ton ferme. Il n'y aura pas d'apparitions intempestives, est-ce bien clair ? demanda-t-elle en se penchant vers Ystar qui se pinça les lèvres, plus amusé qu'irrité. Quant à toi, ma chère Énévive... Via, pardon...

Via grimaça quand la reine prononça son prénom complet. Elle n'aimait plus être appelée ainsi. La nouvelle reine le savait pourtant très bien. La jeune fille soupçonnait Héléna de veiller à lui rappeler le chemin de sa traîtresse de génitrice. Des menaces à peine voilées. Loria souriait bêtement, la réunion s'animait enfin !

— ... je ne veux pas que tu sortes visiter ton amie Lémy et ce, jusqu'à nouvel ordre, reprit la reine après un léger silence gêné. Sa présence, ainsi que celle de sa famille, a été autorisée à la cérémonie de couronnement. Cela est bien suffisant pour le moment, au vu de tous les problèmes qu'ils nous causent.

Son amie Lémy, princesse et héritière du royaume elfique voisin, manquait à Via. Depuis plusieurs levées, elles ne se voyaient presque plus mais continuaient de s'écrire régulièrement. Chez les Elfes, la femme détenait le sang royal et engrangeait tous les pouvoirs. Lémy, en tant que future reine, avait droit à des leçons que Via lui enviait. Quand elles se retrouvaient, elles s'entraînaient à l'épée, à la lance et à l'arc, ce qu'Héléna et son mari autorisaient partiellement. La déesse Laria avait été une combattante en son temps. Ainsi, cet enseignement complémentaire à l'éducation magique de leur fille ne pouvait être que bénéfique. Cependant, les humains, comme la famille de Via, n'appréciaient que peu les Elfes, qui le leur rendaient bien. Leurs relations, bien que pacifiques, s'avéraient houleuses. Le racisme ambiant commençait à prendre des proportions inquiétantes. Pire encore, des conflits internes au sein de la famille de Lémy malmenaient la paix du royaume, le Tiane espérait y mettre fin prochainement.

— Nous recevons des magiciens, de surcroît les plus puissants que Linaria ait jamais connus. Je ne veux donc pas que tu ailles batifoler avec... des personnes peu recommandables. Ai-je bien été claire ? réclama Héléna à Via, qui hocha précipitamment la tête, furibonde.

Via n'appréciait pas tellement sa belle-mère, même si celle-ci ne l'embêtait pas autant que Loria. Son père devait y être pour quelque chose. Plus laxiste, le Tiane aimait à voir sa fille s'épanouir à sa manière. Via savait qu'elle ne pouvait néanmoins agir comme elle le souhaitait en dehors du palais ; rendre simplement visite à ses amis s'avérait difficile. La jeune fille se sentait emprisonnée, prise au piège. Lémy travaillait sur des moyens efficaces pour détecter les espions de ses parents. Via espérait qu'elle y parviendrait bientôt. Les perceptions sensorielles développées de son amie pouvaient s'avérer utiles. La cérémonie approchait, elles pourraient enfin se revoir et en discuter.

— Dans une demi-heure je veux tous vous voir devant la porte principale, déclara la reine en se levant. Réunion terminée.

Le salon s'emplit soudain du raclement des chaises que chacun traînait sur le sol. La reine s'éloigna rapidement, suivie par une Loria de nouveau en pleine forme et bavarde. Ystar disparut, s'évaporant juste devant Via dont les poils se hérissèrent.

À côté de Loria, qui effrayait par sa brutalité, Ystar pouvait s'avérer plus sournois et bien plus malin, quand sa stupidité se dissipait au profit de sa méchanceté. Il ne paraissait à Via que plus sombre et plus démoniaque au fil des sacres. L'artefact étrange aperçu ce matin n'arrangeait rien. La jeune fille tressaillit. De terribles images des cauchemars de cette nuit lui revinrent en mémoire.

Le corps de la jeune femme commença à trembler. Des frissons parcoururent toutes les parcelles de sa peau. Via ne parvenait pas à oublier cette scène inquiétante, lors de laquelle l'héroïne de son rêve subissait les pires maux. La prescience des songes l'inquiétait. Ses traits et ceux de la femme de son rêve se mélangeaient.

— ... aelrelna ?

— Euh, pardon ?

Via n'avait pas entendu le domestique approcher. Ce dernier la regardait d'un air désolé. Elle ne connaissait même pas son prénom. Cela la perturba. Sa mère se débrouillait mieux qu'elle, aucun nom ne lui avait jamais échappé. La tunique rouge du serviteur indiquait son niveau dans la grande pyramide des domestiques. Ce statut lui permettait d'opérer seul ou de s'adresser à la famille tianienne sans la présence d'aucun autre interlocuteur. Les gardes qui l'entouraient fixaient également la jeune femme, qui piqua un fard.

— Je vous demandais de bien vouloir quitter cette salle, aelrelna. La reine m'a ordonné de nettoyer cette pièce.

— Oh, bien sûr. Pardonnez-moi.

La jeune fille baissa la tête et s'éclipsa. Via décida de se rendre directement devant la porte principale afin de guetter l'arrivée des invités. Nandra, qui l'avait attendue dans le couloir, l'accompagna sans broncher, préférant rester auprès de Via plutôt que sous la domination agressive de Loria. « Surveiller les enfants tianiens de sexe féminin » constituait un titre assez vague pour décrire ses responsabilités. Nandra en profitait. Quand son supérieur Tari l'avait quelque peu sermonnée à ce propos, elle avait prétexté que les suivantes personnelles de Loria assuraient largement la surveillance accrue de la jeune femme, sans qu'elle eût elle-même à s'en mêler. Tari avait soupiré et arrêté de l'importuner. Il gagnait rarement contre le caractère entêté de Nandra.

Arrivées près de l'entrée du château, les deux jeunes femmes saluèrent le vieil intendant Garik. Toujours impeccable dans son uniforme bleu et noir, droit comme un piquet, il répétait son discours de bienvenue dans sa barbe. Une avancée en pierres ombrageait l'entrée du palais, des vagues et des animaux marins parsemaient l'ouvrage finement sculpté. Via se concentra sur le chant des fontaines, alignées le long de l'allée. Les habitants du château ne faisaient plus attention à ces sons communs ; les fontaines parsemaient le domaine par centaines. L'eau célébrait la déesse, la vie et le renouveau. Des domestiques déposaient du sel dans les bacs et les circuits souterrains pour que le goût et l'odeur de l'Océan restassent vivaces.

Le père de Via se montra quelques minutes plus tard, en armure rutilante sur son cheval, entouré d'une douzaine d'hommes aux costumes gris et noirs. Comme tous les matins, le Tiane et ses camarades étaient allés inspecter les défenses du domaine. Pour la plupart, il s'agissait de ses conseillers personnels. Parmi les autres, les précepteurs de ses enfants se tenaient en retrait. Le chef de la garde, près du Tiane et toujours sur le qui-vive, apostrophait ses jeunes combattants, pour qu'ils ne baissassent pas leur garde lors de l'arrivée des magiciens. De grandes aptitudes effrayaient. Les Gardiens de la paix s'inquiétaient sans cesse pour leur sécurité dès qu'ils quittaient leur antre.

Via observa ce remue-ménage. Ses yeux se posèrent sur toutes les jolies parures dont s'étaient recouverts les soldats. Ils brillaient de mille feux sous leur ravissante cape en soie, cousue spécialement pour l'occasion, et arboraient tous de multiples bijoux qui reflétaient les rayons des soleils. Les armes rutilantes, les pompons gigantesques, les casques des troupes, les bannières claquant au vent et les chevaux aussi magnifiques que leurs cavaliers. La famille régnante affichait sa puissance, le spectacle en valait la chandelle. Malheureusement pour les chroniqueurs, l'évènement resterait privé. Le Tiane avait préféré éviter les bains de foule dangereux.

La jeune fille reconnut un homme dans la foule et le salua de la tête. Il s'agissait de son professeur Syr Etnel, qu'elle n'avait pas côtoyé depuis la huitaine précédente. Il l'avait exceptionnellement dispensée de leçons, mais lui avait donné à étudier quelques livres pour patienter. De la géométrie et des sciences magiques. La jeune fille les avait déjà tous dévorés. Tout à fait charmant avec son doux sourire, le jeune homme semblait perpétuellement alerte et soucieux des autres. Elle le savait aussi fougueux, notamment pour défendre ses opinions, et quelque peu indomptable sur les bords, ce que le Tiane avait vite remarqué lors de réunions protocolaires.

Syr avait été puni, à de multiples reprises, pour ses paroles déplacées et pour d'autres actes inconnus de la jeune fille. Ses séjours dans la Forêt, entre les mains de créatures terrifiantes, l'avaient changé, rendu plus dur encore. Ce n'était que grâce à son élève qu'il pouvait continuer d'exercer son métier, sous la surveillance accrue des soldats du Tiane. Via avait décidé de le protéger pour tout le bien qu'il lui apportait, bien qu'elle ne sût rien de ses mauvaises actions. Le Tiane avait du mal à résister à sa petite dernière qui lui rappelait tant sa défunte épouse, jadis connue pour sa bonté et sa beauté d'âme, comme pour ses actes de trahison et sa naïveté.

Avisant l'arc que son père portait parmi tout son attirail, Via se remémora quelques images de son rêve. Elle se rappela la flèche, la blessure et la mort. La nausée la prit à la gorge. Elle détourna la tête pour fixer quelques fleurs en bas des marches et ne pas afficher son trouble devant la garde tianienne. Surtout devant son père.

Celui-ci avait perçu l'agitation de son enfant. Il la regarda et la détailla en vitesse. La jeune fille se tenait le ventre, les yeux dans le vague. Pressé, il conclut rapidement sa discussion avec le chef de la garde, en qui il avait entièrement confiance. Il devait se préparer avant l'arrivée des magiciens, et désirait aussi s'entretenir sur la santé de sa fille avec son médecin. Aidé de son écuyer, le Tiane descendit de cheval, imité par tous ses conseillers qui se disputaient pour savoir lequel d'entre eux aurait la chance de marcher en tête du peloton des nobles, cheminant toujours à seulement quelques pas du souverain. Ce dernier pénétra hâtivement dans le château, suivi de près par ses gardes personnels, sans un regard pour Via ou son intendant. La jeune femme ne s'en formalisa pas. Elle s'écarta pour que les multiples conseillers entrassent sans la bousculer. Ils la saluèrent tous d'une rapide révérence bâclée, pour ne pas perdre le Tiane de vue. L'intendant les suivit de peur qu'ils souillassent la demeure. Nandra rouspéta. L'irrespect de ces hommes était déplorable.

— Via !

L'aelrelna sourit à son professeur qui s'était écarté de l'attroupement pour venir lui parler. Un garde le suivait de près. Syr paraissait tout excité. Ses cheveux ébouriffés le rajeunissaient, et son teint bronzé le rendait séduisant. Le jeune homme grimpa les marches et salua son élève avec respect, avant de faire de même avec Nandra, qui lui offrit son plus beau sourire.

— Comment vas-tu ? As-tu bien dormi ? Tu as l'air fatiguée ! La huitaine prochaine nous allons préparer tes examens. Y a-t-il des matières que tu veux que l'on révise plus que d'autres ? lui demanda-t-il, enchaînant les questions sans prendre le temps de respirer.

— Calme-toi ! rit Via, qui avait retrouvé des couleurs grâce à l'enthousiasme de son professeur. Je vais bien, ne t'en fais pas.

— D'accord, sourit Syr.

Ce dernier se sentait sincèrement impliqué dans son avenir et cela la touchait. Il endossait le rôle de son précepteur depuis si longtemps qu'elle le considérait plutôt comme son grand frère. Syr ne cessait d'encenser son élève préférée partout où il passait, et la remerciait souvent de lui avoir permis de rester à son poste.

— Pour les révisions, faisons comme d'habitude, déclara Via. Ce sera parfait. Suivons ton programme.

— Si cela te convient, cela me convient aussi.

— Tu vas rester ? voulut-elle savoir.

— Je ne fais que passer, lui dit-il, ne se séparant pas de sa bonne humeur. Je te dis à très bientôt, conclut-il en lui envoyant un clin d'œil.

Via acquiesça timidement et le regarda s'éloigner alors qu'il rejoignait ses collègues précepteurs, restés sur leurs montures. Son garde attitré ne le lâchait pas d'une semelle. Il grimpa sur son propre cheval. Via aurait aimé se confier à son professeur, il aurait pu l'aider à analyser ses cauchemars et la rassurer. Syr lui envoya un dernier signe de la main et disparut, dissimulé par la poussière que dégageait le galop des étalons. Les autres professeurs ne le suivirent pas. Seul Syr n'avait pas été autorisé à rester. Via soupira mais comprenait les décisions de son père.

La jeune fille se sentit soudain bien seule. Elle tendit un bras vers Nandra qui y déposa sa main en signe de soutien. Le contact du bras de la domestique lui fit du bien. La tête de Via lui tournait. Le bruit des animaux de la forêt qui entourait la demeure lui parvenait, plus sonore que d'habitude. Des cris, provenant de l'intérieur de la demeure, atteignaient ses oreilles, plus forts que d'ordinaire. La jeune fille tremblait. Nandra le remarqua et commença à frictionner les bras de l'aelrelna.

— Vous tremblez. Avez-vous froid ? Souhaitez-vous que j'aille quérir un médecin ?

— Non ! s'exclama Via. Ça va aller. C'est juste la fatigue.

Alors qu'elles s'asseyaient sur les marches, un jardinier passa près d'elles, un arrosoir et un sac à la main. Il leur jeta un coup d'œil nerveux puis se volatilisa. Via grimaça. Elle ne savait jamais comment réagir avec les domestiques. Sa mère aurait souri, ou incliné la tête avec grâce. Trop préoccupée par ses études, la jeune fille n'avait pu profiter des enseignements de sa génitrice comme elle l'aurait souhaité. À présent, il était trop tard. Nandra remarqua sa détresse. Elle posa l'une de ses mains sur son épaule. Via apprécia ce contact.

— Détendez-vous, aelrelna.

Via acquiesça et se força à faire le vide dans son esprit. Ces quelques minutes de repos lui permirent de réfléchir à des activités qui lui changeraient les idées. Un entraînement au combat avec Lémy lui ferait le plus grand bien pour évacuer toutes ses émotions négatives.

Son frère Ystar apparut soudain à ses côtés, un sourire insolent sur les lèvres. Son costume magnifique, tout de bleu et lignes d'argent, le grandissait. Nandra sursauta. Via jeta à son frère un regard furieux qu'il ignora avec superbe. Nandra aida la jeune fille à se relever et épousseta sa robe, ses mains s'agitèrent pour replacer une mèche bleue rebelle et arranger sa frange. Loria et Héléna surgirent ensemble, majestueuses dans leurs tenues claires rappelant la bleue-air, la saison chaude. Leurs confidentes les plus fidèles les suivaient de près, non loin de l'intendant qui avait repris sa place. La reine et la belle-fille discutaient à voix basse, riant à des plaisanteries que Via ne pouvait entendre. Leurs sourires narquois l'insupportaient. Le Tiane arriva à son tour, tout sourire et incroyable dans son costume d'apparat, suivi par sa garde personnelle et ses conseillers, fiers dans leurs tenues de cérémonie. Deux d'entre eux restèrent auprès de la famille, quand les autres rejoignirent la garde montée en bas de l'escalier, positionnée en haie d'honneur.

Via reconnut ceux qui avaient eu le privilège de demeurer à leurs côtés. Elle n'avait jamais eu l'occasion de leur parler, n'ayant participé à aucune réunion politique, mais les croisait régulièrement au château. Elle connaissait quelques anecdotes sur la vie du plus brun d'entre eux, Samar Rinardri. Loria avait jeté son dévolu sur le jeune homme depuis quelques levées. Acharnée, elle avait cherché à en savoir plus sur lui. Ce qu'elle avait découvert ne l'avait attirée que davantage, malgré le fait que ce dernier fût marié. Loria adorait les défis et les scandales. Via saisit alors pourquoi sa sœur avait passé tant de temps à se préparer ce matin. Loria regardait le conseiller de manière outrancière. Le pauvre se tenait assez mal à l'aise.

Héléna se rapprocha de son mari et lui adressa quelques mots. Falor lui ordonna de se taire. Héléna se pinça les lèvres, frustrée. Une main sur son ventre, elle triturait sa robe de l'autre. Le Tiane détourna le regard, agacé. Au loin, des petits points noirs commençaient à se peindre sur le fond de la route. Ystar fixa le sol, concentré. Via l'observa à la dérobée. L'intendant incanta en ancien langage. Le bruit des vagues fouettant les rochers parvint aux oreilles de tous.

Entourés par deux rangées d'arbres de l'allée menant au palais, puis par les soldats et conseillers alignés, cinq cavaliers approchaient. Enveloppés dans de longues et amples capes noires, ils maintenaient une allure noble sur leurs montures. Ainsi protégés des regards, ils pouvaient parcourir le royaume sans se sentir menacés par les bandits de grand chemin. Les légendes sur les « Encapuchonnés malveillants » avaient gagné tout Linaria ; les Énèdjärs actuels ne démentaient pas ces récits anciens.

Comme s'ils s'étaient concertés, les hauts-magiciens descendirent de cheval en même temps. Ils s'abaissèrent devant la famille tianienne, bénie par la déesse Laria, s'accordant au salut protocolaire dû à leur rang. Leurs étalons, grands et clairs, furent pris en charge par les écuyers de la demeure. Ces derniers s'empressèrent de s'éloigner, effrayés par l'arrivée des nouveaux venus. Alignés devant le palais tels des soldats bien entraînés, les Énèdjärs impressionnaient par leur stature. Bien que camouflés, leurs prestance et charisme se percevaient à travers le tissu protecteur.

Le plus grand des magiciens, aussi dirigeant du groupe, sortit du rang. Il s'avança au-devant du Tiane.

— Ravi de vous revoir, Falor-la-Laria-Tiane, fit-il en s'inclinant une fois de plus sous le regard satisfait de Sa Majesté. Vous nous appelez. Et nous voici.

— Merci à vous, Énèdjärs, magiciens du royaume et Gardiens de la paix. Moi, Falor-la-Laria-Tiane, dirigeant de ce vaste territoire qui m'est cher, suis heureux de vous accueillir en ma demeure.

Le seigneur s'inclina respectueusement et remercia ses invités. Les Énèdjärs enlevèrent tour à tour leur capuche et leur cape, qui tombèrent sur le sol. Dépouillés de leur carapace, ils rejoignirent leur supérieur pour se placer au-devant des marches du palais. L'intendant se présenta et déclara des solennités bancales, qui n'intéressèrent personne. Via l'encouragea par des signes de la tête. Il termina son discours dans la précipitation, heureux d'en avoir fini. Embarrassé, Garik salua les Énèdjärs impassibles, signe que le palais leur ouvrait ses portes. Le pauvre homme craignait les hauts-magiciens, toute sa préparation et son talent oratoire l'avaient déserté quand leur puissance l'avait atteint.

Via s'étonna de la simplicité des tenues portées par les Énèdjärs. Celles-ci se composaient de longues tuniques de couleurs différentes, resserrées à la taille par une ceinture en cuir ouvragée, agrémentées de jolies coutures dorées sur les ourlets. Certains portaient des colliers, sacoches ou bracelets pour tout accessoire.

Le plus mystérieux restait cette étrange lueur qu'ils reflétaient tous, et qui provenait de leur front. Les rayons lumineux variaient de couleurs selon leurs porteurs et s'harmonisaient quand ils se rencontraient. Rouge pimenté, vert émeraude, bleu du ciel, jaune fleuri, blanc flamboyant... Via se souvenait que les hauts-magiciens portaient tous un artefact magique, une amulette d'Alaha.

L'amulette de Dhanine, le dirigeant Elfe du groupe, ressortait bleue, pour sa sagesse et son grand pouvoir ; verte pour Khor, l'un des humains, de par sa communion parfaite avec la nature et les animaux ; rouge pour Lidrine, le représentant de l'espèce des Grèdes, ces êtres capables de vivre sous l'eau des lacs, car il excellait dans l'art du combat et que sa rage de vaincre n'avait pas de limite ; jaune pour Lhonhas, l'Elfe le plus jeune et le plus ambitieux de tous, et enfin, blanche pour Chris, l'humain le plus âgé et le plus expérimenté des Énèdjärs. En même temps qu'elle visualisait la description établie par son professeur, Via fixait le magicien en question pour identifier sa couleur d'amulette. Chaque vérification s'avéra concluante. Syr ne lui avait jamais expliqué le rôle de ces objets. Via nota son interrogation dans un coin de sa tête.

La présence de ces êtres puissants et redoutés la mettait mal à l'aise et la rassurait. Avant ce jour, Via n'avait jamais eu l'opportunité de croiser de telles entités. Elle hésitait à leur décrire l'artefact noir qu'elle avait aperçu plus tôt. S'il s'agissait d'un objet lié à une forme de magie dangereuse, ils pourraient la punir ou destituer son frère. L'usage de la magie, des plus réglementé dans le royaume, ne laissait place à aucune infraction.

Un groupe de serviteurs ramassa les manteaux à terre, tandis que les magiciens pénétraient dans le château, précédés par la famille tianienne, et quelques gardes. Les conseillers et Garik suivirent le mouvement.

La jeune fille se laissa entraîner par le brouhaha ambiant, sur les pas de ses frère et sœur. Perdue dans ses pensées, un vieil échange, entre son père et Syr, lui revint en mémoire. Elles les avaient surpris, alors que leurs voix fortes portaient à travers tout le palais. Syr venait d'être admis en tant que son nouveau précepteur. Scientifique, mais également très intéressé par l'histoire de son pays, Syr avait osé critiquer l'une des statues de la déesse Bleue, placée au centre du sanctuaire accoudé au palais. Via ne se souvenait pas de ce qu'avait dit son ami. Le Tiane n'avait en tout cas pas apprécié que l'on critiquât celle grâce à qui la paix régnait en Linaria. Le précepteur avait retenu la leçon. Mieux valait ne pas offenser son hôte, même si pour cela il lui fallait mentir ou jouer les hypocrites.

La jeune fille, curieuse, avait voulu savoir ce qui avait tant dérangé son précepteur en la statue de Laria, leur déesse bien aimée. Cette même conversation lui avait fait découvrir les Énèdjärs. Un sourire paisible s'installa sur ses lèvres.

— Beaucoup de choses ont changé depuis l'avènement de Laria, avait commencé Syr. L'un des philosophes de ces dernières décennies a qualifié cette mutation de « nécessaire quant à l'évolution du royaume et de ses habitants ». Un petit peu exagéré, tu ne trouves pas ? Pardon, je m'égare. Les différents peuples n'ont pas eu le droit de donner leur avis, mais ont été plutôt satisfaits des remaniements. Linaria a été grandement modifiée. Ses lois, pour la plupart désuètes, ont été totalement démantelées, et ses institutions, trop « vieilles », ont été entièrement remaniées, comme celle, essentielle, du groupe des Énèdjärs.

— Qui sont-ils ? avait demandé la petite Via de huit sacres.

Elle n'en avait jamais entendu parler, et avait ouvert de grands yeux curieux. Syr s'était amusé du comportement de la petite fille. Il l'appréciait déjà beaucoup alors qu'ils ne se connaissaient que depuis peu.

— Ce sont de puissants magiciens, Énévive. Crains-les car, malgré leur apparence simple et leurs sourires aimables, ils peuvent s'avérer extrêmement dangereux.

Via avait froncé les sourcils. Syr savait se montrer rassurant et gentil. Elle adorait écouter ses histoires, bien que ses discours sur la religion et l'origine de leur monde ne l'intéressassent guère. Seuls l'aventure et les récits épiques lui importaient !

Syr s'était levé et dirigé vers une vieille étagère qui fléchissait sous le poids des livres d'histoires que chérissait le Tiane. Le professeur était revenu avec un livre bleu et vert dont l'odeur de poussière avait fait frémir la petite fille. Syr avait épousseté les premières pages de l'ouvrage avant de feuilleter le livre pour s'arrêter sur la page qui l'intéressait. Celui-ci avait été écrit il y avait seulement quelques sacres. La poussière témoignait tout de même du peu d'intérêt qu'il suscitait.

— Écoute bien, Énévive.

Il s'était raclé la gorge avant de commencer sa lecture.

« Linaria est divisée en plusieurs territoires, que l'on appelle Régences, gouvernées chacune par une espèce différente qui domine l'endroit. Un protecteur est choisi pour représenter sa région, son espèce, et défendre le pays tout entier. Six des huit régions possèdent le droit, d'après le conseil Magique, d'élire un haut-magicien afin qu'il fasse partie des Énèdjärs, les Gardiens de la paix. Les candidats doivent subir de nombreuses épreuves afin d'entrer dans le groupe. Une fois... »

— Quelles épreuves ?

— Chut ! lui avait intimé Syr. Je te le raconterai quand le moment sera venu. Je continue. « Une fois désigné, le magicien y reste jusqu'à sa mort. Chris et Khor, les deux hommes, Lidrine, le Grède, ainsi que Lhonhas et Dhanine, les deux Elfes, se sont montrés assez dignes et puissants pour protéger notre royaume. Ce sont nos cinq hauts-magiciens depuis maintenant un sacre. Nous

leur devons le respect le plus complet. Le sixième membre n'a pas encore été désigné. Nous savons tous que cette place est maudite. Chaque candidat victorieux pour ce poste se fait tuer de manière mystérieuse et plutôt sanglante. Paix à leurs âmes ! À l'heure où je vous écris, le conseil a décidé de s'en tenir à cinq Énèdjärs, au lieu de combattre la source du mal. Je suis prêt à parier que le futur sixième membre sera une femme, ce qui révolutionnerait de nouveau leur confrérie. Mais y survivrait-elle assez longtemps ? Souvenez-vous d'Amalia… »

— Une femme peut tout aussi bien protéger le royaume, s'était énervé Via. Je ferai partie des Énèdjärs plus tard ! Tu verras !

Syr avait beaucoup ri et avait taquiné la petite fille jusqu'à l'heure du repas du soir.

Via garda le sourire quelques instants après que ce souvenir eut fini de s'estomper. Ces quelques images lui avaient rempli l'esprit d'ondes positives. Ces moments lui manquaient maintenant qu'elle devait se séparer de son précepteur, pour clore une dizaine de sacres de belle complicité. Elle espérait qu'ils resteraient amis.

L'attitude du Syr d'il y avait dix sacres restait gravée dans sa mémoire. À l'époque, trop petite et insouciante, Via n'avait su interpréter les égarements de son précepteur. Syr ne s'exprimait plus librement depuis qu'un garde le suivait, présent même lors de leurs leçons. Néanmoins, Via remarquait ses sourcils froncés ou ses soupirs à répétition, ses pincements aux lèvres ou ses regards agacés, dès que le nom de Laria se posait sur les lèvres. À présent que Via le comprenait, que des doutes sur sa foi l'avaient également atteinte, elle souhaitait l'aider.

Syr priait certainement les anciens dieux. Nombre de personnes ne saisissaient pas qu'elles se fourvoyaient dans ces croyances d'antan. Si elles priaient le Soleil, elles suppliaient la déesse ; si elles imploraient le ciel, elles s'adressaient à Laria. La déesse se trouvait en toutes choses. Le monde évoluait et tous se devaient de suivre la voie, de plonger dans le bleu de l'Océan, pour enfin atteindre le bonheur éternel.

Via aiderait Syr à se réparer. Ensemble, ils sauraient trouver la juste voie. Leurs âmes retrouveraient l'équilibre, s'apaiseraient enfin. Tout rentrerait dans l'ordre très bientôt, une fois que leurs cours reprendraient, quand la cérémonie d'Ystar serait derrière eux.

— Vous allez mieux apparemment, aelrelna, lui dit Nandra après lui avoir jeté un coup d'œil. Vous reprenez des couleurs.

Via se saisit du bras de sa suivante, ravie. Toutes deux avancèrent telles deux amies, et non comme une héritière et sa domestique.

Chapitre 3

Sacre 1410, levée d'Iliath, jour 32 – Le midi – Château tianien

L'immense salle à manger, plus communément appelée salle d'apparat, avait été décorée en l'honneur des invités. Les tapisseries habituelles avaient été remplacées par des tableaux magnifiques. Ils représentaient les exploits de hauts-magiciens dont la renommée avait dépassé les âges et les frontières, depuis leur création jusqu'à aujourd'hui. Sur l'une de ces peintures, les convives pouvaient admirer Amalia, la magicienne monteuse de dragons, une Dravalle, seule femme humaine, toutes espèces confondues, ayant eu l'honneur d'entrer dans le cercle restreint des Énèdjärs.

Des centaines de sacres auparavant, l'une des peuplades humaines de Linaria avait décidé d'appeler les dragons à l'aide. Leur territoire, assailli par de viles créatures ailées à la peau noire, se mourait sous ces assauts répétés. Les dragons avaient accepté, les deux espèces s'étaient alliées.

À l'époque, seuls quelques Hommes privilégiés pouvaient chevaucher un dragon et communiquer avec lui par le biais de ses pensées. Grâce à cette communion, les dragons avaient appris le langage des humains, qu'ils considéraient comme le moins poétique des parlers connus de Linaria. Bien que leur vocabulaire restât des plus basiques, les dragons parvenaient à discuter avec aisance, notamment de la pluie et du beau temps, un sujet réellement d'importance à leurs yeux. Voler sous la pluie les éreintait, planer sans un souffle de vent les forçait à user de leurs immenses ailes, et chasser les courants d'air chaud les ennuyait. Dès qu'ils se déplaçaient, les dragons vérifiaient chaque paramètre du ciel.

Bavarder avec de telles créatures majestueuses, qui avaient accepté de surcroît de se laisser monter par des mortels, relevait de l'exploit. Les humains d'alors en avaient développé un ego surdimensionné.

Amalia entretenait une relation spéciale avec sa monture, qu'elle considérait comme son égale. Ses grands pouvoirs, sa générosité, sa gentillesse, mais également sa fin tragique, en firent une véritable héroïne des temps anciens. Évaporés en même temps qu'elle, les dragons avaient déserté le pays et personne n'en avait plus aperçu depuis.

Accompagnée de Nandra, Via ralentit pour admirer la tapisserie. Les aventures d'Amalia, qu'elle avait lues plus jeune, l'avaient marquée. Cette figure de femme forte et digne l'avait aidée à se construire. La jeune fille avait toujours rêvé pouvoir rencontrer un dragon et lui transmettre ses pensées. Découvrir leur langage, comprendre d'où ils venaient, s'intéresser à leur histoire... Tant de sujets qu'elle désirait approfondir.

Les Hommes, bien plus orgueilleux encore que par le passé, ne se rabaisseraient plus à appeler au secours. Les dragons ne reviendraient sans doute plus jamais. Aucun Elfe n'avait jamais revendiqué un quelconque lien avec les dragons ; les Grèdes, plus souvent tapis sous l'eau des lacs qu'à la surface, avaient le mal de l'air ; et les Nains préféraient s'affairer à d'autres activités, plutôt que de s'associer à des créatures à la conversation réputée comme ennuyeuse.

Sur le tableau, les pinces immenses du dragon rouge, du nom de Ernt, empoignaient fermement les collines verdoyantes, prêtes à les briser. À son côté, Amalia, dans son armure dorée, surmontée d'un casque argenté, brandissait sa lance fétiche, dont les reflets illuminaient le ruisseau qui coulait en contrebas. Via avait abandonné ses ambitions de petite fille, devenir une puissante Énèdjär ne l'intéressait plus. Depuis qu'elle connaissait les responsabilités dévolues à la fonction, la jeune fille avait revu ses plans à la baisse. Réussir toutes les épreuves, qu'elle connaissait à présent, relevait davantage de la prouesse que du travail. Les apprentis pouvaient mourir. Via aimait trop la vie pour la risquer ainsi.

Les immenses lustres suspendus avaient été sublimés. La jeune fille les fixa avec admiration. Des poissons dorés scintillants pendaient dans le vide, reliés par des filets argentés. Des vagues blanches d'écume avaient été peintes autour des sources de lumière, de petites boules brillantes qui donnaient la migraine si on les fixait trop longtemps. Des voiles bleus s'agitaient sur les côtés, portés par un sortilège. Ces mouvements lents et ondulés rappelaient la houle de l'Océan.

Via s'assit sur sa chaise, rehaussée de coussins doux au bleu ciel ravissant.

— Prenez place, je vous prie, déclara le Tiane avec enthousiasme. Que le repas... commence !

Après un signe aux cuisiniers et aux serviteurs, élégamment parés pour l'occasion, ces derniers sortirent de l'ombre. Ils approchèrent, les bras chargés de boissons colorées, qu'ils distribuèrent aux invités. Ceux-ci s'asseyaient à la place choisie par Héléna, qui avait judicieusement élaboré le plan de table, de telle sorte qu'il n'y eût aucune discussion houleuse entre certains des conseillers, toujours désireux de mettre en avant les conflits du royaume à chaque instant. Des manifestants violents avaient été arrêtés dans la matinée, et un groupe d'Elfes dissidents avait voulu saccager l'un des postes-frontières du siège tianien. La reine désirait afficher une unité forte et un positivisme poignant pour que les hauts-magiciens bénissent son beau-fils, dans la gloire retrouvée de leur famille.

D'un coup d'œil appuyé, elle adressa ses recommandations aux gardes postés près d'elle. Le repas devait se dérouler dans la paix. Ils en devenaient les garants. Les deux soldats baissèrent la tête en signe d'approbation, leurs oreilles et yeux discrets commencèrent leurs rondes. Héléna recommença avec tous les groupes postés autour de la table. Elle en profita pour vérifier que tous les invités s'étaient bien accommodés.

— Vous êtes sublime, ma reine, déclara Dhanine, le dirigeant des Énèdjärs, quand la jeune femme fut à son niveau.

Sa robe blanche et bleue, signe de pureté, éblouissait les convives. La dentelle parcheminait toutes les coutures de cette création unique, commandée pour cette occasion spéciale, mise en valeur par des dessins raffinés de fleurs sauvages, à l'encre noire et violette.

— Je vous remercie, haut-magicien, dit Héléna en rougissant. Votre simplicité m'a toujours subjuguée, reprit-elle en désignant l'ample tunique qu'il portait. Sous ce simple appareil, il est difficile de croire à une puissance telle que la vôtre et, pourtant, vous êtes certainement l'arme la plus destructrice de cette assemblée.

— Vous me flattez, Héléna, sourit aimablement l'Elfe.

— Installez-vous confortablement, haut-magicien. J'espère que vous apprécierez nos collations, qui seront bientôt suivies par vos plats préférés.

— Je suis impatient de goûter à cela, ajouta Dhanine après une seconde d'étonnement, que la maîtresse de maison n'avait pas manquée.

Le dirigeant savait que la reine n'avait aucun mérite ; ses espions parcouraient le royaume à la recherche de la moindre information utile. Dhanine n'aurait jamais cru que ses goûts culinaires intéresseraient d'autres personnes que ses propres serviteurs. La reine posait ses yeux partout et s'en vantait à la moindre occasion. Comme ce midi-là.

— Vous ne serez pas déçu mon cher, clôtura Héléna d'un air satisfait, en faisant rouler ses belles boucles, qui tombèrent dans son dos et permirent à son décolleté plongeant d'attirer tous les regards.

Le Tiane accueillit sa femme avec un regard pénétrant. Il ordonna à un serviteur de déplacer la chaise de son épouse pour qu'elle pût s'asseoir à ses côtés. Après quelques paroles de convenance et de félicitations quant à l'organisation du repas, Falor s'intéressa à Dhanine, son autre voisin. Tous deux débutèrent alors une conversion politique à laquelle Ystar participa de temps à autre. Il donnait son avis sur telle ou telle arme ou sur tel ou tel trait de caractère du régent dont il était question. Chaque Régence, dirigée par un roi dévoué au Tiane, demeurait autonome, ce qui multipliait régulièrement les problèmes.

Via, qui observait l'aelrelne à la dérobée, n'aurait su dire si les interventions de son frère plaisaient à son père. Ystar ne parvenait pas à cacher son manque d'assurance comme à l'accoutumée. Via avait toujours perçu en son frère un tyran despotique, ainsi qu'un imbécile fini. Cependant, elle ne pouvait imaginer Loria régner à sa place. Via n'osait imaginer la déception de son père si un avis défavorable des hauts-magiciens devait survenir. Elle le fixa discrètement avec tendresse. Transporté par sa conversion d'ordre politique, il s'exprimait par gestes enthousiastes et exclamations passionnées.

Via l'admirait pour sa prestance. Il avait su s'approprier l'estime de chacun, alors qu'il restait en retrait lors de son premier mariage.

Après les boissons, les plats firent leur entrée avec fracas. Des sons mélodieux de cloches tintèrent dans l'air. Les viandes, poissons, sauces sucrées ou salées, les légumes bouillis ou fraîchement découpés, envahirent l'immense table. Les odeurs s'entremêlaient. Les hauts-magiciens félicitèrent Héléna pour le choix des plats, qui leur rappelèrent leurs enfance et région natale. Dhanine se jeta sur une soupe rougeâtre, un mélange de poissons du Sud associé à des fleurs des monts Massaves. Les pétales pourpres flottaient à la surface du liquide délicieux. La reine parada fièrement, contente de son effet.

Alors que le Tiane, Ystar et Dhanine reprirent leurs débats avec fougue, les quatre autres magiciens parlaient peu. Ils échangeaient de temps à autre des nouvelles de leur contrée respective puis redevenaient muets. Ce calme convenait à Via, perdue dans ses pensées, qui imitait les hauts-magiciens dans leur quête infinie d'informations. Nandra, domestique dévouée, servait la jeune aelrelna.

— Mangez un peu, aelrelna. Vous en avez bien besoin après cette nuit agitée.

Via rosit légèrement avant de pâlir immédiatement quand des images de son cauchemar lui revinrent en tête. La sollicitude de Nandra la touchait. Son père ne lui offrait jamais d'instants tendres, et Héléna ne restait jamais seule avec Via. La jeune fille avala quelques gorgées d'eau avant de croquer dans une carotte du potager tianien, préparée dans un bouillon aux épices qui sentait divinement bon. Via savoura ce mets exquis puis continua ses observations.

Loria fixait intensément Samar, assis en milieu de table qui, tel un excellent acteur, jouait à merveille l'indifférence. L'homme paraissait particulièrement mal à l'aise, notamment quand il fixait intensément son assiette, même quand celle-ci se trouvait vide. La jeune fille le plaignait. Elle savait que sa sœur ferait tout pour parvenir à ses fins, peu importaient les obstacles.

En détournant les yeux, elle intercepta ceux de Chris, l'humain le plus âgé des Énèdjärs. Via se concentra sur son assiette et entreprit de la vider, gênée. Elle avait senti le regard acéré du haut-magicien, celui-ci l'avait comme brûlée. Des gouttes de sueur commencèrent à perler de son front, et de nouvelles nausées la prirent par surprise. Quand elle releva la tête, le magicien discutait avec son voisin, riant à ses plaisanteries. L'aelrelna voulut attraper son verre, mais sa main ne comprit pas le message. Le verre lui échappa, atterrissant sur l'assiette de porcelaine. Il se brisa en mille morceaux. Nandra accourut aider Via. Elle lui débarrassa son assiette pour que la jeune fille n'avalât pas de débris de verre. Elle humecta également le visage de sa protégée avec un mouchoir humide, avant de filer en cuisines.

La réaction de l'aelrelna n'avait pas échappé à l'assistance. Héléna se racla bruyamment la gorge pour ramener l'attention sur elle, avant d'annoncer les desserts. Les hauts-magiciens applaudirent chaudement cette annonce, qui leur promettait un voyage gustatif agréable. Via tremblait de froid. Elle n'avait pas touché à sa nouvelle assiette, apportée par un autre domestique. La jeune fille jeta un œil vers les cuisines. Nandra ne revenait pas. Elle avait besoin de prendre l'air et d'échapper à cette salle dont l'ambiance, les puissances magiques et les regards sournois l'étouffaient. Le protocole lui interdisait de sortir de table sans une excellente raison. Via posa les mains sur la table et se concentra pour garder les yeux ouverts et l'esprit affûté. Héléna ne manquerait pas de la punir pour avoir gâché le repas qu'elle préparait depuis des jours. Son assiette tournoyait d'une étrange façon, le décor flottait devant elle. Le bleu des napperons se mélangea à des vagues qui s'agitaient, invisibles dans l'air.

Puis, soudain, tout s'arrêta. La jeune fille ne suffoquait plus sous le stress ou la chaleur, et le froid ne la faisait plus trembler. Sa condition revenait à la normale. Nandra reprit sa place. La domestique lui laissa le mouchoir humide dans le creux de sa main, au cas où, et se positionna derrière elle, dans son ombre. Via posa le tissu près de son assiette, et dégusta une crème onctueuse qu'un serviteur lui enjoignit de goûter. Le citron, mélangé à l'orange ainsi qu'à plusieurs fruits rouges qu'elle n'identifia pas, lui donna quelques frissons de plaisir.

Alors qu'elle savourait son dessert, Via capta quelques bribes de conversations alarmantes.

— ... ne fera pas un bon Tiane !

— Qu'importe ! Nous devons le bénir, tu le sais très bien, Lidrine. C'est notre devoir.

— À mon grand regret. Je suis sûr que...

Via écarquilla les yeux, choquée par ce qu'elle venait d'entendre. La jeune fille tourna la tête dans tous les sens, curieuse d'assister à la réaction, à n'en point douter catastrophique, de sa famille. Le haut-magicien grède, Lidrine, reconnaissable grâce à sa chevelure qui se dorait au contact de l'air, et à un timbre de voix plus grave que celui des humains, continuait de déblatérer des propos outrageants qui hérissaient de peur les poils de Via.

Pourtant, les lèvres de l'Énèdjär ne bougeaient pas. Ce dernier buvait tranquillement l'une des boissons vertes proposées, qui imitait un alcool grède réputé pour son amertume et sa composition d'algues d'eau douce.

— Sa chevelure n'est même pas bleue, reprit Lidrine, sans arrêter de boire. C'est un signe évident. Nous aurons beau appeler Laria à la rescousse, que fera-t-elle à part nous rire au nez ? Si elle répond !

Émettre des sons sans ouvrir la bouche ne consistait pas en une spécificité de l'espèce des Grèdes. Via se prit la tête entre les mains, geste qui alarma sa suivante.

— Tout va bien, aelrelna ?

— Désolée, Nandra, je crois seulement que je fatigue, lui dit Via, pour ne pas l'inquiéter davantage.

— Bien. Je vous mènerai à votre chambre dès la fin du repas, lui chuchota-t-elle avant de reprendre sa place.

Les mouvements intempestifs de Nandra insupportaient Héléna et Loria, dont les sollicitudes de leurs propres suivantes n'atteignaient même pas le dixième des actions de la domestique dévouée. Les deux femmes désiraient également se voir pouponnées et choyées, elles le méritaient. La pauvre Nata fit les frais de cette jalousie, et se retrouva reléguée amèrement dans les cuisines. Peut-être avait-elle gagné au change.

Via respirait vite, perturbée par toutes les questions qui s'entrechoquaient dans sa tête. Elle plissa les yeux et entreprit discrètement de distinguer les amulettes des hauts-magiciens afin d'y déceler un indice qui pourrait l'aider. Via ne décela rien de particulier. Seuls les reflets de la lumière brillaient à travers elles.

La jeune fille n'avait plus faim. Elle hocha la tête quand un serviteur approcha pour la débarrasser de son assiette. Aussi surprenant que cela pût paraître, elle entendait les pensées des Énèdjärs, alors qu'une jeune apprentie comme elle n'aurait jamais été capable de briser les boucliers spirituels de mages débutants. Via angoissait. Quand Loria et Ystar avaient développé leur magie, ils n'avaient pas autant souffert ni entendu de voix inhabituelles dans leurs têtes. Quelque chose clochait.

La jeune fille discernait cinq voix différentes. Les magiciens ne cessaient de commérer. L'aelrelna ne parvenait plus à discerner les mots. Une migraine inhabituellement douloureuse commença à poindre, accentuée par un brouhaha constant qui ne lui laissait aucun répit. Troublée, elle se mit à entortiller ses cheveux bleus avec empressement, tout en basculant légèrement d'avant en arrière. Elle pria Laria pour que le calme revînt en son esprit. Via ne désirait alarmer personne, surtout pas Nandra ou son père. Elle résista à l'envie de déguerpir et soupira longuement quand la fin du repas fut annoncée.

Loria se dirigea avec élégance vers son jeune conseiller favori, qui l'accueillit avec amabilité. Il lui offrit son bras et tous deux s'éclipsèrent discrètement. L'intrépide avait vaincu. Non loin, Héléna, toujours radieuse, entamait une conversation animée avec Khor, qui n'avait d'yeux que pour sa poitrine spectaculaire.

— Haut-magicien Khor, j'ai besoin de vos conseils quant à la tenue de nos potagers et de nos vergers. Des créatures rôdent et je ne sais comment m'en débarrasser. Auriez-vous quelques instants à m'accorder ?

— Bien sûr, ma reine, je suis tout à vous, lui répondit-il en s'inclinant.

— Suivez-moi, je vais vous mener dans mon salon privé. Nous y serons plus tranquilles.

Le couple sortit de la salle d'apparat, suivi par quelques gardes. De son côté, le Tiane invita son fils, les autres magiciens et conseillers, à continuer leurs débats animés sur la terrasse.

— Profitons du beau temps avant que les nuages gâchent la fête ! s'exclama le Tiane avec un enthousiasme quelque peu forcé. Je dois absolument vous faire goûter la meilleure herbe à pipe qui soit, continua-t-il en baissant la voix, calculateur. Fabriquée par nos meilleures équipes. Vous m'en direz des nouvelles.

— Vous êtes un hôte plein de surprises, déclara Chris en souriant, avant de le suivre.

Le Tiane jeta un œil à sa fille Via en quittant la pièce. L'état de sa progéniture émouvait Falor qui hésitait à la laisser seule en compagnie de sa seule suivante. Il n'avait rien manqué des réactions de Via lors du dîner. L'énergie de ses camarades et le regard farouche de Nandra le convainquirent de sortir. Il continua son chemin sans regret. Sa fille se trouvait entre de bonnes mains.

Accompagnée de Nandra, Via se dirigeait vers sa chambre. Les couloirs apparaissaient plus obscurs que dans la matinée. Le temps changeait alors que de gros nuages gris parcouraient le ciel en ce milieu d'après-midi. Via profita du silence alentour, et de l'absence de voix multiples dans son esprit, pour s'installer confortablement dans son lit, après s'être changée. Via remercia Nandra pour l'avoir soutenue lors du repas, et lui avoir retiré ses vêtements. Cette dernière ferma la porte de la chambre et promit de ne laisser personne la déranger. Via s'assoupit, la tête sur le côté, de drôles d'images plein la tête.

***

Quelqu'un frappa à la porte. Via ouvrit péniblement les yeux, le cœur battant la chamade. La pénombre du ciel lui indiqua qu'elle avait dormi quelques heures. Le dîner ne tarderait pas à être annoncé. La jeune fille se redressa alors que Nandra toquait de nouveau.

— Pardonnez-moi, aelrelna. Le haut-magicien Chris souhaiterait s'entretenir avec vous. Êtes-vous réveillée ? demanda la suivante à travers la porte.

— Je me prépare, lui dit Via en s'efforçant d'élever la voix. J'arrive.

— Très bien, aelrelna. Dois-je vous aider ?

— Non, merci.

La jeune fille enleva sa chemise de nuit et opta pour un pantalon en coton associé à un chemisier blanc. La fatigue devait se lire encore sur ses traits mais peu lui importait. Elle se demandait ce que lui voulait le haut-magicien. La curiosité enflammait ses sens, signe qu'elle allait mieux.

Via ouvrit la porte et aperçut Chris, assis calmement auprès de Nandra dans le couloir menant aux chambres des enfants tianiens. Ils chuchotaient. Quelques bribes de voix, ou de pensées, percutèrent l'esprit de l'aelrelna, qui lâcha un râle de douleur sous la surprise. Son cerveau semblait développer de nouvelles capacités, les mêmes que son amie Lémy, capable elle aussi de lire dans les esprits. Cela ne l'enchantait guère. Seuls les Elfes naissaient avec des capacités supérieures. L'esprit de Nandra restait étrangement muet à son pouvoir, quand ceux des hauts-magiciens se manifestaient à lui.

— Qu'avez-vous aelrelna ? accourut Nandra, inquiète devant le front plissé, les yeux fermés et la position courbée de sa protégée.

Via sursauta, ne l'ayant pas sentie s'approcher. Elle en profita pour s'accouder à elle. Chris suivait la domestique de près et observait la jeune fille avec sollicitude. Des pensées claires parvinrent à l'esprit de Via. « Se pourrait-il que ce soit elle, celle dont parlent les manuscrits anciens ? », se questionnait la voix de Chris dans sa tête, suivie de celles des autres magiciens, tout aussi curieux. Via ne comprenait rien à ce charabia et gémissait en silence : « Pitié, Laria, faites que l'Océan me submerge et qu'Il m'apporte la paix intérieure ».

— Je vais bien, ne t'en fais pas, parvint-elle pourtant à dire à sa suivante, le cerveau en ébullition prêt à exploser.

Chris fronça les sourcils. La jeune fille essaya de reprendre contenance et lâcha Nandra pour se tenir droite sans son aide. Elle désirait donner une bonne impression d'elle-même. Cela ne dura pas. Après seulement deux pas, Via trébucha. Chris la rattrapa en pleine chute, et l'installa avec douceur sur la chaise la plus proche. La manœuvre avait coûté à l'homme âgé ; son souffle saccadé emplissait le silence tendu, alors qu'il s'accroupissait.

— Je vais chercher de l'eau, annonça Nandra avant de filer par l'escalier, soulevant ses jupes trop longues pour les courses à pied.

Via s'entendit refuser que le magicien prenne soin d'elle bien que son état empirât. Sa vision devint trouble et ses bras commencèrent à trembler. Sa tête se fit lourde. Ses pensées et celles du mage s'entremêlaient. Tout lui paraissait flou, vague, lointain. Chris se pencha et prit les doigts de la jeune fille entre les siens. Si quelqu'un les avait aperçus ainsi, il aurait pu croire à des retrouvailles émouvantes entre un grand-père et sa petite-fille.

— Concentrez-vous sur mes paroles. Tout va bien se passer, commença le magicien d'une voix chaude. Vous serez rapidement sur pieds. Laissez-moi simplement vous aider.

Ces paroles bercèrent Via qui s'imagina se trouver dans l'Océan, ballottée par les flots, réchauffée par les courants ascendants qui l'aspergeaient d'écume. Laria la protégeait et la protégerait toujours.

— Je vous ai observée lors du repas, aelrelna. Rien ne sera plus jamais comme autrefois, mais nous vous aiderons tant que nous pourrons. Ne vous inquiétez pas. Votre magie se dévoile enfin, d'une manière un peu violente je vous l'accorde.

— Qu'... est... ce...

— Chut, ne dites rien. Écoutez seulement ma voix, reprit le haut-magicien en caressant délicatement les doigts de la jeune fille.

Nandra réapparut avec un petit seau rempli d'eau froide. La proximité qu'entretenait le haut-magicien avec Via la gênait. Ses instincts protecteurs souhaitaient les séparer. Nandra se mordit les lèvres.

— Comment puis-je vous assister, haut-magicien ? demanda-t-elle.

— Restez seulement auprès d'elle.

Une petite sacoche en cuir dodelinait à sa ceinture. Dans celle-ci, Chris récupéra une compresse qu'il humidifia grâce à l'eau apportée par la domestique. Il disposa ce tissu frais sur le visage de Via et se releva afin de poser sa main droite sur son front. Chris ferma les yeux, incanta et se concentra. Il devait d'abord détecter ce qui causait autant de mal à Via avant de pouvoir la soulager de ses maux. Ce qu'il trouva le troubla. Ses analyses effectuées lors du repas se trouvèrent fondées. Chris activa précipitamment ses pouvoirs de guérison, tout en psalmodiant.

Après quelques instants entre les mains du haut-magicien, le cœur de la jeune fille commença à battre un peu plus lentement, son visage perdit de sa rougeur et ses membres ne tremblaient plus. Chris récupéra sa compresse et s'éloigna, content de l'amélioration de l'état de l'aelrelna, qu'il laissa aux bons soins de sa domestique. Arrivé dans l'escalier, il soupira de soulagement. Les conversations de ses pairs avaient été supprimées de l'esprit de l'aelrelna par ses soins. La magie mémorielle constituait sa spécialité. Les dires blasphématoires et irrespectueux de Lidrine auraient causé leur perte.

— Protégez convenablement vos esprits et voies d'Alaha. L'aelrelna peut nous entendre ! J'ai tout effacé, j'ai tout arrangé ! Je suis sûr que c'est elle, celle dont parlent les manuscrits d'antan, s'enthousiasma Chris à travers son amulette.

— Calme-toi, le vieillard ! s'exclama Lidrine avec impertinence dans son esprit. Encore une fois, tu as agi sans l'approbation du groupe. Bien joué !

— Chris nous a protégés, et je l'en remercie, déclara Dhanine. Il a su détecter ce que nous n'avons pas remarqué, tu devrais en prendre note Lidrine. Mais préviens-moi à l'avenir, compris, Chris ? Et épargne-nous tes divagations, ajouta Dhanine. Cette fille n'a rien de spécial, quand bien même elle développe une capacité que peu d'humains éprouvent. Concentrez-vous sur ce qui nous amène ici. Arrêtez de vous éparpiller.

— Va dire ça à Khor, se moqua Lidrine. Il est encore fourré chez la reine.

— Tu veux dire dedans ! releva Lhonhas avec hilarité.

Chris secoua la tête et coupa la communication. Il poursuivit sa route, perdu dans des pensées entendues de lui seul.

***

Le dîner s'était déroulé de la même manière que le déjeuner, avec délicatesse et délice. Héléna, grâce à son réseau d'espionnage terrifiant, avait fourni des informations très intéressantes sur les habitudes festives des hauts-magiciens. Le Tiane se doutait qu'elle possédait de multiples autres informations sur ces éminences, et qu'elle les dévoilerait plus tard, quand cela serait utile, à elle comme à lui. La reine aimait les secrets. Malgré sa jeunesse, elle se montrait à la hauteur de sa tâche. Femme, épouse, mère, gérante, Héléna savait tout mener de front.

Toutefois, Héléna causait bien des soucis à Falor depuis qu'elle se trouvait de nouveau enceinte. Sa grossesse précédente avait été douloureuse. Héléna avait perdu l'enfant dans une fausse-couche prématurée. Sous prétexte de faire son deuil et de prendre davantage soin d'elle, la reine refusait régulièrement que son époux la visite la nuit et lui adressait moins la parole. Falor regrettait leurs instants intimes journaliers et avait dû chercher d'autres moyens de calmer ses pulsions sexuelles ardentes. En plus d'une relation qui se détériorait, la reine s'obstinait à vouloir tout gérer, laissant l'intendant, et une foule d'autres domestiques, occuper des postes qui perdaient de leur utilité. Se démener à la tâche semblait l'aider à dépasser son terrible chagrin causé par la perte d'un enfant qu'elle ne connaîtrait jamais, mais cela la fatiguait plus qu'elle ne voulait bien l'admettre.

Le Tiane, bien que compréhensif et attristé, ne supportait plus ces manquements aux règles et au protocole qu'il avait établis. Héléna, comme toute reine de sang non-bénie par la déesse, ne portait pas de titre officiel. Elle devait savoir rester à sa place. Si la recherche d'informations ou la gestion des espions lui procuraient du plaisir, Falor lui laissait volontiers le loisir de s'occuper de ce corps de l'armée. Le commandant Fyn appréciait les missions que lui confiait sa reine. Cependant, si les préceptes de « femme dévouée à son époux, mère aimante et reine irréprochable » ne se trouvaient pas respectés dans leur entièreté, plus aucune faveur ne lui était accordée. Héléna n'aimerait certainement pas la prochaine discussion que le Tiane comptait obtenir d'elle. Reléguée au rang de simple reine de façade, la jeune femme comprendrait peut-être où se situaient enfin les devoirs inhérents à son rôle. Le Tiane avait hâte de la retrouver dans son lit.

Le château se trouvait calme, tout le monde s'était paisiblement endormi. Dans sa chambre, le Tiane retira sa tenue d'apparat, aidé par quelques domestiques. Fatigué, il se contempla quelques instants dans le miroir incrusté au-dessus de sa commode majestueuse. Auprès de cette dernière, ses serviteurs personnels s'activaient, pliant, époussetant et rangeant avec délicatesse les nombreuses pièces du costume de cérémonie du souverain. Falor se lissa la moustache, quand des mains habiles lui ajustaient sa tenue de nuit.

Une fois leurs tâches terminées, les domestiques quittèrent la chambre du Tiane. Seuls les cliquetis des aiguilles de l'horloge résonnaient dans le silence froid de la pièce. Son épouse défunte adorait les enluminures de cette pendule, qui enjolivaient le cadre par leur bleu intense, et aimait contempler les motifs floraux magnifiquement ouvragés, qui lui rappelaient sa région natale. Malgré les élancements jaloux d'Héléna, Falor gardait cette œuvre d'art dans ses quartiers. Cela lui permettait de ne pas oublier les instants heureux qu'il avait vécus, quand Énévive, première du nom, possédait encore l'estime de tous, et une tête sur les épaules.

Falor posa un triste regard sur le balancier. Perdu dans ses pensées, il se laissa bercer quelques instants avant de reprendre ses esprits. La nuit avait déjà bien entamé son cycle. Les bougies, qu'il avait liées à un sortilège, avaient augmenté en intensité pour s'adapter au noir ambiant qui envahissait le palais. Une autre lubie ridicule de sa femme.

Par une porte dérobée, le Tiane rejoignit son cabinet privé d'un pas lent, dans lequel l'attendait déjà son homme de main. Ce dernier avait suivi ses ordres à la perfection, sans jamais rien dévoiler de leurs agissements.

— Dois-je lui prescrire une nouvelle dose pour ce soir, mon Seigneur ? demanda un petit homme à lunettes, recouvert des épaules aux chevilles d'une tunique bleu clair, resserrée à la taille par une ceinture en cuir.

— Oui, faites donc, répondit distraitement le Tiane en secouant la main, après avoir vérifié que les serrures de la porte se soient enclenchées.

Falor avait d'autres préoccupations à l'esprit que les caprices de sa femme. Sa fille, Via, n'allait pas très bien depuis quelques jours. Cela l'inquiétait plus que tout.

À la suite du dîner, les hauts-magiciens avaient voulu égayer l'instant en offrant de merveilleux feux d'artifice magique à la famille régnante. Toute la maisonnée avait été ravie. Le sourire qui s'était dessiné sur les lèvres de Via avait été un cadeau merveilleux. Des fleurs rouges avaient éclaté dans le ciel, suivies de centaines d'autres formes originales, toutes plus belles les unes que les autres. Héléna avait bataillé pour organiser un bal digne de ce nom, ainsi qu'une réception exceptionnelle, mais le Tiane avait refusé et ce, pour d'excellentes raisons.

Tout d'abord, la cérémonie de couronnement pour son fils approchait, et il ne voulait pas que les hauts-magiciens se détournent de cet objectif. Danser, batifoler, et se perdre dans les yeux de belles inconnues, invitées par la reine pour les remercier de leur venue, les auraient déconcentrés. Leur jugement devait se prononcer le lendemain, en fin de matinée. Falor attendait énormément de cette bénédiction. Le Tiane espérait que la population se calmerait enfin, et qu'aucun incident regrettable n'aurait lieu le jour J. Il se connaissait et savait très bien qu'il ne pourrait pas garder son sang-froid plus longtemps. Il serait dommage que des vies soient perdues inutilement, simplement à cause d'une couleur de cheveux. Lui-même avait les cheveux bruns. Il avait reçu la bénédiction de la déesse Laria lorsqu'il s'était marié la première fois. Un tatouage en forme de vague avait fleuri sur l'une de ses épaules. Le même que celui de son fils, qu'Ystar arborait autour de son nombril. Malheureusement, bien que le peuple acceptât Falor sans sourciller, Ystar ne faisait jamais l'unanimité.

Par ailleurs, le Tiane avait préféré décliner l'offre de sa femme pour que sa fille chérie pût se reposer. Danser toute la nuit aurait été insupportable pour sa santé précaire.

— J'ai prélevé un peu de son sang, comme vous me l'avez demandé, expliqua le scientifique, après avoir perfusé Via à l'aide de formules magiques complexes.

— Très bien. J'aimerais savoir si nos traitements sont la cause de ses troubles, déclara Falor, avec une note d'appréhension dans la voix.

Il posa un regard tendre sur sa fille, allongée et inconsciente sur une table en marbre froid. Les doigts du Tiane caressèrent les joues glacées endormies de son enfant, qui embellissait la salle terne par sa tenue d'apparat resplendissante et sa chevelure céruléenne.

— J'ai besoin de toi, Énévive, chuchota-t-il tendrement.

Énévive... Il aimait ces syllabes entêtantes, et l'assonance en « e ». Un prénom maudit, porté par sa fille préférée. Un nom qu'il se rappellerait jusqu'à la fin des temps pour avoir été celui de son ancienne femme. Il se souvenait encore parfaitement de la manière dont il l'avait perdue, de ce jour sombre où il avait dû jouer au pantin pour ne pas être destitué à son tour.

— Je vous la mène dès qu'elle sera réveillée, mon Seigneur.

— Parfait, dit Falor avant de s'éloigner d'un pas raide, et de retourner dans sa chambre.

Il l'attendrait patiemment et lui offrirait tout l'amour dont il se savait capable.

Chapitre 4

Dans la noirceur de l'univers de Rédos, une nouvelle forme sphérique apparut. Cette planète, si énorme, était-elle seulement réelle ? Jamais si grosse taille n'avait été aperçue auparavant. Cela effraya le peuple des Imagés, individus à la fois réels et irréels, formes belles et majestueuses, représentations protectrices et destructrices. Des dieux, des déesses, et autres figures abstraites et invisibles composaient cette peuplade aux allures tout aussi mystérieuses que fantastiques.

Les femmes composaient la plus grande part de la population, et les hommes se soumettaient à elles, davantage par obligation que par vertu. Lilya, Dalya et Kalya constituaient l'élite, le groupe le plus intelligent, mais aussi le plus sournois. Chacune avait des idées et des ambitions démesurées, qui ne plaisaient pas au reste du peuple. Seuls le pouvoir et le contrôle qu'il permettait d'exercer recevaient une quelconque attention de leur part. Elles finirent par échafauder un plan ingénieux.

Cette nouvelle planète, nommée Lyadelnos, qui venait d'apparaître dans le système solaire de Luria, deviendrait leur terrain de jeu. Après l'avoir divisée en trois territoires équivalents, Ultime, Arcaria et Terrana, chacune vivrait et commanderait son royaume selon ses propres désirs. Les trois femmes s'isolèrent petit à petit du reste du peuple. Leurs pairs ne les comprenaient pas et se moquaient d'elles, ce qui les outra et entama les hostilités. Loin des leurs, elles décidèrent de s'unir pour créer de nouvelles espèces, qui les vénéreraient et les traiteraient comme elles le méritaient. Cette étape, marquant la création des différentes espèces, reste un mystère.

Les êtres créés évoluèrent sur leur nouvelle planète, et le peuple des Imagés examina cette évolution d'un œil attentif et curieux. Durant des milliers de sacres, les trois divinités s'amusèrent avec leurs jouets, ces petits êtres, tout en les influençant dans leurs choix de vie, à travers une voix douce qu'ils entendaient dans leurs esprits. Cette voix qu'elles avaient bien inculquée à leurs créations via leurs gènes, depuis leur naissance, pour les maintenir dans une immense dévotion à leur égard.

Les Imagés ne supportaient plus la domination des déesses égoïstes, et leurs multiples jeux pervers. Ils choisirent de les faire disparaître. Dans un peuple autrefois uni, des oppositions se créèrent et la Guerre Imaginaire commença. Lilya, Dalya et Kalya se retrouvèrent seules contre tous les autres. Le trio ne se laissa pas tourmenter facilement. Leur magie réunie surpassait celle du peuple des Imagés qui finit par mourir, petit à petit, sous les assauts des sortilèges puissants des déesses, aidées par leurs créations dévouées. L'univers s'agita, s'emplit de fumées bleues, rouges, jaunes et vertes qui virevoltèrent dans tous les sens. Le peuple des Imagés avait constitué l'esprit, la vie et l'essence de l'univers de Rédos, que cette guerre avait inexorablement détruit.

Le noir habituel rejaillit, après que les vapeurs colorées se furent dissipées. Dalya, Lilya et Kalya constituaient les seules rescapées de cet effroyable combat. Il ne restait plus aucune planète propice à la vie dans le système solaire de Luria. Lyadelnos, la planète-jeu du trio, était devenue hostile de par la disparition des Imagés et de leurs sources d'énergie. Les volcans avaient craché leurs flammes, laissé échapper leurs fumées, quand des nuages de cendre s'étaient abattus sur les populations affamées. Des secousses sismiques avaient secoué tous les royaumes, détruisant de nombreuses habitations, puis de grandes inondations avaient tout submergé sur leur passage. Lyadelnos se mourait.

Quelques centaines de sacres plus tard, un fait inattendu se produisit. Alors que la planète renaissait de ses cendres, un énorme astéroïde, long de plusieurs kilomètres, fut aperçu à ses alentours. Les trois femmes mirent leurs pouvoirs en commun pour essayer de l'arrêter mais, comme si un être supérieur voulait les punir, leur magie s'avéra inefficace. L'astéroïde, appelé plus tard Ralägnök, ébranla la planète et la détruisit. Pour de bon.

Par le plus grand des hasards, les poussières provenant de l'explosion se réunirent, s'agglomérèrent pour finir par former trois nouvelles planètes, des millions de sacres plus tard. Après une brève concertation, les trois femmes décidèrent de se partager ce nouvel univers qui leur était offert sur un plateau. Chacune choisit une planète pour la placer sous sa domination et y recréa l'environnement dont elle rêvait, fabriquant des formes de vie plus simples, qui demandaient moins d'énergie.

Ce fut ainsi que chaque planète du système solaire de Luria fut soumise à sa déesse créatrice et protectrice. Lilya dirigeait Arcaria, Dalya gérait Ultime et Kalya gouvernait Terrana. Ce trio resterait-il uni jusqu'à la fin des temps ? Affaire à suivre.

Chapitre 1 – Partie 2 : Introduction à la vie, de Pourquoi le monde
par Irani Destia, historien grède, sacre 400

***

Sacre 1410, levée d'Iliath, jour 32 – Dans l'après-midi –
Château elfique d'Annhorhellh

Lémy adorait lire à voix haute. Lildrille, son grand-frère, l'écoutait, plus par respect que par plaisir. Ces récits ancestraux, concernant l'origine de sa planète, ne l'intéressaient guère. Seul le présent comptait à ses yeux.

Le royaume de Linaria s'étendait sur plus de la moitié de la planète, du moins s'il en croyait les documents géographiques stockés dans la bibliothèque de son père. Arcaria, leur berceau, leur planète, constituait un véritable mystère. Même les aventuriers les plus téméraires n'avaient rien découvert en dépassant les frontières de Linaria, et celles des deux autres royaumes connus. Un vide chaud et aride, accompagné d'un silence sec et triste, avait répondu à leurs échos affamés. Lildrille ne comprenait pas ce besoin d'explorer au-delà des limites d'un territoire si vaste, alors que personne ne le connaissait véritablement de l'intérieur. Tant de choses restaient à découvrir : de nouvelles espèces pouvaient se cacher dans les abysses des montagnes chaudes, ou dans la cime des arbres les plus hauts ; des ruines d'un lointain passé attendaient patiemment que l'on vînt les découvrir.

— Je ne me lasse plus de lire les œuvres de cet Irani Destia. La lecture de ses ouvrages est tellement plus agréable que celle des Lares, ces textes qui ne font qu'encenser Laria. Une ancienne humaine qui a atteint la sphère céleste. Hum ! s'exclama Lémy. C'est d'un ridicule ! On aura tout vu. Les piètres capacités des humains ne peuvent accomplir de tels miracles. Même les Elfes ne se vantent pas de telles absurdités.

Comme à son habitude, Lémy parlait surtout pour elle seule. Depuis que son père lui avait offert ce livre, de nombreuses questions avaient germé dans son esprit. Elle passait ses nuits à réfléchir. Rebelle dans l'âme, la jeune fille avait récemment rejoint un groupe de penseurs, qualifiés d'extrémistes par la population de Linaria. Ces derniers désiraient remonter le temps pour ne plus avoir à se soumettre à une divinité humaine, qui ne pouvait comprendre les préoccupations des autres espèces. Après tout, les Elfes méritaient une divinité à leur démesure.

Avant le culte de Laria, la déesse Mère Lilya appartenait à un groupe de divinités à la hiérarchie complexe, que le peuple considérait comme étant les fruits des entrailles de la déesse Mère elle-même. Chaque peuplade de Linaria vénérait ses déités favorites, liées à leurs cultures et traditions. Quand les humains prirent le pouvoir, ils imposèrent leur foi monothéiste, prétendant que seule Laria méritait le statut de déesse, et qu'elle représentait toutes les divinités en un seul être suprême, bienveillant et juste.

— Lilya ne sera jamais autant vénérée que Laria, tu le sais très bien, répliqua Lildrille. Tout comme ses enfants, ces multiples divinités mineures que tu souhaiterais voir réapparaître. Les temps changent. Dis-toi que ces anciens dieux ont déserté pour aller aider d'autres peuples qui avaient davantage besoin d'eux. Je ne comprends pas pourquoi tu t'obstines dans cette voie, Lémy. Laria aime tout le monde. Et surtout, que nous importe la religion ? J'en ai assez de ces discours vides de sens... conclut-il après une légère pause.

Lémy grogna en direction de son frère qui lui avait parlé de cette voix insipide, dont le désespoir empoignait. La jeune fille avait entendu la suite des pensées de l'Elfe et cela l'exaspérait. « Que nous importe la vie au final ? » avait-il voulu dire, même si sa retenue n'avait pas été utile. Les pouvoirs de sa sœur dépassaient de loin les siens, comme ses principes moraux qui auraient dû la pousser à ne pas espionner plus faibles qu'elle.

— Si je lis ce livre ce n'est pas pour entendre tes commentaires inutiles, s'énerva Lémy en haussant le ton. Tu ne peux pas comprendre. Tu es comme tous les mâles : tu ne sais que te battre et déprimer, bien que je pense que cela soit une compétence que tu développes sans l'aide de tes gènes décadents. Réfléchir n'est pas dans tes attributions.

Lildrille la fixa, sidéré. Il baissa la tête, muet ; combattre l'héritière de sa mère, dont les yeux lui lançaient des éclairs, ne lui disait rien qui vaille. Depuis son plus jeune âge, sa sœur appartenait aux clans elfiques habitués aux mœurs les plus rudes. Ses récents débuts en tant qu'ennemie de la déesse Bleue la rendaient plus détestable encore. Son aversion pour tout ce qui s'avérait étranger à la gent féminine, comme à l'espèce elfique, commençait à taper sur le système de son frère. Avec les sacres, le jeune Elfe aux longs cheveux lisses et blancs avait décidé de ne plus argumenter en présence de sa sœur. Le silence lui convenait bien mieux. Il considérait que les mots n'avaient pas les mêmes portées que les actes, même si Lémy le critiquait également au moindre geste.

Lildrille s'en voulait d'avoir accepté cette lecture même si, à l'origine, il avait rejoint le salon pour aider sa sœur à supporter la vue des baquets emplis de sang qui navigueraient bientôt entre les étages. Leur mère, très malade, nécessitait des transfusions sanguines régulières. Des infirmiers spécialisés rendaient souvent visite au château du régent d'Annhorhellh, l'une des régions à dominance elfique de Linaria. La famille avait préféré que les soins se déroulassent auprès d'eux. Les médecins leur avaient assuré que la souffrante apprécierait de se réveiller dans son lit, quand le moment serait venu pour elle de fouler de nouveau ce monde.

Lémy ne pardonnait pas à son père l'état de sa mère. Selon elle, il avait causé le coma de Nimile. Pour le démontrer, elle s'acharnait à réunir les preuves possibles. La relation père-fille s'était dégradée, Lildrille en subissait les conséquences. Tout en gérant ce drame et sa tristesse, leur père, Osrile, devait également combattre une partie de ses conseillers ainsi que le sang chaud de sa fille. Cette dernière avait réclamé le trône d'Annhorhellh, alors qu'elle n'avait pas encore atteint sa majorité légale. Un mâle ne pouvait détenir le pouvoir. La dignité du peuple elfique en dépendait.

Le pouvoir chez les Elfes s'héritait de mère en fille. La majorité du peuple grondait depuis la maladie de la souveraine bien aimée, et souhaitait que Lémy reprît les rênes, peu importait son âge ou son inexpérience. Seul son sang méritait le pouvoir. Osrile craignait que sa fille l'évinçât, une fois sur le trône, et jouait toutes ses cartes pour rester au pouvoir le plus longtemps possible. Il prétextait que sa femme malade serait bientôt rétablie, que Lémy n'avait pas terminé ses études, qu'il connaissait tous les dossiers en cours, qu'il avait été un bon époux et un bon père, et qu'il avait aidé son peuple pendant de nombreux sacres. Certains de ses conseillers s'étaient ralliés à sa cause, quand d'autres s'étaient rangés sous les ordres de Lémy. Les affres de la guerre civile grondaient. Des conflits anciens remontaient à la surface, notamment les clivages entre les genres et les espèces. La reine, de par son âme bienveillante et ses réformes progressistes, avait commencé à changer les mentalités. Elle avait montré que d'autres voies possibles existaient. Sa maladie avait tout interrompu. Bien que Lémy aimât sa mère, elle ne comprenait pas ses désirs et visions, contrairement à Lildrille.

Lémy n'avait pas perdu de temps. Si son père lui refusait ce qui lui appartenait de droit, elle l'obtiendrait par la force. Soutenue par la tradition et des conseillers complètement dévoués à sa cause, l'Elfe avait confiance en la réussite de son projet. La jeune fille avait mis en place des pièges, des stratagèmes savants, pour blesser ou surprendre son père. Ce dernier avait perdu un œil à cause de flèches empoisonnées, mais n'avait pas dit son dernier mot.

La majorité du peuple adorait Lémy, une guerrière audacieuse, une combattante réputée, prête à tout pour défendre la veuve et l'orphelin. Osrile savait qu'il ne pourrait jamais lutter physiquement contre sa fille. Il usait plutôt de toute sa diplomatie pour que son enfant mît fin à ses ruses pour le détrôner, ou faisait appel à ses meilleurs soldats. Le régent avait doublé sa garde personnelle ainsi que le nombre de domestiques qui le soutenaient. Les autres avaient été éjectés. De nombreux espions circulaient également au sein du château et ses alentours. Osrile ne pouvait éliminer sa fille. Malgré ce qu'elle lui faisait subir, il l'aimait. Par ailleurs, il ne souhaitait pas avoir de sang sur les mains, et il était persuadé que le peuple le tuerait à coup sûr si cela s'apprenait. Pire que tout, il avait surtout promis à sa femme de protéger leurs enfants jusqu'à son retour parmi les vivants.

Tiraillé entre la peur, la soif de puissance et la colère, Osrile n'en dormait plus la nuit. Des attentats étaient régulièrement perpétrés à son encontre, alors qu'il sortait en délégation pour répondre aux questions du peuple. Les slogans « Lémy gardera la tête sur les épaules, elle ! », ou « Un Elfe mâle au pouvoir, et le monde s'écroule ! », l'avaient profondément bouleversé.

Lildrille priait Laria pour que les cœurs s'apaisassent, et que leur famille redevînt unie. Il médita quelques instants, s'interrogeant sur son rôle. Le prince Elfe abhorrait la violence, et ne voulait pas prendre parti. Les jeux de pouvoir ne l'intéressaient pas, au grand dam de son père et de sa sœur. La situation s'envenimait de jour en jour. Il espérait que le peuple se calmerait mais l'annonce de la cérémonie de couronnement d'Ystar avait créé de nouvelles tensions. L'aelrelne suprême n'avait pas les cheveux bleus, et les Régences s'agitaient dans l'attente de la bénédiction des hauts-magiciens, qui prouverait enfin la légitimité du jeune humain. Les Énèdjärs ne se déplaçaient que très rarement. Ils accordaient au Tiane un immense honneur.

Lildrille revint à la réalité, tandis que sa sœur continuait de lire à voix haute. Au contraire de Lémy, qui haïssait ses ancêtres pour s'être soumis au culte de Laria il y avait plus de mille sacres de cela, le jeune Elfe ne regrettait pas un passé qu'il n'avait pas connu. Les multiples divinités du passé avaient, selon les légendes, rivalisé d'audace et de créativité pour conquérir leurs proies linariennes amoureuses, et s'étaient amusées à chambouler le royaume par leurs guerres intestines. Peu lui importaient toutes ces histoires d'enfants.

Les deux jeunes Elfes se trouvaient assis dans l'un des salons attenants, par un escalier, à la chambre privée de leur mère. Comme chez le Tiane, les murs avaient été recouverts d'immenses tapisseries. Chez eux, elles illustraient des scènes de la vie quotidienne des Elfes. On pouvait principalement y observer des enfants s'amuser à cache-cache ou d'autres adolescents tirer à l'arc. En ces tableaux résidait une particularité savante, grâce à une alternance de noir et de gris qui se transformait en variantes bleutées et rougeâtres quand la nuit tombait. Ce tissu, appelé Changeur, constituait l'une des spécialités que les Elfes utilisaient régulièrement à des fins décoratives.

Osrile avait disparu dès les premières lueurs de l'aube pour préparer leur voyage imminent, indispensable quant à leur venue obligatoire à la cérémonie de couronnement d'Ystar. Le palais tianien se trouvait à une journée de voyage en flux-nef. Le transporteur magique nécessitait de l'entretien. Son usage appelait à des réglementations strictes en termes de quantité et types de flux magiques. Leur père évitait ainsi sa fille Lémy, à l'humeur massacrante, qui se braquait davantage les jours où leur mère se faisait visiter par ses médecins. À son grand malheur, bien qu'il s'éloignât des surprises et pièges déplaisants de sa fille, Osrile devait supporter, au-dehors, les manifestations hostiles qui emplissaient toujours certaines des rues adjacentes au château.

Lildrille ne parvenait pas à se détendre, bien que ses pensées fussent un peu plus lumineuses que d'habitude. Son allure sombre ne pouvait laisser poindre la touche d'espoir qu'il ressentait. Une cape noire recouvrait un ensemble en cuir tout aussi lugubre, et contrastait avec la peau du prince, aussi blanche que ses cheveux.

— Je n'aime décidément pas ta tenue Lil' ! Ce noir, toujours cette cape noire ! Nous ne sommes pas en guerre et personne de notre entourage n'est mort, s'écria Lémy, décidée à maltraiter son frère par d'autres biais, pour l'obliger à s'exprimer. Ce n'est pas un temps pour déprimer en public et pour porter du noir. Mère te l'a déjà dit.

Contrairement aux jeunes filles humaines de son rang, Lémy ne portait pas de robe mais un pantalon vert en velours qui soulignait bien ses formes, gracieuses et athlétiques, de par la pratique de multiples activités sportives. Son haut vert, tout de dentelle, paraissait transparent. Les manches lui arrivaient aux coudes pour ensuite se transformer en un voile qui traînait sur le sol. Ses bottes noires la grandissaient et la sublimaient.

— Je n'ai d'ordre à recevoir de personne et surtout pas de toi, que tu le veuilles ou non, céda Lildrille. Arrête d'inclure maman dans nos querelles. Le noir ne reflète pas toujours ce que je ressens, et tu le sais très bien, n'est-ce pas ? interrogea son frère, la fixant droit dans les yeux, avec un air de défi.

Pendant quelques instants, le silence s'installa dans la pièce. Les deux Elfes s'observaient intensément. Lémy finit par fermer les paupières et lâcha un soupir accablé.

— Évidemment. Je ne résiste jamais quand il s'agit de toi, lâcha-t-elle d'un ton suffisant.

La jeune fille avait le don de pouvoir lire dans les pensées des autres. Dès sa naissance, cette aptitude lui avait beaucoup servi. Cela continuait de l'amuser. Elle ne l'utilisait heureusement pas à tout instant, ne voulant pas procéder telle une espionne, même si les domestiques la surnommaient ainsi depuis ses trois sacres. Quand l'envie s'avérait irrésistible, Lémy ne pouvait s'empêcher de commettre l'irréparable. Elle faisait partie de ces rares personnes capables de maîtriser ce pouvoir. Elle en avait fait une arme impitoyable, dont de nombreux autres Elfes avaient tâté sans en revenir indemnes.

— Qu'as-tu lu ? demanda Lildrille, sachant ne rien pouvoir cacher à sa sœur.

Le jeune prince s'était fait la promesse d'apprendre, un jour, à dissimuler ses pensées, comme ses parents avant lui, alors qu'une petite Lémy déjouait toutes leurs surprises, ou divulguait leurs stratégies militaires au tout-venant. Lildrille avait refusé l'aide de ses parents à de multiples reprises, prétextant ne pas vouloir gâcher une part de son énergie à évincer sa sœur. Il n'avait rien à cacher, et pire, ne s'estimait pas assez important pour avoir envie de préserver son intimité.

— Je la vois, elle ! Elle obnubile tes pensées. Elle te plaît toujours autant cette petite humaine, apparemment, fit Lémy d'un ton moqueur et dédaigneux. Même après que père t'eut interdit de la fréquenter.

Lildrille détourna le regard et contempla l'une des tapisseries murales. Via lui plaisait. À chacune de ses visites, il avait essayé d'être le plus jovial et amical possible, espérant lui avoir fait bonne impression sans l'effrayer. En sa présence, il trouvait du plaisir à la vie. La jeune aelrelna ne ressemblait pas aux autres personnes de son rang qu'il avait rencontrées. Il ne l'avait pas côtoyée depuis des levées, à cause d'une autorité parentale méprisante quant aux attirances inter-espèces. Il avait hâte que la cérémonie de couronnement eût lieu pour avoir l'opportunité de l'approcher à nouveau. Lémy pouvait s'entraîner avec Via, mais Lildrille n'avait pas même le droit de l'observer à la dérobée, alors qu'elle manipulait son épée avec élégance et que ses pantalons serrés enjolivaient ses formes agréables.

Son père appartenait à ces Elfes qui n'évoluaient pas avec leur temps, alors que de nombreux mariages inter-espèces pullulaient en Linaria, grâce à la récente réforme elfique. Lildrille espérait que son père s'adoucît, contrairement aux autres protestataires qui pensaient que la pureté des gènes elfiques devait prévaloir sur tout, même sur le bonheur d'autrui. Le jeune Elfe se fichait éperdument de la qualité de son patrimoine génétique. Il n'avait pas même imaginé que l'aelrelna accepte leur premier et unique rendez-vous. Peu combatif, sur le terrain comme en paroles, Lildrille avait cédé à son père. Il souffrait en silence.

— Et je suis d'accord avec Père, déclara Lémy. Bien que Via ait quelques atouts, dont une ascendance aux pouvoirs puissants, tes gènes elfiques, aussi peu fiables soient-ils, n'ont rien à faire avec ceux d'une humaine.

— Épargne-moi tes faux discours patriotiques, lui dit Lildrille sans monter le ton, retournant dans son mutisme habituel.

Lémy bouillonnait sur place. L'absence de réaction de la part de son frère la faisait constamment sortir de ses gonds. Une fois n'était pas coutume, elle décida de lui lire un autre passage, qui le rendrait peut-être un peu plus bavard. La princesse se mit à feuilleter l'ouvrage avec avidité. Lildrille ne bougeait pas, il la regarda faire, mi-amusé, mi-dépité. Leur mère leur avait prodigué des messages d'amour, quand la santé le lui avait permis. Ses enfants n'avaient pas grandi dans la peur des autres. Le jeune Elfe ne comprenait pas d'où provenait la haine profonde que ressentaient Lémy et son père.

Dernièrement, les écrits de l'historien grède misanthrope Irani Destia envahissaient davantage les pensées de sa sœur. Lildrille avait compris pourquoi leur père lui avait offert cet ouvrage. S'il souhaitait se réconcilier avec sa fille en lui montrant qu'ils possédaient des visions religieuses similaires, cela n'avait pas fonctionné. L'animosité de Lémy envers leur père ne désemplissait pas pour autant. Cependant, la lecture occupait sa sœur, ainsi moins active dans sa guerre personnelle.

La jeune fille se radicalisait. Elle s'absentait régulièrement pour rejoindre la nouvelle secte à laquelle elle appartenait désormais. Leur père ne fréquentait pas ces individus, à moins que le jeune prince n'eût été volontairement tenu à l'écart de ces pérégrinations. Lildrille n'avait jamais bien saisi les croyances religieuses de son père, ce dernier respectait à la lettre ses obligations envers Laria, comme s'il craignait que le Tiane le destituât au moindre faux pas. Ce qui pouvait en fait s'avérer possible.

— Voilà ! applaudit Lémy, heureuse d'avoir mis la main sur le passage auquel elle songeait.

Une fois assise, et avant qu'elle débutât sa lecture, les deux jeunes gens entendirent les craquements provenant du bois de leur grand escalier. Une Elfe et un humain descendaient les marches, tout en portant des bassines dans lesquelles un étrange liquide, à l'odeur indistincte, gigotait au rythme de leurs pas. Des bandes de tissus imbibées de sang recouvraient leurs épaules, leurs mines lugubres attestaient de la funeste entreprise qu'ils venaient d'effectuer. Leurs tenues de guérisseurs n'avaient plus rien de chatoyant. Ils saluèrent Lémy et Lildrille avant de quitter la pièce, suivis par une poignée de gardes en charge de la protection de la souveraine, alitée à l'étage.

Lémy avait baissé la tête à la vue des guérisseurs et de leur charge immonde, jusqu'à en oublier sa haine pour le médecin humain que son père tolérait en son château, soi-disant pour ses grands pouvoirs reconnus à travers tout Linaria. Lémy s'était promis, une fois au pouvoir, qu'elle éjecterait tous les Hommes d'Annhorhellh. La Régence ne serait plus à dominance elfique, mais elfique tout court.

Lildrille se leva. Il souhaitait aider sa sœur à supporter la vue du sang de leur mère, la prendre dans ses bras.

— Non. Je n'ai pas besoin de ton soutien ! fulmina la jeune princesse. Écoute plutôt ce que je vais te lire.

Elle regardait les pages du livre d'un air détaché. Son frère s'arrêta net et reprit sa place, plus tendu qu'auparavant. Ses instincts de grand frère devaient cesser ou il devrait continuer de supporter les colères incompréhensibles de sa sœur. Leur mère serait malheureuse de constater ce revirement de personnalité chez sa fille. Depuis son coma, Lémy avait profondément changé. Lildrille espérait que la jeune Elfe n'avait pas perçu ses dernières excursions mentales. Si tel était le cas, la princesse n'en laissa rien paraître. Elle commença la lecture.

— *Dès son arrivée en Linaria, Laria fut choquée de voir tant d'espèces différentes vivre ainsi en communauté,* débuta Lémy, après avoir repris sa contenance habituelle. *Sur Ultime, sa planète, elle ne fréquentait que des humains, et les oreilles pointues des uns, ou les cheveux dorés des autres, l'effrayèrent. Ses parents, tous deux d'accord avec elles, lui suggérèrent d'aller rencontrer le dirigeant de ce drôle de pays, appelé Tiane, et de lui demander des explications. Durant ses escales très courtes en Adroua ou en Mélog, la jeune fille n'était pas restée assez longtemps pour s'apercevoir que, partout sur cette planète, les espèces savaient s'aimer et se respecter. Son ignorance et son égoïsme changèrent la face de Linaria à jamais.*

Le Tiane, du nom de Lucarius, les accueillit avec surprise. Il n'avait jamais accueilli de personnes provenant d'une autre planète que la sienne. Il répondit à leurs questions avec honnêteté et leur expliqua que les Elfes, les Nains, les humains, les Ildiens et les Grèdes vivaient en paix en son royaume. S'ils le désiraient, ils pourraient dormir au sein de son palais le temps qu'ils trouvassent où habiter définitivement. La vie de princesse manquait à Laria qui accepta cette offre avec plaisir. L'immense palais, appelé Vatés par hommage à son créateur, s'étendait jusqu'aux lacs Sycarius et Valistère qui constituaient la frontière naturelle avec le royaume de Mélog. La jeune fille prit le temps de visiter chaque pièce du magnifique château et passa ses nuits dans la grande bibliothèque tianienne. Ce qu'elle y lut la troubla.

Les aventures fantastiques des derniers Érigeurs, ces Dravals aux talents incroyables ; les inventions ahurissantes du professeur Zélikiel, cet homme qui créa les changeurs, pas ce tissu elfique mais bien ces personnes aux drôles de capacités ; les exploits de l'un des Dieux Elfes, Lorane, accompagné de ses guerriers impitoyables, ou encore les fabuleux pouvoirs d'Analoriel, une Anima issue de l'école des arts Bellari, furent des récits qui l'impressionnèrent. Ses parents ne la voyaient plus, leur fille ne faisant que lire à longueur de journée. Les histoires de ces héros, de ces hommes, de ces Elfes, de ces légendes la ravissaient. Elle désirait tant leur ressembler, être aussi courageuse, combattante et adorée que ces figures illustres. Laria souhaitait faire partie de l'Histoire de ce pays, de ce monde, de cet univers. Pour cela, plusieurs plans lui vinrent à l'esprit, tous aussi grandioses les uns que les autres. Le plus diabolique fut celui concernant la suprématie des Hommes en Linaria.

Laria désirait que les autres espèces disparussent afin de permettre l'hégémonie parfaite des humains, peuple qu'elle jugeait supérieur depuis sa plus tendre enfance. Elle savait très bien que ses idées ne conviendraient pas à tous. Les espèces vivaient si bien en communauté en Linaria que son plan serait voué à l'échec.

Elle aurait pu faire le bien, aider à faire progresser les peuples. Ce ne fut pas son choix. Les humains de Linaria n'étaient pas aussi talentueux que les autres espèces, qui s'avéraient plus puissantes de par leurs nombreux pouvoirs détenus des dieux. Sur la planète Ultime, Laria avait appris une multitude de sortilèges, de techniques magiques et autres formes plus noires, qui lui permettaient de faire tout ce qu'elle désirait. Une fois les hommes éduqués et aptes à se servir de l'essence de la magie, elle les incita à utiliser leurs dons. Des couples formés par deux espèces différentes furent alors étrangement touchés par de funestes évènements. La femme ou le mari mourait dans d'abominables souffrances. Laria accusa ces relations scandaleuses d'être à l'origine de ces morts impromptues. Le nombre de décès humains dépassait largement celui des autres espèces, ce qui lui permit de critiquer les Elfes, les Grèdes, les Nains et les Ildiens, et d'interdire ainsi tous rapports avec eux. Les progénitures nées de ces relations apparaissaient toutes malformées ou mouraient très jeunes. Ces histoires s'envenimèrent avec le temps et ébranlèrent tout le pays. Chaque espèce vit à présent dans son coin et craint la venue « d'étrangers ». Le peuple des Hommes se renforça, il n'avait jamais été aussi fort que dans ces temps-là. De fil en aiguille, Laria devint leur dirigeante et sa gloire dépassa les frontières de Linaria, jusqu'à l'Océan.

Chapitre 6 – Partie 1 : Arrivée de Laria en Linaria, de Pourquoi le monde *par Irani Destia, historien grède, sacre 400*

Lémy s'arrêta, un sourire satisfait sur les lèvres. Elle avait trouvé l'un des passages les plus édifiants qui exposait toute la noirceur de la déesse, alors qu'elle n'avait pas encore grimpé les marches de la divinité. Avant même que Lémy reposât le livre, son frère prit la parole.

— Savais-tu qu'Irani Destia avait écrit ce livre après que sa propre communauté l'eut exilé ? demanda Lildrille, le visage en avant et les coudes sur les genoux ; ses yeux d'un bleu troublant étincelaient d'une force nouvelle. Savais-tu que sa mère avait été tuée en place publique pour avoir voulu se remarier avec un Elfe ? Savais-tu que ce soi-disant historien avait déliré les derniers jours de sa vie, qu'il abhorrait une déesse pleine d'amour, et qu'il avait accusé cette dernière d'avoir détruit la vie de sa mère, et la sienne par la même occasion ? Personne aujourd'hui ne croit ces fables stupides que tu continues de lire pour faire plaisir à ceux de ta secte, ceux qui espèrent voir revivre les anciens temps polythéistes anarchiques, en détériorant l'image de Laria, notre déesse bien-aimée.

— Comment oses-tu ? s'énerva Lémy, dont le sourire s'était effacé au fur et à mesure que son frère posait ses questions rhétoriques.

La jeune Elfe sentait le rouge monter à ses joues. Elle connaissait parfaitement la vie de l'historien dont elle étudiait l'ouvrage depuis peu. Elle ne se documentait pas seulement pour que les autres membres de sa secte l'admirassent. Elle appréciait réellement les mots et les envolées lyriques du Grède, qui enjolivait chacune de ses phrases par des soubresauts patriotiques et avides de justice. Elle avait toujours su que le destin des siens se trouvait ailleurs que dans un culte insipide à dominance humaine. Lémy ne désirait plus avoir affaire aux Hommes, que ce soit dans sa foi ou dans tout autre domaine. La lâcheté de son père, soumis au Tiane, un Homme de pouvoir, mais un humain malgré tout, la débectait.

— Tu ne sais rien, et moi non plus, s'énerva son frère. Les seules choses que nous savons sont le fait de nos différents peuples. La fierté des Elfes, le côté vicieux des Grèdes, la hargne des humains, la voracité des Nains, ou l'affabilité des Ildiens... Tous se haïssent pour des raisons économiques, politiques et culturelles. Ils ont préféré se regrouper par région, par communauté. La religion prônée par Laria n'a rien à voir avec tout ça ! Au contraire, elle essaie de rassembler, de défaire les frontières...

Lildrille se leva avant de terminer sa phrase. Il tremblait de rage. Son état fébrile n'affectait pas sa sœur. Elle le considérait comme un être faible, aveuglé par des sentiments envers une héritière qu'il ne connaissait qu'à peine. Lémy ne ressentait que du dégoût, du mépris pour ce frère inutile. Elle remerciait la véritable déesse Lilya de lui avoir permis de naître parmi les Elfes, chez qui le genre féminin héritait du pouvoir. Grâce à ce statut, Lémy bénéficiait des meilleurs professeurs, et pouvait choisir la voie qui lui plaisait, sans que son père eût à décider pour elle. Le pouvoir était quasiment à portée de mains. Elle le sentait.

— Ta petite aelrelna serait ravie de te savoir aussi férocement liée à sa cause, rit Lémy avec cynisme. Une déesse qui souhaite « rassembler » sous un gouvernement humain... Quelle ironie lorsque l'on sait que ces mêmes humains alourdissent les contrôles aux frontières.

— Ils veulent éviter que des attentats se produisent lors de la cérémonie de couronnement.

— Ce n'est qu'un prétexte. Les mots de Laria peuvent être compris de bien des manières. Personne ne nous dit que ses « héritiers » ne finiront pas par tous nous éradiquer quand ils comprendront la menace que nous représentons.

— Les Elfes, une menace ? questionna Lildrille, perdu.

— Nous sommes bien plus forts qu'eux, répondit Lémy, comme si cela constituait un fait évident.

Lildrille continuait d'effectuer des allers-retours le long de la bibliothèque qui longeait l'escalier menant à la chambre de leur mère. Il espérait que cette dernière eût perdu son ouïe fine, qu'elle n'entendît pas ses enfants se quereller. Lémy avait, une fois de plus, réussi à faire sortir son frère de ses gonds, alors que l'esprit de celui-ci s'apaisait à l'idée de bientôt revoir Via.

— Toi qui encenses les Elfes et ne désires côtoyer qu'eux, comment expliques-tu le fait que tu aies décidé d'appartenir à la secte des prêcheurs de Lilya ? N'y cohabites-tu pas avec des Grèdes ? Et que fais-tu de tes entraînements réguliers avec Via, une humaine ?

— Je reconnais bien là tes réflexions pathétiques, mon frère, soupira Lémy, qui se leva à son tour pour aller reposer le livre. Tu devrais t'appliquer à tes stupides leçons de dessins ou de méditation, plutôt que d'essayer de discuter politique et religion avec moi. Je ne pense pas que tu y comprennes grand-chose au final.

Lildrille prit sur lui. Il s'échina à ne pas ouvrir la bouche. Sa sœur le répugnait chaque jour davantage. Lémy lui souriait avec une haine non dissimulée, alors qu'elle montait les marches pour quitter la pièce. Comme à son habitude, la jeune Elfe comptait raconter ses dernières aventures à leur mère dans le coma. Son frère la suivit du regard quelques instants, tandis qu'une larme coulait sur sa joue droite. Lildrille s'éloignait petit à petit de sa famille. Son père s'était métamorphosé quand sa femme avait sombré dans la maladie, et Lémy devenait une tout autre personne depuis qu'elle manigançait pour prendre le pouvoir.

Alors qu'il se perdait dans ses pensées, les guérisseurs réapparurent dans la pièce. Lildrille les salua rapidement pendant qu'ils grimpaient les marches, suivis par quelques gardes. Le prince décida de rejoindre sa chambre. Il traversa des couloirs vides, plusieurs salons où des domestiques se reposaient avant le retour de son père, puis une cuisine dans laquelle il en profita pour humer les odeurs du repas à venir. Son estomac gargouilla gaiement. Le prince Elfe enchaîna les couloirs et les rangées de gardes aux yeux suspicieux.

En arrivant en haut de sa tour, à l'est du château, Lildrille en profita pour se pencher à sa fenêtre qu'il ouvrit en grand. Il respira l'air chaud qui s'insinuait sous sa cape. Personne ne venait jamais le visiter dans ses quartiers, si ce n'étaient quelques serviteurs quand Lildrille en ressentait le besoin. Le jeune Elfe appréciait le silence ; les bruits des pas sur les pierres l'insupportaient.

— Je me sens si seul, soupira-t-il à voix haute.

Ses yeux s'attardèrent sur les champs verts qui s'étendaient à perte de vue. Bien qu'il appréciât ses instants de solitude, le prince Elfe souffrait de ne pas avoir d'amis à qui se confier, d'amante sincère vers qui se tourner, de mère aimante à qui parler, de sœur compréhensive avec qui s'amuser et de père affectueux qui le comprenait. Plus il grandissait, et plus sa vie lui échappait. Demeurer un Elfe mâle dans une société qui vous haïssait, qui vous rabaissait, qui vous mettait à l'écart n'aidait pas Lildrille à accepter sa condition, ses sentiments envers Via, ou sa malédiction de sang.

— Tu n'es jamais seul. Nous sommes toujours là, répondit une voix dans sa tête, une voix qu'il connaissait par cœur. Que tu le veuilles ou non. Dommage...

Avec le temps, il avait appris à différencier ces tonalités ; chaque timbre possédait ses propres particularités. Lildrille ferma les yeux. Il fit un mouvement de la tête, en réponse à cette voix qu'il s'efforçait d'oublier habituellement, qu'il craignait. « Je sais », pensa-t-il, à la fois rassuré et déprimé. Le prince ne savait plus qui il était, ce qu'il était et comment gérer tout ce qui s'animait au fond de lui. S'accepter, quand tout ce qui nous constituait nous terrifiait, lui paraissait impossible.

***

Plus tard dans la soirée, Lémy s'entraînait dans sa chambre. Elle s'imaginait combattre ses détracteurs, pourfendant les corps de ses ennemis, lacérant leur peau, fracassant leurs crânes. L'épée qu'elle tenait à la main droite, comme une extension de son bras, semblait légère, souple, et tintait dans l'air quand l'Elfe terminait ses mouvements précis, fruits d'une éducation rigoureuse et stricte. La jeune fille adorait ces séances d'exercices et les répétait plusieurs fois par jour, pour garder la forme et éprouver du plaisir. Contrairement à son père qui devait se déplacer avec ses gardes personnels, Lémy savait se défendre seule. Elle refusait qu'on la suivît à longueur de journée. Pourtant, elle savait que quelques-uns de ses partisans la surveillaient de près, de peur que son père lui déclarât subitement la guerre, ou que ses ennemis l'attaquent malgré les injonctions du souverain qui le leur interdisaient.

Le retour de son père avait été mouvementé. Lémy avait refusé de manger en sa compagnie, laissant son frère Lildrille seul spectateur des lamentations d'Osrile. Apparemment, son voyage s'était mal déroulé mais il avait réussi, par miracle selon lui, à tout mettre en place pour leur départ prochain. Lémy avait préféré déguster son repas dans sa chambre, savourant à la fois le massage, les soins, et le bain préparés par des domestiques dédaigneux. La jeune Elfe adorait obliger ces derniers à quitter leur poste habituel pour qu'ils s'occupassent d'elle. Les serviteurs du château la détestaient, ils ne se privaient pas pour le montrer. Générer de la haine ne gênait Lémy en aucune façon. Bien au contraire. Elle s'en délectait. Elle entendait tout de leurs pensées, connaissait tout d'eux. Les menaces qu'elle proférait à l'encontre de leurs proches déroutaient les domestiques, effrayés que la princesse mît en application ses dires.

En sueur, la princesse sourit, satisfaite de la qualité de ses exercices. Joueuse, Lémy se demanda quels domestiques appeler pour de nouveau se détendre dans un bain chaud. La jeune fille étira ses jambes, ses bras et s'approcha de son armoire pour y ranger son épée. Ouvrir son placard lui procura du plaisir ; son intérieur, recouvert de lames en tous genres, réchauffait son âme et illuminait sa chambre par tous les rayons que les armes réfléchissaient. Lémy collectionnait les dagues, poignards, et tout équipement susceptible de trancher, de s'accorder à son esprit bagarreur. Son épée fétiche, baptisée Émina, du nom de son arrière-grand-mère, retrouva sa place habituelle, dans un fourreau en cuir qui avait bien vécu. L'armoire, qui s'était ouverte suite à la reconnaissance de ses gènes, se referma automatiquement une fois qu'elle s'en éloigna. Les Elfes ne déméritaient pas dans l'art des Objets Liés.

Lémy se posa à la fenêtre de sa chambre, située dans sa tour, à l'ouest du château. L'air rafraîchissant de la nuit la fit soupirer d'aise. Elle commença à sécher les gouttes de sueur qui restaient encore collées à son front. La princesse songeait à la cérémonie de couronnement d'Ystar qui approchait à grands pas. Malgré son aversion pour les humains, elle avait toujours apprécié cet aelrelne peu commun, aux idées aussi insolites que stupides, aussi noires que cruelles. Son caractère se rapprochait étrangement du sien, contrairement à celui de Via, qu'elle détestait.

Lémy prenait sur elle lorsque cette dernière venait s'entraîner en sa compagnie, ou quand cette héritière au sang bleu lui demandait des conseils guerriers. L'Elfe se transformait alors en une jeune fille des plus agréables, des plus sociales et des plus charmantes, en une Elfe qu'elle ne reconnaissait pas. Lémy souhaitait ardemment plaire à cette humaine, chez qui elle avait détecté des pouvoirs d'une puissance incommensurable, des pouvoirs qui grandissaient en cachette, dissimulés dans un corps frêle, inadapté. Un corps humain, en somme. Lémy avait, de plus, remarqué que le Tiane portait un amour démesuré à sa plus jeune enfant, et l'Elfe savait jouer de ces atouts en politique.

— Mouvements détectés au pied de votre tour, princesse.

Toujours accoudée à sa fenêtre, Lémy capta les pensées de son garde le plus loyal, posté au sol. Il étendait volontairement son esprit pour que sa protégée princière pût communiquer avec lui.

— Selon vos ordres, j'ordonne à mon équipe de ne rien faire, princesse.

Lémy sourit et recula. Elle ouvrit davantage la fenêtre et frappa allégrement dans ses mains, heureuse de pouvoir s'amuser avant de plonger dans son bain de minuit. L'un de ses ennemis téméraires allait essayer de grimper la tour pour l'atteindre. La jeune fille avait hâte de se battre contre l'un des fidèles de son père, certainement un mâle qui désirait que l'on considérât ses pairs avec davantage de respect. La jeune fille réajusta son haut et se fit une queue de cheval, avant de récupérer Émina dans son fourreau. Elle caressa la lame encore chaude et la fit tinter dans l'air. Le son lumineux qui en sortit vibra jusqu'aux oreilles satisfaites de l'Elfe, qui attendait patiemment que son ennemi vînt la défier. Le dernier qui s'était frotté à elle avait frappé pendant son sommeil. Heureusement pour elle, la jeune fille avait entendu les pensées meurtrières de l'Elfe avant que sa cruauté la blessât. Depuis, ses gardes personnels surveillaient la tour la nuit.

Lémy éteignit ses bougies par son souffle, dégagea la zone qu'éclairaient les rayons astraux au bas de sa fenêtre, et s'allongea confortablement dans son lit, simulant un sommeil sincère. La princesse se força à calmer les battements de son cœur qui s'affolait à l'idée de faire couler le sang. Elle attendit que ses yeux s'accoutumassent à la pénombre. Son épée s'enfonçait désagréablement dans ses côtes et l'empêchait de respirer normalement.

Lémy rouspéta et trouva une position plus commode. L'air frais entrait doucement dans sa chambre, annihilant toutes les traces de ses entraînements de la soirée, et lui procurant quelques frissons au passage.

Les minutes passèrent sans que ses gardes lui communiquassent quoi que ce soit, et sans que l'Elfe entendît le moindre bruit. Lémy se retourna dans son lit et se mit à s'imaginer embrassant sa mère, lui souhaitant la bienvenue, riant avec elle. Le sourire éclatant de Nimile lui manquait cruellement. Une larme s'échappa de l'un de ses yeux. La princesse la sécha avec rage. Sa patience avait des limites.

Lémy se leva et se pencha à la fenêtre. Aucun ennemi ne grimpait ou ne s'agrippait aux plantes accrochées aux vieilles pierres. La princesse frappa le bois de ses volets avec son arme. Ses gardes n'avaient pas pour habitude de lui fournir de fausses informations. La princesse décela un léger bruissement dans l'air. Son âme bondit de joie.

Lémy se retourna précipitamment et leva son épée. Le claquement de l'acier contre l'acier la fit frémir de plaisir. Son ennemi l'avait piégée. Elle l'admira pour cela. Il avait grimpé jusqu'au-dessus de sa fenêtre, puis pénétré dans sa chambre alors qu'elle regardait le bas de la tour. Malheureusement pour lui, elle avait détecté la présence d'un autre esprit, au bouclier spirituel défaillant. Personne n'avait encore su la défier à sa juste valeur. Tout sourire, l'Elfe se rua sur son adversaire, qui recula avec maladresse vers le lit de la princesse.

Habillé entièrement de noir, l'individu cagoulé se mouvait avec grâce. Il évitait les attaques de Lémy avec talent. Celle-ci s'amusait ; elle lui laissait gagner du terrain pour mieux le faire trébucher, ralentissait pour mieux le surprendre. Curieuse, elle pénétra l'esprit de l'attaquant. Avec facilité, l'épée Emina s'insinua dans les replis du vêtement sombre, entaillant la poitrine de l'ennemi. L'intrus poussa un cri de surprise. L'esprit affûté de la princesse anticipait tous les gestes de son opposant. Le combattant ne pouvait maintenir sa protection mentale en même temps que sa concentration.

Cet ennemi possédait des ressources insoupçonnées, et même des talents de combattant aguerri. Presque aussi rapide que l'Elfe, la forme ténébreuse maniait sa lame avec adresse. Lémy étudiait son opposant. Son adversaire ne s'était pas habitué au poids de son arme. Déséquilibré par moment, il perdait son assise confortable. Il avait encore tant à apprendre. Ce duel dans l'obscurité le perturbait sans doute, les rares rayons de la nuit éclairaient leur combat quand les nuages disparaissaient. Lémy prenait tout son temps pour analyser son ennemi. Elle le fatiguait volontairement, appréciant cet exercice bienvenu. Jusqu'à ce qu'une intrusion inattendue vînt tout gâcher.

— Individu étranger dans l'enceinte du château ! Halte !

Les gardes de son père venaient de pénétrer dans la chambre de la princesse sans sa permission. Lémy devint hystérique. Elle assena un coup de poing violent à son adversaire qui s'affala rudement sur le sol, hors d'état de nuire. L'ennemi ne bougeait plus. L'Elfe se baissa, récupéra l'épée de ce dernier puis soupesa l'arme avec doigté. De bonne facture, elle irait compléter sa collection de lames.

— Eh bien ? Votre intrus est à terre. Qu'attendez-vous pour le ramasser et le dégager de ma chambre ? éructa Lémy en direction des gardes incrédules, mains en avant, prêts à lancer leur magie si nécessaire.

Lémy préférait se battre à l'aide de ses poings ou armes, contrairement au corps de gardes magiques récemment engagé par son père. Ceux-ci baissèrent leurs bras et s'activèrent à débarrasser le corps de l'Elfe assommé. Ils jetèrent au passage des regards haineux à la princesse, auxquels celle-ci riposta avec affront. Osrile jouait parfaitement le rôle du père stupide. À vouloir la protéger, au nom de leur mère malade, il finirait par devoir affronter ses propres alliés. La jeune fille attendait ce moment avec impatience.

— Domestiques ! cria Lémy dans le couloir. Préparez-moi un bain ! Tout de suite !

La princesse avait besoin de repos après ces instants d'émotion. Un bon bain chaud lui ferait le plus grand bien.

Chapitre 5

Au milieu d'une immense forêt, une jeune femme courait. Sa longue capuche sombre ne couvrait plus son visage, elle volait derrière elle, au-dessus de ses épaules. Sa tenue peu adaptée à la course offrait de nombreuses prises au vent, et la ralentissait. Heureusement, chacun de ses pas déterminés lui permettait d'avancer assez vite pour échapper à ses poursuivants.

Sa chevelure bleue flottait autour de son beau visage, crispé par la peur. À bout de forces, elle s'arrêta pour reprendre son souffle. La jeune femme s'adossa au tronc d'un arbre. Elle posa ses mains sur les genoux et plia ses cuisses. Une fois calmée, elle appela :

— Ama ! Ama !

Quelques secondes passèrent et rien ne se produisit. La jeune femme attendait, inquiète. Soudain, un bruit sourd se répercuta sur le tronc des arbres ; le sol trembla sous la menace. La jeune femme sourit alors qu'un vent violent s'abattait sur elle. Un dragon, plus précisément une dragonne, apparut. Elle atterrit avec souplesse ; quelques feuilles s'envolèrent et retombèrent pêle-mêle sur le sol. La dragonne, pas très grande pour son espèce, dépassait à peine la jeune humaine. Elle stabilisa ses ailes d'un bleu irisé ; la jeune femme caressa tendrement son poitrail puis monta sur son dos où une selle avait été dressée à cet effet.

— Où veux-tu que nous allions ? demanda la voix mélodieuse de la dragonne dans l'esprit de l'humaine. Ils nous retrouvent toujours ! J'ai si peur !

— Fais-moi confiance ! la rassura sa Dravalle d'une voix qui se voulait à la fois dure et protectrice. Sortons du pays, nous improviserons par la suite.

La dragonne obéit immédiatement. Elle s'éleva dans les airs, poussant sur ses ailes de toutes ses forces. Ses ailerons effleurèrent à peine les branches et le feuillage des arbres. Elle atteignit rapidement la cime puis le ciel. Elle effectua un tour sur elle-même afin de mieux s'orienter, puis se pencha vers la droite. Ses ailes accentuèrent la cadence. Sur son dos, la jeune femme se cramponnait pour ne pas tomber.

Cette dernière se détendit. Personne ne les pourchassait. Le ciel bleu et pur, vide de toute menace, lui offrait une vision lointaine. Quelques manaris, des oiseaux blancs aux longues ailes, s'écartèrent sur leur passage. La jeune femme les contempla, les vagues qu'ils formaient dans les airs la fascinaient. D'autres spécimens les accompagnaient. L'humaine ne reconnut que les sazires, des volatiles effrayants teintés de rouge, aux pics et pointes sur la peau.

Une goutte lui tomba sur le front. Étonnée, elle leva les yeux. D'immenses nuages gris s'amoncelaient, des éclairs illuminaient le ciel, et des courants d'air vifs s'invitaient à la danse. Une terrible tempête se préparait. Ama perçut le mauvais temps, ses ailes s'activèrent davantage. Malgré sa puissante musculature, le vent violent la força à ralentir. La pauvre Ama, ainsi nommée en souvenir d'Amalia, la puissante haute-magicienne monteuse de dragons, luttait contre l'orage.

— Ils veulent nous piéger ! s'écria la jeune femme, serrant ses jambes autour de sa monture dans un geste désespéré. Courage Ama ! Tu peux le faire !

Répondant à sa protégée, Ama agita ses ailes de plus belle, combattant les bourrasques violentes. La tempête recouvrit le firmament tout entier. Ama virait à gauche, à droite… Où qu'elles se dirigeassent, l'ouragan les pourchassait. La jeune femme, aux forces diminuées par la fuite et la faim, à la volonté brisée par le vent et le froid, ne s'accrochait plus qu'à peine aux écailles bleutées. La chute, si elle se produisait, serait terrible. Voire fatale. Elle forçait ses yeux et son esprit à se concentrer sur la route pour éviter de songer au pire.

Des filets d'eau tombèrent. La pluie aveugla Ama un instant ; le liquide gelé s'insinua dans la tenue de la monteuse, qui frissonna. La dragonne souffrait tout autant que sa Dravalle. L'adrénaline et la peur la tenaient et la poussaient vers l'avant. La jeune femme ressentit la douleur de sa partenaire ; ces pointes de panique pénétraient son cœur, aussi aisément que des lames de poignards. Pour les sortir de ce chaos, elle décida d'user de la magie. Elle se redressa avec peine et invoqua un sortilège de protection.

— Esthärté ! hurla-t-elle.

Sa voix se perdit dans les tourments des rafales de vent et de pluie. Le sort avait été prononcé en une langue utilisée uniquement pour se connecter aux flux magiques. L'ancien langage avait été remplacé par le linarien. Laria avait opté pour un parler commun ; ses principes de cohésion et de compréhension entre les différents peuples prévalaient sur les identités culturelles.

Un halo translucide bleu apparut autour de la jeune femme. Elle l'élargit à sa dragonne après un travail mental et physique assidu. Le vent et la pluie arrêtèrent enfin de les soumettre à leurs manigances. Ama recouvra une vue limpide et reprit son envolée frénétique, revigorée par le bouclier.

La jeune femme puisait dans ses dernières ressources pour contenir le sortilège en place. Ses yeux froncés, son front plissé et ses lèvres retroussées attestaient de ses efforts douloureux. Les forces de la jeune femme se mouraient doucement. Se maintenir sur le dos de la dragonne lui broyait les entrailles. Ama ressentit ce malaise terrible. Partagée entre la peur d'être rattrapée et la crainte de perdre sa cavalière, elle continuait d'avancer à la même allure. Soudain, la jeune femme lâcha prise. Le halo bleu disparut. Le vent et la pluie attaquèrent Ama qui assista, impuissante, à la chute dans le vide de sa partenaire.

La dragonne se précipita en piqué, la tête pointée vers le bas et les ailes repliées. Sauver sa Dravalle constituait sa seule pensée claire. Ralentie par les intempéries, Ama enrageait. Une fine flamme orangée sortit de ses narines pour aller toucher la nature en dessous. L'incendie cessa immédiatement, atténué par la forte pluie. La dragonne hurla de désespoir, son cri se répercuta dans l'air tel un tonnerre foudroyant. Ses yeux troublés par l'eau n'apercevaient la jeune humaine nulle part. Des images de mort l'accablèrent. Un trou béant s'ouvrit dans son cœur. Toute son énergie et toute sa volonté la quittèrent.

Ama décida de lâcher prise. Comme sa Dravalle, elle se laissa tomber, triste et brisée, glissant sur les courants d'air endiablés sans s'en soucier. Sa moitié l'avait quittée, la vie n'avait plus de sens, plus rien ne comptait plus. Ama ferma les yeux. Son corps tombait, inexorablement attiré par la terre. L'esprit embrumé de la dragonne ne ressentit pas la chute ni la fin. Les débris de bois et de branches s'amoncelèrent, ses os se brisèrent et le sol la rattrapa.

Alors qu'elle poussait son dernier souffle, ses yeux s'ouvrirent. Le corps immobile de sa compagne reposait auprès d'elle, les yeux vides et la bouche ensanglantée.

***

Sacre 1410, levée d'Iliath, jour 33 – Le matin – Château tianien

Via se réveilla. Un hurlement terrible sortit de sa gorge sèche, ses draps virevoltèrent sous ses agitations, et son souffle s'accéléra. La sueur recouvrait tout, jusqu'à ses cheveux. Des images de ses péripéties nocturnes réapparurent devant ses yeux bien ouverts. Des sensations de mort et d'impuissance l'assaillirent et la firent geindre de plus belle. La jeune fille n'avait jamais aussi mal supporté ses cauchemars. La douleur de la dragonne avait été suintante de détresse, dégoulinante de souffrance et de réalisme. Une véritable torture.

— Aelrelna ! Aelrelna ! Tout va bien ?

La domestique se trouvait dans la chambre, au chevet du lit de la jeune fille. Nandra était entrée sans l'autorisation de l'héritière. Les cris de sa petite protégée l'avaient effrayée. La domestique ne dormait jamais vraiment, elle préférait garder un œil ouvert au cas où les gardes se montreraient inutiles. Les protecteurs l'avaient laissée ouvrir la porte sans intervenir. Considérée comme inoffensive, la domestique n'inquiétait personne.

Contrairement à la veille, Nandra n'avait pas attendu que la jeune fille se calmât pour accourir. Les cris de l'aelrelna n'avaient jamais été aussi vigoureux. Cette nuit, la domestique avait du mal à garder son sang-froid face aux terreurs obscures qui assaillaient Via. Elle-même n'en dormait plus, stressait, paniquait et priait Laria de manière plus active.

Quelques heures auparavant, alors que l'aelrelna dormait profondément après les soins du haut-magicien Chris, Nandra avait confié ses inquiétudes à sa maîtresse. Héléna lui avait ordonné de prendre davantage soin de Via, notamment pour que ses hurlements nocturnes cessent de déranger tout l'étage.

La reine lui avait révélé une recette de famille, une décoction utile pour apaiser les palpitations, les crises d'angoisse ou les maux de tête. Nandra lui en avait été reconnaissante et en avait préparé avant d'aller somnoler, juste au cas où. La domestique ne croyait pas en la sollicitude de sa maîtresse. Elle connaissait assez bien Héléna pour savoir que la reine aidait sa belle-fille dans des buts moins louables. Via monopolisait l'attention des hauts-magiciens, cela déplaisait à Héléna, habituée à constituer le centre de toutes les sollicitudes, de toutes les remarques et de tous les commentaires.

Nandra avait prié pour le salut de l'âme de Via avant de s'endormir, comme toutes les nuits depuis presque une huitaine. Elle en avait appelé à la grâce de Laria, pour que sa protégée reprît une vie paisible, et que les esprits malfaisants quittent ce lieu de vie. Cela ne pouvait plus durer. La domestique redoutait les cauchemars de Via. Ils s'enchaînaient de manière inexplicable et semblaient terrifiants. Les hurlements éprouvants l'attestaient. Nandra était persuadée qu'une présence noire rôdait dans le château, et que cette dernière s'intéressait tout particulièrement à Via pour une raison qu'elle ignorait. Le Larien qu'elle avait visité deux jours auparavant lui avait promis d'étudier cela, et d'effectuer quelques recherches dans sa bibliothèque sacrée.

— Nandra...

Via peinait à se calmer. Nandra quitta la pièce et réapparut dans la chambre avec la tasse qu'elle avait préparée plus tôt. Par un sortilège à sa portée, la domestique réchauffa la boisson et la porta aux lèvres de Via. Son visage gorgé de pleurs restait méconnaissable. Des angoisses insoutenables continuaient d'agiter le corps de la jeune fille, fatiguée par une suite de nuits tourmentées. L'aelrelna but avec difficulté et renversa un peu de liquide sur ses draps. Via semblait à bout, la jeune fille ne supportait plus les sensations néfastes que lui apportaient ses cauchemars.

Nandra récupéra la tasse après que Via en eut bu quelques gorgées. Elle s'accroupit et avança ses bras dans une étreinte réconfortante. La domestique n'avait jamais connu sa protégée aussi affaiblie. Son cœur ne supportait pas cette vision, même si sa raison lui intimait de se détourner d'une âme capable d'attirer d'aussi mauvais tours. Peu habituée à des contacts d'une telle simplicité et d'une telle douceur, Via s'abandonna complètement. L'aelrelna pleurait tandis que Nandra lui murmurait des paroles apaisantes, jusqu'à ce que son corps ne tremblât plus et que son souffle redevînt régulier.

— Si cela peut vous apaiser, vous pouvez me raconter vos cauchemars, aelrelna, déclara Nandra, dont la gorge se serra de par l'anticipation des images noires que cette dernière pouvait lui confier.

— Non... Je... Toujours des sensations de fin... De la douleur...

Via se tut un instant. Le silence l'aida à se concentrer. Nandra ne bougea pas.

— Non, merci, ça ira, reprit-elle. Je vais mieux. Et je ne veux pas t'embêter. Je me sens vraiment mieux. Grâce à toi.

Via se détacha et lui sourit chaleureusement. Nandra baissa la tête. Elle baragouina une réponse à peine audible. La domestique se redressa et reprit sa place, debout près de la porte. Habituellement, sa position ne lui permettait pas autant de proximité avec ses supérieurs. Elle jeta un œil aux gardes, qui n'avaient pas bougé et qui fixaient le vide devant eux.

— Je vous laisse la tasse, aelrelna. Je ne suis jamais très loin. Rendormez-vous tranquillement.

Nandra fit quelques pas en arrière, et ferma doucement la porte. Via lui adressa un signe de reconnaissance de la tête avant de s'emmitoufler de nouveau dans ses draps, un air apaisé sur le visage.

***

Quand Via ouvrit de nouveau les yeux, la journée avait déjà bien entamé son cycle. L'aelrelna s'approcha de la fenêtre et contempla le ciel bleu lumineux, duquel les nuages avaient disparu pendant la nuit. Le Soleil avait atteint l'une de ses positions clés, indiquant que l'heure du repas du midi allait bientôt sonner, alors que sa compagne, l'Étoile Mijé-Timèn la rouge, restait encore basse sur l'horizon, illuminant les alentours de son pourpre flamboyant.

Nandra avait laissé dormir sa protégée plus tard que la bienséance le lui autorisait. Via prit le temps de s'étirer avant de se préparer. Son cauchemar de la nuit précédente lui revenait par bribes, et assombrissait son moral déjà déclinant. Une jeune fille aux cheveux bleus, qui lui ressemblait, vivait de drôles d'aventures et mourait dans d'atroces souffrances. Via pouvait encore ressentir la détresse, les souffrances et ce profond désir de vivre. La jeune aelrelna n'avait jamais vécu d'évènements aussi incertains dans sa courte vie. Seules ses séances de combat avec Lémy lui permettaient de sortir de son quotidien morne et plat. Via doutait de plus en plus du réalisme de ses cauchemars, notamment à cause de la présence d'une dragonne, une espèce qui n'avait plus arpenté ces terres depuis bien longtemps. La vision de la tapisserie d'Amalia et de son compagnon ailé avait dû lui rester en tête.

Via ouvrit son armoire pour en sortir une robe bleue au tissu léger qui ne l'encombrerait pas dans ses mouvements. La jeune fille se pliait aux règles de sa belle-mère pour que le séjour des hauts-magiciens se déroule sans heurt diplomatique. Elle avait honte d'avoir déjà autant attiré l'attention. Ses nouvelles capacités l'effrayaient.

Après s'être coiffée et maquillée les yeux pour cacher le fait qu'elle avait pleuré dans la nuit et plutôt mal dormi, Via sortit de sa chambre. Nandra l'accueillit par un salut approbateur, lui signifiant ainsi que sa tenue convenait à cette journée. L'aelrelna lui rendit la tasse. Nandra constata qu'il restait encore un fond de décoction.

— Ta décoction a été efficace, lui dit Via en chuchotant de peur que les gardes, ou pire, sa sœur, l'entendent complimenter Nandra. Je te remercie pour ton aide. Merci. Vraiment.

— Ne me remerciez pas, aelrelna, déclara la domestique en détournant les yeux.

Elle s'écarta pour déposer la tasse sur l'une des petites tables hautes qui accompagnaient les fauteuils dans le couloir, fauteuils que la jeune servante connaissait parfaitement pour y passer le plus clair de son temps.

L'heure du repas approchait. Nandra avait pour consigne de vérifier que les autres aelrelnes étaient prêts. Ramener la tasse en cuisine attendrait. La domestique pria Via pour qu'elle l'attendît quelques instants. La jeune fille acquiesça. Elle observa les tenues des gardes pour s'occuper. Les hallebardes qu'ils tenaient à leur côté leur donnaient cet air féroce que les animaux sauvages arboraient quand ils approchaient de leur proie.

Via aperçut Nandra qui revenait, seule. Ses cheveux noirs, attachés en chignon, la rendaient encore plus sévère que d'habitude. Ses yeux sombres tranchaient avec ses joues pâles, et son nez, légèrement busqué, contrastait avec ses pommettes hautes. Nandra avait toujours paru plus vieille qu'elle ne l'était vraiment. Via ne connaissait même pas son âge.

— Vos frère et sœur sont prêts mais préfèrent préparer leur entrée. Pour les Énèdjärs, vous savez, expliqua succinctement la domestique. Descendons saluer les hauts-magiciens, ainsi que votre père et la reine, si vous le voulez bien.

— Allons-y.

Les deux femmes descendirent l'escalier dans un silence qui se trouva rapidement perturbé par les activités bourdonnantes du palais. Aidé par tous les serviteurs, le château se parait de ses plus belles décorations afin d'accueillir les dignitaires qui assisteraient à la cérémonie du lendemain. Toutes les chambres se devaient d'être impeccables pour ne pas outrer les régents accompagnés de leurs familles, qui resteraient plusieurs nuits pour la plupart afin de profiter d'un séjour des plus agréables.

Via attendait cet instant à la fois avec impatience et réticence. Elle pourrait en profiter pour discuter avec Lémy, et tenter de nouvelles approches vers les autres enfants des régents de Linaria qu'elle connaissait mal, bien qu'elle terminât son cycle d'études en même temps que certains d'entre eux. Via ne s'était jamais montrée très sociale, et le regrettait à présent. Plus jeune, elle passait son temps à rendre fous les serviteurs du château, ou s'affairait dans ses livres et ses devoirs. Le fait d'étudier avec son précepteur, seule, ne lui avait pas permis de créer des liens avec les autres de son âge. Certains enfants de régents assistaient à des classes communes mais son père le lui avait toujours refusé. Il lui avait expliqué que sa sécurité en dépendait. Le sourire et l'enthousiasme de Syr manquaient à Via. Elle avait hâte de le revoir. À cause de ses méfaits passés, il n'assisterait pas au couronnement de son frère, cela l'attristait. Il allait manquer un évènement majeur.

Via et Nandra atteignirent l'entrée de la grande salle à manger. L'intendant les annonça simplement. Via frémit. Elle espérait ne pas ressentir les mêmes malaises que la veille. Quand elle pénétra dans la pièce, aucune pensée étrangère ne vint perturber son esprit. L'aelrelna en fut soulagée, tout comme Nandra, qui échangea un regard appuyé avec le haut-magicien Chris. Ce dernier admirait la grande tapisserie représentant Amalia, la monteuse de dragons. À leur entrée, il se dirigea vers elles.

— Je suis ravi de voir que vous vous portez mieux, aelrelna, lui dit-il, réellement soulagé, et s'inclinant profondément. Mon sortilège d'apaisement de la veille a bien fonctionné.

— Je vous remercie infiniment, Asmathèdlar.

Chris ne parvint qu'avec peine à cacher son étonnement. La jeune fille avait usé d'un terme désuet qui désignait les Énèdjärs les plus vénérables. Chris en fut ravi. Son respect pour cette jeune fille surprenante s'accrut. Il invita Via à le suivre jusqu'au-devant de la tapisserie qu'il examinait auparavant. L'aelrelna jeta d'abord un œil à son père, en grande discussion avec Dhanine, Héléna, et Khor. Ils riaient bruyamment et ne semblaient pas l'avoir remarquée, trop occupés à leur conversation. Via étudia sans discrétion la tenue d'Héléna qui la fascinait. Argentée sur les bords intérieurs et dorée sur les extérieurs, la reine avait opté pour une robe blanche moulante, qui mettait en valeur ses formes élargies et son petit vendre rond, sur lequel elle posait régulièrement une main protectrice. Quant à son père, son costume d'apparat, tout en armure de cuir majestueuse, et décorations guerrières de tissus et d'insignes pompeux, l'émerveillait. Avec Dhanine, ils surplombaient tous les invités par leur taille imposante, leur carrure impressionnante et leur charisme envoûtant. Peu importait où les yeux se posaient, ils finissaient par revenir sur leur personne.

Le reste de la salle grouillait de conseillers qui profitaient des boissons servies par les domestiques. Une ambiance légère planait agréablement au-dessus des convives en cette journée radieuse. En plus des tapisseries préparées par les domestiques sous les ordres de la reine, cette dernière avait agrémenté la salle à manger de nouvelles décorations subtiles. Sur les buffets qui encadraient les portes menant vers les couloirs des serviteurs, Héléna avait placé des statuettes de la déesse Bleue. La jeune femme avait également rappelé la couleur de l'Océan sur les chaises, grâce à de fins foulards qui reposaient élégamment sur les dossiers des sièges.

— Saviez-vous que l'un de mes ancêtres a connu Amalia, la Dravalle ? demanda Chris, d'un air malicieux, alors que l'aelrelna contemplait la tapisserie.

— Vraiment ? s'étonna Via, absorbée par la représentation de Ernt, le puissant dragon aux griffes acérées.

Le dragon rappela à Via celui de son rêve. À la pensée des douleurs de la dragonne de son cauchemar, des palpitations secouèrent son cœur. Via cligna des yeux, la tête lui tournait. Elle recula d'un pas, manquant de percuter Nandra. Chris interpréta l'attitude de la jeune fille comme un malaise suite à sa montée en magie. D'une incantation en ancien langage, il réactiva son sortilège d'apaisement. En quelques secondes, Via retrouva son équilibre, ses joues reprirent des couleurs. Elle s'appuya sur le bras de Nandra pour respirer à nouveau sans heurt.

— Vous allez mieux, aelrelna ? demanda Nandra.

— Oui. Je vous remercie, dit Via en inclinant la tête vers Chris.

— Je ne fais que mon devoir, sourit-il.

Via lâcha le bras de la domestique et se réintéressa à la tapisserie.

— Je vous ai coupé, j'en suis navrée. Que disiez-vous ?

Chris posa ses mains sur les hanches. Il fixa intensément la représentation d'Amalia.

— Je vous parlais de l'un de mes ancêtres qui a eu la chance de parler à Amalia. Il était aide de camp à l'époque. Rien de bien florissant, mais il savait écrire comme un poète et nous a transmis, à tous ses descendants, ses mémoires incroyables. L'un des chapitres de son histoire parle de cette personnalité peu commune, une femme qu'il considérait comme une personne exceptionnelle.

— Que sont devenus les dragons ? demanda Via, davantage intéressée par ces êtres impressionnants que par l'histoire de la lignée de Chris.

Ce dernier porta ses doigts à son menton, et caressa les quelques poils blancs qui y dépassaient. Ses yeux se perdirent au loin quelques instants, avant de revenir dans le présent. Rares étaient les humains à vivre au-delà des cent cinquante sacres. De par ses grands pouvoirs, le haut-magicien avait ralenti son organisme et développé sa mémoire. Un immense savoir dormait tranquillement en lui. Via ne se rendait pas encore compte de la chance qu'elle avait.

— Il est dit que les dragons ont migré vers d'autres terres, où des populations plus clémentes et plus soucieuses de leurs désirs les auraient accueillis avec joie. Les Linariens les ont profondément déçus. Nos ancêtres, aussi prétentieux que nous le sommes aujourd'hui, ont préféré leur ego au soutien inestimable de ces êtres majestueux.

Le haut-magicien détourna la tête. Son regard dériva vers les champs de fleurs qu'il apercevait depuis les fenêtres de la salle. Via attendit un temps, elle ne souhaitait pas troubler ces réminiscences de souvenirs enfouis. Sa curiosité la fit perdre patience.

— Les dragons sont donc en Adroua ou en Mélog ? se risqua-t-elle, alors que Chris ne revenait toujours pas de ses pérégrinations intérieures.

— Non, finit-il par lui répondre après quelques secondes. Ils seraient allés bien plus loin qu'au sein de ces deux royaumes frontaliers. Notre planète Arcaria est bien plus complexe que vous ne l'imaginez, aelrelna. Elle n'est pas seulement constituée des trois royaumes que nous connaissons, Linaria, Mélog et Adroua. De multiples autres territoires la composent et s'imbriquent les uns dans les autres. Les ramifications magiques d'Arcaria peuvent se comprendre comme des arbres à choix multiples. Les liens et forces magiques de ce monde tapissent le sol sur lequel nous marchons, se déplacent dans l'air que nous respirons, imprègnent tout ce que nous touchons, et possèdent plusieurs états au même instant. Le temps, l'espace et la magie se mélangent à chaque seconde. Je ne vous parle pas du flux magique que nous utilisons quand nous incantons, mais bien de ce qui se cache au-dessous de cette couche superficielle. Communément, nous appelons ces liens les « faces cachées d'Arcaria ».

Via ne s'était pas attendue à une réponse aussi alambiquée et farfelue. Elle se représentait mal ce que le haut-magicien lui décrivait. La jeune fille n'avait jamais entendu parler des multiples visages de sa planète, ces faces cachées. Cela lui échappait complètement. Sa soif de comprendre se réveilla.

— Je n'ai malheureusement pas le droit de vous en dire plus, aelrelna. Seuls les membres de notre groupe ont accès à ce privilège, j'en suis navré. Les forces magiques peuvent s'apprivoiser mais cela demande des capacités hors du commun et un apprentissage très strict, réservé à une élite spécifique. Pour répondre à votre question néanmoins, les dragons perçoivent ces liens magiques et ont certainement migré vers une destination qui leur convenait davantage. Ils sont à la fois pas très loin de nous et loin de tout.

Via avait la gorge sèche et les lèvres tremblotantes. Ces nouvelles informations la fascinaient. La magie lui paraissait bien plus effrayante mais aussi tellement plus passionnante. Chris s'écarta de quelques pas. Il se positionna devant une tapisserie qui le représentait lui-même, bien plus jeune, alors qu'il possédait encore une longue chevelure noire. Il enchaîna des monologues sur sa jeunesse et des anecdotes sur son passé. Via peinait à écouter le haut-magicien. Elle bougeait la tête quand cela lui semblait nécessaire, et captait quelques mots par-ci par-là. Nandra la surveillait du coin de l'œil, inquiète que sa jeune protégée fît de nouveaux malaises.

— Ne prenez pas pour source sûre ce que je vais vous dire.

Via arrêta subitement de rêvasser. Le ton du haut-magicien avait radicalement changé. De jovial, il était devenu grave. Chris fit une légère pause avant de reprendre, la jeune fille pendue à ses lèvres.

— Certains draconologues pensent que la destinée exceptionnelle d'un individu attirerait les sens aiguisés de ces créatures ailées, connues pour leurs perceptions hors du commun. À travers les brumes spirituelles et les nombreux liens magiques qui nous unissent, leurs esprits seraient capables de prédire l'avenir et de déceler ce que cachent nos âmes, même quand nous n'en savons rien nous-mêmes.

Les images de son cauchemar revinrent à Via. La jeune fille aux cheveux bleus qui mourait avait peut-être été élue par la déesse, de sorte qu'une dragonne l'aurait rejointe dans ses aventures. Via grimaça devant le peu de logique que cette idée supposait. Les principes de destinée n'avaient pas de sens à ses yeux. Tous les enfants de la déesse la rejoignaient, qu'ils eussent ou non bien agi. Laria aimait sans commune mesure, même si elle punissait les ingrats par le biais de ses compagnes divines. Ces châtiments affectaient le pêcheur avant son entrée dans l'Océan. L'eau pure du royaume Immergé n'acceptait aucun mal.

Devant l'air interrogateur de Via, Chris sourit et une fossette se dessina au coin de ses lèvres. Cela le rajeunit d'une dizaine de sacres.

— Je suis aussi perplexe que vous, lui confia-t-il, mi-amusé, mi-honteux de lui avoir dévoilé ces fables grotesques. Peut-être me prendrez-vous pour un fou, mais je suis persuadé que nous reverrons ces êtres ailés tôt ou tard. Les Linariens n'ont pas leur pareille pour s'attirer les pires ennuis du monde, et les dragons ont souvent besoin de distraction.

— Je ne vous prends pas pour un fou, loin de là, déclara l'aelrelna, ensorcelée par les dires de l'Énèdjär. Votre sagesse me fascine. Comme vos connaissances. Vous avez rapidement su déceler ce qui se cachait en moi et vous m'avez aidée à me sentir mieux. Sans vous, je serais devenue folle. D'ailleurs, savez-vous ce… euh… ce qu'est mon problème avec mes nouveaux pouvoirs ?

Chris examina la jeune fille un bref instant. Son expression affichait un air à la fois inquiet et malaisant. Il se doutait que sa question lui avait coûté. L'aelrelna, perdue, attendait avec impatience la réponse du haut-magicien.

— Après le repas, nous en parlerons en privé, si vous le voulez bien. J'avais prévu de vous solliciter un moment dans la journée pour en discuter tranquillement. Est-ce possible pour vous ?

Avant d'acquiescer, Via se tourna vers Nandra, aussi immobile et silencieuse qu'une statue. Sa domestique abaissa la tête en signe d'approbation. La jeune fille n'avait rien de prévu et avait reçu quartier libre pour la journée. Via se prit les mains et les agita nerveusement. Chris devina à son attitude que l'aelrelna se posait de nombreuses questions.

— Ne vous en faites pas, aelrelna. Je vous apprendrai à maîtriser vos nouvelles capacités. Votre magie se développe à peine. Être effrayé est normal.

Chris s'approcha de Via et lui prit les mains. Nandra esquissa un mouvement instinctif pour l'en empêcher. La tendresse du haut-magicien l'insupportait. Devant l'attitude de Via, Nandra se retint. Malgré sa jalousie évidente, la domestique croyait en la bienveillance du haut-magicien. Elle avait confiance en lui. Ce dernier regarda Via droit dans les yeux et s'efforça de lui transmettre toute sa force mentale. Chris revoyait sa fille, morte il y avait des sacres, dans les traits de l'héritière.

— Vous terminez seulement votre premier cycle d'études qui ne vous a pas encore permis de vous analyser profondément ou de mettre en évidence vos préférences, vos facilités. Tout ira bien, je vous le promets.

Via lui rendit un sourire timide. Chris lui inspirait confiance, contrairement aux autres magiciens aux allures hautaines. Chris allait ouvrir la bouche quand la voix de l'intendant le coupa en plein élan. Loria faisait son entrée, suivie par toutes ses suivantes. Et cela faisait du monde. La jeune femme arborait un décolleté profond qui mettait en valeur ses seins rebondis et ses côtes saillantes au niveau de la taille. Maquillée à outrance, Loria avait sublimé son teint, allongé ses yeux et affiné ses lèvres. Via peinait à reconnaître sa sœur. Nombre de conseillers restèrent pétrifiés devant sa beauté.

Seule Nata restait dans l'ombre de Loria quand ses autres suivantes allèrent inspecter la place pour préparer soigneusement le siège de l'aelrelna. Ce remue-ménage dura quelques minutes. Il prit les allures d'un véritable spectacle : épousseter les coussins déjà nettoyés, vérifier le plan de table qui n'avait pas changé, inspecter les domestiques qui se montraient impeccables en toutes circonstances, et saluer bruyamment tous les invités de la part de Loria qui ne se déplaçait pas personnellement. Les suivantes déguerpirent une fois leurs tâches terminées. La reine Héléna ne supportait pas que l'immense pièce fût encombrée par une troupe de domestiques, quand nombre d'entre eux s'occupaient déjà de servir le repas. Le bas peuple l'insupportait.

Ystar apparut à son tour, élégant et seul, les mains derrière son dos bien droit. Son rictus satisfait insupporta Via qui préféra détourner les yeux. Chris avait dû la laisser, réquisitionné par l'un de ses collègues pour répondre à une question du Tiane qui ne devait admettre aucun délai. Ystar rejoignit son père, et salua tous les hauts-magiciens sur son passage. Malgré ses mauvais côtés, l'aelrelne avait au moins la décence de se comporter avec convenance, contrairement à Loria qui se prenait pour une héroïne des anciens temps. Via, quant à elle, restait en retrait, perdue dans ses pensées.

Héléna observa sa belle-fille à la dérobée. L'attention que lui portait le haut-magicien Chris la dérangeait. Jalouse, la reine n'intéressait pas ces éminences, qui la considéraient simplement comme une hôtesse agréable. Héléna avait toujours rêvé de devenir une femme puissante, une femme que l'on admirerait pour ses talents et sa beauté. Avoir atteint le statut de reine n'avait pas comblé ses exigences. La déesse Bleue ne l'avait pas bénie, Héléna ne possédait aucun titre sacré et, de ce fait, ses beaux-enfants avaient plus de prestige et de reconnaissance qu'elle n'en connaîtrait jamais. La jeune femme s'exhorta au calme et retourna à sa conversation. Le haut-magicien Khor lui faisait les yeux doux depuis la veille, alors qu'ils avaient discuté botanique pendant des heures. Héléna savait qu'elle lui faisait de l'effet et comptait bien en profiter.

À quelques pas d'eux, Via ne parlait à personne. Elle aurait tant voulu continuer de discuter avec Chris. Elle avait encore de nombreuses questions à lui poser sur les dragons, ses pouvoirs, et l'artefact noir. Le haut-magicien ne la punirait pas. Comme un père, il lui pardonnerait si l'objet s'avérait bien maléfique. Ses instincts le lui certifiaient.

— Via, tout va bien ?

Falor avait posé une main sur l'épaule de sa fille qui sursauta à son contact. Le Tiane n'avait pas voulu lui faire peur. Il s'en voulut. Il prit le menton de Via entre ses doigts et le redressa avec douceur mais fermeté, de sorte qu'il pût plonger ses yeux dans les siens. Sa moustache brune bien lisse, associée à ses yeux verts et son port altier, le rendaient majestueux en toutes circonstances. Via resta pétrifiée.

— Chris m'a expliqué qu'il t'avait aidée et qu'il t'enseignerait à maîtriser tes nouvelles capacités. Je suis désolée que cela arrive si tôt, alors que tu n'as pas entamé ton second cycle. J'ai mandé l'Institut de nous envoyer un précepteur habilité d'urgence.

— Merci, Père, sourit Via, soudain détendue.

Le Tiane lui offrit un sourire sincère, qu'il ne montrait à personne d'autre. Via ressemblait tant à sa mère que cela en était troublant. Il lui caressa la joue avant de la quitter, suivi par ses gardes personnels et une foule de conseillers qui ne le lâchaient jamais. Les quatre autres hauts-magiciens approchèrent Via pour la saluer à leur tour. Ils s'excusèrent de ne pas l'avoir fait plus tôt. Ils s'écartèrent et prirent place autour de la table au bout de laquelle, Héléna, les bras tendus, invitait chacun à s'asseoir.

***

Le repas s'était déroulé dans la bonne humeur. Quand le dessert avait été annoncé, Héléna s'était levée, et avait élégamment claqué des doigts. Une troupe de musiciens avait alors fait son entrée et avait joué des morceaux doux et lancinants. L'immense harpe classique, habituellement solitaire, avait bénéficié de la présence de l'une des plus grandes joueuses de Linaria, une Elfe grande et fine, du nom d'Imalia. À son côté, un Ildien avait manipulé son archet avec grâce et avait frotté les cordes de son violon en chantant d'une voix grave. Un violoncelliste et une flutiste accompagnaient ce duo émouvant. L'assemblée avait été conquise.

Comme tous les enfants des familles nobles de Linaria, Via jouait également d'un instrument de musique. Son propre violon traînait dans un coin de sa chambre. Elle n'y avait plus touché depuis le dernier concert qu'elle avait préparé. Elle devrait s'y remettre pour ses prochains examens.

Alors que le rythme avait accéléré, Loria avait eu l'audace d'inviter son conseiller fétiche à danser. L'assistance avait longtemps applaudi en cadence pour les encourager, et avait ri gaiement.

Assise dans un petit salon au centre du palais, Via méditait, les yeux fermés. Seuls les rares bruits des armures des gardes, qui craquaient au moindre mouvement, parvenaient à ses oreilles. Nandra veillait également au grain, après avoir donné ses instructions aux suivants de Loria et d'Ystar. Chris avait mené Via à l'écart pour lui apprendre à contrôler la puissance nouvelle qui s'agitait en elle. Il lui avait aussi promis de lui révéler la nature particulière de son don. Via était impatiente.

Bien qu'appelée petit salon, la pièce n'avait pas à rougir de sa large superficie. Cette dernière lui permettait d'accueillir une dizaine de bibliothèques aux longues étagères, dont le bois courbé et affaibli par les sacres attestait du calme des lieux. Les livres s'entassaient, non triés ; les feuillets volaient en tous sens au-dessus de tables transformées en bureaux ; et l'air sentait à la fois le vieux papier et le parchemin fraîchement ramené du Grand Marché. De multiples fauteuils confortables appelaient les passants pour tâter de leurs coussins doux, apprécier un moment de calme ou simplement se détendre et profiter de l'instant présent. Les bougies, présentes sur tous les murs de la salle, s'allumaient automatiquement le soir venu, sans que les lecteurs ou gens curieux eussent à épuiser leur énergie dans une tâche aussi pénible et harassante.

Soudain, un bruit sourd fit sursauter la jeune aelrelna. Chris, assis en face d'elle, posa des mains apaisantes sur ses épaules.

— Détendez-vous, aelrelna. Et reprenons.

— Je suis désolée, s'inclina Nandra. Je vais voir de quoi il retourne. Continuez sans moi.

Quelqu'un avait frappé à la porte. Nandra accourut à petits pas et ouvrit délicatement. Tari, le chef des domestiques, une barre sur le front, s'adressa à elle d'un air furibond.

— Tu as cherché à me joindre tout à l'heure. On m'a dit que c'était urgent. J'aidais au-dehors pour installer les estrades pour la cérémonie de couronnement de demain. Je vais devoir rapidement y retourner. Que se passe-t-il, Nandra ?

Nandra se retourna brièvement pour jeter un œil à sa protégée. Elle pouvait laisser Via en compagnie des gardes tianiens et du haut-magicien. Elle savait qu'il ne lui arriverait rien. Avec lenteur, elle ferma la porte tout en apposant son index sur ses lèvres afin d'intimer le silence à Tari. Une fois la porte close, Nandra souffla.

— Je dois te montrer quelque chose, Chef. Suis-moi !

Tari emboîta le pas à Nandra, furieux qu'elle ne lui expliquât pas de quoi il retournait. Il avait autre chose à faire que de courir dans tous les coins du palais, au moindre désir de ses employés. L'un des gardes du petit salon leva un sourcil interrogateur devant ce comportement inhabituel. Le garde connaissait bien Nandra. La domestique ne dérangeait jamais son supérieur pour des bêtises. Sa curiosité envolée, il se reconcentra sur sa tâche. Rien ne le déstabilisait ou ne le détournait de sa mission de protection.

À l'intérieur de la pièce, Via cherchait à retrouver la paix en son for intérieur. De cette manière, elle essayait d'atteindre l'étincelle de magie qui sommeillait désormais en elle. Malgré le silence, l'apaisement transmis par l'attitude sereine du haut-magicien, et sa concentration focalisée sur son objectif, la jeune fille ne touchait pas ce qui se cachait au plus profond d'elle. Elle fronça ses sourcils et se pinça les lèvres de frustration.

— Vous vous entraînerez tous les jours, et vous saurez toucher la puissance magique qui vous habite, ne vous inquiétez pas, commença Chris qui avait deviné le trouble de la jeune fille. Cela prendra le temps qu'il faudra mais vous y parviendrez. Imaginez une flamme, celle des bougies, qui crépite dans une pièce obscure. Imaginez la chaleur qu'elle vous transmet. N'ayez pas peur de ces reflets orangés, de cette sensation nouvelle. Acceptez-la car elle fait partie intégrante de vous. Petit à petit, la pièce obscure prendra forme et deviendra un endroit chaleureux que vous modèlerez à votre guise. Cette étincelle de magie ne vous contrôle pas. C'est vous qui la contrôlez.

Chris avait volontairement appuyé sur le « vous » de sa dernière phrase. Il se tut pour laisser à l'aelrelna le temps de se focaliser de nouveau sur l'exercice. Il s'installa confortablement dans son fauteuil et en profita pour méditer quelques instants. Certaines des pensées de ses partenaires lui parvinrent en esprit, grâce à l'amulette sur son front. Ses compagnons préparaient un bain qu'ils béniraient bientôt, avant qu'Ystar y plongeât et entrât en transe.

Les souvenirs de Chris dérivèrent. Il avait eu la chance de connaître Énévive, la mère de Via, Loria et Ystar, une femme à l'aura pure, une personnalité que la déesse portait désormais en son cœur. Pourtant, son peuple avait fini par la tuer, suite à des accusations de trahison sans queue ni tête.

Chris comprenait le Tiane. Le peuple finissait souvent par décider à sa place quand la situation échappait à tout contrôle. Il devait se plier à ses volontés pour calmer le jeu, d'où leur présence au palais. Accompagné par ses autres camarades, Chris permettrait à Ystar de régner sans heurt, en lui apposant une marque divine nettement visible, qui le relierait à jamais à la déesse Laria. Cela calmerait toutes les protestations.

— Je pense ressentir quelque chose, dit Via à voix basse.

Bien qu'elle ne le vît pas, Chris lui sourit. La jeune fille avait du potentiel et l'intriguait. Il lui avait même confié des anecdotes sur ses origines et sur les dragons, à propos desquels il lisait tout ce qui lui passait sous la main, même les livres pour enfants ou les prophéties farfelues auxquelles personne ne croyait. Son innocence et sa bienveillance lui avaient rappelé les mêmes qualités qu'il avait décelées chez sa mère, à l'époque, et qui avaient aussi habité sa fille.

— Je vous ai entendu penser à des manuscrits anciens hier soir.

Via avait rouvert les yeux et fixait le haut-magicien avec calme. Ces séances de méditation lui avaient fait du bien, et remis les idées en place. Les images de son dernier cauchemar faiblissaient dans son esprit.

— Aelrelna, vous avez dû m'entendre transmettre mes pensées à mes camarades par le biais de mon amulette. Je comptais vous en parler. Vos capacités ne captent pas les pensées des autres, comme chez les Elfes. Votre pouvoir semble plus raffiné, plus subtil. Cela constitue un don rare que l'on rencontre peu. Vous pouvez percevoir les transmissions, ces idées qui transitent via des lignes magiques complexes, dans les airs ou dans toute matière dans laquelle se situe le porteur du message. Si vous m'avez entendu transmettre mes impressions, j'en suis navré. Depuis, nous avons bloqué nos esprits et modifié nos tunnels de communication pour que vous ne souffriez plus.

Via fit une moue désappointée. Ses nouvelles capacités ne lui semblaient pas particulièrement utiles. Lire les messages transmis par magie ne l'intéressait guère. Elle ne savait pas si cela la rassurait ou l'ennuyait.

— Je vois que vous êtes déçue. Pourtant, sachez que les humains ne débloquent presque jamais de pouvoirs particuliers. Vous êtes particulière.

Chris toussa et but une gorgée de sa tisane. Cela faisait des levées qu'il n'avait pas autant parlé, entre ce midi et cette séance. L'aelrelna, bien qu'elle ne lui répondît pas régulièrement, l'amenait à s'épancher.

— Vous n'avez pas répondu à ma question, continua Via, dont la timidité naturelle s'envolait face au haut-magicien.

— Ha oui. Les manuscrits anciens. Oh, vous savez, je lis tout ce que je trouve, et je ne rencontre pas que des récits sages sur mon chemin, rit Chris, mal à l'aise. Certaines légendes parlent d'une humaine qui renverserait le cours des choses grâce à ses capacités hors du commun. Vous devez me prendre pour un imbécile.

— Pas du tout ! Vous devez avoir lu les mêmes livres que moi, déclara l'aelrelna avec un léger sourire. Ces prophéties datent de quelques centaines de sacres, avant la venue d'Amalia sur Arcaria, et je suis sûre qu'ils parlaient d'elle. Je n'ai rien de spécial. Syr, mon précepteur, m'a expliqué que les prophéties ne sont de toute manière que des ramassis de bêtises, écrits par des rebelles et des non-croyants qui désiraient mettre en avant des figures différentes de la déesse Bleue. Je ne crois pas en la destinée mais au libre arbitre. La déesse nous attend mais n'influence rien.

Chris fixa l'aelrelna avec fascination. Elle lui avait démonté ses arguments avec une telle candeur qu'il ne savait plus quoi lui répondre. Le haut-magicien avait tendance à estimer ses aînés qui avaient établi des prophéties cohérentes gorgées d'espoir, dont certaines s'étaient avérées correctes par le passé. Il ne croyait pas non plus en l'idée de destinée mais plutôt en celles des vies liées. Le don de prophétie n'avait jamais été officialisé par le conseil Magique. Chris était persuadé que certains des prophètes d'antan possédaient réellement le pouvoir de déceler l'avenir, comme le faisaient les dragons grâce aux lignes magiques soudées au cœur d'Arcaria. Le haut-magicien appartenait à un groupe extrémiste qui essayait désespérément de prouver l'existence du don de prophétie.

Les jeunes avaient tendance à lire moins. Les prophètes n'existaient plus depuis longtemps. Moins crédules et superstitieux, les Linariens avaient changé, notamment après la mort de tous les gens de l'un des villages du royaume : le cas « Amènbët ». Tous les habitants s'étaient suicidés, les uns après les autres, pour éviter de tomber entre les mains d'un esprit sombre, dont la venue avait été prédite par l'un de leurs prophètes. Suite à cette catastrophe, le conseil Magique avait décidé de condamner les prophètes qui prédisaient un avenir sombre pour le peuple. Les autres pouvaient exercer tant qu'ils précisaient qu'ils ne possédaient pas le don de prédire l'avenir. Le conseil Magique n'avait jamais pu démontrer l'existence de ce don, ce qui l'avait décrédibilisé aux yeux de tous. Aujourd'hui, les Linariens riaient de ces histoires.

L'attrait des prophéties sur le haut-magicien décevait Via. Avec sa longue vie et ses multiples connaissances, Chris aurait dû posséder davantage de jugement. Ces récits prophétiques n'avaient rien de fondé. Ils servaient simplement à faire rêver, trembler ou réfléchir les lecteurs avides de sensations. Les prophéties portaient à présent le nom de contes ou légendes. Personne ne les prenait au sérieux.

— J'ai encore quelques minutes à vous consacrer avant la bénédiction de votre frère. Voulez-vous que nous continuions l'exercice de méditation ?

Via acquiesça. Elle s'installa correctement dans son siège, de façon à rester bien droite.

— La prochaine étape consistera à protéger votre esprit. Cela vous demandera de l'énergie et une autorisation du conseil, bien évidemment. Ainsi, vous ne serez plus dérangée par des messages indésirables.

Tout acte magique devait passer sous le contrôle du conseil Magique. Personne ne pouvait exercer ses pouvoirs comme il le souhaitait, sous peine d'être lourdement condamné. Via connaissait les règles. La jeune fille se focalisa sur sa respiration, ferma les yeux et pensa à la flamme d'une bougie.

***

Tari se frottait le menton. Il ne savait que penser des paroles de Nandra. Cette dernière l'avait mené en haut du grand escalier et fait s'arrêter dans le couloir qui jouxtait les chambres des aelrelnes. L'une des belles plantes vertes, positionnée sous le rebord d'une table qu'entouraient deux fauteuils rouges, semblait très mal en point. Ses pétales jonchaient le sol, la tige s'était tordue en un arc disgracieux, et sa couleur avait tourné du marron-vert classique à un gris terne. La plante se mourait. Sur le rebord, juste au-dessus de son pot, penchait dangereusement une tasse, de laquelle ne suintait plus aucune goutte du liquide qui devait s'y trouver auparavant.

Nandra avait dupé les gardes pour que Tari et elle entrassent dans la chambre de Via alors qu'elle avait déjà été nettoyée et rangée. Ils seraient ainsi protégés des oreilles indiscrètes. La domestique avait prétexté une urgence : les volets en bois de l'aelrelna nécessitaient d'être remis en état. Donnant sur l'entrée principale, la chambre de Via devait présenter un extérieur impeccable pour que les arrivants s'extasiassent devant une vision d'ensemble parfaite. À la fin du déjeuner, pendant qu'elle nettoyait, Nandra avait volontairement saccagé les merveilleux volets de bois, au grand dam de Tari.

— Tu me dis que la reine aurait voulu empoisonner Via et que finalement cela n'aurait pas fonctionné ? Je suis un peu perdu.

— Tu as bien vu comme moi l'état de la plante et la tasse renversée ! s'énerva Nandra, qui lui avait déjà expliqué trois fois la même chose.

Tari ne croyait pas du tout en la culpabilité d'Héléna, bien qu'il ne lui eût jamais fait confiance. Via s'avérait inoffensive. Même si sa soudaine montée en magie attirait l'attention, cela ne durerait pas. Une fatigue extrême se lisait dans ses yeux marron. Les membres endoloris par une activité éreintante, il avait du mal à garder son équilibre. Il rêvait d'un lit réchauffé par la présence de sa femme.

— Mais qui te dit que tu ne t'es pas trompée dans le dosage ou les ingrédients ? Et qui te dit que le liquide est tombé précisément dans le pot de la plante ?

— C'est impossible, décréta la domestique furibonde. Tu sais très bien que je ne me trompe pas quand il s'agit de cuisiner ou d'élaborer des breuvages. Et la tasse se trouve juste au-dessus, le liquide est forcément tombé sur la plante.

Avant de surveiller les aelrelnes, Nandra gouvernait en cuisine. À l'époque, on la surnommait « La voyante », parce qu'elle entendait tout et voyait tout, de sorte que ses subordonnés menassent la vie dure. Tari se rappelait de la dureté de ses propos, de ses idées fixes et de ses traits perfectionnistes qui lui avaient donné une réputation de tyran.

— Il n'y a aucune goutte sur le sol. Si un autre domestique avait bousculé la petite table, il y en aurait forcément aussi à côté de la plante, tu ne penses pas ? Pourquoi est-ce que le peu de liquide qui restait aurait forcément atterri dans le pot de fleurs sans que le sol soit mouillé ?

— Je ne sais pas ! Je n'ai pas réfléchi à tout. Il doit bien y avoir une réponse logique à tout ça. Tu m'agaces, Tari. Ne vois-tu pas que la plante est morte ? Que Via pourrait elle aussi mourir ou souffrir ? Ou pire encore ?

Tari en avait assez de cette discussion sans queue ni tête. Il ne voulait pas trop s'attarder, de peur que les gardes soupçonnassent quelque chose.

— Mais pourquoi Héléna voudrait-elle tuer Via ? demanda Tari, excédé par l'attitude de rebelle de Nandra et par son manque de réflexion flagrant.

— Je n'en sais rien ! s'exclama la domestique en levant les bras au ciel. Bon, je n'ai que trop traîné ici et toi aussi. Je vais retrouver Via, en espérant qu'il ne lui soit rien arrivé en mon absence.

Nandra fuit à toute vitesse, sans un merci, laissant un Tari harassé, et à qui revenait le raccommodage des magnifiques volets de bois verni. Il avait encore tellement de problèmes à résoudre, le couronnement approchait à grands pas.

Tari était d'autant plus persuadé de l'innocence d'Héléna qu'il lui avait lui-même préparé plusieurs fois cette décoction. La recette lui avait été transmise par Ystar, qui se souciait régulièrement de l'état de sa belle-mère. Il lui rendait souvent visite, et disait avoir obtenu le remède de sa propre grand-mère qui le tenait elle-même de l'une de ses aïeules. Héléna ne s'en était jamais plainte, bien au contraire, étant donné ses crises d'angoisse et maux de tête récurrents. La décoction lui permettait de dormir en paix.

Habituellement, un domestique portait la tasse fumante à la reine. Ystar l'apportait également lui-même de temps à autre, prétextant devoir discuter de questions d'importance avec sa belle-mère, ou étaler ses angoisses à celle qui était devenue sa confidente.

Comme nombre de serviteurs, Tari soupçonnait une relation insidieuse entre ces deux jeunes gens mais aucune preuve ne venait étayer leurs insinuations. La reine, comme le Tiane, pouvait profiter d'amants sans que cela fût mal considéré. Pourtant, même si Ystar et Héléna ne possédaient aucun lien de sang, leurs attaches avaient toujours perturbé au sein du château. Les domestiques craignaient que la reine profitât de la faiblesse du jeune homme pour essayer de l'amener dans son lit. Héléna supportait à merveille tous les ragots la concernant. Elle s'en sortait même avec tous les honneurs. Tari se demanda si Nandra connaissait ces on-dit.

L'homme secoua la tête pour se concentrer sur sa tâche. Il ne comprenait pas le pourquoi de l'état de la plante. Cependant, il savait qu'il devait la remplacer, et cela le fit grogner.

Chapitre 6

Sacre 1410, levée d'Iliath, jour 33 – Dans l'après-midi – Près du château tianien

Ses genoux la martyrisaient alors qu'elle se tenait inclinée sur le sol marbré de la Lariane, un bâtiment majestueux de pierres bleues, aux flèches allongées. Construite pour que les croyants communient en paix et s'adressent à leur déesse, la Lariane brillait sous les rayons rouges de l'Étoile Mijé-Timèn, qui siégeait haut dans le ciel de cette fin d'après-midi. De multiples statues de Laria emplissaient l'intérieur, tantôt en signe de victoire, tantôt les bras en avant, pour prodiguer amour et apaisement. Des tissus bleus et blancs enjolivaient les bancs alignés devant un autel, dont les décorations et les formes en bois sculpté rappelaient une mer agitée, un Océan bienveillant vers qui se tourner ou se confier.

Nandra remuait les lèvres, les yeux fermés. Elle en avait oublié les douleurs à ses articulations. La domestique venait régulièrement solliciter la déesse, notamment quand sa protégée favorite se montrait occupée. Laissée aux soins du haut-magicien Chris, Via se trouvait entre de bonnes mains. Nandra s'était ainsi autorisée à sortir pour accéder au bâtiment religieux situé dans l'enceinte même du palais. Les gardes tianiens ne rentraient jamais dans les Larianes pendant les heures Rouges. Cette atmosphère réconfortante l'aidait à réfléchir en paix.

Une Larienne s'approcha doucement dans le dos de la domestique. Habillée d'une belle robe bleutée, assortie d'une ceinture ouvragée en cuir blanc, elle tapota l'épaule de la jeune femme. Nandra sursauta et tourna la tête. Elle acquiesça aux signes de la Larienne pour indiquer qu'elle avait compris. La prêtresse s'éloigna discrètement, retournant à l'accueil où des croyants attendaient que leur horaire de passage soit annoncé. Les heures Rouges allégeaient les tourments, les religieux se rendaient disponibles pour soulager les peines des croyants.

La domestique poussa le rideau de velours bleu qui abritait une petite salle confortable. Des fauteuils chaleureux apparurent. Un Larien, du nom de Vidam, l'accueillit avec un sourire rassurant et lui proposa de s'installer en face de lui. Les rides autour de ses yeux embellissaient ses iris rieurs et incitaient à s'épancher. La boule dans l'estomac de Nandra s'affaissa. Le Larien portait un collier sublime, assorti à des bracelets tout aussi étincelants. D'un bleu vif et d'un argent cristallin, ils rappelaient son rang et son expérience. Quatre vagues pendaient de sa parure. Nandra s'assit et se perdit dans leur contemplation.

— Venez-vous nous voir pour les mêmes raisons que la dernière fois ? lui demanda l'homme tout en lui servant une boisson chaude dans une belle tasse en forme de barque.

— Oui, tout à fait, Gardien. Ma protégée continue de faire de terribles cauchemars. Je ne sais plus comment la soulager. J'ai pensé qu'un rendez-vous officiel serait plus adéquat qu'une conversation légère pendant vos courtes pauses.

Le Larien avait sorti un calepin et prenait des notes à l'aide d'un sortilège qui transcrivait les paroles des fidèles. Tout occupée à sa réponse, Nandra ne l'avait pas entendu jeter le sort. Elle triturait ses mains et enfonçait ses ongles dans sa peau, elle appréciait étrangement les brûlures que cela lui procurait. La jeune femme se sentait coupable, elle avait l'impression de trahir Via.

— Vous avez eu raison, Nandra. Ainsi, nous pourrons détailler la situation. Si je me souviens bien, vous aviez précisé que la jeune fille enchaînait les cauchemars depuis une huitaine, est-ce bien cela ?

Nandra acquiesça sans un bruit.

— Vous raconte-t-elle ce qu'elle vit lors de ses cauchemars ?

La domestique prit un peu de temps avant de répondre. Via ne se confiait jamais à elle. Pourtant, Nandra lisait sur ses traits la terreur, l'angoisse et les visions terribles qu'elle s'efforçait de surmonter quand elle émergeait de son sommeil, ou quand elle revivait ces visions dans la journée. La domestique frissonna.

— Elle ne se confie pas à moi, expliqua-t-elle. Cependant, je puis vous assurer que ce qu'elle vit dans ses cauchemars est inquiétant. Ses hurlements me hantent encore, Gardien. Ce n'est pas normal. Cela dure et la perturbe. Je ne l'ai jamais connue aussi fatiguée et désemparée.

La plume magique grattait le parchemin. Le silence amplifiait ses frottements. Le Larien réfléchissait, un doigt sur le menton et le regard dans le vague.

— Se rend-elle aux offices chaque huitaine ?

Nandra acquiesça avec fougue. La famille tianienne se réunissait toutes les huitaines dans cette Lariane pour les rituels qui célébraient la déesse. L'homme lui posa de nombreuses autres questions sur la vie de Via : ses pratiques religieuses, ses habitudes quotidiennes, sa manière d'être, sa grandeur d'âme, ses relations, sa famille et ses contacts fréquents. La domestique répondait toujours avec honnêteté et avec le plus de précisions possible. L'allure paternelle de Vidam amenait Nandra à se confier sans arrière-pensée.

— Je vais vous administrer un traitement magique d'un niveau que vous avez l'autorisation de pratiquer. Avez-vous votre fiche sur vous ?

Nandra baissa la tête et fouilla dans ses poches. Elle en sortit un petit papier sur lequel ses accréditations magiques étaient indiquées. L'homme l'étudia rapidement puis le lui rendit. En tant que domestique, Nandra n'avait pas le droit de lancer des sortilèges très avancés. La jeune femme espérait que cela suffirait.

— Que… que pensez-vous de cette histoire, Gardien ? Me prenez-vous pour une… folle ?

— Pas du tout. Je suis tout aussi inquiet que vous, ma fille, déclara le Larien de sa voix grave. Les cauchemars sont choses naturelles et témoignent de mouvements internes dans notre cerveau. Ils impliquent généralement un mal-être certain, des problèmes psychologiques ou une présence malsaine qui souhaiterait prendre possession de notre corps.

Nandra se crispa sur son fauteuil. Ses pires craintes s'avéraient fondées.

— Est-ce que cela pourrait avoir un lien avec la soudaine activation de la magie dans son organisme ? questionna Nandra, alors que le prêtre écrivait ses consignes sur un parchemin.

— Je ne pense pas, finit par répondre le Larien après une courte réflexion. Bien que l'arrivée soudaine de la magie pût causer des migraines, des insomnies ou des fatigues intenses, je n'ai jamais entendu une histoire comme la vôtre.

Nandra se tut et attendit en silence. Elle en profita pour laisser ses yeux vagabonder dans la pièce. La fenêtre au-dessus du Larien illuminait chaque objet d'une douce lumière. Cela la fit voyager vers le château. La jeune femme n'aimait pas rester loin de Via et espérait que sa seconde course serait plus rapide. Nandra avait dû attendre que d'autres croyants aient terminé leurs entretiens avant de poser ses propres questions. Le temps perdu l'amenait à reconsidérer son plan. Elle aimait discuter avec Vidam, un Larien généreux qu'elle connaissait depuis des sacres. Elle désirait profiter de ce contact privilégié le plus longtemps possible.

— Tenez, lui dit le Larien avec son sourire amical. Ce sortilège de niveau zéro se pratique comme une comptine. Il utilise la catégorie de pouvoirs des mots à indice faible, ce que vous avez le droit de pratiquer. Vous n'avez qu'à lire cela à votre protégée avant qu'elle s'endorme. Je fournis régulièrement ce traitement aux enfants effrayés par le noir ou suite à des traumatismes légers. La chanson en appelle à la bienveillance de la déesse et lui demande de protéger l'esprit du croyant pendant son sommeil.

Nandra prit le bout de papier avec reconnaissance. Elle le plia rapidement pour le ranger dans la poche de son chemisier. Comptine. Chanson. Cela devrait bien se passer. Même si elle ne savait pas chanter, Nandra se sentait prête à tout pour aider Via. L'aelrelna ne lui en voudrait sûrement pas de lui jeter un sortilège aussi inoffensif. Du moins, elle l'espérait.

— Je vous remercie infiniment.

— Ne me remerciez pas encore, ma fille. Revenez me voir demain si vous le pouvez. Si votre protégée continue de faire des cauchemars, nous devrons passer à la vitesse supérieure. Je m'excuse de n'avoir pas pris vos précédentes visites au sérieux. D'autres sujets me préoccupaient.

Le Larien se leva. Nandra allait le suivre mais se ravisa à la vue de sa tasse encore pleine sur la table. La jeune femme détestait gaspiller. La domestique se pencha et but d'un trait le liquide encore chaud qui s'y trouvait. Le prêtre l'attendait patiemment, tout en maintenant le rideau de velours ouvert.

— Quels problèmes vous préoccupaient, Gardien ?

L'homme ferma le rideau et lui intima de s'approcher.

— Nombre de croyants sont encore bouleversés à propos de la décision du Tiane, vous savez. Celle de couronner son fils unique, qui ne possède pas de signes apparents de la bénédiction de la déesse, lui chuchota-t-il. Nous attendons avec impatience la missive du château qui nous annoncera que la cérémonie avec les Énèdjärs s'est bien déroulée. Nous ferons ensuite une déclaration officielle dans la soirée pour rassurer la population. Toutes les Larianes se sont entendues pour prier ardemment Laria cette nuit, afin que la cérémonie de demain se déroule dans la paix et l'amour.

Nandra acquiesça, reconnaissante devant la confiance de Vidam, et compréhensive, car elle partageait les mêmes angoisses. La jeune femme ne s'était pas mêlée au peuple depuis bien trop longtemps, elle n'avait pas idée de tout ce qui se racontait. Obnubilée par Via, Nandra en avait oublié de s'informer.

— D'ailleurs, avez-vous eu des échos à ce sujet ? la sollicita Vidam, d'une voix où perçait l'espoir.

La domestique secoua la tête, peinée de ne pouvoir se rendre utile.

— Croyez-vous que le Tiane dise vrai ? demanda Nandra. Que la déesse accorde sa bénédiction par d'autres biais que les cheveux bleus ?

— Je ne le crois pas, je le sais, lui répondit-il d'un air malicieux. La marque bleue du Tiane, obtenue grâce à son précédent mariage, en atteste. Son fils possède la même. Les héritiers masculins se sont faits extrêmement rares par le passé, le peuple ne s'en souvient plus. Il est trop habitué aux cheveux bleus caractéristiques des femmes.

Vidam s'arrêta pour jeter un œil derrière le rideau. Nandra restait pensive.

— Je suis désolé, déclara Vidam. J'ai encore à faire, je dois vous laisser, ma fille. D'autres fidèles m'attendent.

Nandra s'excusa par une légère révérence et suivit le Larien qui la raccompagna à l'entrée du bâtiment, devant lequel de nombreux croyants faisaient encore la queue. Les gardes tianiens la toisèrent de leur regard vide, à peine visible à travers le heaume qui recouvrait leur tête. La domestique ne comptait pas rentrer immédiatement au château. Elle avait encore à faire. Cette discussion l'avait rassurée. Nandra avait eu raison de se confier au Larien. Vidam aiderait Via et ramènerait le calme dans leur vie.

Nandra s'écarta de la place et se dirigea vers les portes qui menaient au sein du cercle des commerçants, le quartier le plus proche du bassin-tianien. Également appelé Le Berceau, le bassin-tianien abritait le palais, la Lariane, la source du fleuve Éternâme ainsi que quelques commerces. Les gardes, qui se trouvaient plus nombreux à cette délimitation, demandèrent à Nandra ses autorisations de sortie. La jeune femme avait tout prévu. Elle leur mit sous le nez le papier signé, plus tôt, par son ami et supérieur Tari. La domestique s'en voulait de jouer ainsi avec les nerfs de son compère le plus proche au palais, mais elle n'avait pas le choix. Elle devait obtenir des informations et de l'aide pour mener à bien ses projets. Une assistance qu'elle ne trouverait que dans le quartier des commerçants.

***

Via lisait un ouvrage sur la géométrie, tandis que sa sœur Loria tournait en rond. Leur père leur avait demandé de les attendre dans le grand salon. Quant à Ystar, il vivait un instant incroyable en la présence des cinq hauts-magiciens et du Tiane, qui supervisait la bénédiction.

Loria et Ystar avaient appris pour la montée en magie de leur sœur, et son pouvoir inattendu. La jalousie de Loria la rongeait de l'intérieur. Ses capacités magiques n'impressionnaient personne. Elle haïssait Via plus encore. De son côté, le cas de Via n'intéressait guère Ystar. Ses pouvoirs dépassaient toutes les capacités de sa petite sœur.

Le grand salon avait perdu de son atmosphère festive. Habituellement, la reine y invitait des amis pour jouer aux cartes, organisait des concours de lancer de sortilèges, animait magiquement des instruments de musique pour danser, et s'amusait à créer des cocktails magiques que ses suivantes jetaient ensuite sur l'assemblée. Via se souvenait d'une soirée particulièrement arrosée où les rires et les bris de verre avaient résonné dans le palais, de telle sorte qu'elle n'avait pu dormir. Héléna pratiquait « le souffle », une technique malsaine qui consistait à avaler du flux magique. Ce dernier se mélangeait à la magie interne du corps, lui assurant quelques heures d'extase le temps qu'il se consumât à l'aide d'un sortilège. Le palais était réapprovisionné en flux magique à chaque seconde. La tante d'Héléna, adepte d'une économie magique drastique, aurait été outrée par le comportement dépensier et inconscient de sa nièce.

Loria claqua la langue. Son inquiétude se lisait dans ses yeux. Contrairement à sa sœur, Via ne se sentait pas particulièrement inquiète. Elle n'avait jamais douté de l'amour de Laria pour son frère, même si ce dernier manquait d'esprit pour gouverner un aussi grand pays. Via avait déjà aperçu la marque sacrée d'Ystar, la même que leur père. Nandra avait rejoint les jeunes filles et attendait en silence, debout près de la reine. Cette dernière, élégamment assise en face de Via, dans un siège au velours rouge qui rehaussait son teint, rêvassait.

Un autre problème intriguait l'aelrelna et l'effrayait bien davantage. Lors de sa séance de travail avec le haut-magicien Chris, la jeune fille avait voulu lui confier sa découverte de la boîte noire. Aucun son n'avait pu sortir de sa gorge. Elle s'était étouffée. Chris l'avait soulagée, son souffle s'était rétabli. Via avait été paralysée, cela la faisait encore frissonner. Un sortilège puissant entourait l'artefact que cachait son frère. Personne ne pouvait ainsi trahir son secret. C'était astucieux. La jeune fille désirait ardemment comprendre. L'écriture marcherait peut-être. Elle essaierait cette méthode la prochaine fois qu'elle croiserait Chris.

Via comptait également farfouiller dans la grande bibliothèque magique du palais. Elle réfléchissait à la meilleure manière de s'y prendre. Nandra pouvait peut-être l'aider. Les portes de la bibliothèque ne possédaient pas de gardes attitrés. Elles avaient été enchantées pour ne laisser entrer que certaines personnes spécifiques, reconnaissables par leur type et degré de magie. Via n'avait pas encore lié ses dons au château, elle n'était donc pas autorisée à y pénétrer. La jeune fille n'enfreignait jamais les règles, son père avait été clair. Sa curiosité maladive la soumettait à ses pires instincts. Sa soif de connaissances, associée à sa volonté de vouloir tout contrôler, brisait tous ses principes.

— Te portes-tu mieux, Via ?

La voix claire d'Héléna réveilla tout le monde. Les gardes sursautèrent, les suivantes de Loria et de la reine qui somnolaient ouvrirent des yeux surpris. Via posa son marque-page et ferma son ouvrage.

— Je vais mieux, je vous remercie. Le haut-magicien Chris m'aide à comprendre mes nouvelles capacités et Nandra m'est également d'un grand soutien.

Nandra bougea imperceptiblement la tête, ravie que sa protégée ne l'ait pas oubliée dans ses paroles.

— Parfait ! s'exclama Héléna, affichant un sourire satisfait, ravie de cette nouvelle.

Elle pourrait enfin revenir sur le devant de la scène. Ce soir-là encore, la reine comptait impressionner les Énèdjärs par un dîner haut en couleur, et un bal costumé surprise. Le cercle des invités serait restreint mais la musique, la boisson, la magie à outrance et les magnifiques jeunes Grèdes, Elfes, et humaines triées sur le volet feraient parfaitement l'affaire. Son époux avait finalement cédé devant l'insistance pénible de sa femme. Héléna savourait cette victoire. Les plus belles robes, les masques les plus raffinés et les danses les plus sensuelles animeraient une soirée mouvementée. Elle en avait l'eau à la bouche.

— Il me semble que ton père a fait appel à l'Institut, reprit-elle. Ton nouveau professeur devrait arriver demain. Pour plus de facilité, nous l'avons invité au couronne…

La reine s'arrêta en plein milieu de la phrase. Un hoquet de surprise s'échappa de sa gorge. La jeune femme posa les deux mains sur son ventre et lâcha un râle de douleur peu élégant. L'une des suivantes de la reine, accompagnée de Nandra, s'agenouilla face à elle. Elles tentèrent de la soulager. La suivante agita un mouchoir imbibé d'huile essentielle pour que la reine le respirât. Nandra lui prit les mains et lui prodigua des paroles réconfortantes. La souffrance ne passait malheureusement pas et semblait anormale, au-delà des crises de panique habituelles de la reine.

Héléna se tordit de douleur, des larmes pointèrent au bord de ses yeux bien maquillés. Loria paniquait. Elle hurla à l'aide pour que le médecin du Tiane vînt secourir Héléna au plus vite. Des domestiques déguerpirent pour aller trouver le docteur, qui vivait dans une aile à l'est du palais. Via se sentait démunie devant cette scène terrifiante. Bien qu'elle ne portât pas sa belle-mère dans son cœur, elle ne la détestait pas pour autant. Héléna avait déjà perdu un enfant. Via ne lui souhaitait pas de revivre un tel enfer. L'aelrelna s'approcha du fauteuil et croisa les doigts. Elle entama une prière à la déesse, tous les mots à portée positive qu'elle connaissait défilèrent dans ses pensées.

Héléna braillait et pleurait tout en même temps. Ses traits, ravagés par les larmes et la douleur, avaient perdu de leur superbe. La reine ressemblait désormais à une jeune femme en détresse comme les autres.

— Je vous en prie, se lamenta-t-elle. Faites que je ne le perde pas. Pas encore, je vous en prie...

La reine supplia Laria de lui venir en aide. Tout le monde s'affairait autour d'elle, qui paniquant, qui priant, qui criant. Nandra ramena le silence de sa voix autoritaire. Elle créa de l'espace autour du fauteuil de la reine pour que celle-ci pût souffler.

— Je suis là ! Laissez-moi passer !

Un petit homme essoufflé à lunettes entra dans le salon, entouré de près par des gardes. Sa tunique bleue ouverte avait été passée en vitesse sur de simples vêtements, un pantalon et une chemise blanche. De la sueur perlait sur son front. Son regard hébété parcourut l'assemblée. Il s'approcha d'Héléna. Maître dans la magie de guérison, le médecin Sirar étudia l'état de la reine. Une mine affligée remplaça ses traits inquiets. Cette scène ne lui était malheureusement pas étrangère. D'un naturel empathique, il fut envahi par une immense tristesse. Sa douleur égala celle de la reine.

Il s'agenouilla et posa ses mains sur le ventre légèrement arrondi. Par un sortilège basique, il put percevoir les flux et énergies qui combattaient à l'intérieur du corps de sa patiente. Ce qu'il ressentit le fit frémir. Il arrivait bien trop tard. L'enfant qu'elle portait depuis peu s'était éteint. Une force maléfique ou une génétique peu engageante empêchait apparemment Héléna de mettre au monde un héritier.

Sirar se redressa. Il appuya ses mains sur le front de la reine pour lui administrer un tranquillisant magique. Le médecin remua doucement les lèvres et le sortilège s'insinua en elle. Héléna se calma. Elle arrêta de se tordre sur le fauteuil. La reine s'assoupit et pencha la tête sur le côté, soulagée et exténuée.

— Emmenez-la dans mon laboratoire. Vite !

— Attendez ! cria Loria. Ne devrions-nous pas appeler les hauts-magiciens à l'aide ?

— S'ils sont en communion avec la déesse, les interrompre pourrait endommager leurs esprits, lui expliqua Sirar.

Le médecin baissa les yeux. L'enfant avait déjà quitté ce monde et aucun grand magicien, Énèdjär soit-il, ne pouvait remonter le temps ou ressusciter quelqu'un.

— Nous sommes seuls, aelrelna, continua-t-il. Ne vous en faites pas, je sais ce que je fais.

Sirar agita les mains comme un fou pendant que les domestiques disponibles s'échinaient à soulever le corps assoupi de la reine. Même s'il ne pesait pas bien lourd, des mouvements brusques pouvaient aggraver son cas. Via suivit des yeux ce cortège détonnant jusqu'à ce qu'il disparût. Elle se retrouva seule avec Loria, toujours accompagnée de ses suivantes, aux visages bien pâles. Nandra avait suivi le médecin, après que Via lui eut signifié que cela ne lui posait évidemment aucun problème.

Loria s'assit et se mura dans un silence inquiet, à peine perturbé par ses doigts qui craquaient. Via avait souhaité rester pour prévenir son père du malheur de la reine quand la bénédiction d'Ystar serait terminée. Loria, quant à elle, ne supportait pas la vue du sang depuis son plus jeune âge. Via se sentit plus proche de sa sœur à cet instant. Leurs regards se croisèrent. Leur inquiétude commune les troubla. L'aelrelna se réinstalla dans son fauteuil pour reprendre la lecture de son livre de géométrie. Aucun mot ne s'imprimait dans son esprit.

Via se leva et commença à faire les cent pas dans la pièce, les yeux tantôt fermés, tantôt ouverts. Loria la regarda avec exaspération mais ne dit rien. Cela arrangea Via qui avait besoin de calme. Sa magie se manifestait à elle au pire des moments, sa tête lui tournait. Son ventre bouillonnait, prêt à s'enflammer.

Des bruits de pas firent sursauter les deux jeunes filles. Via reconnut la voix de son père ainsi que celle de Chris. Le Tiane entra dans le salon, illuminant la pièce de son costume flamboyant. Via se jeta précipitamment dans ses bras, oubliant l'étiquette et le protocole, ainsi que les conseillers et les hauts-magiciens qui accompagnaient Falor. Ce dernier plissa les lèvres, mécontent, mais se laissa attendrir par sa dernière-née qu'il aimait tant. Il l'enlaça brièvement et l'écarta. Alors qu'il allait lui parler, il fut interrompu par son fils.

— Où est Héléna ? demanda Ystar avec autorité.

Via l'avait à peine remarqué. Il inspectait le salon d'un œil perçant, examinant les fauteuils, les bibliothèques et chaque recoin avec insistance. Une mèche bleue tombait à présent devant ses yeux, elle se mariait à merveille avec le reste de sa chevelure plus sombre. Les hauts-magiciens avaient réussi à entrer en contact avec la déesse. Laria avait accordé, une nouvelle fois, sa bénédiction à Ystar. Via en fut hypnotisée quelques instants, elle en oublia de répondre à son père.

— Elle est avec Sirar, dans son antre, déglutit Loria en s'approchant. L'enfant a un problème.

Loria jeta un regard navré à son père. Ce dernier baissa les yeux. Son visage s'assombrit. Personne ne remarqua qu'Ystar les avait quittés, envolé dans un éclair de magie. Khor, sensible à l'état d'Héléna, mais aussi guérisseur hors pair, le suivit en utilisant ses pieds, guidé par un domestique. Les quatre autres hauts-magiciens prirent place dans le grand salon. Un silence malaisant enveloppa la pièce. Via les observa. Les amulettes sur leurs fronts brillaient sous les rayons rouges déclinants de l'Étoile Mijé-Timèn. La jeune fille aurait tant souhaité entendre les pensées des Énèdjärs.

Falor prit la main de Via dans la sienne et l'amena à s'asseoir face à lui. Il congédia d'un geste ferme ses conseillers qui s'éclipsèrent sans demander leur reste. L'intendant les mena dans la salle d'apparat, où le repas du soir serait bientôt servi. Via étudia le visage de son père. Toutes traces d'inquiétude avaient quitté ses traits.

— Raconte-moi ta séance avec Chris. S'est-elle bien passée ? Qu'as-tu appris ? Te sens-tu mieux ?

Via ne comprenait pas pourquoi son père s'intéressait à elle alors que sa femme et son enfant se trouvaient entre la vie et la mort. Il avait laissé sa main sur la sienne. Ce contact intime apaisa l'aelrelna. Elle lui raconta ses entraînements d'une voix d'où perçait un réel plaisir. Loria leur jeta un regard peu amène. Fâchée, elle se leva et alla rejoindre les conseillers. Ses suivantes la suivirent sans un mot.

Falor écoutait Via avec attention et tendresse. L'aptitude de sa fille à lire les messages magiques le fascinait. Son esprit calculateur réfléchissait déjà à des projets intéressants, que même ses espions les plus doués n'auraient pu accomplir.

Non loin de Via et son père, les Énèdjärs discutaient paisiblement, les lèvres closes. Les oreilles pointues des deux Elfes, Lhonhas et Dhanine, frémissaient. La mort, la veille d'un évènement aussi majeur, portait malheur. Plus superstitieux que leurs confrères, les deux hauts-magiciens imaginaient le pire pour le couronnement, bien que le Tiane leur eût expliqué son ordre de bataille et la disposition de ses armées appelées en masse.

Lidrine, le Grède aux cheveux dorés et aux lèvres pincées, avait hâte de retrouver sa cité sous-marine. L'atmosphère de ce palais empestait la douleur, les faux-semblants et l'hypocrisie. De son côté, Chris les encourageait à des pensées positives.

— J'ai un mauvais pressentiment pour demain, confia Dhanine.

— Nous n'avons malheureusement pas le don de prédire l'avenir, déclara Chris avec calme.

— C'est un don qui n'existe pas, le vieillard. Tu persistes dans tes digressions, s'énerva Lidrine.

— Arrête Lidrine, le réprimanda son chef.

— Pensez-vous que la reine et l'enfant s'en sortiront ? demanda Lhonhas pour changer de sujet.

Frustré de ne pouvoir se rendre utile, il s'inquiétait. L'Elfe au visage de poupée vivait dans l'action, pour l'action. Son tempérament fougueux nécessitait des activités endurantes, une vie trépidante que son rôle de haut-magicien parachevait à merveille.

— Tu l'as perçu comme nous tous, reprit Chris. La pièce sentait la mort à notre arrivée. Khor est très doué. Si lui n'y arrive pas, alors personne n'y parviendra.

Les quatre hauts-magiciens se turent. Ils observèrent le Tiane et sa fille en grande conversation, seuls dans leur bulle. Après de longues minutes qui leur parurent des heures, ils furent appelés par l'intendant Garik qui les invita à s'installer dans la salle à manger. Le repas du soir ne tarderait pas à débuter.

***

Le dîner n'avait pu montrer Héléna sous son meilleur jour, comme elle l'avait espéré. Elle avait dû se reposer sous l'œil soucieux d'un médecin attentionné, dans un laboratoire froid et sans âme.

Elle mangeait quelques fruits dans sa chambre, sans grand appétit, seule en compagnie de ses suivantes. Après le dîner, Loria était venue s'enquérir de sa santé, et en avait profité pour lui demander des conseils quant à sa tenue pour le bal. Sa belle-fille l'adorait et la visitait à la moindre de ses interrogations. Héléna avait essayé d'être la plus critique possible, mais Loria avait remarqué que la jeune femme ne possédait plus son entrain habituel. Cela l'avait attristé.

La reine ne savait si elle se montrerait au bal costumé qu'elle avait préparé avec tant d'énergie. Le Tiane venait justement de la quitter, et l'avait sommée de ne pas traîner. Un bal sans reine n'avait plus la même saveur. Il se fichait éperdument de savoir que la perte de son second enfant coïncidait avec cette soirée stupide. La reine lui avait forcé la main alors elle assumerait. Ses invités avaient besoin d'elle. Le bal se devait d'être étincelant, sans aucun accroc.

Détruite de l'intérieur, à tous les niveaux, la reine s'observait dans le miroir de sa grande commode. Les dires du Tiane l'avaient fait pleurer. La veille déjà, il lui avait interdit de faire de nouveau appel à ses espions, à moins qu'elle ne réapparût rapidement dans son lit et qu'elle le fît jouir à plusieurs reprises. Héléna n'en avait aucune envie.

L'une de ses domestiques la coiffait depuis le départ de son époux. Cela lui faisait du bien. Son mascara avait coulé, son rouge à lèvres parsemait ses joues et son menton, ses yeux s'étaient éteints et sa peau paraissait plus blanche que d'ordinaire. Héléna ne se reconnaissait plus. Elle n'avait pas envie de se laver le visage, ces marques, seuls souvenirs de l'enfant qu'elle venait de perdre, lui importaient.

Héléna continua de se regarder, les yeux las, le corps flasque. Son esprit se concentrait sur les mouvements répétitifs de la brosse dans ses cheveux. Elle ne s'offusquait pas quand la domestique arrivait sur un nœud. La reine avait perdu de sa superbe. Ses suivantes s'évertuaient à ne faire aucun bruit, pour ne pas la déranger. La jeune femme aurait aimé qu'elles s'amusent, qu'elles sourient, qu'elles lui montrent que la vie valait encore la peine d'être vécue.

Des claquements la sortirent de sa torpeur. Quelqu'un frappait à sa porte. Héléna n'eut même pas le temps d'ouvrir la bouche que son visiteur impromptu pénétrait dans la chambre, dérogeant ainsi aux règles protocolaires et de bienséances qui incombaient à son statut. Cela la mit en colère. Elle n'aima pas qu'il pénétrât ainsi dans son intimité sans qu'elle lui en donnât l'autorisation. La reine de ce soir-là n'avait plus rien à avoir avec celle de la veille. Son cœur et son âme avaient trop souffert, ils désiraient s'échapper de ce monde mortifère. Elle ne voulait plus jouer.

À la vue de son visiteur nocturne, le cœur de la jeune femme battit plus vite.

— Sortez ! ordonna sèchement Héléna.

Ses suivantes arrêtèrent leurs activités futiles, la saluèrent profondément et quittèrent la chambre sans un mot. La reine se regarda une dernière fois dans le miroir et abandonna l'idée de se refaire une beauté. Elle espérait qu'il supporterait la vue de son visage délabré par la tristesse. La jeune femme se détourna de son reflet, se leva et profita de l'angle de vue agréable qu'elle avait sur la descente de rein de son beau-fils.

Ystar s'était avancé dans la pièce. Il la scrutait comme s'il la possédait. Il toisa Héléna, d'un air à la fois méprisant et passionné. Il avait retiré la quasi-totalité des pièces de son costume et ne portait plus qu'une chemise légère, qui sortait nonchalamment de son pantalon, dont la coupe serrée le mettait en valeur. Héléna, quant à elle, arborait l'une de ses nuisettes transparentes qui lui tombait jusqu'aux chevilles. La reine recula d'un pas, bousculant le tabouret de sa commode.

La tension que le jeune aelrelne laissait planer la rendait fébrile. Ses yeux la transperçaient avec intensité, et sa langue jouait avec ses nerfs en passant régulièrement sur ses lèvres, comme s'il avait le ventre vide et qu'il mourait de faim. Héléna savait qu'elle perdrait pied et qu'elle ne saurait résister, comme à chaque fois. Bien plus beau et séducteur que son père, Ystar n'hésitait pas à user de tous les moyens pour la soumettre. Et Héléna adorait ça. Elle lui avait même expliqué quel personnage incarner avec elle pour la faire jouir sans discontinuer. Ystar avait retenu la leçon. Il arborait cet air qu'elle appréciait tant. Pourtant, elle n'avait pas du tout la tête à ça. Elle n'eut pas le temps de le lui souffler qu'il commençât leur petit jeu.

D'un sortilège, il l'attira à lui. La reine se sentit glisser sur le sol, les pieds sur la pointe, elle atterrit sans douceur dans ses bras. Depuis que le Tiane la faisait chanter, Héléna n'avait plus voulu résister aux avances de son beau-fils. Elle avait succombé à ses plus bas instincts. Bien qu'ils eurent quasiment le même âge, Héléna savait qu'elle commettait un acte répréhensible. Son corps réagissait de manière intense aux gestes et caresses de l'aelrelne, elle le sentait déjà frémir dans l'attente de ce qui allait se produire.

Le jeune homme les transflua dans le lit, qui se trouvait à seulement quelques pas du couple. Par une incantation en ancien langage, il avait imprimé sa position actuelle, ainsi que la suivante, et avait consommé une lourde quantité de flux magique pour disparaître. Les syllabes en ancien langage s'étaient associées pour que toutes les informations de distance, positionnement et état fussent connues du flux. L'aelrelne adorait user de sa magie à outrance. Héléna s'en délectait.

Ystar déchira sauvagement la nuisette de la reine et entreprit de lécher sa poitrine, tout en posant ses deux mains sur sa taille fine. Héléna ne put pousser de cris de surprise ou de plaisir, l'héritier lui avait lancé un sortilège de silence. Héléna détestait quand il faisait cela, bien que cette consigne vînt d'elle. Tout son être répondait à Ystar comme s'il ne lui appartenait plus.

Alors qu'il passait sa langue sur son téton droit, et qu'il pinçait l'autre de sa main libre, Ystar murmura des paroles incompréhensibles, qui lui permirent de se retrouver soudainement nu comme au premier jour. Héléna ne s'était toujours pas habituée à ses capacités magiques incroyables. Elle le fixa la bouche grande ouverte, étonnée et gourmande devant ses pouvoirs et son sexe frémissant. Avec un mouvement souple des reins, il la pénétra avec brutalité. Des larmes de douleur et de plaisir perlèrent sur les joues sales de la reine. Son intimité lui signalait, par de violents battements insupportables, qu'elle n'aurait pas dû se laisser aller ainsi, alors qu'elle venait de perdre un enfant et que son corps n'était pas encore remis.

Ystar n'en avait cure, il ne la regardait même pas, l'ignorant comme elle le lui avait demandé. Héléna se sentait stupide. Les yeux fermés, les mains sur ses seins à les malaxer sans douceur, l'héritier souriait et s'exclamait bruyamment quand il entendait le doux claquement de sa peau contre la sienne. Héléna souffrait en silence, essayant par tous les moyens à sa disposition de mettre de côté ses tourments pour ne plus garder que le plaisir.

Son corps se cambrait à chacun des assauts du jeune homme, et l'appelait à lui. La raison d'Héléna s'éteignait, avec sa détermination de mettre fin à cet acte. Chaque parcelle de sa peau aimait ce que lui faisait Ystar, bien qu'elle ne le comprît pas. Douleurs et plaisirs s'entremêlaient dans sa tête, ses yeux pleins de larmes lui renvoyaient un plafond flou. Héléna put souffler un bref instant quand Ystar s'écarta. Son sexe, plein du sang de la reine, se tenait fier devant celle-ci et la narguait avec effronterie. L'héritier parut perturbé par cette vision écarlate mais se ravisa.

Héléna se rendit compte qu'elle avait créé un monstre. Dans un rire fou, le jeune homme trempa ses doigts dans ce liquide rouge et s'amusa à dessiner des formes étranges sur le corps de la reine, qui frémit au contact de son propre sang chaud et de ces doigts talentueux, qui savaient comment lui faire perdre la tête. Héléna tremblait et en voulait encore.

D'un tour habile, Ystar la fit passer par-dessus alors qu'il s'étalait dans les draps soyeux du lit. Héléna avait mal à la tête. Une autre douleur sourde suintait entre ses cuisses. Une part d'elle rêvait d'aller prendre un bon bain quand l'autre attendait ardemment que l'héritier la commandât.

À califourchon sur son torse musclé par les exercices, la reine manquait de force pour s'atteler à la tâche qu'Ystar lui ordonnait via son regard ardent. Fatigué d'attendre qu'elle agît, il la prit par la taille et entreprit de lui insuffler les mouvements de va-et-vient dont il rêvait. Héléna se laissa bringuebaler de tous côtés et ferma les yeux. Toutes ses frustrations remontèrent à la surface : l'attitude du Tiane qui ne la considérait plus que comme une reine de façade, cet enfant qui venait de l'abandonner, son autre enfant qui l'avait quittée, ce jeune homme qui disait l'aimer alors qu'il ne savait rien d'elle, et sa vie qui lui échappait.

Sa colère refoulée se transforma en hargne. Cette nouvelle sensation lui donna l'énergie dont elle avait besoin pour songer à son propre plaisir. Cette position la faisait moins souffrir que la précédente. Elle s'entêta à valser sur ce corps jeune et ferme, perçant la peau pâle de ses ongles, et se frottant contre lui à la recherche de ses sensations favorites. Ystar la lâcha et la laissa faire, heureux qu'elle s'occupât enfin de lui, qu'elle s'occupât d'eux.

Alors qu'elle sentait l'orgasme arriver, cette douce sensation qui faisait palpiter de bonheur son clitoris, Ystar la tortura en la forçant à s'écarter pour finir par la prendre par-derrière. Héléna tapa du poing dans les draps humides, après qu'il l'eut balancée sans vergogne contre les oreillers. La reine dut prendre sur elle-même quand il la pénétra avec violence, lui procurant une sensation de douleur déchirante et un plaisir irrésistible. Il avait retenu tout ce qu'elle lui avait enseigné. Il jouait son rôle à merveille alors qu'elle savait qu'il détestait ça. Ystar ne désirait que son plaisir à elle. Héléna ne se comprenait plus. La jeune femme ne souhaitait plus d'actes violents, sauvages. Tout avait changé.

Héléna essaya d'atteindre les mains du jeune homme qu'il avait posées sur sa taille. Se penchant sur le côté, elle parvint à en prendre une. Elle la caressa de ses doigts. Ce contact doux perturba Ystar. Il s'arrêta et la fixa d'un air interrogateur. La reine remua les lèvres et lui fit un signe de son autre main. Perplexe devant cette attitude peu habituelle, l'aelrelne leva le sortilège de silence.

— Que veux-tu ma reine ? Tu n'aimais pas ?

Héléna s'écarta et se positionna face à lui. Leurs têtes se touchaient presque. Les yeux d'Ystar affichaient son désarroi et ses questionnements. La reine caressa l'une de ses joues et s'inclina de sorte que leurs nez entrent en contact. Le jeune homme ne savait plus comment réagir. Il restait silencieux, perdu.

— Je n'ai pas envie de violence ce soir, j'ai besoin de tendresse, lui expliqua-t-elle.

Ystar prit quelques secondes avant de réagir. Un sourire s'afficha sur son visage et son corps se détendit. Il entoura le cou d'Héléna de ses mains et l'embrassa avec passion, comme il en avait toujours rêvé. La jeune femme apprécia ce contact suave que peu d'amants lui avaient offert dans sa courte vie. Les mains d'Ystar descendirent dans ses cheveux, puis dans son dos. Il amena son corps au plus près du sien, pour qu'ils ne formassent plus qu'une seule et même personne. Avec délicatesse, il allongea sa reine et entreprit de la caresser. Ses seins frémirent sous ses assauts, sa taille trembla, ses cuisses répondirent avec ardeur et les brûlures sur son cou se réveillèrent. Héléna sourit. Ystar lui murmurait des mots d'amour quand il approchait de ses oreilles et que sa langue titillait ses lobes. La jeune femme perdit toute notion du temps. Les mains de son amant la comblaient.

Quand il se redressa pour la pénétrer, Héléna recula.

— Non ! J'ai... j'ai mal.

Ystar pâlit.

— Oh ! Je... Le sang... J'aurais dû...

Il secoua la tête, il se sentait idiot. Il posa une main autoritaire sur le front de la jeune femme. Il incanta le même sortilège que le médecin lui avait prodigué plus tôt. La douleur cessa immédiatement. Héléna souffla et remua la tête pour lui signifier qu'elle allait mieux. Alors qu'elle se préparait à la pénétration, Ystar l'étonna en s'attaquant à son intimité avec sa langue. La reine se cambra de surprise et de plaisir. Elle se laissa faire de longues minutes, lui indiquant de ses doigts les zones qu'elle préférait ou la vitesse qui lui convenait. Le jeune homme, désireux de bien faire, s'activait à sa tâche avec passion, jusqu'à ce que sa tendre se détende complètement. Ses lèvres tremblèrent encore un moment alors qu'elle se remettait de son orgasme, les yeux fermés, et la bouche légèrement entrouverte. Le jeune homme la laissa profiter tout en reprenant ses caresses là où il les avait arrêtées, il déposa des baisers sur sa peau humide et ensanglantée. Le cœur de la jeune femme finit par ralentir. La reine aurait pu s'endormir. Un spasme la ramena soudain à la réalité.

Ystar avait quitté le lit, il se rhabillait. Héléna se redressa et plissa les yeux d'incompréhension. Le jeune homme n'avait pas joui et semblait ne pas s'en soucier. L'héritier la fixa avec intensité.

— Rends-toi au bal avec moi. L'assemblée attend sa reine.

Héléna se prit la tête entre les mains et soupira. Elle s'assit au bord du lit et se rendit compte que sa peau paraissait douce sous son toucher. Le sang et la sueur avaient disparu. Ystar s'assit auprès d'elle et tourna son visage pour déposer un baiser sur ses lèvres.

— S'il te plaît.

Héléna avait l'impression d'être de nouveau une jeune fille non mariée et sans responsabilités. Elle lui sourit. Elle ne put lui répondre car quelqu'un frappait à sa porte. Effrayée que quelqu'un la vît avec Ystar, elle s'écarta vivement et lui ordonna de se cacher le temps de gérer cette intrusion. Il l'enlaça et déposa un doux baiser dans le creux de son cou avant de s'éloigner et de l'attendre dans la salle de bain attenante.

— J'arrive ! cria Héléna, courant en tous sens pour se trouver une tenue correcte et réajuster sa coiffure avec des barrettes trouvées sur sa commode.

Habituellement, grâce à ses suivantes, elle n'avait que rarement l'occasion de faire cela elle-même. Nandra se trouvait dans le couloir, une tasse fumante à la main. À la vue du visage reposé de sa maîtresse, la domestique fut rassurée. Elle se plia en une révérence respectueuse tout en levant la main qui tenait la boisson chaude.

— Personne n'est venu vous apporter votre boisson du soir, ma reine. Et aucun ordre n'a été donné à ce propos. Je me suis dit que cela vous ferait du bien. Alors j'ai voulu vous l'apporter moi-même.

Héléna posa ses doigts sous le menton de Nandra et la fit se relever en douceur.

— C'est très aimable de ta part, Nandra. Je te remercie.

— Encore toutes mes condoléances, ma reine, dit la domestique avec hésitation.

Héléna baissa la tête et plissa les lèvres. La douleur refit surface. Elle ne voulait rien montrer à Nandra, de peur que son état de faiblesse profitât à quelques ragots parmi les habitants du palais. La jeune femme réalisa alors qu'elle devait absolument se montrer au bal. La reine se redressa et fixa Nandra droit dans les yeux. Elle avait repris son masque impassible. La jeune servante comprit le message et se prépara à partir.

— Attends ! s'exclama Héléna. Rappelle mes suivantes ! J'ai besoin d'elles ! Préviens également l'intendant que la reine se présentera bientôt au bal.

— Entendu, ma reine. Je suis heureuse que vous vous sentiez mieux.

Nandra déguerpit après une autre révérence. Héléna s'assit devant sa commode. La jeune femme porta la tasse à ses lèvres et huma l'odeur de la tisane avec envie, alors qu'Ystar revenait. La reine contractait souvent des crises d'angoisse ou de migraine, et cette merveille lui faisait le plus grand bien, lui permettant de dormir comme un bébé. Ystar lui menait régulièrement ce doux cadeau, mais l'avait, semble-t-il, oublié ce soir-là. Son amant entreprit de la détendre davantage en lui massant les épaules. Aujourd'hui, tout particulièrement, et parce qu'elle l'y avait autorisé, il lui montrait son véritable visage. La reine appréciait.

Elle but une gorgée et se détendit sous les gestes avisés de son compagnon qui ne cessait de lui susurrer à l'oreille qu'elle représentait la reine la plus belle et désirable qu'il eut jamais connue. Soudain, Héléna se redressa, les yeux exorbités. Le jour venait de se faire dans son cerveau. Ystar dut s'écarter pour ne pas tomber.

— Pourquoi as-tu oublié de me porter ma tisane ce soir ? demanda Héléna à Ystar interloqué par ce changement de ton brutal.

— J'ai complètement oublié, excuse-moi. Ce qui t'est arrivé... m'a perturbé, lui répondit-il.

Héléna ne savait si elle devait lui faire confiance. Elle se mit à tourner en rond, les sens en éveil. Héléna ne comprenait pas les sentiments de l'héritier. Il pouvait tout aussi bien manigancer contre elle, sur les ordres de son père. Il ne la connaissait pas, il s'était amouraché d'elle trop vite. Cela n'avait aucun sens. Les yeux du jeune homme affichaient son trouble. Il ne comprenait pas où la reine voulait en venir.

— Tu n'oublies jamais d'habitude, commença-t-elle à réfléchir à voix haute. Quand je débute mes périodes sombres, tu ordonnes aux domestiques de me porter ma boisson favorite ou tu montes me la donner toi-même.

Ystar observait le manège d'Héléna avec interrogation. Elle ne faisait que citer des faits banals sans conséquence. Le jeune homme avait toujours voulu prendre soin d'elle, même quand il n'osait l'approcher, quand son père l'effrayait ou quand il ne s'en sentait pas digne. Avec le temps, Ystar avait pris de l'assurance. Par chance pour lui, le ménage de son père et d'Héléna s'était dégradé.

— Oh si, cela me revient maintenant ! Tu avais également oublié dans le passé. Une fois. J'étais enceinte pour la première fois et mon enfant se mourait… Oh, déesse !

Héléna s'effondra à genoux sur le sol. Dans sa torpeur, elle en oublia les chocs qui se répercutèrent dans ses genoux. Des sanglots bruyants la firent tressauter. Ystar se baissa et entoura la reine de ses bras. La jeune femme essaya de le repousser, sans succès. Le jeune homme, horrifié devant de telles accusations, même voilées, sentait la colère monter. Une effroyable ébullition qui ne cessait de grossir depuis qu'il avait compris que quelqu'un s'en prenait peut-être à celle qu'il aimait, sans qu'il l'eût jamais découvert ou soupçonné. Il se détestait.

— Jamais je ne te ferais du mal, ma reine. Jamais, et tu le sais, lui dit-il d'une voix autoritaire, alors qu'il luttait pour rester en place devant les assauts désespérés de la jeune femme. Jamais je ne t'empoisonnerai ni ne t'ai empoisonnée. Tu as ma parole.

Héléna se calma un peu. Elle ne pleurait plus.

— Même si je n'aime pas l'idée que tu portes les enfants de mon père, je ne t'empêcherai jamais d'accomplir ton devoir. Crois-moi, s'il te plaît. Je t'aime, Héléna. Je t'aime, ma reine.

Il lui prit la tête entre les mains et l'obligea à le regarder. La jeune femme, complètement sonnée, en avait perdu les mots.

— Laisse-moi enquêter de mon côté. Si quelqu'un t'empoisonne comme tu le penses, je le trouverai et le tuerai pour toi. Je te le promets.

Ystar déposa des baisers sur son visage avant de se relever et de l'inciter à faire de même.

— À très vite, dans la salle de bal. M'accorderas-tu une danse ?

Héléna s'approcha de l'héritier et caressa sa nouvelle mèche bleue qui lui allait magnifiquement bien. Il effaça ses larmes.

— Je suis désolée d'avoir douté de toi. Avec plaisir pour la danse, mon amour.

La reine fut la première surprise d'entendre ce surnom sortir de ses lèvres. Ystar en fut ravi. Il vibrait, ensorcelé. Il l'embrassa une dernière fois avant de disparaître. Heureusement pour la jeune femme, le vide qu'il laissa se remplit rapidement grâce à l'aide de ses suivantes qui se manifestèrent. Sous serment magique, elles ne pouvaient ébruiter le moindre ragot concernant les visites de l'héritier. Même si, en public, les deux jeunes gens ne laissaient rien paraître, et qu'Ystar effaçait toutes les traces de leurs ébats, Héléna avait préféré prendre ses précautions. Les serviteurs pouvaient jaser. Sans aucune preuve, leurs accusations sonneraient faux.

Héléna jeta le reste de sa tisane dans le lavabo de sa salle de bain. Terrifiée, excitée, surmenée, fatiguée, perdue, troublée, Héléna trépignait d'impatience de s'amuser au bal et de montrer qu'elle allait bien, qu'elle ne se laissait pas faire. Ystar la protégeait. Malgré la peur et les menaces qu'elle ressentait, la jeune femme esquissa un sourire de défi. Il était prêt à tuer pour elle.

***

Ystar se retrouva dans sa chambre. Ses serviteurs sursautèrent quand il apparut. L'héritier leur ordonna de l'habiller pour la soirée et de lui ramener le masque qu'il avait choisi. Un masque somptueux aux cornes de bois majestueuses qui montaient vers le ciel. Une fois prêt et seul, Ystar prit quelques secondes pour s'admirer dans le miroir. Héléna l'avait comblé, il se languissait déjà de la revoir. Sa reine avait changé. L'éloignement avec son père s'était montré salutaire. Ystar s'en réjouissait.

— Yadel !

L'aelrelne claqua des doigts. Yadel, l'un de ses plus loyaux espions, apparut devant lui. Habillé intégralement de noir, seuls ses yeux verts contrastaient avec sa tenue. L'espion honora son chef d'un salut militaire protocolaire, une main sur le cœur, et l'autre sur son arme, une longue et fine épée rengainée sur son côté gauche.

— Il est possible qu'une ou plusieurs personnes cherchent à empoisonner la reine. Elle soupçonne des traîtres de dégrader la tisane qu'elle boit pour combattre ses crises d'angoisse. Je veux que tu me trouves les coupables et que tu me les ramènes. En vie.

Yadel ne s'encombrait jamais de paroles inutiles. Il acquiesça sans un bruit et disparut. Comme tous les membres de la famille tianienne, la reine bénéficiait de goûteurs. Pourtant, cela ne semblait pas suffire. Ystar ne savait si Héléna délirait. La perte d'un second enfant l'avait peut-être troublée à tel point qu'elle s'inventait des excuses. Il pencha la tête sur le côté. Si les coupables existaient, il les tuerait. Sans pitié.

Chapitre 7

Sacre 1410, levée d'Iliath, jour 34 – Le matin – Château tianien

Ystar se réveilla avec un terrible mal de crâne. D'une main engourdie, il se palpa la tête avec précaution, alors que ses yeux voyaient encore trouble. Il se sentait nauséeux et fatigué, comme si on l'avait drogué. Le bal costumé de la veille avait battu son plein, les boissons alcoolisées avaient coulé à flots. Ystar se souvint qu'il en avait abusé. Ceci devait expliquer cela. Il s'était saoulé pour oublier l'humiliation. Cette humiliation à laquelle Héléna avait participé sans vergogne.

La reine s'était moquée de ses pas de danse désuets et maladroits devant toute l'assemblée. Elle lui avait refusé le moindre instant d'attention, alors qu'elle le lui avait promis. Le plus troublant avait été ses retrouvailles touchantes avec l'un de ses anciens amants, qu'Ystar détestait. Ils avaient disparu sur un balcon qu'ils avaient verrouillé pour ne pas être dérangés. Ystar pensait que, suite à leurs derniers ébats, leur relation avait évolué, était devenue sincère. Il s'était bien trompé. Blessé, l'héritier avait perdu pied. Rien n'avait changé. Héléna continuait de jouer les manipulatrices. Elle ne l'avait sans doute jamais aimé.

Le jeune homme se redressa et se positionna au bord du lit. Il fut étonné de croiser le regard d'une femme, et de constater que cette dernière lui souriait. L'inconnue essaya d'atteindre la chevelure du jeune homme pour la caresser, mais Ystar bloqua violemment son geste. Il se rappela avoir maltraité cette femme, l'avoir même frappée pour évacuer sa colère, lui avoir fait l'amour avec violence et sans affection. Cette étrangère le dégoûtait, l'alcool le révulsait. Redevenu le Ystar qu'Héléna avait apprécié lors de leurs premiers rendez-vous, ce personnage désabusé, brutal, hautain et provocateur, l'héritier se haïssait. Il abhorrait tout ce qu'elle lui avait demandé, tout ce qu'elle avait fait de lui. Pourtant, il n'avait jamais reculé, il ne voulait pas lui déplaire. Soumis à cette passion destructrice, il s'était perdu en chemin. Il ne savait plus ni ce qu'il valait, ni ce qu'il souhaitait. L'étrangère dans son lit lui avait au moins permis de se soulager, ce qu'il n'avait pu faire avec Héléna tant il s'en était voulu de l'avoir fait souffrir.

Ystar se leva brusquement, nu comme un ver. Il ordonna à l'inconnue de déguerpir en vitesse. La magnifique blonde arborait avec fierté les hématomes que l'héritier lui avait imposés. Elle avait une démarche séductrice, ne prenant pas du tout ombrage de l'attitude détachée de son dieu vivant. Liana, comme elle disait s'appeler, récupéra ses affaires éparpillées dans toute la chambre d'un pas lent. Elle se tourna vers Ystar et lui adressa un baiser de la main, suivi d'un clin d'œil ravageur. L'héritier lui répondit par un râle peu flatteur et claqua la porte. Furieux contre lui-même, contre Héléna qu'il ne comprenait pas, et contre le monde entier, il sauta sur son lit et resta ainsi, aplati contre les draps froissés, le regard vague et les pensées dérivant vers les images de son dernier rapport sexuel avec la reine de son cœur.

Son repos ne fut que de courte durée. Ses serviteurs vinrent frapper à sa porte. Ils devaient le préparer pour la cérémonie de couronnement. Ystar soupira et se leva. Au ralenti, il atteignit son armoire. Ce matin, sa chambre immense l'insupportait, comme tout le reste. Il n'avait jamais pris le temps de la personnaliser ni de la décorer. Les murs blancs reflétaient ses angoisses et sa colère, ses meubles ternes et sans saveur composaient parfaitement avec son humeur macabre, et ses rideaux transparents, comme son amour-propre, s'avéraient tristement sans saveur.

Tous ses jouets avaient disparu et n'appelaient plus son âme d'enfant à s'éveiller, ses centaines de chaussures et costumes ne dépassaient jamais de leurs placards, toujours impeccablement bien entretenus par ses serviteurs, et sa salle de bain n'admettait aucune fausse note, nettoyée chaque jour et luisante de propreté. Seuls ses vêtements de la veille, éparpillés sur le sol, attestaient d'une lueur de vie.

Ystar trébucha et se cogna contre le rebord de son armoire. Hurlant de rage, il récupéra l'objet qui l'avait fait chuter. Il resta stupéfait devant sa découverte : son masque de la veille. L'une des cornes avait été arrachée, une trace de sang longeait la coupure. Ystar écarquilla les yeux. Il ne se souvenait pas du tout de ce qui avait causé cela. Les souvenirs de la veille restaient flous. Il se replaça debout avec peine.

Où était donc passée l'autre moitié de la corne ?

***

Nandra caressait le dos de sa protégée en lui chuchotant des paroles rassurantes. Malheureusement, la comptine que la domestique lui avait chantée la veille n'avait pas fait effet. Via avait eu les mêmes visions que la nuit passée. Cette fois-ci, Nandra avait pu capter des termes que la jeune fille avait prononcés pendant son sommeil. Une dragonne avait apparemment peuplé son rêve.

La domestique n'avait pas tout saisi, mais n'avait pas voulu en écouter davantage. Nandra avait culpabilisé et avait décidé de réveiller la jeune fille avant qu'elle dévoilât d'autres éléments. La domestique était persuadée d'une chose à présent : elle devait aller revoir le Larien Vidam pour qu'ils choisissent un traitement plus poussé. Nandra comptait également mettre en place le plan pour lequel elle avait effectué une course la veille. La jeune femme frissonnait à l'idée de devoir passer à l'action. Pourtant, elle savait qu'elle trouverait des indices qui la mèneraient sur la piste du mal qui suintait de tous les pores de ce palais.

Des visions de dragons, des êtres ailés d'une autre époque qui avaient été humiliés par les Linariens, n'auguraient rien de terrible, à première vue, mais pouvaient peut-être indiquer la présence d'un esprit ancestral désireux de prendre possession du corps de la jeune fille. Nandra frémit. Ses bras autour de la jeune fille tremblèrent.

— Aelrelna, il vous faut vous préparer pour la cérémonie. Je vais vous maquiller pour l'occasion et vous coiffer. Désirez-vous un bain pour vous détendre ?

Via acquiesça, encore fébrile et en sueur. Ses cheveux bleus en bataille, ses joues humides et ses yeux exorbités attestaient d'une nuit courte et mouvementée. Encore une. La jeune fille n'arrivait plus à dormir depuis bien trop longtemps. Cela avait accentué ses cernes violets. Nandra s'écarta, toujours mal à l'aise après des contacts aussi rapprochés avec sa protégée.

— Tu m'avais chanté une belle berceuse. Dommage que ça n'ait pas marché. Elle était très jolie.

Via lui adressa un sourire candide. La domestique plissa les lèvres de malaise. La jeune fille n'avait donc pas reconnu qu'il s'agissait d'un sortilège. Nandra s'en voulut. Elle se leva pour aller préparer le bain de sa protégée, dans la salle de bain attenante. La porte se ferma derrière elle. Seule dans sa chambre, Via se redressa péniblement, encore torturée par les images de mort qui brouillaient son esprit. Elle ne comprenait toujours pas la signification de ses rêves.

Via s'approcha de la fenêtre et l'ouvrit. Le Soleil l'abreuva de ses rayons ardents. Elle se pencha pour capter le courant d'air qui remua ses cheveux. La jeune fille profita de cet instant simple qui lui remonta le moral. Les magnifiques allées du jardin tianien la charmaient avec ses arbustes parfaitement taillés et ses petites fontaines aux formes enchanteresses.

Laria et ses compagnes, les nadades, des créatures mi-marines, mi-terrestres, composaient certainement les plus belles sculptures. Leurs longues chevelures, leurs nageoires étrangement asymétriques, et le visage rassurant de la déesse appelaient à la paix et au partage.

Une vision de la veille se rappeler à Via. L'aelrelna l'avait momentanément oubliée, notamment à cause de son terrifiant cauchemar. Alors que tous ses proches s'amusaient au bal costumé, la jeune fille avait réussi à échapper à la surveillance accrue de Nandra pour aller marcher dans les couloirs. La domestique avait été invitée à danser et n'avait pu refuser. Via avait déambulé dans le palais calme et vide, à l'exception des gardes qui ne l'avaient pas quittée des yeux.

Perdue dans ses pensées, Via s'était retrouvée devant la porte de la grande bibliothèque magique. Son père lui avait promis qu'il entamerait son propre rituel de lien dès que son prochain cycle d'études débuterait. La jeune fille s'était arrêtée devant le grand cadre, marqué par de splendides gravures et une poignée dorée. Via s'était approchée et avait caressé le bois avec envie. Son père lui avait expliqué que les runes dessinées participaient au sortilège, mais Via ne les comprenait pas. Elle avait glissé ses doigts dans les creux et les vagues, et s'était imprégnée des formes magiques dessinées.

Sans crier gare, la porte s'était ouverte. Via en était restée bouche bée et pétrifiée. La jeune fille avait paniqué, une autre personne l'avait sans doute suivie. Elle s'était écartée instinctivement. La porte s'était refermée. Après quelques secondes d'attente, aucune âme ne s'était approchée. Via avait repris sa place devant la porte et la bibliothèque s'était de nouveau offerte à elle. L'aelrelna s'était sentie perdue, et plus encore quand une voix féminine séduisante lui avait chanté avec grâce un « Bienvenue Énévive ». Via avait préféré fuir et était retournée au bal costumé sans ne rien révéler de sa déroute à quiconque.

La jeune fille retrouva la réalité grâce aux chants des oiseaux et la réapparition de Nandra.

— Votre bain est prêt, aelrelna.

***

Héléna s'admirait dans le miroir. Ce qu'elle discerna lui donna du baume au cœur. Ses suivantes s'attardaient autour de ses cheveux. Habituées aux traditions du Sud, ses suivantes s'activaient pour que la reine possédât la coiffure la plus incroyable de la journée. Ses boucles brunes semblaient ne plus suivre aucune règle, s'agitant en chignon au-dessus de son oreille droite, en nattes sur le côté gauche, le tout relevé en une arabesque qui défiait la gravité. Héléna jubilait. Elle allait faire sensation. Le bal costumé de la veille lui avait redonné foi en ses capacités. Les hauts-magiciens, comme la plupart des invités, l'avaient félicitée. Enorgueillie par les compliments, Héléna en avait même oublié la perte de son enfant, ou son possible empoisonnement. Elle s'était fait plaisir. La présence d'Ystar l'avait tout de même perturbée.

Le cœur de la jeune femme s'était soulevé à sa vue, et cela ne lui avait pas plu. La reine ne voulait pas tomber amoureuse, de crainte de se perdre dans les pièges de passions ridicules et aveuglantes, qui l'empêcheraient de tenir correctement son rang. Le pouvoir valait bien ce sacrifice à ses yeux. Ystar ne le voyait apparemment pas du même œil. Il n'avait cessé de l'observer à la dérobée, ce qui l'avait grandement agacée. Habituellement, il savait se tenir. Leurs derniers ébats romantiques l'avaient transformé en un amoureux transi imbécile, qui se fichait des apparences. La reine détestait cet Ystar-là.

Héléna avait refusé de danser avec lui, de peur que tous remarquassent ses sentiments puérils envers elle. Heureusement, l'un de ses anciens amants, Altal, lui avait changé les idées. Il lui avait raconté ses péripéties farfelues et l'avait abreuvée de plaisanteries grivoises. Elle l'avait reconnu sous son masque de loup. De noble famille, Altal avait refusé son héritage pour parcourir le pays en quête d'aventures. Son esprit libre lui avait plu la première fois qu'elle l'avait rencontré. Sans attache, Altal n'en attendait pas moins de ses relations, ce qui avait bien arrangé la reine. Tout s'était déroulé à merveille jusqu'à ce qu'Ystar outrepassât toutes les convenances pour provoquer Altal en duel.

Héléna secoua la tête. Son beau-fils n'avait rien de l'étoffe d'un futur dirigeant. La reine se revoyait en lui, avant qu'elle prît ses responsabilités et son rôle au sérieux. Héléna espérait aider Ystar à gouverner, lui inculquer tout ce que devait posséder un Tiane digne de ce nom. Elle souhaitait qu'il devînt un souverain façonné à son image. Un dirigeant qu'elle pourrait aisément contrôler.

Le jeune homme l'avait quand même bien fait rire. Alcoolisé au point de ne plus marcher droit, Ystar avait foncé tête baissée, ses cornes en avant, vers le ventre d'un Altal au meilleur de sa forme. La bataille s'était rapidement conclue par la défaite d'Ystar. Altal l'avait enfermé sur le balcon pour qu'il dessoûlât en paix. L'ancien amant avait été furieux, mais n'avait pu se résoudre à entacher la réputation de son futur Tiane. Il garderait un souvenir cuisant de cette rencontre : une entaille sur la joue. Héléna lui avait assuré que les femmes le trouveraient bien plus séduisant ainsi.

— Quelles boucles d'oreilles désirez-vous, ma reine ?

L'une de ses suivantes lui proposait deux magnifiques paires : l'une représentait deux nadades, ces créatures compagnes de la déesse, dont les queues dorées se croisaient, quand l'autre se composait des deux soleils, entremêlés de rayons lumineux et de jets de foudre. La reine les refusa.

— Menez-moi celles offertes par Altal le sacre dernier. Cela fait un moment que je ne les ai pas portées.

Héléna jouerait de la jalousie de son beau-fils encore aujourd'hui. Ses suivantes finirent de la coiffer, lui posèrent les boucles, l'aidèrent à serrer son bustier qui rehaussait sa forte poitrine, lui ajoutèrent un jupon évasé, et portèrent les dernières touches de maquillage. La reine posa instinctivement ses mains sur son ventre. Une douleur intense resurgit d'entre ses entrailles et lui serra le cœur. Héléna ferma un instant les yeux et les rouvrit, contrariée.

Les suivantes figèrent les cheveux de la reine par un sortilège, fixèrent son fard pailleté et firent briller de mille feux sa toilette bleu ciel, qui constituait la première robe prévue pour la journée. Fin prête, la reine leur demanda d'ouvrir sa porte et de l'accompagner dans le grand salon, où se trouvaient certainement les hauts-magiciens et le Tiane. Héléna avait faim. Le petit-déjeuner l'aiderait à supporter ce jour éreintant.

Dans leur descente des escaliers du second étage, recouverts d'un superbe tapis bleu, la petite troupe fut interceptée par un Sirar nerveux. Héléna ne pensait pas le revoir si tôt. La reine avait sollicité son médecin pour qu'il analysât son état en détail. La dernière fois qu'elle lui avait demandé cela, la jeune femme venait de perdre son premier enfant. Sirar avait été clair à l'époque : le corps de la reine n'avait subi aucun dommage, et elle n'était pas stérile. Il lui fallait seulement patienter. Un nouvel hériter verrait le jour. Si Laria le voulait !

Sirar jouait avec l'une de ses mèches de cheveux. Il tenait un dossier sous le bras, les yeux baissés. Il avait du mal à regarder la ravissante jeune femme dans les yeux. S'adresser à elle l'angoissait. Il ne portait ni sa blouse habituelle ni ses grandes lunettes rondes, cela le rajeunissait.

— Ma reine, commença-t-il en la saluant d'une révérence. Auriez-vous une minute à m'accorder ?

Héléna acquiesça. D'un regard incisif, elle indiqua à ses suivantes de l'attendre quelques pas plus loin.

— Je t'écoute. Que disent les résultats ? lui demanda-t-elle quand les oreilles de ses suivantes se furent suffisamment éloignées.

Sirar releva les yeux.

— Toutes les analyses sont normales. Votre corps est à la fleur de l'âge et fonctionne parfaitement bien, sourit-il, un peu gêné. Vous allez vous en remettre sans aucune séquelle.

Héléna souffla discrètement. Elle s'en était doutée, même si elle avait espéré que les résultats fussent désastreux, de sorte que ses fausses-couches fussent plus facilement explicables. Au vu de l'expression navrée de sa reine, Sirar déglutit.

— Aurais-je dit quelque chose qui ne fall...

— As-tu vu des traces de substances... étranges dans mon sang ? le coupa Héléna, hésitant sur le vocabulaire à employer.

Sirar pencha la tête sur le côté, surpris. Ses yeux papillotèrent.

— De souvenir, non. Je vous l'aurais signalé, autrement.

— Bien sûr, bien sûr, le rassura Héléna d'une voix douce. Je n'en doute pas.

La reine baissa la tête et se tritura les doigts. Ses raisonnements à propos de la décoction, ses divagations concernant son probable empoisonnement... Héléna craignait de délirer. La veille, lors du bal costumé, Ystar lui avait glissé de ne pas ébruiter ses doutes pour que son enquête avec Yadel fut efficace. Héléna releva la tête et afficha un sourire éclatant, celui qu'elle offrait aux dignitaires et aux conseillers de son époux. Sirar en fut ébloui.

— La journée me fait tourner la tête, conclut la reine. Je dois te laisser.

Le médecin se courba en une révérence des plus polies et dépassa la reine. D'un geste impérieux, Héléna enjoignit ses suivantes de se replacer correctement à ses côtés. Après quelques pas, elle s'immobilisa. La reine se retourna, intriguée par la direction que prenait Sirar. Il n'allait ni vers ses quartiers, ni vers son laboratoire qu'elle commençait à connaître. Le jeune homme avait presque disparu dans le fond du couloir du second étage.

— Sirar ! Où te diriges-tu avec tant d'empressement ? s'écria Héléna, oubliant sa grâce de reine.

Le médecin s'arrêta brutalement. Il ouvrit des yeux ahuris. Sirar se pencha légèrement au-dessus de la rambarde du second étage, troublé comme jamais.

— Oh ! Le Tiane m'a... demandé. Je dois le retrouver, lui répondit-il sur le même ton, en réajustant le col de sa chemise d'une main chancelante.

Héléna le remercia et le laissa s'éloigner. Sirar, bien que professionnel et charmant, avait besoin de s'endurcir. Chaque fois qu'elle s'adressait à lui, il agonisait. Son époux se trouvait ainsi donc encore dans sa chambre privée. Cela l'étonna. Il ne paressait jamais dans son lit d'habitude. D'une moue dédaigneuse, elle s'imagina qu'une autre de ses maîtresses devait se prélasser dans la grande couche à baldaquin. Celle dans laquelle Héléna passait toutes ses nuits, à une époque.

Pendant le bal, le Tiane l'avait sermonnée, une fois de plus. Selon ses dires, les hauts-magiciens n'auraient jamais dû assister à une nuit aussi troublée et décadente, qui avait mis à mal leur statut de qualité. Héléna ne comprenait pas comment des orgies, des rires, de l'alcool ou une ambiance festive pouvaient dégrader leur image. Ce rythme de vie s'associait toujours à la noblesse. La reine comptait bien continuer de rendre ce cliché vivace.

La bagarre entre Ystar et Altal aurait pu renvoyer une vision négative de leur famille mais, par chance, personne n'avait rien entendu ou remarqué. Héléna et le Tiane ne s'étaient jamais aimés. Pour l'une, seul le pouvoir comptait et, pour l'autre, la mort de sa précédente épouse l'avait à tel point troublé qu'il ne pouvait plus gouverner seul. Falor avait ardemment besoin d'une présence physique à ses côtés, et Héléna ne comptait plus se forcer à lui procurer ce plaisir. S'il voulait la retrouver, il allait devoir prendre davantage soin d'elle, comme lors de leurs jeunes débuts. Ces temps s'étaient malheureusement estompés. À présent, ils ne se côtoyaient que lorsque la situation l'exigeait, et chacun se perdait dans les bras d'autres amants.

À ce propos, la reine ne savait comment s'y prenait le Tiane : la jeune femme n'avait jamais croisé l'une de ses amantes délurées. Elle les avait souvent entendues alors qu'elle ne parvenait pas à fermer les yeux, roulant dans son lit en compagnie de son amie l'insomnie. Les gémissements de plaisir ne constituaient malheureusement pas les pires éléments que ses oreilles devaient supporter. Ce prénom honni, ce nom banni, que Falor répétait, hurlait sans cesse, marque d'un passé révolu. Énévive... Ces pauvres filles devaient jouer le rôle d'une femme disparue. Héléna grimaça de dégoût. Elle-même s'y était toujours refusée.

L'une des suivantes de la reine se positionna dans le dos de sa souveraine pour soulever le bas de la robe lumineuse. Héléna reprit sa marche avec toute la grâce qu'elle savait dispenser.

***

— Aelrelna ? demanda Nandra tout en tapant sur le bois de la porte de la salle de bain.

L'eau de la baignoire clapota mollement. La servante attendit patiemment que la jeune fille émergeât de sa somnolence.

— Oui ? fit enfin la voix de Via.

Nandra n'avait pas souhaité déranger sa protégée alors que celle-ci se détendait. Elle n'avait pas eu le choix.

— Le médecin de votre père est passé. Le Tiane vous demande. Vous devez monter dès que votre bain sera terminé. Je vous préparerai ensuite.

— Merci, Nandra.

La domestique acquiesça, s'éloigna de la porte et se réintéressa à ses tâches ménagères. Garde du corps improvisée, femme de ménage, cuisinière, confidente, suivante... la jeune femme se rendait indispensable partout où ses doigts de fée, et son caractère perfectionniste passaient. Jusqu'au moment où ses protégés se plaignaient de sa protection envahissante. Heureusement pour elle, Via semblait ravie de sa compagnie.

Nandra entreprit de tapoter le reste des oreillers de la chambre. Via aimait ces formes douces et moelleuses, qui lui promettaient de belles soirées de lecture en solitaire. L'aelrelna les plaçait sur ses fauteuils qui faisaient face à la grande bibliothèque recouvrant tout un pan de mur de la chambre. Nandra ne cessait d'être impressionnée par les capacités de la jeune fille et sa mémoire exceptionnelle. Elle ferait une merveilleuse magicienne, notamment quand les forces obscures qui l'entouraient auraient disparu. Nandra y veillait.

La domestique se dirigea vers le lit. Tout en aplatissant convenablement les draps, la jeune femme se rappela la danse offerte la veille, lors du bal costumé. Un sourire épanoui fleurit sur ses lèvres à cette pensée. Le bel inconnu s'était montré galant, lui avait pris la main et avait dansé avec un talent sûr. Il l'avait prise par la taille et lui avait chuchoté des gentillesses à l'oreille. Nandra ne savait pas comment il s'appelait, ni même à quel clan, famille ou peuple il appartenait. Son masque immense, fait de vagues et d'écume, lui avait presque tout dissimulé, jusqu'au son naturel de sa voix.

Elle n'avait eu d'yeux que pour ce regard hypnotisant, cette carrure souveraine et ce charisme intimidant. La reine avait posé de nombreuses questions à sa subordonnée à propos de cet inconnu. Aucune des réponses n'avait satisfait Héléna. Apparemment, le bel étranger n'avait pas été invité par ses soins. Nandra avait haussé les épaules et avait essayé de le retrouver dans la foule. Elle n'y était pas parvenue, il avait disparu.

Son sourire devint plus triste quand elle ouvrit l'armoire de sa protégée pour y choisir la tenue que cette dernière porterait. Nandra avait rarement eu droit, dans sa vie, à des discours sentimentaux passionnés. Son statut ne lui avait amené à rencontrer que des rustres, des profiteurs, des infidèles ou des hommes peu éduqués.

La jeune femme soupira. Elle s'assit dans un fauteuil le temps de profiter d'une petite pause. Ses yeux se posèrent sur les nombreux ouvrages que Via conservait dans sa chambre. Un détail étrange l'interpella. La jeune fille rangeait habituellement parfaitement ses livres, de sorte qu'aucune tranche ne dépassait jamais et qu'aucun manuscrit ne dérogeait à la règle de l'agencement en bataille ordonné par ordre alphabétique. Bientôt, l'aelrelna n'aurait d'ailleurs plus de place pour installer ses nouvelles lectures.

Nandra posa ses yeux sur le manuscrit nonchalamment posé à l'horizontale, par-dessus l'une des rangées de la bibliothèque. La jeune femme se leva et s'approcha. La tranche n'indiquait pas le titre du livre et la couverture sombre ne laissait entrevoir aucune lettre imprimée. Nandra approcha sa main et le regretta aussitôt. Une douleur s'inséra par-dessous ses ongles, se propagea le long de sa main et lui tordit le poignet. La jeune femme recula et retomba dans le fauteuil. La domestique se tenait la main gauche en grimaçant. Via avait ramené un ouvrage malsain, un artefact entouré d'un sortilège agressif. Nandra commença à paniquer, papillonna des yeux sous le stress et la douleur. Elle fixa la porte de la salle de bain avec horreur. Les plans de Nandra allaient devoir s'accélérer. Via devait être sauvée. Au plus tôt.

Chapitre 8

Sacre 1410, levée d'Iliath, jour 34 – La cérémonie – Château tianien

L'immense jardin du palais s'avérait bondé et en pleine effervescence. Tous les peuples dominants de Linaria, Elfes, Grèdes, Ildiens, Nains et humains se réunissaient pour la fameuse cérémonie durant laquelle le héros du jour, Ystar, allait être proclamé héritier officiel de la couronne du royaume. Tout ce beau monde bavardait en dégustant les boissons mises à leur disposition. Cette journée allait marquer les annales du pays. Tous les invités en oubliaient la chaleur qui les pénétrait et les querelles raciales habituelles. Certaines femmes, pour éviter les effets néfastes du soleil, portaient de légers voiles, et leurs filles s'éventaient doucement tout en se désaltérant. Les garçons avaient opté pour des vestes aux couleurs claires et au tissu fin, quand les robes des femmes paraissaient plus courtes que d'ordinaire.

Les serviteurs avaient, très tôt dans la matinée, installé des dizaines de tables ainsi que de la vaisselle dorée sur ces dernières. Les tables argentées, accompagnées de magnifiques chaises en bois de chêne, présentaient les mets délicats sur de grandes assiettes en bronze. En face, une superbe estrade en bois dominait la place de telle sorte que chacun vît ce qui s'y déroulerait.

Tari, le chef des serviteurs du palais, vérifiait, de son œil acéré, qu'il ne manquait rien. L'intendant continuait d'accueillir les invités, et de les mener à leur table, tout en les assurant du plaisir du Tiane de les savoir bien arrivés. Ce dernier terminait de se préparer et ferait son entrée quand tout le monde serait bien installé. Les gardes tianiens, positionnés à intervalles réguliers, et à des points stratégiques du jardin, scrutaient tous les visages de leur air méfiant et peu amène.

Malgré la chaleur, ils n'avaient pas le droit de retirer leur heaume, et nombre de passants les plaignaient ou s'écartaient, trop apeurés. Leurs armes, bien visibles, ainsi que leur talisman de grade magique incrusté au niveau de leurs épaulettes indiquaient à tous les curieux leurs capacités au corps à corps ainsi que celles concernant leur usage des sortilèges. En sus des gardes bien utiles, le Tiane avait demandé à ses espions, jouant les serviteurs pour l'occasion, de veiller à ce que la cérémonie se déroulât pour le mieux, avec pour instruction d'intercepter tout invité susceptible de créer une quelconque perturbation. Aucun esclandre ne devait perturber le couronnement.

Bien que le peuple eût été assuré de la bénédiction de la déesse la veille, après le rituel des hauts-magiciens, Falor craignait que des groupes dissidents continuassent de les enquiquiner.

Sur le côté, un orchestre se préparait. Certaines jeunes filles s'attroupaient déjà autour des instruments, demandant aux musiciens de jouer leurs musiques favorites pour qu'elles dansassent et ainsi attirer l'œil d'un éminent jeune homme distingué. Pour faire honneur à la variété de fruits cultivés dans le verger, une table avait été spécialement réservée aux mets fruités et délicats, recouverts de sucre, d'amande ou de chocolat. De nombreuses bassines aux reflets bleus abritaient des boissons tout aussi raffinées, préparées avec grand soin à partir des agrumes locaux. De nombreuses personnes discutaient déjà, un verre à la main, appréciant la fraîcheur de ces liqueurs et leur doux parfum aux saveurs de la bleue-air.

Les estrades positionnées pour le peuple, au niveau du quartier des commerçants, se remplissaient de monde. Ils ne pourraient certainement rien voir de plus que des fourmis, mais pourraient au moins tout entendre et profiter d'une ambiance festive. Le Tiane ne pouvait laisser le peuple se mélanger aux familles nobles en une telle occasion. Cependant, il avait invité les représentants des guildes marchandes, maritimes, magiciennes, et autres dignitaires de choix qu'il ne pouvait se mettre à dos. Chaque quartier, ainsi que chaque Régence, aurait également droit à une rediffusion en direct. Falor espérait que cela en calmerait plus d'un.

Les Nains lui avaient fourni des talismans à générateur de magie fabriqués de leurs mains, appelés ambrosynes. Ces pierres rouges poreuses, tachetées de points noirs et lignes violettes, diffusaient du flux magique en permanence, grâce aux réactions invisibles qui se produisaient au sein de la roche. Le Tiane en avait commandé de quoi pouvoir tenir des heures.

Ces flux magiques, une fois focalisés à travers du transmageur, reformaient une image intègre, qui remodelaient sensations, mouvements et sons. Le transmageur, l'un des tissus vivants elfiques, captait les flux des ambrosynes et communiquait avec ses pairs, peu importait où ces derniers se situaient. Ce que l'un absorbait, l'autre le ressentait de la même manière, malgré la distance. Le transmageur s'utilisait ainsi comme un écran, permettant de rediffuser les images des évènements majeurs dans tout Linaria. Contrairement au flux magique naturel peu complexe, celui émis par les roches naines transportait les informations nécessaires quant à ce type de retransmission.

Le commandant de la garde tianienne demanda soudainement le silence. Placé devant l'accès au jardin, au niveau de la terrasse du palais, il fixa l'assemblée avec gravité. Sa fine moustache grise frémissait d'impatience. D'un geste raide, il plaça sa main droite sur le cœur et de l'autre main présenta la garde de son épée d'apparat. Les serviteurs et les gardes relayèrent le message jusqu'à ce que tous les invités dirigeassent leur regard vers lui et se taisent enfin. Quelques murmures agacèrent le porte-parole : « La famille tianienne va arriver ! Il était temps ! On ne les attendait plus ». Ravi de l'effervescence que son annonce procura, il laissa faire.

— Chers invités et nobles représentants de Linaria, dit-il d'une voix forte, se penchant de tous les côtés pour que la plupart captent son expression. Veuillez accueillir la famille... tianienne !

La foule applaudit avec respect, tandis que le chef des gardes s'écartait dans une révérence. Tous les gardes se mirent au garde-à-vous, effrayant les invités qui se trouvaient à proximité. Falor-la-Laria-Tiane apparut, majestueux dans son nouveau costume sur-mesure fabriqué pour l'occasion. Son expression sereine, associée à un petit sourire et des yeux brillants, attirait tous les regards. Son épouse, Héléna, dans sa robe bouffante et sa coiffure alambiquée, amena les nombreuses femmes de l'assemblée à s'exclamer, de manière outrée, impressionnée ou dégoûtée par tant de faste. La jeune femme rayonnait et, grâce à ses talons hauts, atteignait la même taille que son époux. Héléna capta des bribes de conversations peu avantageuses sur son ventre étrangement bien plat, et son sourire splendide se ternit un instant. La reine prit sur elle et afficha son masque charmant impassible. Elle respira intensément, troublée par les senteurs des fleurs et le vent chaud, qui lui rappelait son enfance passée dans le Sud.

Via suivait, en compagnie de sa grande sœur Loria, dont les yeux papillonnaient sans cesse. L'ombrelle de la jeune femme flattait son beau visage, grâce aux jeux d'ombres et de lumières qui donnaient du relief à ses pommettes rosies. Via resplendissait grâce aux doigts habiles de Nandra, qui avait choisi une coiffure et un maquillage des plus simples. Le visage de poupée de Via ressortait magnifiquement sous les rayons du soleil, et les chevelures bleues des deux jeunes femmes illuminaient l'assemblée. Nombre de suivantes suivirent le cortège avant que le héros du jour, Ystar, fît son apparition.

Sa mèche bleue attisa nombre de murmures et de regards intrigués. Ystar en profita pour toiser l'assemblée d'un air supérieur, et ralentir le pas. Il aimait sentir tous ces yeux converger sur sa personne et être le centre de l'attention générale. Son père avait lâché le bras de sa femme et l'attendait quelques pas plus loin. Ystar avança, le dos droit, et la tête haute, fier de garder son sang-froid malgré la nuit précédente et son réveil chaotique.

Héléna, Loria et Via avancèrent les premières vers l'estrade. Falor et son fils suivirent. La famille salua poliment les invités d'une légère inclinaison de la tête. Ces derniers s'écartèrent et se prosternèrent en révérence des plus courtoises. Via, Loria et Héléna s'installèrent sur les planches de bois recouvertes de velours bleu, qui entouraient un magnifique trône aux couleurs tianiennes, ainsi qu'un fauteuil aux pieds dorés. Le Tiane prit place sur le trône, quand Ystar chuta dans le fauteuil. Un dais ombrageant recouvrait le toit de l'estrade, et les suivantes de la reine et de Loria maintenaient de longues feuilles en guise d'éventail.

Nandra ne faisait pas partie des domestiques préposés à la famille tianienne. Du fait de son grand sens de l'organisation et de son ascendant sur les serviteurs, Nandra avait été affectée à la surveillance du bon déroulement de cette journée hors du commun. Lorsqu'elle avait eu connaissance de cette disposition, Via en avait été fort déçue. Sachant la valeur de Nandra, elle avait néanmoins compris la décision sensée d'Héléna.

Les hauts-magiciens siégeaient non loin de l'estrade. Ils restaient bien mystérieux sous leur cape, malgré la chaleur. Falor leur avait demandé d'analyser les comportements de leurs invités. Ils avaient accepté bien volontiers. La protection du royaume passait avant tout le reste.

Le chef des gardes se plaça devant l'estrade, à présent entourée de nombreux soldats. Il appela les familles régnantes des Régences de Linaria à se présenter. La foule se déplaça de sorte qu'un chemin clair se dessinât et qu'il fût aisé de se rendre au-devant de la famille tianienne.

— Altaïr de Nermana et sa famille, Régence du Nord ! s'exclama le chef de la garde avant de s'effacer.

Un son grave se fit entendre. Le Cor des Hommes du Nord, mélodie majestueuse, attira l'attention de toute l'assistance. Ystar et Falor se regardèrent, déjà las. Ils allaient avoir droit à de véritables spectacles inutiles. Vêtue de leurs longs manteaux de velours bleus imposants, la famille d'Altaïr devait mourir de chaud. Arrivés au pied de l'estrade, leurs serviteurs attitrés récoltèrent leurs fourrures et s'écartèrent.

Leur carrure inspirait le respect. Habitués aux vents froids et aux températures glaciales qui les malmenaient chaque jour durant, les visages de ces Hommes paraissaient plus durs et plus obtus. Considérés comme les meilleurs guerriers de la race humaine, ils constituaient les êtres les moins sociaux de tout Linaria. Les femmes, célèbres pour leur rapidité et leurs talents d'espionnes, soutenaient tous les regards curieux et toisaient le Tiane et son fils avec dédain.

Le régent, Altaïr, très connu de par ses nombreuses victoires (et victimes) en temps de guerre, arborait un sourire des plus mesquins. Avec son pantalon serré et sa chemise étroite, il n'avait pourtant pas l'air d'un tueur inconditionnel. Cet homme s'avérait grand et musclé alors que son visage restait doux et paisible. Ses yeux clairs se voulaient rassurants sous ses nombreuses mèches blondes, qui lui arrivaient juste en dessous des oreilles. Au cou, il portait un pendentif particulier, où une épée toute blanche, parsemée de pétales de fleur violette et rouge, s'alliait à un bouclier en or, qui représentait le symbole du bassin-régial Hor-Mathia où il vivait.

Ses deux fils Véga et Eltanin, son épouse Encelade et ses deux filles, Aurora et Capella, l'accompagnaient, entourés de nombreux autres hommes et femmes qui se devaient de protéger la famille. Via, non sans intérêt, posa les yeux sur les armes bien visibles que portaient les deux fils d'Altaïr. Leurs épées fines et acérées, rangées dans leur fourreau de cuir, s'apparentaient plus à des accessoires de guerre qu'à des armes d'apparat. La jeune fille ne doutait absolument pas de leur capacité à savoir utiliser ces lames tranchantes si une guerre devait s'annoncer. Elle jeta un coup d'œil vers son père, tout occupé à ses flatteries habituelles.

— Altaïr, sois le bienvenu en terres tianiennes. Nous te remercions tous de ta présence. Le voyage s'est-il bien déroulé ? finit par demander le Tiane, sincèrement intéressé par la réponse.

— Nous sommes sur la route depuis près d'une huitaine, mon souverain, commença le régent avec emphase, levant volontairement la voix.

« Vous auriez tout de même pu nous prêter des flux-nefs plus rapides... Ou au moins nous ouvrir une route plus directe, au lieu de nous obliger à contourner la forêt Sartrasse pour accéder à votre stupide Berceau. Je déteste cet endroit ! Il y fait toujours une chaleur insupportable ! », pesta Altaïr en pensée.

— Tout s'est déroulé à merveille et tout le plaisir est pour nous, termina le régent avec malice. Nous ne pouvions manquer cet évènement crucial ! Ô combien crucial !

Sa famille et ses serviteurs rirent sous cape avant que l'un des leurs s'avançât, un cadeau dans les bras. Les gardes établirent une barrière, le temps de vérifier tous les documents que le régent du Nord avait dû compléter le long de son trajet interminable. Une fois le cadeau accepté par la garde, l'une des suivantes de la reine vint récupérer le paquet et le poser dans un coin de l'estrade. Altaïr et les siens s'éloignèrent pour laisser la place au prochain régent.

Sirius d'Astéroth s'approcha à son tour, suite à l'appel du commandant de la garde. Connu pour sa grande intelligence, Sirius gouvernait la Régence des Hommes du Sud. Pas très grand ni très mince, il se trouvait souvent de bonne humeur et son caractère jovial s'avérait agréable et indispensable lors d'une fête comme celle-ci. Ses trois filles, Céphée, Alphecca et Zvezda, ainsi que son fils unique, Antarés l'accompagnaient, alors que sa femme Cassioppée, avait dû rester chez eux pour guérir d'une sale blessure due à une chute de cheval.

Via remarqua que Loria et Céphée s'échangeaient des clins d'œil complices. Plus jeunes, elles se voyaient régulièrement et jouaient toujours ensemble. À la mort de leur mère, Loria, Ystar et Via avaient séjourné quelques levées dans le Sud afin de digérer les derniers évènements. Loria s'était retrouvée comme un poisson dans l'eau, à l'aise et entourée d'amies. Via, quant à elle, n'avait su se lier à personne.

Sirius s'inclina bien bas et offrit lui-même son cadeau aux gardes qui le contrôlèrent. Attristé, il se tourna ensuite vers la reine et lui adressa ses plus plates condoléances pour la perte de son enfant en fausse-couche. Héléna, émue, le remercia avec chaleur. Sirius avait su se montrer bien plus prévenant que son propre mari. La reine promit au régent de venir le consulter, après ces obligations, pour prendre des nouvelles de sa femme.

Ce furent ensuite au tour des régents contrôlant les territoires à dominance elfique de s'avancer. Êta d'Extélion, de la Régence de Caharnha, une personne très imbue d'elle-même, se présenta seule. Via comprit avec déception que sa famille n'avait pas voulu la suivre, du fait de leur vive aversion envers les peuples non elfiques. Falor ne sembla pas étonné ni outré outre mesure, et remercia sa féale avec respect. Êta s'éloigna rapidement, pour retrouver ses serviteurs Elfes et une compagnie plus agréable.

Osrile de Naihi, le régent d'Annhorhellh, resta plus longtemps, prenant le temps de saluer toute la famille tianienne de son sourire sincère. Malgré son œil droit détérioré, et caché sous un beau morceau de tissu, l'Elfe gardait fière allure. Lémy, sa fille, l'accompagnait, alors que son fils, Lildrille, avait été obligé de rester au château familial pour maintenir l'ordre, et prendre soin de Nimile, la reine dans le coma. En réalité, Osrile avait confié quelques missions importantes à son fils. Via leva une main timide que l'héritière Elfe remarqua. Cette dernière lui renvoya son geste.

— Comme promis, Osrile, nous parlerons de tes problèmes diplomatiques ce soir, après la cérémonie, déclara Falor, alors que le cadeau elfique venait d'être confié aux suivantes de sa femme. Lémy, ta présence est bien sûr requise.

— Évidemment, confirma celle-ci avec effronterie.

Son maquillage outrancier sur le thème du sang et sa robe transparente qui laissait poindre son corps d'athlète ne lui attiraient pas que des regards de sympathie. Loria détestait Lémy et n'avait d'ailleurs pas pris la peine de la saluer, tout comme la reine, à la fois jalouse de ce physique aussi avantageux et admirative devant tant d'affront. La jeune femme ne comprenait pas comment Via pouvait apprécier le contact de cette jeune écervelée.

— Comment se porte Nimile ? questionna Héléna, cachant le dégoût qu'elle éprouvait pour la future reine Elfe.

— Toujours aussi mal en point, répondit Lémy avec mépris, tout en jetant un coup d'œil hostile vers son père, avant de tourner les talons, épuisée par toute cette hypocrisie.

La reine leva les yeux au ciel, et Osrile baissa la tête, honteux devant l'attitude déplaisante de sa fille. Le régent s'éloigna après avoir formulé quelques excuses. Falor avait du mal à composer avec les sentiments des Elfes, aussi méprisables que ceux de ses comparses humains. Dans l'assemblée, les groupes s'étaient formés et peu d'espèces s'entremêlaient. Les désirs de la déesse Laria semblaient mis à mal par des egos surdimensionnés, et des haines ancestrales. Bien que tout Linaria vécût en paix, l'amour et le partage ne constituaient pas des attitudes très appréciées. Le Tiane soupira ; son ancienne épouse avait réussi à améliorer les échanges entre les Régences. Tous ses efforts avaient été réduits à néant. Héléna se fichait de l'entente entre les peuples. Seuls le pouvoir et l'amusement comptaient à ses yeux.

Aldébaran de Détrand, le régent grède de la région montagnarde de Délia, précédé par son camarade grède, Mira d'Ytrid, de la Régence de Nalsine, se présentèrent au Tiane avec enthousiasme, avant de laisser la place à Rhor de Guali, le régent Ildien de Nidrine. Les Ildiens ne constituaient pas un peuple comme les autres. Ils ne possédaient aucun lien avec la magie environnante de la planète et ne pouvaient la pratiquer. Quant aux Grèdes, de par leurs ressemblances avec les humains, et leurs grandes capacités aquatiques, ils terrifiaient à cause de leurs mouvements inhabituellement amples et de leurs cheveux dorés fins peu communs.

Enfin, Mitrandar de Haspr, régent de Mastar, la région la plus chaude de Linaria, offrit le dernier présent. Seigneur Nain, Mitrandar faisait presque la taille d'un Homme moyen, mais tout en lui semblait rapetissé. Plus petits bras, plus petites jambes, plus petits muscles, plus petite tête, son corps curieusement proportionné effrayait et fascinait à la fois.

Une fois les salutations des régents terminées, la famille tianienne dut tenir encore quelques instants pour que les autres peuples non dominants fissent leur entrée. Ainsi, ils montrèrent leurs hommages à tous les représentants des espèces aquatiques mineures qui cohabitaient avec les Grèdes, à celles des bois qui vivaient parmi les Elfes, à celles des montagnes qui côtoyaient Nains, Hommes et Elfes, à celles des plaines désertiques et volcaniques, et à celles qui pouvaient changer de forme, de couleur de peau, ou de consistance.

Linaria abritait nombre de peuples et espèces bien plus étranges que les Elfes, Grèdes, Nains ou humains. Ces communautés exotiques vivaient principalement en autarcie, à l'écart du gouvernement du Tiane, tout en le respectant. Liées à la nature et à la planète, ces peuplades intriguaient ; les autres peuples les respectaient et ne les embêtaient pas. Avant Laria, les Linariens priaient et vouaient un culte à ces êtres incroyables. Falor essayait, sacre après sacre, de les contrôler davantage, notamment pour les amener à payer les mêmes taxes que leurs concitoyens. Le Tiane avait réussi à leur imposer le linarien, la langue commune, bien que la plupart le pratiquassent déjà. Il s'en montrait bien fier.

La magie s'avouait puissante au sein de ces communautés, qui l'usaient sans vergogne, pour tout et n'importe quoi. La présence de nombreux représentants de ces peuples à la cérémonie ragaillardit le Tiane. Nombre de membres de l'assemblée observaient ces formes suspectes avec des yeux ensorcelés ; la plupart n'en avaient jamais vu auparavant.

Une fois les présentations et les salutations enfin terminées, la famille tianienne put quitter l'estrade et profiter des rafraîchissements, comme des invités.

Via entreprit de rejoindre son amie Lémy, qui l'attendait non loin. La jeune Elfe se trouvait en grande discussion avec une forme longiligne d'une communauté cousine des nadades, une autre espèce aquatique surnaturelle. L'individu flottait dans le vent et devait maintenir une bulle d'eau autour de ses voies respiratoires. Via s'approcha doucement, et attendit patiemment que les deux femmes terminent leur conversation. Apparemment, Lémy n'avait jamais croisé de Syraniens auparavant, le terme employé pour regrouper toutes ces espèces éblouissantes reliées aux lignes magiques de la planète. Ces créatures préféraient souvent ne pas se montrer.

— Nous n'avons jamais été des divinités, princesse Elfe, si c'était là votre question, émit la voix mélodieuse de l'apparition céleste, entrecoupée d'explosion de bulles d'eau. Nous vivons paisiblement dans les eaux mouvementées par-delà les récifs, et prions la déesse Laria, comme tous les Linariens.

Lémy semblait perturbée par cette réponse. Sa grimace l'enlaidissait.

— Vous n'avez donc jamais entendu parler de Lilya, la déesse Mère ? demanda-t-elle.

— Non, cela ne me dit rien, chère princesse Elfe, répondit l'être après quelques secondes de réflexion. Je vous prie de m'excuser, je dois vous laisser.

La forme aquatique se plia en une révérence singulière et sembla nager vers sa prochaine destination. Via n'avait rien compris à la conversation, mais n'en avait cure. Sa curiosité avait laissé place à la joie de voir son amie. Lémy l'accueillit d'un sourire forcé, que Via identifia plutôt comme un rictus timide. L'aelrelna ne savait pas que l'Elfe ne la côtoyait que pour le pouvoir et la puissance qu'elle dégageait. Les capacités de Lémy lui permettaient de voir au-delà des simples apparences, seule Via resplendissait dans son aura bleue scintillante. Celle-ci n'avait, d'ailleurs, jamais autant brillé que ce jour-là. Lémy se demanda ce qui avait bien pu changer pour que Via se transforme en astre luisant. Ses questionnements furent coupés par un mouvement de foule.

L'orchestre, sur un signe du Tiane et de la reine, s'était placé près de l'estrade. La foule applaudit et, quand la musique commença, nombre d'invités se mirent à danser. Les couples inter-espèces existaient mais restaient rares. Lémy posa une main sur l'épaule de Via, et lui adressa un sourire ravageur.

— M'accorderais-tu cette danse ?

— Oh... Euh...

Lémy avait pris de court l'aelrelna qui ne savait quoi répondre. L'Elfe partit dans un grand éclat de rire.

— Cela m'éviterait de devoir accepter d'autres invitations, lui confia-t-elle.

— En même temps, vu ta robe...

Via désigna le vêtement transparent de l'Elfe, duquel les tétons durs de Lémy pointaient. Celle-ci fit un geste de la main pour signifier qu'elle s'en fichait, et amena Via sur la piste de danse. Lémy lui posa plein de questions sur ses derniers jours : qu'avait-elle fait ? Que s'était-il passé ? Comment avait-elle trouvé les différents hauts-magiciens ? Leur avaient-elles parlé ? L'aelrelna essaya de répondre à toutes les questions. Pourtant, bien qu'elle lui confiât l'apparition de sa force magique, elle ne lui parla pas de son étrange capacité à détecter les messages transmis par voies magiques. Chris lui avait spécifié de n'en parler à personne, après lui avoir apposé des sortilèges d'apaisement, de quoi tenir la journée.

— Mes compliments pour ta nouvelle force magique, la félicita Lémy. Tu vas enfin pouvoir apprendre des choses intéressantes.

— Oh oui, j'ai hâte !

Lémy s'amusa à faire tourner Via en rythme, et celle-ci en perdit la voix. L'Elfe dansait à la perfection, guidant sa partenaire avec poigne, sur terre comme dans les airs. L'aelrelna la suivait avec peine, tout sourire, ne parvenant pas à badiner et à poser le bon pied en même temps. En général, la jeune fille se concentrait pleinement dans ses mouvements, ou dans les yeux de son interlocuteur. L'image du double opposé de son amie Lémy s'afficha dans sa tête. Ils avaient beau être frère et sœur, ils ne possédaient rien en commun.

— Pourquoi ton frère n'est-il pas venu ? questionna l'aelrelna.

— Il fallait que quelqu'un restât au palais pour calmer la situation, déclara Lémy, un peu essoufflée, et peu encline à parler de Lildrille. D'ailleurs, en as-tu parlé à ton père ?

Via acquiesça. Son amie lui avait demandé d'interférer en son nom pour que sa place de reine lui fût acquise, comme le devaient son sang et son rang. La jeune fille appréciait le père de son amie, et avait de la peine pour leur situation. Une mère morte ou dans le coma pouvait avoir de terribles répercussions. Pacifiste dans l'âme et encore endolorie par la perte de sa propre mère, Via désirait aider Lémy et Osrile, pour que la paix fût retrouvée et que leur Régence vécût dans la paix.

Le Tiane, comme son épouse, trouvait la situation inadmissible, et surtout inquiétante. Ils n'avaient pas besoin de guerres civiles elfiques, alors qu'ils devaient déjà combattre des milices sectaires, des partisans de la reine déchue ou des instigateurs contre le pouvoir. Le temps avait manqué au souverain pour améliorer la situation, bien que quelques-uns de ses espions eussent réussi à déjouer certains des plans de Lémy, ainsi que la plupart des plans de bataille d'Osrile.

— Je lui en ai parlé, pas plus tard que ce matin même, déclara Via, ravie de savoir que tout allait bientôt s'arranger, et qu'elle y aurait participé, un petit peu.

— Parfait, je te remercie.

Lémy jubilait intérieurement. Son père allait bientôt devoir déguerpir et le trône d'Annhorhellh serait à elle, à elle seule.

Non loin du couple Elfe-humaine qui faisait jaser, Héléna avait retrouvé Sirius, et s'entretenait avec le régent à propos de sa femme Cassiopée, qui se trouvait être la sœur de sa propre mère, décédée. Héléna avait toujours aimé son oncle, et celui-ci le lui rendait bien. Ils s'enlacèrent longuement. La reine le remercia pour ses gentils mots sur son enfant parti à jamais, et Sirius lui raconta la scène de chasse, plutôt hilarante, durant laquelle son épouse s'était blessée. Elle lui demanda également des nouvelles de son père, qui n'avait pu se déplacer.

Ystar, qui devait sans cesse remercier ceux venus le féliciter, observait le manège de la reine. Il avait reconnu les boucles d'oreille qu'elle portait, cadeau d'un amant qui n'avait pas voulu venir à la cérémonie, que le jeune aelrelne avait blessé la veille. Altal lui avait laissé une belle entaille au niveau du mollet droit, qu'il avait remarquée en prenant son bain. La scène du duel lui était alors revenue en mémoire. Il avait compris l'état de sa corne brisée.

Ystar bouillait de l'intérieur. Héléna le remarqua, alors en pleine embrassade avec son oncle. Elle lui offrit un sourire indescriptible.

Le jeune homme ne l'avait jamais comprise. Elle le repoussait, puis l'attirait, le rejetait encore... Ystar ne la quittait pas des yeux, hypnotisé par le regard malicieux de son amante. Elle resplendissait dans ses atours délicats, et avait rosi quand leurs regards s'étaient croisés. Héléna quitta soudainement la table de la Régence du Sud, prétextant le besoin urgent de changer de robe. Elle se dirigea vers la terrasse pour gagner l'intérieur du palais. Ses suivantes lui emboîtèrent le pas avec empressement. Ystar ne savait si la reine lui avait transmis un message ou si cette excuse s'avérait fondée. Curieux, il décida tout de même de s'éclipser, et atterrit dans la chambre de la reine.

Ystar tourna en rond quelques minutes avant que la porte s'ouvrît. Il s'éclipsa dans la salle de bain attenante pour observer les entrées. L'une des suivantes entra la première et commença à préparer le maquillage de la reine devant la commode. La reine suivit, ainsi que ses autres suivantes qui s'attelèrent devant l'immense armoire de la chambre. Héléna allait donc bien changer de tenue. Le cœur du jeune homme commença à battre rapidement. Ystar jeta un sortilège, un message d'amour que seule sa dulcinée devait entendre. Les domestiques communiquaient ainsi, tout comme tous les habitants du palais. Cela évitait à devoir hurler entre les étages et permettait aussi de rester discrets.

Ystar espérait qu'Héléna comprendrait le message. Il la vit faire une pause dans ses mouvements et jeter un œil là où il se cachait.

— Je reviens, dit-elle à ses suivantes. Une envie pressante.

La reine ne mentait pas vraiment. Les doux chuchotements de son amant lui avaient mis quelques images savoureuses en tête. Héléna ne savait plus très bien où elle en était. D'un côté, elle ne voulait pas tomber amoureuse, de l'autre son corps la trahissait. Elle désirait qu'Ystar devînt son nouveau pion, mais il s'avérait bien plus doué qu'elle à ce jeu-là. Dès qu'il s'agissait de son beau-fils, la jeune femme semblait perdre la raison et toute notion de logique.

Héléna pénétra dans la salle de bain et dut se retenir de sursauter quand elle aperçut Ystar, nu et fier face à elle. Par une suite de sortilèges qu'elle ne put même pas discerner, le jeune homme ferma la porte, déshabilla la jeune femme, entoura la pièce d'un halo magique, et l'attira à elle. Alors que la reine avait fermé les yeux pour qu'il l'embrassât, complètement électrisée par ses pouvoirs et la puissance qui s'en dégageait, son amant la surprit en la plaquant violemment contre l'un des placards. La reine retint un râle de douleur. Son dos garderait sans doute une marque. Héléna prit peur quand il enserra sa gorge de ses doigts. La jeune femme ne pouvait émettre aucun son, son souffle lui manqua. La terreur s'affichait dans ses yeux.

— Ne remets plus jamais ces boucles d'oreille, éructa Ystar, fou de colère. Arrête de me faire du mal ou de me provoquer. Est-ce clair ?

Il la lâcha aussitôt. Précautionneux, il lui guérit ses rougeurs et les marques laissées par le meuble. Héléna put reprendre une respiration normale, et tâta sa gorge avec angoisse. Tout allait trop vite à son goût, elle ne contrôlait plus rien. Elle adorait cet Ystar autoritaire. Cela l'excitait et lui déplaisait à la fois. Ystar lui retira les boucles d'oreille et les jeta dans le lavabo. Héléna fut rassurée qu'elles ne se fussent pas brisées. Elle les aimait ces bijoux ! Ystar incanta un doux matelas de plumes et enveloppa sa bien-aimée de ses bras.

Ses yeux reflétaient tout l'amour qu'il ressentait. Héléna en eut le souffle coupé. Ystar constituait le premier homme qu'elle rendait jaloux à ce point. Il avait aussi été le premier à se battre pour elle. La jeune femme se laissa glisser vers les plumes douces qui caressèrent agréablement son corps, et apprécia le contact sensuel de la langue de l'héritier. Cette fois-ci, Ystar comptait se donner du plaisir, ce qu'elle comprit aussitôt quand il la pénétra avec délicatesse, après un aval de sa part, et qu'il entreprit des mouvements de va-et-vient de plus en plus rapides. Héléna perdit toute notion du temps et entra dans un nouveau monde, celui des sensations et de la tendresse. Un univers qu'elle n'appréhendait qu'à peine mais qu'elle désirait découvrir plus en profondeur.

***

Ystar et Héléna, moulée dans sa nouvelle robe verte, avaient rejoint l'assemblée sans que personne remarquât quoi que ce soit d'étrange. Complimentée par de nombreux invités, Héléna se laissa entourer de courtisans et accepta une danse. Ystar lui adressa un dernier regard avant d'aller retrouver son père et les hauts-magiciens, qui dégustaient des fruits savamment préparés. Le jeune homme en engloutit quelques-uns, se rendant compte qu'il était affamé. Le Tiane posait de nombreuses questions aux Énèdjärs sur les régents. Dhanine, leur dirigeant, avait noté les mains tremblantes d'Êta, la régente Elfe, ainsi que les attitudes triomphantes et dominatrices des Hommes du Sud. Ystar s'intéressa de loin à cette conversation politique sans intérêt. Il tourna la tête vers les danseurs, au centre desquels se trouvait la plus belle femme qu'il ait jamais vue, sa reine.

Hypnotisé par ses mouvements gracieux et son sourire lumineux, il ne sentit pas que son père lui tapotait l'épaule depuis plusieurs secondes. Le Tiane lui indiquait l'estrade sur laquelle ils avaient pris place plus tôt. Des Lariens y préparaient le bain dans lequel il allait devoir se plonger, tout habillé. La bassine en bois gravé qu'ils avaient déposée retraçait les noms et dates de règne des derniers Tianes. Les religieux déposaient également des tapis de velours bleu, des rameaux de privier, cette plante aux feuilles fines qui ne poussait qu'avec de l'eau salée, et des coussins moelleux. La couronne en os de sarlain, cet animal emblématique du peuple des nadades, les compagnes de Laria, reposait sur un magnifique coffre ouvragé, qui ne sortait du palais que pour des évènements d'importance. Pour moins de contrainte, le Tiane ne portait jamais sa couronne, si ce n'était quand le protocole l'y obligeait.

— Zvezda te cherchait tout à l'heure, dit Falor à son fils. Il ne reste qu'une dernière chanson avant de passer à ton couronnement. Tu devrais l'inviter à danser. Cela lui ferait très plaisir.

À cause de la lueur malsaine dans les yeux de son père, le jeune homme comprit qu'il ne s'agissait pas d'un simple conseil, mais d'un ordre. Ystar grogna son mécontentement. Il chercha la jeune fille des yeux, nièce de sa reine. Il la trouva au bras d'un autre cavalier, un homme fin aux gestes embourbés, qui lui marchait de temps en temps sur les pieds. Ystar s'approcha et entreprit poliment d'arrêter le couple pour proposer sa main à Zvezda.

L'homme, timide, laissa volontiers sa place, tandis que la jeune fille, tout émoustillée, rosit de plaisir à cette attention. Ystar n'aimait pas ses pommettes trop hautes, son regard niais ou ses expressions naïves. Zvezda ressemblait à ces nobles qui n'occupaient leurs journées qu'à fainéanter. Il l'avait fréquentée, plus jeune, et l'avait déjà trouvée stupide. Dans sa petite robe à fleurs bleues joliment cintrée, Zvezda rayonnait. Ses yeux en amande fixaient l'héritier avec envie et admiration. Ystar ne souhaitait pas converser mais il savait que son père l'observait. Avec effort, il lui rendit son sourire et lui demanda de ses nouvelles. Ils entamèrent des pas bien calculés, et le jeune homme la fit virevolter à tout va. Zvezda souriait d'aise.

Falor se détourna de cette scène, un sourire au coin des lèvres. D'un geste à ses serviteurs, il leur fit comprendre que son rendez-vous pouvait enfin se joindre à lui. Un jeune homme d'une trentaine de sacres, les cheveux longs attachés en catogan, s'approcha d'une démarche sûre. Le Tiane apprécia sa révérence, son expression sereine et son regard intelligent. L'invité attendait patiemment que le Tiane lui donnât la parole.

— Ainsi donc, vous êtes celui que l'Institut m'envoie pour ma fille, déclara Falor, d'un ton qui laissait davantage supposer une question qu'une affirmation.

Dans le doute, le jeune homme prit cela comme une invitation à débuter leur conversation.

— C'est bien cela, mon souverain. Je me nomme Adré Mis. J'ai été envoyé pour le second cycle de votre jeune fille. Si j'ai bien saisi, elle a éprouvé sa force magique plus tôt que prévu.

— Vous avez bien compris la situation, lui confirma Falor en lui tendant une boisson alcoolisée que l'un de ses serviteurs venait de lui proposer.

Le Tiane but et profita de la fraîcheur qui coula dans sa gorge. L'état de sa fille l'inquiétait grandement. Il craignait que ses propres projets entrassent en conflit avec la nouvelle puissance de Via.

— Ma fille souffre parfois de terribles maux de tête ou de cauchemars virulents. Je la fais régulièrement analyser par mon médecin personnel pour surveiller son état.

— C'est tout à votre honneur, s'étonna Adré, peu habitué aux souverains qui s'attachaient à ce point aux conditions de santé de leurs enfants. L'arrivée soudaine de la magie peut provoquer des états secondaires, ne vous inquiétez pas. Je l'aiderai.

— Je vous la présenterai ce soir, au calme, si vous le voulez bien.

— Bien sûr, déclara le professeur, encore dérouté par les ordres sous-jacents de son seigneur.

Adré comprit qu'il devait s'éloigner. Après une révérence des plus polies, il s'écarta pour s'effacer parmi les danseurs. Falor regarda ces derniers. Il se surprit à taper du pied en rythme. Héléna semblait ravie d'enchaîner les partenaires, tout comme sa fille Loria. Via, la seule qu'il aimait vraiment, discutait avec cette Elfe insupportable. Quant à Ystar, il s'essayait à ne pas rester collé à Zvezda.

Le Tiane sentit une odeur de brulé et fronça le nez de dégoût. Il leva les yeux vers le ciel, à l'endroit où devait se trouver le bouclier magique qu'il avait installé avec les hauts-magiciens plus tôt dans la matinée. Il se rendit compte que celui-ci avait disparu ; il ne distinguait plus le très fin rayon bleu électrique qui clignotait à intervalle aléatoire, et qui suivait la forme du dôme. Seuls les habitués savaient où regarder pour apercevoir cette présence discrète.

Falor bouscula la foule sans s'excuser, à la recherche des hauts-magiciens. Sans prévenir, la foule se mit à hurler et à le pousser dans tous les sens. Le Tiane appela ses gardes à la rescousse, qui avaient déjà commencé à avancer pour le protéger. Ils repoussèrent les invités et l'encadrèrent avec efficacité, quitte à piétiner ou écraser. Des explosions magiques fusaient de tous les côtés, les tables étaient renversées et tout le monde essayait de fuir. Quelques individus téméraires souriaient et avaient sorti leurs armes, notamment les Hommes du Nord, avides de combats.

— Trouvez Via, vite ! ordonna le Tiane à ses gardes.

D'un même bloc, ils avancèrent en formation, les bras de ses gardes au-dessus de sa tête pour lui éviter les projectiles résiduels. Falor ne voyait plus rien. De temps à autre, il apercevait des rayons magiques d'un bleu intense, certainement lancés par ses autres gardes, à qui il avait fait implanter des talismans, pour qu'ils eussent accès à des flux magiques concentrés et bien plus puissants.

Il ne doutait pas que son fils Ystar, ou les hauts-magiciens, déployaient actuellement tous leurs pouvoirs et que les intrus seraient vite arrêtés. Il n'avait en tête que Via et sa sécurité. Il craignait que les explosions l'eussent atteinte et qu'elle fût inconsciente, quelque part, à la merci de la panique des invités. Falor hurla son nom à plusieurs reprises, mais dut s'arrêter. La fumée et les odeurs nauséabondes le firent tousser à s'en arracher les poumons.

« Pitié Laria, ne m'enlevez pas mon Énévive une seconde fois ! » pensa-t-il, en proie à la panique la plus totale.

Tout avait tourné de travers malgré ses précautions. Falor s'en voulait terriblement. Les fautifs, s'ils s'en sortaient vivants, paieraient. Il se le promit !

Chapitre 9

Sacre 1410, levée d'Iliath, jour 34 – Le matin –
Château elfique d'Annhorhellh

Lildrille ouvrit les yeux puis les referma aussitôt. La nuit avait été agitée ; des maux de tête l'assaillaient de toutes parts. La pièce, baignée de lumière, l'avait ébloui. Il se retourna, souffla, et décida de se rendormir. Le jeune Elfe n'avait aucune motivation pour se lever. Son père, Osrile, et sa sœur, Lémy, l'avaient humilié en l'assignant à résidence et ce, devant tous les gardes et serviteurs du palais. Ses affaires avaient été préparées, emballées, puis laissées dans l'entrée. Lildrille ne s'était pas senti le cœur de les ranger après avoir passé du temps à choisir ses plus beaux atours pour que Via le trouvât élégant.

La plupart des serviteurs avaient suivi la délégation d'Osrile ou en avaient profité pour assister à la retransmission de la cérémonie, qui se déroulerait sur la célèbre place des Fontaines. En plus du château, le bassin-régial d'Annhorhellh, aussi appelé Kirfèl du nom du fondateur de la lignée régnante, regroupait nombre de quartiers où vivait la noblesse, ainsi que des commerces de luxe, des champs, et de magnifiques places où se jouaient des évènements variés, comme la place des Fontaines.

Le prince se retrouvait quasiment seul, dans une demeure bien trop grande pour lui. Les médecins de sa mère, comme à leur habitude, assistaient et surveillaient la souffrante. Il n'avait au moins pas à s'inquiéter pour elle.

Lildrille se retourna de nouveau et s'étala dans le lit, sur le ventre. Il ne parvenait pas à dormir malgré la fatigue qui appuyait sur ses yeux. Cette journée s'avérait déjà bien ennuyeuse et n'irait pas en s'améliorant.

— Un prince n'est jamais fatigué..., susurrèrent des voix lointaines dans sa tête.

Lildrille bougonna, ce qui fit taire les échos assourdissants. Il aplatit le premier oreiller qu'il trouva sur son crâne, même si cela ne servait à rien. Les sons provenaient de l'intérieur de son être, et non d'un fantôme environnant ou d'hallucinations dues à son état.

— ... même après une nuit aussi agitée, continuèrent les voix, avant de se moquer ouvertement de leur hôte.

Lildrille se repositionna sur le dos, les draps entortillés de manière alambiquée autour de son corps nu, les cheveux en bataille. Il avait passé une nuit fort plaisante, en compagnie d'une Elfe Noire de la Maison Fleurie d'Aniaasha, un lieu qui accueillait les Elfes tatouées les plus sensuelles et les plus excentriques de la région. Le terme « Maison », pour les Elfes, n'avait pas la même signification que chez les autres peuples. Les Maisons constituaient des refuges pour les Elfes de tous les genres et de tous les clans, qui avaient besoin de protection ou de réconfort.

Avec le temps, certaines d'entre elles s'étaient spécialisées, notamment pour gagner de l'argent, créer de la cohésion dans leur groupe ou asseoir leur domination politique. Plus que des abris, elles étaient devenues de véritables institutions au commerce florissant. La Maison Fleurie fournissait ainsi des services charnels de grande qualité et diversité, grâce à ses représentants de toutes les couleurs de peaux. Verte, noire, pâle, bleue ou tachetée de rouge, Lildrille les avait toutes testées.

— Un prince qui sait s'occuper, pour sûr !

Lildrille grogna. Il n'avait aucun argument à opposer aux voix. Les ébats sexuels n'avaient rien de sentimental chez les Elfes, même s'ils s'avéraient souvent meilleurs quand l'amour s'invitait. Ils leur permettaient de développer leur réseau et de discuter dans une intimité chaleureuse. Le prince avait toutefois honte quand il songeait à la réaction de Via s'il lui racontait tout ce qu'il avait déjà traversé. La vie humaine, à ses côtés, l'attirait, mais saurait-il se contenter d'une seule femme pour combler ses besoins physiques gourmands ?

— Avant d'y songer, peut-être faudrait-il déjà qu'elle sache que tu existes, mon prince.

Lildrille soupira. Les âmes qu'il contenait avaient bien sûr raison. Il s'inquiétait toujours pour des broutilles quand les véritables choses qui comptaient n'avançaient jamais. Le prince se força à se lever, décidé à ne pas ajouter cette journée à celles non productives qu'il enchaînait. Accompagné par les commentaires des voix, le jeune Elfe prit le temps de s'habiller. Recouvert d'une chemise ouverte et d'un pantalon en changeforme, une matière qui s'adaptait à son porteur en moulant joliment ses courbes, le prince sortit de sa chambre sans s'être coiffé ou regardé dans un miroir. La déprime avait envahi son cœur et son âme. Durant ces instants-là, il avait du mal à ne pas broyer du noir. Même s'il détestait sa sœur, sa présence lui permettait au moins de réfléchir à d'autres sujets.

Lildrille haïssait également son père. Ce dernier l'avait forcé à rester, non pas parce qu'il craignait qu'il s'approchât de Via, comme sa sœur le pensait sûrement, mais parce qu'il désirait qu'il déjouât tous les pièges restants dans le palais, et qu'il entreprît d'améliorer la situation orageuse entre les partisans de sa fille et les siens. Le prince recevait les deux conseillers porte-parole, l'un après l'autre dans l'après-midi et devait préparer son discours. La situation lui échappait. Il n'avait rien d'un diplomate.

Son père espérait que le Tiane trouve une solution à leurs problèmes de répartition du pouvoir. Lildrille priait pour que cela fût le cas. Osrile n'avait plus confiance qu'en son fils ainsi qu'en ses partisans les plus fidèles, qui l'avaient accompagné pour la cérémonie. Sans ses dirigeants à leur place, ses alliés craignaient que les troupes de Lémy en profitassent pour attaquer. Le prince se prit la tête entre les mains, et s'accouda au cadre de la porte de sa chambre. Il n'avait pas fait quatre pas qu'il souhaitait déjà abandonner, rêvant de retourner s'affaler sur son lit et de tout oublier.

— Courage mon prince. Il est vrai que la vie de privilégié est tellement difficile.

Lildrille persista à ne pas répondre à ces voix sarcastiques. Il souffla de dépit, se redressa et s'avança dans le couloir, prêt à descendre au rez-de-chaussée pour rejoindre les cuisines et se préparer un petit-déjeuner tardif. Alors qu'il atteignait le bas des marches, un hurlement féminin l'interpella. Ce dernier se répéta avant de diminuer en intensité. Grâce à son ouïe fine, Lildrille sut d'où provenaient ces hurlements et suivit les voix accablées qu'il percevait encore. Le prince accéléra le pas, traversa le salon, la salle à manger, les cuisines ainsi que l'entrée du quartier des domestiques, pour atterrir au milieu d'une scène macabre.

Sanedra, l'Elfe Noire qui lui avait prodigué du plaisir la veille, gisait à terre. Le corps avait été démembré par un sortilège abominable. Les bras, jambes et tête étaient éparpillés entre la cuisine et le couloir des domestiques. La cuisinière pleurait à chaudes larmes, consolée par l'un des gardes restés au palais. Ce dernier fixait les restes épars d'un œil troublé, et les traces à son côté laissaient supposer qu'il avait vomi. Lildrille ne comprenait pas ce que ses yeux lui transmettaient. Il restait bloqué, hypnotisé par l'horreur de la scène. Pour une fois, les voix se taisaient.

— Je ne… peux… plus rester ici, sanglota l'Elfe cuisinière. La pauvre enfant… Elle voulait simplement manger… Elle a ouvert le coffre aux épices factices… de… de…

La jeune Elfe ne put poursuivre, prise dans un tourment indescriptible. Le garde la soutint alors qu'il la faisait sortir, tout en lui chuchotant des paroles rassurantes. Lildrille se déplaça pour les laisser passer. Le prince s'approcha et se mit à genoux. Des larmes coulèrent de ses yeux rougis. Il sentit que les âmes s'agitaient au fond de lui. La mort de Sanedra était entièrement de sa faute. Il n'aurait jamais dû l'inviter dans un palais aussi dangereux. L'Elfe Noire lui avait raconté une tranche de sa vie. Le prince s'était attaché à cette personnalité originale.

Le prince ferma les yeux et écouta les voix qui le composaient, se retenant de hurler et de songer à se tuer.

— Je pensais que le château ne possédait plus de pièges mortels.

— Apparemment non.

— Les sorciers en charge de la désinfection devaient être aux bottes de cette garce.

— Les amis, si on ne lui donne pas envie de vivre, notre hôte va se suicider !

— Mais non ! Il le pense souvent mais ne passe jamais à l'action. Trop lâche, même pour ça.

— Il n'avait encore jamais admiré une scène aussi splendide, surtout en partie causée par sa stupidité.

— Bah, on va lui trouver une autre fille à baiser et ça ira très bien.

— Arrête de dire des bêtises. Il lui en faudrait au moins une bonne centaine, ha ha ha !

Lildrille rampa dans le sang noir, aussi sombre que la magnifique peau d'ébène de sa conquête d'un soir, pour réunir tous les membres épars de Sanedra. Celle-ci lui avait confié son rêve de découvrir le monde, ses envies de liberté et son désir d'avoir des enfants. Le prince lui avait promis qu'il l'aiderait dans toutes ses entreprises, sauf celle de tomber enceinte. Ils avaient discuté longtemps sur les différentes positions qu'ils n'avaient jamais essayées au lit, ou les mots les plus dégoûtants qu'ils avaient pu entendre. Ils avaient partagé leurs doutes et leurs angoisses. Lildrille se livrait facilement à ceux qui partageaient sa couche.

La Maison Fleurie promettait des instants magiques, aussi bien physiquement que spirituellement, grâce à des Elfes raffinés, bien éduqués et intelligents, qui prodiguaient du plaisir et de la conversation. Sanedra possédait cette grâce et cette simplicité qui faisaient défaut aux dames de la cour de son père. Elle le considérait non comme un mâle inutile mais comme un Elfe à part entière. Les mentalités évoluaient même si les dogmes anciens continuaient de s'accrocher. Lildrille avait vécu un moment hors du temps, et le destin le lui faisait payer très cher.

Il retrouva la tête de Sanedra sous l'un des meubles de la cuisine. Avec délicatesse, il la prit entre ses doigts et se força à la regarder. Ses yeux gris ne vibraient plus d'énergie électrique ; figés par un instant de terreur, ils ne reflétaient plus que le désespoir. Les lèvres du cadavre, encore rouges de maquillage, l'appelaient pour une dernière embrassade. Lildrille se pencha et déposa un ultime baiser d'adieu, un acte d'amour et de pardon. Le prince colla son front sur celui de son amante d'un jour et pleura en silence. L'âme de Sanedra allait rejoindre l'Océan et serait accompagnée dans l'au-delà par les compagnes de la déesse Laria.

— Bon, on ne va quand même pas laisser le cadavre pourrir ici, non ? demanda l'une des voix.

— Le garde a demandé de l'aide, je l'ai entendu. Et il va aussi contacter la famille de la pauvre Elfe.

— Heureusement qu'il y en a qui agissent ici.

Lildrille entreprit de réunir toutes les parties du corps de la morte et de le reconstituer. Il observa encore quelques instants la forme inerte avant de se lever et de prier, dans un dernier hommage. Sur le buffet de la cuisine, la boîte à épices de sa sœur trônait fièrement, le couvercle fermé. De rage, il la prit et la balança violemment sur le sol. Elle ne se brisa pas, elle roula pour se cacher sous l'un des plans de travail de la pièce. Lildrille fut presque déçu de ne pas avoir déclenché de sortilège mortel. Lémy et Osrile avaient caché de nombreux pièges dans le palais, qu'ils se destinaient l'un l'autre. Bien que la plupart eussent été déjoués ou éliminés, le château en dissimulait encore. L'un d'eux avait tué l'Elfe Noire.

Heureusement, peu de victimes collatérales étaient à dénombrer depuis le début des hostilités ; leurs instigateurs n'ayant pas voulu faire fuir les occupants du château. Sans la présence de serviteurs, personne n'aurait soigné Nimile, la reine dans le coma. Personne n'aurait cuisiné, lavé le sol ou dépoussiéré les rideaux. Ces êtres tués par mégarde n'avaient pas mérité une fin aussi atroce, une mort due à des conflits d'ego entre une fille et son père, entre une arme vivante et un coriace entiché de pouvoir.

— Mon prince, au lieu de chercher à briser les possessions de ta sœur, je te suggère d'aller te dépenser devant des cibles plus adaptées. Qu'en dis-tu ?

Le regard du jeune Elfe se mit soudainement à briller d'un éclat différent. La voix noble du Guerrier avait raison. Cette colère qui bouillonnait au fond de lui ne demandait qu'à s'échapper. Il devait s'en servir à bon escient et faire en sorte que la fin de Sanedra n'ait pas été vaine.

— Ce n'est jamais gagné mais avec nos caractères insupportables, nous le remuons.

— Des challenges passionnants, mon ami. Et un résultat toujours satisfaisant.

Arrogant et Malin disaient vrai. L'association entre la mélancolie du prince et le dédain calculé des âmes portait généralement ses fruits. Lildrille adressa une dernière pensée à Sanedra avant de s'éloigner. Il laissa ses larmes couler, sans se soucier de son image. En passant par le salon, il aperçut l'un des médecins de sa mère discuter avec les gardes du palais. Ces derniers ne le remarquèrent même pas. À leurs yeux, parce qu'il ne tentait rien pour arranger la situation, le prince s'avérait aussi cruel que sa sœur et son père.

— ... doit finir.

— Si la reine savait ce qui se trame, elle en mourrait de honte et de désespoir.

Lildrille ne pouvait pas leur donner tort. Cette histoire de succession ridicule commençait à lui taper sur le système. Pourtant, il n'avait jamais pu se positionner et choisir son camp, de peur de devenir une cible facile, mais aussi par lâcheté.

— Surtout par lâcheté !

Lildrille râla. Il se détestait pour son inaction et son incapacité à sortir de sa zone de confort. Un être inutile, un prince malaimé, un individu sans importance, qui n'avait pu protéger Sanedra, une Elfe qui lui avait donné plus que quiconque ne lui avait jamais offert.

— Ça y est les amis, il est reparti dans son mélodrame.

Les voix s'agitèrent, insultèrent leur hôte, qui continua son chemin sans les remarquer, habitué à leurs remontrances. Lildrille traversa le palais d'un pas lourd, peinant à poser un pied devant l'autre. Une rage intense bouillonnait au creux de son ventre. Toute sa vie, il n'avait fait qu'endurer sans rien dire, acceptant sa condition et la malédiction due à son sang. Seule sa mère lui avait donné tout l'amour dont il avait rêvé.

Lildrille pénétra dans la salle d'armes où s'entraînait régulièrement sa sœur. Le prince abhorrait la violence, ne savait ni tenir une arme ni se battre. Son père avait voulu l'éduquer au combat afin qu'il pût se défendre au cas où sa sœur ne se trouverait pas auprès de lui. Il avait refusé. Il n'en avait pas besoin. Avec le temps, il avait appris où se trouvaient ses forces et faiblesses, sans pour autant les dévoiler à quiconque. Ces découvertes constituaient son jardin secret.

Ragaillardi par ces pensées, il regarda les épées, haches, arcs et lames qui reposaient sur les nombreuses étagères. La pièce avait tout du rustique : les murs de pierre, abîmés, témoignaient des nombreux combats qui s'y étaient déroulés ; le sol, recouvert de terre et de poussière, n'avait pas été lavé depuis longtemps, aucun domestique n'avait le droit de venir ici ; de nombreuses armoires en naroi gravé, une espèce de bois noir de la région, avaient été intégrées aux parois pour protéger de l'humidité toutes sortes de pièces d'armure en cuir, métal et autres matériaux linariens sensibles.

Lildrille s'approcha de l'une de ces armoires et s'équipa avec ce qui lui tomba sous la main. Ses voix intérieures le conseillèrent quand il hésitait et lui expliquèrent comment attacher ou positionner telle ou telle pièce. Que ce soit Arrogant, Malin, Guerrier ou les autres, ils avaient tous combattu dans les temps anciens et avaient péri à la guerre. Depuis l'avènement du culte de la déesse Laria, les peuples avaient appris à s'accepter et avaient cessé leurs querelles. De leur côté, les Elfes, arrogants et vindicatifs, n'avaient jamais vraiment arrêté. Même après avoir été sévèrement puni, son peuple se jouait des règles et des bienfaits de la paix. Sa sœur et son père en représentaient les parfaits exemples. Contrairement à eux, les humains, connus pour leur témérité, avaient su enterrer leur hache de guerre.

— Mouais, vite fait. Paraît que les Hommes du Nord se battent souvent.

— Ouais, ils adorent ça. Les ententes entre les clans se détériorent en plus.

— T'es allé chercher ça où ?

— Bah, un domestique qui lisait une lettre d'actualité.

— Ça disait quoi d'autre ? Allez raconte !

Lildrille ignora les voix. Il avait une idée bien précise en tête pour arranger la situation entre son père et sa sœur : il souhaitait réunir les deux conseillers, et discuter avec eux pour les convaincre d'une trêve. Il se fichait bien de leurs réclamations et revendications personnelles. Cela devait cesser ! Il allait déverser toute sa colère sur eux, se défouler. Pour se donner du courage en prévision de la confrontation qui n'allait pas tarder, et qui ne serait pas de tout repos, il se préparait à entrer en transe guerrière.

Le prince continuait de l'appeler « lamé-asté », comme le stipulaient ses origines en ancien langage. Littéralement intraduisible en linarien, Lildrille aimait l'expliquer comme un voyage intérieur dont les essences mémorielles qui en remontaient prenaient possession du corps. Une transe qui détendait les muscles et l'esprit, et qui lui permettait de cohabiter plus étroitement avec les âmes qui l'habitaient.

Les âmes pouvaient également prendre possession du corps de leur hôte quand l'esprit de ce dernier s'affaiblissait, perdait en consistance. Lildrille surnommait cela le « lâcher-prise », et cette phase ne ressemblait en rien au lamé-asté. Ce rituel permettait à toutes les âmes de partager leurs expériences et émotions, de créer une seule et même conscience évoluée et étendue, alors que le lâcher-prise n'admettait qu'une seule et unique âme au contrôle du corps, vers qui convergeaient tous les ressentis et vécus.

Lildrille termina de s'équiper. Cela n'avait aucune utilité particulière mais l'Elfe aimait le poids et l'allure que lui procuraient les pièces d'armure. Cela lui donnait également l'impression d'être dans la peau d'un véritable guerrier et de mériter cet état de tranquillité. Il se positionna au centre de la pièce, une lame fine et légère dans chacune des mains. Celles-ci le démangeaient.

— Prêt, mon prince ? lui demanda Guerrier, l'âme qui supervisait généralement le lamé-asté.

— Prêt.

Lildrille ferma les yeux et attendit la fusion d'âmes. Guerrier cessa de parler, se concentrant sur le rituel qu'il régentait. Les secondes passèrent longuement. Soudain, le prince sentit des fourmillements dans ses bras, puis ses jambes. La sensation s'attaqua à tout son corps, se prolongeant à travers son torse, ses pieds, ses doigts et son visage. Toutes les zones touchées lui renvoyaient des impressions de brûlure. Le jeune Elfe grimaça sous le pic de douleur qui atteignait son crâne. Son métabolisme devait accepter de nombreuses présences supplémentaires. Lildrille n'appréciait pas cette étape.

Ses yeux tournèrent au blanc. Sa voix mua. Plus grave, elle semblait provenir du centre d'Arcaria, du cœur de la planète même. La conscience du prince, toujours attisée, se tenait en retrait, en simple spectatrice. Lildrille pouvait reprendre le contrôle quand il le souhaitait. Il se laissait faire. La voix de Guerrier, ardente et envolée, dictait des ordres à son corps. Les autres âmes profitaient également du spectacle. Son corps posa un pied en avant et abaissa une première arme, prit une pose de défense et abattit la seconde.

L'Elfe grinça intérieurement des dents sous la violence des coups portés et des craquements de ses os. Il n'avait pas pris le temps de s'étirer et souffrirait certainement de multiples courbatures. Guerrier continua les enchaînements, qu'il avait appris des centaines de sacres auparavant. Les lames s'entrechoquèrent, les jambes se croisèrent et les bras s'étirèrent en mouvements de plus en plus gracieux. Le corps, d'abord rigide et tendu, se déliait dans la danse guerrière qui s'accélérait. Arrogant ajoutait parfois un port de tête majestueux, quand la position s'y prêtait, tandis que Malin agrémentait les gestes de clins d'œil ou regards de braise. Le prince acceptait toutes ces parts de lui-même sans broncher.

Lildrille se perdit dans ces mouvements, oubliant momentanément sa colère et sa tristesse, sa vie et son passé, pour ne se concentrer que sur l'instant présent. L'intensité des mouvements lui permettait de se défouler, de retrouver une paix passagère revigorante. Les lames continuaient de se balancer dans les airs, de virevolter en même temps que ses jambes qui défiaient la gravité par des saltos insouciants, motivés par la conscience de Guerrier. Ce dernier se plaisait à démontrer sa force et sa technique. Les brassards en cuir s'accrochaient, comme les jambières. Lildrille planait sous la multitude des sensations physiques qui se répercutaient dans son corps, et sous les émotions fébriles des âmes qui le contrôlaient temporairement.

La danse guerrière se poursuivit encore quelques minutes. Guerrier s'imaginait pourfendre les ventres de ses ennemis avec rage, se venger de ses malheurs et de sa mort prématurée. Il éructait des ordres de bataille, des râles de colère, il poussait des exclamations non contrôlées, motivées par l'effort. Arrogant se souvenait de ses victoires, de ses conquêtes et des trophées qu'il avait glanés. Malin revoyait sa famille, ses soldats, toujours prêts à se soumettre au moindre de ses commandements.

Les passes s'enchaînèrent jusqu'à ce que le corps de l'Elfe ne pût plus suivre. Lildrille n'avait rien d'un soldat et ne s'entraînait jamais, à la différence des corps que Guerrier, Arrogant ou Malin possédaient par le passé et qu'ils regrettaient tous les jours de leur nouvelle non-vie.

Les âmes reprirent leur place, faisant basculer Lildrille sur le sol, sous l'impulsion de la douleur. Le prince eut du mal à reprendre son souffle, son cœur battait à cent à l'heure. Épuisé, son corps ne lui répondait plus, ses jambes le tiraient, tout comme ses bras qui tremblaient. Les lames, tombées à son côté, avaient percuté la pierre dans un fracas métallique assourdissant. Ses équipements traînaient dans la poussière, au même titre que ses joues.

Un sourire radieux fleurit sur les lèvres de l'Elfe. Une fatigue intense et bienfaisante commençait à le gagner. Lildrille ferma les yeux, souffla un « Merci » sincère et s'évanouit dans le noir de sa conscience retrouvée.

***

Des Lariens vinrent emporter le corps de Sanedra. Lildrille les observa effectuer les libations, les prières et les gestes sacrés. Son cœur se serra à cette vision pénible. La domestique qui avait vu le corps décapité avait démissionné. Lildrille lui avait souhaité bonne chance dans sa nouvelle vie, lui avait promis de la recommander au besoin, et lui avait demandé de pardonner à sa famille. La jeune Elfe lui avait jeté un regard étrange et était partie sans un mot.

— Toutes mes condoléances. L'immersion aura lieu dans trois jours, prince Lildrille, déclara l'un des Lariens aux cheveux gris et à la toge bleue rapiécée. La famille m'a signalé que vous étiez invité à la cérémonie si vous le souhaitiez.

Le corps de Sanedra allait être immergé dans de l'eau sacrée et y rester le temps de se décomposer, grâce à des substances créées uniquement à cet effet. Ses restes seraient ensuite transportés jusqu'à l'Océan par les Passeurs de vie, ceux qui protégeaient le flux magique des individus, transporté par les reliquats d'âme. Celui-ci ne devait pas se dissiper avant d'entrer en résonance avec celui de la déesse, dispersé dans l'immensité de la mer.

Linaria se trouvait à plusieurs huitaines de voyage de l'Océan, accessible via le Fleuve Éternâme, qui reliait toutes les Régences les unes avec les autres. Le cours d'eau sacré transportait les âmes vers leur nouveau refuge éternel. La durée du voyage permettait aux proches de débuter leur deuil et de se rappeler les meilleurs instants passés avec le défunt.

— Je vous remercie, Gardien. Je... Je paierai tous les frais, que la famille en soit rassurée. Pour l'immersion... j'espère pouvoir y assister, même si je ne m'en sens pas... digne.

Le Larien Elfe lui prit les mains et les enserra avec douceur. Il gratifia Lildrille d'un regard appuyé et soucieux. Le Larien avait été mis au courant des causes de la mort tragique de la jeune Elfe. Il se doutait des incertitudes et de la douleur qui devaient assaillir le prince.

— Vous n'avez rien à voir avec votre sœur ou votre père. Vous ressemblez davantage à votre mère.

Lildrille ouvrit des yeux étonnés. Il ne s'était pas attendu à une phrase aussi prévenante de la part d'une personne qu'il ne connaissait pas, qui semblait l'avoir percé à jour. Le prince ne sut quoi répondre avant que le Larien le quittât. Ce dernier reprit sa place à l'arrière de la procession, et invita le prince à le suivre. Lildrille hésita puis descendit les marches du palais. Il dépassa les gardes postés et se plaça auprès de la défunte. Drapé d'un beau tissu bleu, le corps de Sanedra restait caché. Seul son visage aux yeux fermés, dirigé vers le ciel, apparaissait découvert. Le prince accompagna Sanedra jusqu'aux portes de la ville d'Aniaasha qui jouxtait Kirfèl. Il ne pouvait s'éloigner davantage, une autre mission l'attendait. Lildrille regarda le groupe s'éloigner. Le Larien qui lui avait adressé la parole un peu plus tôt se retourna et lui lança un dernier regard, avant d'abaisser la tête et de se détourner. Le drap bleu finit par disparaître, avalé par l'horizon.

Le prince doutait de lui, plus encore que ce matin. Son court échange avec cet Elfe l'avait profondément perturbé. Le peuple ne l'aimait guère, Lildrille le savait, le ressentait lorsqu'il croisait le regard de ses domestiques, ou quand il accompagnait son père lors de ses discours. Les religieux possédaient des intuitions étonnantes. Il se rappelait que sa mère encensait leurs savoirs et ressentis.

Il ne ressemblait en rien à Nimile, majestueuse, juste et forte. Se morfondre tout le jour durant, ou ne jamais prendre parti, ne constituait pas des actions estimables à ses yeux. Lildrille ne comprenait pas non plus que la famille de Sanedra l'eût invité à assister à son immersion. Il avait causé la mort d'une âme merveilleuse. Tout avait été de sa faute. Il ne méritait pas leur pardon.

— Je crois que tu t'en veux bien plus que le peuple ou la famille de Sanedra t'en veulent, mon prince.

Lildrille acquiesça en silence bien qu'il n'en crût pas un traître mot. Sa vie lui échappait. Le prince ferma les yeux et se concentra sur sa mission de l'après-midi. Il avait des conseillers à convaincre et une paix nouvelle à établir.

— Un peu d'action, il était temps ! s'exclama Guerrier avec enthousiasme, suivi par toutes les autres voix.

Ce jour, où le prince Elfe agissait pour la première fois de son existence, annonçait un avenir meilleur. En leur for intérieur, loin des oreilles indiscrètes de leur hôte, les âmes arrivèrent à la même conclusion : le prince ressemblait effectivement à sa mère, même s'il lui avait fallu un choc émotionnel brutal pour se débloquer.

Chapitre 10

Sacre 1410, levée d'Iliath, jour 34 – Dans l'après-midi – Château tianien

Le ciel clair ressemblait à une nuit brumeuse, traversée par des filaments colorés de feux d'artifice et de poussières d'étoiles filantes. Les explosions magiques n'avaient malheureusement rien d'inoffensif ou de merveilleux. De la terre et des gravats, accompagnés de touffes d'herbes tachetées de sang, voletaient en tous sens, défigurant invités et serviteurs. Les tables agencées avec grâce se retrouvaient au sol ; l'estrade avait perdu de sa superbe, mise en pièces par les projectiles. Le cadavre d'un Larien gisait, mis à l'écart par les pieds du trône qui l'encadraient. La couronne, jetée au loin, attendait qu'un digne souverain la soulevât. Quelques pierres, habituellement associées à la structure du palais, jonchaient le sol. La cérémonie avait tourné au cauchemar.

Ceux qui le pouvaient généraient des boucliers résistants, au sein desquels les affolés tentaient de pénétrer avec ardeur. Les disparités magiques n'avaient jamais été autant représentées qu'à cet instant. Linaria fonctionnait suivant un système strict qui restreignait l'usage du flux de la planète et qui se sectorisait selon les catégories sociales, les métiers, le sexe, l'espèce et les métabolismes.

Des individus exceptionnels qui siégeaient au conseil Magique, appelés les Non-Sens, accordaient les autorisations aux citoyens quand la magie se manifestait en eux, vers l'âge de dix-huit sacres. Définies par rapport à des arbres à choix complexes et enrichies empiriquement, ces permissions devaient réguler la quantité de magie présente sur la planète. Son usage exigeait des contreparties, un remboursement de l'énergie dépensée. Les plus riches, capables de contracter des prêts plus importants, n'avaient cure de soigner leurs dépenses. Ystar en faisait partie. En tant qu'aelrelne suprême, il pouvait en plus manier presque tous les types de sortilèges existants, et ne s'en privait pas.

Quand les premiers jets tombèrent du ciel, le jeune homme terminait sa bonne action du jour, baisant la main d'une Zvezda émoustillée, après qu'ils eussent partagé un instant intense, enlacés et enivrés par la danse. Ystar avait joué le jeu, mimant des gestes plaisants, alors qu'elle lui déplaisait ; souriant comme un imbécile, pour cacher son malaise et son aversion. La jeune femme de la Régence du Sud avait vécu l'un des instants les plus mémorables de sa vie. Jusqu'à ce que des hurlements d'horreur atteignissent ses oreilles, et que du sang atterrît sur ses joues roses. Zvezda, du même âge que Via, dépourvue de pouvoirs, se pétrifia telle une statue. La jeune fille n'avait jamais eu à se défendre ou à soutenir de pareilles attaques.

Zvezda ne savait plus quoi faire, hurlait intérieurement tout en posant ses yeux sur les fuyards. L'humaine pensa à ses frère et sœurs, à son père, et espérait les retrouver tous sains et saufs. Quand elle se calma, elle se rendit compte que son cavalier l'avait abandonnée. Ystar, certainement l'Homme le plus puissant du royaume à côté des hauts-magiciens, avait disparu, laissant la jeune fille à la merci du chaos ambiant. Zvezda sortit de sa torpeur pour lâcher un cri d'effroi qui attira l'attention d'un domestique. Ce dernier, oubliant son statut et l'interdiction habituelle de la toucher, se jeta sur la jeune fille. Zvezda ne crut pas bon de rouspéter quand elle comprit qu'elle aurait pu mourir : un projectile magique enflammé venait de percuter la place où elle se trouvait auparavant. Le jeune serviteur se remit vite sur pieds et enjoignit à la princesse de le suivre. Ils disparurent au milieu de la fumée qui emplissait les jardins. Main dans la main.

***

Ystar n'avait qu'une pensée fixe en tête, celle de protéger Héléna. Abandonnant Zvezda à son sort sans regret, il se transflua à de multiples reprises afin de la localiser. Hurlant désespérément son nom, il bousculait les invités sans s'excuser, et percutait les boucliers. Il ne s'occuperait de ses ennemis que lorsque celle qu'il aimait serait à l'abri. Il évita plusieurs météorites magiques, jeta un sortilège de lévitation pour sauver un couple qui allait se faire écraser par une roche enflammée, et remodela le bouclier d'un groupe qui s'éteignait. Ystar perdait patience. Tous ces cris et ces scènes terribles le ralentissaient dans sa quête de sauvetage de sa bien-aimée.

— Ystar ! Ystar !

Le jeune homme reconnut la voix d'Héléna. Gonflé d'espoir, il suivit le son dans le brouillard et l'aperçut enfin. Malgré ses cheveux en pagaille, et sa robe pleine de terre, il la trouvait parfaite. La reine courut se blottir dans ses bras. Elle sanglotait et le priait d'arrêter ce carnage. Héléna ne ressemblait plus à la reine hautaine qu'elle jouait depuis le début de cette journée. Ystar l'écarta un instant pour analyser son visage, au cas où il devrait la guérir. Apparemment, la jeune femme n'avait rien de grave.

— Sauve Sirius ! le supplia-t-elle.

Elle lui indiqua le corps inanimé d'un homme allongé sur le dos, dont le ventre montait et s'abaissait doucement. Sirius paraissait méconnaissable sous cette masse informe de cheveux, et dans son costume déchiré au niveau de la poitrine. Ystar examina le régent en vitesse grâce à un sortilège employé par les guérisseurs. Évanoui, l'humain du Sud avait reçu un sacré coup sur le crâne mais s'en sortirait. Une bosse commençait à poindre sur son front. Ystar lui jeta un sort qui devait atténuer la douleur.

Une boule de feu les frôla, amenant Héléna à sursauter et à atterrir de nouveau dans les bras d'Ystar, qui n'avait malheureusement pas le temps de s'en réjouir.

— Cramponne-toi, lui ordonna-t-il avec autorité, avant de se pencher et de toucher le corps du régent assommé.

Héléna n'eut pas le temps d'acquiescer. Le noir l'entoura. Elle n'entendait plus les cris, le souffle du vent ou les explosions magiques. Seuls les échos de ses respirations saccadées lui répondirent. Ystar les avait apparemment menés dans un lieu bien caché, peut-être même secret. Les murs de la petite pièce, sans portes ni fenêtres, étaient noirs. Des bougies amenaient une faible lueur sur chacun des quatre plans sans ornementation, d'une ébène immaculée. Héléna retint un haut-le-cœur. L'endroit ressemblait à une prison. Un râle de douleur la ramena à la réalité. Sirius semblait revenir à lui. L'aelrelne comprit qu'il devait agir. Il attrapa Héléna et l'embrassa avec fougue, agrippant ses cheveux avec force et la serrant tout contre lui. La reine céda avec emphase et une joie non dissimulée.

— À tout à l'heure, souffla-t-il, ses mains sur ses joues, avant de disparaître.

Héléna eut du mal à se remettre de ce contact ; elle posa ses doigts là où la chaleur déposée par Ystar commençait à s'estomper. De rage, elle se rendit compte qu'elle avait été imprudente d'avoir laissé Ystar s'approcher d'elle, peut-être même devant témoins. Honteuse de songer à son image, alors que des êtres mouraient, la reine s'accroupit près de son oncle et s'enjoignit à l'apaiser. Elle lui caressa le front, évitant la bosse, et y déposa un baiser. Grâce à Ystar, ils vivraient. Héléna savait que l'aelrelne survivrait et qu'il mettrait fin à cette terrible attaque. Le monde ne tournait plus rond. La reine savait que nombre de citoyens la considéraient comme néfaste au bien de Linaria. Son probable empoisonnement l'attestait ! Plus inquiétant, ces bombardements attestaient de l'impuissance de la déesse Laria à défendre ses protégés. La reine s'interrogeait sur l'identité des assaillants.

Héléna savait qu'elle n'obtiendrait pas de réponses satisfaisantes à ses questionnements avant au moins quelques heures. Elle s'assit et observa son oncle. Sirius dormait paisiblement, dans un silence à peine perturbé par leurs souffles. La reine entreprit de se détendre elle-même, oubliant l'angoisse folle qu'elle avait ressentie tantôt. S'adossant sur l'un des murs noirs de la pièce, elle fixa celui d'en face d'un air vague. L'impuissance la gagna et cela lui déplut. Elle n'avait pas éprouvé une telle déchéance depuis fort longtemps.

La perte de deux de ses enfants, le Tiane qui ignorait ses appels à l'aide, des théories d'empoisonnement, et ce massacre... Rien n'allait. Une partie d'elle regrettait ses choix de vie. Elle n'aurait jamais dû séduire le souverain Falor et rêver d'une existence différente, surtout pour un pouvoir qui ne lui appartiendrait jamais vraiment. Héléna lâcha une larme de rage. Seul Ystar ensoleillait ses journées. Son cœur prenait le contrôle quand le jeune homme se trouvait dans les parages. Une larme s'échappa de ses yeux. Héléna ne perdait pas de vue ses objectifs. La couronne lui reviendrait un jour, elle se l'était promis. Ragaillardie, la jeune femme s'imagina un avenir radieux, au bras d'Ystar. Contrairement à son père, il la laisserait régner comme elle l'entendait, elle le savait.

Alors qu'elle fixait le même pan de mur, la reine remarqua un détail étrange, un relief qui se dégageait du plat de la paroi. Intriguée, elle se leva et s'approcha de l'excroissance. Elle avança la main et tomba sur une poignée ! Ronde, noire et froide au toucher, elle tenait entièrement dans sa main. Aucune serrure ni aucun autre signe ne l'entourait. La jeune femme la tourna dans un sens puis dans un autre. Devant son échec, elle pivota le pommeau dans toutes les directions. La porte factice ne s'ouvrait toujours pas.

Héléna songea à une cachette secrète. La reine entreprit de toucher tous les murs, tous les recoins et chaque millimètre de la pièce. Elle trouverait comment ouvrir cette porte, quitte à y risquer sa santé mentale.

***

Via riait à une blague indécente de son amie Lémy quand l'orage se déclencha. D'abord, une tempête mentale l'assaillit. L'aelrelna entendit des voix dans sa tête qu'elle ne reconnut pas, des tonalités masculines et autoritaires. La jeune fille ne comprenait pas ce qui lui arrivait, jusqu'à ce qu'elle ressentît sa magie bouillonner au plus profond d'elle-même. Lorsque les hauts-magiciens avaient communiqué entre eux lors du repas, grâce à leurs amulettes, Via avait capté des bribes d'échanges mentaux. La jeune fille revivait cette scène, au pire des moments. Dans son entourage, seule Lémy s'avérait contrôler ce genre de pouvoirs. Ses gardes du corps tentaient de communiquer avec elle. La jeune femme s'écarta et se prit la tête entre les mains. Via percuta un Grède dans la tourmente et tomba au sol. Aveuglée par ses cheveux bleus, elle n'aperçut pas tout de suite ce qui traumatisait autant les invités.

Le ciel crachait des roches rougeoyantes et des jets enflammés. L'aelrelna resta bouche bée devant ce spectacle morbide. Les invités se poussaient, se bousculaient, hurlaient et tentaient de fuir le grand jardin entouré de clôtures ouvragées. La douleur s'estompa quelques instants puis reprit derechef. Via se recroquevilla sur l'herbe et haleta. L'angoisse et la peur de mourir l'atteignirent de plein fouet alors qu'une autre partie d'elle-même s'essayait à trouver la paix et soulager ses maux de tête. Des voix étrangères pénétraient son cerveau, des acouphènes suraigus l'empêchaient de réfléchir, et des formes lumineuses perturbaient sa vision.

— Une flamme... Une... flamme... Un endroit... chaleureux..., répétait inlassablement Via, imaginant une bougie et une obscurité déclinante, comme le lui avait appris Chris.

Le calme ne revenait toujours pas en son esprit et ses souffrances la clouaient au sol. Autour de Via, le chaos envahissait le jardin.

— Lé... my... Lé... my... gémit-elle impuissante, appelant son amie à l'aide.

Lémy ne lui répondit pas. Un choc brutal fit soudain basculer Via sur le côté. Elle percuta un objet dur qu'elle n'identifia pas et des étoiles apparurent devant ses yeux. Du sang coula au niveau de son cou, et aspergea sa jolie robe déjà irrécupérable. La jeune fille frémit au contact du liquide chaud. Sa peur augmenta et bloqua sa respiration.

Sans qu'elle le remarquât, une domestique l'aida à se remettre debout et la soutint sur quelques mètres ; Via ne tenait pas sur ses pieds. L'image de Chris apparut en premier dans son esprit. L'aelrelna s'imagina l'appeler, comme s'il se trouvait en face d'elle. Elle avait tant besoin de lui, de ses encouragements, et de son soutien. En second lieu, elle pensa à son père puis à Nandra. Elle ne les trouvait nulle part. Elle espérait qu'ils fussent en sécurité et en bonne santé.

Via et la jeune femme brune, aide-cuisinière au château, continuèrent d'avancer tant bien que mal, évitant les bousculades et les projectiles. La sortie s'approchait et s'éloignait, l'aelrelna ne savait plus très bien ce qu'elle discernait, le décor lui paraissait flou. Des familles qui couraient interrompirent ses questionnements en lui barrant la route. Elles se dirigeaient vers le palais aux entrées protégées par des gardes, qui empêchaient les désœuvrés de rentrer.

La jeune fille souffrait moins depuis que les voix étrangères avaient déserté son esprit. Mettre un pied devant l'autre s'avérait toujours difficile, à cause de ses blessures et de sa fatigue inévitable, alourdie par des sommeils peu réparateurs. La domestique lâcha prise, évincée par une boule de feu qui la souleva de terre et la projeta au loin. Déséquilibrée, l'aelrelna ne tint plus sur ses jambes et tomba à genoux.

— Déesse ! s'exclama Via, choquée par ce qui venait de se produire.

La domestique avait disparu de son champ de vision. Des fumées noirâtres emplissaient tout. La jeune fille se mit à pleurer, à bout de nerfs et apeurée comme elle ne l'avait jamais été auparavant.

Via regarda vers le ciel et ouvrit la bouche dans une exclamation d'épouvante : un projectile magique enflammé s'approchait dangereusement. La jeune fille entra dans une colère noire, elle ne voulait pas mourir, elle avait encore tant à effectuer et tant à découvrir. La fin ne pouvait s'annoncer ainsi. Des flashs de ses instants avec sa mère lui revinrent soudain en tête. L'ancienne épouse de son père avait quitté ce monde dans les flammes. Un feu rouge sang qui prendrait à son tour sa fille si celle-ci n'agissait pas rapidement. Via se crut perdue et laissa son instinct la contrôler. L'aelrelna leva les bras, les plaça au-dessus d'elle et tendit les doigts.

— Stop ! hurla-t-elle, de sa voix enrouée par les larmes, la colère et la peine.

Le projectile s'arrêta net, à quelques centimètres de son visage. Via l'observa, ébahie. La boule enflammée perdit de sa splendeur et s'arrêta bientôt de s'embraser, flottant toujours au-dessus du sol. Il ne restait plus qu'une roche gravée de runes qu'elle ne comprenait pas. La jeune fille ne put réfléchir davantage à ce qui se produisait. Elle s'évanouit, et la pierre finit sa trajectoire dans l'herbe noircie, juste derrière elle.

***

Nandra avait quitté le palais, comme tous les autres serviteurs. Les pierres qui maintenaient le plafond avaient commencé à se disloquer, et risquaient de tomber à tout moment. Le sortilège qui protégeait les structures du château ne remplissait plus son rôle. Les individus qui les attaquaient avaient tout organisé, connaissaient tout d'eux et s'amusaient à les massacrer sans pitié.

Nandra ne comprenait pas que les espions du Tiane aient pu passer à côté d'un plan pareil, et que tous les sorts déployés s'avèrent inefficaces, surtout alors que les plus grands magiciens du royaume se trouvaient parmi eux. La domestique songea immédiatement à la présence maléfique qui rôdait. Nandra envoya un signe de détresse à la déesse et la pria de les sauver tous. Elle avait prévu de combattre ce mal, elle avait juste besoin de temps pour y parvenir.

— Laria, donnez-moi la force nécessaire pour détruire cette essence maléfique, je vous en prie ! exprima la jeune femme à voix haute, avant d'être bousculée par la foule.

Nandra toussota, la fumée lui cachait la vue du jardin ainsi que la plupart des personnes paniquées qui cherchaient à s'échapper de ce désordre infernal. La domestique déchira le bas de sa robe et s'entoura la bouche avec.

— Sortons d'abord d'ici ! s'encouragea-t-elle.

Ayant franchi la porte principale du palais, Nandra n'avait qu'à longer la grande allée pour retrouver un air respirable et une chance de survie. Les gardes aidaient la foule à se diriger vers les quartiers des commerçants où les combats avaient été déplacés. De moins en moins de projectiles descendaient du ciel. Les hauts-magiciens avaient repris le contrôle.

La domestique songea à sa petite protégée. Une terrible pensée lui vint alors à l'esprit. Nandra se détesta d'avoir osé songer à la mort de Via, et se fustigea aussitôt. Elle aimait intensément Via et la sauverait. Elle ne la tuerait jamais même si cette dernière possédait des parasites malfaisants. Elle ressemblait à sa mère, une femme merveilleuse, si l'on occultait ses derniers jours.

— Via ! Via !

Une voix masculine scandait le prénom de l'aelrelna. Nandra mit du temps à distinguer le lieu d'où provenaient les cris. Un groupe de gardes encadrait le Tiane qui n'arrêtait pas de hurler, de répéter le nom de sa fille, de sa tonalité cassée et éreintée. Nandra parvint à le rejoindre et convainquit les gardes de la laisser communiquer avec son seigneur.

— Mon souverain, où est Via ? L'avez-vous retrouvée ?

Le Tiane se dégagea du cercle de soldats pour apercevoir celle qui lui parlait. Il reconnut l'une des suivantes de sa fille. Il oublia son masque impassible et afficha toute son inquiétude.

— Non, bien sûr que non ! Sinon, je ne serais pas là à l'appeler !

— Je suis dés...

— Aidez-moi à la retrouver, la coupa-t-il, secouant la jeune femme par les épaules. Je vais aller vérifier de l'autre côté, là où se rejoint la foule, et vous, reprenez mes recherches dans le jardin ! J'ai dû louper quelque chose. Exécution !

Le Tiane paraissait fou. Il s'écarta et se replaça au centre de son cercle, qui reprit immédiatement son avancée. Les talismans magiques de certains gardes resplendissaient, quand d'autres s'avéraient ternes. La magie avait coulé à flots. Nandra secoua la tête. Son souverain ne lui avait même pas laissé un soldat pour la supporter dans sa tâche. Le grand jardin ne s'appelait pas ainsi pour rien, il lui faudrait des heures pour examiner tous les recoins. La jeune femme commença à paniquer. Seule, elle n'y arriverait jamais.

La domestique se reprit et pensa à Via qui restait introuvable. Prenant son courage à deux mains, elle alla inspecter le grand jardin pour s'assurer que le corps inanimé de Via ne s'y trouvait pas. L'ordre du souverain lui importait finalement peu, seule la santé de sa protégée l'inquiétait. Malgré le danger, Nandra ne pouvait pas se mettre à l'abri et se questionner de manière maladive. L'angoisse la tuerait ! Pour gagner du temps et éviter la foule et les recoins d'où s'élevait la fumée, la jeune femme choisit de retourner dans le palais, de le traverser et de ressortir par la terrasse. Via se trouvait non loin de l'estrade, au milieu de la piste de danse, quand elle l'avait observée pour la dernière fois, avant l'attentat.

Son plan aurait pu fonctionner sans la fermeté des gardes à lui bloquer le passage. Ils avaient reçu pour ordre de vider le château et d'en empêcher toute intrusion. Les intérieurs s'avéraient risqués à cause du toit branlant. Nandra n'en avait cure et leur hurla de la laisser passer. Elle connaissait le palais comme sa poche et ferait attention. Elle essaya de les pousser, de les bousculer, de passer par-dessus eux mais rien n'y fit. La domestique s'écarta, impuissante.

Avec prudence, elle changea de direction et pénétra dans le brouillard ambiant dont l'odeur de cramé lui donna la nausée. Nandra longea les barrières avec lenteur, examinant où ses pieds se posaient, de peur de blesser quelqu'un ou de tomber sur un cadavre. Par chance, les cheveux de Via possédaient un caractère unique qui lui permettrait de la trouver plus facilement. Si des gardes et son seigneur ne l'avaient pas retrouvée, cela ne lui donnait pas grand espoir. Elle espérait que la jeune fille avait été sauvée et ramenée en lieu sûr.

Nandra avançait prudemment, sans qu'aucune chevelure bleue fût visible. Après des minutes qui lui parurent des heures, la jeune femme atteignit l'arrière du jardin, où la piste de danse, les tables et l'estrade avaient été installées. De rares projectiles continuaient de brûler ou de la frôler.

Nandra n'abandonna pas et continua son exploration. La domestique analysa les bouts de bois éparpillés, les tables renversées et les débris alentour. Via pouvait se trouver au-dessous d'eux.

Un petit groupe de trois Elfes avait investi le centre de la piste de danse. Nandra distinguait leurs oreilles pointues à travers la fumée, et leurs rires gras. La jeune femme arrêta de longer les barrières et examina tous les recoins accessibles. Elle souleva un morceau de bois noir, déplaça un cadavre qui l'empêchait d'avancer, sans vomir, et dégagea des restes de nourriture. Nandra n'arrêtait pas de tousser malgré son masque improvisé. Les Elfes continuaient de rire à gorge déployée, sans qu'elle comprît ce qu'ils disaient, ni pourquoi ils ne fuyaient pas cet air malsain. La jeune femme les oublia un instant, les contourna et reprit sa tâche. L'un des Elfes s'éloigna du groupe, attiré par la toux qu'il entendait. Il suivit Nandra sans qu'elle s'en aperçût.

Des gémissements étouffés parvinrent aux oreilles de la domestique. Non loin d'elle, un Nain essayait de se débarrasser de ce qui retenait sa jambe coincée. Nandra s'approcha et l'aida. Grâce à leurs efforts combinés, le Nain put se remettre sur pieds. Il la remercia chaleureusement et déguerpit. Malheureusement, il n'alla pas bien loin. L'Elfe qui s'était approché embrocha le Nain sur sa lame. Nandra assista à cet assassinat avec horreur. La jeune femme recula d'instinct et trébucha. L'Elfe assena plusieurs coups avant de s'arrêter et de rire de cette tonalité incongrue, qu'elle avait entendue plus tôt. Ses camarades elfiques le rejoignirent.

— Tu as trouvé quelque chose à nous mettre sous la dent, Nark ?

— Une pourriture de Nain ! Beau travail, mon ami ! lui répondit un jeune Elfe encapuchonné, tout en lui tapotant l'épaule.

Une longue épée dépassait de sa cape. Du sang séché y avait laissé des marques. Nandra se sentit défaillir. Elle ne pouvait pratiquer la magie guerrière, n'avait jamais appris à se défendre et n'aurait jamais le temps de fuir. Elle se souvint qu'elle s'était procuré un parchemin de combat. Elle ne comptait pas l'utiliser ce jour mais n'avait plus le choix. Tremblante, elle glissa l'une de ses mains dans son décolleté.

— J'ai mieux. Une humaine ! continua le Nark meurtrier, ravi de sa découverte. On te la laisse, Ravim ?

— Oh oui, avec plaisir ! répondit celui-ci avec envie.

Un Elfe plus âgé aux cheveux gris, et à la barbe de la même couleur, fit quelques pas en avant. Il se passa la langue sur les lèvres, avide de se mettre au travail et de s'amuser un peu. Nandra se releva et se mit à courir. La jeune femme ne se laisserait pas faire. Ravim, bien plus habile qu'elle, lui coupa la route et la souleva, la maintenant fermement par la gorge. L'Elfe la projeta sur le sol où elle atterrit violemment sur le dos. Nandra se retint de lui montrer qu'elle souffrait. Les Elfes qui accompagnaient Ravim riaient tels des psychopathes, tout heureux d'assister à un combat à mort inégal et injuste.

La domestique savait que les Elfes possédaient un passé tumultueux, celui du peuple le plus violent de Linaria. À l'avènement de Laria, les Elfes s'étaient assagis, avaient été punis pour la plupart, et avaient accepté de continuer leur vie de Linarien en contrepartie d'un changement de mentalité et de l'acceptation de la mixité des peuples. Le royaume avait vécu dans la paix durant des centaines de sacres.

Depuis peu, les Elfes menaçaient d'entrer en guerre civile et certains clans vindicatifs s'appliquaient à raviver leur haine ancestrale contre toutes les autres espèces ; de nombreuses familles grèdes ne désiraient plus quitter leurs cités sous-marines ; quelques sources naniques, des rassemblements de Nains, ambitionnaient de conquérir d'autres territoires pour assouvir leur soif de nouveaux minerais ; les Ildiens se plaignaient de leurs mauvaises conditions de vie à cause de l'absence de magie, et les Syraniens désertaient le pays.

Le Tiane avait préféré se concentrer sur la cérémonie de son fils plutôt que d'apaiser, comprendre les différentes tensions qui prenaient de l'ampleur. À moins que ces animosités fussent agréables au souverain, pour prouver la supériorité des Hommes. Nandra se mordit la lèvre. Elle abhorrait la politique et la violence. Pour se défendre, elle n'avait pourtant pas le choix.

Ravim fit quelques pas en avant. Il prit le menton de la jeune femme entre ses doigts et ouvrit la bouche. Il n'eut pas le temps de lui susurrer des paroles dégradantes ; la domestique tenait son parchemin dans l'une de ses mains. Elle prononça les mots en ancien langage adéquats.

— Mastrélram ! s'exclama Nandra, tout en apposant ses doigts sur la joue de Ravim.

Ces derniers tremblèrent et prirent la couleur des flammes qui les avaient attaqués. Nandra faisait brûler l'Elfe de l'intérieur. Le parchemin s'émietta jusqu'à disparaître et devenir poussière. Ravim hurla de douleur et se tortilla dans tous les sens. La chaleur magique l'empêchait de se détacher de son assaillante. Ses amis vinrent le libérer, le tirèrent vers l'arrière et l'obligèrent à ramper. Nark observa Nandra d'un air terrifiant.

D'un geste de la main, il la déplaça et l'amena juste sous son nez. La domestique se sentit glisser sur l'herbe sans qu'elle ne contrôlât plus rien. Certains Elfes possédaient des pouvoirs innés effrayants, ne nécessitant aucune formule magique. La télékinésie ne puisait pas dans le flux de la planète mais dans celui de l'invocateur lui-même.

— Tu as fait souffrir mon ami, alors tu vas subir la même chose ! En bien pire…

D'un mouvement rapide, il souleva le corps de la jeune femme qui flotta quelques instants dans les airs avant de s'écraser contre l'un des murs de la terrasse. Nandra eut le souffle coupé, et son dos émit un craquement terrible. Une fois son souffle rétabli, elle se mit à hurler comme une démente, espérant que quelqu'un l'entendrait. Cela amusa les spectateurs Elfes.

— Ravim !

L'Elfe en question gardait une main sur sa joue défigurée mais se tenait désormais debout, une lueur de rage intense au fond des yeux.

— Avant de la tuer, profite un peu d'elle. Il paraît qu'avec une humaine les sensations sont explosives, ha ha ! s'esclaffa Nark, retenant toujours le corps de Nandra sur le mur grâce à sa main levée. Prends ton pied, mon ami !

Nandra ouvrit des yeux terrifiés quand elle comprit que l'Elfe voulait la violer avant de la tuer. La jeune femme hurla de plus belle, gigotant sur le mur et se coupant les mains sur la pierre rêche. Une force invisible la clouait au mur. Ravim approcha, les yeux fous et un rictus malsain sur les lèvres. Nandra sanglota ; l'espoir d'être aidée s'était évaporé. Son corps n'avait tout de même pas dit son dernier mot et continuait de s'agiter. Un coup de pied atteignit Ravim dans la cuisse, avant que ce dernier immobilisât les jambes de l'humaine.

Il lui assena une claque mémorable. Nandra se força à n'émettre aucun son et ferma les yeux. Ses jambes ne parvenaient plus à bouger suffisamment pour que cela s'avérât utile. Son énergie l'abandonna. La jeune femme s'imagina auprès de sa petite protégée et de Laria, immergée dans l'Océan, loin de tous ses soucis. Ravim la prit par la taille et commença à soulever sa robe déchirée puis... plus rien. Le corps de la jeune femme tomba violemment au sol. Nandra rouvrit les yeux, surprise. Elle assista à une scène des plus étranges.

Un individu massif, caché par une ample cape noire, combattait les Elfes avec véhémence. Le mage puissant lançait sortilège sur sortilège, des jets lumineux noirs, oranges et verts sortaient de ses mains et celles-ci se mouvaient avec rapidité et précision. Les trois Elfes furent facilement mis à terre ; Ravim avait déjà du mal à tenir debout sans souffrir, Nark n'avait plus la force nécessaire pour se battre et celui encapuchonné n'avait pas fait long feu. Les Elfes s'agglutinaient sur le sol, immobiles, mais toujours en vie.

L'individu resserra sa cape avant de s'avancer vers la jeune femme. Nandra n'avait pu se remettre debout, encore sous le choc. Quand elle réalisa que le robuste guerrier s'approchait d'elle, la jeune femme perdit tous ses moyens. Ce fut alors qu'elle reconnut son regard. Elle l'avait déjà croisé auparavant. Elle sut qu'il ne lui ferait pas de mal. La silhouette lui tendit la main et l'aida à se relever. Nez à nez, Nandra plongea ses yeux dans les siens. Même à cette distance, ses pupilles restaient les seuls éléments visibles de son visage. Le reste de sa personne se noyait dans l'obscurité. La jeune femme eut une révélation : elle se rappela où elle avait rencontré cet humain fascinant. Ce dernier l'examina avec sa magie et soulagea sa douleur par un sortilège. Nandra hurla de surprise.

— Suivez-moi ! Je sais où se trouve l'aelrelna. Elle a besoin d'aide, lui expliqua-t-il de sa voix grave.

— Je vous suis. Ne vous inquiétez pas, je peux marcher, le rassura Nandra quand il entreprit de la soutenir en passant ses bras dans son dos.

L'homme acquiesça et se dirigea vers l'arrière du jardin. Bien que cela lui fût douloureux, la jeune femme ne voulait pas que son cavalier d'un soir l'aidât. Le cœur de la domestique battait à tout rompre. Elle avait dansé avec cet homme la veille, lors du bal costumé, et se rappelait les brûlures que ses mains sur ses hanches lui avaient procurées. Elle désirait qu'il la crût forte et indestructible. Nandra se pencha légèrement en avant et lui emboîta le pas. Via avait besoin d'elle.

***

— Nous devons vous évacuer, princesse.

Lémy capta les pensées de l'un de ses gardes du corps alors qu'un projectile s'abattait non loin d'elle et de Via. L'Elfe écouta d'autres esprits lui expliquer la situation. Des groupes de fanatiques avaient apparemment assommé quelques soldats tianiens et monopolisé la zone où le peuple non invité s'était installé. Ils créaient des jets enflammés et les propulsaient en direction du palais, dont les boucliers magiques avaient été désactivés en simultané.

— Mettez-vous à l'abri princesse, nous venons vous sortir de là !

Lémy arrêta ses pouvoirs de télépathe et reprit contact avec la réalité. Via l'avait lâchée. Elle se trouvait à quelques pas d'elle, en position fœtale sur le sol. L'Elfe voulut la rejoindre et la secourir, mais fut éjectée vers l'arrière par un météorite rougeoyant, qui venait de taper la terre à quelques centimètres de ses pieds. Lémy atterrit sur le dos et grogna, elle recracha la terre qu'elle avait avalée dans sa chute. L'Elfe rêvait de tuer tous ceux qui s'en prenaient à eux.

Lémy se remit debout et toussota. La foule paniquait, gesticulait, piétinait les corps tombés et ceux des individus qui n'allaient pas assez vite. Quelques personnes la bousculèrent. Son haut transparent se déchira, laissant nettement entrevoir sa poitrine abondante. Lémy s'en fichait. La jeune Elfe insultait ceux qui la frôlaient ou leur ordonnait de se calmer, sans grand succès. Elle lut quelques esprits ; seules des visions angoissées lui furent renvoyées. Rien de bien utile ou d'intéressant.

Lémy entendit les pensées de ses protecteurs avant qu'ils l'accostassent. Ses soldats arrivèrent enfin. Traverser les hordes anxieuses et effrayées leur avait pris plus de temps que prévu. Ils se positionnèrent autour de leur princesse, commencèrent à l'escorter et créèrent un bouclier magique qui devait les protéger des projectiles. Lémy avait du mal à se contrôler, sa main la démangeait et cherchait à atteindre, de manière instinctive, le manche de son épée d'apparat, inapte à couper ne serait-ce qu'un bout de parchemin. La princesse avait cependant caché sa lame fétiche, Émina, grâce à un sortilège d'invisibilité qu'elle alimentait depuis des heures. Lémy souffla quelques mots et la fit apparaître. Émina se glissa à l'intérieur de sa main droite, poussant l'Elfe à émettre un râle de plaisir peu distingué.

— Attendez ! s'exclama la princesse.

Lémy réalisa qu'elle avait complètement oublié Via. L'aura lumineuse de l'aelrelna restait péniblement visible, elle suivait un tracé bien précis, même dans la poussière et la fumée ambiante. Quelqu'un avait dû l'aider à se relever. L'Elfe ne désirait pas risquer sa vie pour sauver la sienne. Pourtant, une personne aussi puissante que Via pourrait peut-être s'avérer utile à l'avenir. Elle ne pouvait l'abandonner à son triste sort. Lémy désirait que la jeune humaine la considérât comme l'héroïne qui l'aurait sauvée. L'Elfe ordonna à ses soldats de suivre ses directives. Lémy visualisait parfaitement les résidus d'aura bleue de Via. La jeune aelrelna ne se trouvait pas très loin.

L'un des sbires couvrit la princesse d'une cape en velours, avant de reprendre la marche. Lémy leva les yeux au ciel mais le remercia en pensée. Les courants d'air et les restes enflammés commençaient à rougir la peau de ses seins. L'Elfe tenait fermement Émina de sa poigne de fer. Elle hésita à trancher dans la chair quand son petit groupe fut bousculé. La princesse désirait ardemment que du sang vînt rougir sa lame, qui s'avérait aussi avide de violence qu'elle.

Leur bouclier rejeta quelques projectiles et les fit rebondir. Une famille naine prit immédiatement feu. Lémy, scandalisée, modifia le sortilège du dôme protecteur pour que les météorites ne percutassent plus d'autres innocents, suite à des contrecoups aléatoires. Elle se fit la réflexion que les siens ne songeaient pas suffisamment aux autres. La princesse se concentra de nouveau sur la piste bleue.

— Elle est là-bas, je la vois ! Allez l'aider et faites-la rentrer dans notre cercle. Vite ! commanda Lémy à ses soldats.

À travers la fumée et la foule, l'Elfe voyait Via par à-coup, à une trentaine de mètres. Cette dernière se maintenait tant bien que mal sur l'épaule d'une jeune domestique qui l'aidait à avancer. Une roche brûlante vint percuter la servante de plein fouet. L'aelrelna se retrouva seule. L'Elfe paniqua. Via ne pouvait mourir. Lémy sortit du bouclier, poussa ses protecteurs qui trébuchèrent et accéléra le pas.

Un sifflement inquiétant fit ralentir Lémy. Une autre boule de feu approchait de la jeune humaine et n'allait pas tarder à la toucher. Les pouvoirs de la princesse ne pouvaient arrêter un objet aussi massif. L'Elfe courut droit devant elle sans s'inquiéter de bousculer la foule ou de trébucher sur le sol inégal, ses protecteurs sur les talons.

— Non ! hurla désespérément l'Elfe quand les reflets enflammés entrèrent en contact avec l'aura bleue de son amie.

La fumée fit tousser Lémy. Sans qu'elle comprît comment, elle fut stoppée net dans ses mouvements. Une force inconnue l'empêchait de bouger et de diriger son corps comme elle l'entendait. La princesse tenta d'avancer, de tourner la tête, de tendre le bras ; rien n'y faisait. La princesse angoissa et resta sourde aux gémissements de ses sbires qui ne pouvaient apparemment pas se déplacer non plus.

La fumée se dissipa. Via gisait au sol, inanimée, à quelques pas de la princesse. Son ventre se soulevait doucement, ce qui rassura son amie elfique, toujours emprisonnée dans son propre corps. La boule de feu avait disparu. Lémy paniquait. Une douleur intense commença à torturer ses pieds, puis atteignit ses jambes, ses hanches, son ventre, ses bras, sa poitrine puis son visage. La jeune Elfe ne pouvait hurler, sa bouche avait été bloquée dans une position inconfortable, aucun cri digne de ce nom ne pouvait en sortir.

Lémy souffrait atrocement, des fourmillements désagréables parcouraient son corps, l'absence de circulation de son sang gelait ses membres et des crampes tétanisaient ses muscles. L'Elfe se sentit totalement impuissante pour la première fois de sa vie. Une peur terrible lui vrilla les nerfs. Des pensées de mort et de fin l'assaillirent alors qu'elle pleurait intérieurement.

Lémy hésita à prier Laria. Nombre de citoyens du royaume lui avaient décrit les miracles perpétrés par la déesse. Ceux-ci se raréfiaient depuis plusieurs levées. Ces divagations ne l'avaient jamais vraiment convaincue. Les mondes de l'au-delà, les créatures divines, les miracles, les murmures de la déesse, ses sortilèges de protection, ses guerriers... la princesse haïssait toutes ces notions ridicules qui n'avaient aucun sens. Même les héritiers bénis, comme Via ou Ystar, ne bénéficiaient apparemment pas de la protection de Laria. Aux yeux de Lémy, la déesse constituait simplement l'unique moyen de forcer les citoyens à se supporter alors que seuls les Elfes méritaient le respect.

Si elle survivait, l'Elfe se jura qu'une fois au pouvoir, elle changerait les choses : son peuple reprendrait la véritable place qui était la sienne. Laria ou Lilya, l'ancienne déesse Mère, Lémy s'en fichait en vérité. La religion l'insupportait avec ses règles stupides et ses faux espoirs. Bien qu'elle eût toujours accompli ce qu'on attendait d'elle, l'Elfe sentait la mort la toucher et le désespoir la gagner. Personne ne méritait de partir ainsi, dans l'impuissance et la souffrance. Son peuple la suivrait elle, et croirait seulement en elle. Les déesses ne pouvaient comprendre ce que signifiaient la mortalité et les réelles difficultés de la vie arcarienne.

La douleur cessa soudain complètement. Lémy put enfin hurler tout son saoul. La princesse se mit à genoux et sanglota, de joie de retrouver l'usage de son corps, de bonheur d'avoir trouvé un nouvel objectif à sa vie, et de plaisir de pouvoir sentir Émina auprès d'elle. Petit à petit, ses sensations reprirent le dessus. Lémy s'allongea sur le sol, les projectiles se faisaient rares. Elle vivait. Elle vivait !

Alors que son souffle ralentissait, la princesse tourna la tête sur le côté. Le corps de Via avait disparu. Un groupe s'agitait au loin. Habillés de tuniques noires, surmontées d'une épée jaune, ils scandaient :

— À mort Laria ! À mort la fausse déesse et ses enfants bénis !

Lémy aperçut le corps de son amie, agité par les sectaires, qui la brandissaient tel un trophée. Lémy crut à sa mort mais l'aura bleue de l'aelrelna crépitait faiblement, lui signifiant le contraire. Via ne semblait pas souffrir, elle était inconsciente. Ses yeux fermés et ses bras ballants attestaient de son état critique.

— Ne... meurs pas Via..., prononça Lémy, sombrant dans la fatigue.

Ses yeux se fermèrent. Les sbires de l'Elfe avaient également perdu pied. Comme elle, ils avaient souffert d'une immobilité incontrôlable. L'un d'entre eux avait même perdu la vie. Du sang séché souillait son menton, et ses orbites vides ne reflétaient plus d'étincelles.

Quelques minutes plus tard, un Elfe soucieux aux cheveux noircis par le feu prit Lémy dans ses bras. Osrile recouvrit sa poitrine de sa cape avec douceur et la berça un instant avant de se relever, s'appuyant douloureusement sur son genou meurtri. Il avait promis à sa femme malade de protéger leurs enfants, il ne faillirait pas. Même si sa fille adorée lui avait crevé un œil et déclaré la guerre, il se souvenait de ses jeunes sacres alors qu'elle avait tout d'une Elfe avenante et attachante. Une Elfe parfaite.

S'ils survivaient, il comptait demander de l'aide au Tiane, de l'aide pour que Lémy redevînt sa petite fille chérie, aux idéaux moindres et aux ambitions mesurées. Il avait entendu parler des modifications magiques génétiques auxquelles le souverain de Linaria s'adonnait par plaisir. Osrile espérait que Lémy se transforme en une princesse affable et aimante. Sa vie de famille lui manquait, il n'avait jamais supporté la guerre ou les conflits. Seul le pouvoir l'intéressait.

— Retrouvez ceux de notre délégation qui manquent encore à l'appel ! exigea l'Elfe en s'adressant à ses hommes de main.

— À vos ordres, mon seigneur, répondit Nark dans une révérence, avant de s'éloigner, un rictus sournois sur les lèvres.

Chapitre 11

Sacre 1410, levée d'Iliath, jour 34 – Dans l'après-midi –
Près du château elfique d'Annhorhellh

Lildrille avait choisi sa belle cape noire pour entreprendre la route qui le mènerait à l'auberge des Deux Amis. Le jeune Elfe y avait réservé une chambre et invité les deux porte-paroles, qui ne savaient pas encore que leur opposant s'y trouverait. La cape noire l'aidait à passer inaperçu. Le peuple connaissait son visage, à cause de toutes ses apparitions publiques et de ses portraits caricaturaux que les lettres engagées promulguaient sans vergogne. Lémy rêvait de les interdire, au contraire de Lildrille qui préférait que le peuple gardât le droit de s'exprimer. Il appréciait ces dessins amusants, bien qu'ils ne cessassent de le critiquer.

L'ardeur des rayons des soleils obligeait certains groupes d'Elfes, à la peau sensible, à se protéger de ses effets dévastateurs. L'accoutrement du prince n'attirerait pas l'attention, entre les ombrelles extravagantes, les ponchos aux couleurs vives et les chapeaux farfelus. Lildrille traversa la place des Fontaines d'un pas rapide. De nombreux Elfes avaient rejoint l'endroit pour assister au couronnement d'Ystar, retransmis sur un écran en tissu transmageur. Ce dernier avait été placé entre deux immenses fontaines, vers lesquelles se dirigeaient les Elfes incommodés par la chaleur. Des couples et des enfants dansaient au rythme de la musique qui s'échappait de la toile aux propriétés fascinantes. Lildrille s'arrêta un instant pour les observer. Il n'osait poser son regard sur l'écran, de peur d'y percevoir Via, et d'en ressortir troublé.

Il se détourna pour continuer son chemin. Il dut passer à travers des groupes de danseurs et des assemblées de manifestants virulents, qui scandaient leurs slogans tout en brandissant des pancartes. Ceux-ci protestaient contre Ystar, lui reprochant d'avoir menti quant à sa bénédiction ou d'avoir forcé l'apparition de sa nouvelle mèche bleue. D'autres hurlaient encore « Loria Masda-Tiana », arguant que seule la cadette tianienne avait le droit de régner après son père. Pour les Elfes, le sang royal coulait dans les veines des héritiers de sexe féminin.

Des soldats armés entouraient ces protestataires et les empêchaient de déranger ceux qui profitaient de la fête. Lildrille se prit à rêver d'une danse en compagnie de Via. Il s'était entraîné à retenir tous les pas des morceaux traditionnels. Il aurait pu aller contre la décision de son père et se rendre à la cérémonie. Le prince avait de nouveau fait preuve de lâcheté. De rage, il grogna et accéléra le pas.

La grand-place laissée dans son dos, le calme reprit enfin le dessus autour de Lildrille. Il n'entendait quasiment plus la musique ou les cris des curieux. L'Elfe se perdit dans les rues étroites d'Aniaasha, moins peuplées que d'ordinaire. Les marchands ambulants n'y traînaient plus, les enfants n'y couraient pas, et les faux prophètes, devineresses ou autres menteurs aux pouvoirs non reconnus par les conseils linariens n'alpaguaient plus les passants. Les bâtiments de pierres s'enchevêtraient les uns dans les autres, formant parfois des habitations aux configurations inattendues, sur plusieurs étages, ou s'étendant sur les deux côtés de la rue, reliés par des ponts suspendus.

Les Elfes n'avaient jamais possédé d'architecture spécifique. Ils recopiaient tout ce qu'ils rencontraient, s'inspiraient de tous les styles croisés dans une vie, les assemblaient, les déformaient et les remodelaient à leur image. Aniaasha attestait de cette recherche d'identité perpétuelle. Les Grèdes avaient leurs cités sous-marines spectaculaires, les humains construisaient de magnifiques tours qui touchaient le ciel, les Nains sculptaient les montagnes et les sous-sols comme personne, et les Elfes... réalisaient un peu de tout. Leur spécialité se retrouvait dans les matériaux vivants, qu'ils utilisaient à tort et à travers et qu'ils vendaient à prix d'or aux autres communautés.

L'auberge des Deux Amis ne détonnait pas dans cet environnement. Sa façade rappelait une devanture sans originalité, associant une terrasse d'extérieur à quelques pots de fleurs, quand l'intérieur surprenait par tous les tonneaux, morceaux de ferrailles et vitraux non terminés qui cachaient les murs. Aux Deux Amis, vous pouviez boire de bons liquides alcoolisés, acheter les services d'un vitrier ou d'un peintre sur verre, ainsi que des pièces métalliques détachées pour rafistoler ou créer des objets inanimés, à approvisionner en magie par la suite. Comme tous les marchands elfiques, le tenancier Raflom Tyen ne parvenait pas à se décider à propos de ce qu'il désirait vendre.

Lildrille pénétra dans l'auberge. De nombreux éclairages magiques englobaient la grande pièce d'une lumière chaude. La moitié des tables n'avait pas de clients. Le prince analysa rapidement les personnes attablées, il ne reconnut pas les porte-paroles qu'il attendait. Raflom s'approcha, toujours heureux d'accueillir ceux qui osaient pénétrer dans sa demeure. Avec son crâne rasé de près et de grandes bottes de cuir qui dépassaient de sous son tablier, le tenancier gardait une mine souriante malgré le peu d'affluence dû à la retransmission de la cérémonie. L'un de ses employés s'était proposé pour aller servir des boissons sur place.

— Bonjour, cher ami, le salua Raflom avec emphase.

— Bonjour. J'avais réservé une chambre pour la journée, débita Lildrille en vitesse, tout en réajustant sa capuche. Au nom de Lyadel Nartim.

Lildrille se rendait régulièrement en dehors du château mais n'avait jamais fréquenté aucun établissement de ce genre. Son père le lui interdisait ;

son image aurait pu en pâtir. Au départ, les porte-paroles devaient se rendre au palais, un lieu dangereux que le prince voulait à tout prix éviter. Sa volonté de changer lui avait donné l'envie de sortir de sa zone de confort. À présent, la panique le gagnait, une boule d'angoisse se formait au creux de son estomac, et son souffle s'accélérait. Son attitude alarma le tenancier qui n'avait jamais entendu parler d'un Lyadel Nartim auparavant.

— C'était une très mauvaise idée de venir ici, commenta l'une des voix. Notre hôte est terrifié et l'autre là le soupçonne d'un mauvais coup. On est mal les gars !

Raflom plissa les lèvres, observant les replis de la cape noire. Les Elfes portaient ce qu'ils désiraient, le gérant n'avait pas le droit de demander à discerner le visage de ses clients. Les arrivés encapuchonnés affluaient régulièrement. Lildrille se calma et s'expliqua.

— Je suis désolé, je suis un peu nerveux. Je suis venu de loin pour la retransmission de la cérémonie et j'avais besoin d'air. Ces derniers jours de voyage éreintants, enfermés avec ma famille, m'ont stressé.

— Aucun problème, dit chaleureusement Raflom, dont les traits se détendirent. Vous êtes le bienvenu dans mon humble établissement. Je vais vous chercher les clés de la chambre.

— Je vous remercie. Deux amis se joindront à moi pour discuter puis boire, comme convenu, conclut Lildrille.

Les voix le félicitèrent pour ce mensonge stupide qui n'avait aucun sens. Le prince les rabroua en silence. Il n'avait rien trouvé de plus intelligent à déclarer. Il aurait dû se préparer davantage ou ne pas se justifier du tout. Les clients ne détaillaient pas les termes de leur venue. Le jeune Elfe se sentait terriblement stupide. Il remercia Raflom, le paya et monta. Les marches de bois grincèrent sous ses pas. Il trouva le numéro de sa porte et s'installa. Composée d'un lit simple, d'un bureau et d'une salle d'eau, la pièce s'avérait plus sombre que le rez-de-chaussée, malgré la lueur éclatante du jour. Lildrille ferma les rideaux de la seule fenêtre et attisa l'une des bougies avec sa magie pour qu'elle rayonnât davantage. L'Elfe examina tous les recoins par curiosité, n'ayant jamais connu masure aussi peu fournie en meubles et décorations. Il n'avait connu que sa chambre, au palais. Lildrille se sentit ridicule. Il ne connaissait rien aux conditions de vie de son peuple.

Quelqu'un frappa à la porte. Le prince sursauta. Il n'avait pas encore eu le temps de retirer sa cape. Lildrille ouvrit et tomba sur l'un des employés des Deux Amis qui lui apportait des boissons. Apparemment, le prix comprenait quelques ensembles de mets et rafraîchissements locaux. Le prince s'en réjouit et déposa le tout sur une petite table auprès du bureau.

Les porte-paroles arrivèrent coup sur coup, encapuchonnés comme le prince le leur avait demandé. Quand le second pénétra dans la petite pièce, il faillit faire demi-tour en reconnaissant l'un de ses ennemis. Le prince avait prémédité cette réaction et s'était installé près de la porte pour la fermer à clé. L'un des conseillers de son père, Yud Ilde, un vieil Elfe irascible et prétentieux, lançait des éclairs à celui qui s'était assis en face de lui, Nade Kul, un Elfe beaucoup plus jeune, qui désirait que Lémy devînt reine au plus vite. Lildrille percevait cette électricité ambiante. Il se hâta de prendre en main la séance avant que les deux conseillers s'étripassent, comme ils devaient sûrement en rêver.

— Je vous remercie d'avoir répondu aussi rapidement à ce changement de configuration de rendez-vous. Je...

— Jamais je ne parlementerai avec un barbare pareil ! s'exclama Nade en se levant.

— Un barbare, moi ? Je ne vous permets pas ! lança Yud sur le même ton, rejetant sa chaise en arrière.

— C'est de votre faute si tout a commencé ! Seule Lémy, notre reine, mérite de gouverner, reprit Nade, les sourcils froncés, et le cœur battant à tout rompre. Osrile n'est qu'un charlatan, un incapable, un...

— Vous avez été l'un de ses conseillers par le passé, vous savez très bien ce qu'il vaut ! Ce n'est pas un imbécile, loin de là ! s'énerva Yud, le visage pâle tournant au rouge vif.

— Stop !

Lildrille avait haussé la voix, une chose qu'il n'aimait pas faire. Les négociations débutaient de manière vraiment catastrophique. Il s'était placé entre les deux Elfes, les bras écartés, de sorte qu'ils ne pussent se toucher. Le prince bouillonnait de rage. Il détestait ces conseillers autant qu'il haïssait sa sœur ou son père. Leurs disputes enfantines n'avaient aucun intérêt. La paix dans le royaume comptait bien plus.

— Asseyez-vous et écoutez-moi ! éructa-t-il, les prenant chacun par le col de leur chemise.

Lildrille, dont les yeux rétrécissaient et s'obscurcissaient sous les sentiments ignobles qui l'assaillaient, grimaça. Le visage de Sanedra se rappelait à sa mémoire. Il n'avait qu'une envie : tuer ces deux imbéciles, reflets de ce que les Elfes renvoyaient à la face du monde. Une espèce stupide, sans morale ou valeur. Lildrille les relâcha, étonné par sa force soudaine, et se rassit sur le lit, harassé. Les deux porte-paroles réajustèrent leur col, mal à l'aise, et reprirent leur place.

— Savez-vous qui était Sanedra ? commença Lildrille.

Nade et Yud firent un non de la tête. Une lueur d'incompréhension se lisait dans leurs yeux. Le prince leur expliqua qu'elle avait été un soutien, une Elfe magnifique à la peau noire, éduquée avec grâce et intelligence, qui rêvait de visiter le monde et d'avoir des enfants.

— À cause d'un conflit puéril, elle est morte ce matin, dans ma cuisine, mise en morceaux par un sortilège. Un sortilège installé par ma sœur pour piéger mon père.

Le prince trembla de rage à ces mots. Il se remémorait le sourire de Sanedra, sa douceur et sa gentillesse. Elle n'avait rien des Elfes qu'il côtoyait habituellement au palais. Ces actes devaient absolument cesser pour éviter que d'autres innocents ne perdissent la vie.

— Ce n'est pas la faute de Lémy, la reine légitime. C'est la faute d'Osrile, qui lui vole son trône ! s'exclama Nade, ses longs cheveux blonds voletant autour de son visage juvénile.

— Osrile a autant le droit de rester sur le trône que sa stupide de fille ! argua Yud avec un rictus haineux sur les lèvres. La loi permet au veuf de régner, surtout quand son héritière n'a pas atteint l'âge légal. Vous êtes un jeune sot, amoureux transi d'une Elfe aux valeurs indécentes !

— Vous ne savez plus ce que vous dites, vieux décrépit !

Les deux conseillers continuèrent de s'envoyer des piques violentes alors que Lildrille se taisait, atterré. Aucun n'avait semblé compatir à sa douleur ni à la mort d'une jeune Elfe innocente. Ils se disputaient la légitimité de tel ou tel article de loi ou de tel ou tel décret, argumentaient sur les valeurs de leur champion, allant même jusqu'à critiquer leur physique ou l'amour que leur portait Nimile, la reine malade. Le prince craignait d'attirer l'attention des autres clients ou de Raflom, le tenancier, avec ce boucan infernal. Il n'arrivait plus à s'exprimer, n'avait plus la force d'élever la voix.

Tout en lui tremblait de colère et de haine viscérale. Nombre de ses souvenirs d'enfance malheureux remontèrent à la surface : les insultes envers son genre, les critiques de sa sœur, les menaces de son père qui désirait que son fils l'aidât à gouverner, ou les attaques de Lémy qui voulait l'obliger à la soutenir… Lildrille se rappela alors sa mère, une reine aimante, très attachée aux causes d'Énévive, ancienne Masda-Tiana, tuée pour avoir trahi son époux. Nimile avait été profondément choquée et perturbée par la perte de son amie. Lildrille avait été le seul à la soutenir. Elle et son fils s'aimaient infiniment, ils avaient le même rêve de paix. À force de se morfondre et broyer du noir, le prince l'avait oublié.

— Nimile n'aurait jamais permis que sa fille ne régnât pas à sa place ! hurla Nade en pointant un doigt accusateur sur son ennemi.

— Vous ne la connaissiez pas assez, jeune impudent ! La reine aurait aimé que son mari prenne le relais, c'est évident !

— Je l'ai connue, contre-attaqua Nade, et je suis sûr que…

Lildrille se leva et fit les cent pas. Il ne pouvait plus les entendre se chamailler comme des enfants, sur des sujets qu'ils ne maîtrisaient même pas. Nimile devait avoir les oreilles pointues qui sifflaient ! Lildrille ne savait pas ce que sa mère aurait désiré. Il était persuadé qu'elle n'aurait jamais aimé que les siens se détruisissent pour le pouvoir, qu'ils se combattissent pour prendre sa place, alors que son corps s'avérait encore chaud et meurtri par la maladie. Elle aurait simplement aimé que l'on prît soin d'elle, de son peuple et de son pays, et que l'on transmît ses idées, ce que ni Lémy ni Osrile n'envisageaient.

Lildrille s'avérait être un diplomate pathétique, qui n'avait pas l'énergie suffisante pour apaiser les tensions ou rappeler son public à l'ordre. Il avait pensé discuter avec des individus intelligents qui comprendraient que la fin des hostilités s'avérait nécessaire pour éviter de nouvelles morts.

Pour leur montrer son implication, il avait également réfléchi à un nouveau gouvernement d'union, liant son père et sa sœur, tous deux en tant qu'intendants du pouvoir, dans l'attente du rétablissement de Nimile. Lildrille avait songé à d'autres systèmes politiques où son père aurait le pouvoir jusqu'à ce que sa sœur eût l'âge requis, ou encore, dans lesquels seule sa sœur régnerait, avec un père conseiller. Malheureusement, alors qu'il tentait de présenter ses différentes idées aux conseillers, il se retrouva face à des murs qui l'accusèrent de ne penser qu'au bien de sa famille et non au bien de son pays. Lildrille ferma les poings et se posa devant la porte, impuissant.

Tandis que Yud et Nade continuaient de se disputer, debout l'un devant l'autre, prêts à en venir aux mains, le prince se tenait la tête entre les siennes. Accablé par toute la rancœur et l'injustice qu'il ressentait, dégoûté par l'indifférence des deux autres Elfes face au bien-être de leur communauté, Lildrille décida d'écouter les voix qui s'agitaient au fond de lui.

— Tu devrais les tuer sur-le-champ, dit Guerrier avec sérieux.

— Bah, ils ne méritent pas de retrouver les bras de Laria, ces deux imbéciles ! le contra Malin.

— Ils ne comprennent rien à rien, et ne proposent aucune solution...

Le prince savait que les voix disaient vrai. La situation ne changerait que lorsque son père ou sa sœur mourrait, à moins que le Tiane imposât une solution radicale, à propos de laquelle ces conseillers insipides n'auraient pas droit au chapitre.

— Vous n'êtes qu'un prince sans rang ni statut. De quel droit osez-vous interférer dans notre affaire ?

Lildrille se rendit compte que Yud s'adressait à lui. « On y vient », pensa-t-il. Le prince se rapprocha et fixa le conseiller d'un œil mauvais.

— Mon père m'a demandé de l'aider à arranger la situation, je ne suis que l'ambassadeur.

— Je le savais ! Vous n'agissez que pour votre père et non pour votre sœur. Vous la détestez ! s'applaudit Nade, ravi d'avoir tout compris.

Le prince perdit patience. Il ne supportait plus cette situation, il vivait un terrible cauchemar. Il avait voulu améliorer les choses, elles n'avaient fait qu'empirer. Sans qu'il s'en rendît compte, sa conscience s'éclipsa pour laisser place à celle d'Arrogant. Une pointe de douleur plus tard, le prince s'était volatilisé. D'un geste rapide, le corps de ce dernier virevolta, agrippa la lame dissimulée dans l'une de ses bottes et vint menacer Nade de sa pointe. Arrogant plaça la dague aiguisée sous la gorge tremblante du porte-parole. Une goutte de sang coula le long de sa chemise impeccable.

— Si vous ne trouvez pas rapidement une solution, ça va mal se finir, fit le prince possédé d'une voix grave qui ne lui appartenait plus.

Ses yeux avaient tourné au blanc. Nade et Yud se paralysèrent, apeurés par le revirement vif du jeune Elfe, pourtant célèbre pour sa haine de la violence. Les gestes du prince s'avéraient bien plus précis, plus travaillés. Son regard inexpressif fixait tour à tour les conseillers qui ne savaient plus que dire. Nade n'arrêtait pas de gigoter, pleurant et gémissant de peur. Alors que le corps du prince allait le libérer, le conseiller esquissa un mouvement en avant.

La lame n'avait malheureusement pas encore eu le temps de se décoller suffisamment de sa peau. Nade s'écroula sur le sol, dans une mare de sang. Du liquide poisseux s'échappa de ses lèvres. Le prince revint à lui ; ses yeux reprirent leur couleur normale. Sous le choc de ce qu'il découvrit, il s'accroupit à côté de Nade, lâcha la dague, et appliqua ses mains sur la plaie sanguinolente, qui suintait de manière inquiétante. Arrogant lui expliqua que sa lame l'avait écorché par accident.

Lildrille pleurait à chaudes larmes, bouleversé. Tout tournait de travers. Il avait lâché prise, avait volontairement fui sa propre conscience et Arrogant l'avait remplacé un instant. Un instant qui s'était avéré fatal. Le lâcher-prise pouvait se rendre utile comme dramatique. Lildrille le lâche avait encore frappé.

— Ne le laisse pas fuir !

Lildrille prit quelque temps avant de comprendre le problème. Yud, l'autre conseiller, avait repris contenance et se préparait à déguerpir. Il avait repéré le petit bol dans lequel le prince avait déposé les clés.

— Il t'a vu tuer quelqu'un, même si ce n'était qu'un accident. Tu ne peux pas le laisser s'enfuir. Tu dois en finir !

— Je... ne peux pas, gémit Lildrille, toujours occupé à maintenir ses doigts sur la plaie.

— Tu ne peux plus rien pour Nade. Il est mort. Laisse-le et agis. Pour notre survie. À tous.

Le prince n'avait pas remarqué que Nade avait cessé de hurler et de gigoter. Ses yeux effrayés, à présent vides de toute vie, le fixaient dans un ultime instant d'horreur. Lildrille retira ses mains ensanglantées et les observa avec épouvante. Il n'avait pu sauver Sanedra, et le sort s'acharnait à présent sur Nade. Le prince se releva, ramassa la dague et la brandit dans un mouvement hésitant. Les âmes le soutenaient. Yud essayait d'ouvrir la porte, mais ses gestes fébriles et saccadés ne faisaient que le ralentir.

— Je ne peux vous laisser partir ainsi, Yud, déclara le prince d'une voix chevrotante.

Lildrille n'avait jamais tué. Il ne pouvait retirer la vie d'une personne, cela allait contre tous ses principes. Le prince allait négocier le silence de Yud, contre une récompense qu'il espérait assez juteuse.

— Il te dénoncera malgré tout, fulmina Guerrier, agacé par la naïveté de son hôte.

Lildrille semblait persuadé qu'il pouvait faire entendre raison au vieil Elfe, que ce dernier ne le dénoncerait pas contre une récompense alléchante. Yud ne prit pas la peine de répondre, il parvint à ouvrir la porte. Horrifié et tétanisé, Lildrille se laissa envahir par la conscience de Guerrier qui prit le relais. Celui-ci parvint à rattraper le fuyard avant qu'il appelât au secours et descendît les escaliers. Il l'assomma d'un coup de poing dans le nez, et le ramena dans la chambre.

Guerrier avait déjà pris sa décision. Yud ne hurla pas quand il le tua.

***

Lildrille reprit conscience quand l'auberge des Deux Amis se retrouva loin derrière lui. Guerrier lui avait caché ses sensations et émotions concernant la mort du conseiller Yud, pour ne pas le perturber. L'âme avait également pris en charge la fuite. Le prince se réveilla en bordure de la grand-place des Fontaines. Quand les voix lui racontèrent que Yud avait péri, le prince ne parvint plus à avancer. Courbaturé au niveau des jambes et des bras, affaibli par des maux de tête désagréables, et une folle envie de tout abandonner, le prince s'exécrait. Il gâchait tout ce qu'il touchait.

Il n'eut pas le temps de se morfondre davantage et de s'en vouloir plus avant : la foule sur la place s'agita. Bousculé de toutes parts, le prince parvint à maintenir sa capuche en place et à s'écarter. Les familles avec enfants quittaient l'endroit, une main sur les bouches, scandalisées. Les partisans de la famille tianienne, ainsi que les plus sensibles, cherchaient à fuir, choqués. Seuls les plus curieux et les manifestants vindicatifs s'étaient approchés de l'écran magique pour comprendre ce qui s'y déroulait.

L'écran s'éteignit. Outrés, de nombreux Elfes enragèrent de ne pouvoir assister à la suite des évènements. Le couronnement d'Ystar avait été interrompu par de terribles explosions, certainement terroristes. Le prince songea immédiatement à Via. La survie de sa sœur ou de son père lui importait peu. Les bruits des sortilèges agressifs qui déflagraient sur leurs cibles, les exclamations survoltées des soldats tianiens qui s'encourageaient mutuellement, et les cris des blessés emplissaient encore l'esprit du prince. La mort le suivait depuis qu'il s'était levé.

Lildrille demanda à l'un des transporteurs de la place de le ramener d'urgence au palais. Il souhaitait vérifier l'état de sa mère et prévenir les gardes, de peur que des fous s'en prissent à leur demeure. Les transports magiques, qui lévitaient, s'avéraient utiles lorsque la situation l'exigeait. Ils absorbaient et rejetaient la magie ambiante pour avancer. Lildrille choisit un véhicule de petite taille, appelé pousse-flux, où une seule personne, en dehors du conducteur, pouvait s'installer. Le conducteur accepta le pourboire de qualité que le prince lui remit. Ce dernier lui précisa qu'il désirait impérativement arriver au palais avant la foule. Le pilote acquiesça et démarra en trombe.

Sur le chemin, Lildrille réfléchit. Il hésitait à fuir, de peur que le nom d'emprunt de Lyadel Nartim remontât un jour jusqu'à lui. La peur et la rage se combinaient et s'assemblaient en Lildrille, le tordant de douleur sous le stress intense qui l'accablait. Il n'avait jamais vécu d'évènements aussi traumatisants. Le sourire de Sanedra, ainsi que l'effroi de Nade s'affichèrent devant ses yeux. Le prince souffrait terriblement, il se détestait plus que jamais. Par bonheur, les âmes ne lui avaient pas transféré leurs souvenirs des meurtres perpétrés. Il ressentait malgré tout les vibrations négatives qui parcouraient son corps, cette enveloppe qui avait commis l'irréparable. Bien qu'il ne fût pas coupable, il savait que la faute lui incombait malgré tout, notamment pour avoir permis que cela se produisît.

Une fois revenu au château, il courut en direction de la chambre de sa mère. Il la retrouva sereine, toujours allongée, traversée de câbles transparents, le visage gris. Les médecins rabrouèrent le jeune homme qui les avait bousculés. Il s'excusa et se positionna à genoux, à côté du lit de la souffrante, déblatérant que la foule n'allait pas tarder à approcher, et que le palais devait se protéger contre de possibles intrusions. Devant son agitation palpable, les soldats le crurent sur parole et descendirent donner des ordres.

Lildrille prit la main tiède de sa mère entre ses doigts et lui narra toutes ses aventures, en pensée. Le cas de Via, les conseillers abattus, la foule inquiète, les attentats terroristes, ses projets de paix, ses efforts pour lui ressembler…

— Pouvez-vous me laisser un instant seul avec ma mère, s'il vous plaît ? demanda-t-il.

Les médecins acquiescèrent avant de descendre à l'étage inférieur. Lildrille leva une main et caressa les cheveux roux de sa mère avec délicatesse. Sa bienveillance lui manquait, tout comme sa générosité et sa voix chaude.

— Que dois-je faire, Mère ? la questionna-t-il. Je ne sais plus où j'en suis, je suis perdu. J'ai tant besoin de vous, de vos conseils, de votre présence.

Lildrille se laissa aller à sangloter. Son âme meurtrie avait besoin d'un réconfort que les esprits qui l'habitaient ne pouvaient lui offrir. Sa prétendue virilité en avait également pris un coup. Il n'avait jamais autant pleuré ou déprimé de sa vie. Ce que les extrémistes exprimaient sur son genre, le décrivant comme un mâle stupide et inutile, s'avérait crédible.

— Sauve-la…

Le prince se redressa. Sa mère venait de lui parler ! Surpris d'entendre cette voix affaiblie qu'il n'avait pas perçue depuis longtemps, Lildrille resta pétrifié. Il remercia Laria pour son aide. Nimile se réveillait enfin ! Un véritable miracle.

— Vous me demandez de sauver Via ? bégaya-t-il, encore troublé. De quoi doit-elle être sauvée ? En quoi puis-je l'aider ? Que…

— Sauve… la… répéta la reine souffrante, les yeux clos.

L'Elfe dut tendre l'oreille pour l'entendre. Lildrille serra la main de sa mère avec force et émoi. Elle revenait d'un long coma, d'un terrible séjour dans le froid et la solitude. Le prince se sentait tant reconnaissant qu'il en rit de joie. Il appela les médecins et leur hurla la bonne nouvelle, dérogeant aux convenances. Lildrille avait du mal à croire à ce qui se produisait.

— Mère, vous sentez-vous mieux ? Comment allez-vous ? Que désirez-vous ?

Nimile ne répondit pas. Son fils perdit quelque peu de sa superbe. Il appuya sur sa main, caressa ses doigts à la recherche d'un signe, d'un mouvement, du moindre geste. Rien ne vint.

— Mère ?

Lildrille comprit. Il se releva, la mine contrite. Nimile avait resurgi pour répondre à son appel au secours et s'était rendormie, encore trop affaiblie pour tenir une conversation. Le prince déposa un léger baiser sur le front de sa mère et la remercia. Les médecins arrivèrent, surexcités, et posèrent des questions au jeune homme. Les guérisseurs s'activèrent autour du chevet de la reine, chuchotant et souriant tels des bienheureux.

Grâce à elle, Lildrille savait ce qu'il devait faire : il allait rejoindre Via et la sauver, bien qu'il ne sût pas de qui ou de quoi. Si sa mère songeait aux attaques que la famille tianienne subissait à cet instant, il arriverait bien trop tard. Cependant, il avait la certitude que sa place se trouvait auprès d'elle. Il ne pouvait, ne voulait plus rester au château à se morfondre, à ne rester que l'ombre de lui-même, à demeurer au milieu d'une guerre intestine entre son père et sa sœur qui ne savaient pas vivre sous le même toit. Sa situation précaire, après l'assassinat des deux conseillers, s'avérait également dangereuse. Lildrille n'avait plus sa place au palais, il ne l'avait jamais véritablement eue. Son destin l'appelait ailleurs, et Nimile le lui avait confirmé. Sa mère avait toujours su percevoir les messages cachés que la vie lui envoyait. Son fils lui faisait totalement confiance.

Cela voulait aussi dire qu'il allait abandonner une mère qu'il venait à peine de retrouver. Son cœur se déchira à cette pensée.

***

De la fenêtre ouverte de la chambre, des voix mécontentes troublèrent la reine. Le peuple arrivait devant les portes du château, apeuré par les attentats fomentés contre la famille tianienne, mécontent de la situation et du manque de sécurité, ou inquiet pour Osrile et sa délégation. La reine ne comprenait pas d'où venait cette agitation ni à quoi elle était due. La voix de son fils retentit. Lildrille essayait de calmer la foule.

Nimile se retrouvait seule dans sa chambre, impuissante. La reine ne parvenait pas à contrôler ses membres et s'en trouvait frustrée. Dans son cerveau, de nouvelles étincelles de vie s'agitaient, heureuses de retrouver leur foyer, longtemps perdu. Ses yeux ne voulaient pas s'ouvrir, ses mains ne pouvaient bouger. Ses lèvres avaient bien voulu se délier avec peine, mais de la salive lui avait manqué pour qu'elle terminât son injonction. Son fils avait pourtant semblé heureux des mots qu'elle avait prononcés, sans que la reine comprît pourquoi. Elle n'avait pas retenu toutes les confidences de son Lildrille chéri, son esprit se réveillant à peine de son sommeil forcé. Seule sa détresse l'avait marquée et donné l'impulsion nécessaire pour resurgir des profondeurs.

Nimile piocha dans ses dernières forces, forçant ses membres à répondre à ses ordres mentaux. Les étincelles s'entrechoquèrent dans son corps, ses rouages endormis s'animaient lentement, grinçant sous les coups portés par une conscience révoltée. Un esprit combatif qui n'avait jamais abandonné la lutte.

— Sauve… La… ria… Sauve Laria…

La reine souffla et défaillit de fatigue, heureuse d'avoir réussi à prononcer ce qu'elle désirait exprimer plus tôt.

Malheureusement, personne ne l'avait entendue.

Chapitre 12

Sacre 1410, levée d'Iliath, jour 34 – Dans l'après-midi –
Près du château tianien

Nandra avait du mal à suivre le rythme du mage puissant qui la devançait. Ce dernier le remarqua, ralentit et réitéra sa proposition d'aide, que la domestique accepta cette fois-ci à regret. Via avait besoin qu'ils marchassent plus vite, surtout si sa vie s'avérait en danger. L'individu la soutint d'abord par l'épaule, puis dans le dos, avant de prendre la jeune femme dans ses bras. Nandra rougit comme une vierge innocente devant ce geste audacieux.

— Des membres de l'ordre des Pourfendeurs de foi en veulent à la vie de l'aelrelna, expliqua l'homme à Nandra. Ils ont brisé les clôtures à l'arrière du jardin.

La jeune femme ne savait pas grand-chose à propos des Pourfendeurs. Le Tiane les avait grandement affaiblis par le passé, et en avait même exécuté en place publique. La déesse avait réveillé la foi des Linariens, et en avait brisé d'autres sans le savoir. Certains groupes avaient manifesté leur rejet par la violence, d'autres s'étaient dirigés vers de nouvelles divinités.

La jeune femme ne comprenait pas comment des individus pouvaient douter alors que les manifestations de Laria s'étaient faites nombreuses par le passé. Depuis peu, la déesse semblait éteinte, silencieuse, affaiblie. Les Pourfendeurs n'avaient jamais été aussi menaçants. La domestique en frissonna d'effroi. Nandra craignait que leur déesse les eût abandonnés pour des raisons qui lui échappaient. Ils n'avaient rien fait de mal pour mériter cela. La jeune femme songeait à une épreuve, un défi lancé par l'Océan, et elle comptait bien le relever. Elle désirait que sa déesse fût fière d'elle.

— Vous auriez pu les poursuivre au lieu de venir me sauver, s'outra Nandra.

La jeune femme considérait sa vie comme moindre par rapport à celle de l'aelrelna. L'homme secoua la tête, exaspéré, et ne rebondit pas. Il préférait garder son souffle pour des phrases qui avaient de l'utilité et pour maintenir le corps de Nandra dans ses bras, en évitant que son dos endolori ne subît les à-coups de la marche. Sur le chemin, il en profita pour user de sa magie guérisseuse afin de déterminer l'étendue des dégâts. La domestique ne lui serait d'aucune utilité s'il ne la soignait pas.

Grâce à ses mains apposées sur le dos de la jeune femme et des paroles en ancien langage, l'inconnu entreprit de la remettre en état. Nandra grimaça de douleur quand elle sentit des fourmillements désagréables la traverser. Elle comprit que son sauveur prenait soin d'elle, qu'il la préservait. La jeune femme avait honte de son comportement. Elle voulut reprendre leur conversation à zéro. Elle ne l'avait même pas encore remercié.

— Je... vous suis reconnaissante. Merci de m'avoir sauvé la vie.

Nandra n'avait pas pour habitude de se rabaisser ainsi devant des pairs. En général, elle aidait les autres mais personne ne prenait soin d'elle. Son caractère têtu et tyrannique sur les bords n'encourageait pas ses comparses à percer son ego et à venir émoustiller sa sensibilité, qu'elle gardait bien cachée. L'homme lui adressa un étrange regard, entre compréhension et soulagement. Apparemment, le mage ne ressemblait en rien aux bavards qu'elle croisait dans le palais. Le sortilège magique s'estompa, Nandra put respirer normalement. Les mains de l'homme dans son dos la réconfortaient et l'excitaient à la fois. Ses yeux, du vert et du bleu, la perturbaient. La jeune femme se demandait encore pourquoi il l'avait invitée la veille, alors que le bal costumé avait accueilli des nobles et des dames de bien plus haut lignage que le sien. Il n'avait pu passer à côté de son rôle de domestique, à cause de ses atours sans éclat et de son masque des plus banals.

— Comment avez-vous su pour Via ? questionna Nandra. En est-on encore loin ? Pensez-vous qu'ils vont la tuer alors qu'elle est jeune et innocente ?

L'individu ne lui répondit pas, il continua sa marche rapide, soufflant sous l'effort. La domestique pouvait marcher à présent. Elle ne supportait pas qu'il la soutînt ainsi, comme une handicapée. Nandra avait besoin de se rendre utile.

— Vous pouvez me laisser à présent, lui dit-elle. Je peux me tenir debout.

Le mage lui lança un regard amusé. Il ralentit pour la lâcher. Il commençait à cerner le caractère de la jeune femme. Nandra toucha le sol avec satisfaction. La domestique arrangea rapidement sa tenue, comme si sa robe noircie et déchirée ressemblait encore à un vêtement présentable. Son dos suivit ses mouvements avec souplesse.

La jeune femme respira d'aise et apprécia la marche rapide de son sauveur sur laquelle elle calqua ses propres pas. La rage et la colère avaient remplacé sa peur et son impuissance. Nandra s'en voulait encore d'avoir abandonné aussi rapidement son combat contre l'Elfe Ravim. Cela ne lui ressemblait pas. Le visage de sa protégée envahit son esprit et lui fournit la force de continuer.

— Prenez ça ! lui assena le mage en lui fourrant une sacoche dans les bras.

Nandra réceptionna le sac avec surprise. Tout en marchant, elle l'ouvrit et ses yeux s'exorbitèrent : des centaines de parchemins magiques s'y trouvaient. La magie, comme son utilisation, pouvait coûter très cher. Si Nandra avait voulu revendre la quantité amassée par le mage inconnu, elle aurait pu fuir et s'offrir une nouvelle vie, loin du palais tianien et de ses dangers.

Une fois le sortilège associé au parchemin lancé, ce dernier tombait en poussières. Le marché des parchemins enrichissait ainsi une part de la population, qui se complaisait dans ce système inégalitaire, poussant les plus appauvris en capacités magiques à se procurer toujours plus de sorts normalement inaccessibles à leur catégorie. La formule ne fonctionnait qu'en contact avec le parchemin, porteur du flux magique obligatoire.

— Prenez le nécessaire, lui enjoignit le mage. Vous vous occuperez de l'aelrelna pendant que je m'occuperai des autres.

Nandra passa, par commodité, la lanière de la sacoche par-dessus son épaule pour s'intéresser à son contenu. Heureusement pour le couple bigarré, les projectiles avaient cessé de tomber et la fumée se dissipait, de sorte qu'ils pouvaient avancer sans être bousculés ou gênés. La domestique sortit l'un des parchemins au hasard et tomba sur un sortilège de combat.

Nandra hésita à le ranger près de sa poitrine pour remplacer celui qu'elle venait d'utiliser. Elle rejeta l'idée, elle ne souhaitait rien voler à cet homme qu'elle admirait. Nandra remplit ses poches de parchemins liés à la magie guerrière et guérisseuse, et se promit de rendre ceux qu'elle n'aurait pas lancés. Les autres magies ne lui paraissaient pas très utiles dans leur situation.

— Son aura décroît, nous devons nous dépêcher ! lui cria le mage avant de se mettre à courir avec davantage de fougue.

Nandra referma la sacoche et le suivit, paniquée à l'idée que Via pût périr, surtout entre les mains de blasphémateurs connus pour ne faire montre d'aucune pitié. La jeune femme ne savait pas ce que représentait l'aura dont il avait fait mention, mais le ton du mage lui avait suffi. Le couple courut plusieurs minutes à en perdre haleine, longeant les clôtures, évitant les débris et les corps qui gisaient dans l'herbe et la terre retournée. Les arbres fruitiers n'avaient plus leur splendeur de la veille. Des agrumes et feuilles recouvraient les parterres de fleurs piétinés. Du sang tachait les troncs et les pétales colorés ; des restes de costumes brûlés reposaient dans les branches les plus basses, et des morceaux de bois noircis souillaient un jardin entretenu avec amour. Les flammes magiques s'étaient heureusement vite taries, par manque de combustible tout aussi magique, que les talismans qui les constituaient ne pouvaient fournir à volonté.

Nandra aperçut enfin, à quelques mètres devant elle, les limites du jardin. Les grilles avaient été brisées, certainement grâce à des sortilèges chauffants, étant donné les marques et le métal fondu. Le mage enjamba les restes des clôtures en sautant, quand Nandra y alla avec plus de manières. Le duo improvisé se remit à courir. La sacoche commençait à peser sur les épaules de Nandra, dont le souffle attestait d'un manque de pratique sportive évident. La domestique se promit de remédier à cela si sa protégée s'en sortait indemne. Elle avait en plus la gorge sèche et devait réprimer ses envies de boire. De surcroît, la fumée avait investi ses poumons et la faisait tousser à travers son masque improvisé.

Le couple passa devant des étalages fermés, des échoppes, des auberges, des boutiques vendant des produits sacrés, des ateliers de tissus vivants et autres tavernes et bains divins. Malgré un cœur qui peinait à suivre le rythme, Nandra escorta le mage jusqu'aux portes du quartier des commerçants, devant lesquelles elle se permit une légère pause afin de souffler un peu.

Les différents quartiers s'alignaient autour du Berceau en suivant des cercles presque parfaits. Nulle trace de gardes à l'entrée. Ils avaient dû s'éloigner pour aider les invités à s'enfuir ou peut-être avaient-ils été tués par les fanatiques. Le duo pénétra dans le quartier des commerçants et prit par la droite. Après quelques instants de course effrénée, l'individu encapuchonné fit signe à sa compagne de ralentir. Tous deux se cachèrent derrière une enfilade d'arbres qui jouxtaient une taverne.

— Les Pourfendeurs semblent s'être arrêtés, dit le mage d'une voix claire. Ils ont pénétré dans cette auberge.

Nandra s'approcha davantage de l'homme et fixa la même direction que lui, sans rien percevoir de spécial. L'auberge Sacrilira, du même nom en ancien langage qu'un sortilège de guérison, permettant au sang de mieux circuler, paraissait vide. Plissant les yeux, la jeune femme perçut enfin d'étranges détails : l'une des fenêtres de la façade avait été brisée en partie, et un pot de fleurs dans l'allée avait été renversé. Aucun son ne provenait de l'établissement. Le quartier, vidé de toute présence, renvoyait un silence surnaturel. À cause de l'attentat, les rares échoppes encore ouvertes avaient dû fermer en vitesse.

Les bâtiments de pierres, de bois et de marbres s'enchaînaient joliment, parfois collés, ou délimités par des escaliers suspendus, tous marqués par la couleur tianienne, le bleu. Les parures azuréennes flottaient au vent et décoraient chaque bâtisse, rappelant la proximité de la couronne et sa domination sur tout Linaria. Les commerçants, toutes espèces confondues, affichaient leurs origines par des blasons sophistiqués qui enjolivaient leur devanture. Habituellement, les soldats patrouillaient nombreux dans les quartiers entourant Le Berceau, afin d'éviter toute rixe ou comportement inapproprié, que la proximité des espèces ne manquait pas de créer.

— Pourquoi se seraient-ils arrêtés ? questionna Nandra en chuchotant.

— Je ne sais pas. Un problème a dû survenir. Approchons-nous. Je ne sais combien ils sont, ni quelles magies ils pratiquent. De votre côté, concentrez-vous sur l'aelrelna.

— Comment pourriez-vous savoir les magies qu'ils ont le droit d'utiliser sans analyser leur fiche d'identité ?

Le mage lui intima de se taire d'un regard sévère. Ils n'avaient pas le temps de s'attarder sur des questions aussi peu importantes. La jeune femme acquiesça sans bruit et copia les mouvements précis et lents de son compagnon. Quelques longues minutes plus tard, le groupe put nettement percevoir le verre brisé et les marques d'intrusion. Le mage dépassa la petite ruelle qui séparait l'auberge de la taverne et s'appuya discrètement sur le bois du bâtiment, qui ne craqua pas. La parure bleutée accrochée à la façade vint lui caresser le haut de sa cape sans que cela le perturbât. Nandra suivait, de la sueur perlait sur son front tant elle craignait de mal faire. Quand ils s'allongèrent juste en dessous de la fenêtre ouverte, le mage supprima le sortilège de silence, et des voix masculines leur parvinrent.

— Je les ai appelés, arrête de chouiner ! Ils vont bientôt arriver et nous sortir de là.

— Elle les a tués ! Sans une formule en ancien langage, sans maîtriser sa magie ! Ce n'est pas normal. Un mot en langage commun n'appelle pas le flux magique à lui. C'est un monstre, une anomalie ! Tuons-la, Freul, sur-le-champ !

— Tu sais bien qu'Il la veut vivante. Hors de question de la tuer, éructa Freul en colère, tout en retenant un râle de douleur.

Nandra leva délicatement la tête. Un jeune humain aux cheveux bouclés et un Elfe élancé se disputaient, tous deux recouverts de la fameuse cape noire agrémentée d'une épée jaune. L'un d'entre eux avait la jambe droite cassée, elle pendait de manière peu ragoutante sur le sol, suivant un angle nullement naturel. L'autre se tenait le bas du ventre, duquel du sang suintait. Deux cadavres non identifiables gisaient sur le sol. La domestique retint un hoquet de stupeur. Via n'avait rien d'une tueuse. Nandra écarquilla les yeux : la puissance maléfique de Via la contrôlait. Il ne pouvait en être autrement.

Nandra tourna la tête et l'aperçut enfin. L'aelrelna paraissait bien mal en point. Ses lèvres gercées, sa bouche bâillonnée, ses poignets emprisonnés, ses yeux ensanglantés, son visage défiguré, sa robe déchirée, son intimité rendue visible aux yeux de tous... La domestique enrageait à chaque détail macabre qu'elle notait. La jeune femme commença à se redresser mais le mage à ses côtés lui enserra le poignet avec violence. Nandra comprit qu'elle devait patienter encore un peu.

— Je ne peux pas attendre ! On ne sait pas quand elle se réveillera. Désolé, mais moi je tiens à la vie ! s'exclama l'Elfe.

Maintenant l'une de ses mains sur sa blessure, il ramassa le couteau de l'un de ses compagnons morts et se dirigea vers le corps inanimé de Via.

Nandra avait du mal à se contenir. Le mage avait gardé sa main autour de son poignet. La jeune femme ne comprit pas ce qui lui arrivait quand une voix masculine pénétra son esprit : « Préparez-vous. L'Elfe est un Ildien. Je vous le laisse. Celui à la jambe cassée manipule la magie de combat. Je m'occuperai de lui. Quand je serrerai, ce sera le signal. Abaissez la tête si tout est bon pour vous ». Le mage pouvait communiquer sans ouvrir la bouche. La domestique trouvait cela fascinant. Elle acquiesça, approuvant le plan. La jeune femme n'eut pas le temps de se questionner davantage. Le signal fut lancé par son compagnon.

Le mage se mit sur pieds d'un saut habile et envoya un sortilège de sa voix grave. Sa cape ondoya dans le vent et ses yeux devinrent d'un vert électrique. Le bouclier invisible du Pourfendeur à la jambe cassée réagit et retourna le jet lumineux à travers la fenêtre de manière automatique. Le mage s'était douté de la présence d'une défense basique et esquiva aisément. Malgré sa douleur, Freul se jeta sous une table et répliqua par un autre sort magique qui prit la forme d'une gigantesque lame jaune fendant les airs.

Le jeune humain agonisait. Alimenter ses sortilèges lui demandait de l'énergie, une force qu'il n'avait plus après son combat contre la jeune fille aux cheveux bleus. Il espérait ardemment que ses compagnons se dépêcheraient. Leur quartier général ne se trouvait pas très loin. Le jeune Elfe qui l'accompagnait ne lui était d'aucune utilité. Il ne contrôlait pas la magie et craignait trop la mort pour que son arme tranchât dans le vif. Freul ne pouvait dépenser sa magie pour lui venir en aide, il devrait se débrouiller seul.

Pendant que le mage s'occupait de l'humain, Nandra s'était introduite dans l'auberge, évitant de justesse le sortilège qui avait rebondi. « Il aurait pu me prévenir ! », fulmina-t-elle intérieurement, en colère contre le mage. Le jeune Elfe n'avait qu'à peine ralenti sa course et se trouvait non loin de Via, tremblant de peur en tenant son couteau avec maladresse. Elle n'hésita pas une seconde et se jeta sur lui avec rage. Ils roulèrent sur le sol de l'établissement ; quelques chaises tombèrent sur leur passage.

La domestique avait agi sans réfléchir ; la lame du couteau s'approcha dangereusement de son œil droit alors qu'ils entamaient un autre roulé-boulé. Le mage avait prévu que son inexpérience lui jouerait des tours et lui avait apposé un bouclier défensif sans le lui dire. Un rayon lumineux bleu fut reflété quand la lame entra en collision avec le dôme protecteur, éblouissant temporairement la jeune femme et le Pourfendeur. « Il est étonnant », songea Nandra qui le remercia vivement en silence. La domestique profita de cet effet de surprise, aussi bien sur elle que sur son ennemi, pour abattre un poing solide sur le visage de l'Elfe, encore perturbé. Ce dernier roula des yeux et s'évanouit sur le plancher de l'auberge. La lame tomba sur le côté.

À califourchon sur l'assommé, la jeune femme frotta ses phalanges en sang, et entreprit de récupérer le couteau. Une fois bien en main, elle le brandit et visa le front de l'Elfe. La haine, la colère et la rage guidaient ses mouvements. Le garçon semblait si jeune, il ne devait pas comprendre dans quoi il s'était fourré.

Nandra se signa de sa main libre, dessinant une vague au niveau de sa poitrine. Cet Elfe appartenait à un groupe qui avait fait souffrir sa protégée, qui blasphémait tout le jour durant et qui n'apportait que le malheur dans le royaume. Nandra hésitait tout de même à le tuer. La jeune femme n'avait jamais donné la mort. Son bras resta suspendu, jusqu'à ce que le couteau lui échappât des doigts. La domestique se releva avec hâte et s'approcha de Via.

D'un coup d'œil, elle remarqua que le mage en avait aussi terminé de son côté. Son corps musclé se percevait à travers sa cape, il fit tourner un instant la tête de Nandra. Le Pourfendeur humain saignait abondamment mais respirait encore. Son ennemi le plaça nonchalamment sur une chaise, lui assena un coup de poing violent et commença à lui poser des questions sur l'identité du commanditaire. Nandra ne s'intéressa pas aux réponses lacunaires du prisonnier. Elle ne souhaitait pas assister à cette séance de torture, même donnée par un homme qui l'impressionnait chaque seconde davantage. Sa cape noire restait immaculée ; aucune tache de sang ne l'avait effleurée. Nandra aurait aimé assister à son combat. Elle n'avait jamais douté de la victoire du mage. La force qui se dégageait de ses mouvements l'attirait inexorablement.

La domestique se reprit. Elle sortit les parchemins de guérison de ses poches et les appliqua sur l'aelrelna, à côté de laquelle elle se posa. Via reprit petit à petit des couleurs, ses plaies se refermèrent, ses hématomes, comme ses bosses, disparurent, et ses os brisés se ressoudèrent. La domestique détacha la jeune fille et se permit de déposer un léger baiser sur son front, à travers son masque. Via ne se réveillait pas mais cela importait peu. Nandra la transporterait volontiers. La jeune femme arrangea la robe déchirée de sa protégée, de sorte que son intimité fût de nouveau à l'abri des regards.

— Il ne sait rien, lâcha le mage découragé par les réponses inutiles de son prisonnier. Partons avant que ceux qu'ils ont appelés arrivent !

L'humain essaya d'insulter ses adversaires. Seul du sang sortit de ses lèvres ; des borborygmes inintelligibles parvinrent aux oreilles du mage et de la domestique. Nandra détourna la tête de cette vision sanglante désagréable. Son sauveur prit Via dans ses bras et entama un rythme de course soutenu en direction du palais. La domestique haleta dès les premiers mètres ; elle ne lâchait rien. Le trio fonça à travers le quartier des commerçants, traversa les jardins et s'autorisa enfin une pause quand la terrasse du palais fut en vue. Plusieurs gardes impassibles continuaient apparemment de la protéger.

Le mage déposa le corps de Via dans l'herbe. Nandra s'accroupit et caressa les cheveux bleus de la jeune fille. La domestique remit tous les parchemins qu'elle n'avait pas utilisés dans la sacoche et la tendit au mage. Elle en profita également pour détacher son masque.

— Je ne peux pas rester, dit l'humain encapuchonné en prenant le sac d'un signe de la tête.

La domestique le fixa d'un air déçu, le souffle court. Elle n'avait pas encore récupéré de sa course endiablée. Son adrénaline la quitta d'un coup. Avant qu'elle se relevât, l'homme s'abaissa et approcha son visage du sien. Nandra l'observa sans savoir que faire ; son cerveau ne lui envoyait plus aucun message logique. Maintenant que le danger s'avérait écarté, la domestique rêvait de se retrouver dans les bras musclés de cet homme insaisissable.

— Mais... qui êtes-vous ? demanda-t-elle. Pourquoi m'avez-vous sauvée ? Saviez-vous qui j'étais lors du bal ? Comment avez-vous su pour Via ? D'où venez-vous ? Pourquoi portez-vous cette cape ? Pour...

Le mage arrêta le flot de questions par un baiser sur les lèvres de la domestique. Doux, tendre, et profond... Nandra apprécia ce contact fabuleux.

Elle en redemandait. La jeune femme rougit jusqu'aux oreilles. L'humain devait lire en elle comme dans un livre ouvert. « Je dois avoir l'air stupide », pensa-t-elle. « Et s'il ne m'embrassait que pour me faire taire ? Ressent-il quelque chose pour moi, comme je ressens quelque chose pour lui ? Il me rend si nerveuse ». Le mage s'écarta doucement.

— Cela devrait répondre à au moins l'une de vos questions. Je suis désolé, je dois m'en aller. Prévenez les gardes de la venue prochaine d'un groupe de Pourfendeurs. Puis, occupez-vous seulement de l'aelrelna. Elle aura besoin de vous à son réveil. Ne révélez mon identité ou ma présence à quiconque.

Nandra eut du mal à retenir une autre de ses nombreuses interrogations. L'homme débordait d'assurance et de mystères. Il avait l'allure d'un héros. Le mage se dirigea vers l'arrière du jardin. Sa cape voltigea quelques instants, le temps pour Nandra d'entrevoir des jambes épaisses et attirantes, revêtues d'un pantalon sombre moulant.

— Attendez ! cria la jeune femme.

L'homme se retourna et la fixa de ses yeux bleu-vert interrogatifs.

— Dites-moi au moins votre nom. S'il vous plaît.

Nandra se triturait les mains et affichait un visage soucieux. Le mage hésita à plusieurs reprises avant de le lui avouer.

— Niriel, je m'appelle Niriel..., chuchota-t-il.

Malgré la distance, sa voix chaude lui parvint par magie, ne s'adressant qu'à elle. L'homme se retourna et déguerpit, emportant avec lui tous ses secrets.

Nandra répéta ce prénom qui coulait si bien entre ses lèvres. Elle adorait le son poétique qui en ressortait quand elle prononçait ces syllabes enivrantes. La domestique se laissa retomber auprès de sa protégée et enlaça le corps de Via dans un contact affectueux. La jeune fille semblait dormir profondément. Nandra lui raconta ce qu'elle venait de vivre, la tentative de viol, la course-poursuite et sa délivrance. La jeune femme pleurait de joie, d'avoir survécu à toute cette folie et d'avoir pu aider sa protégée. Les projectiles n'embrasaient plus le ciel, la fumée avait enfin disparu. Le bleu de la déesse les recouvrait à nouveau.

— C'est fini, déclara une Nandra soulagée à voix haute. C'est fini.

Elle souleva Via et supporta son corps jusqu'à l'entrée secondaire du palais. Des gardes l'aidèrent à maintenir la jeune fille pendant que l'un d'entre eux ramenait un siège. Nandra y déposa la jeune fille avec douceur. Elle raconta aux soldats ce qui venait de se passer, expliquant qu'un groupe de Pourfendeurs approchait.

Trois gardes partirent sur-le-champ, leurs talismans magiques brillants de mille feux, et un autre s'éloigna à l'opposé, pour ameuter d'autres collègues et prévenir leur commandant. Ils haïssaient les Pourfendeurs, comme tout bon protecteur de la famille tianienne. De son côté, la domestique devait avertir son souverain de la bonne santé de sa fille, mais n'arrivait pas à la quitter. Elle craignait qu'elle se réveillât sans un visage accueillant pour la recevoir.

Nandra l'observa dormir, la scène dans l'auberge lui revint en tête. La domestique se signa à nouveau et envoya une prière à sa déesse. La présence maléfique qui dormait au sein de sa protégée s'était enfin éveillée. Celle-ci avait tué.

Nandra regretta de ne pas avoir gardé de parchemins de combat. Son plan allait s'avérer plus délicat. La présence de Niriel lui aurait grandement été utile. La jeune femme soupira un instant, se permettant quelques secondes de faiblesse, et glissa ses mains dans les poches de son tablier. Un frottement rêche et inattendu la perturba. De sa poche droite, Nandra en sortit un parchemin. Un sourire éclatant fleurit sur ses lèvres. Elle avait peut-être oublié un parchemin quand elle les avait tous rendus.

La jeune femme avait tout faux. Le parchemin ne comportait pas de formules de combat. Ses yeux s'embuèrent quand elle comprit que le sortilège allait lui être bien plus précieux que tous les sortilèges de bataille de la planète. Ce dernier indiquait : « *En cas de problème, appelez-moi grâce à cette formule. Votre dévoué sauveur.* »

Nandra remit rapidement le papier dans sa poche. Un problème de taille s'était ajouté à ses préoccupations habituelles : les Pourfendeurs n'abandonneraient pas, ils se vengeraient certainement de la mort de deux, voire peut-être quatre des leurs. La domestique n'eut pas à réfléchir longtemps pour décider de l'organisation de son plan. Au vu des évènements tragiques, elle agirait cette nuit, Niriel à ses côtés.

Chapitre 13

Sacre 1410, levée d'Iliath, jour 34 – Dans l'après-midi –
Près du château tianien

Héléna avait touché tous les murs, caressé de ses fins doigts tous les recoins et avait même déplacé, soulevé les bougies de leur socle. Une magie ambiante diffusée en continu permettait à la cire de ne pas se consumer et aux flammes de brûler sans faiblir. La reine arrêta ses recherches, furieuse de n'avoir rien trouvé. Elle s'assit, et continua d'observer la porte invisible qui ne s'ouvrait pas. Ses yeux lançaient des éclairs. Héléna jeta un regard vers son oncle qui dormait toujours. Sirius affichait un air étrangement serein alors qu'ils venaient de quitter une scène terrible.

La jeune femme se permit une pensée fugace pour son époux, le Tiane, qui n'avait même pas dû remarquer son absence. Elle plaça instinctivement ses mains sur son ventre, avant de se souvenir qu'il ne contenait plus que la mort et le vide. Héléna retint un cri de désespoir et agrippa les dentelles de sa robe avec rage. L'attente, dans ce lieu silencieux et morbide, commençait à l'insupporter, à lui faire ressasser ses pires souvenirs.

La reine entoura ses genoux de ses bras. Posant la tête sur ces derniers, et fixant les formes lumineuses qui se reflétaient sur le sol, elle espérait trouver le sommeil, ou du moins un certain calme, pour que ses angoisses se tussent. Son rythme cardiaque ne s'apaisait pas, son esprit se remplissait d'images noires et son souffle s'accélérait. Depuis son plus jeune âge, Héléna subissait des crises de panique régulières, que personne dans son entourage n'avait cherché à analyser.

Ses crises se manifestaient d'abord par des maux de tête croissants puis par des tremblements, et pouvaient se terminer par un évanouissement, si une potion miraculeuse n'aidait pas la jeune femme à s'apaiser. L'une de ses nourrices avait commencé à lui apprendre à gérer son stress mais sa mère l'avait chassée de leur demeure, suite à l'intérêt de son mari pour la jeune nurse. Héléna ferma les yeux et se répéta à voix basse.

— Tout va bien. Je vais bien.

Malheureusement, cela ne fonctionna pas du tout. La reine se leva et commença à faire les cent pas, frôlant les murs et les bougies. Elle posa les mains sur son collier, un pendentif ovale qu'elle ne quittait jamais. Le Tiane le lui avait offert lors de leur union, il y avait presque un sacre de cela. Il avait appartenu à sa première femme, Énévive. Les Lariens avaient conçu ce bijou dans l'idée de célébrer tout l'amour partagé par deux êtres devant représenter la déesse en Linaria. Le visage de Laria trônait au centre, les cheveux au vent, au-devant d'une vague immense à l'écume peinte en relief. À son initiative, Héléna avait fait graver les lettres H et F, en l'honneur de Falor et d'elle-même, pour célébrer leur histoire naissante.

La jeune femme caressa machinalement la lettre F qui ressortait. Elle se souvint de leurs premiers instants ensemble ; le Tiane se confiait encore à elle, lui décrivait toute la douleur qu'il ressentait quant à la perte de son épouse. Leur présent n'avait malheureusement plus la même saveur, la même fraîcheur, les mêmes élans passionnés. Héléna avait servi de pansement, avait été un remède que l'on ignorait, et que l'on jetait quand il ne s'avérait plus utile.

Bien qu'elle détestât la figure de cette ancienne épouse, et tous les sentiments qu'elle avait laissés dans le cœur du souverain, Héléna avait décidé de garder ce pendentif et de le faire sien. À ses yeux, il symbolisait l'amour dont elle avait longtemps rêvé et qu'elle souhaitait ardemment retrouver.

Le collier s'ouvrait, un terme en ancien langage s'y trouvait inscrit. Héléna ne le comprenait pas et n'avait jamais cherché à le traduire. Elle essaya de s'en souvenir. À plusieurs reprises, elle buta sur ses syllabes puis, tout en triturant la parure, en retrouva enfin le son.

— Élamtiseré ! s'exclama-t-elle, ravie de s'être souvenue du mot.

Y réfléchir avait calmé temporairement son angoisse. Héléna répéta l'expression à voix basse, ferma les yeux et continua ses tours de la petite pièce. Essoufflée par la marche rapide et sa panique encore poignante, la jeune femme posa son front sur l'un des murs froids de la salle, sans lâcher son collier. Elle ne la vit pas mais la ressentit : une petite étincelle de magie avait frôlé sa peau et avait pénétré le mur noir. Héléna se redressa vivement. Elle posa ses mains sur la surface plane, sans parvenir à réitérer le phénomène.

La reine adorait les jeux d'énigmes. Son oncle Sirius s'amusait régulièrement à lui en proposer quand elle venait lui rendre visite, plus jeune. Héléna réfléchit intensément et décida de reproduire ses moindres gestes. Tenait-elle le collier quand son front avait touché le mur ? Avait-elle dit ou soupiré quelque chose ? Sa peau était-elle entrée en contact avec un endroit précis de la salle ? L'ébène sombre ne semblait contenir aucune anfractuosité ou indice quelconque pouvant l'aider.

Héléna reposa son front sur le mur après avoir trituré le collier. Rien ne se produisit. Agacée, elle plaqua ses mains sur la paroi, s'y appuya, puis se redressa avec force ; une étincelle dorée sauta par-dessus ses doigts et disparut. Héléna esquissa un sourire stupide, le même qu'une enfant qui découvrait la magie pour la première fois. La reine retenta l'expérience. Elle toucha son bijou puis le mur à plusieurs reprises. Des filaments or sautillèrent sur la surface et se dissipèrent après quelques secondes. Le collier contenait apparemment quelques brins de flux magiques et semblait lié à ce drôle d'endroit.

Héléna se fit la réflexion qu'elle avait bien fait de garder ce bijou. Il allait peut-être lui dévoiler d'anciens secrets détenus par l'ex-reine défunte. Héléna se perdit en conjectures puis se reconcentra sur sa tâche. Il lui manquait encore plusieurs éléments pour comprendre ce qui liait le collier à la salle. Les étincelles s'évaporaient sans qu'aucun effet notable se discernât.

Héléna reprit ses tours de la pièce, à petits pas, pour mieux réfléchir. La lumière se fit presque instantanément. Un mot en ancien langage contenait également de la magie ou se liait à celle de la planète de manière naturelle. La reine s'arrêta, toucha le collier et plaça ses mains sur le mur.

— Élamtiseré ! déclama-t-elle.

La pièce se transforma. De multiples filaments dorés parcoururent les murs, papillonnèrent de droite à gauche, formèrent des dessins magnifiques sur les parois noires, des fleurs, des rosaces, des cercles alambiqués ou des lignes complexes. Héléna sautilla sur place, tout sourire. La jeune femme admira ce spectacle avec joie, l'ébène se para de merveilleuses dorures, qui brillaient de mille feux. La petite salle terne n'avait plus aucun point commun avec ce nouvel antre lumineux. Héléna suivit les étincelles magiques qui n'avaient pas encore trouvé leur place. En quelques bonds elle quadrilla la pièce, accompagna les filaments dorés qui pénétraient les murs pour les imprégner. Du bout des doigts, elle toucha l'or qui dessinait de merveilleuses formes, ces traits lisses et doux qui tapissaient la salle.

Le jeu des lumières magiques continua quelques instants jusqu'à ce que le silence retombât. Les sifflements s'estompèrent, les effluves magiques se dissipèrent. Héléna analysa les circonvolutions compliquées, les lignes qui s'entremêlaient et les cercles colorés qui emplissaient les murs. Elle les trouva tous incroyables, finement ouvragés, subtilement gravés. La magie ne cessait de la fasciner. Héléna n'avait que peu de qualifications en la matière, et ne se voyait autorisée qu'au maniement des sorts les plus élémentaires des différentes configurations de magie légales.

Son oncle n'avait pas entendu le boucan causé par sa nièce et respirait toujours calmement. Héléna s'occupa l'esprit à caresser les lignes délicates et à observer tout ce qui s'offrait à elle. Elle adorait les fleurs aux pétales étincelants qui s'étendaient du haut vers le bas, et les figures géométriques minuscules disséminées dans tous les recoins, même sur la poignée énigmatique. De petites formes ovales attirèrent son attention. Elle en comptait quatre, une au centre de chaque paroi. Héléna sut instinctivement ce qu'elle devait faire. La reine retira son collier, et l'apposa sur l'une des formes qui ne jouxtait pas la serrure. Rien ne se produisit. La jeune femme en fut terriblement déçue. Les contours du bijou correspondaient pourtant parfaitement aux traits dessinés, et le léger renfoncement permettait aux reliefs du pendentif d'appuyer contre la surface.

Héléna ne perdit pas espoir. Elle colla son collier sur toutes les formes ovales, sans qu'il ne se passât rien, pour finir par le positionner dans celle se trouvant au-dessus de la poignée. Un déclic la fit sursauter. La reine poussa un cri survolté, heureuse de sa réussite. Le pommeau magique tourna sur lui-même pendant que les contours de la porte se dessinaient. Héléna remit son collier autour du cou et recula. Dans sa hâte elle ne fit pas attention et bouscula son oncle qui ouvrait déjà les yeux suite à son hurlement victorieux. Elle avait réussi !

La porte cachée s'ouvrit.

***

Ystar bouillonnait. Il avait utilisé ses pouvoirs à outrance et rejoint les hauts-magiciens à l'entrée du quartier des commerçants, duquel les projectiles avaient été lancés. Les Hommes du Nord avaient également suivi. Armés jusqu'aux dents, ils arboraient tous un sourire carnassier. Altaïr, le régent, suivi de ses deux fils, Véga et Eltanin, entouraient désormais des prisonniers, dont les capes aux lames jaunes avaient été déchirées pour bâillonner et attacher les extrémistes terroristes.

De nombreux gardes patrouillaient la zone, accompagnés par des soldats d'autres Régences. Ils déplaçaient des cadavres et aidaient les blessés légers à se regrouper, en attendant que des secours supplémentaires vinssent les chercher. Ils soulevaient également les décombres au cas où d'autres vies pouvaient être encore sauvées. Les blessés graves n'étaient pas déplacés. Ils gémissaient, hurlaient parfois, ou rampaient pour les plus téméraires d'entre eux. Quelques gardes s'activaient pour les forcer à rester immobiles, malgré les insultes qu'ils subissaient.

Les corps des morts s'entassaient auprès d'une auberge à la devanture détruite et noircie. Le quartier commerçant, jovial et joliment décoré, n'avait plus rien de chatoyant. Les parures bleutées et les blasons des familles marchandes gisaient sur le sol. Ystar avait peine à croire que les Pourfendeurs eussent orchestré cela sans que la sécurité de son père eût pu les prendre en défaut. Quelque chose clochait.

— J'en ai un autre ! signala Ystar, avant de devoir lâcher un Elfe ensanglanté.

Ce dernier n'arrêtait pas de gigoter et de le griffer. L'héritier n'avait eu d'autre choix que de desserrer son emprise pour éviter de le blesser maladroitement. L'Elfe atterrit violemment sur le sol et gémit quand son crâne le percuta avec violence. Il se recroquevilla sur lui-même et se protégea la tête de ses mains. Son nez cassé gisait de travers et l'une de ses oreilles ressemblait à un amas de peau méconnaissable. Altaïr lui lança un regard satisfait. L'aelrelne ne l'avait pas loupé.

— Êtes-vous toujours certain de ne pas vouloir les éliminer une bonne fois pour toutes, aelrelne ? railla Altaïr.

Le régent renifla de manière peu majestueuse, il envoya un coup de pied dans les côtés de l'Elfe qui traînait à ses pieds. Quant à Véga et Eltanin, ils s'amusaient à cracher sur les autres prisonniers. L'héritier de Linaria n'appréciait pas ces comportements infantiles. Bien qu'il aimât aussi se battre et qu'il abominait ces terroristes, il savait respecter les détenus politiques de son royaume, notamment pour qu'ils soient jugés dans les normes.

— La mort n'est pas toujours la meilleure contre-attaque à la mort, répondit Ystar. La torture ou l'exil sont des châtiments bien plus intéressants, par exemple. Les Non-Êtres s'occuperont de leur jugement. Nous les mènerons au tribunal demain. Ils resteront avec nous cette nuit. Les geôles du palais manquaient un peu d'animation.

Il jeta un œil méprisant aux prisonniers blessés. Leurs projectiles magiques auraient pu tuer celle qu'il aimait plus que tout. Son père et les hauts-magiciens avaient réussi à le convaincre de ne tuer personne et de respecter la justice de Linaria, réputée pour sa sévérité et ses conclusions réfléchies. Si les terroristes avaient touché à Héléna, Ystar n'aurait pas fait de quartier et en aurait certainement tué plus d'un. L'amour le rendait autre. Ystar ne savait s'il appréciait cela ou s'il se haïssait davantage.

Le jeune homme observa Altaïr à la dérobée. Contrairement à lui, il n'avait pas de corps d'athlète ou de carrure impressionnante. Le régent avait volontairement ouvert sa chemise, de sorte que l'on aperçut ses muscles saillants et quelques poils sombres. Altaïr ne dérogeait pas aux rumeurs qui lui prêtaient un esprit bien moins affûté que ses lames. Ystar ne supportait pas ses manières rustres et ses attitudes de dominateur. Ses fils s'avéraient être des caricatures stupides de leur père. L'aelrelne les détestait. Ils n'avaient rien de princes. Ystar décida malgré tout de s'abaisser à leur niveau pour les convaincre de ne rien tenter contre les prisonniers. Son père avait raison, la justice de leur grand pays se devait d'être respectée. S'ils se complaisaient à tuer pour le plaisir, ils ne vaudraient pas plus que ces terroristes. Ystar refusait cet état de fait. Il désirait également montrer à sa reine qu'il savait gérer des situations délicates et qu'elle pouvait être fière de lui.

— Je suis sûr que les Non-Êtres trouveront d'excellentes idées de punition, ricana l'aelrelne, suivi par les Hommes du Nord qui l'imitèrent.

Altaïr prit l'Elfe par la cape et le traîna sur le sol. Il déchira une partie de ses vêtements, lui attacha les poignets avec et s'en servit pour emprisonner sa bouche. L'homme en profita pour assener au prisonnier un coup de poing mémorable. L'Elfe perdit conscience. Relevant la tête, le régent croisa le regard d'Ystar. Le fils du Tiane lui renvoyait une expression méprisante. Peu importait à Altaïr. Il lui avait ordonné de ne pas tuer, alors il ne tuerait pas. Cela ne voulait pas dire qu'il ne torturerait pas.

— Sale engeance d'Elfe ! hurla-t-il. Dommage que je ne puisse pas te tuer là, tout de suite.

Altaïr n'avait pas toujours détesté les Elfes. Son amertume avait empiré avec le temps. Dans sa Régence, il comptait heureusement peu d'Elfes. La plupart avaient fui le territoire. La goutte d'eau qui avait fait déborder le vase avait tout balayé sur son passage. Sa petite princesse, sa seconde et dernière enfant, était tombée sous le charme de l'un de ces êtres aux oreilles pointues. Altaïr n'avait pas supporté que son enfant chérie se détournât de lui, surtout pour un individu étrange, un membre d'une espèce qu'il ne comprenait pas et qui possédait, de surcroît, une capacité insolite.

Ce soupirant pouvait modifier à volonté la couleur de ses cheveux ou de ses yeux. Altaïr trouvait cela absolument ridicule et inutile. Sa fille Capella ne méritait pas un phénomène de foire, mais un Homme fort et courageux de sa Régence. Un humain du Nord, qui savait comment combattre le froid et la glace, qui avait appris à dompter les animaux les plus voraces et qui savait se battre mieux que quiconque. Capella avait compris que son père n'admettrait plus d'Elfes à sa cour et s'était résignée. Son soupirant avait disparu du jour au lendemain sans lui donner de nouvelles. Son cœur avait été brisé.

Altaïr s'approcha de ses deux fils. Véga s'avérait plus grand qu'Eltanin, et portait les cheveux longs. Sa barbe bien entretenue contrastait avec le visage lisse de son frère, dont la peau pâle rappelait les steppes gelées. Outre leur physique, les deux garçons se ressemblaient comme des jumeaux. Tous deux adoraient la violence des combats, la dureté de leurs terres et le pouvoir que leur conférait leur statut. Ils s'adonnaient à des loisirs bien particuliers, comme le dressage de saltarennes, des bipèdes aux membres puissants, capables de courir pendant des heures et de malmener leurs cavaliers, ou la culture de syrkas, des plantes vénéneuses qui pouvaient tuer ou guérir selon le parfum qu'elle dégageait. Les deux humains aimaient jouer avec la mort.

Altaïr enlaça ses garçons et les fit s'approcher pour que leurs trois fronts se touchassent.

— Le Tiane est un homme faible, leur dit-il en chuchotant. Laissons-le régler cela, pour le moment. Nous nous chargerons de la suite plus tard.

— Nous éliminerons ces Pourfendeurs jusqu'aux derniers ! s'exclama Véga avec colère. Le Tiane a beau les punir, a eu beau en massacrer par le passé, ils ne font que revenir, à chaque fois plus puissants. C'est inadmissible ! Notre déesse ne mérite pas cela.

Les Hommes du Nord faisaient partie des plus fervents du royaume. Chez eux, les Larianes pullulaient, comme les statues de la déesse ou les lacs artificiels couverts permettant aux croyants de prier Laria en touchant son élément sacré.

— Bien parlé, fils. Nous les traquerons et les tuerons. Comptez sur moi !

— Tu peux compter sur nous, Père, confirma Eltanin après avoir échangé un regard entendu avec son frère.

Non loin d'eux, Ystar observait le conciliabule des Hommes du Nord avec dédain, sans les entendre. Bien qu'il ne les eût jamais aimés, il admirait leur foi sans commune mesure et tous les sacrifices que les Nordiens avaient acceptés par le passé, notamment pour permettre à Laria de dominer le royaume. Le jeune homme doutait de leur sincérité et du fait de les avoir convaincus de ne pas éliminer les Pourfendeurs ; des hérétiques, des blasphémateurs maléfiques et certainement des monstres abjects aux yeux d'hommes aussi proches de la déesse, par le cœur et par l'esprit. Il décida qu'il devait en discuter avec son père, le Tiane, pour décider d'une stratégie de surveillance. La Régence du Nord, malgré leur amour pour une pacificatrice célèbre, n'hésitait pas à tuer en son nom. Elle aimait même cela.

Ystar demanda des rapports aux gardes tianiens. Le nombre de morts et de blessés augmentait dramatiquement. Cela perturba profondément l'aelrelne, déjà hanté par des images fictives d'une Héléna défigurée et ensanglantée. Il désirait rapidement que tout se terminât pour aller la retrouver et vérifier son état. D'anciens souvenirs remontèrent à sa mémoire et firent apparaître une boule de douleur au creux de son ventre. Sa mère, brûlant vive sous ses yeux. Ystar se pencha légèrement, affaibli par ses émotions. Il se reprit rapidement puis se redressa pour avancer.

De nombreux autres gardes affluaient pour aider la population, choquée et déboussolée par ce qui venait de se produire. L'estrade qui devait accueillir les plus chanceux du peuple s'était effondrée sous les assauts, causant de nombreux dégâts. Des enfants pleuraient à chaudes larmes, accroupis auprès de parents défigurés ou sans vie ; des mères berçaient des petits qui ne bougeraient plus jamais ; des familles lançaient des regards au ciel pour attendrir leur déesse ; des passants hurlaient leur rage, criaient leur haine de la famille régnante qui n'avait pas pu sauver les leurs.

En plus de l'attaque des Pourfendeurs, des manifestants en avaient profité pour s'inviter au chaos ambiant. Nombre de personnes s'étaient ainsi battues, qui pour protéger la famille tianienne envers laquelle ils se sentaient très proches, qui pour dénoncer un couronnement qui ne devait pas avoir lieu, qui pour insulter la déesse. Les groupes avaient été apaisés et interpellés par les hauts-magiciens. Un humain trapu s'était désigné comme le porte-parole des manifestants opposé à Ystar. Il se trouvait à présent entouré par des gardes peu commodes, qui l'escortaient vers le palais. Il s'était dénoncé pour sauver ses camarades. Du groupe de vindicatifs qui haïssait la famille tianienne et la couronne, seuls quelques hommes mal en point avaient rejoint les prisonniers Pourfendeurs. Ils avaient vite déguerpi, peureux et sans tripes. Des couards qui avaient profité du chaos pour se montrer et semer davantage le trouble.

— Imposteur ! Traître à la couronne ! hurla le porte-parole lorsqu'Ystar passa non loin de lui.

L'un des gardes lui ordonna de se taire.

— Vous ne pourrez pas tous nous tuer ! Ni nous ni les Pourfendeurs ! Nous sommes les Fidèles de Loria ! Et vous, vous n'êtes pas dignes de port…

Le garde lui envoya un coup de poing dans le ventre. L'homme survolté se plia en deux et dut arrêter son discours haineux. Ystar ne répondit rien, il serrait les poings en silence. Il continua d'avancer, désireux de retrouver son père en vitesse pour lui confier ses craintes quant aux Hommes du Nord et lui signaler qu'il avait à faire ailleurs, notamment retrouver Héléna.

Ystar ne voyait plus ce qu'il pouvait entreprendre pour aider. Un appel à tous les guérisseurs du royaume avait été lancé. Khor et Lidrine, deux des hauts-magiciens, s'activaient déjà à la tâche et couraient de blessé en blessé.

Sirar, le médecin du palais tianien, aidait ceux qui n'avaient pas pu quitter les jardins. Des jambes se redressaient, des hématomes s'estompaient et des brûlures refroidissaient. La magie de guérison pouvait effectuer des merveilles quand elle s'avérait utilisée avec sagesse et parcimonie. Bien qu'il maîtrisât nombre de magies et qu'il pût en apprendre d'autres, Ystar ne s'était jamais intéressé à celle qui portait sur les soins.

Le jeune homme traversa des scènes terribles ; son visage restait impassible. Il contourna des tableaux terrifiants ; son cœur se serrait. Il frôla des gens désespérés ; ses poings tremblaient. Il affronta des regards assassins ; son estomac se retournait. Ystar perdait pied. Il détestait quand sa sensibilité refaisait surface.

Il aperçut son père un peu plus loin et se força à reprendre contenance. Le Tiane discutait avec Dhanine, l'Elfe dirigeant les Énèdjärs. Autour du duo, deux des autres hauts-magiciens s'occupaient à restaurer quelques maisons, tavernes et échoppes. Les roches et morceaux de bois se soulevaient avec grâce dans les airs ; les tissus se reconstituaient fibre après fibre ; les terrasses reprenaient forme et regagnaient cette chaleur qui donnait envie de s'y installer ; les taches noires et sanguinolentes se dissipaient ; et les débris disparaissaient. Ystar resta hypnotisé quelques secondes devant ces miracles magiques.

Déplacer de tels poids demandait l'usage d'une quantité massive de flux magique, que seuls les hauts-magiciens étaient autorisés à manipuler. L'aelrelne se fit la réflexion que, par chance, la présence des hauts-magiciens parmi eux avait permis d'éviter nombre de morts. Bien que leur rôle de protection les obligeât à quitter régulièrement leurs antres, les Énèdjärs ne restaient jamais bien longtemps au château. De souvenir d'Ystar, ils n'y avaient jamais passé plusieurs nuits d'affilée.

Le Tiane tourna la tête et remarqua son fils. Falor lui demanda d'approcher par des gestes rapides de la main.

— J'aimerais que tu t'occupes de la préparation du cérémoniel de demain, mon fils. Contacte les Lariens disponibles et demande-leur de se rendre au palais dès ce soir. Envoie à toutes les Larianes du royaume nos condoléances pour les morts des Régences, ainsi qu'aux ambassades, et contacte la guilde des Passeurs de vie. Ils auront nombre d'âmes à transporter jusqu'à l'Océan demain.

Ystar n'eut même pas le temps de lui répondre. Falor commençait déjà à s'éloigner, apparemment très pressé. Trois gardes se dirigèrent avec automatisme vers leur souverain et l'entourèrent de leurs armures et armes souillées.

— Je dois rentrer ! Je te fais confiance, lui lança son père de loin.

Falor n'avait qu'une hâte, celle de retrouver sa fille Via. Des gardes lui avaient signalé qu'elle allait bien et qu'elle se reposait avec sa suivante la plus dévouée. La silhouette du Tiane ne devint bientôt plus qu'une lointaine forme indistincte.

Ystar grogna intérieurement et posa une question silencieuse à Dhanine avec ses yeux. L'Elfe sembla le comprendre. Son visage harassé et quelques gouttes de sang sur le front attestaient de sa fatigue également mentale. Le haut-magicien posa l'une de ses mains sur l'épaule droite du jeune homme.

— Je vais vous aider, aelrelne.

Ystar abaissa la tête en signe de remerciement. Son père lui avait délesté les tâches les plus infâmes, après celle de déterrer les corps et de gérer les prisonniers. Combattre n'avait pas gêné l'héritier outre mesure. Il se pensait invulnérable et trop puissant pour craindre quoi que ce soit de la part de quiconque, sauf peut-être des hauts-magiciens. Quant à la surveillance des détenus, elle ne lui convenait plus. Il ne désirait pas côtoyer les Hommes du Nord, dont les rires gras et les manières rustres l'agaçaient. Le jeune homme pensait à sa bien-aimée et avait hâte de la retrouver. Cela commençait à lui ronger les sangs.

Il l'avait laissée seule avec son oncle, sans eau ni nourriture. Il espérait qu'Héléna le remercierait lorsqu'ils se reverraient et qu'elle ne se mettrait pas en colère. Il l'avait déposée à l'endroit le plus sûr qu'il connaissait, sans avoir véritablement réfléchi. Un endroit caché qu'il avait découvert peu de temps auparavant et dont il ignorait tout. Il savait seulement que sa mère s'y rendait régulièrement lorsqu'elle était en vie.

— Je devais en parler à mon père, mais il semble occupé ailleurs, commença Ystar s'approchant de l'Elfe pour lui chuchoter à l'oreille. Les hommes d'Altaïr prévoient quelque chose, j'en suis certain.

— Je pense la même chose que vous, aelrelne, lui confia Dhanine, croisant les bras sous sa poitrine. Nous les surveillerons, comptez sur nous.

Le haut-magicien préféra brosser le jeune homme dans le sens du poil, et ne pas lui avouer que cette information s'avérait bien connue. Ses confrères avaient toujours surveillé les Hommes du Nord. Leur foi démesurée les portait à agir de manière souvent inconsidérée et stupide. L'Elfe analysa les traits du jeune homme en se faisant la réflexion qu'Ystar semblait à peine commencer à comprendre le monde, alors qu'il aurait dû être couronné ce jour et remplacer son père peu de temps ensuite. Il avait encore tant à apprendre. Les Linariens s'avéraient des êtres aussi contradictoires que merveilleux, aussi vils que courageux. Ystar ne possédait pas cette fibre de sagesse que l'on espérait chez tout souverain. Il agissait davantage par instinct, sans réfléchir. Ses émotions et sa sensibilité le perdraient sans doute.

Ystar se perdit dans la contemplation des décombres et des morts. La vision de sa mère le hanta quelques instants. Il ne l'avait jamais montré à personne mais elle lui manquait terriblement. Elle avait été la seule à le comprendre et à l'aider, à le conseiller et à l'aimer, à accepter ses faiblesses comme ses qualités. Le dernier cadavre qu'il avait dû dévisager avait été le sien. Aujourd'hui, les yeux d'Ystar s'attardaient sur des centaines de corps mutilés et brûlés. Un malaise étouffé envahissait ses entrailles.

— Tiane ! Tiane !

Un petit garçon dépenaillé courait en tous sens, il sautait par-dessus les débris et les corps. Il paraissait angoissé. Il hurlait désespérément le nom de son souverain. Dhanine l'intercepta.

— Tout va bien, mon petit ? lui demanda-t-il.

— J'ai... un message... pour le souverain, réussit à dire le petit garçon tout essoufflé par sa course.

Le messager se pencha en avant, les mains sur les genoux. Il transportait un parchemin dans sa main gauche. Dhanine scruta Ystar dont les yeux se perdaient au loin, dans le vague. L'Elfe toussota un instant jusqu'à ce que l'héritier revînt à la réalité.

— Que se passe-t-il ? demanda-t-il.

— Un parchemin est adressé à votre père, lui expliqua Dhanine. Étant donné le rôle essentiel qu'il vous a confié dans la gestion de ce conflit, je pense qu'il vous aurait confié la charge de lui transmettre ce message. Vous permettrez ainsi à cet enfant de ne pas courir plus longtemps.

— Vous avez raison. Donne-le-moi, petit, ordonna-t-il sèchement au coursier.

Ce dernier hésita un instant avant de finalement tendre le parchemin à l'héritier, sous l'œil confiant et rassurant de l'Elfe. Le petit garçon avait reconnu l'amulette et la cape d'un haut-magicien. L'admiration avait rapidement remplacé sa fatigue. Une fois le message transmis, il déguerpit en vitesse, sans se retourner. Dhanine fit une mine déçue, il aurait aimé interroger le garçon.

Ystar tourna et retourna le parchemin dans ses mains, apparemment indécis. Habituellement, grâce à la magie, les messages se transmettaient par la voie des airs. L'usage de cette méthode archaïque pouvait signifier plusieurs choses : que l'expéditeur n'avait plus assez d'énergie pour user du flux magique ou qu'il ne connaissait pas la formule appropriée en ancien langage. Dhanine se retint de souffler d'agacement devant cet épilogue exagérément long et inutile.

— N'allez-vous pas l'ouvrir, aelrelne ?

— Vous m'aviez dit que je devais le transmettre et non le lire à sa place, énonça simplement le jeune homme en fixant le haut-magicien dans les yeux.

— Transmettre le papier, ou les mots qu'il contient, constitue la même chose, expliqua l'Elfe avec patience.

Le haut-magicien posa un regard acéré sur le petit morceau de tissu qui encerclait le parchemin. Ystar réfléchit un instant puis acquiesça avant de dérouler le message. Il l'approcha de ses yeux, de sorte que Dhanine ne pût pas le lire en même temps que lui. L'Elfe plissa les lèvres d'agacement. L'aelrelne finit de lire le message et poussa un rire teinté de sarcasme. Son sourire se transforma en rictus haineux.

— Cette histoire va trop loin ! s'exclama-t-il avec rage.

Il écrasa nonchalamment le parchemin sur la poitrine de Dhanine dans un cri guttural. L'Elfe réceptionna le papier tout froissé et envoya un regard noir à l'héritier. Ses manières laissaient clairement à désirer. Falor, à côté, se comportait en véritable noble, il n'étalait jamais ainsi ses ressentiments et sentiments en public.

— Tenez. Je vous le laisse. Je dois discuter avec mon père, fulmina Ystar. De votre côté, commencez à prévenir les Gardiens, les Passeurs et le reste. J'ai à faire. À plus tard !

Ystar disparut soudainement, emporté dans l'un de ses transflux intempestifs, laissant un commandant des Énèdjärs interdit, à la fois devant le comportement de l'aelrelne et devant le contenu du message. Celui-ci disait :

« *Nous avons enlevé Loria, la véritable héritière du trône de Linaria. Celle que la déesse a bénie et qui possède la chevelure bleue de l'Océan. Si vous destituez Ystar, nous vous rendrons votre fille sans lui faire aucun mal. Sinon, vous ne la reverrez plus jamais !* »

Dhanine relut ces quelques phrases plusieurs fois. Elles n'indiquaient aucune information sur leur destinateur, mais le haut-magicien songeait évidemment aux Fidèles de Loria. Malgré son expérience, l'Elfe se sentait démuni, perdu. Il n'avait rien su gérer ou prévoir. Leur bouclier s'était désactivé ; les Pourfendeurs en avaient profité pour lancer des projectiles de feu magique ; de nombreuses âmes allaient quitter le royaume Asséché pour celui Immergé, plus proche de la déesse ; des groupes vindicatifs s'étaient battus contre le trône ; et les Fidèles de Loria s'étaient emparés de la seconde fille du Tiane. Tout tournait de travers.

Dhanine perdait pied. Depuis le début du conflit, il avait gardé la tête froide pour aider ses comparses, sauver des vies et être utile à son souverain et royaume. Il avait défendu sa peau, secouru des familles et évité que des édifices ne tombassent en ruines. Toute la fatigue accumulée l'assomma. Un coup fatal. L'Elfe ne bougeait plus, paralysé, aussi bien spirituellement que physiquement.

Un cri poussé par Lidrine, le haut-magicien grède, le sortit de sa torpeur.

— Dhanine ! Viens m'aider ! Dhanine !

Le commandant des Énèdjärs tourna la tête de tous côtés à la recherche de l'origine du son. Lidrine se trouvait non loin, accroupi auprès du corps inanimé de Khor, le haut-magicien humain, amoureux de la nature. L'Elfe rangea maladroitement le papier dans l'une de ses poches et accourut auprès de ses comparses.

Son collègue humain avait les lèvres et les extrémités des doigts bleus. Lidrine essayait désespérément de le ranimer. Il expliqua à Dhanine qu'après une énième guérison à succès, Khor n'avait pas réussi à se relever et s'était évanoui. L'Elfe s'assit aux côtés de ses camarades, à bout. Les traits de Khor restaient crispés ; ses yeux ne s'étaient pas fermés, ils fixaient un autre monde ; et sa peau devenait étrangement transparente.

— Une utilisation trop abondante de la magie peut-être ? questionna Lidrine, de plus en plus inquiet.

— Non, je ne pense pas, affirma Dhanine, après avoir utilisé ses pouvoirs pour analyser l'état de son ami.

— Dhanine, la situation nous échappe complètement...

— Je sais, Lidrine. Je sais.

— Mes soins ne lui font rien ! Que se passe-t-il, bon sang ? gémit le Grède.

Dhanine n'aurait jamais songé à assister à une scène aussi poignante. Lidrine pleurait à chaudes larmes, abattu par ce qu'il venait de vivre, anéanti face à son impuissance. Son caractère impétueux avait laissé place à la détresse. Cela faisait des sacres que les hauts-magiciens n'avaient pas eu à affronter un conflit d'aussi grande ampleur. La paix qui avait gagné Linaria s'effritait. Des altercations mineures, des conflits politiques, des confrontations d'idées, des jugements délicats, des bagarres de rue : tout cela ils savaient gérer. Bien plus violente et hargneuse, cette guerre ouverte les laissait sans voix.

L'Elfe continua ses introspections. Dhanine préférait se concentrer sur sa tâche plutôt que de consoler Lidrine. Il fit courir ses mains au-dessus du corps inerte tout en prononçant des formules en ancien langage. Ces termes d'antan touchaient le cœur de la planète, ainsi que l'âme de l'invocateur, en les faisant se connecter. Les flux magiques, ceux du lanceur de sorts et de l'astre, se reconnaissaient et agissaient ensuite de concert. Les formules permettaient de déplacer le flux de la planète, de le manipuler ou de le consommer selon les effets désirés. Certains sorts nécessitaient des mouvements particuliers des mains ou une force prodigieuse. D'autres encore absorbaient le flux, et engendraient une zone de vide. Le flux magique, bien qu'invisible et impalpable au naturel, devenait consistant lorsqu'il s'écartait de son état stable. Il pouvait ainsi peser parfois bien lourd.

— Je pense avoir compris, déclara le commandant des hauts-magiciens. Khor a dû être possédé par un puissant sortilège. Celui-ci se dissipe enfin, cela laisse des marques. Quand il aura quitté complètement son corps, nous pourrons le soigner. Nous devons seulement attendre.

Lidrine sécha ses larmes et acquiesça. Il avait entièrement confiance en son chef.

— Continue de t'occuper des blessés, Lidrine. Je garde un œil sur Khor.

— D'accord.

Le Grède se releva en reniflant. Dhanine le regarda s'éloigner avec un pincement au cœur. L'Elfe soupira et posa l'une de ses mains sur le front de son ami. Le processus de libération du sortilège prenait du temps. Cela voulait dire qu'il avait été lancé plus d'une dizaine d'heures auparavant. L'Elfe espérait que Khor ne souffrait pas et qu'il se souviendrait de la personne qui l'avait ainsi affaibli et manipulé. Dhanine n'avait aucune idée de l'identité du coupable, cependant, il n'avait aucun doute sur le sexe de celui-ci. Khor ne savait réfréner son attirance pour la gent féminine, cela lui avait déjà attiré de nombreux problèmes par le passé.

***

— Héléna, qu'est-ce qui se passe ? Que fais-tu ? se plaignit Sirius. Où sommes-nous ?

Le régent s'était enfin réveillé. Il devait encore supporter de terribles maux de tête et n'arrivait pas à tenir debout. Il avait essayé de se relever mais avait dû se rasseoir, tremblotant. Sa gorge sèche manquait d'eau et son estomac émettait d'étranges gargouillis. Sirius s'adossa contre l'un des murs et laissa ses yeux admirer les dorures de la salle. Ses derniers souvenirs remontaient à quelques heures, quand il parlait gaiement avec sa nièce et qu'une explosion avait tout interrompu. L'homme peinait à analyser la situation.

— Héléna ! la rappela-t-il.

La jeune femme avait disparu derrière la porte qu'elle avait réussi à ouvrir quelques minutes plus tôt. Héléna ne l'entendait pas. Elle admirait avec délice les beaux tissus, les belles étoffes brodées des fauteuils et des canapés, les magnifiques tableaux dont les yeux des modèles la fixaient avec intensité, et les tables au bois verni qui brillaient. La reine se sentait à sa place dans cet immense salon de luxe, chatoyant et chaleureux, que la poussière n'avait, par miracle, ou par magie, pas abîmé. Héléna jubilait comme une enfant, bien qu'elle s'attendît à voir plutôt un laboratoire secret ou un entrepôt empli d'objets étonnants. Confortablement assise sur l'un des sièges bleus, elle s'imaginait déjà inviter ses amis ici, discuter avec eux en toute intimité, sans craindre les oreilles indiscrètes des gardes ou de ses ennemis au sein de palais. Elle s'autorisa même à rêver d'être prise par des amants et éprise de leurs caresses. Elle pensa à Ystar, qui pourrait la faire trembler sur ces coussins moelleux, ou l'allonger sur les beaux tapis qui jonchaient la pièce.

« Non, je ne lui dirai rien ! » pensa-t-elle. Elle ne raconterait rien à Ystar. Héléna ne souhaitait pas que le jeune homme découvrît cet antre secret, qui avait certainement servi à sa propre mère. Ce lieu devait cacher des secrets inavouables, des recoins énigmatiques, que l'héritier ne supporterait certainement pas. « Mais comment m'y rendrai-je ? » se questionna la jeune femme. Ystar l'avait menée par transflux. La reine ambitionnait que cet endroit fût le sien, qu'il demeurât inconnu de tous, sauf des personnes qu'elle aurait choisies.

Héléna se leva et alla analyser les murs, les tableaux et les étagères qui regorgeaient d'objets insolites et de livres en tous genres. La jeune femme ne reconnaissait pas toutes les personnalités qui avaient été brossées sur les portraits. Ils représentaient quatre femmes, toutes peintes avec charme. La reine avait bien sûr reconnu Énévive, sublime dans son sourire éblouissant et auréolée de la couronne en os de sarlain. Ses cheveux bleus illuminaient le tableau. Héléna avait également reconnu Nimile, la reine Elfe de la Régence d'Annhorhellh, bien qu'elle n'eût jamais pu lui parler en face. La régente était entrée dans un coma inquiétant, seulement quelques jours après son accession au trône. Les deux autres femmes ne lui disaient rien. Héléna resta quelques secondes à les observer, à analyser leurs formes, leur air bienveillant mais fort, leur stature fière et puissante. La même phrase était inscrite au-dessous de chacun des tableaux des quatre figures angéliques : « *Rêver et aller au-delà* ». Héléna n'en comprenait pas le sens. Peu lui importait. Quand elle aurait compris comment rejoindre cette pièce sans aide, elle changerait toute la décoration.

— Héléna !

La jeune femme perçut enfin la voix de son oncle. Elle alla le rejoindre. Sirius avait réussi à se lever et se tenait adossé à l'un des murs. Héléna ferma rapidement la porte et alla enlacer son oncle. Elle prit le temps d'inspecter son visage et de lui demander comment il se sentait avant de tout lui raconter. Sirius fut abattu par ces tristes nouvelles. Son visage, qui avait repris des couleurs, devint à nouveau aussi pâle que la mort.

***

— Non ! Non, pas elle ! Non !

Le hurlement de tristesse d'Altaïr pénétra tous ceux qui assistaient à la scène. Le régent du Nord tenait le corps de sa fille Capella dans ses bras. Sa toute petite, sa fille chérie avait quitté ce monde, elle irait bientôt rejoindre celui de la déesse. Laria accueillerait la jeune princesse avec amour et tendresse. Les traits durs de l'homme s'affaissaient à chaque soubresaut, à chaque râle de chagrin et tremblement de colère. Le jardin tianien ne ressemblait plus à un havre de paix. Véga et Eltanin pleuraient auprès de leur père, anéantis par la nouvelle. Aurora, la sœur de Capella, et Encelade, l'épouse d'Altaïr, se trouvaient auprès de Sirar. Comme nombre de blessés, elles n'avaient pas encore repris leur force et sommeillaient dans le laboratoire du palais. De son côté, Ystar avait ramené Héléna, qui allait d'invité en invité pour partager ses condoléances.

Après avoir enfermé les prisonniers, les hauts-magiciens avaient redonné au château et à ses extérieurs son cachet habituel. Cependant, même si les taches de sang avaient disparu, même s'il n'y avait plus de débris, il restait les corps, ces cadavres souvent non identifiés qui attendaient que leur famille vînt les retrouver. Khor, à l'image de ces morts, reposait également allongé, toujours léthargique, le souffle court, sur un matelas de fortune. Dhanine le surveillait de près et analysait l'évolution de la couleur de ses doigts qui attestaient de la dissipation toujours en cours du sortilège.

D'autres parents, amis, enfants ou connaissances priaient pour leurs morts, pleuraient leur disparition soudaine et exprimaient toute leur peine. Le Tiane essayait de soutenir toutes les personnes présentes. Il avait été rassuré de savoir Via en vie et en bonne santé. Il l'avait serrée fort dans ses bras, avait remercié Nandra avec chaleur et avait récompensé les gardes pour leur capture de deux des Pourfendeurs encore en vie, ceux-là mêmes qui avaient tenté de kidnapper l'aelrelna. Ils se trouvaient à présent en geôle avec leurs camarades terroristes. Nandra veillait sur sa protégée à présent endormie, dans la chambre de cette dernière. Via n'avait aucun souvenir des dernières heures. Lémy, quant à elle, n'avait pas oublié l'intense douleur et la mort qu'elle avait frôlée.

— Ils vont payer ! hurla Altaïr, le cœur brisé. Je le jure !

Le régent berçait inlassablement sa fille, et lui chuchotait de douces berceuses, entre deux hurlements terribles ou deux sanglots émouvants.

— Ils paieront demain, déclara le Tiane en posant ses mains sur les épaules d'Altaïr. Les Non-Êtres s'occuperont d'eux et tu ne les verras plus, mon ami. Ils paieront pour la mort de nos proches, la mort de ta fille et l'enlèvement de ma Loria. Ils paieront pour tout le mal qu'ils nous ont fait, pour la douleur qui ne nous quittera pas avant longtemps et pour la peine que nous vivons.

Le Tiane se redressa et reprit la tournée de ses invités encore debout. Altaïr tremblait de rage. Il lâcha délicatement le corps de sa fille et se leva.

— C'est de votre faute ! éructa-t-il en pointant du doigt le dos de son souverain. Tout est de votre faute !

Falor s'arrêta et se retourna vers son interlocuteur. La foule se tut.

— C'est de votre faute si nos enfants sont morts ! reprit Altaïr, en alpaguant tous les autres nobles. Les Pourfendeurs en veulent à votre famille, non à nous ! Les Fidèles de Loria en veulent à Ystar, non à nous ! Et les manifestants détestent le trône, pas nous ! Nous n'avons rien à voir avec toutes ces histoires ridicules. Vos défenses, prétendument efficaces, n'ont servi à rien, tout comme votre prétendue bénédiction. Nos hauts-magiciens ont préféré aller secourir le peuple plutôt que de rester à soigner nos familles, qui ne parvenaient pas à quitter ces jardins étroits ! Ma fille, Capella, est morte à cause de vous ! À cause de vous ! Misérable que vous êtes !

Altaïr fit une pause. Il respirait vite et fort. L'assemblée l'encourageait à poursuivre, la majorité lui communiquait son approbation. Le Tiane craignait un précédent qu'il n'avait pas la force de gérer. Falor resta stoïque et droit sous ces accusations. Il fixait le régent d'un œil froid et terne. Dhanine s'était approché de son souverain. Il avait intimé à ses collègues de ne rien dire. Altaïr souhaitait instaurer le chaos mais il ne devait pas y parvenir. Tous avaient encore à faire pour arranger la situation, tous devaient encore sauver des vies, libérer Loria et aider la population à se remettre de ces visions d'effroi. Ils n'avaient pas de temps à consacrer à un régent tyrannique au cœur meurtri, qui souhaitait mettre à mal le royaume, seulement pour se sentir mieux et déverser sa colère.

— Nos proches ont été principalement tués par la faute des Pourfendeurs, un groupe contre lequel chaque Tiane lutte avec détermination, depuis la nuit des temps, commença Falor.

Il imita Altaïr, fit le tour de l'assemblée, en prenant le temps de regarder chaque invité avec attention.

— Ce groupuscule violent ne croit pas en notre déesse Laria, celle qui nous a aidés à vivre en communauté, dans un royaume en paix et fertile. Linaria nous offre tout ce dont nous avons besoin grâce à elle. Les Pourfendeurs sont foncièrement mauvais. Ils ne comprennent pas la chance que nous avons et préfèrent la violence. Ce sont des monstres qui aiment se battre, détruire et faire le mal. Les Fidèles de ma fille, ou les autres manifestants contre mon trône, ne valent pas la peine qu'on les considère. Ils bafouent nos principes ancestraux et amènent la souffrance dans leurs pas. Ils ne jurent que par les insultes et la violence !

Falor fit une pause. Altaïr lui lançait des éclairs. Le Tiane tendit les bras et appela la foule à le suivre dans ses réflexions.

— Nous ne sommes pas comme tous ces criminels. N'ai-je pas raison ? Nous devons leur montrer ce qu'être Linarien veut dire ! Que nous les punirons selon nos lois, qu'ils subiront notre courroux et qu'ils quitteront nos terres sans plus attendre ! Linaria mérite que l'on se batte pour elle !

La foule applaudit à ce discours passionné.

— Nos enfants, nos amis, nos parents ne seront pas morts en vain ! Nous deviendrons plus forts ! Je vous promets de tout mettre en œuvre pour y parvenir. Nous enquêterons sur ce qui a causé la mise à mal de nos défenses et nous prendrons le temps d'accompagner nos morts sur l'Éternâme, le chemin de l'Océan. Laissons les Non-Êtres s'occuper de ces criminels, et occupons-nous de nos familles et de notre royaume ! Nous nous relèverons plus forts que jamais !

Les invités s'avéraient convaincus par les paroles de leur souverain, ils le remercièrent même pour toute la force qu'il leur transmettait. Osrile s'inclina devant le Tiane et Sirius applaudit avec conviction. Altaïr n'avait jamais été du même avis que Falor, ou que sa défunte épouse avant lui. Il les avait toujours pris pour des faibles. Le régent du Nord n'avait pas dit son dernier mot.

Chapitre 14

Sacre 1410, levée d'Iliath, jour 34 – Dans l'après-midi – Château elfique d'Annhorhellh

Lildrille n'avait pu partir dès l'instant où il l'avait décidé. Une foule inquiétante avait approché le château de sa famille, hurlant son inquiétude et criant son mécontentement. Des familles de la noblesse se demandaient si leurs enfants, rendus à la cérémonie pour les représenter, se portaient bien. D'autres craignaient pour la vie de leur souverain, le Tiane, ou pour celle de leur régent, Osrile, le père de Lildrille. Le jeune prince ne parvenait plus à discerner les souhaits et angoisses des uns et des autres. Le brouhaha ambiant fatiguait ses oreilles pointues. Des gardes étaient heureusement intervenus rapidement pour le soutenir et contenir la foule. Lildrille se tenait sur les marches menant au palais et tendait les bras dans un signe d'apaisement.

— Avez-vous des nouvelles de ma fille ? demanda une Elfe à la peau violette.

— Que s'est-il passé ? s'apitoya un vieil Elfe aux oreilles pointues recourbées.

— Devons-nous craindre pour nos vies ? questionna un commerçant.

Des enfants pleuraient, et des mères de famille essayaient de les consoler. Des nobles, des plus pauvres, des commerçants, des magiciens, des professeurs, des cuisiniers, des marchands... Des Noirs, des Bleus, des tachetés, ainsi que de rares humains... Tous investissaient la place à l'avant du palais, et tous s'agglutinaient entre les buissons et les bacs à fleurs qui embellissaient l'endroit. La chaleur que renvoyaient les soleils et la proximité qui accentuait la touffeur de l'air n'empêchaient pas les citoyens d'Annhorhellh de réclamer des réponses.

— Osrile est-il toujours en vie ?

— Comment va Lémy ?

Lildrille essayait de satisfaire tout le monde, même s'il n'avait pas les réponses. Il avait envoyé des messages vers le château tianien, des mots capables de voyager via les flux magiques, mais n'avait obtenu aucune réponse. Son père et sa sœur ne devaient pas avoir de temps pour cela, ou alors, ils n'avaient plus la force de lui répondre. Lildrille préférait songer à ce genre d'hypothèses plutôt qu'à celles impliquant la mort. Le prince n'avait pu percevoir clairement ce qui avait causé la panique sur les images retranscrites à distance. Le transmageur, le tissu vivant elfique, situé place des Fontaines avait cessé de fonctionner. L'écran originel, celui présent dans les jardins tianiens, avait certainement été détruit. Tous les transmageurs installés en Annhorhellh ne devaient plus ressembler qu'à un triste tissu fleuri banal.

Lildrille frémissait à l'idée que tous les habitants de sa Régence paniquassent. Il n'avait jamais appris à gérer une situation pareille. Cela le dépassait. Tout Linaria s'agitait, tremblait et craignait le pire. Lildrille plaignait ceux qui avaient dû rester dans les différents palais régentiaux, comme lui, et qui allaient être obligés de gérer toutes les retombées dramatiques de l'attaque. Il plaignait plus encore ceux qui angoissaient sans nouvelle des leurs, ceux qui avaient perdu la vie, ceux qui avaient assisté à la fin de leurs proches, ou ceux dont le quotidien ne reprendrait jamais son cours habituel. Le monde ne tournait plus rond. Toutes les voix des âmes s'accordaient pour une fois sur un point : le destin avait voulu que le prince ne se rendît pas à la cérémonie. Lildrille ignora cette remarque inutile. Il n'avait jamais adhéré à l'idée de destinée. Malgré cela, il s'estimait effectivement chanceux de n'avoir pas eu à craindre pour sa vie, qui aurait pu être écourtée par des projectiles magiques.

Le prince pensait à Via, il avait hâte de la rejoindre. Il fallait qu'il l'aidât, qu'il la sauvât. Tel un besoin impérieux, une force le poussait à l'éloigner de sa Régence natale, et l'amenait à s'approcher d'elle. Lildrille ne comprenait pas grand-chose à l'amour et se demandait régulièrement s'il l'aimait, ou si ce qu'il ressentait s'apparentait plutôt à de l'attirance, un sentiment bien moins profond. Il y réfléchirait plus tard.

— Je n'ai pas encore reçu de nouvelles, mais je vous promets de vous mettre au courant dès que nous en saurons plus, déclara Lildrille en élevant sa voix par-dessus le brouhaha de la foule.

Il n'avait plus de temps à perdre s'il voulait porter assistance à Via. Pourtant, il ne parvenait pas à laisser son peuple seul. Lildrille souffrait de ne pouvoir aider tous ceux qui espéraient qu'il sauvât cette journée tragique. Le prince songea à Nimile, sa pauvre mère qui, à peine remise, allait pouvoir se rétablir dans le repos et la stabilité. Lildrille s'en voulait de l'abandonner ainsi alors que le royaume regorgeait de problèmes en tous genres.

Les gardes maintenaient la foule à distance et permettaient à Lildrille de respirer. Plus les minutes s'écoulaient, plus le nombre de citoyens s'accumulait, et plus les gardes avaient du mal à les contenir. Ils espéraient des réponses, attendaient des nouvelles. L'intendant du château, un vieil Elfe à la barbe grisonnante du nom de Liode, dépassa les portes, descendit trois marches et s'approcha du prince pour lui chuchoter quelques mots à l'oreille.

— Des messages alarmants me sont parvenus, mon prince. Une ou plusieurs personnes auraient assassiné les deux représentants des alliés de votre père et de votre sœur, dans une petite auberge, non loin d'ici.

Lildrille se pétrifia sur place. Il avait rangé ces quelques moments difficiles de côté, pour ne s'intéresser qu'à sa mère et sa Régence. Le prince paniqua ; de la sueur commença à poindre le long de son front et ses doigts se mirent à trembler sous sa cape. Lildrille craignait le jugement des

Non-Êtres, les seuls membres d'une espèce créée spécialement pour appliquer la justice, et connus pour leur dureté. Le jeune Elfe gémissait intérieurement de terreur sous les images qui lui revenaient à l'esprit. Heureusement, Arrogant et Guerrier le soutinrent et lui expliquèrent comment réagir et quoi dire. Lildrille reprit peu à peu des couleurs quand il comprit que l'intendant ne le soupçonnait en rien.

— Qui s'occupe de l'affaire ? demanda le prince.

— La guilde des Mystiques de la ville d'Aniaasha, déclara l'intendant, après un coup d'œil vers la foule qui continuait de s'agiter. La magie est impliquée, les enquêteurs ont transféré le dossier à ce groupe habitué aux crimes magiques.

Lildrille fronça les sourcils d'incompréhension. Il n'avait pas utilisé la magie. Guerrier grogna et lui signala que cela n'avait aucune importance. Le prince comprit que l'esprit du combattant lui avait caché les détails des derniers instants du conseiller Yud. Le prince frissonna, il ne désirait pas revivre cette terrible scène. Peu lui importaient les méfaits de l'âme ; si elle avait agi ainsi, l'essence de Guerrier ne l'avait pas fait à la légère. Le prince lui faisait entièrement confiance.

— Personne ne doit être au courant, ordonna Lildrille, toujours à voix basse. Prévenez la guilde des Mystiques de ne rien ébruiter, si ce n'est déjà f...

— La déesse nous envoie un signe ! pleurnicha soudainement l'un des gardes en sortant du palais. Les conseillers Nade et Yud ont été assassinés ! Laria ne veut pas d'Osrile ou de Lémy à la tête du royaume ! Nous sommes perdus !

Le jeune Elfe en armure tomba à genoux et se prit la tête entre les mains. La foule se tut un instant avant de se remettre à exprimer ses réclamations avec plus de force. Lildrille observa ses doigts qui tremblotaient avec intensité. Ses voix intérieures se disputaient et insultaient allégrement l'intendant, dont le sourire satisfait attestait de son méfait. Ce dernier avait volontairement laissé le message visible aux yeux de tous. Le vieil Elfe se tenait droit, les mains derrière le dos et le regard fier. Lildrille l'observa avec désespoir. La foule, déjà scandalisée et terrifiée, en appelait maintenant à Laria et à sa miséricorde. Le prince croisa les regards perdus de nombre d'habitants de sa Régence. Il n'avait pas pensé à la suite des évènements lorsqu'il avait laissé les âmes le posséder. Le plan que l'intendant avait ourdi n'aurait pas de dénouement heureux.

— Mais non, c'est très bien joué en fait les gars ! s'exclama la voix de Timide, que Lildrille n'entendait presque jamais.

— Il a raison, approuva Arrogant. La reine Nimile est réveillée. Elle pourra rassembler aussi bien ceux qui étaient pour son époux, que ceux qui désiraient sa fille.

— Du beau boulot ! s'exclama Guerrier. Finalement, ces deux morts serviront la Régence. On est doués, non ?

Lildrille secoua la tête, encore perturbé par tout ce qui se produisait. L'intendant avait aidé le jeune garde à se relever et lui avait assuré que la déesse avait entendu leurs prières. Le prince l'entendit lui murmurer : « Nimile est réveillée ! » Le jeune Elfe en armure en écarquilla les yeux de joie et de soulagement combinés. Tout le château n'avait pas encore été mis au courant. Cela n'allait plus tarder. Lildrille perdait pied. Sa pauvre mère n'aurait plus de moments à elle.

— Nimile est réveillée ! hurla le jeune garde face à la foule. Elle va tous nous sauver ! Laria a entendu nos prières !

La foule se tut de nouveau. Les Elfes se mirent à chuchoter ; la nouvelle se transmit, bouche contre oreille, front contre front et tête contre tête. Des exclamations muettes montèrent de la foule et la plupart des habitants affichèrent des bouches bées saisissantes. Le jeune garde avait dépassé la ligne formée par ses collègues et continuait de rassurer la foule. Lildrille regardait ce spectacle sans savoir que faire. D'abord paniquée et sous tension, l'atmosphère se transformait en une allégresse généralisée. L'intendant, encore aux côtés du prince, arborait une expression lumineuse, un visage qu'il n'avait pas présenté depuis des levées.

— Ma mère est en effet réveillée, expliqua Lildrille d'une voix forte face aux interrogations des premiers rangs. Nous comptions vous l'annoncer quand elle aurait été en état de s'adresser à vous.

Certains individus jetèrent subitement leurs mains vers le ciel, puis tous levèrent les yeux. Lildrille suivit la direction vers laquelle pointaient leurs regards et resta admiratif. La force de sa mère transparaissait dans ses gestes de la main, même si deux guérisseurs la soutenaient de part et d'autre de son corps légèrement avachi. La reine avait décidé d'apparaître à la fenêtre de sa chambre. Dans son demi-sommeil, elle avait entendu le peuple frémir à l'annonce de son éveil, et avait voulu les rassurer. Par quelques tours de mains expertes, son visage paraissait briller sous la lumière du soleil. Ses cernes avaient été gommés et ses pommettes avaient été mises en valeur.

Nimile souriait. Ce bonheur apparaissait dans chaque particule de son corps affaibli. Son ancienne vie lui avait manqué. Tout l'amour que la foule lui renvoyait lui donna le courage de rester debout. Elle entendit des pleurs, des cris émerveillés et des hurlements de joie intense. Nimile croisa le regard de son fils. Une larme coulait sur l'une de ses joues et reflétait quelques rayons de lumière. Il paraissait si faible vu d'en haut, si vulnérable. Pourtant, une force nouvelle brillait au fond de ses yeux. Nimile ne comprenait pas très bien ce qu'elle signifiait. Elle n'avait malheureusement pas retenu les dires de Lildrille lorsqu'il s'adressait à elle un peu plus tôt. Elle se souvenait seulement qu'elle n'avait pas réussi à lui transmettre son message à propos de Laria. Il fallait absolument qu'elle lui parlât. La reine Elfe espérait avoir assez de force pour cela.

— Avancez-moi encore un peu.

Les deux guérisseurs acquiescèrent en silence et aidèrent la reine à s'approcher de la rambarde délimitant le balcon. Nimile aperçut des enfants, des adultes, des personnes âgées, des Elfes de toutes les couleurs et quelques humains. Son cœur battait fort dans sa poitrine ; son rythme cardiaque s'accélérait. L'excitation gagnait tout son être. La reine leva la main droite pour demander le silence. Elle n'eut pas besoin d'élever la voix. Son peuple la connaissait et la comprenait. Il la soutenait et l'attendait. Il se tut.

— Peuple d'Annhorhellh, commença-t-elle.

Elle dut s'arrêter pour tousser. Sa voix rauque et sa gorge encore nouée attestaient de son état précaire. L'un des guérisseurs voulut lui apporter de l'eau. Nimile refusa d'un mouvement de la tête. La reine avait certes un cœur en or, mais également un ego que peu d'autres dans sa famille surpassaient. Nimile représentait tout ce que les autres peuples s'imaginaient à propos des Elfes, tout comme ce qui s'en éloignait le plus. La reine constituait une énigme que les amoureux de la politique cherchaient encore à saisir. Pour leur plus grand bonheur, leurs études de terrain pourraient reprendre prochainement.

— Peuple d'Annhorhellh, reprit-elle. Vous m'aviez manqué.

Sa voix grave appuyait avec élégance chacun des mots. La foule applaudit à tout rompre. D'un geste, la reine les arrêta. Un silence curieux dominait le palais et la place bondée. Tous attendaient avec révérence les paroles de leur souveraine.

— À travers vos yeux, à travers vos gestes, je perçois toute la souffrance qui vous tient aujourd'hui. Je ne sais ce qui s'est passé pendant mon sommeil, je ne sais ce qui a plongé mon peuple, mon cœur, ma vie, dans une telle souffrance. Vous ne méritez pas cela. Je me battrai pour vous, comme je l'ai toujours fait, même si je sais que certaines de mes décisions vous bousculent. Annhorhellh doit avancer. Le peuple d'Annhorhellh doit montrer au reste de Linaria ce qu'il vaut ! Mon peuple mérite le respect de tous !

Nimile accueillit la salve d'applaudissements avec bonheur. Elle avait besoin de reprendre son souffle et de retrouver sa voix puissante. Lors de ses dernières phrases, ses intonations vigoureuses avaient quelque peu flanché. Sans prévenir, l'une de ses jambes se plia contre sa volonté. Les guérisseurs prirent ce signe pour celui du départ. Nimile grogna et s'appuya sur l'humain qui l'accompagnait ainsi que sur l'Elfe qui le suivait. Tant bien que mal, elle parvint à se remettre sur pieds et força les guérisseurs à rester avec elle sur le balcon.

— Ne perdez surtout pas espoir ! Peuple d'Annhorhellh, combattez vos peurs ! Vous n'êtes pas seuls. Mon intendant et mes conseillers recueilleront vos demandes et vos plaintes. Nous saurons nous relever ! Faites-moi confiance !

Nimile leva les bras et son peuple la suivit. La reine fut éblouie par les rayons des soleils. Ses yeux se fermèrent alors que son corps s'affaissait dans les bras de ses guérisseurs. La convalescente s'évanouit de fatigue. Elle avait tout donné pour les rassurer. Elle sombra dans un sommeil réparateur et mérité. Nimile disparut du balcon.

Lildrille revint durement à la réalité quand la foule reprit ses questions incessantes et ses hurlements. L'intendant attrapa l'épaule du prince et le ramena de force à l'intérieur du château. Le jeune Elfe suivit, se laissa entraîner sans poser de questions. La vision de sa mère l'avait profondément perturbé. Ils traversèrent en vitesse l'un des grands salons, montèrent quelques marches et passèrent devant plusieurs chambres. Liode dirigeait Lildrille vers le bureau aux messages. Lildrille ne pénétrait habituellement jamais dans cette pièce.

L'intendant et le prince entrèrent dans une grande salle dans laquelle de nombreux parchemins descendaient du plafond pour atterrir dans des bacs classés et répertoriés avec soin. La magie permettait la transmission de messages par la voie des airs. Des nœuds dans les flux magiques avaient été créés pour permettre aux mots de se diriger et aux sortilèges de donner des indications précises. Lildrille ne comprenait rien à cela et n'y avait jamais songé. L'ancien langage activait des flux et en désactivait d'autres. L'Elfe utilisait la magie mais ne savait comment elle fonctionnait. Peut-être un jour devrait-il s'y intéresser de plus près.

Près du plafond, des plumes apparaissaient et remplissaient des parchemins, avant que ses derniers se dirigeassent vers le sol. L'intendant amena le prince auprès de piles de feuilles gigantesques. Lildrille déglutit quand il comprit que la masse que son intendant lui montrait correspondait à tous les messages reçus durant la dernière heure. Il devait y en avoir des centaines à lire et à gérer !

— Tous les conseillers de votre père ainsi que ceux de votre sœur ne devraient pas tarder à rentrer. Ils accueilleront bientôt la population dans la salle des doléances. Je les ai appelés avant le discours de votre mère. De notre côté, nous devons gérer tout ce... capharnaüm.

Lildrille ne savait pas que leur intendant prenait ses tâches avec autant de sérieux. Depuis plusieurs levées, il ne vivait plus au palais, tout comme la plupart des conseillers, notamment à cause des pièges ridicules posés par Lémy pour tuer Osrile. Lildrille resta admiratif devant la fougue du vieil Elfe. Le château semblait revivre. Osrile et Lémy avaient causé bien plus de tort au royaume que ce à quoi Lildrille avait pensé.

— Ici, vous avez la pile des messages envoyés entre les gouvernements des Régences. Là, vous avez ceux que votre peuple vous envoie, ici ceux que les commerçants vous font parvenir, là ceux des magiciens d'Annhorhellh, là-bas ceux...

Lildrille n'écoutait plus. Il s'approcha de la pile la plus haute, qui réunissait les messages envoyés par le palais tianien, et prit le parchemin qui se trouvait au-dessus. Il lut la demande à voix haute, coupant l'intendant dans sa lancée.

— Combien de Passeurs de vie pouvez-vous nous envoyer ? Nous vous fournirons des flux-nefs tianiennes à nitrosynes pour les transporter plus rapidement. La situation est grave et urgente.

Le prince ouvrit des yeux étonnés. Il ne savait même pas ce qu'étaient les flux-nefs tianiennes à nitrosynes. Cependant, le reste du message l'avait troublé. Si leur souverain le Tiane demandait des Passeurs supplémentaires, cela voulait dire que l'attentat avait causé un nombre de morts sérieux. Les mains de Lildrille tremblèrent. Liode lui prit le parchemin des mains et sortit une plume de l'une de ses poches de pantalon. Il se prépara à répondre au message, le regard déterminé.

— Alors combien ? demanda-t-il.

— Euh… Je…

Lildrille paniquait pour plusieurs raisons. D'une part, il s'imaginait les scènes tragiques que devaient supporter les survivants au château tianien et, d'autre part, il se rendait compte qu'il ne savait rien sur sa Régence, sur son peuple et sur ce que régner signifiait. On ne le lui avait jamais appris, seules les filles possédaient ces connaissances. Liode devait le savoir. Néanmoins, il le regardait d'un air peu amène.

— Écoutez, mon prince. Je sais que l'on ne vous a jamais donné d'autres responsabilités que celle de vivre votre vie. Cela va changer désormais. Votre mère m'a signalé plus tôt qu'elle désirait vous apprendre tout ce qu'elle savait.

Lildrille plissa les yeux. Via avait besoin de son aide, et sa mère le lui avait confirmé. Il ne pouvait donc rester au château. L'angoisse monta d'un cran.

— Arrête de trop réfléchir, lui lança Arrogant. Tu nous fais mal à la tête !

— Tu as une Régence à assumer ! Agis, maintenant ! s'énerva Guerrier.

Les voix dans sa tête avaient raison. Lildrille souffla et mit ses questions de côté.

— Bon, très bien, dit-il ne sachant pas très bien à quoi ou à qui il répondait. Pour les Passeurs, dites-leur que l'on envoie la moitié des nôtres.

Liode nota la réponse et, tout en caressant l'encre du parchemin, prononça un sortilège. Les mots disparurent de la feuille. Ils s'étaient envolés vers leur destination. L'intendant avait indiqué, par des paroles en ancien langage, la direction, le lieu d'arrivée et la gravité du message. Par d'autres mots magiques, l'intendant envoya un ordre par la voie des airs aux Passeurs.

Lildrille commença à lire la feuille suivante. Le symbole de la famille tianienne, un cercle bleu au trait épais parcouru de dessins de vagues au centre duquel présidait la déesse Laria, était apposé sur le parchemin, comme sur le précédent et tous ceux qu'il leur restait à lire dans la pile.

— On nous demande d'envoyer des guérisseurs. Vous savez combien on en a à disposition ici ? questionna le prince.

Liode haussa les épaules et leva les mains en signe d'ignorance.

— Bon. Envoyez-en également la moitié, cela devrait suffire, enfin j'espère.

L'intendant envoya la réponse et l'ordre des mêmes manières. Lildrille lut le message suivant. Le prince souffla de désespoir lorsqu'un nouveau parchemin tomba sur la pile. Le tas ne désemplissait pas.

— Qui s'occupe de tout ça d'habitude ? demanda le prince, déjà excédé.

— Les conseillers de votre père.

Lildrille observa les différentes piles. Il se demandait depuis combien de temps ces fameux conseillers n'avaient pas posé un pied dans cette salle. De la poussière recouvrait les étagères sur lesquelles reposaient des encyclopédies décrivant les blasons des différentes familles de noble lignage de Linaria.

— Pour le bien du royaume, il était temps que votre mère revienne, déclara l'intendant, exprimant ce que le jeune Elfe pensait tout bas. Continuons, si vous le voulez bien. Nous sommes loin d'avoir fini.

Lildrille acquiesça et soupira. Il ne souhaitait pas laisser sa mère s'occuper de tout et surtout se rendre compte que son mari n'avait pas su remplir ses fonctions comme il le devait en son absence. Lildrille observa au-dehors, à travers la fenêtre ouverte. Les rayons des soleils commençaient à décliner. Il aurait dû préparer ses affaires et se diriger vers Via à l'heure qu'il était. Au lieu de cela, il aidait l'intendant du château à gérer des affaires administratives stressantes. Les cris de la foule entraient dans la pièce et le déconcentraient. Soudain, une alarme vive emplit la pièce. Le son strident et aigu émis à répétition pétrifia le prince.

— Ne vous inquiétez pas, je vais désactiver de nouveau les alarmes, expliqua Liode.

Lildrille regarda l'intendant s'exécuter et l'écouta lui expliquer que chaque catégorie de message avait un son d'entrée dans l'enceinte du château qui lui était lié. Un système de couleurs pouvait également colorer les murs. À l'époque de la mère de Nimile, la reine d'antan avait même mis en place un système automatique pour répondre rapidement aux messages les moins importants. Lildrille se replongea dans les parchemins et ne vit pas le temps avancer. Il n'aurait jamais pensé que s'occuper de son royaume lui plairait finalement autant, lui faisant jusqu'à oublier ses peines et ses doutes.

***

Au bout de quelques heures, Liode et Lildrille parvinrent à traiter tous les messages les plus urgents. Certains avaient perturbé le jeune prince, notamment ceux envoyés par la famille de Sanedra, l'Elfe Noire tuée dans l'enceinte du palais. L'un des parchemins invitait le jeune Elfe à assister à son immersion, quand un second indiquait que la famille de l'Elfe allait porter plainte contre le père et la sœur de Lildrille. Ils avaient bien besoin de ce problème supplémentaire ! Le prince n'avait pu retenir un sanglot bruyant qui avait alerté Liode.

Un autre message avait interpellé le jeune Elfe. Cette fois-ci, il avait essayé de rester stoïque pour ne pas attirer l'attention de l'intendant. Ce parchemin stipulait qu'une enquête avait été ouverte à propos de trois assassinats à l'auberge des Deux Amis. « Trois ? » s'était demandé Lildrille en haussant un sourcil interrogateur.

— J'ai arrangé la scène pour que l'on pense à la mort de Lyadel Nartim, lui avait expliqué Guerrier avec pragmatisme.

— Espérons que cela suffise à nous sauver, avait dit Arrogant avec défaitisme.

— Merci, avait pensé Lildrille, tout en essayant d'apaiser ses tremblements alors qu'il reposait le papier.

Liode récupéra l'écrit et incanta. La feuille se désagrégea en un tas de poussières. L'intendant déplaça la poudre brune dans un récipient, elle serait réutilisée dans la fabrication de nouveaux supports. Un claquement de mains fit revenir le prince à la réalité. Liode paraissait satisfait d'avoir désempli quelques piles. Il demanda à Lildrille s'il désirait l'accompagner dans la salle des doléances, pour assister les conseillers. Le prince fit non de la tête. Il avait besoin de s'aérer l'esprit après tout ce qu'il venait de vivre.

— Vous n'avez peut-être pas tort, lui concéda Liode avec un léger sourire. Cela fait des levées que votre père ou votre sœur préfèrent rencontrer le peuple à l'extérieur, plutôt que de l'accueillir au sein du château. Il doit y avoir un monde fou aux portes de la salle pour la reprise du dialogue.

Liode salua brièvement le prince et s'éloigna. Il n'en voulait pas au jeune Elfe de vouloir s'éloigner de ses nouvelles responsabilités effrayantes.

— Attendez ! s'écria Lildrille.

L'intendant se retourna, un sourcil haussé.

— Faites vérifier tous les recoins du palais, tous les murs, toutes les poignées, tout ce qui s'y trouve... Au cas où d'autres pièges y seraient cachés.

Le jeune Elfe craignait qu'un autre terrible accident, identique à celui de Sanedra, se produisît. Il ne voulait plus avoir à supporter ce genre de situations effroyables. Il retardait d'ailleurs son départ pour le château du Tiane, non pas seulement à cause du fait qu'il voulait aider sa mère ou qu'il s'inquiétait pour elle, mais car il savait qu'il ne pourrait accepter la vue de tous ces cadavres ainsi que l'odeur de la mort. Sa lâcheté frappait encore malgré ses nouvelles motivations et la force incroyable qui s'insinuait petit à petit en lui. Des images dramatiques du corps sans vie de Via pénétraient son esprit et le tétanisaient de temps à autre. Au fond de lui, Lildrille savait pourtant qu'elle n'avait pas franchi le voile. Son temps n'était pas encore venu. Quant à sa sœur ou son père, il n'en savait rien et s'en fichait.

— Ne vous en faites pas, mon prince, le rassura Liode d'une voix calme. J'ai déjà fait le nécessaire.

Liode le salua une nouvelle fois et s'éloigna d'un pas sec. Lildrille resta perdu dans ses pensées jusqu'à ce que les bruits des talons de l'intendant, claquant sur le sol carrelé, s'estompassent complètement. Le brouhaha de la foule à l'extérieur ne consistait plus qu'en de légers chuchotements. Le Soleil Talel-Ama s'était couché et l'Étoile Mijé-Timèn balayait la place de ses rayons pourpres. Lildrille s'adossa quelques instants à la fenêtre et prit le temps d'observer le ciel dans lequel quelques nuages avançaient pour amener la nuit. Lildrille réfléchissait à son départ, pesait le pour et le contre. Il décida d'aller rendre visite à sa mère pour savoir comment elle se portait. Peut-être pourrait-elle l'aider une nouvelle fois.

Arrivé au bas des escaliers menant à la chambre de Nimile, Lildrille fut arrêté par des gardes. Alors qu'il avait traversé l'un des grands salons et d'autres pièces plus réduites, le prince avait remarqué que le château reprenait enfin vie. Des domestiques, qu'il n'avait plus croisés depuis longtemps, l'avaient salué d'un grand sourire. Cette effervescence, à laquelle il n'était plus habitué, le perturbait.

— La reine a besoin de repos, émit l'un des gardes d'une voix ferme. Personne n'a le droit d'entrer dans la chambre et de déranger la reine.

— Je suis son fils, je...

— Personne. N'a. Le. Droit. De. Déranger. La. Reine, répéta le garde en détachant volontairement chacun des mots.

Lildrille soupira et recula. Il n'avait pas la moindre chance de passer un barrage aussi déterminé. Les quelques gardes présents semblaient posséder de nouvelles pièces d'armure. Elles brillaient comme jamais elles n'avaient étincelé auparavant. Les expressions féroces des soldats attestaient de tout l'amour qu'ils éprouvaient pour leur reine. Nimile savait remuer les cœurs même quand ses idées divisaient. Elle avait tant manqué à son fils.

— Tu n'as pas besoin des paroles de ta mère pour savoir que tu dois partir, lui déclara Arrogant d'un ton qui n'admettait aucune réplique.

Lildrille avait besoin d'air. Il resserra sa cape, qu'il n'avait jamais quittée. Elle lui serait bien utile pour éviter les regards indiscrets et l'effet de la baisse des températures. Une fois apprêté, il sortit du palais, tout en ajustant sa capuche. Une forme noire descendit les marches du château. Le tissu sombre ondulait autour des jambes de la silhouette encapuchonnée. Lildrille affichait son air grave, celui qu'il préférait et qui le caractérisait. Les gardes qui protégeaient l'entrée le laissèrent passer.

Le prince frôla quelques personnes, encore assises sur les marches, qui attendaient désespérément des nouvelles de leurs familles malgré l'heure tardive. Lildrille espérait que le Tiane et ses sbires avaient pu établir un bilan, même si ce dernier devait rendre malheureux nombre des habitants de Linaria. Ne pas savoir n'aidait pas à faire le deuil et torturait davantage l'esprit.

Lildrille marcha jusqu'à ce que la nuit l'enveloppât de son châle étoilé. Il avait besoin de se fatiguer physiquement pour mieux penser. Le prince continua encore, dépassa la ville d'Aniaasha et pénétra dans l'enceinte du petit bourg de Syahna, un lieu prisé pour ses boissons artisanales de qualité et ses bars très animés. La nouvelle du réveil de la reine avait redonné de la force au peuple d'Annhorhellh, qui avait décidé d'envahir les comptoirs pour fêter l'évènement et oublier les récents malheurs.

Ses laissez-passer permettaient à Lildrille d'entrer presque partout. Les gardes aux portes le reconnaissaient à sa démarche et à son visage dur et froid. Le jeune Elfe connaissait ces rues par cœur, malgré le noir à peine illuminé par quelques torches magiques. Les ombres glissaient sur le sol, arpentaient les murs de pierres, de bois biscornus. De nombreux ponts suspendus grinçaient dans le vent ; le bois craquait dans les maisons alentour sous le poids des vies qu'il abritait ; et la pierre vibrait au son des voix qui s'exprimaient en son sein.

Lildrille avançait sûrement, touchant les angles des rues de ses doigts, se cachant dans les ombres, laissant sa capuche flotter autour de son visage qu'il ne cachait pas et ralentissant quand il entendait des voix. Il désirait croiser le moins de personnes possible. Ceux avec lesquels il avait dû discuter sur le chemin lui avaient posé nombre de questions, et Lildrille n'avait pas su leur répondre. « Nimile va-t-elle bien ? Quelles nouvelles de l'attentat ? ». Ne pas avoir pu satisfaire leurs inquiétudes lui avait coûté.

Lildrille s'arrêta devant un bac à fleurs bleutées dont les pétales frémissaient doucement sous les brises du soir. Il repositionna sa capuche pour cacher son visage. Quelques minutes plus tard, un étrange individu encapuchonné s'approcha. Il glissa discrètement un parchemin dans l'une des mains du prince. Lildrille lui remit quelques pièces en échange. Aucun mot échangé, aucune identité divulguée, de peur d'être en danger. La forme obscure disparut en silence. Le jeune Elfe l'observa s'éloigner. Une fois seul, il prit le papier et prononça la formule qui y était indiquée. Lildrille trouva une fenêtre et s'y regarda. Sa peau avait pris une teinte plus foncée, son nez s'était allongé, ses pommettes avaient gonflé et son visage avait à présent une forme ovale. Le sortilège avait fonctionné.

Pour que sa famille n'eût pas à supporter ses déboires, et pour ne pas que son père ou sa mère lui interdissent de vagabonder la nuit, il transformait son visage lorsqu'il allait boire pour soulager ses peines. Personne ne pouvait le reconnaître. La mutation durait plusieurs heures. Lildrille n'avait pas pu l'utiliser lors de son échange avec les porte-paroles, de peur que les conseillers lui refusassent leur confiance s'ils venaient à ne pas le reconnaître.

Le prince reprit son chemin. Il trouva enfin l'établissement À l'Elfe Doré. Un Elfe à la peau bleue gardait la porte d'entrée. Lildrille retira sa capuche, se présenta et montra sa fausse pièce d'identité, créée grâce au sortilège coûteux et passible d'une lourde peine. Le gardien l'examina un instant. Après des minutes interminables, il le salua de la tête et le laissa entrer.

La musique et les cris de joie agressèrent Lildrille de plein fouet. Des lamentations de peine s'ajoutaient aux exclamations hystériques. Tout s'entremêlait. Des couples dansaient au rythme endiablé de la musique qu'un groupe jouait avec entrain ; la boisson coulait à flots, aussi bien dans les gosiers que sur le sol ; les groupes attablés discutaient avec énergie et voix fortes ; le tenancier amusait son audience par des jeux de mots souvent incompréhensibles ; et toutes les couleurs et tailles d'Elfes s'enlaçaient, s'entassaient, s'enchantaient.

Lildrille fit un signe de la main vers le gérant, du nom de Drime. Il alla s'installer au fond de la salle, au bout d'une petite table sur laquelle traînaient des verres vides. Il les repoussa de ses bras et s'affala sur les coudes. Le prince se laissa bercer par la musique et le brouhaha ambiant. L'un des serveurs s'approcha. Lildrille lui commanda à boire.

Le jeune Elfe se perdit quelques instants dans le vague. Ses voix intérieures s'agitaient et lui enjoignaient de partir dans la nuit. Il ne devait plus rester ici. Le prince n'écoutait pas. Il voulait simplement boire et ressentir les effets anesthésiants de l'alcool. Sa vie n'avait plus de sens. Tout lui échappait.

— Bonsoir. Alors, ça n'a pas l'air d'aller bien fort, on dirait ?

Le jeune Elfe releva la tête et aperçut Drime qui l'observait. Le sourire sincère du tenancier tut la colère sous-jacente du prince. Drime avait la peau dorée, comme la plupart de ses serveurs. L'Elfe doré servit sa boisson à Lildrille qui l'accepta avec gratitude.

— J'irai mieux après ça ! répondit-il en levant son verre.

Drime rit de bon cœur. Il s'abaissa et chuchota à l'oreille du prince.

— Si vous avez besoin, j'ai de jolies filles et de jolis garçons disponibles ce soir.

Drime lui montra du doigt quelques femmes à la peau verte aux formes charnues et des garçons pâles, tout aussi magnifiques et souriants. Lildrille les connaissait tous pour les avoir fréquentés dans d'autres établissements, ou pour les avoir admirés lors de spectacles de danses et de chants au palais. Le jeune Elfe ne répondit pas. Il but d'une traite son verre et le reposa violemment sur la table.

— Merci. Mais je n'ai pas besoin de compagnie ce soir, déclara-t-il avec aplomb.

— C'est noté, Chef ! Un autre verre je présume ?

Lildrille acquiesça. Il continua d'observer les tables autour desquelles se trouvaient les filles et les garçons aux charmes électrisants. Il reconnaissait des têtes. Des commerçants, des nobles ou des magiciens les entouraient. Ils ne dormiraient certainement pas cette nuit. Seule une tête ne lui disait rien. Alors que le gérant s'éloignait, Lildrille le rattrapa nonchalamment par son tablier.

— Qui est-ce, celui au milieu des deux filles aux longues tresses noires ? questionna discrètement le prince. Il me rappelle quelqu'un, ajouta-t-il dans un mensonge.

Drime s'était baissé pour entendre le jeune Elfe. Il tourna la tête pour fixer celui dont parlait Lildrille. L'Elfe en question avait la peau légèrement brune, de longs cheveux noirs, seulement sur une moitié du crâne, et possédait de nombreuses cicatrices bien visibles sur le visage et les bras.

— Oh, lui ! C'est mon petit protégé. Il est arrivé il y a quelques levées, ensanglanté et perdu. Je l'ai aidé à s'en sortir, dit Drime d'une voix chaude et émue.

Le tenancier s'éloigna. Lildrille continua d'observer discrètement ceux qui l'entouraient, dont cet étrange Elfe aux marques de violence affichées. Un serveur apparut et servit le prince. Le jeune Elfe but goulument sa boisson sucrée, laissant échapper un râle de plaisir peu élégant. Après avoir reposé son verre sur la table, Lildrille croisa le regard du protégé de Drime. Ce dernier l'observait et le fixait d'un air malicieux. Le prince maintint ce lien, malgré la panique qui commençait à poindre et à contracter son cœur.

Les lèvres de l'inconnu bougeaient lentement. Lildrille fut attiré par ces mouvements exagérés, bien trop articulés pour paraître normaux. Le jeune Elfe comprit que l'inconnu cherchait à lui adresser un message. Le prince ne savait pas lire sur les lèvres, au contraire de Timide qui lui traduisit le message. Lildrille laissa échapper une exclamation de surprise. « Je sais qui vous êtes, mon prince », répétait inlassablement l'étranger. Il n'aurait pas pu le reconnaître sous ce faux visage. Le prince trembla, à nouveau en proie à ses crises d'angoisse.

— Il n'a pas pu découvrir votre identité grâce à vos pensées, réfléchit à voix haute Arrogant. Je détecte les intrusions, et il n'y en a eu aucune.

— Alors, comment ? questionna Guerrier, en colère.

— Je ne sais pas, répondit Arrogant. Nous avons affaire à quelqu'un de puissant, les amis. Méfions-nous.

Lildrille déglutit avec peine.

Chapitre 15

Sacre 1410, levée d'Iliath, jour 34 – Dans l'après-midi – Château de la Régence du Sud

Cassiopée s'éventait doucement, attentive aux dires soyeux de La Dame, une Elfe à la peau argentée, qui ravissait les oreilles de ses auditeurs par ses récits incroyables. La conteuse savait placer ses mots, et forcer sa voix pour attirer la foule. Elle avait acquis des méthodes efficaces pour atténuer ses mélodies suaves et accentuer les faiblesses des héros de ses histoires. De surcroît, elle aimait inviter le mystère à se joindre à la danse de ses jeux lexicaux subtils. La réputation de La Dame dépassait les frontières de la Régence du Sud, territoire où elle avait grandi, sous la domination et dans l'amour des Hommes, et dans l'ombre de multiples autres espèces qui pullulaient autour des lacs et des forêts. Quelques Grèdes s'étaient accaparé les lieux sous-marins, et les Syraniens redonnaient à la forêt son vert pur, une couleur magnifique qui scintillait sous les rayons des soleils.

Le palais de la Régence du Sud irradiait, habitué aux assauts des deux astres, qui le chauffaient tout au long des saisons, aux écarts de température peu marqués. Ses formes arrondies, étudiées pour récupérer l'eau de pluie précieuse, resplendissaient. Ses plantes grimpantes majestueuses, travaillées pour capter la lumière, ravissaient les regards. Et ses magnifiques peintures, qui dépeignaient les champs agricoles du territoire, resplendissaient. Les drapeaux qui flottaient au vent, ainsi que les gardes à son pourtour, le différenciaient d'une grande masure à la campagne. Les sudistes adoraient leur verdure et n'hésitaient pas à la mettre en valeur par tous les moyens à leur disposition. De gigantesques tableaux floraux parsemaient les jardins. Ils représentaient des scènes bucoliques parsemées de couleurs et de poésie, grâce aux meilleurs jardiniers de tout Linaria. Des enfants qui cueillaient des fleurs, des femmes qui semaient des graines, des hommes qui récoltaient des céréales… Chaque activité manuelle avait sa place dans les sculptures végétales du Sud. La reine adorait les contempler lors de ses marches quotidiennes.

Aux pieds de Cassiopée, un quadrupède à la peau de velours ronronnait de plaisir. Ses longues pattes et son museau disproportionné en faisaient un chasseur redoutable. Sirius, son époux, toujours accompagné de ses conseillers, emmenait régulièrement quelques-uns de ses propres spécimens à la chasse. Le flair développé des uldaves n'avait pas son pareil dans le monde animal. La Régence du Sud regorgeait de zones où les battues autorisées appâtaient les peuples des autres régions. Les visiteurs aimaient tout particulièrement courir après les fèrhs au long cou, une sorte de cheval à trois pattes, au cou de girafe, carnivore, dont la viande, riche en substances énergétiques, était très recherchée. Sa dextérité et ses capacités de camouflage donnaient du fil à retordre aux passionnés. L'expression « avoir une peau de fèrh » signifiait que l'on s'avérait extrêmement courageux, voire même un peu dément.

Les uldaves adoraient débusquer le fèrh, tous à part Milyana, la féline qui dormait près de la reine Cassiopée. Cette dernière l'avait recueillie, alors tout bébé, et l'avait habituée à la vie de château. Cassiopée caressa sa tendre compagne avec affection. Milyana ne connaissait rien à la vie sauvage. Elle ressemblait à un gros chat avide de câlins.

La Dame se mouvait en tous sens pour donner vie à ses dires. Cassiopée n'écoutait que d'une oreille, contrairement aux groupes d'enfants qui avaient investi les jardins du palais. Presque tous les après-midis, la reine accueillait des enfants de toutes origines sociales. Cassiopée adorait entendre leurs rires, s'émerveillait devant leurs frimousses innocentes et aimait leur donner de l'espoir ou de quoi rêver. Ses propres enfants avaient grandi trop vite et ne s'intéressaient plus à elle. Zvezda ne songeait qu'à se marier et à acheter les plus belles toilettes pour attirer l'attention. Céphée avait à s'occuper d'une famille et Alphecca n'avait jamais beaucoup parlé. Quant à son fils unique, Antarés, il suivait son père partout et ignorait effrontément sa mère.

Cassiopée déposa un baiser sur la douce fourrure de Milyana. La reine ne savait ce qui avait mal tourné dans l'éducation de ses enfants. Ou peut-être ne le savait-elle que trop bien et voulait-elle se cacher ses nombreuses culpabilités. Anciennement avide de pouvoir, elle ne s'était pas vraiment occupée de ses enfants. Des nourrices et des précepteurs avaient pris le relais, alors qu'elle courait de bal en bal, de réception en réception, jusqu'à ce que son monde s'écroulât, que ses deux parents meurent dans un terrible accident. Le choc émotionnel l'avait changée, mais bien trop tard. Ses enfants avaient appris à vivre sans elle. Cassiopée se rattrapait avec les progénitures d'inconnus de sa Régence et avec Milyana qu'elle cajolait sans cesse.

Toute sa famille l'avait abandonnée pour assister au couronnement d'Ystar. Cassiopée se sentait partagée entre la joie de profiter de sa solitude et la tristesse qu'engendrait cette absence prolongée. Les séances avec La Dame égayaient heureusement ses journées. Les enfants applaudirent. Leurs petites mains rebondissaient gaiement. Leurs yeux éclatants et leurs cris énergiques attestaient de leur enthousiasme.

— Encore une histoire ! réclama un petit garçon à la peau criblée de taches de rousseur.

La Dame lui sourit avec malice. Ses longs cheveux dorés voletèrent sous une légère brise. L'Elfe leva les mains, écarta les bras et imita le battement d'ailes des oiseaux. Les enfants comprirent que la conteuse s'imprégnait du prochain univers qu'elle décrirait. Ils se turent, attentifs, prêts à rêver. La Dame commença.

— Il y a très longtemps, bien avant que Linaria choisît ses premiers Énèdjärs, dans un monde alors en paix et empreint de bonté, les dragons représentaient les créatures les plus sages et les plus honnêtes que la planète abritait. Très intelligents, ils pouvaient voler, apprendre plus vite que les Elfes et se battaient mieux que les Hommes. Certains d'entre eux nageaient même mieux que les Grèdes et leur dextérité, comme leur agilité, s'avérait légendaire. La couleur de leurs écailles variait d'une espèce à l'autre et se transformait en fonction des saisons, leur servant de camouflage. Leur majesté émerveillait toujours et leur sagesse attisait les plus basses convoitises.

La Dame s'amusa à marcher à quatre pattes parmi les enfants. Pour leur faire peur ou les faire rire, elle grognait et les observait avec de gros yeux globuleux. Des enfants lui caressèrent les cheveux et d'autres reculèrent quand la dragonne-Elfe essayait de les mordre. La Dame fit le tour de tous les petits puis se replaça en tailleur, au centre du groupe. Plaçant un index sur les lèvres, elle intima ses auditeurs au silence. Les enfants la fixaient avec admiration. Seul le son du vent s'entendait dans la cour.

— Certaines espèces les respectaient quand d'autres les craignaient. Les humains faisaient partie de ceux-là. Les dragons, communément appelés les coupe-rouges ou Anafélihé, les jaunes-yeux, dans la langue ancienne, constituaient des êtres énormes ravageant les villages et tuant dans une violence inouïe. Le feu impressionnait et terrifiait les populations. Les Elfes s'étaient construit des parades guerrières et leurs murs, comme certaines de leurs armures, pouvaient dévier les flammes grâce à de puissants sortilèges. Les Nains avaient modifié leurs alliages de métal pour que le feu ne fût plus un danger. On dit même que ces mineurs et artisans fabuleux avaient apprivoisé un petit dragon qui serait devenu l'un des leurs, se croyant Nain lui-même. Il s'appellerait Nian'hir, la fureur bleue, dans le patois nanique.

La Dame remua les mains en chuchotant des paroles inaudibles. Soudain, une boule bleue apparut entre ses mains. De ses doigts experts, elle recréa une petite lame bleue, puis la fit grossir jusqu'à ce qu'elle devînt un dragon miniature. Les enfants applaudirent à tout rompre.

— Il existe énormément de légendes sur les dragons, reprit l'Elfe argentée. Chaque peuple a ses histoires, ses héros et ses morts. Mon histoire préférée reste celle de la jeune Elfe Lyarhnhya. Vous voulez l'entendre ?

— Oui ! Oui ! Oui ! hurla le public avec vivacité.

— D'accord, très bien, se soumit La Dame avec délice. Je vais vous conter l'histoire de Lyarhnhya.

L'Elfe écarta ses mains, de telle sorte que la forme bleutée disparut. L'une des petites filles humaines en profita pour se blottir dans les bras de la conteuse. La Dame l'accueillit avec joie et la serra dans une étreinte chaleureuse.

— Cette jeune fille vivait dans la forêt de Drun, plus au sud, avec son père et son petit frère, reprit l'Elfe avec une voix envoûtante. Elle aimait se promener seule et vagabonder à travers bois, toujours à la recherche d'endroits où méditer en paix avec comme seuls partenaires le bruit des oiseaux. Lors de l'un de ses voyages, elle trouva un œuf d'un jaune vif. Elle n'avait jamais rencontré ce genre d'objets dans sa jeune vie. Par curiosité, elle décida de le ramener chez elle afin de l'étudier plus en détail. Elle l'avait trouvé près d'un lac dans lequel vivaient plusieurs Grèdes discrets. On disait que ces derniers avaient été chassés de chez eux et qu'ils avaient été placés là parce qu'ils avaient désobéi à leur chef. Des exilés. Des parias. Lyarhnhya ne s'était cependant pas doutée qu'elle avait arpenté les alentours d'une prison. Elle rentra chez elle, heureuse avec son œuf.

— Mais les dragons ne pondent pas d'œufs logiquement. N'est-ce pas ce que vous aviez raconté dans une autre histoire ? questionna la petite fille qui se trouvait dans ses bras.

— Tu as parfaitement raison, acquiesça la conteuse en lui caressant les cheveux. Depuis longtemps déjà, les dragons ne pondent plus d'œufs. Les sortilèges lancés à leur encontre ont complètement déréglé leur système reproductif. Comme nous, leurs petits naissent de leur ventre.

— Et qu'est-il arrivé à Lyarhnhya ? demanda un petit garçon que les questions anatomiques intéressaient moins.

La Dame lui adressa un regard espiègle. L'Elfe adorait l'énergie que lui renvoyaient les enfants. Plus encore, elle aimait le fait qu'ils ne la prissent pas pour une étrangère ou un monstre. Les Hommes du Sud, certainement les plus tolérants de Linaria, adoraient apprendre des autres cultures. Cassiopée et Sirius invitaient régulièrement les ambassadeurs de toutes les espèces à se joindre à leur table. La Dame préférait participer aux cabinets de curiosité de la Régence, plutôt qu'aux échanges racistes que ses proches lui rapportaient.

— Lyarhnhya avait trouvé le dernier œuf de dragon de l'histoire, fit La Dame avec emphase. Il avait été volé par un Grède, qui comptait l'échanger contre de l'argent. Il l'avait malencontreusement égaré à l'endroit où Lyarhnhya l'avait trouvé. Le dragon naquit et devint gigantesque, dépassant la plupart de ses confrères. Il s'appelait Maliié. À cause de sa taille et de son lien avec une Elfe, il fut détesté par les siens. Lyarhnhya s'occupa affectueusement de lui et l'aima jusqu'à la fin de ses jours. On dit même qu'il fut transformé en Elfe et que Lyarhnhya l'épousa tant elle en était éprise.

Quelques enfants émirent des exclamations de fascination, quand d'autres tirèrent la langue, dégoûtés par l'histoire d'amour entre une Elfe et un dragon, ou désabusés par l'histoire d'amour tout court. Cassiopée frappa soudain dans ses mains. Les enfants se redressèrent d'un seul mouvement et se retournèrent. Leurs parents, dans le fond, entraient dans le jardin pour venir les chercher.

— Je vous raconterai les autres variantes une autre fois ! s'exclama La Dame, tout en se levant et emmenant la petite fille avec elle.

Cette dernière, une fois sur pieds, s'éloigna. Après un léger baiser sur la joue argentée de la conteuse, la petite courut vers sa mère. La Dame la regarda un instant gambader parmi les fleurs. La jeune Elfe rêvait d'avoir des enfants pour leur raconter tout ce qu'elle avait dans la tête, pour leur montrer tout ce qu'elle pouvait créer, imaginer et ramener à la réalité. L'évasion dans des mondes épars lui permettait de mieux apprécier son quotidien. L'Elfe se dirigea vers sa reine et lui tendit son bras droit ainsi que son épaule.

— Non, je me débrouille, protesta Cassiopée.

La reine n'aimait pas que l'on s'occupât d'elle quand elle ne l'avait pas demandé. Depuis sa chute à cheval, elle boitait et souffrait de douleurs au dos. Malgré cela, elle continuait ses marches, usait de sa nouvelle canne avec élégance, et n'avait annulé aucune de ses séances de doléances. Cassiopée avait hérité du caractère têtu de sa mère, et de sa grand-mère avant elle. Contrairement à sa sœur, Agéna, qui s'était suicidée, abandonnant sa fille unique et son mari.

Cassiopée avait élevé Héléna, sa nièce, et lui avait réservé le même sort qu'à ses propres enfants. Héléna s'était avérée rapidement gênante, notamment à cause de ses ambitions et de sa beauté naturelle. La reine en avait payé le prix. Cassiopée détestait Héléna, maintenant l'épouse de l'homme le plus puissant du royaume. L'excuse de la chute à cheval était tombée à pic et avait évité à la reine de retrouver celle qu'elle haïssait tant. Sirius, son mari, n'avait, évidemment, pas songé à annuler sa venue. Entre sa nièce par alliance, et sa femme, son cœur ne balançait plus depuis longtemps. Héléna avait gagné son âme, peu importait la distance. Cassiopée n'en avait jamais eu la preuve mais supposait qu'ils avaient également cédé à la tentation d'assouvir leurs désirs charnels.

Par elle ne savait quels moyens, Héléna lui avait volé Sirius et la vie dont elle avait toujours rêvé. Le bassin-régial, qui abritait notamment le palais de la Régence et d'autres monuments prestigieux, portait le nom de Masdrana en l'honneur d'Héléna et de son nouveau rang de reine de Linaria. Le suffixe « rana » s'avérait bienveillant et affectueux, alors qu'Héléna ne possédait pas le titre de Masda, indigne pour une femme sans lien avec la déesse Laria. Cassiopée fulmina. Même les qualificatifs encensaient Héléna alors qu'elle ne valait rien.

Milyana, la féline uldave, se mit sur ses pattes et observa sa maîtresse avec amour. Cassiopée la caressa en souriant. Milyana la détendait irrémédiablement. Appuyée sur sa canne, la reine commença l'ascension des quelques marches qui séparaient le jardin de la terrasse, sur laquelle elle se trouvait. La Dame se tenait non loin, au cas où sa reine aurait besoin d'elle. Les deux femmes firent quelques pas et en profitèrent pour regarder les enfants s'éloigner vers la grille des jardins.

— Vous les enchantez avec vos histoires. Sont-elles au moins réelles ? demanda la reine.

— Ce sont des légendes, des récits que j'ai glanés lors de mes voyages, expliqua l'Elfe. Je pense qu'une part de réalité s'est glissée dans chacune de ces histoires. D'ailleurs, j'aimerais vous parler de mon nouveau projet.

— Faisons-le en marchant, décida Cassiopée.

La reine et l'Elfe se dirigèrent vers le lac artificiel longeant le château. Cassiopée aimait en faire le tour pour assouplir ses jambes et admirer les oiseaux aux longues pattes qui s'y baignaient. Milyana s'amusait à les effrayer ou à courir après eux quand elle n'avait pas peur des volatiles.

— Quel est ce projet qui vous tient tant à cœur, ma Dame ?

— Vous savez mon amour pour les différentes cultures et les différentes versions d'une même histoire, commença l'Elfe. Il y a deux sacres, vous m'aviez laissée parcourir tout Linaria pour combler cette envie. Aujourd'hui, je vous demande de me laisser partir en Adoua, ou en Mélog, l'un de nos royaumes voisins.

La reine grimaça à cette nouvelle. Ces voyages signifiaient que sa conteuse et musicienne favorite la quitterait pendant des levées, voire peut-être des sacres. La Dame avait une conversation intéressante et constituait une bonne excuse quant à l'accueil d'enfants dans sa demeure. De temps à autre, elle se transformait aussi en sa confidente et amie. Milyana ressentit la tristesse de sa maîtresse et abaissa ses oreilles. L'Elfe savait ce que ce silence annonçait. La Dame s'était attachée à Cassiopée, à ses envies parfois étranges, à ses crises, et à son caractère fort. Elle lui manquerait.

— Je ne pensais pas vous laisser sans soutien comme la dernière fois, reprit La Dame. Avant de partir, je songeais enseigner mon art à une jeune apprentie. Qu'en dites-vous ?

Cassiopée fit quelques pas autour du lac à l'eau d'un bleu transparent. Au travers, elle pouvait y admirer des poissons colorés qui entamaient des rondes aléatoires ou des espèces plus exotiques, au corps immensément long, qui ne bougeaient pas et profitaient paisiblement des soleils. Le décor idyllique redonnait du baume au cœur à la reine. Talel-Ama lui réchauffait la peau d'une manière agréable. L'air qui faisait voleter sa robe blanche et ses cheveux blonds la rafraîchissait. Les plongeons de quelques créatures aquatiques lui renvoyèrent des gouttelettes bienvenues.

— C'est une bonne idée, déclara Cassiopée, qui s'étonnait elle-même de sa bonne humeur.

La Dame ne s'était pas attendue à une réponse positive de la part de la reine la plus compliquée qu'elle eût jamais connue. Elle avait préparé nombre d'arguments et se les répétait inlassablement en tête. L'Elfe sourit et put arrêter de ressasser son discours désormais inutile.

— Je pense que la personne que j'ai en tête vous plaira, ma reine. Si cela vous convient, je vous la présenterai dès demain.

— Ce serait parfait, conclut Cassiopée, un sourire sur les lèvres.

Les deux jeunes femmes continuèrent leur chemin, et changèrent de sujet de discussion. Cassiopée écouta La Dame lui détailler les étapes qu'elle prévoyait pour son futur voyage. La reine n'avait jamais quitté son pays, elle ne l'avait jamais voulu. Linaria possédait tout ce dont elle rêvait, chaque Régence avait ses particularités, ses cultures, ses climats et ses traditions. Linaria s'étendait sur une surface si vaste, peu avaient été les curieux et les audacieux à en faire le tour. Cassiopée n'avait pas parcouru tout le pays comme l'avait fait La Dame, l'une des seules à avoir surmonté le difficile périple. Grâce à ses récits, la reine voyageait par procuration, et les enfants qu'elle invitait en profitaient également.

Au-devant d'elles, un homme courait dans leur direction. Sa peau noire contrastait avec son costume blanc impeccable, qui reflétait les rayons des soleils. Dartran, l'un des conseillers à ne pas avoir suivi Sirius, s'arrêta devant les jeunes femmes. Une magnifique chouette effraie, du nom d'Amade, vint se poser sur son épaule gauche. Elle semblait terriblement harassée. Ses ailes paraissaient lui peser des tonnes, son visage avait perdu de sa superbe habituelle, et elle tremblait. Amade hulula faiblement pendant que Dartran profitait de plusieurs secondes pour reprendre son souffle. La Dame et Cassiopée se regardèrent avec étonnement. Quant à Milyana, la féline, elle observait la chouette avec gourmandise. Amade lui rendit le regard le plus agressif que sa force actuelle lui permettait.

Cassiopée fronça les sourcils devant l'état de santé d'Amade et le regard empli d'effroi de Dartran. Elle interdisait à quiconque de la déranger lors de ses balades avec La Dame, à moins qu'il n'y eût une urgence. La reine avait du mal à contenir son impatience. Les soins de sa chouette Amade attendraient. Elle devait comprendre.

— Dartran, que se passe-t-il ?

Le conseiller récupéra un parchemin dans l'une de ses poches et le tendit à Cassiopée. La reine fit un signe de tête à La Dame. Celle-ci prit le papier et le déplia. L'Elfe s'appliqua à lire à voix haute.

— « Message très urgent à tous les gouvernements des Régences de Linaria. Un terrible attentat, mené par les forces des Pourfendeurs de foi, a interrompu la cérémonie de couronnement de l'aelrelne Ystar. De nombreuses victimes sont à dénombrer. Un prochain message vous sera envoyé avec les noms de vos gens morts ou blessés.

Nous vous envoyons d'avance toutes nos condoléances ainsi que toute notre force. Nous ne devons pas nous laisser abattre par ces traîtres, dont quelques éléments ont été capturés. Ils seront jugés par les Non-Êtres dès demain. Des flux-nefs tianiennes à nitrosynes peuvent vous être prêtées, exceptionnellement, pour vous rendre expressément au tribunal, si vous le souhaitez. D'autres vous seront également envoyées pour transférer quelques-uns de vos Passeurs et Lariens au Berceau. Nous avons besoin de toute la main-d'œuvre nécessaire pour permettre à nos morts de retrouver la déesse et de vivre éternellement dans l'Océan.

Nous comptons sur vous pour maintenir vos populations dans la bonne entente et éviter d'autres folies. Prions Laria et restons soudés. Le Tiane. »

Cassiopée n'en crut pas ses oreilles. Un silence tendu engloba les trois individus. Si le Tiane mettait à disposition ses flux-nefs de compétition, des engins incroyables qu'il chérissait comme la prunelle de ses yeux, la situation s'avérait dramatique. À propulsion magique autonome, grâce à la nitrosyne, une création naine, ces véhicules comptaient parmi les seuls autorisés à naviguer sur les voies prioritaires inter-bassin, ouvertes lors d'occasions spéciales. Un sourire énigmatique fleurit sur les lèvres de la reine.

Cette dernière s'approcha de la chouette et lui toucha les griffes. Cassiopée ressentit comme un léger pincement significatif. Une essence importante de magie avait été transférée dans le corps d'Amade pour qu'elle pût rapidement porter le message. Cassiopée grimaça de rage. Sirius avait osé se servir, en plein jour, de son animal de voyage préféré pour cette tâche ingrate, qui l'avait complètement épuisée ! La pauvre Amade avait dû parcourir des milliers de kilomètres en l'espace de quelques heures ! Sirius savait très bien que sa femme ne supportait pas que l'on utilisât la magie. Cassiopée avait interdit tout usage de flux magique au sein du palais ; la Régence avait donc été obligée de revenir aux techniques ancestrales, qui usaient d'animaux ou de coursiers pour transmettre les informations. La Régence du Sud économisait la magie et ne l'utilisait qu'en cas d'extrême urgence. Cassiopée préférait ne pas voler le flux magique de la nature, cette dernière en avait également besoin. La reine travaillait à le garder stable en tous points de l'espace. Les Syraniens appréciaient particulièrement cet état d'esprit. Même s'ils consommaient de grandes quantités de magie, ils ne la prélevaient que dans les lieux qui en accumulaient le plus. Les Syraniens songeaient avant tout à l'équilibre. Si besoin, ils libéraient leur magie interne et renflouaient l'endroit.

— Amade, ma chère Amade, tu peux aller te reposer, lui susurra la reine, les traits de nouveaux souriants. Merci pour ton travail. Je t'enlèverai ton flux magique excédentaire dans la soirée. Va, ma jolie.

Cassiopée envoya un baiser dans les airs à la chouette. Amade hulula à nouveau et s'envola avec grâce, malgré l'épuisement. Ses plumes blanches et brunes bougeaient lentement, tout en agitant férocement les masses d'air au-dessous d'elle. L'animal disparut derrière le château. Milyana, dont les oreilles s'étaient dressées, les abaissa avec déception.

La Dame tremblait. Dartran avait pâli. Ils n'avaient pas fait attention à l'attitude de la reine, qui préférait s'occuper de son coursier volant, plutôt que de l'annonce terrible qui venait de leur être annoncée. Seule Cassiopée semblait anormalement ravie de la situation. Face à ses compagnons, elle se força à montrer une attitude neutre et digne. Son sourire disparut. On attendait d'elle une réaction logique et des décisions efficaces. Cassiopée reprit son rôle de reine.

— Dartran, prévenez tout le palais en vitesse ainsi que tous nos hérauts. Je veux que toute la Régence soit au courant de ce qui vient d'être rapporté. Envoyez nos meilleurs guérisseurs, et des Passeurs de vie. Si quelques-uns de nos Lariens veulent monter afin de bénir et d'aider les âmes dans leur dernière quête, permettez-leur d'user des flux-nefs tianiennes qui ne devraient plus tarder. Je vous laisse aussi répondre à cette lettre, je veux assister au procès. Quelques flux-nefs tianiennes supplémentaires ne seraient pas de refus. Je ferai également une annonce dans quelques heures. Préparez mon discours et passez le message à mes habilleuses et maquilleuses. Dites à tous que le château est ouvert à ceux qui en ont besoin. Je mettrai en place quelques cellules de crise dès ce soir, et appellerai les meilleurs penseurs au château, pour qu'ils soutiennent les citoyens profondément perturbés par cette tragédie.

Dartran avait sorti son calepin fétiche et prenait des notes. Quand Cassiopée exigeait, tous ses subalternes se soumettaient, lui le premier. Même si la reine s'exprimait par le « je », il savait que toutes les tâches lui incomberaient. Le conseiller suait et angoissait. Sa fille s'était rendue à la cérémonie, avec la suite du régent Sirius. Il n'avait aucune nouvelle. S'occuper du château et des volontés de la reine l'occuperait le temps que d'autres messages leur parvinsent.

— Ensuite, vous viendrez me voir Dartran. J'ai à vous parler, conclut Cassiopée d'une voix ferme. Partez à présent, vous avez du travail.

Le conseiller acquiesça avec hâte, reprit le parchemin des mains de La Dame, et courut vers le château, soufflant sous l'effort. Cassiopée se perdit dans ses pensées. Ses prières avaient apparemment enfin porté leurs fruits. Depuis plusieurs levées, elle maudissait chaque soir Héléna et ses proches pour qu'il leur arrivât malheur. Intérieurement, la reine jubilait, jusqu'à ce que des images de ses enfants lui passent devant les yeux. Cassiopée eut un haut-le-cœur. La vie de son mari lui importait moins que celles de ses amours, ses enfants. Des visions terribles de sang et de mort la troublèrent. La féline Milyana ressentit le trouble de sa maîtresse et se frotta contre ses jambes. Ce contact rassurant ramena la reine à la réalité. À ses côtés, La Dame gardait la tête basse et le regard hagard. Cassiopée détestait que son amie fût aussi malheureuse.

— Venez avec moi, ma Dame, lui dit Cassiopée avec tendresse. Nous allons nous détendre dans mes bains privés.

La Dame acquiesça en silence puis suivit sa reine.

***

Les bains de la reine constituaient la pièce la plus sombre du palais, car aucune fenêtre ne donnait sur l'extérieur. De nombreuses bougies parsemaient les parois pour apporter leur chaleur et luminosité aux baigneurs. L'eau provenait de sources des rares montagnes de la Régence, que la reine importait à gros frais. Les monts Massaves, suivis des Baltijes, s'étendaient à l'est de la région et culminaient à plusieurs milliers de mètres. Les villages massaviens et baltijiens doublaient en population lors des grandes chaleurs, leurs habitants profitant de la fraîcheur bienvenue de la nuit.

Dans les bains de la reine, de nombreux serviteurs accompagnaient les visiteurs triés sur le volet. Ils les massaient quand ils le souhaitaient, leur apportaient de la nourriture quand ils en demandaient, et se donnaient en spectacle quand ils espéraient un peu d'animation. Chaque serviteur assigné aux bains avait ses spécificités : danse, chant, musique... La Dame y venait régulièrement conter ses histoires quand elle avait besoin d'une atmosphère intime et calme. Lorsqu'aucune représentation n'avait lieu, seuls les doux clapotis de l'eau résonnaient dans l'immense salle, composée de plusieurs bassins aux températures diverses.

Les bains s'avéraient également un lieu de rencontre paisible à l'abri des regards, un endroit où des couples interdits se retrouvaient. Quelques chambres privées se louaient et leur insonorisation naturelle ne laissait s'échapper aucun secret. Cassiopée adorait les histoires d'amour dramatiques, tragiques, passionnées et inattendues. Au fait de tous les ragots, elle se délectait des messes basses et du fait de toujours savoir, à tout instant, qui arpentait ses bains ravissants.

Elle y avait elle-même passé de nombreuses journées et nuits, guidée par des amants sensuels, qu'elle sélectionnait avec soin. Elle n'avait cure de leurs origines, couleur de peau ou espèce ; Cassiopée adorait découvrir tout ce que sa Régence, voire Linaria au complet, avait à lui offrir. L'habileté malicieuse de la reine se manifestait dans la qualité des renseignements qu'elle récoltait sur chacun des habitants du palais, de telle sorte qu'elle s'amusait à les menacer, ou les soumettre à ses moindres désirs, contre leur silence sur leurs agissements et vices. Seule La Dame paraissait exempte de tout scandale.

Des serviteurs accueillirent les deux jeunes femmes avec empressement, et leur servirent des rafraîchissements. Cassiopée entraîna sa compagne, entièrement dénudée comme elle, dans son bassin préféré, où l'eau tiède, mélangée à de la crème de banisse, nourrissait la peau. La fleur de banisse poussait aux pieds des monts Massaves. Leurs pétales roses et jaunes attiraient des insectes bien spécifiques, et permettaient de créer une substance aussi douce que nutritive. Cassiopée monopolisait la totalité de la production à chaque cycle, la rareté de la fleur l'y obligeant. La Dame pénétra dans le bassin avant sa reine et aida Cassiopée à descendre les marches glissantes. La reine se laissa faire. Une fois installées, elles furent entourées de serviteurs qui leur proposèrent des fruits et des massages. Les deux femmes acceptèrent le tout avec plaisir.

De rares autres personnes occupaient les bains voisins. Un silence réconfortant englobait la pièce. Cassiopée gémit de plaisir quand on lui malaxa le haut du dos, alors que le reste de son corps restait immergé dans l'eau exquise. La Dame avait fermé les yeux et profitait de cet instant de détente rare. La reine lui prit délicatement la main pour lui signifier qu'elle ne l'abandonnait pas. Quelques traces de pleurs marquaient encore le visage de l'Elfe, dont les dernières nouvelles lui avaient serré le cœur. Après quelques minutes bienheureuses, les serviteurs les laissèrent seules.

Milyana, la féline, laissa échapper un grognement que Cassiopée qualifiait de bâillement. La reine envoya un baiser à son acolyte. Milyana ferma les yeux, heureuse. La pièce obscure la détendait elle aussi.

— Racontez-moi, susurra la reine, qui s'avança à reculons au milieu du bassin.

Elle invita La Dame à la rejoindre. L'Elfe s'écarta de la paroi et se rapprocha de sa reine. La Dame pencha la tête en arrière pour mouiller ses cheveux. Avec lenteur, elle passa les mains sur son visage puis dans ses mèches dorées. La reine restait subjuguée devant cette beauté parfaite, qui dépeignait également de la bonté et de la fragilité de sa porteuse. Nullement attirée par les femmes, Cassiopée se demandait tout de même ce qu'elle pourrait ressentir en touchant ces seins magnifiques, et si cela l'exciterait de caresser ces courbes voluptueuses qui ruisselaient d'eau.

L'Elfe avait bien compris ce que sa reine désirait qu'elle lui narrât. Peu habituée à se confier, elle décida de parler, pour alléger le poids qui compressait sa poitrine.

— Je m'inquiète pour une personne en particulier qui a dû se rendre à la cérémonie, avoua La Dame.

— Qui est cette personne ? demanda Cassiopée, qui essayait de cacher sa curiosité maladive.

— Une personne spéciale. Je ne peux vous dévoiler son identité, mais je peux tout de même vous assurer que je n'ai jamais côtoyé de personne comme elle.

La Dame se mit en position de la planche et battit légèrement des bras. La reine la suivit par des mouvements plus saccadés des mains. Cassiopée désirait ardemment savoir de qui parlait l'Elfe argentée.

— Vous l'avez rencontrée lors de votre dernier périple ?

— Oui, répondit laconiquement La Dame, le regard perdu en un autre lieu que celui des bains.

La reine se sentait partagée entre l'envie de découvrir l'identité de cette personne et son empathie envers La Dame, qui lui commandait de la laisser tranquille.

— Si vous voulez, vous pouvez utiliser Amade, ma chouette personnelle, pour envoyer un message à cette personne et ainsi savoir si elle se porte bien après ces terribles attentats.

— Je vous remercie ma reine. Je préfère attendre le bilan du Tiane avant d'y songer.

Cassiopée acquiesça, mécontente. La Dame avait évidemment raison.

— Vous vous inquiétez pour eux ? questionna l'Elfe, désireuse de changer de sujet.

— Oui. À chaque seconde.

La reine avait compris que La Dame faisait référence à ses enfants. La joie de vivre de Zvezda lui manquait, tout comme les sourires d'Alphecca, les enfants de Céphée et les colères d'Antarès. Vivre au palais n'avait plus la même saveur depuis que ses enfants n'y habitaient plus à plein temps. Antarès parcourait constamment Linaria, à la recherche de nouvelles techniques de combat et d'armes innovantes, Céphée vivait avec son époux, Alphecca préférait vivre en ville et aider les plus démunis, et Zvezda couchait régulièrement à l'extérieur, à l'affut du moindre bal et de la moindre fête, à la recherche de l'heureux élu.

— Je m'inquiète énormément pour eux, renchérit la reine.

La Dame arrêta de faire la planche, nagea jusqu'à sa reine et lui prit la main. Les deux femmes restèrent ainsi quelques instants, à se regarder dans les yeux, jusqu'à ce Dartran vînt perturber leur intimité. Le conseiller attendit patiemment que la reine lui ordonnât de lui adresser la parole. Cassiopée rompit avec peine le contact agréable avec l'Elfe.

— Un autre message est-il arrivé Dartran ?

Ce dernier acquiesça et tendit un parchemin à la reine. Cassiopée s'installa confortablement sur le bord du bassin et fit signe à La Dame de la rejoindre. L'Elfe se posa à côté de sa reine et lut le message en même temps qu'elle. Dartran s'écarta par politesse, à la fois pour ne pas discerner les lettres du message qui ne lui était pas destiné et pour ne pas poser malencontreusement ses yeux sur les poitrines qui dépassaient de l'eau.

La conteuse retint avec peine son relâchement soudain d'épaules ainsi que son sourire rassuré. Cassiopée remarqua ces signes. La lumière se fit dans son esprit. La Dame reprit rapidement son expression neutre et impénétrable. La reine plissa les yeux et commença à raisonner.

Le rituel des bougies attira son attention. Des individus cachés sous des capes blanches apparurent dans la salle. Ils récupérèrent les bougies sur leur fin de vie et en placèrent de nouvelles. Cassiopée refusait que l'on utilisât la magie pour rallonger la vie des chandelles, ces dernières devaient alors être remplacées plusieurs fois dans la journée. Des individus silencieux, que l'on surnommait les Cassiopes, étaient en charge de la gestion de toutes les lumières du palais. Quand le soir tombait, ils entretenaient les flammes, de sorte que la reine ne se retrouvât jamais dans le noir, une couleur et une atmosphère qu'elle détestait. Les Cassiopes maintenaient également une luminosité constante dans les pièces obscures. De nombreux couloirs disséminés dans tout le château leur assuraient des chemins optimisés pour qu'ils passassent inaperçus. Une fois leur tâche terminée, ils disparurent. Cassiopée se réintéressa à la lettre.

La personne à l'identité secrète, que protégeait La Dame, devait avoir un lien avec Loria. Cette dernière avait été kidnappée, comme le stipulait le papier, contre la destitution d'Ystar. Cassiopée en était persuadée. Elle rendit le parchemin à son conseiller qui déguerpit sans demander son reste. De son côté, la reine se fichait bien des enfants tianiens. Une énigme plus intéressante l'intriguait. Elle ne savait précisément ce que le sourire de son amie signifiait. La reine détestait rester dans l'ignorance. Cassiopée comptait découvrir ce que tramait La Dame. L'épouse du régent du Sud avait plus d'un tour dans son sac.

Chapitre 16

Sacre 1410, levée d'Iliath, jour 34 – Dans la soirée – Château tianien

Quand Ystar l'avait retrouvée, il avait dû s'empêcher de lui sauter au cou et de l'embrasser. Héléna soutenait son oncle dont les gémissements et les pleurs avaient rapidement irrité les oreilles du prince. Ystar avait grimacé. La sensibilité du régent Sirius le perdrait sûrement un jour. Heureusement pour le Sud, la reine Cassiopée savait seconder son mari d'une main de fer. Ystar s'était toujours demandé ce qui avait attiré Cassiopée chez cet être faible. Le pouvoir sans doute.

L'héritier devait admettre que l'intelligence de Sirius, et sa jovialité coutumière, charmaient son auditoire. Ni beau ni laid, son physique passe-partout contrastait avec sa barbe nattée à la mode sudiste. Tout comme ils aimaient embellir leurs immenses jardins, les habitants du sud de Linaria s'avéraient réputés pour leurs coiffures extravagantes. Les filles de Sirius, présentes à la cérémonie, n'avaient pas démérité dans leur amour pour les traditions étranges de leur Régence, arborant des cheveux défiant les principes de la gravité. Héléna avait voulu rappeler ses liens avec sa famille sudiste, en choisissant une mise en plis tout aussi extravagante.

Les cheveux de sa bien-aimée étaient restés flamboyants malgré la tourmente. Ystar se rappela ses yeux fatigués, attestant d'un épuisement davantage mental que physique. Il avait préféré la ramener sur-le-champ, en silence, sachant que s'il parlait, il se perdrait dans des paroles stupides ou des excuses inutiles, typiques d'un amoureux transi. Il avait fixé la magnifique chevelure de la reine avant de se transfluer grâce à une formule en ancien langage. Sirius, Héléna et Ystar avaient discrètement rejoint l'assemblée que le Tiane avait réunie dans les jardins, encore noircis par les terribles attentats.

Prétextant un malaise, Héléna s'était rapidement éclipsée, après avoir parlé à quelques-uns des invités, laissant son oncle aux mains expertes des guérisseurs. Après le discours fiévreux de son père, Ystar s'était transporté au-devant de la porte de la chambre de la reine. L'héritier fixait la poignée, indécis. Il se demandait s'il devait imposer sa présence, ou laisser la jeune femme seule. Il l'avait sauvée, mais l'avait aussi abandonnée dans une pièce minuscule aux murs noirs. Une salle inquiétante, notamment aux yeux d'une angoissée chronique. Instinctivement, il n'avait pu trouver d'autres endroits sécurisés. Ystar avait découvert cet antre par hasard, alors qu'il songeait à sa mère et à son sourire apaisant. Les pouvoirs de l'héritier l'y avaient transporté par magie, sans aucune explication.

Seules quelques bougies et une poignée mystérieuse tapissaient les parois de l'endroit énigmatique. Ystar comptait découvrir ce que sa mère, en son temps, avait édifié dans les sous-sols du palais. Le jeune homme songeait régulièrement à la défunte reine. Elle lui manquait tant. Depuis sa disparition, Ystar aimait flâner dans ses anciennes bibliothèques, que son père avait gardées. Assidue dans ses recherches, mais peu respectueuse des parchemins, sa mère adorait les annoter. De son écriture fine et élégante, elle ajoutait des commentaires au-dessus, en dessous ou sur le côté des textes qui s'intéressaient aux dragons, aux différents types de magie, à la déesse Laria ou à l'Histoire de Linaria. Ystar s'imprégnait de ces papiers, des annotations, des ajouts. Il désirait comprendre sa mère, s'imaginer à ses côtés et ne jamais l'oublier. Il voulait également découvrir tous ses secrets pour se rapprocher davantage d'elle. Ouvrir la porte mystérieuse de l'antre noir faisait partie de ce qu'il cherchait à accomplir.

Même si des trois enfants, il avait été celui qui avait côtoyé le plus longtemps Énévive de Vivanhe, de son nom original, Ystar avait joué l'enfant rebelle rejetant l'autorité parentale. Contrairement à Loria et Via, il refusait systématiquement le soutien de sa mère, les instants intimes qu'elle lui proposait sans cesse, ou les balades à cheval auxquelles elle l'invitait. Finalement, il ne l'avait jamais véritablement connue, et le regrettait. Ses fonctions importantes pour le royaume, ses passions pour la lecture et la recherche lui avaient pris tout son temps, et l'avaient empêchée de s'accomplir dans son rôle de mère. Régulièrement absente, elle ne dormait que peu souvent au palais, un lieu qu'elle trouvait étouffant de par tout ce qu'il impliquait. Ystar n'avait jamais compris sa mère.

Une terrible image de l'ancienne reine, se consumant dans les flammes de son bûcher, lui fit fermer les yeux. Ystar se rendit malade quand d'autres cadavres vinrent le torturer, des corps noircis ou blessés, reflets des victimes causées par les derniers attentats. Le jeune homme rêvait d'oublier les dernières heures et de passer un instant avec celle qu'il aimait.

Apposant son oreille, il n'entendit aucun son provenant de la chambre. Habituellement, les servantes d'Héléna parlaient si fort qu'il pouvait discerner leurs voix. La reine dormait peut-être.

Le Tiane dénombrait les victimes dans les jardins et attendait son fils pour établir les nombreux messages de condoléances. Le jeune homme espérait ardemment que son père s'adresserait à une autre personne quand il ne le verrait pas revenir. Falor avait épuisé ses forces alors qu'Ystar n'avait pas encore puisé dans ses derniers retranchements. Le Tiane comptait sur son fils pour utiliser le flux magique et ainsi faire transiter les dépêches. Ystar préférait garder ses forces pour d'autres passe-temps plus agréables.

Ystar toqua à la porte. L'héritier crut attendre des heures. Il observa les gardes qui avaient repris leur poste et dont les yeux restaient infatigablement ouverts et éveillés. Heureusement pour la plupart des habitants du château, les soldats ne s'intéressaient pas aux histoires stupides des domestiques ou aux intrigues sournoises des membres de la famille tianienne. Seule la sécurité leur importait. Ystar avait peine à croire qu'ils fussent humains.

Cela n'était pas le cas des espions qui aimaient les ragots, ou des serviteurs qui laissaient traîner leurs oreilles indiscrètes dans tous les recoins. Pour les uns, Ystar les payait suffisamment pour ne pas s'inquiéter de leurs curiosités maladives, qui allaient bien au-delà des tâches induites par leur métier. Il avait confiance en Yadel, le commandant des espions tianiens. Pour les autres, Ystar s'essayait à ne jamais les croiser et à approcher la reine en toute discrétion. Malgré ses précautions, des rumeurs accusaient la reine de se jouer de l'incrédulité de l'héritier, quand d'autres médisances l'accusaient lui-même d'avoir perverti Héléna. Peu importait à Ystar ces paroles vides, tant que son père n'y croyait pas.

Ystar tourna la tête pour vérifier qu'il se trouvait bien seul. Aucun domestique à l'horizon. Satisfait, il hésita avant de frapper de nouveau sur la porte. Alors qu'il allait pour toquer une dernière fois, l'entrée de la chambre s'entrouvrit légèrement. Il aperçut d'abord sa mèche de cheveux puis son doux visage. Héléna lui adressa un regard méfiant.

— Il n'y a personne, lui assura Ystar d'une voix douce, tout en poussant la porte de ses mains.

Héléna le laissa entrer, les lèvres pincées. La reine avait revêtu une nouvelle robe aux tons clairs, à la transparence bien calculée, de sorte que seuls son ventre et ses jambes fines se discernassent sous les voiles. Elle n'avait pas eu le temps de ramener ses cheveux au naturel. Elle avait souhaité profiter de quelques instants de solitude, avant de se renseigner auprès de l'intendant quant au sort de ses servantes et des invités.

Seule dans sa chambre, elle espérait également pouvoir réfléchir au moyen de pénétrer de nouveau dans l'antre noir, sans qu'Ystar l'en empêchât. La reine observa son beau-fils avec attention. Ses traits semblaient fatigués. Ses fossettes affichaient une lassitude qu'elle ne lui avait jamais connue. Héléna décida de jouer le rôle de la parfaite amante.

Ystar émit un hoquet de surprise quand la jeune femme se jeta à son cou pour l'embrasser. Avec hâte, il pénétra dans la chambre, ferma la porte et enlaça de nouveau sa reine. Héléna lui susurra des mots d'amour réconfortants, parcourut son cou, ses joues et ses cheveux de ses mains expertes, et joua de sa langue sur ses lèvres sèches. Ystar perdit pied. Son cœur meurtri s'emplissait de bonheur. Les images noires qui avaient monopolisé ses pensées se dissipaient enfin.

— Merci de nous avoir sauvés mon oncle et moi.

Surpris qu'elle ne lui en voulût pas de l'avoir abandonnée dans un lieu morbide, l'héritier voulut ouvrir la bouche pour s'excuser. Ystar n'en eut pas le temps. La jeune femme se déshabilla. Il en resta bouche bée. Les yeux mutins de la reine et son sourire malicieux soulevèrent le cœur de l'aelrelne. Ystar se laissa faire quand Héléna s'approcha pour le dévêtir. La jeune femme n'avait jamais été aussi entreprenante. Elle mena le jeune homme vers son lit, le chevaucha et entreprit de le détendre par des caresses érotiques. D'abord quelques cercles sur son torse imberbe, puis des points de contact plus appuyés sur son cou.

Ystar ne savait plus ce que la reine attendait de lui. Il avait joué tant de rôles pour elle, s'était transformé, avait modifié ses attitudes, ses gestes, et même sa voix.

— Je... Je suis désolé...

Héléna se redressa, elle arrêta ses massages assidus. Un sourcil interrogateur vint rider son front lisse. Ystar fut troublé par ce regard incisif et intelligent.

— De quoi es-tu désolé ? lui demanda-t-elle.

Ystar se racla la gorge. La reine attendait patiemment. Héléna reprit ses gestes doux et sensuels pour patienter. Elle abandonna les mains pour sa langue, et se glissa avec délicatesse au creux du cou de l'aelrelne, qu'elle n'avait jamais connu aussi timide et maladroit.

— Je ne voulais pas t'abandonner... te laisser seule dans un lieu aussi glauque.

Héléna arrêta ses caresses humides pour rire. Ystar resta pétrifié, complètement sous le charme de ce son cristallin et inattendu, de ce visage détendu et lumineux. Son inquiétude disparut. La reine ne lui en voulait apparemment pas du tout.

— Je ne te cache pas que j'ai eu un peu peur, au début, lui confia-t-elle. Je déteste rester sans nouvelle, sans échappatoire et sans sortie de secours.

Héléna sortit du lit pour aller ouvrir l'un de ses placards. Ystar se redressa et l'observa virevolter dans la chambre. Il ne comprenait pas ce qu'elle cherchait, ni ce qu'elle comptait faire. Héléna sembla satisfaite une fois plusieurs rubans en mains.

— Puis, j'ai fini par comprendre, reprit-elle, que tu avais pris la meilleure décision possible.

La jeune femme revint se poser auprès de son amant. Elle caressa avec tendresse le visage d'Ystar, qui s'abreuvait de toutes ces petites attentions avec joie.

— Grâce à toi, je n'ai pas vécu l'horreur qui transperce encore tes yeux. Et je me sens plus vivante que jamais.

Héléna se replaça à califourchon. Ystar avait succombé depuis plusieurs minutes déjà ; son cerveau ne fonctionnait plus normalement, son corps ne songeait plus qu'à une seule chose. Héléna s'en voulut de jouer ainsi avec l'amour intense qu'il ressentait pour elle. Ses remords ne durèrent pas. La reine avait appris à manipuler le cœur des hommes pour parvenir à ses fins. Elle ne faisait qu'imiter celles qui l'avaient précédée, ses professeures renommées, des femmes à l'esprit tortueux que sa mère adoptive, la reine Cassiopée, détestait avec assiduité. Bien qu'elle préférât les hommes, la reine avait usé de ses machinations pour courber l'échine de plusieurs dames, avait charmé des nobles fières et avait découvert tous leurs secrets. Personne ne lui résistait. Sauf le Tiane.

— Amusons-nous un peu ! s'exclama soudain la reine. Nous en avons bien besoin après cette journée harassante et sinistre.

Ystar suivit les mouvements de la jeune femme avec envie, alors qu'elle lui attachait les poignets à l'aide de rubans soyeux. Le corps d'Héléna réagissait avec ardeur, mais son esprit se trouvait ailleurs. Elle détestait les effets qu'Ystar parvenait à insinuer sur sa peau, ses membres et son intimité. Elle ne l'avait jamais autant détesté qu'à ce moment-là. Personne ne la soumettrait jamais. C'était elle qui commandait, elle qui menait la danse. Héléna ne supportait pas de perdre.

Elle avait tout su des plans maléfiques destinés à malmener la cérémonie. Elle avait réussi à obtenir les informations, était parvenue à jouer de sa candeur et de sa jeunesse pour décoller les lèvres des traîtres. Malgré cela, rien ne s'était déroulé comme prévu. Héléna enrageait à l'intérieur, elle avait failli y passer et se sentait trahie. Ystar ne devrait jamais le savoir, ne devrait jamais connaître son implication et surtout le fait qu'elle avait voulu saboter le plan initial afin qu'il gouvernât comme cela était prévu. Et pour qu'elle pût un jour régner à ses côtés. Pour qu'elle fût sa reine, celle qui aurait enfin un rôle à jouer, celle qui serait aimée à sa juste valeur. Héléna rêvait de se venger de ceux qui s'étaient joués d'elle. Pour les morts perpétrées, pour ses rêves bafoués, pour ses enfants perdus, ils allaient tous payer. Personne n'empoisonnait la reine, et personne ne la trompait sans en subir les conséquences.

Héléna testa ses liens avec délice. Ystar n'avait pas l'habitude de jouer le rôle de la victime. Il buvait chacune des paroles de la jeune femme. Elle lui chuchota des mots alléchants qui résumaient ce qu'elle comptait accomplir de son corps et de son membre droit. Ystar se savait prêt. Héléna le fit languir encore quelques minutes jusqu'à ce qu'il la suppliât d'arrêter ses supplices. La reine adorait ces suppliques qui lui rappelaient de merveilleux souvenirs, et qui seraient celles que ses prochaines proies hurleraient de désespoir avant de trépasser. Sa mère avait été l'une des inquisitrices les plus terribles de son temps. Elle en avait payé le prix. Héléna comptait perpétuer son héritage et en ressortir plus forte.

— As-tu des nouvelles à propos de l'enquête de Yadel sur mon empoisonnement ?

Ystar rouvrit les yeux. Il lui fallut plusieurs secondes pour se réadapter à la réalité. Il souffla pour dégager l'une de ses mèches qui lui gâchait la vue.

— Il doit me rendre visite ce soir, lui expliqua l'héritier. Il a trouvé quelque chose.

Héléna se lécha les lèvres, satisfaite. Elle avait hâte d'en finir, de punir.

— Parfait, conclut-elle avant de venir l'embrasser.

***

Chaque Régence était représentée autour de l'immense table ronde qui trônait dans la salle de Verre, appelée ainsi pour ses nombreux miroirs. Toutes les six levées, périodes composées de six fois trente-six jours, les régents se réunissaient pour débattre de la politique du royaume. Le Tiane avait installé des miroirs sur tous les murs, de sorte que chaque dirigeant pût observer ses confrères sous tous les angles, tout en affichant clairement sa curiosité. Les hauts-magiciens les utilisaient également pour surveiller l'assemblée et analyser toutes les mimiques, gestes subtils, déplacements furtifs et regards énigmatiques que pouvaient s'échanger les gouvernants.

— Étant donné que l'État d'urgence n'a pas pu être déclaré, il me semble que nous avons tous le droit de choisir. N'ai-je pas raison ?

Êta d'Extélion, la dirigeante Elfe de la Régence de Caharnha, venait de poser une question dérangeante. Sa voix grave, ses cheveux courts et son visage émacié lui donnaient une allure virile, loin des standards féminins que l'on attendait chez une reine de son rang, du moins chez une reine humaine. Les Elfes préféraient ressembler à des guerriers, voire même à des êtres androgynes, quand leur physique le leur permettait. Ils mettaient ainsi en avant leur force et puissance. Détenir le pouvoir ne signifiait pas seulement l'exercer mais avant tout le montrer.

Altaïr, le régent du Nord, secoua tristement la tête, les yeux encore rougis. Il pianotait distraitement sur le rebord de sa place, le regard dans le vide. Le rictus de colère qu'il affichait sur ses traits ne laissait aucun doute quant à sa mauvaise humeur.

En face de lui, Osrile semblait au bord de la crise de nerfs. Il avait reçu un message du château d'Annhorhellh qui lui précisait que Nimile, sa femme, venait de sortir du coma. Au vu de toutes les erreurs diplomatiques qu'il avait commises en son absence, le régent craignait de rentrer chez lui et de devoir subir le juste courroux de son épouse.

À son côté, Sirius, le régent du Sud, enchaînait les verres d'alcool que lui servaient des domestiques attentionnés. Une très jeune fille vint lui apporter sa boisson. Sirius n'avait jamais côtoyé de serviteurs aussi jeunes dans le palais. La fillette devait sans doute remplacer ceux que l'attentat avait tués. À cette pensée, Sirius but sa flûte d'une traite. Ses cernes assombrissaient son expression habituellement joviale, et ses épaules avachies le diminuaient. Il n'avait plus l'allure d'un roi guilleret.

Aldébaran et Mira, les deux régents Grèdes aux cheveux d'or, discutaient à voix basse, l'air soucieux. Ils se ressemblaient tant qu'on les prenait souvent pour un duo de père et fils. Tous deux avaient le front haut, le nez allongé et les joues creuses. Leurs yeux bleus attiraient tous les regards et leur visage imberbe suscitait la jalousie des autres hommes.

Aldébaran n'avait pas encore d'enfants. Il avait ardemment remercié Laria d'avoir bien voulu sauver sa femme, dont le ventre rond grossissait de jour en jour. Izarla allait bien, même si son esprit restait tourmenté par les images morbides des cadavres éparpillés sur le sol. Des guérisseurs adorables s'occupaient d'elle. Tant de cauchemars allaient hanter les sommeils des invités, tant d'horreurs allaient troubler les rêves des enfants, tant d'odeurs nauséabondes allaient traumatiser même les adultes les plus téméraires.

Mira, quant à lui, avait six enfants. Ces derniers ne l'avaient heureusement pas accompagné comme il l'aurait souhaité. Sa petite dernière, Syrma, fêtait ses cinq sacres, un âge d'importance chez les Grèdes. Syrma nagerait pour la première fois dans les Grandes Eaux Douces, sans l'aide d'un précepteur ou de protections. Elle pourrait enfin goûter à la liberté que procuraient les remous aquatiques.

Mitrandar, le régent Nain, arborait ses blessures avec fierté. Il avait refusé l'aide des guérisseurs, prétextant vouloir souffrir pour mieux se souvenir. Mitrandar passait son temps à jouer avec ses pansements. Il les retirait, puis les replaçait. Il agaçait tous ceux qui l'entouraient. Sa barbe, exagérément longue, touchait le sol. Giènhe, son fils unique, adorait la positionner sur sa tête et s'imaginer avec une chevelure qui pouvait toucher le ciel si on la dirigeait vers le haut. Mitrandar avait hâte de rejoindre son fils.

Rhor, le régent de Nidrine, ne siégeait pas dans la salle. Gravement blessé, il avait demandé à son conseiller le plus proche de le remplacer. Le jeune homme, très timide, ne se sentait pas à sa place parmi tous ces dirigeants charismatiques. De la sueur perlait sur son front et ses doigts tremblaient.

Falor, le Tiane, le comprenait sans peine. Rien ne se déroulait comme prévu. Malgré son précédent discours qui avait redonné de l'espoir à la foule, et qui avait porté sur la justice du royaume, aucun de ses féaux ne le soutenait. Êta avait évidemment raison. L'état d'urgence n'avait pu être déclaré à cause de l'absence de l'un des hauts-magiciens. En temps normal, il impliquait que la seule voix du Tiane pouvait statuer si l'unanimité ne se présentait pas. Étant donné les nombreux désaccords, ils allaient devoir rester cloîtrés dans cette pièce un bon moment encore. Falor maugréa de désespoir.

Quatre des hauts-magiciens se trouvaient debout, derrière le trône du souverain. On ne distinguait pas leur visage ni leurs amulettes, dissimulés sous leur cape. La chaleur ne les atteignait heureusement pas ; une bulle d'air frais invisible les enveloppait. La discrétion avant tout, l'économie de magie attendrait. Dhanine, leur dirigeant Elfe, s'approcha de leur seigneur pour lui chuchoter quelques mots. Le brouhaha ambiant n'aidait pas Falor à se concentrer. Il tendit une oreille distraite.

Les régents perdaient patience ; certains souhaitaient retrouver les leurs, d'autres ne pensaient qu'à entrer en guerre.

— Il y a un traître dans l'entourage du Tiane ! rugit le Nain, en pointant son doigt sur Falor.

— Tu t'entends, Mitrandar ? Arrête de déblatérer des stupidités ! lâcha Aldébaran, appuyé par son camarade Mira, qui acquiesçait à tous ses dires avec véhémence.

— Et comment expliquez-vous que le bouclier des Énèdjärs n'ait pas tenu, dans ce cas ? Ce ne sont pas des magiciens de pacotille, autant que je sache ! s'énerva Altaïr. Ce sont même les plus puissants du royaume !

Le régent du Nord envoya un signe d'assentiment vers son confrère Nain pour qui il éprouvait de la sympathie, ou du moins un sentiment qui s'en rapprochait. Un bourdonnement chaotique emplit la pièce. Le régent du Nord en avait assez d'attendre en vain que ses confrères se décidassent à voter en faveur de la mort des traîtres, se décident à entrer en guerre pour les détruire. Altaïr se leva avec rage, faisant tomber son siège.

— Ma fille est morte et je veux savoir pourquoi ! Les Pourfendeurs, comme les manifestants opportuns, ne peuvent être les seuls responsables, ou alors ils sont tous devenus bien plus puissants avec les sacres. Et c'est pourquoi nous devons les anéantir une bonne fois pour toutes ! Surtout s'ils se sont alliés pour tous nous nuire !

Êta l'applaudit avec fougue. Malgré leur haine ancestrale, Êta et Altaïr partageaient des convictions similaires et n'hésitaient pas à se soutenir quand cela s'avérait nécessaire. L'Elfe guerrière n'attendait plus que les combats. Un royaume en paix, comme Linaria, l'ennuyait. Elle n'avait plus combattu depuis bien trop longtemps. Altaïr éructait de rage et de tristesse à la fois. Ses yeux lançaient des éclairs. En se rasseyant, il remarqua un mouvement parmi les hauts-magiciens. Le régent du Nord doutait de la réelle puissance de ces protecteurs. Ils n'avaient pas été capables de protéger le royaume d'une attaque d'hérétiques. Ils ne servaient à rien.

Mitrandar tapa du poing sur la table pour exprimer son approbation. Les Nains n'aimaient pas particulièrement se battre mais fournissaient les meilleures armes de tout Linaria. Le régent de Mastar rêvait de revoir sa région s'activer à nouveau dans les mines, usines et carrières de pierres. Elles ne marchaient qu'au ralenti, afin de pouvoir satisfaire les rares commandes et les demandes régulières de la régence du Nord, où les arènes de combats accueillaient toujours plus de spectateurs avides de sang.

Sirius restait cloîtré dans sa bulle, et l'alcool coulait à flots. Le Tiane profita du passage d'un domestique pour lui signaler l'abus du régent à qui de nouveaux verres seraient désormais interdits. Falor avait déjà suffisamment à gérer. Dhanine lui avait suggéré une solution intéressante mais qui ne ferait qu'attiser la haine de ses comparses. Falor pouvait effectivement choisir d'entrer en guerre ou bien de laisser les rênes du royaume aux Non-Êtres, en leur cédant la résolution du conflit. Ces derniers constituaient une espèce impartiale, juste et n'appartenant à aucune Régence en particulier, de sorte qu'elle ne pourrait favoriser personne.

Tous les Non-Sens et les Non-Êtres vivaient près du palais tianien, à l'abri des regards. Ils ne ressemblaient en rien aux Elfes, Nains, humains ou Grèdes. Leur crâne chauve et blanc cassé les vieillissait ; leur peau imberbe les rajeunissait ; leur physique banal, sans forme ou distinction, attirait l'attention ; leur manière d'avancer et d'analyser les autres inquiétait ; et leur parler sans saveur ou émotion effrayait. Seuls les Syraniens, liés à la nature, semblaient les comprendre, et personne ne l'expliquait.

— Je ne ferai pas entrer mon peuple en guerre ! s'énerva Osrile.

Êta jeta un regard acide à son confrère Elfe.

— Mon pauvre Osrile... Tu n'as jamais rien compris à la politique ! Tu ne veux pas que ton peuple entre en guerre alors que ta Régence se détruit à petit feu sous le joug d'une guerre civile ridicule, qui n'a aucun sens !

Êta marqua une pause volontaire avant de reprendre, d'un ton bien plus méprisable. L'Elfe arborait une grimace peu gracieuse.

— Tu n'aurais jamais dû régner à la place de ta fille, l'héritière légitime !

— Tu n'as aucun mot à me dire, Êta ! contra Osrile, rouge de colère. Je gère ma Régence comme je l'entends, et j'ai tous les droits !

— Tu bafoues la mémoire d'une grande reine. Nimile aurait honte de toi !

Osrile retint un tremblement mêlé d'irritation et d'angoisse quand il songea à sa femme. Nimile devait avoir honte de lui, il en était persuadé. Il n'avait pas su gérer leur fille, avait fait souffrir son peuple, et la moitié de ses propres conseillers avaient abandonné le château. Êta prit cet instant de faiblesse comme une approbation et se tut, satisfaite. Son sourire suffisant agaça Osrile dont le visage prit des couleurs anormales.

— Vos querelles d'Elfes ne nous intéressent pas, conclut d'une voix forte le Tiane dont la mauvaise humeur transparaissait.

Le brouhaha s'estompa et un silence tendu emplit la salle. Sirius restait affalé sur la table, la joue sur le marbre froid, les yeux perdus, alors que la magie frémissait dans l'air. Altaïr et Mitrandar s'observèrent brièvement. Ils savaient pertinemment que le Tiane venait de commettre une erreur. Mira et Aldébaran échangèrent un coup d'œil avant de se taire. Ils adoraient écouter attentivement quand le ton montait.

Falor avait du mal à réfléchir dans le bruit et n'avait su garder son mécontentement pour lui. Il s'inquiétait pour Via, toujours alitée ; il songeait à Loria, peut-être blessée ou malmenée ; et craignait que son fils, Ystar, ne prît mal sa décision de l'évincer du trône. Tout allait de travers. Le nombre de victimes s'avérait monstrueux ; son peuple souffrait et tremblait ; et ses confrères ne savaient que se quereller. Cela faisait longtemps que le royaume n'avait pas été aussi chamboulé. L'absence du haut-magicien Khor commençait à poser de sérieux problèmes. L'État d'urgence aurait aidé le Tiane à gérer rapidement la situation. Les caractères puérils des régents ralentissaient tout le processus.

— Qu'est-ce que tu sous-entends par là ? rugit Êta. Tu n'as rien fait pour arranger la situation et tu oses interférer aujourd'hui ? Ou as-tu quelque chose contre les Elfes ?

— Parce que tu as fait quelque chose toi, peut-être ? s'époumona Osrile. Je te signale que tu ne sais pas tout ce qui se passe chez moi. Le Tiane m'a aidé et il ne s'en vante pas, pas comme toi tu l'aurais fait !

Falor se prit le menton dans les mains. Ces conversations stériles le fatiguaient. Les dirigeants préféraient penser à leurs problèmes personnels plutôt que de faire progresser le débat. La dernière assemblée s'était avérée moins houleuse. Les cœurs et les âmes s'échauffaient. Le Tiane jeta un œil vers Sirius qui allait de mal en pis. Il se retourna et fit un signe aux hauts-magiciens. Chris, le plus vieux des Énèdjärs, comprit le message. Il s'approcha du régent du Sud pour se renseigner sur son état. Le vieux mage parla au régent d'une voix basse et délicate. Le Tiane se réintéressa à la conversation qui avait pris un tournant tragique.

— ... tous des racistes !

Êta s'était levée et alpaguait chaque régent de son doigt accusateur. Le Tiane envoya un signe aux hauts-magiciens pour qu'ils n'intervinssent pas. Dhanine rêvait d'entrer dans la danse et de tous les faire taire. Il trépignait d'impatience que son souverain lui laissât le champ libre.

— Vous n'avez jamais aimé les Elfes, c'est évident ! continua la régente Elfe.

Altaïr se leva à son tour, suivi par Mitrandar, Aldébaran, Mira et le jeune remplaçant. Ils se mirent tous à parler en même temps. Le chaos ambiant envahit la pièce ; des chaises tombèrent ; les domestiques fuirent. Osrile secoua tristement la tête alors qu'il captait, de-ci de-là, les arguments de chacun. La situation s'aggrava quand Altaïr sortit la lame de son fourreau. Le guerrier du Nord enrageait. Êta brandit sa propre arme, une magnifique dague, pour se protéger. Quelques secondes auparavant, elle avait lancé un crachat à la figure du régent.

— Si je l'ai fait, c'était pour protéger ma fille ! se défendit Altaïr.

— Défigurer un jeune Elfe innocent parce qu'il aimait ta chère petite ? Arrête de mentir ! Regarde enfin les choses en face ! Qu'est-ce que tu crois qu'il lui aurait fait à ta pauvre Capella ? La violer ?

— Ne parle pas d'elle ! Elle est morte ! Morte !

Aldébaran, l'un des plus fervents défenseurs du peuple de Linaria, toutes espèces confondues, se positionna entre les deux belligérants. Il écarta les bras et les força à reculer. Altaïr ne parvenait pas à se calmer. De la bave fleurissait sur ses lèvres. Êta s'était baissée sur ses genoux et avait placé ses bras dans une position qui ne laissait aucun doute quant à ses intentions. Dhanine en eut assez et décida d'outrepasser les ordres de son souverain. Il devait agir. Par quelques mots en ancien langage, il lança un sortilège et déplaça un flux magique épais. Êta et Altaïr lâchèrent subitement leurs épées, leurs doigts les brûlaient. Ils gémirent un instant avant de se rasseoir, honteux et déshonorés d'avoir été rabroués de la sorte.

Aldébaran souffla de soulagement et rejoignit rapidement sa place. Le Grède avait craint de ne devoir prendre un coup pour arrêter ces deux sangs-chauds. Après avoir brûlé les régents vindicatifs, le sortilège continua son chemin et fit trembler la grande table et les multiples fauteuils. Même le Tiane sursauta. Dhanine, le haut-magicien, rabaissa sa capuche et observa chaque dirigeant d'un mauvais œil. Quand tout se calma enfin, le Tiane pria tous les dirigeants de se détendre. Le mage Elfe prit la parole.

— Il y a en effet un traître parmi nous. Khor, notre meilleur guérisseur, a été ensorcelé, certainement pour qu'il dévoile les codes magiques de notre bouclier. Il se trouve actuellement entre la vie et la mort. Selon mes calculs, il aurait été attaqué la veille, lors du bal costumé, auquel vous n'avez pas assisté.

Le haut-magicien avança dans la salle, fixant tour à tour les dirigeants. Dhanine marchait d'un pas lent, et entama le tour de la table. Altaïr détourna le regard ; Mira et Aldébaran baissèrent la tête ; Mitrandar ne dévia pas ses yeux ; Osrile tremblait ; Êta fit comme s'il n'existait pas ; Sirius avait mis fin à sa discussion avec Chris et fixait le commandant des Énèdjärs avec respect ; et le jeune remplaçant frissonnait de peur devant une figure aussi célèbre et puissante. L'Elfe magicien reprit son discours.

— Cependant, cela ne vous met pas hors-jeu pour autant. Hier soir, des invités spéciaux, triés sur le volet, et provenant de tout Linaria, nous ont fait le plaisir de nous enchanter par leurs danses et autres chorégraphies intenses. Rien ne nous dit que vous ne connaissiez pas ces personnes.

Dhanine fit une pause, les mains jointes. Son amulette bleue clignotait sur son front, indiquant qu'il se trouvait également en communication avec les autres hauts-magiciens. Le Tiane observait ce manège avec satisfaction. Dhanine intimidait simplement avec sa voix grave et ses yeux qui lançaient des éclairs.

— Vous serez tous interrogés dès demain matin, par Chris et moi-même ! conclut-il un sourire mielleux aux lèvres.

Il termina le tour de la pièce et se replaça derrière son souverain, les mains derrière le dos, le port altier. Altaïr fut le premier à protester. Il n'aurait jamais fait de mal à ses proches. Êta le suivit avec ferveur. Elle n'avait rien à voir avec cette catastrophe et refusait de rester une journée de plus dans ce palais maudit. Aldébaran et Mira argumentèrent sur leur voyage éreintant à venir, sur les deuils à porter et le repos qu'ils méritaient. Le Nain Mitrandar haussa les épaules, et le remplaçant de Rhor, le régent de Nidrine, ne dit rien. Osrile parut étrangement soulagé. Il n'avait apparemment aucune hâte à rentrer chez lui, même s'il n'avait rien à voir avec cet attentat. Le chaos reprit, les cris emplirent la pièce. Dhanine ne répondit à aucune des remarques, se contentant d'un léger sourire en coin.

Sirius ne se trouvait plus psychiquement dans cette pièce. Chris l'avait endormi. Par des paroles et des gestes calculés, le haut-magicien fit voleter le corps, et l'accompagna jusqu'à la sortie. Sirius lui avait demandé de l'apaiser. Ses douleurs s'avéraient profondes et insurmontables pour le moment. Le vieux mage avait répondu à sa requête. Philosophe dans l'âme et empathique, Chris portait la douleur de Sirius en son cœur. Tous deux sortirent, sous le regard curieux des autres dirigeants. Leur mécontentement et frustration, dus à l'accusation peu subtile du haut-magicien, se dissipèrent sous la surprise d'assister à la déchéance de l'un des leurs. Le Tiane suivit du regard le corps en suspension. Les autres dirigeants se turent. Ce silence apaisa le souverain qui put enfin remettre ses idées en place. Falor se leva.

— Le sujet de cette réunion est grave. Nous devons avancer et laisser nos querelles personnelles de côté. Vous avez voulu voter pour décider si les prisonniers devaient être condamnés selon nos lois ou tués publiquement sans procès, au risque d'entamer une guerre dramatique. Arrêtons de tergiverser !

Le dirigeant du Nord, le régent Nain et l'Elfe hostile restaient les seuls à convaincre. Lors du premier vote, il y avait plus d'une heure, ils avaient refusé d'entendre raison. Falor concentra son regard sur Altaïr. Il se redressa, souleva le menton et fit quelques pas vers le régent.

— Tu n'es pas le seul à avoir perdu une fille ce soir, commença le souverain.

Altaïr grimaça sous l'affront et le souvenir de Capella. Il se revoyait encore tenir le cadavre chaud entre ses bras. Une larme involontaire coula sur sa joue.

— Venger ta fille ne la ramènera pas, Altaïr. Toi qui cherches à comprendre pourquoi les Pourfendeurs nous ont ainsi attaqués, laissant la porte ouverte à d'autres dissidents avides de violence, tu devrais te satisfaire de les savoir jugés par notre justice impitoyable et impartiale. Cela nous révélera peut-être enfin où se trouve le quartier général de ce groupe infâme, que nous traquons depuis des sacres sans succès. Quant aux autres manifestants et kidnappeurs de ma fille, ils seront également punis à leur juste valeur et mis hors d'état de nuire par notre système. La plupart sont inoffensifs et inintéressants. Un exemple douloureux lors d'un procès suffira à les dissuader de recommencer. J'ai l'habitude de les contrôler. De plus, je pense accéder à la requête des Fidèles de ma fille, qui nous laisseront donc tranquilles pour longtemps.

Quelques régents acquiescèrent. Ils ne craignaient pas les manifestants ou les Fidèles de Loria, plus aptes à se montrer et hurler qu'à se battre. Cependant, ils pourraient constituer de bons alliés si le pouvoir les amadouait. Quant à Ystar, aucun dirigeant ne l'appréciait. Ses compétences en politique et diplomatie laissaient nettement à désirer, et sa bêtise agaçait. Il disparaissait sans cesse, seule la déesse savait où. Les dirigeants ne lui faisaient pas confiance et appréciaient le retournement de situation qui se profilait à l'horizon. Un petit miracle.

De son côté, Altaïr admettait que le procès les aiderait sûrement à récolter quelques indices sur la cachette des Pourfendeurs ou leur organisation. Les Non-Êtres usaient de magies redoutables, connues pour tourmenter les pensées des accusés et leur faire avouer leurs pires bassesses. Les procès linariens ne menaient jamais à la mort, bien que les punitions choisies s'avérassent bien plus tragiques. Le Tiane continua sa ronde et rencontra le regard d'Êta ; des yeux verts à l'éclat menaçant.

— Tu avais déjà fait une razzia dans l'un des camps de fortune des Pourfendeurs il y a quelque temps, déclara Êta avec calme. Tu en as même tué en place publique. Tu comptais leur faire peur et cela n'a pas marché. À présent, ils menacent nos vies à tous, et non plus seulement la famille tianienne ou les monuments religieux. Nous devons réagir en conséquence.

— Leur punition sera bien suffisante, contra Falor. Je ne sais ce que les Non-Êtres comptent leur infliger, mais je peux simplement vous dire que d'une part, ces traîtres ne rentreront jamais chez eux et, d'autre part, qu'ils retiendront la leçon. Croyez-moi. Je ne permettrai pas qu'ils restent impunis.

Le ton du Tiane s'était transformé. La douleur transparaissait dans sa voix, le désir de justice illuminait ses yeux, et son envie d'en finir avec ces hérétiques Pourfendeurs se ressentait dans chaque parcelle de son corps, dans sa respiration rauque, et dans chacun de ses mouvements brusques. Êta comprit que son souverain ne serait satisfait que lorsque ces monstres seraient condamnés à la hauteur de leur méfait. L'Elfe croisa les bras et les jambes, tout en abaissant la tête en signe d'approbation. Le Tiane soupira intérieurement. Il avait tant argumenté sur ce point, tant cherché à convaincre ses confrères sur ses bonnes intentions, qu'il était soulagé de la réaction de l'Elfe. Il aura fallu du temps mais elle voterait pour le bien de tous.

Falor poursuivit sa ronde. Il s'attarda auprès de chaque dirigeant pour distribuer son soutien et sa détermination. Il s'enquit de l'état d'Izarla, la femme enceinte d'Aldébaran, puis prit rendez-vous avec Mitrandar pour discuter de ses manufactures d'armes ainsi que d'une solution pour qu'elles fonctionnassent au moins à mi-régime. Il promit également à Osrile de l'aider à canaliser les nerfs de sa fille Lémy et de l'accompagner dans la reprise de son rôle de prince consort, à cause du réveil de Nimile. Le Tiane offrit tout son soutien au jeune conseiller, sentiments qu'il ne devrait pas oublier de transmettre à Rhor, le régent blessé ; enjoignit Mira à rester le plus longtemps possible, jusqu'à ce sa peine fût moins lourde à porter ; et revint s'installer sur son trône. Falor se racla la gorge avant sa tirade.

— Je vous exprime toutes mes condoléances pour vos peuples et vos proches, commença-t-il. Je m'engage à comprendre ce qui s'est produit, et à apprendre de mes erreurs en matière de sécurité. Toute l'aide nécessaire, qu'elle soit psychologique ou matérielle, vous sera apportée. Les hauts-magiciens enquêteront de leur côté pour remonter à la source du sortilège qui a atteint Khor. Aidez-les, je vous en prie. Je ne pense pas que vous soyez impliqués dans cette histoire, mais vous pouvez peut-être détenir des informations qui sauraient mener à des pistes productives. Restons solidaires dans cette histoire et prenons soin des nôtres. La mort ou la guerre ne sont pas forcément les solutions. Nos peuples ont déjà assez souffert. Nous devons également montrer à ces blasphémateurs que nous ne sommes pas comme eux. Montrer à nos peuples que nous valons mieux que ces criminels.

L'assemblée resta silencieuse. Le Tiane fixa chacun des dirigeants avant de poursuivre.

— Le vote de Sirius ne sera pas pris en compte, étant donné son état. Je vous pose de nouveau la question : qui est pour le procès des prisonniers ? Ceux qui voteront contre prendront ainsi position en faveur d'une mise à mort publique et d'une entrée en guerre contre le groupe le plus inquiétant parmi les criminels : c'est-à-dire les Pourfendeurs. Réfléchissez bien.

Le Tiane s'affala dans son trône. Quelques secondes plus tard, le dirigeant des hauts-magiciens s'avança. Dhanine frappa dans ses mains pour annoncer la fin d'un décompte imaginaire, qui avait laissé aux régents le temps de choisir.

— Levez le bras si vous êtes pour, ordonna-t-il.

Le Tiane, Mira, Aldébaran, le jeune conseiller, et Osrile levèrent spontanément la main droite. Mitrandar grimaça avant de lever la sienne dans un grognement. Altaïr hésitait encore. Il jeta un œil à Êta, qui le fixait également. L'Elfe semblait attendre qu'il exposât son choix avant de présenter le sien. Êta savait qu'Altaïr avait toujours un tour dans son sac. Son esprit vicieux surpassait largement le sien. Qu'il soit contenu dans le corps d'un Homme constituait son seul défaut.

— Je vote pour à une seule condition, énonça le régent du Nord.

— Je t'écoute, dit Falor avec curiosité et inquiétude.

— Quand nous aurons découvert où se cachent ces terroristes Pourfendeurs, tu dois me laisser m'occuper d'eux.

Le regard noir d'Altaïr s'avérait effrayant. Falor réfléchit sérieusement à la proposition. Des images du passé réapparurent devant ses yeux. Quelques sacres en arrière, la garde tianienne avait détruit l'un des camps des Pourfendeurs, et tué deux hérétiques devant une assemblée. D'autres Pourfendeurs avaient péri, alors qu'ils combattaient les flammes et les gardes qui cherchaient à brûler la moindre de leurs possessions. À l'époque, le Tiane avait agi seul, sans l'accord de son épouse. Cette dernière lui en avait énormément voulu. Énévive souhaitait justement que les hérétiques fussent jugés lors d'un procès. Sa défunte épouse désirait comprendre leurs motivations, leur religion et les souhaits de leur dirigeant. Elle n'avait jamais souhaité en tuer. L'ancienne souveraine ne songeait qu'à la paix et à son peuple, ce que le Tiane essayait de poursuivre par ses décisions. Falor ne parvenait pas à satisfaire chacun des dirigeants, et ne trouvait pas les mots justes pour tous les convaincre, comme Énévive l'aurait fait. Si Altaïr ne votait pas, ils devraient tout recommencer à zéro. Ils ne possédaient pas ce luxe. Tous avaient besoin de repos et d'autres problèmes restaient à régler.

Après la razzia et la décapitation, les attentats avaient diminué un temps, pour reprendre par la suite avec plus de force. Les Pourfendeurs n'étaient pas tous dangereux. La plupart restaient paisibles. Nombre d'entre eux aimaient tout de même le sang et tuer pour qu'on leur accordât de l'importance. Ils rêvaient d'affaiblir l'image de la déesse Laria et d'amener de nouveaux croyants parmi leurs rangs, comme tous bons membres de n'importe quelle secte. Les Pourfendeurs constituaient le groupe le plus dangereux de Linaria.

— Je te l'accorde, déclara enfin le Tiane, surprenant toute l'assemblée. Seulement si tu agis sans signe distinctif du royaume, et que tu t'y rends avec un petit groupe.

Altaïr fit les yeux ronds. Il ne s'était pas attendu à une négociation aussi aisée. De son côté, le Tiane semblait ravi. Depuis que sa femme avait péri, il avait voulu lui ressembler, agir comme elle l'aurait fait, pensé comme elle, pour que le peuple l'appréciât comme il l'avait aimée elle. Néanmoins, il n'y parvenait pas. Même si Énévive possédait les traits d'une souveraine avisée, elle avait fini par trahir son royaume. Falor se sentait constamment partagé entre l'image merveilleuse qu'il gardait d'elle, et la vision de ses accusateurs qui lui avaient présenté sa femme en haillons, les cheveux mouillés, les yeux larmoyants, à genoux dans la boue. Devant les terribles preuves, il avait été mortifié et l'avait condamnée à la mort, pour le crime d'État le plus grave.

Falor observa, un sourire en coin, Altaïr et Êta lever le bras pour voter en faveur de son idée. Le Tiane avait toujours rêvé d'exterminer les Pourfendeurs. Cette proposition tombait à pic, et ne mettrait pas en défaut le royaume. Il n'utilisait pas les mêmes méthodes que sa défunte épouse mais parvenait tout de même à ses fins.

— Un vote à l'unanimité en faveur du procès selon nos lois linariennes a été choisi ! s'exclama Dhanine.

Le haut-magicien frappa de nouveau dans ses mains pour clôturer la discussion. Dhanine n'affichait pas le mécontentement qui grondait au fond de lui. Il connaissait parfaitement le complexe d'infériorité de son souverain, dont le souvenir de son ancienne femme planait constamment au-dessus de lui. Falor l'avait déjà montré par le passé : il manquait cruellement d'intelligence, s'avérait lâche et préférait savoir ses ennemis morts plutôt que de chercher à les comprendre. L'Elfe et ses camarades éviteraient une tuerie inutile, qui ne servirait qu'à attiser le royaume, donner plus de crédit à cette secte, et supprimer des vies innocentes. Ils iraient contre leur souverain, en toute connaissance de cause.

— Passons à la suite, reprit le Tiane. Ma fille a été kidnappée par un groupe qui se nomme ses Fidèles. Ils souhaitent que le trône lui appartienne, et cela me convient, comme vous le savez déjà. Qui vote pour que mon fils soit destitué de son droit à me succéder sur le trône ?

Le haut-magicien n'eut même pas à attendre les secondes réglementaires de réflexion des régents pour ouvrir le vote. Falor reverrait bientôt sa fille Loria. Tous avaient levé la main.

***

Ystar s'était endormi dans les draps soyeux de sa bien-aimée. Il rouvrit des yeux fatigués et les posa sur la chevelure d'Héléna. La jeune femme se coiffait devant son miroir tout en sifflotant une mélodie enjouée. L'entendant bouger, elle se retourna et lui offrit un sourire ravageur. Elle revint dans le lit et enlaça l'héritier avec douceur. Cela ne lui ressemblait pas. Ystar appréciait ces nouveaux signes d'affection et en réclamait encore et encore.

— Tu ne m'as pas dit comment tu avais découvert l'étrange endroit dans lequel tu m'as déposée ?

Ystar ne sut quoi lui répondre. Il ne s'était pas attendu à ce qu'ils entamassent une véritable conversation après leur moment d'intimité. Habituellement, Ystar déguerpissait et la reine reprenait ses occupations. Le jeune homme tardait à répondre et cela fit grimacer son amante. Héléna comprit qu'il allait lui mentir pour protéger son secret.

— Je l'ai découverte par hasard, répondit Ystar, occultant une partie de la vérité tout en restant honnête.

— Hum. Plutôt pratique, répliqua la jeune femme, peu convaincue.

De la déception s'entendait dans sa voix. Ystar plissa les yeux. Il ne comprenait pas la réaction de sa compagne. Héléna remarqua l'expression interrogative d'Ystar et se mordit les lèvres. Héléna se laissait affaiblir. Ystar lisait trop facilement en elle. La reine retint une colère fulgurante qui lui contracta l'estomac.

— Je te demandais cela car j'aurais aimé savoir y retourner si je devais me mettre à l'abri dans le futur, enchaîna la jeune femme.

Alors qu'elle parlait, elle caressait le torse d'Ystar ainsi que ses poignets endoloris par leurs dernières aventures érotiques.

— Tu n'auras qu'à m'appeler et je viendrai te sauver.

— Et si tu n'es pas là ? demanda innocemment la jeune femme.

Ses yeux ronds fixaient le jeune homme. L'héritier y perçut de la tendresse, alors que seuls la haine et le dégoût emplissaient l'esprit de son amante.

— On ne se séparera jamais, lui susurra-t-il à l'oreille. Je serai toujours près de toi.

Ystar vint se blottir tout contre son cou, un sourire passionné sur les lèvres. Héléna ne supportait plus ce ton ridicule. Plus les jours passaient, moins elle parvenait à contrôler son corps et plus elle haïssait l'aelrelne. Ystar ressentit le tremblement qui agitait les membres de sa bien-aimée. Le jeune homme prit les initiatives, descendit la main au niveau de son intimité bien humide et laissa ses doigts titiller ses lèvres chaudes. Héléna perdit pied. Bien qu'elle se détestât pour cela, elle en avait tant envie.

— Reprenons nos jeux ! s'exclama la reine.

Héléna repoussa Ystar et croisa les jambes. Un éclair de colère assombrit le regard de l'héritier ; il ne supportait pas qu'elle l'empêchât de lui faire plaisir.

— Je te pose une question et si la réponse me paraît satisfaisante, je te laisse me faire ce que tu souhaites.

Ystar se redressa et fixa un instant le sol, puis se leva et commença à s'habiller. Le comportement de sa compagne l'agaçait. Ystar n'était pas dupe. Héléna désirait des informations mais ne les obtiendrait pas ainsi, à moins qu'elle les lui demandât frontalement. L'aelrelne lui aurait confié tous ses secrets, si seulement elle lui faisait confiance, si seulement elle lui montrait qu'elle tenait à lui pour autre chose que ses jeux politiques stupides.

— Je ne joue pas, lui dit-il. Mon père doit m'attendre.

Héléna lui envoya une moue déçue mais il ne la regardait pas. La reine sortit du lit et vint enlacer son amant dans le dos. Avant qu'il fermât sa chemise, elle lui embrassa le cou avec délicatesse.

— Arrête ! s'énerva Ystar.

D'un geste brusque, il la repoussa. Héléna trébucha et se retrouva allongée sur le lit, une expression de surprise sur le visage. La reine se releva et afficha un air sombre. Ystar finissait d'attacher sa ceinture et se préparait à partir.

— Si tu pars, ne reviens plus jamais ! lui lança la jeune femme d'une voix dédaigneuse.

Ystar vit rouge. Il se transflua à ses côtés, l'agrippa par la gorge et l'enfonça dans les draps. Héléna craignait qu'il ne lui fît du mal mais son corps réagit d'une tout autre manière. Ses seins se durcirent, ses hanches se cambrèrent, et son corps commença à trembler. Cette scène lui rappelait leurs premiers jeux, durant lesquels elle désirait un Ystar violent et froid. Héléna se détestait d'aimer cela. Alors qu'elle pensait avoir créé un monstre, elle n'avait fait que libérer des instincts primitifs que l'aelrelne possédait déjà. Cette relation, entre attirance et dégoût, amour et haine la prenait décidément au dépourvu. Elle s'était efforcée de lutter pour tuer ses sentiments dans l'œuf. Héléna luttait à présent contre un monstre, une bête à la fois qui l'excitait et qui la terrifiait.

— Ne me menace pas ! lui hurla-t-il à la figure, lui postillonnant au visage.

Héléna ferma les yeux de dégoût. Elle voulut lui répondre. Seul un borborygme peu ravissant sortit de sa gorge entravée. La peur prit le relais de l'excitation. Son souffle se fit saccadé. Une larme coula le long de sa joue alors qu'elle fixait des yeux terrifiants, contenant une violence et une haine entièrement dirigées contre elle.

Ystar approcha son visage jusqu'à ce que leurs nez se touchassent. Ses yeux virèrent soudain au rouge. Le hurlement de terreur d'Héléna resta coincé dans sa gorge. Elle n'avait jamais vu l'aelrelne dans cet état. Le rouge avait tout envahi : son iris, sa pupille et le fond blanc de ses yeux renvoyaient un rouge sang abominable.

— Tu es à moi, fulmina-t-il. Je reviendrai si j'en ai envie.

Ystar desserra sa prise et disparut.

***

L'héritier apprit sa destitution de la pire des manières. Il avait transflué dans la salle où les dirigeants votaient. La magie lui avait permis de localiser son père et il n'avait pas réfléchi plus avant tant sa colère obscurcissait son jugement. Il avait atterri à l'instant même où Dhanine, l'Elfe dirigeant les Énèdjärs, annonçait le résultat des dernières discussions.

— Un vote unanime en faveur de la destitution de l'héritier Ystar a été choisi ! s'exclama Dhanine.

Ystar en tomba des nues. Ses yeux avaient repris leur teinte habituelle. De leur côté, les régents, accompagnés des domestiques et des gardes présents, sursautèrent quand ils s'aperçurent qu'Ystar se trouvait désormais parmi eux. Le Tiane se leva précipitamment, mal à l'aise. Il tendit un bras vers son fils, que ce dernier refusa d'un grognement. Ystar s'avança et plaqua ses deux mains sur la table en marbre.

— Comment avez-vous osé décider de ma vie à ma place ? hurla le jeune homme.

— Mon fils, je n'avais pas le choix... Ta sœur, Loria...

D'une formule magique, Ystar repoussa son père avec violence. Le Tiane manqua de tomber sur le sol, tête la première. Rapide, Dhanine l'avait sauvé grâce à un sortilège qui avait fait apparaître des coussins moelleux. Ystar jeta un regard dédaigneux aux hauts-magiciens, qui s'étaient positionnés de sorte à protéger leur souverain. Le fils ne voyait plus le père, caché par ses défenseurs, mais ressentait sa lâcheté, même à distance.

— Loria m'a toujours détesté ! Je voulais t'en parler mais je ne pensais pas que tu prendrais aussi rapidement ta décision. N'as-tu jamais songé qu'il puisse s'agir d'un piège pour qu'elle gouverne à ma place ? Je suis sûr que tu n'as même pas enquêté sur la provenance du parchemin qu'un petit garçon m'a confié, ou sur quoi que ce soit d'autre ! Tu t'es soumis à la volonté du peuple sans discuter. Tu me renies, moi, ton fils ! Tu es indigne de siéger sur ce trône ! Mère aurait honte de toi !

Ystar souffrait terriblement. Une rage intense bouillonnait au fond de lui. Il désirait que d'autres endurassent avec lui, que son père disparût de la surface d'Arcaria et que sa mère revînt à la vie. Une boule de feu apparut dans l'une de ses mains. Les hauts-magiciens se préparèrent à contre-attaquer. Les régents restaient tétanisés devant cette scène étrange et inattendue.

Le Tiane s'assit sur les coussins et se remit debout avec l'aide d'un des hauts-magiciens. Ystar avait raison. Il n'avait pas cherché à comprendre d'où provenait le message. Il désirait seulement revoir sa fille et destituer son héritier. Falor n'avait jamais aimé son fils, survenu alors qu'il vivait une idylle avec sa femme d'antan. Énévive s'était concentrée sur son éducation et avait laissé son mari de côté. Falor n'avait jamais donné son amour à cet enfant, il l'avait simplement éduqué de manière froide, pragmatique et sans affection. Depuis qu'il avait acquis tous ses pouvoirs, Ystar l'effrayait. Sa défunte épouse lui avait pourtant expliqué que détenir une telle puissance, surtout ainsi concentrée, pouvait apporter quelques modifications physiques ou atteindre le caractère. Énévive pouvait l'appréhender ; ses propres pouvoirs s'avéraient eux aussi terribles et en quantité. Quant à Falor, il n'avait pas voulu comprendre. Il avait saisi l'opportunité de se débarrasser d'un fils gênant, angoissant et que le peuple n'appréciait pas.

Ystar maintenait sa boule de feu, tout en fixant les hauts-magiciens de son regard noir. À un contre trois, il n'avait aucune chance de s'en sortir. Le jeune homme savait que, à cause de sa destitution, on lui retirerait ses permissions magiques. Il ne pourrait plus se transfluer ni incanter quoi que ce soit comme il le souhaitait. Une vie normale, une vie de faible l'attendait, et cela l'effrayait. Les protecteurs du royaume ne le lâcheraient pas tant qu'ils n'auraient pas désactivé ses pouvoirs.

Et Héléna ? Ystar doutait de son amour. Elle l'abandonnerait sûrement s'il ne pouvait plus régner. Cela le briserait. Et ses projets ? S'il ne restait pas au palais, tous les secrets de sa mère lui seraient à jamais inaccessibles. Le visage d'Énévive apparut devant ses yeux. Il se rappela son sourire et ses rires chaleureux. « Que dois-je faire, Mère ? », se demanda-t-il avec désespoir.

Ystar prit sa décision. Il allait fuir, il voulait garder ses pouvoirs et la liberté qu'ils lui procuraient. Il invoqua de multiples boules de feu, de la fumée en masse, et dirigea les flammes vers les hauts-magiciens. Quand ces derniers se débarrassèrent enfin des projectiles, ils n'aperçurent que du vide. L'héritier destitué avait disparu.

Chapitre 17

Sacre 1410, levée d'Iliath, jour 34 – Dans la soirée – Château tianien

Nandra observait le grand jardin, assise seule sur les marches menant au château. Les hauts-magiciens avaient tout réparé, tout nettoyé. Malgré cela, l'extérieur avait perdu de son charme et de sa superbe. Une odeur nauséabonde volait dans l'air. Des centaines de cadavres, recouverts de draps bleus, parsemaient la pelouse. Un haut-le-cœur étreignit la gorge de Nandra. La cérémonie avait été une catastrophe. Ces visions morbides accentuaient ses mauvais pressentiments quant à la nuit qui s'annonçait. Elle se rappela les lames des Elfes et le sang du Nain, assassiné avec froideur. Elle se souvint de l'étranglement et de la course-poursuite, ainsi que du visage mutilé de sa petite protégée. Nandra serra les poings de colère.

Le visage de Niriel adoucit ses sombres pensées. Son cœur loupa un battement alors qu'elle s'imaginait dans les bras de ce mage mystérieux, dont le visage lui restait encore inconnu. Elle rêvait de baisser sa capuche et d'observer chacun de ses traits pour s'en souvenir à jamais. Elle désirait ardemment l'embrasser, lâcher-prise et laisser ses sensations dériver vers des horizons plus lumineux.

Les gardes tianiens avaient repris leur position habituelle. D'autres soldats, fournis par les Régences les plus proches, avaient rejoint les rangs du palais. Le Tiane renforçait la sécurité. Heureusement pour Nandra, son souverain la considérait, à raison, comme la sauveuse de sa fille adorée. La jeune femme se déplaçait ainsi sans restriction, excepté celles imposées aux domestiques.

Nandra discerna une famille résignée à pleurer ses morts. Parmi eux, une vieille femme priait, agenouillée auprès du drap qui devait recouvrir son défunt mari ou enfant. Depuis son perchoir, la domestique entendait les mots que la déesse écoutait, les pleurs qui accompagnaient l'oraison émouvante. D'autres gémissements planaient au-dessus du jardin. Le cœur de la domestique souffrait pour ceux qui avaient perdu des êtres aimés. Abandonnée dès sa naissance, la domestique n'avait jamais véritablement eu de famille.

Un Larien s'approchait. Nandra le suivit du regard. Elle ne le reconnut pas, alors qu'elle se rendait aux offices presque quotidiennement. Il portait une tunique bleue qui s'accordait à merveille avec le nouveau décor des jardins tianiens. Il semblait à la fois très jeune et bien âgé, ses cheveux coupés ras et ses fossettes creuses lui donnaient cet air sérieux indéchiffrable. Il s'inclina face à elle. Nandra émit un rire gêné. Personne ne s'était jamais abaissé pour la saluer.

— Êtes-vous bien Nandra ?

— C'est moi.

— Vidam, le Larien que vous êtes allée consulter hier, m'a prié de vous signaler qu'il avait bien reçu votre message. Malheureusement, il n'a pu venir. Il doit préparer les immersions de demain. Je m'appelle Jilm. J'ai apporté tout le nécessaire et vous aiderai pour le rituel. Je suis enchanté de faire votre connaissance.

Nandra observa Jilm avec attention. Son parler protocolaire et lent laissait deviner qu'il ne devait pas avoir terminé ses classes religieuses ou présidé de nombreuses séances privées. Tous les Lariens qu'elle avait côtoyés avaient abandonné ce langage pompeux pour se mettre au niveau de leurs interlocuteurs, majoritairement issus du peuple.

Le jeune humain attendait patiemment que la domestique lui adressât la parole. Un sac du même bleu que sa tunique pendait sur son bras droit. Il contenait le nécessaire pour le rituel. La domestique se leva et s'approcha du jeune homme. Elle lui agrippa le bras gauche et l'attira à elle. Le Larien recula d'instinct devant tant d'audace. Personne ne se montrait aussi tactile d'habitude. Son métier soumis à des procédures strictes ne lui laissait que peu de temps aux relations quelles qu'elles soient, même amicales. Nandra n'avait pas remarqué le mouvement du religieux.

— Merci, Jilm. Je suis enchantée aussi. Parle moins fort désormais. Personne ne doit apprendre pour le rituel.

— Vidam m'a en effet expliqué le caractère discret de votre requête. Vous pouvez compter sur moi. Je ne dirai rien.

Jilm ne savait s'il devait s'insurger contre ce tutoiement et ces manières, ou se réjouir d'être considéré comme quelqu'un de normal. Même sa famille le dévisageait avec fascination ou crainte.

— Parfait, reprit Nandra. Suis-moi. Et tutoie-moi s'il te plaît, le supplia Nandra, mal à l'aise.

— C'est noté. Je vous... te tutoierai.

Nandra agissait avec familiarité avec le jeune homme. Jilm lui paraissait si inoffensif. Ses instincts de mère la poussaient à le protéger. Elle ne souhaitait pas que le Larien subît des problèmes par sa faute. Elle s'en voudrait toute sa vie.

Jilm et Nandra se dirigèrent vers les portes du palais. Des gardes les apostrophèrent. Nandra montra son laissez-passer, et Jilm donna une lettre. L'un des gardes, dont seuls les yeux se distinguaient sous le casque imposant, passa l'une de ses mains gantées sur le parchemin, et prononça des paroles inaudibles. Une forme vaporeuse s'échappa du papier et flotta dans les airs. Le symbole des Larianes s'imposa, une barque en bois surmontée d'une vague, ainsi qu'une signature bien particulière, certainement codée.

Nandra ne reconnaissait pas les symboles, ce qui ne fut pas le cas du garde. Ce dernier rendit le document à Jilm.

— Vous pouvez entrer, leur dit-il d'une voix caverneuse.

Il s'écarta, tout comme ses camarades dont les armes avaient été sorties de leur fourreau, juste au cas où. Nandra accéléra le pas. Jilm la suivit avec moins d'énergie. Il avait ralenti pour regarder le plafond, les yeux ébahis et la bouche grande ouverte. La gigantesque fresque présentait la carte de Linaria, ses montagnes, ses rivières, ses forêts, ses différents territoires, et ses monuments les plus importants. Nandra se retourna et sourit devant la candeur du jeune Larien. Cela faisait des sacres que la jeune femme n'avait pas admiré le château.

Prise d'une soudaine nostalgie, elle leva également la tête et admit que les couleurs et les traits des dessins s'avéraient somptueux. Elle reconnut l'immense zone des Larmes de Laria, au sud de la Souveraineté, l'endroit où se situait le palais tianien. Elle connaissait bien ces immenses étendues d'eau, pour les avoir parcourues en long, en large et en travers, alors qu'elle se trouvait en compagnie de nombreux autres orphelins. Valystérys, Hanékal, Quaritrisse, Javilik, Éfaél et Xasértaz. Les nominations des plus grands lacs de la région rendaient hommage aux six navigateurs linariens, à présent décédés, ayant eu l'honneur de parcourir l'Océan pour le cartographier et le protéger par des défenses magiques.

Nandra se rappela les visages de quelques orphelins, auxquels elle n'avait plus songé depuis des sacres. La jeune femme avait été adorée par les enfants du Refuge ; elle y avait distribué amour, bienveillance, affection et joie de vivre à tous ceux qu'elle avait croisés. Plus grande, elle avait aussi joué les mères, avant de s'émanciper et de débuter sa nouvelle vie.

Jilm rejoignit Nandra sur les marches qui menaient au premier étage. Son sourire émerveillé et ses yeux éblouis amenèrent du baume au cœur de la domestique. Elle était heureuse de constater que tous ceux qu'elle croisait ne portaient pas seulement la mort au fond de leur âme. La présence de ce jeune homme agréable constituait un bon augure pour la suite.

— Ce doit être incroyable de vivre ici au quotidien.

— Oui, c'est vrai, lui sourit Nandra. Viens avec moi, on doit monter rejoindre Via. Je te ferai une visite digne de ce nom dès que possible.

La jeune femme reprit sa progression.

— Attendez... Attends !

Jilm la rattrapa et lui chuchota à l'oreille.

— Peux-tu m'en dire plus sur ma mission avant que je rencontre Via ? Vidam m'a simplement parlé du rituel mais j'aime en savoir davantage à propos de ceux sur lesquels je dois le pratiquer.

Nandra se pinça les lèvres. D'un côté, elle aurait aimé se confier à Jilm, de l'autre, elle ne pouvait trop en dire de peur de mettre à mal sa protégée et tous ceux impliqués. Nandra observa les alentours. Des dizaines de soldats vadrouillaient dans le château. La domestique préféra favoriser la prudence. Alors qu'elle réfléchissait, une autre domestique les dépassa. Celle-ci s'arrêta à l'étage, un peu plus haut. Nandra et Jilm la regardèrent lever les bras en l'air et parler en ancien langage. Rien de notable ne se produisit. La domestique venait de réactiver le sortilège illuminant le palais d'une lumière presque naturelle, alors que la nuit tombait. Nandra et Jilm la suivirent des yeux jusqu'à ce qu'elle disparût dans une autre salle pour y réitérer le même mécanisme. Le Tiane avait arrêté l'usage des bougies.

— Une fois dans la chambre de l'aelrelna, je t'expliquerai tout ce que tu dois savoir. Ne t'en fais pas.

Jilm acquiesça, et sourit, une pointe d'excitation dans le regard. Son état amusa Nandra. Tout heureux, le jeune garçon s'enorgueillissait de participer à un rituel secret. La domestique soupçonnait Vidam d'avoir choisi le plus jovial de ses confrères pour qu'il acceptât tout sans broncher. Elle espérait également qu'il lui avait envoyé le plus doué d'entre eux.

— Je comprends. On ne peut rien dire ici, dit Jilm en abaissant la tête et en clignant exagérément de l'œil. Des oreilles indiscrètes pourraient nous écouter.

— C'est ça, gloussa Nandra.

— Une dernière question.

Nandra plissa les yeux.

— Le Tiane sait-il que je suis là ?

— Oui, il le sait, lui confirma la domestique. Officiellement, j'ai demandé de l'aide à un Larien pour apaiser les cauchemars de Via, et lui permettre de récupérer après cette tragédie.

Jilm parut satisfait et hocha la tête.

— Ce n'est finalement pas si loin de la réalité.

— Exactement, le rassura Nandra. Allez, suis-moi et ne dis plus rien maintenant, conclut-elle par un sourire espiègle.

Jilm mit un doigt devant sa bouche et acquiesça. Arrivés à l'étage des chambres des aelrelnes, d'autres gardes les attendaient. Nandra montra de nouveau son laissez-passer et Jilm ressortit son parchemin. Les soldats firent un geste aux gardiens de la porte de la chambre de Via qui s'écartèrent. Nandra et Jilm eurent l'autorisation d'avancer. Le jeune Larien retint un sifflement. Il était impressionné par la puissance que dégageaient les soldats armés, dont les talismans producteurs de magie, bien visibles sur leurs cuirasses, brillaient de mille feux.

Nandra l'attendait sur le pas de la porte. Elle lui intima d'approcher et d'arrêter de fixer les gardes avec insistance. Jilm avança et pénétra dans la chambre, suivi de près par la domestique. La majorité de la pièce se trouvait dans la pénombre, les yeux de Jilm mirent quelques secondes à s'habituer. Quelques bougies aux flammes multicolores agrémentaient l'endroit d'éclats lumineux verts, bleus, rouges et jaunes. Nandra avait éteint les lustres magiques.

Des bibliothèques emplies d'ouvrages de toutes sortes masquaient les murs d'une partie de la chambre. L'autre partie, plus austère, composée d'un lit et d'une armoire, affichait un chaos terrible : des livres ouverts traînaient sur le sol, des parchemins annotés dépassaient des placards, et des débris de bois jonchaient les tapis de lit. Jilm fronça les sourcils quand il perçut la forme sous les draps.

Via transpirait et gesticulait dans un silence étrange. Sa bouche ouverte n'émettait aucun son. Ses poignets avaient été attachés aux structures de sa couche, tout comme ses chevilles, visibles quand elle bougeait avec brutalité. Ses yeux, principalement fermés, s'ouvraient de temps à autre, et affichaient une douleur intense. Jilm s'écarta instinctivement et appela la déesse Laria à l'aide.

— Jilm, ne t'inquiète pas. Via fait un cauchemar, lui expliqua Nandra. Elle ne te fera rien.

— Pour… pourquoi l'avoir attachée ? bredouilla-t-il.

— Je m'étais dit qu'il valait mieux l'attacher, pour ne pas qu'elle… s'échappe pendant le rituel, se justifia-t-elle, gênée.

Nandra détestait que sa protégée souffrît ainsi. La domestique desserrait régulièrement les attaches et les resserrait ensuite. Bien que Jilm eût été prévenu par son confrère Vidam, la vision de Via l'emplit d'horreur. Nandra lui prit le bras et le mena vers les fauteuils près des bibliothèques. Jilm hurla quand une forme immense le percuta. Tari, le chef des domestiques, s'était levé d'un des fauteuils un peu trop vite.

— Pardon, excusez-moi, bafouilla Tari qui s'arrêta pour observer les nouveaux venus. Nandra, enfin ! s'exclama-t-il en lui adressant un sourire. Et qui est-ce ? demanda-t-il en pointant du doigt le Larien.

— Je te présente Jilm, il remplace Vidam.

Tari jeta un regard malveillant sur le jeune homme, qui se perdait en salutations maladroites. Tari n'accordait pas sa confiance aisément. Seule Nandra trouvait grâce à ses yeux ; il la connaissait depuis bien longtemps, et la jeune femme l'avait soutenu à de nombreuses reprises. Au contraire d'autres de ses domestiques, Nandra portait peu d'intérêt aux ragots et s'inquiétait sincèrement de la santé de la famille tianienne. Nandra avait eu du mal à expliquer l'état de l'aelrelna à son chef. Quand Tari avait saisi le problème, il avait rapidement proposé son aide, heureux que la jeune femme cessât d'accuser la reine de vouloir tuer sa belle-fille.

— Assieds-toi, Jilm, lui enjoignit Nandra en lui présentant l'un des fauteuils disponibles.

Jilm remua la tête et alla s'asseoir. Tari reprit sa place et ne lâcha pas le Larien du regard. Jilm suait sous l'œil incisif de l'inconnu. Nandra le rassura en apposant sa main sur son bras. Il lui adressa un sourire timide. Il tenta de se détendre en observant les nombreux ouvrages qui encadraient les sièges. Alors que ses épaules se décontractaient, Jilm sursauta sous les gémissements de l'aelrelna. Il serra son sac tout contre lui et pria Laria en silence. Nandra tressaillit également. La souffrance de sa protégée la tourmentait. Nandra souhaitait ardemment la réveiller et la rassurer. Pour le bienfait du rituel, la domestique se forçait à ne rien faire.

— Nous pensons que l'aelrelna est sujette à une présence maléfique, commença Nandra.

Tari ne la corrigea pas, même s'il ne comprenait pas pourquoi elle l'incluait dans son discours. Après tout, seule la jeune femme avait relevé les nombreux détails témoins d'un état malsain. Il n'avait rien fait pour l'aider.

— Des nérades ? questionna Jilm, haussant un sourcil interrogateur.

Sa curiosité lui faisait oublier l'atmosphère effrayante de la chambre. Les flammes des bougies tremblaient sous les légères bises que produisaient leurs mouvements. La fenêtre avait été fermée, les rideaux baissés. Il avait hâte à la fois de mettre en place le rituel et de rentrer chez lui, au calme.

— Des nérades ou des êtres bien plus sombres, lui répondit Nandra, d'un air énigmatique. Nous comptons sur toi pour nous éclairer, Jilm.

Les nérades constituaient des êtres mi-terrestres mi-aquatiques, au même titre que les nadades, compagnes de la déesse Laria, tous regroupés sous le nom du peuple des Raniens. Alors que la déesse avait surgi des eaux pour débuter sa nouvelle vie divine, d'autres créatures avaient voulu l'empêcher de renaître. Les nérades en faisaient partie. Les Lares, les textes religieux, les décrivaient comme des êtres immondes, aux cornes pointues et à la peau lisse et noire, capables de s'introduire dans les esprits faibles et de manipuler les émotions les plus obscures.

Laria n'avait jamais cessé de les combattre. En plus de leurs pouvoirs et apparences malsains, les nérades horrifiaient par leurs sexualités débridées et répugnantes. Les Raniens malfaisants pouvaient se cacher parmi la population et amener les croyants à la décadence ou aux actes meurtriers les plus vils.

Jilm avait du mal à croire qu'une nérade eût pénétré l'esprit de l'aelrelna. Ces êtres aimaient rester auprès de la mer. Le palais tianien se trouvait à des huitaines de voyage de l'Océan, accessible seulement via le fleuve Éternâme au faible courant. Cependant, tout ce que lui décrivait Nandra semblait rejoindre cette hypothèse saugrenue. La domestique avait trouvé des ouvrages à l'aura magique sombre dans la chambre de l'aelrelna, cette dernière avait également survécu à un empoisonnement, enchaînait les visions nocturnes cauchemardesques et n'était plus maîtresse d'elle-même. Depuis près d'une huitaine, Nandra s'inquiétait de l'état de sa protégée qui s'aggravait. La jeune fille dormait peu. Son enthousiasme l'avait quittée. Les sortilèges musicaux de Vidam n'avaient pas non plus fonctionné.

— Je crois que ce qui habite l'aelrelna l'a aidée à se défendre contre les Pourfendeurs.

Nandra n'avait jamais raconté ce qu'elle avait vécu avec Niriel. Tari et Jilm l'écoutaient avec attention.

— Quand je suis arrivée pour la sauver, plusieurs cadavres jonchaient le sol. L'aelrelna développe à peine sa magie et ses nouveaux pouvoirs. Elle n'aurait jamais pu se défendre avec autant d'efficacité. Ses blessures n'étaient que superficielles, pour la plupart. Je les ai guéries avec facilité grâce à des parchemins des plus basiques.

Nandra ne parla pas du fait que la jeune fille pouvait apparemment, si la domestique en croyait les Pourfendeurs, contrôler les flux magiques sans utiliser de formules en ancien langage. Cela effrayait grandement Nandra. Les flux dans l'air réagissaient à un vocabulaire spécifique, décidé par le conseil Magique, et non à des mots courants en linarien.

Jilm réfléchissait intensément. De son côté, Tari ne disait rien mais n'en pensait pas moins. Toutes ces révélations combinées le perturbaient. La jeune aelrelna n'avait jamais posé de problèmes à quiconque par le passé. Fille aimante, élève surdouée, enfant amical et calme, Via restait discrète la plupart du temps. Aelrena la plus appréciée des domestiques, elle n'avait jamais haussé la voix, n'avait jamais frappé personne et souriait à tous ceux qui croisaient sa route. Via, tout comme son nom la prédestinait sans doute, était le portrait craché de sa mère, avec l'autorité et la dureté en moins.

— Pour les êtres plus obscurs dont vous parliez plus tôt, euh tu parlais... Tu pensais aux émanations qui se seraient échappées du corps humain de Laria avant qu'elle se transforme en entité divine ?

Nandra répondit par l'affirmative à la question de Jilm. Bien que cela n'eût jamais été prouvé, de nombreux contes pour enfants mettaient en avant des ombres, de la même forme que le corps de Laria. Ces voiles obscurs pouvaient tuer sans pitié, étrangler leurs victimes, en entrant par la bouche des croyants qui ne priaient pas suffisamment. Nandra se souvenait d'une histoire terrible dans laquelle une petite fille avait été possédée par ces créatures noires, qui l'avaient forcée à maltraiter toute sa famille et à brûler les hérétiques de son village. Nandra déglutit bruyamment devant les visions de ces drames littéraires, que les dames du Refuge lisaient régulièrement aux orphelins pour les effrayer et les encourager à filer droit.

Jilm se leva brusquement. Les yeux du jeune homme ne semblaient plus percevoir la réalité. Il était perdu dans ses pensées. Nandra et Tari se fixèrent puis observèrent les cercles que le Larien répétait dans la pièce en traînant des pieds. Le jeune homme s'avança lentement vers Via. Il laissa ses mains survoler le corps agité, et prononça des paroles en ancien langage que Nandra et Tari n'entendirent pas. Jilm cherchait à comprendre, à analyser, à examiner. Il pesait le pour et le contre concernant les nérades, et occultait complètement les formes noires sans nom, sorties de textes pour enfants, auxquelles il ne croyait pas. Il avait pratiqué trois autres exorcismes dans sa jeune vie, au contraire de Vidam qui était un habitué de ces rituels. En général, des résidus de magie instable détérioraient l'âme des porteurs. Jilm n'avait jamais côtoyé de nérades ou de formes plus obscures. Parfois même, seul l'esprit des patients s'avérait atteint, non pas par des sources magiques ou divines, mais par des effets bien plus terre à terre et malheureusement explicables.

Via chuchotait dans son sommeil, transpirait et gesticulait. Peu convaincu de la possession de la jeune fille, le Larien devait tout de même agir rapidement pour la soulager de ses maux, quelle qu'en soit la cause. Les cauchemars de l'aelrelna s'enchaînaient toutes les nuits, ne lui laissant aucun répit, et ses nouvelles aptitudes magiques la fatiguaient. Jilm retira sa main. Il venait de sentir une présence étrangère dans le corps de la possédée, un fluide parasite qui transitait en son sein et qui murmurait « Via » à répétition. Le Larien ouvrit des yeux ronds. Il venait, pour la première fois de sa vie, d'ausculter une véritable possédée. Jilm n'en revenait pas. L'angoisse lui serra la gorge et lui compressa l'estomac. Le jeune homme avait douté des dires de Nandra. À présent, il savait qu'elle avait raison.

Il ne s'était pas imaginé trouver aussi facilement la preuve qui lui manquait. La dernière fois, il avait dû réitérer son sortilège une dizaine de fois, pour ne rien trouver. Vidam lui avait expliqué que les présences malignes se cachaient souvent si bien que l'on ne pouvait les percevoir même par le biais de la magie. Lui-même n'avait jamais rien détecté alors qu'il possédait plus d'une vingtaine d'exorcismes à son actif. Bien que Jilm crût aux nérades et en leur existence tangible, il ne pensait pas que celles-ci pouvaient véritablement affecter des corps arcariens. Son monde s'écroulait.

Jilm se tourna vers Nandra et Tari qui attendaient son verdict.

— Je ressens bien quelque chose d'anormal. C'est très clair et... vigoureux, conclut Jilm d'une voix d'où pointait encore l'étonnement.

Nandra porta ses mains à sa bouche. Ses yeux affichaient sa terreur. Tari se leva et vint lui entourer les épaules d'un geste réconfortant. La domestique le remercia et changea d'expression. De la détermination se lut dans son regard. Quant à Jilm, il tremblait. Il ne s'était pas attendu à une présence malsaine aussi puissante. Il craignait de ne pas y arriver. Nandra se leva, tremblante, pour apposer une compresse sur le front de sa protégée.

— Nous vous sauverons, aelrelna. Comptez sur nous, chuchota la domestique avant de déposer un baiser sur le front de Via.

La tendresse de Nandra envers Via toucha profondément Jilm, dont les derniers doutes se dissipèrent. Il n'échouerait pas à cette mission secrète, la première qu'on lui confiait. Le Larien allait tout essayer pour aider cette jeune fille qu'il ne connaissait qu'à travers les parutions officielles et les allocutions tianiennes. Vidam, son ancien mentor et désormais collègue, serait fier de lui. Jilm deviendrait le premier exorciste à avoir ressenti la puissance de forces aussi énigmatiques, et à les avoir vaincues. Partagé entre la joie de sa future notoriété et son manque de confiance en lui, le Larien baissa la tête un instant pour se recentrer. Il médita quelques secondes.

Jilm se redressa, respira profondément et commença à préparer son matériel. Il récupéra son sac et en sortit un parchemin ainsi qu'une plume. Il récupéra également quelques onguents, des fioles aux liquides colorés, des bandes de tissus bleus, des parchemins de boules de feu et de protection, ainsi que des statuettes de la déesse Laria.

— Je vais devoir travailler le sortilège adéquat et réétudier la présence malsaine avant de me lancer, expliqua-t-il à son assemblée.

— Prends ton temps, déclara Nandra. Nous sommes là au besoin.

Jilm acquiesça et commença à composer avec les mots en ancien langage qui activaient les magies de l'âme et des esprits. Après quelques minutes de réflexion dans le silence, il leva les yeux pour s'aérer la tête. Nandra caressait les cheveux de Via et Tari faisait les cent pas. Un dernier point important restait à résoudre. Jilm n'y avait pas songé plus tôt.

— Euh..., commença le Larien, avant de se faire reprendre par Nandra qui lui ordonna de chuchoter. Pardon, reprit-il plus bas. Qu'avez-vous prévu pour contrer les puissances maléfiques qui vont se dissiper ?

— Un puissant mage se joindra à nous dès que je le lui demanderai, expliqua Nandra, une étincelle dans les yeux.

— Vous... Euh, tu devrais l'appeler maintenant, déclara Jilm. J'ai presque terminé.

Nandra le fixa avec intensité, puis sortit le parchemin caché au niveau de sa poitrine.

***

Niriel ne trouvait pas ce qu'il cherchait. Cela le frustrait. Le mage encapuchonné s'assit à même le sol et grogna un instant, tout en repassant son parcours dans la tête. La forêt Sartrasse n'avait plus de secret pour lui. Le bois entourait en partie toute la zone de la Souveraineté, au-delà des derniers quartiers concentriques qui encerclaient Le Berceau. Il la parcourait régulièrement, pour ses missions ou son plaisir. Niriel se sentait apaisé quand il se trouvait auprès d'arbres qui l'enveloppaient tel un voile protecteur. Il aimait sentir l'odeur du bois, écouter les animaux et observer la vie qui pullulait dans chaque recoin.

Le mage se releva et épousseta sa cape noire. La salasse, une plante à la tige rouge et aux fleurs violettes, lui causait bien du souci. Malgré un œil averti, habitué à l'obscurité et à la flore sauvage, Niriel ne parvenait pas à mettre la main dessus. L'homme reprit sa marche, déterminé à mener sa tâche à bien. En tant qu'apprenti haut-magicien, Niriel devait prouver sa bravoure, sa force, sa curiosité, sa patience et ses capacités exceptionnelles. Chaque jour, ses mentors lui envoyaient, pas le biais de la magie, des missions variées. La salasse s'avérait utile pour soulager les crises d'angoisse ou de tristesse intense, des états que nombre d'habitants subissaient après les attentats de cette terrible journée.

Le mage grimaça quand il s'aperçut que la plante qu'il observait possédait, en plus de pétales violets, des floraisons bleues. Ce céruléen caractéristique assurait de la faiblesse de la salasse, alors empoisonnée par un parasite inopportun. La plante possédait de nombreuses faiblesses, permettant à des organismes malins de la soumettre, et offrait aussi des propriétés exceptionnelles. La nature ne cessait de fasciner Niriel. La salasse parasitée ne servait malheureusement à rien. Le mage continua ses recherches avec enthousiasme. La plante se cachait souvent auprès des troncs massifs, qui lui assuraient toute la nourriture, protection et ombre nécessaires. Les rayons rouges de l'Étoile Mijé-Timèn embellissaient la forêt, tout en rendant plus difficile la trouvaille de salasse, en partie camouflée par le pourpre flamboyant. Niriel devait redoubler d'efforts pour espérer ne pas rentrer bredouille.

Échouer à une mission ne le disqualifierait pas. Cependant, cela lui promettait une future tâche plus ardue encore. La vie d'apprenti Énèdjär était difficile. En plus de devoir rester anonymes, les étudiants pouvaient mourir. Niriel possédait plusieurs cicatrices, témoins des étapes douloureuses qu'il avait dû franchir. La possession d'un grand pouvoir et d'un devoir honorable imposait une discipline unique en Linaria. L'apprentissage pouvait durer des dizaines de sacres.

L'appropriation de plusieurs types de magie, ainsi que la découverte du pays tout entier, nécessitait de la patience et du travail. Les hauts-magiciens connaissaient chaque région, chaque lac, chaque forêt, et chaque gouvernement autonome du royaume. Tous les régents donnaient des missions aux élèves, utiles quant à l'assentiment que les apprentis se devaient de valider. Pour l'instant, Niriel possédait les accords d'Annhorhellh et du Sud. Il avait hâte de poursuivre et de collectionner les bénédictions de chaque régent. Malheureusement, la situation délicate du moment retarderait certainement son apprentissage. Linaria avait d'autres priorités.

Niriel fut perturbé par le visage de Nandra qui vint envahir ses pensées. Le mage l'avait remarquée deux levées auparavant, alors qu'il étudiait quelques cartes dans la bibliothèque du château autorisée au public. La jeune femme y était entrée pour accompagner l'aelrelna, apparemment une amoureuse de la lecture, qui prenait ses cours très à cœur. Niriel était tombé sous le charme de ce visage rond et lumineux, de ce regard incisif et de la tendresse qui s'échappait de sa personne. À la fois forte et sensible, Nandra l'avait profondément intrigué. Il se souvenait encore de leur baiser volé, ce faible contact dont il se rappelait le goût singulier.

Les hauts-magiciens n'avaient pas le droit d'entretenir de relations amoureuses officielles et maintenues. Leurs tâches pouvaient les mener aux quatre coins du pays, les tuer, ou leur faire découvrir de terribles secrets. Le gouvernement de Linaria ne désirait pas s'encombrer de familles désœuvrées, d'enfants à nourrir et de compagnons à soulager. Niriel comprenait cela et l'avait accepté. Cependant, il souhaitait revoir Nandra et vivre une idylle, même éphémère. De forts sentiments l'assaillaient quand il la côtoyait. Il ne voulait pas lutter contre eux. Il souhaitait plutôt les assouvir avant qu'il fût trop tard, avant que ses tâches l'entraînassent vers la déesse ou que son statut le forçât à arrêter. Niriel craignait que Nandra refusât quand elle comprendrait qui il était vraiment. Peu de personnes recherchaient des relations sans aucun lendemain.

Le mage désirait lui montrer son visage, se dévoiler, alors qu'il s'était habitué à une vie de solitude. Cet acte pouvait aussi le compromettre. Les apprentis hauts-magiciens servaient souvent d'espions, de sorte que leurs visages restaient inconnus de tous, jusqu'à leur proclamation officielle au rang de protecteurs du royaume. S'ils parvenaient jusque-là.

Niriel s'exclama de surprise. À quelques pas de lui, une tige rouge dansait sous le vent. En s'approchant, il remarqua que les pétales violets semblaient sans vie. Des veinures noires parcouraient leur membrane et elles tombaient au sol dès que le mage les touchait. Niriel ne trouva aucune trace d'un quelconque parasite. La salasse avait péri sans aucune explication. L'apprenti n'avait jamais observé cela.

Tout à coup, une mélodie flotta dans l'air. Le mage fixa la cime des arbres. Les oiseaux nocturnes s'installaient sans se préoccuper de sa présence, les feuilles des arbres s'émoustillaient sous les rafales d'air chaud et lui cachaient le ciel. Quelques rongeurs grimpaient aux troncs pour retrouver leur abri. La mélodie se répéta plus faiblement. Niriel se concentra sur les accords et les notes. Il ne reconnut aucun hymne particulier ou signal de rassemblement qu'il connaissait. La mélodie reprit, encore plus légère qu'auparavant. Celui qui jouait s'éloignait à chaque reprise. Niriel décida de suivre la musique. Sa curiosité l'avait emporté sur sa prudence.

Le mage sauta de tronc en tronc, de rocher en rocher et de buisson en buisson. La mélodie se répétait, toujours plus éloignée. Niriel se demandait ce que celui qui jouait lui voulait. Personne ne se trouvait dans ces bois ; le silence répondait à la chanson. L'apprenti continua sa route, tendant l'oreille et suivant le morceau qu'il commençait à présent à connaître par cœur. Sans s'en rendre compte, il s'était mis à fredonner la musique. Niriel poursuivit son chemin ; les minutes passèrent.

— Enfin, te voilà !

Une voix fluette, semblant provenir de la gorge d'un adolescent, l'accueillit avec chaleur. Niriel leva les yeux et ne vit rien ; seuls les bruits de la forêt lui répondirent. Il laissa ses sens chercher l'intrus, prit une position de défense et se concentra.

— Je suis là !

Niriel se retourna et fixa le tronc d'un immense arbre, qui montait si haut vers le ciel qu'il était impossible d'en percevoir la fin. Les branches s'échappaient à une distance si lointaine que l'arbre semblait anormal. Niriel plissa les yeux et remarqua des mouvements. Une forme étrange, de la même couleur que le bois, ressortait du tronc. Le mage reconnut un être de la forêt appartenant au peuple des Syraniens. Ses membres filandreux, composés de branches, feuilles et autres éléments naturels bougeaient avec lenteur. Son visage était envahi par des fleurs de toutes les couleurs. Dans l'une de ses mains, le Syranien transportait une flûte magnifique. La forme forestière fit disparaître l'instrument dans le tronc de l'arbre.

Niriel le salua avec respect.

— Nous t'avons trouvé des salasses de qualité, jeune apprenti. Suis-moi.

L'être des bois parlait distinctement et en linarien, ce qui rassura le jeune homme. Il se dissocia du tronc. L'être arrivait à peine à la taille de Niriel. Le mage le suivit, enchaînant petit pas sur petit pas pour ne pas le dépasser.

Le mage vibrait de joie. Les Syraniens ne communiquaient que rarement avec les Linariens. Niriel se sentait honoré.

— Les salasses se meurent, jeune apprenti. Ce ne sont pas les seules plantes qui commencent à nous faire défaut.

— Savez-vous ce qui passe ? questionna Niriel.

Le Syranien s'arrêta, se retourna et fixa le mage. Quelques fleurs se fermèrent et d'autres s'ouvrirent sur son visage. Un oiseau vint se poser sur l'épaule de l'être. Niriel observait ce manège avec fascination.

— C'est ce que tu devras découvrir.

Le jeune homme haussa un sourcil. L'être de la forêt ne laissait transparaître aucune émotion.

— Je ne comprends pas, dit l'humain.

— Les Syraniens des bois te confient cette mission. Je sais que les temps changent, que les missions des Syraniens ne servent plus à valider ton ascension en tant que protecteur du royaume, mais nous voyons en toi le nouvel Énèdjär digne de raviver les traditions ancestrales.

Niriel ne s'attendait pas à ce discours. Il en eut le souffle coupé et ne sut quoi répondre. L'être des bois reprit sa progression lente et s'arrêta derrière un buisson. Le mage aperçut trois salasses magnifiques, dont les tiges rouges reflétaient les rayons de l'Étoile. Les pétales violets resplendissaient.

— Tu peux toutes les prendre, déclara le Syranien. Les tiens en ont besoin en cette période difficile.

— Je vous remercie infiniment, déclara le magicien avec émotion.

Niriel s'accroupit et coupa les tiges des plantes. Il les plaça dans l'un de ses sacs en toile qu'il gardait constamment avec lui. Le jeune homme se releva. L'être des bois avait disparu. Niriel n'eut pas le temps de s'en émouvoir ni d'y réfléchir plus avant. Une autre mélodie plus douce l'appelait. Nandra utilisait le parchemin qu'il lui avait donné plus tôt et murmurait son nom de sa voix sensuelle. Niriel y détecta une pointe d'urgence et un soupçon d'inquiétude. La jeune femme se trouvait dans une situation délicate. Il n'aurait jamais pensé pouvoir la revoir aussi rapidement. Son cœur loupa un battement. Celle qu'il aimait avait besoin de lui.

Un air déterminé apparut sur les traits de l'apprenti. Niriel se mit à courir.

Chapitre 18

Sacre 1410, levée d'Iliath, jour 34 – Dans la soirée –
Taverne À l'Elfe Doré – Petit bourg de Syahna

Lildrille fixait l'inconnu d'un air hébété. Il ne savait ce qu'il devait faire. Les voix lui communiquaient leur inquiétude et leur incompréhension. Le prince ne les entendait pas. Son angoisse l'emportait sur tout le reste. La respiration de l'Elfe s'accéléra, son estomac se contracta et sa gorge quémanda désespérément de l'air. Lildrille porta l'une de ses mains à son ventre. Ses crises, en plus de l'empêcher de respirer, lui créaient d'autres frayeurs incontrôlables. Des visions de mort commencèrent à envahir son esprit. Alors qu'il ne parvenait plus à ventiler correctement, Lildrille paniquait à l'idée de mourir étouffé. Un cercle vicieux s'installait. Les voix se turent quand elles se rendirent compte de l'état dramatique de leur hôte. Silencieuses, elles travaillaient à une solution pour éviter que Lildrille s'évanouît et attirât davantage l'attention.

Le prince Elfe ne se contrôlait plus. Il essaya de se lever ; son verre tomba à terre. Le bruit n'attira même pas l'attention ; la musique assourdissante englobait toute la pièce. Lildrille réitéra son geste. Il parvint à se tenir sur ses deux jambes mais elles ne le soutenaient plus. Le jeune Elfe tomba, ferma les yeux et se sentit partir. Il lâchait prise, préférant abandonner une réalité trop angoissante pour une inconscience sans saveur. Les âmes qu'il abritait se résignèrent et s'éteignirent en même temps que l'esprit de leur porteur.

Quand il rouvrit les yeux, Lildrille tomba sur le visage de l'inconnu qui avait su voir au travers de son sortilège de dissimulation. Le protégé de Drime, le tenancier, l'avait attrapé en plein vol. Il le soutenait dans le dos et sous la tête. Le prince sentit une odeur désagréable. Elle provenait de l'une des bagues de son sauveur. Il comprit ce qui l'avait sorti de son état : le parfum des filomes, des plantes aromatiques du Nord, changeait de senteur dans l'air chaud.

— Je suis arrivé au bon moment, on dirait ! s'exclama l'Elfe, dont les cicatrices sur les joues se transformèrent soudain en une vision atroce.

Surpris, Lildrille laissa éclater un cri d'horreur. Observé de si près, le visage de l'Elfe, au crâne à demi dégarni, s'avérait abominable. Le sauveur, habitué aux réactions excessives, n'en prit pas ombrage, aida le prince à se rasseoir, et s'installa en face de lui. Lildrille fixait irrespectueusement les blessures de l'Elfe, il était hypnotisé par toutes ces marques. Le prince connaissait pourtant les règles de bienséance. Son stress s'était dissipé, laissant place à une sensation de malaise peu agréable. Les voix se rappelèrent à lui et lui intimèrent la prudence. Lildrille craignait que l'Elfe fût dérangé, qu'il lui fît du mal. Partagé entre crainte et curiosité, il ne pouvait dévier les yeux.

— Une autre bière ? demanda l'inconnu d'un sourire perturbant.

Lildrille acquiesça doucement. L'Elfe balafré chercha son protecteur des yeux puis lui fit un signe des doigts. Drime comprit le message et lui renvoya un clin d'œil. Une fois l'échange terminé, l'étranger décida de briser le silence gênant qui s'était installé.

— Moi, c'est Yladri, se présenta-t-il.

Yladri se positionna nonchalamment sur sa chaise, une jambe tendue, la seconde sur le rebord de la table, un bras ballant, et l'autre plié sous son menton. Lildrille ne dit rien. Il observait avec attention les cicatrices d'Yladri, ainsi que ses tatouages que ses manches courtes laissaient entr'apercevoir. Arrogant et Malin encouragèrent leur hôte à mentir, mais Lildrille n'écoutait pas. Ses angoisses avaient repris. Devant le mutisme de son compagnon, Yladri souffla de dépit.

— T'es pas un bavard toi on dirait ! lança-t-il.

Lildrille apprécia peu le passage au tutoiement. Il plissa les yeux. L'Elfe enjoué ramena bras et jambes, puis s'avança sur la table, de sorte que le prince pût l'entendre chuchoter malgré le brouhaha ambiant.

— Alors comme ça, t'es prince ? le questionna Yladri avec malice.

Lildrille ouvrit la bouche. L'un des serveurs dorés interrompit son geste. Le prince en profita pour boire quelques gorgées et se donner du courage. Yladri fixa son interlocuteur avec curiosité. Il le dévisageait avec outrance sans se cacher. De temps à autre, ses lèvres se pinçaient ou s'étiraient, sous les jugements qu'il émettait dans ses pensées.

— Franchement, je l'aurais pas dit. T'as pas l'air d'un prince. T'as plutôt l'air d'un de ces musiciens qui traversent le royaume pour amuser le monde.

Yladri pointa du doigt l'un des joueurs de guitare acoustique qui enflammait la piste de danse.

— À moins que ce que je vois ne soit pas vraiment toi, ou alors une image de toi que tu veux qu'on voie ?

Lildrille avait du mal à suivre les propos de l'Elfe. Le prince souhaitait seulement rentrer chez lui, se préparer à son prochain voyage et oublier cette soirée. Yladri ne ressemblait pas à un meurtrier, plutôt à une personne égarée qui s'ennuyait. Le visage de Via éclaircit les pensées du prince. Il espérait la revoir en bonne santé et point traumatisée par l'attentat. Au bar, le tenancier Drime jetait un œil à leur table de temps à autre, de peur que son protégé eût des problèmes.

— C'est drôle, continua Yladri. Je répète cette phrase : « Je sais qui vous êtes, mon prince », depuis plusieurs soirs déjà, et tu es le seul sur qui cela a fait de l'effet.

Lildrille n'en crut pas ses oreilles. Il cracha de la bière sous l'effet de la surprise, puis reposa son verre avec violence. Yladri n'avait eu, en réalité, aucune idée de son identité. Il l'avait piégé comme un débutant ! Le prince s'en voulut terriblement. Arrogant commençait à apprécier cet énergumène à la face estropiée.

— Il nous a bien eus ! s'exclama-t-il avec déférence.

Les autres voix applaudirent. Lildrille grogna intérieurement. Il avait honte de lui, honte de ses angoisses qui n'avaient aucun sens, honte de sa sensibilité. Lildrille se sentait faible et stupide. Via ne voudrait certainement jamais d'un être aussi ridicule. Une colère sourde l'envahit.

— Je n'y comprends rien ! s'énerva le prince. Qui es-tu à la fin ?

— Oh, mais je vais tout t'expliquer... mon prince.

L'irritation de Lildrille transparaissait dans ses gestes et son visage grimaçant. Drime le fixa d'un regard mauvais. Le prince le remarqua. Mal à l'aise, il détourna rapidement le regard. Yladri ne semblait pas affaibli, comme le lui avait expliqué le tenancier. Son comportement impertinent agaçait au plus haut point.

— Quoique..., reprit Yladri. Tu me croirais peut-être pas.

— Essaie toujours, proposa Lildrille d'une voix peu amène qui dissimulait mal sa hâte.

Yladri sortit une pièce de bronze de sa veste et s'amusa avec. Lildrille perdait patience. Il termina sa bière et observa les mouvements du jeton monétaire avec attention. Yladri s'avérait plutôt adroit. Les cliquetis incessants énervèrent Lildrille.

— J'entends des voix, expliqua Yladri sans le regarder. Je les entends parfois le matin, parfois le soir... Ce sont elles qui décident.

Le prince haussa un sourcil interrogateur. Il n'avait jamais entendu parler d'un tel pouvoir, même chez les Elfes dont la constitution permettait des manipulations magiques plus avancées. Lildrille écoutait Yladri, fasciné par ses dires. Il ne parvenait pas à le cerner, à comprendre ce qui avait ainsi abîmé son visage. Yladri avait souffert, certainement parce qu'il l'avait cherché.

— Je ne les écoute pas tout le temps, mais, là, elles m'ont intrigué. Elles m'ont dit que grâce à la fameuse phrase, celle que tu as mal prise, je trouverai celui qui m'aiderait à m'en sortir, celui qui m'aiderait à trouver ma voie.

Lildrille secoua la tête et leva les yeux au ciel. Il avait apparemment affaire à un fou. Seules les personnes maudites de sa lignée entendaient des voix d'âmes qui sommeillaient en leur corps. Ces voix provenaient du fond des âges. Elles rappelaient constamment à leur hôte tout le mal qu'elles avaient causé en leur temps. De sa génération, Lildrille était le seul à porter ce fardeau et le seul à connaître l'existence de ces voix. Par tradition, le précédent porteur, en l'occurrence son père, avait effacé ces informations de son esprit. Lildrille en ferait de même quand son héritier atteindrait l'âge requis. Il abominait l'idée de transmettre ce fardeau à son enfant. Il réfléchissait à un moyen de contourner la tradition.

Yladri remarqua son attitude, et ne s'en offusqua pas. Il continua de jouer avec sa pièce, qui roulait sur ses phalanges rougies et encore gonflées par d'anciennes blessures.

— Tu vois. Je t'avais dit que tu me croirais pas.

— Écoute-le, dit soudain Guerrier dans la tête du prince. J'ai connu des personnes comme lui. Il est bon de les avoir de son côté.

Lildrille réfléchit sérieusement à cette remarque. Guerrier n'en rajouta pas plus alors que le prince aurait souhaité en apprendre davantage. Il avait toujours entendu sa famille ou les conseillers de ses parents se moquer de ceux qui disaient entendre des voix. Plus personne ne s'en vantait plus aujourd'hui. Les menteurs étaient allés trouver leur public extravagant ailleurs.

Yladri restait concentré sur son jeu de doigts. Soudain, la couleur de ses cheveux changea ; elle passa de l'ébène de jais au bleu ciel. Quelques secondes plus tard, la chevelure d'Yladri réintégra son noir profond. Lildrille admira cette capacité peu utile mais spectaculaire.

— Ce n'est pas que je n'y crois pas, expliqua-t-il. C'est juste que... c'est plutôt inhabituel d'entendre des voix. Tu ne penses pas ?

Yladri le fixa un instant dans les yeux avant de répondre. Le ton du prince ne contenait étrangement aucune once d'ironie.

— À une époque, ce n'était pas si inhabituel. Les gens comme moi étaient nombreux, on les croyait, on les payait même et on ne s'amusait pas à les chasser ou les torturer.

Le prince haussa un sourcil interrogateur. Il ne connaissait pas cette part de l'histoire de Linaria. Arrogant, Guerrier, Malin et Timide attendaient la suite avec impatience. Tous étaient subjugués par l'Elfe au visage tailladé.

— Elles viennent de là, tes cicatrices ? se risqua Lildrille. D'une torture ordonnée à cause de ces voix dans ta tête ?

Yladri fit non de la tête. Le regard de l'Elfe prit des teintes sombres. Des images de son passé lui revenaient en mémoire.

— Non. Elles viennent d'ailleurs. Là n'est pas le sujet. Sais-tu ce que sont les prophètes ?

Au vu de l'attitude de Lildrille, Yladri conclut que le prince n'en savait rien. Un sourire énigmatique fleurit sur ses lèvres abîmées.

— J'en suis un, mon prince. À ton service, rit Yladri, tout en mimant une révérence des bras.

Arrogant, Guerrier, Malin et Timide parlèrent tous en même temps. Les uns s'esclaffèrent à cette révélation, les autres prirent le terme plutôt au sérieux. « Bonimenteur, génie, visionnaire, hurluberlu, fou, menteur... », tous les termes y passèrent. La tête de Lildrille allait exploser. Il dut se concentrer pour reprendre la parole.

— Et qu'est-ce que ça veut dire exactement ? demanda-t-il.

Yladri arrêta de jouer avec sa pièce et s'avança vers Lildrille.

— J'en sais pas grand-chose en fait. Personne m'a jamais appris à contrôler mes capacités, lui chuchota-t-il. J'entends des voix. Parfois, ce qu'elles me disent se produit, parfois non. Quand ça se produit, c'est quasi jamais comme je l'avais compris. Mais je suis sûr qu'on trouvera quoi en faire, non ?

— Comment ça « on » ?

Yladri rangea la pièce, se leva et s'approcha de Lildrille qui prit peur. Tétanisé sur sa chaise, le prince ouvrait des yeux écarquillés. Yladri posa une main sur la table et tendit l'autre. Au loin, Drime observait ce manège. Son petit protégé semblait avoir trouvé un nouveau compagnon de route. Même s'il ne le connaissait que depuis peu, le tenancier fut assailli par la tristesse. Il avait pressenti qu'Yladri allait le quitter. Ce jour approchait trop rapidement à son goût.

Lildrille regardait la main tendue sans trop savoir que faire.

— Je crois aux voix qui me parlent, mon prince. Cela veut dire qu'on ne se quittera plus avant un long moment. Peut-être même plus jamais !

Lildrille n'avait jamais eu d'amis, il avait toujours marché seul dans la vie, sans attache particulière, sans aucune obligation. S'associer à une autre personne, même bien attentionnée, le faisait paniquer. Yladri attendait qu'il l'aidât à se retrouver. Lui-même avait encore tant de chemin à parcourir avant de se comprendre et de s'accepter.

— Et nous, on compte pour du beurre, peut-être ? s'exclama Guerrier d'une voix grave.

Lildrille esquiva la remarque, son esprit se concentrait ailleurs. Depuis ce matin, toute sa vie basculait : sa mère, enfin réveillée, le voulait à ses côtés, à la charge de nouvelles responsabilités, et cet Elfe, Yladri, désirait devenir son coéquipier. Il aurait dû rester au lit et ne jamais en sortir. Il n'aurait pas vu le corps ensanglanté de Sanedra, ni massacré des porte-paroles ou assisté aux images terribles de l'attentat du palais tianien. Lildrille se prit la tête dans les mains. Malheureusement, l'alcool ne faisait toujours pas son effet. Le prince n'en pouvait plus, trop de pression s'accumulait sur ses épaules.

Yladri abaissa sa main, une mine contrite sur le visage.

— Je suis du genre rapide, je suis désolé, s'excusa-t-il. Tout ça, ça fait sans doute beaucoup d'informations à digérer. Surtout après cet attentat chez le Tiane et… le réveil de ta mère. Toute la Régence est au courant, ça y est !

Lildrille leva des yeux larmoyants et ne dit rien. Yladri remarqua l'état pitoyable de son interlocuteur, il en fut touché. Habituellement, les conseillers du père du prince le rabrouaient pour sa sensibilité accrue et ses larmes stupides. Yladri l'observait sans rien dire, sans retrousser les lèvres, sans se moquer ou le juger. Lildrille avait tant désiré pouvoir ouvrir son cœur à un autre qui le comprendrait. Peut-être l'avait-il trouvé.

— En effet, la journée a été longue, admit-il, fatigué.

— Ce n'est pas la boisson qui va t'apaiser. J'ai une meilleure idée ! Suis-moi, bougeons ! déclara Yladri d'un ton bienveillant.

Alors qu'Yladri s'apprêtait à payer, Lildrille le devança et déposa quelques pièces sur la table. Il garda son bras tendu, tout en fixant Yladri avec sérieux. Ce dernier comprit le message et agit rapidement pour ne pas laisser passer sa chance. Yladri serra la main du prince avec enthousiasme.

— De nouvelles aventures nous attendent ! s'exalta-t-il avec chaleur.

Contre toute attente, Lildrille répondit à son sourire. Au fond de lui, il craignait de commettre une erreur. Après tout, il ne savait rien de cet Elfe mystérieux. Son instinct lui disait qu'Yladri l'aiderait dans sa propre quête et qu'il pouvait lui faire confiance. Pour la première fois de sa vie, Lildrille s'autorisait à s'écouter.

— On va bien s'amuser ! ricana Guerrier, ravi d'avoir une autre compagnie que celle d'un prince faible et dépressif.

***

Dans la ville d'Aniaasha, la nouvelle de l'attentat avait profondément choqué la population. Un silence inquiétant planait dans les rues habituellement pleines de vie. De nombreux établissements avaient fermé pour la soirée et la nuit, par respect pour les morts. L'auberge des Deux Amis avait dérogé à la règle, restant ouverte pour les besoins de l'enquête. Des flux magiques invisibles empêchaient les passants de pénétrer dans l'établissement. Le conseil de la Sûreté de la Régence avait été prévenu de meurtres commis dans l'une des chambres et n'avait pas tardé à en interdire l'accès. Des agents sillonnaient l'endroit, à la recherche d'indices intéressants. Le conseil de la Sûreté se subdivisait en plusieurs comités, affiliés à chacune des Régences. Les employés se fondaient ainsi mieux dans la foule de leur région d'origine et comprenaient mieux la population de la zone dans laquelle ils vadrouillaient.

Les différentes subdivisions d'Annhorhellh se composaient principalement d'Elfes. Fait unique, un humain dirigeait l'une d'entre elles. Le commissaire Adar, réputé pour sa fermeté, son amour de la justice, et son pessimisme redoutable, avait accepté l'affaire. Ses yeux tristes et sa mine défaite le suivaient partout où il passait. Personne n'avait plus vu Adar sourire depuis la mort de sa femme, tuée par des receleurs de drogues. Adar avait voulu se venger mais s'était retenu juste à temps. Il avait failli massacrer un innocent, aveuglé par la colère. Il cherchait toujours les meurtriers de sa bien-aimée, il espérait lui rendre justice. Ce combat le portait, jour après jour, sacre après sacre. Déterminé, il se concentrait à arrêter tous ceux que la drogue menait sur des chemins incertains. Il avait créé un centre pour encadrer les jeunes les plus défavorisés.

— Chef, on a fini les relevés magiques.

— C'est pas trop tôt !

Adar se retourna. L'un de ses lieutenants Elfes s'approcha, un parchemin à la main. Le jeune Elfe lui tendit le papier, une étincelle dans le regard. Il se savait chanceux de se trouver dans l'équipe d'Adar. L'équipe du commissaire l'admirait et le respectait, malgré son absence d'oreilles pointues et un corps plus large que long. Ses vêtements désuets et déchirés à certains endroits, associés à une barbe mal taillée et des cheveux bouclés peu entretenus, lui donnaient une allure de dépravé. Une dégaine que ses supérieurs ne supportaient plus. Adar se fichait de son apparence, comme la plupart de ses collègues. Seul son travail comptait. Ses subalternes l'appréciaient avant tout pour sa franchise, son travail méticuleux et son état d'esprit combatif.

Sur le parchemin, trois profils de fréquences magiques s'affichaient. Chaque individu possédait un motif unique qui caractérisait à la fois sa puissance et les types de magies qu'il avait le droit de manipuler. Cette fréquence se retrouvait dans le sang et se relevait grâce à une formule en ancien langage, autorisée uniquement pour les agents du conseil de la Sûreté de Linaria.

Adar étudia avec attention les trois profils. Il ne remarqua rien de particulier. Les trois fréquences présentaient les magies élémentaires habituelles – vie quotidienne, envoi de messages, soins mineurs – ainsi que des autorisations partielles pour celle du combat, ce que nombre de personnes réussissaient à débloquer de manière temporaire pour des évènements particuliers. Les courbes évoluaient différemment mais Adar ne nota rien de troublant.

— Envoies-en une copie à la guilde des Mystiques qui suit l'enquête, ordonna-t-il à son associé.

Ce dernier acquiesça. Adar lui rendit le parchemin et réfléchit à voix haute.

— Peut-être qu'elle trouvera à qui appartiennent ces profils, bien que je doute qu'ils soient présents dans leurs nombreuses archives. Ils sont plutôt communs. Je dirais… trois Elfes mâles sans grandes responsabilités. Ce que nous supposions déjà, au final. Rien de bien neuf quoi… Super…

Le commissaire soupira longuement. Son lieutenant déguerpit sans un mot. Adar se perdit dans ses pensées. Les fréquences magiques évoluaient avec le temps. Le porteur pouvait en effet apprendre de nouveaux types de magie, en désapprendre certains, ou s'améliorer dans la pratique d'autres, ce qui épaississait la ligne du motif à ce niveau. Ces changements fréquents compliquaient la tâche de la guilde des Mystiques dans leur quête d'identité du Linarien en question. Généralement, les avenants liés aux autorisations magiques temporaires ne parvenaient pas à la guilde des Mystiques, déjà trop occupée à gérer toutes leurs autres paperasses.

Adar observa un instant la ruelle sombre, les mains dans les poches. Le panneau de l'auberge pendait de manière sinistre sous le léger vent brûlant de la bleue-air. Raflom, celui qui tenait l'établissement, n'avait fait aucun effort quant à son extérieur. La terrasse n'avait rien de chaleureux aux yeux d'Adar, qui aimait plutôt les endroits fleuris et mis en valeur avec goût. Le lieu s'avérait silencieux, seuls ses comparses qui s'activaient amenaient un semblant de vie à l'espace. Adar regarda le ciel qui s'assombrissait et qui accueillait les premières étoiles. Il n'en connaissait aucune, ne savait identifier aucune constellation, et s'en fichait éperdument. Il restait à l'écart de tous les écrits discourant sur le ciel. Cette immensité lui avait toujours fait peur et lui rappelait qu'il ne représentait que peu de choses dans l'univers.

Linaria ne tournait plus rond. Les affaires étranges s'accumulaient de manière alarmante depuis plusieurs levées. Même le pouvoir tianien en prenait pour sa part. Adar grogna dans sa barbe avant de se rendre à l'intérieur de l'auberge, où l'une de ses collègues Elfes interrogeait Raflom. Il n'avait jamais eu autant de travail. Il avait dû laisser ses activités personnelles de côté. D'humeur déjà massacrante, Adar s'était transformé en une bête féroce que n'approchaient que ceux qui le connaissaient bien. Il rêvait de neutraliser tous ceux qui distribuaient le mal au sein de sa patrie. Les dossiers s'empilaient les uns après les autres ; les réponses ne s'invitaient pas toujours.

L'intérieur de l'auberge n'étonna pas Adar, habitué aux drôles de manies des Elfes qui ne parvenaient jamais à choisir. De la ferraille, des vitraux, des poutres anciennes, des fenêtres plus modernes, des tables hautes, des fauteuils confortables, des tableaux éparpillés dans la salle, des tapisseries des temps anciens... Adar se demandait comment les habitués pouvaient réellement apprécier cet endroit abracadabrantesque.

— ... je ne sais plus, je ne sais plus, répondit Raflom à une question qu'Adar n'avait pas entendue.

Le tenancier nettoyait ses verres tout en discutant avec l'inspectrice. Ses gestes saccadés affichaient son angoisse, tout comme la sueur qui noyait son front. Il secouait régulièrement la tête, et se pinçait les lèvres. Adar s'intéressa à ses mimiques ridicules.

— Si je résume donc, déclara l'Elfe préposée aux questions. Un certain Lyadel Nartim a réservé la chambre le matin même, s'y est installé dans l'attente de deux autres compagnons qui n'ont pas tardé à le rejoindre. Il vous a payé avant de monter, ses deux compagnons sont arrivés et il est ensuite ressorti seul ?

— Oui, c'est ça, je crois, je ne suis plus sûr...

Devant le regard froid et dur de la jeune Elfe, Raflom eut la nausée.

— Je ne sais plus si c'était moi qui étais là pour le paiement ou si je n'avais pas demandé à l'un de mes amis de m'aider. C'est difficile de s'occuper de tout ici, vous savez... Entre les clients du bar, ceux des chambres, j'essaie d'être partout à la fois. Je ne suis même plus sûr que ce Lyadel Nartim soit sorti de sa chambre en fait...

Adar souffla de dépit et leva les yeux au ciel. Le tenancier ne leur servait à rien. Heureusement pour eux, le nom de Lyadel Nartim avait été indiqué dans le registre des réservations. L'examen de la chambre laissait à croire à une lutte acharnée entre trois personnes. Adar et son équipe avaient retrouvé deux corps, ainsi que des restes d'un autre. L'humain avait du mal à croire à une désintégration magique aussi efficace, surtout après avoir examiné les profils magiques banals des différentes victimes. Cela ne collait pas. Quelqu'un avait maquillé la scène de crime pour leur faire perdre du temps. À moins qu'ils n'eussent utilisé des parchemins du marché noir, ce qui restait plausible. Adar attendait avec impatience le compte-rendu de la guilde des Mystiques sur la liste des sortilèges lancés dans la pièce. Il espérait que leurs effluves fussent encore assez tangibles pour que ses comparses identifiassent quelques éléments intéressants.

Trois individus descendirent de l'escalier qui menait à l'étage. Deux Elfes blêmes saluèrent Adar d'un signe de tête. Ils sortirent de la taverne, perdus. Le policier qui les avait accompagnés s'approcha.

— C'est bien ce que vous pensiez, Chef, commença son collègue. Les deux disparitions signalées plus tôt coïncident avec cette affaire. Les deux conseillers viennent de confirmer l'identité des deux cadavres : Yud Ilde et Nade Kul. L'un est le conseiller de notre souverain, l'autre de sa fille Lémy.

Un rictus sinistre se dessina sur les lèvres du commissaire.

— Des fois, j'aime pas avoir raison. Le père et la fille n'apportent décidément que des ennuis...

Adar se prit le menton dans les mains et plissa les yeux.

— Et les deux là, alors ? Ils t'ont dit quoi ? demanda-t-il.

— Ils n'étaient pas au courant du rendez-vous de leurs porte-paroles, Chef, expliqua son collègue qui sortit un document de sous son bras. Les fouilles ont permis de retrouver leur fiche d'identité magique. Tenez.

— Ha ! Un peu d'aide, enfin ! s'exclama Adar.

Adar récupéra les documents. Cela permettrait à la guilde des Mystiques de relier les fréquences magiques aux deux porte-paroles et de vérifier les corrélations. Le troisième profil restait un mystère. Adar remercia son comparse et fit les cent pas pour mieux réfléchir, marmonnant et râlant à tout rompre. Il soupçonnait un crime politique. Un partisan de la reine aurait tué les deux porte-paroles officiels des conseillers d'Osrile et de Lémy, afin d'affaiblir leur camp respectif. Les deux porte-paroles se seraient alliés le temps de tuer cet individu puis, pris dans la folie de l'action, se seraient également combattus à mort. Le commissaire avait peine à croire que personne n'eût entendu les trois belligérants, alors que l'auberge n'affichait pas complet.

— C'est pas logique ! se plaignit-il à voix haute.

La reine s'était réveillée seulement quelques heures après les assassinats. Elle n'aurait pu planifier toute cette histoire dans le coma. Cette enquête incohérente fatiguait Adar. La voix chevrotante de Raflom le sortit de ses réflexions.

— Il portait une cape, vous savez.

— Alors, vous ne pouvez rien me dire sur ce Lyadel Nartim ? Traits physiques ? Taille ? Expressions du visage ? Tics ? Timbre de voix ? Attitude ? tenta à nouveau l'Elfe enquêtrice.

— Non, désolé... Je ne sais plus..., pleurnicha Raflom.

Adar s'approcha de sa collègue et posa une main sur son épaule.

— T'embête plus avec lui, Lyara. Tu perds ton temps. Il nous sert à que dalle.

Raflom blêmit. Lyara tourna ses grands yeux marron vers son supérieur. Son visage anguleux lui donnait cet air sérieux, que ses lunettes rondes accentuaient.

— Oui, tu as raison, Chef. Je vais aller voir où en est l'équipe magique à l'étage. Tu devrais rentrer et te reposer. Je t'apporterai tous les documents nécessaires une fois les analyses terminées.

Lyara, une Elfe prévenante et professionnelle, connaissait bien Adar. L'humain ne dormirait certainement pas de la nuit, il s'entêterait à étudier plus en détail tous les rapports pour comprendre le déroulement de l'affaire. Adar la remercia d'un signe de tête. Il rentrerait dormir le temps qu'elle toque chez lui. Elle avait raison. Lyara avait toujours raison en ce qui le concernait. Adar la considérait un peu comme sa fille, même si elle s'occupait bien plus de lui que lui d'elle. Il comptait se racheter. À un moment donné.

— Qu'est-ce que je ferais sans toi, je me demande !

Il lui tapota l'épaule. Lyara lui sourit. Adar sortit de l'auberge et salua tous ses comparses encore dehors, tout en leur signalant qu'ils pouvaient rentrer chez eux une fois leurs tâches terminées. Adar avança lentement, traînant des pieds. Il n'habitait pas très loin, à quelques pâtés de maisons du lieu de la bagarre. Aniaasha avait toujours été sa ville de cœur, celle où il avait vécu le plus longtemps avec sa femme avant qu'elle fût tuée. De par son métier et sa réputation, Adar pouvait être appelé dans toute la Régence d'Annhorhellh, ce qui l'avait forcé à déménager à de nombreuses reprises. À présent qu'il gérait un centre pour jeunes à Aniaasha, Adar refusait de se déplacer. Il formait des enquêteurs émérites pour le remplacer dans les autres grandes villes. Lyara en faisait partie. Il n'avait pas hâte qu'elle le quittât.

Après quinze minutes de marche, Adar aperçut sa petite maison. Les volets en bois tordus, les pots de fleurs bigarrés autour de la porte, ainsi que les fresques enfantines qui décoraient ses murs délavés le rendirent nostalgique. D'autres maisons informes entouraient la sienne. Le quartier résidentiel ne possédait pas d'identité propre, comme tout ce qui constituait l'architecture elfique. Adar s'y était fait.

Il entra sans utiliser de clés, il ne fermait jamais sa porte. Il considérait que tout ce qu'il possédait de plus précieux l'avait déjà quitté, et qu'il n'avait rien d'autre à protéger que sa propre vie. Pas besoin de porte pour cela. Ses instincts et ses aptitudes au combat l'avaient sauvé jusque-là.

Il s'installa sur son canapé tout habillé, s'allongea et ferma les yeux. Il attendait avec impatience que Lyara vînt le réveiller pour lui rapporter de bonnes nouvelles. Adar adorait réfléchir et se perdre dans son travail ; son esprit oubliait alors tout ce qui l'entourait. Et cela l'empêchait surtout de penser à son passé triste et sinistre.

Chapitre 19

Sacre 1410, levée d'Iliath, jour 34 – Dans la soirée –
Château de la Régence du Sud

La nuit tombait. Cassiopée s'affala sur son lit, épuisée. Son discours lui avait demandé une énergie folle. La panique, l'inquiétude et la terreur s'étaient lues dans les yeux de chaque individu. Dartran avait choisi des mots apaisants, des termes positifs et des images joyeuses. Son conseiller possédait un talent certain pour l'écriture et la galvanisation des foules. Cassiopée se savait chanceuse. Des émotions fortes l'avaient prise à la gorge alors qu'elle avait essayé d'exprimer ses condoléances et de partager sa force. Des images de ses enfants avaient refait surface au plus mauvais des moments. La reine avait perdu le fil de ses mots et avait dû s'arrêter pour refouler des sanglots peu protocolaires.

Les nombreuses visites des citoyens dans la salle du trône lui avaient également aspiré toute sa volonté. Bien qu'aidée par Dartran et ses autres conseillers, Cassiopée n'avait pu répondre à toutes les interrogations de son peuple. Le Tiane ne lui avait toujours pas envoyé de nouvelles quant aux noms des morts et des blessés de sa Régence. Les familles attendaient désespérément des réponses. Cassiopée s'était sentie démunie.

Plus tôt dans la soirée, Dartran lui avait agréablement changé les idées. Cassiopée connaissait quelques secrets qui pouvaient mettre à mal la réputation de son conseiller. Elle en profitait. Elle le faisait chanter sans sourciller. Le jeune homme possédait des atouts physiques incroyables, agissait avec une douceur extrême et lui offrait de merveilleux sourires. Le Dartran de leurs instants d'intimité ne ressemblait en rien au Dartran conseiller. Cassiopée doutait de l'utilité de ses manipulations quand elle percevait tout le plaisir et la joie que son amant ressentait lors de leurs rapports. Peut-être avait-elle perdu la main avec l'âge.

Alors qu'elle se retournait sur le dos, sa jambe droite la fit souffrir. Sa canne se trouvait sur le sol, inaccessible. Râlant sous l'effort, Cassiopée parvint à s'installer à peu près confortablement, et posa sa tête sur des oreillers moelleux. Elle observa le plafond joliment peint et commença à se détendre. Plus jeune, elle avait demandé à l'un des artistes peintres qu'elle préférait de lui dessiner une fresque merveilleuse, qui la ferait rêver éveillée avant que le sommeil vînt la trouver. Il lui avait offert des paysages de sa

Régence, des plaines, des prairies et des montagnes vertes. Connaissant son amour pour la déesse Laria, le créateur avait choisi de représenter ces panoramas tels des îles, entourées d'un bleu azuréen lumineux.

Quelqu'un toqua à la porte de sa chambre. Milyana, la féline uldave, poussa un râle agacé. Cassiopée sourit à sa compagne quadrupède et lui envoya un baiser.

— Ma reine, je viens vous apporter votre repas, déclara une voix féminine derrière la porte.

Cassiopée soupira d'aise. Cette journée éreintante lui avait donné faim. La reine invita sa domestique à entrer. Cette dernière, à la peau caramel, se courba en révérence puis fit entrer d'autres serviteurs qui portaient des assiettes argentées recouvertes de dômes protecteurs. Ils les posèrent sur une table et s'éclipsèrent en silence. L'odeur du poisson fumé atteignit les narines de la reine, dont le ventre émit des sons disgracieux. Milyana se réveilla doucement, attirée par les délicates senteurs.

Cassiopée se redressa et chercha des yeux sa canne sur le parquet de bois flottant. Elle se déplaça avec difficulté, se décala jusqu'au bord du matelas. Elle tendit le bras, se pencha, et récupéra sa béquille improvisée. Elle serra les dents alors qu'elle se mettait debout.

La reine mangea en silence, lentement, savourant tous ses aliments, au contraire de la féline qui ne cachait pas son plaisir. Au milieu du repas, deux Cassiopes vinrent remplacer les bougies de sa chambre. Grâce à leur cape de la même couleur que la plupart des murs, ils passaient inaperçus. Cassiopée les remarqua à peine. Elle avait peur du noir. Elle avait beau retourner ses images d'enfance dans la tête, elle ne se rappelait aucun traumatisme particulier. À la lumière, elle voyait tout et pouvait tout contrôler, et la chaleur des bougies la réconfortait.

La reine s'approcha de ses aquariums qui longeaient les murs de la chambre. De nombreuses espèces de toutes les couleurs y reposaient. Elles provenaient des nombreux lacs et rivières de Linaria, la pêche dans l'Océan et le fleuve Éternâme étant interdite. Cassiopée adorait les observer nager. Son spécimen favori s'appelait la rarjile. Les rarjiles possédaient des écailles d'un bleu azuréen resplendissant et des yeux globuleux intenses, ainsi qu'une queue fine et un corps étiré.

Afin que les poissons eussent assez de place, chacun des petits espaces aquatiques du palais était relié à des bassins extérieurs bien plus spacieux. Les enfants qu'elle invitait avaient ainsi l'opportunité de les observer dans les jardins. Cassiopée pouvait passer des heures à soliloquer sur ses trouvailles aquatiques. Elle connaissait tout, jusqu'aux anciens noms des espèces et leur évolution dans le temps. Chaque sacre, elle s'offrait un nouvel arrivage. Plus les poissons s'avéraient exotiques, plus elle les adorait. Ils lui permettaient de rester en contact permanent avec la déesse.

Comme de nombreux Linariens, Cassiopée n'avait jamais admiré l'Océan et ne souhaitait pas spécialement l'approcher. Cette étendue divine l'effrayait et l'attirait à la fois. La baignade y était interdite. Seuls les morts y étaient immergés. Des ragots colportaient le fait que certains couples croyants, ou extrémistes, s'y plongeaient illégalement pour y célébrer leur premier rapport, ou se promettre l'un à l'autre. Ils disaient ressentir la bénédiction et la présence de la déesse. Cassiopée les pensait fous et hérétiques.

Quelqu'un toqua de nouveau à sa porte. Cassiopée termina son inspection des aquariums avant d'ordonner à la personne d'entrer. Dartran, son conseiller le plus dégourdi, ouvrit en silence. Dans la pénombre offerte par les bougies, son visage marqué par la fatigue semblait plus pâle que jamais, malgré son ton ébène ravissant. Milyana vint lui caresser les jambes. La féline adorait le conseiller, qui savait se montrer toujours prévenant. Avec automatisme, Dartran enfouit ses doigts dans la fourrure de l'uldave. Cassiopée remarqua un courrier dans la main du conseiller. Son cœur se serra.

— Un courrier du palais tianien ? demanda-t-elle d'une voix faible.

— Oui, ma reine.

Dartran s'approcha et lui confia le parchemin. Cassiopée s'empressa de le prendre mais ne parvint pas à l'ouvrir. Ses doigts tremblaient. Elle respira lentement puis ferma les yeux. Une reine devait garder son sang-froid. Cassiopée reprit possession de ses moyens et déplia le papier. Les conseillers du Tiane lui envoyaient leurs condoléances, suivies de la liste la plus triste qu'elle eut à lire. La douleur et le choc étreignirent son cœur et ses entrailles quand ses yeux tombèrent sur trois prénoms qu'elle connaissait très bien. Cassiopée lâcha le parchemin. Dartran le ramassa et se permit de le lire. Il craignait la pire des nouvelles pour sa propre fille.

Hébétée, la reine s'assit sur son lit. Caressant machinalement sa féline, qui affichait des yeux malheureux, elle regardait dans le vide. Les deux enfants de Céphée, ainsi que son époux, avaient péri dans l'attentat. La reine ne put retenir ses larmes. Sa fille était certainement anéantie, tout comme Sirius, qui adorait ses petit-enfants et son gendre. Cassiopée devait absolument envoyer un message à Céphée pour la soutenir dans ce drame. Elle essaya de se lever, en vain. Elle ne parvenait plus à bouger. Après la tristesse, la haine contractait son cœur. Cassiopée tremblait de rage.

Dartran avait de la peine pour sa reine. Sa fille avait survécu, son nom n'apparaissait pas sur la liste, au contraire de ceux des enfants de la première fille de Cassiopée. L'état de sa reine le rendait malheureux. Terriblement. Il ne laissa rien paraître et s'empêcha d'aller l'enlacer. Il observa un instant les larmes qui coulaient des yeux de son amante puis décida de briser le silence.

— Je vais expressément demander à ce que la flux-nef prêtée par le Tiane soit à votre service toute la journée de demain, ma reine, commença Dartran. Ainsi, vous pourrez rejoindre votre fille et votre époux au palais tianien avant ou après le procès.

Cassiopée tourna la tête vers son conseiller qui affichait une mine tout aussi dévastée que la sienne. Malgré l'atmosphère morose qui avait envahi la chambre, il parvenait encore à réfléchir. Sans lui, la reine aurait perdu pied.

— Je vais contacter les gens de la maison de votre fille, continua-t-il, et leur demander de nous envoyer un objet représentant chacun des défunts.

Votre fille appréciera certainement que ses enfants et son époux soient immergés avec un souvenir de leur vie arcarienne.

Cassiopée acquiesça sans dire un mot. Il avait parfaitement raison. Heureusement pour elle, son conseiller gardait la tête froide. De sombres pensées assaillaient son esprit, et brouillaient toutes ses réflexions. Elle ne songeait plus qu'à une seule et unique chose : briser la vie d'Héléna et la faire souffrir de la même manière qu'elle endurait la mort des siens. Un instinct mystérieux lui soufflait que la femme du Tiane avait un lien avec l'attentat. Peut-être même l'avait-elle fomenté elle-même. Alors qu'elle vivait au château du Sud, Héléna n'avait de cesse de s'amuser avec les sentiments, les angoisses et les vies des sujets de la Régence. Elle devait payer.

— Dois-je appeler quelques-uns de vos protégés pour vous changer les idées ?

— Non, ce ne sera pas nécessaire Dartran.

Les protégés de Cassiopée, des mâles magnifiques, des Elfes, humains ou Grèdes, vivaient au palais comme des rois. En plus de leurs capacités sexuelles hors du commun, ils avaient tout des artistes que la reine appréciait tant. Ils chantaient, dansaient, jouaient de la musique, peignaient et discutaient à merveille. Les quelques sacres qu'ils passaient au château leur permettaient d'obtenir une éducation de qualité. En parallèle, ils savaient que d'autres activités intimes les attendaient. L'appétit de Cassiopée n'était un secret pour personne et les candidats se bousculaient aux portillons. Ses protégés ne se plaignaient nullement de ce traitement de luxe et en profitaient également pour exiger de nouvelles faveurs, qu'ils obtenaient à coup sûr, surtout après une nuit torride. Dartran les détestait. Il aimait satisfaire sa reine lui-même dès que celle-ci en ressentait le besoin.

— Si vous n'avez plus besoin de moi, je vais aller informer les familles endeuillées.

— Je vous remercie, déclara Cassiopée avec trouble. Vous pouvez disposer.

Dartran fit une courte révérence et quitta la chambre. Une fois la porte fermée, Cassiopée se laissa tomber sur le lit. Observer son plafond ne lui apporta pas la paix. Ses prières à la déesse Laria avaient eu des répercussions dramatiques. Le pouvoir tianien en avait pâti, comme elle l'avait souhaité. Néanmoins, la reine n'avait pas pour habitude de devoir également payer les conséquences de ses actes. Tout allait de travers. Cassiopée se sentait trahie par la déesse. Elle lui en voulait même terriblement. Elle n'avait rien fait pour mériter cela.

***

Cassiopée boitait dans les couloirs sombres du château, suivie de sa féline. Les claquements de sa canne et les feulements de Milyana résonnaient sur le sol carrelé. Les bougies, positionnées le long des murs, alourdissaient l'air déjà brûlant de la saison chaude. Quant aux gardes, ils restaient impassibles, comme à leur habitude.

Cassiopée n'avait pas pris le temps d'arranger son maquillage ou sa coiffure. Ceux qui s'approcheraient ou qui étudieraient son visage avec attention comprendraient qu'elle avait pleuré. Les rares domestiques qui parcouraient encore le palais l'évitaient. La reine pouvait s'avérer colérique. Ceux qui la côtoyaient avaient appris à discerner ses sautes d'humeur.

La reine se dirigeait vers sa Lariane privée. Elle désirait s'entretenir avec la déesse et lui exprimer tout son mécontentement. Depuis qu'elle avait lu le parchemin, Cassiopée retenait des cris d'effroi et de colère. Des hurlements qu'elle réservait à Laria.

Cassiopée s'arrêta. Sur sa droite, une porte venait de s'ouvrir à la volée. Deux jeunes femmes portant un masque blanc dérangeant en sortirent, suivies d'une humaine plus âgée, le même masque pendant sur sa poitrine. Toutes trois arboraient une robe blanche, ceinturée à la taille par du cuir ouvragé bleuté. Leurs capes bleu marine les enveloppaient, tout comme les multiples voiles blancs et bleus qui tombaient sur leurs épaules, bras et hanches. La tenue traditionnelle des Sœurs de la Prudence ne semblait pas faite pour la chaleur qui abondait dans le château. La Sœur sans masque aperçut Cassiopée la première et la fixa d'un sourire mauvais. Les deux autres Sœurs entourèrent leur supérieure. La reine du Sud ne pouvait analyser leurs émotions. Les masques recouvraient tout le visage et ne renvoyait qu'une expression neutre malaisante. Cassiopée détestait ces femmes. Milyana rugit et montra les dents.

— Chère reine, nous vous saluons ! s'exclama la supérieure avec une joie excessive.

Les trois Sœurs s'abaissèrent en révérence courtoise. Cassiopée renvoya un rictus malpoli à la supérieure. Cette dernière possédait un front, des yeux et des lèvres marqués par les rides, ainsi que des fossettes basses. Malgré son âge avancé, elle restait en pleine forme et gardait un regard incisif.

— Que fais-tu ici, Téréa ? Qui t'a autorisé à rentrer dans mon palais ?

Cassiopée avait volontairement appuyé sur le fait que la Sœur n'était ni la bienvenue ni chez elle en ce lieu. Téréa ne releva pas immédiatement. Elle s'attarda sur le physique de la reine. Ses longs cheveux blonds partaient dans tous les sens, tout comme le noir sous ses yeux, ou le fard sur ses joues. Dans la pénombre des bougies, sa robe rose pâle, à la coupe droite, la faisait ressembler à un fantôme. Téréa releva le menton et joignit les mains.

— Ton beau-frère m'a invitée, expliqua-t-elle en passant au tutoiement.

Cassiopée écarquilla les yeux.

— Ce grabataire ridicule qui passe tout son temps dans sa chambre à ruminer et à geindre ? s'étonna la reine.

— Celui-là même, ma reine, confirma Téréa avec un plaisir non feint.

Son beau-frère savait qu'elle ne supportait pas la présence des Sœurs en son palais. Agéna, sa défunte femme et sœur de Cassiopée, avait souffert alors qu'elle figurait dans les rangs de ces femmes avides et mauvaises. À son tour, Héléna avait succombé aux propagandes des Sœurs et avait passé ses dernières classes parmi elles, à se spécialiser officiellement aux arts politiques, alors qu'il était notoire que les Sœurs travaillaient dans bien d'autres domaines plus sournois.

Devant le silence de sa reine, Téréa comprit que la nouvelle l'avait chahutée. La Sœur supérieure en profita pour en rajouter une couche.

— Nous nous fréquentons depuis des levées, Dragor et moi.

Cassiopée serrait sa canne à s'en faire mal. Dragor allait payer pour son affront. Ses espions n'avaient rien su de ses agissements, elle les punirait pour leur incompétence. La Sœur remarqua le tremblement dans les doigts de la reine et s'en réjouit. À son côté, les deux autres Sœurs ne bougeaient pas.

— Il est également chez lui ici. Il possède tous les droits pour pouvoir autoriser ma venue, continua Téréa qui se délectait de cette entrevue.

— Tu finiras par te lasser, déclara Cassiopée avec haine. Il est complètement brisé depuis le suicide d'Agéna. Un suicide qui t'a bien arrangé !

Téréa porta l'une de ses mains sur son cœur et afficha une mine outrée.

— M'accuserais-tu de quelque chose, ma reine ?

— Tu sais très bien ce que je pense de tes Sœurs, Téréa.

Les deux femmes s'affrontèrent du regard.

— Pour le moment, tes édits nous interdisent d'enseigner en Régence du Sud, mais ne nous empêchent pas d'y circuler.

La reine attendait avec impatience la décision finale du Conseil Magique. Cassiopée avait monté un dossier contre les Sœurs, des documents qui jetaient une suspicion sur leur malhonnêteté et leurs bassesses. Malheureusement, elle n'avait réussi à regrouper aucune preuve tangible ou probante qui aurait pu l'aider dans sa lourde tâche. L'école du Sud était fermée depuis un sacre.

— L'un de mes contacts m'a chuchoté à l'oreille que notre école devrait rouvrir la levée prochaine, s'amusa Téréa.

— Pardon ?

— Ton dossier, certes développé, n'a pas convaincu le Conseil, ma reine. Tu n'as pas encore reçu le compte-rendu ? Il est tombé cet après-midi.

Cassiopée retint sa surprise avec peine. À cet instant, elle rêvait de tuer la supérieure et de la voir souffrir sous ses mains. Dartran n'avait sans doute pas eu le temps de la prévenir avec tout ce qui s'était passé. Elle ne pouvait lui en vouloir. Pourtant, Cassiopée comptait bien lui déverser sa colère dès qu'elle en aurait l'occasion.

— Oh, suis-je bête. Tu devais être trop occupée à gérer le fâcheux attentat au palais tianien, minauda Téréa.

— Fâcheux ? répéta Cassiopée avec mépris. Comment oses-tu dénigrer ainsi la mort de centaines de personnes ?

Téréa s'approcha de la reine et la toisa de haut. Téréa était plus grande que Cassiopée et en profitait.

— Je n'ai jamais rien dit ou pensé de tel, ma reine.

La supérieure fixa la canne avec un sourire.

— Ta jambe te fait toujours souffrir, à ce que je vois. Je peux te prêter un guérisseur si...

— Je ne souhaite pas guérir par la magie, répliqua la reine avec colère. Je laisse mon corps agir seul.

Téréa s'éloigna tout en riant à gorge déployée. Les deux Sœurs qui l'accompagnaient l'imitèrent.

— J'avais oublié ! Cassiopée : la reine économe !

Cassiopée prenait son mal en patience. Elle tourna un œil vers les gardes qui longeaient les murs. Elle allait leur ordonner d'éjecter ces intruses quand Téréa reprit la parole.

— Nous avons appris la triste nouvelle. Nous prierons pour l'âme des enfants et du mari de Céphée. Nous prierons également pour notre Sœur.

— Céphée n'a jamais terminé ses classes. Elle ne fait pas partie des vôtres ! cracha Cassiopée, qui sentait ses larmes revenir.

— Chaque personne qui met un pied chez nous reste une Sœur à jamais, affirma Téréa. Sur ce, nous te souhaitons une agréable nuit. Nous avons à faire.

Téréa mit son masque puis claqua des doigts. Le trio salua poliment et s'en retourna. Seules les Sœurs influentes ou celles qui avaient abandonné l'école pouvaient montrer leur visage en public. Les autres se devaient de se montrer discrètes. Si tout le monde connaissait leur visage, elles ne pourraient plus espionner ou manipuler dans l'anonymat.

Cassiopée les observa un instant, jusqu'à ce que les Sœurs eussent disparu complètement de son champ de vision et qu'elle n'entendît plus leurs pas. La reine reprit sa progression. Quand elle frôla la porte de la chambre de son beau-frère, elle le maudit à voix haute en lui souhaitant tous les malheurs du monde. Elle lui parlerait plus tard. La discussion avec la Sœur supérieure l'avait éreintée. Ce traître de Dragor ne perdait rien pour attendre. De la sueur coulait à présent du front de Cassiopée. Ses tremblements avaient gagné ses jambes. Milyana avait ralenti son pas pour rester à hauteur de sa maîtresse adorée. La féline aurait bien sauté au cou de Téréa, Cassiopée le savait.

— Cela viendra ma chérie, lui susurra-t-elle en lui caressant les oreilles. Cela viendra.

La féline ronronna de plaisir.

***

Cassiopée pénétra dans sa Lariane privée d'un pas lourd. Milyana s'allongea confortablement à l'entrée. La féline n'avait pas le droit de pénétrer dans la chapelle. Le grand-père de la reine avait intégré ce bâtiment au château du temps de son règne, pour que les habitants du palais pussent prier en paix, sans se mêler au peuple. Deux statues de Laria accueillaient les visiteurs, les bras ouverts. Un autel gigantesque trônait au centre du lieu. Une barque en pierre, bâtie sur un Océan en furie, bravait fièrement la tempête, la déesse Laria à son bord. Les artistes, qui avaient sculpté la jeune femme aux cheveux bleus, l'avaient représentée déterminée, la chevelure au vent, et le port fier.

Des bancs en bois, drapés de tissus bleus, entouraient l'autel. Au mur pendaient de belles tentures raffinées, sur lesquelles Laria s'adressait aux prieurs avec amour. Le plafond avait été peint d'un bleu uni. Quand les rayons de Talel-Ama pénétraient la chapelle, l'endroit s'illuminait et devenait chaleureux. À la lueur des bougies, la Lariane paraissait inquiétante. Les ombres parcouraient la pièce et les statues de Laria semblaient vous juger avec dureté.

Cassiopée observa l'autel un moment avant de s'agenouiller au-devant. Sa blessure à la jambe la fit souffrir mais la reine l'ignora. Elle joignit les mains, baissa la tête et murmura une prière qu'elle récitait chaque fois qu'elle se rendait devant la représentation de la déesse.

— Laria, déesse Bleue, divinité de l'Océan, Mère de la Paix en Linaria, et Architecte de notre bonheur à tous, acceptez mes humbles prières. Je me présente à vous, Cassiopée reine du Sud, votre servante et dévouée admiratrice. Que le bleu de l'Océan me submerge et qu'Il m'éloigne des côtes aux sommets tranchants.

Une ombre cachait la moitié du visage de la statue sur la barque. Son sourire, habituellement apaisant, prenait des airs malsains. Cassiopée leva les yeux. Des larmes parsemaient ses joues. Petit à petit, les traits de son visage se déformèrent. La reine souffrait intensément et se libérait enfin de ce poids cruel. En plus de la mort de ses petit-enfants, la conversation avec la Sœur supérieure l'avait profondément brisée. Elle ne maîtrisait plus rien. Tout lui échappait. Ses épaules se mirent à trembler, ses lèvres tressaillirent. Les sanglots la chahutaient en toutes parts. Cassiopée entendit à peine les gémissements de Milyana qui souffrait elle aussi de l'état de sa maîtresse. Les larmes affluaient et, telle une rivière, abreuvaient ses vêtements clairs qui se teintèrent sous la cascade de pleurs.

— Pourquoi ? hurla la reine à la déesse. Pourquoi ? Pourquoi les avez-vous laissés mourir ? Pourquoi ?

Cassiopée se cassa la voix dans des cris plaintifs désarmants. Dans un mouvement brusque et douloureux, elle agrippa ses cheveux et les tira comme une démente. Elle se fichait que des serviteurs la surprissent. Elle se fichait que les siens se moquassent d'elle. Plus rien n'avait de sens à ses yeux. Cassiopée jeta ses bras vers l'avant.

— Pourquoi, déesse ? Qu'ai-je fait pour mériter tant de malheurs ?

La reine pleurait à chaudes larmes, désespérée. Elle resta ainsi, repliée sur elle-même, de longues minutes. Son corps tremblotait, en même temps que son esprit divaguait. Cassiopée craqua et s'allongea sur le sol, dans la position du fœtus. Le contact de la pierre la rafraîchit un temps. Des images de ses petit-enfants pleins de vie lui revinrent en mémoire. Elle adorait s'occuper d'eux en leur racontant des histoires, elle s'amusait à les promenait dans les jardins ou se prêtait à leurs jeux favoris. Cassiopée avait été une mère aimante, même si très imparfaite. Elle avait espéré se rattraper avec ses petit-enfants. Elle ne le pourrait plus à présent.

— Pourquoi ? chuchota-t-elle, à bout de forces. Pourquoi ?

Alors qu'elle réalisa qu'elle ne s'amuserait plus jamais avec les enfants de sa fille aînée, Cassiopée se redressa. Comme souvent chez la reine, la tristesse laissa place à une colère ardente. Des flammes vives remplacèrent les torrents qui l'avaient abattue. Son esprit redevint aussi affûté qu'une lame et des forces magiques destructrices remuèrent dans son estomac. La reine se leva et s'appuya douloureusement sur sa jambe affaiblie. Elle fixa la statue de la déesse dans la barque d'un regard assassin.

— Aldistaré ! s'exclama-t-elle, tout en remuant sa main droite en mouvements circulaires.

Cassiopée accéléra son geste jusqu'à ce qu'une boule de feu apparût au creux de sa paume.

La magie de combat faisait partie des magies les plus difficiles à pratiquer. Les flux associés s'avéraient lourds à manier. Pour illustrer leurs leçons, les professeurs représentaient les flux d'assaut par des lignes rouges dans l'atmosphère. La magie vibrait dans l'air tout autour des Linariens, bien qu'ils ne pussent la percevoir. Quand les différents flux colorés s'associaient, ils formaient un fluide invisible qui se confondait dans l'air, au même titre que la lumière.

Cassiopée n'avait pas pour habitude de consommer du flux magique pour des sottises. Sa colère englobait tout. Seul son besoin de désintégration subsistait. Prise dans un tourbillon de fureur, la reine balança la boule de feu sur les bancs qui lui faisaient face. Les flammes attaquèrent le bois avec avidité. Une chaleur intense commença à attaquer la peau de la lanceuse de sorts. Le rouge flamboyant se reflétait dans ses yeux fous. La reine hurla à s'en rompre les cordes vocales.

— Pourquoi ?

Elle observa de nouveau la statue de la déesse qui trônait au milieu de la chapelle. Un sourire mauvais fleurit sur ses lèvres. Elle ne supportait plus l'allure hautaine de Laria.

— Néméré !

La reine utilisa cette fois-ci ses deux mains pour façonner une lame magique invisible. Cassiopée manipula le flux de combat pour découper la statue de pierre. Elle dut s'y prendre à plusieurs reprises pour décapiter la tête de la déesse. Enfin, la tête tomba. Exténuée par l'effort, la reine bascula à la renverse sur le sol. Un rire dément emplit la chapelle, qui vint couvrir le crépitement des flammes. La reine hurlait sa douleur, se moquait de la déesse et l'insultait. Elle n'avait jamais été aussi blasphématoire, elle qui aimait Laria, qui la priait tous les jours, parfois même pendant des heures. Elle qui la louait, qui croyait éperdument en elle.

— Cassiopée ! Cela suffit maintenant ! gronda une voix grave qui fit trembler l'autel.

Apeurée, la reine se tut. Elle se tourna dans toutes les directions. Milyana avait disparu. Dans la Lariane, les flammes continuaient leur chemin. Les bancs devenaient poussière, les uns après les autres. Le feu envahissait chacune des rangées. Cassiopée se rendit compte que l'incendie commençait à l'encercler. Quelques levées auparavant, elle avait interdit aux gardes de surveiller cette zone. À présent, elle s'en mordait les doigts. Sa fatigue et son état l'empêchaient de se tenir debout. Elle espérait que sa féline fût allée chercher du secours.

Personne ne se trouvait à proximité. « Qui m'a parlé ? » se demanda-t-elle.

— Cassiopée ! Écoute-moi !

La voix grave semblait provenir de l'autel. La reine en fut pétrifiée. Cassiopée ouvrit une bouche béante, abasourdie par les pensées qui lui traversaient l'esprit. De la fumée pénétra ses bronches et la fit tousser.

— Je ne retiendrai pas tes divergences, déclara la voix de la déesse. Je sais que tu m'aimes. Tu es une croyante fidèle.

Cassiopée se remit difficilement sur les genoux. Elle tremblait. Non pas de douleur ou de colère cette fois-ci. Elle vibrait d'amour et de respect pour celle qui s'adressait à elle. Et elle s'en voulait. Terriblement ! Elle avait agi comme une jeune fille puérile.

— Je vous suis infiniment dévouée, déesse. Pardonnez-moi mon égarement, la supplia-t-elle.

— Tu es pardonnée, lui répondit la voix après quelques secondes de silence.

Les muscles de la reine se détendirent.

— À condition que tu me prouves ton dévouement.

Cassiopée déglutit de surprise et toussa. Les flammes montaient haut dans la chapelle. La voix grave donnait la chair de poule à la reine, dont le cœur se contractait sous l'angoisse de la requête à venir.

— Recrée les Lames Bleues et venge les affronts qui me sont faits !

Cassiopée regarda avec horreur la statue sans tête.

— Déesse, les fondateurs des Lames Bleues n'avaient pas agi sous vos ordres. Ils n'avaient pas compris vos enseignements. Ils préféraient la terreur à l'amour que vous nous prodiguez à tous, croyants ou non.

— Ne me contredis pas, Cassiopée ! Je sais très bien ce que je dis !

La reine baissa la tête et s'excusa du bout des lèvres. La voix de la déesse ne contenait que de la fureur. La Laria aimante et bienveillante avait laissé place à un être terrifiant. Des larmes s'échappèrent à nouveau des yeux de la reine, qui s'étouffait sous l'angoisse et la fumée.

— Les temps ont malheureusement changé. Je ne peux laisser mourir ceux qui me sont fidèles sans agir.

Cassiopée songea à ses petit-enfants qui avaient péri trop tôt. Elle acquiesça en silence. Elle aussi désirait venger les siens, mais savait que la mort et l'extermination n'aideraient pas. Laria représentait l'amour et la paix. Cassiopée réfléchit et évalua toutes les possibilités. Malgré la peur que la voix suscitait en elle, la reine eut l'audace de répondre avec honnêteté.

— Je vous aime, déesse. Je ne veux tuer en votre nom et mettre fin à des sacres de paix. Les groupes comme les Pourfendeurs de Foi ne méritent pas votre générosité. Seuls quelques-uns de leurs membres aiment à donner la mort. Les autres ne nous gênent pas. Les Linariens sauront défaire les meurtriers.

— Je n'en suis pas si sûre, mais je comprends tes craintes, s'adoucit la voix de la déesse. La décision est difficile, j'en suis consciente.

Un silence tendu s'installa, à peine dérangé par la toux de la reine. La chaleur des flammes la faisait transpirer. Cassiopée n'avait pas connu les guerres religieuses et ne souhaitait pas que son royaume fût mis à feu et à sang. La justice linarienne, dérivée des principes de Laria, fonctionnait. « Pourtant », lui chuchotait une voix intérieure, « des centaines de morts ont subi le courroux des hérétiques. Ne méritent-ils pas la mort pour ce qu'ils ont fait ? »

— J'ai une chose à te montrer, reprit la voix. Après cela, tu me donneras ta décision.

Cassiopée n'eut pas le temps de répondre. Un rayon lumineux bleu la percuta. Elle ferma les yeux. Un mal de tête terrible l'abattit. Des images du palais tianien apparurent dans son esprit. Cassiopée aperçut sa fille aînée, Céphée, qui hurlait, comme sa mère auparavant, les paumes tournées vers le ciel. Elle lui ressemblait tant, avec ses cheveux blonds en bataille et son corps fin. La reine pouvait ressentir toute la tristesse qu'endurait son enfant. La reine pleura sans se contrôler. Dans la vision, Céphée frappait les murs et secouait même son père, Sirius. Cassiopée n'entendait rien mais s'imaginait très bien les dires de sa fille. La colère déformait ses traits et la fureur illuminait ses yeux. Soudain, tout s'accéléra. Céphée utilisa la magie, se concentra sur les flux face à elle et se coupa la gorge. Son corps chuta lourdement sur le sol, alors qu'une flaque de sang commençait à l'entourer. Une fille chérie venait de se suicider sous les yeux de son père et de sa mère.

— Non ! hurla la reine. Non ! Non ! Non !

Criant d'effroi, Cassiopée frappait le sol de pierres avec rage. Ses phalanges se mirent à saigner. Ses ongles se brisèrent. Ses doigts se plièrent sous des angles étranges. Tout son monde s'écroulait à nouveau.

— Je suis sincèrement désolée pour ta fille. Je n'ai pu la sauver. Le moment est venu de choisir. Que décides-tu ?

— J'accepte ! s'époumona la reine entre deux quintes de toux. J'accepte !

Cassiopée sanglotait à en perdre la tête. Une colère intense, mêlée à une profonde tristesse, embrumait son jugement. Sa fille venait de mourir.

Elle la vengerait. Elle les vengerait tous. La déesse avait raison. La bienveillance et l'amour ne les sauveraient pas.

— Cassiopée, tu seras le bras armé de ma vengeance !

La voix grave résonna de manière sinistre dans la Lariane. Les mains de la reine luisirent soudain d'un bleu lumineux aveuglant. Les rayons éblouirent Cassiopée qui dut fermer les yeux sous la violence du choc.

— Tue tous ceux qui s'opposent à la déesse Bleue. Ne me déçois pas !

Les rayons s'estompèrent, tout comme la voix. Cassiopée s'affala sur le sol, éreintée aussi bien mentalement que physiquement. Alors que les flammes s'approchaient dangereusement d'elle, elle aperçut Dartran qui courait la secourir. Son visage inquiet fut la dernière vision qu'elle perçut avant de sombrer dans l'inconscience.

Chapitre 20

Sacre 1410, levée d'Iliath, jour 34 – Dans la soirée – Château tianien

Niriel sautait d'arbre en arbre, davantage par plaisir que par réelle nécessité. Grâce à tout ce qu'il avait appris, il s'amusait à voler le temps de quelques secondes, même si les chutes s'avéraient parfois laborieuses. Après de longues minutes de course effrénée, la forêt Sartrasse s'effaça derrière lui. Niriel s'arrêta pour reprendre son souffle. Des champs agricoles s'étalaient jusqu'aux portes délimitant les quartiers bourgeois les plus excentrés. Éclairées magiquement par des pierres de fabrication naines, les deux entrées fascinèrent le jeune homme. De sa position surélevée, l'apprenti apercevait également le palais tianien au loin. Il s'attarda quelques secondes dans la contemplation des jardins qui s'étendaient à perte de vue, ainsi que dans celle de l'architecture unique du château.

Chaque haut-magicien avait donné de sa personne pour agencer et remodeler le château. Quand Niriel serait proclamé Énèdjär, il devrait également y apposer sa marque. Il y avait déjà réfléchi. Chaque parcelle du Berceau était reliée à l'un des flux magiques suspendus dans l'air. Niriel désirait faire ressortir ces traits de pouvoir, de sorte que, notamment la nuit, une multitude de couleurs illuminassent toutes les surfaces. Bien que le bleu et le blanc du palais attirassent déjà le regard, l'apprenti savait que la vision des flux ensorcellerait la population.

La plupart des citoyens ne pouvaient les percevoir ; ils se confondaient dans l'atmosphère. Même activés, ils restaient invisibles. Seule leur consistance changeait, se durcissait, obligeant les lanceurs de sortilèges à manipuler de la matière plus lourde que de l'air. Depuis des levées, Niriel étudiait des substances capables de diffracter les rayons magiques durant un laps de temps réduit. L'apprenti ne perdait pas espoir de trouver ce qui déclenchait ce processus pour le rendre ensuite permanent.

Les dernières paroles du Syranien le perturbèrent. Certaines plantes de la forêt dépérissaient. Niriel ne savait s'il devait considérer ce problème avec sérieux ou non. La nature se faisait souvent capricieuse, les saisons amenaient leur lot de changements et les Syraniens s'inquiétaient toujours pour un rien. Niriel enquêterait malgré tout. Cela l'intriguait et il s'était promis d'accomplir toutes les missions que les Linariens lui confieraient, même si celle-ci n'appartenait pas aux quêtes officielles nécessaires pour la validation de sa formation. Il respectait les Syraniens, ces êtres surnaturels qui ne s'attardaient pas à s'adresser au reste de la population, à moins qu'ils n'y fussent forcés. Ce peuple lui faisait confiance alors il ferait de son mieux pour leur montrer qu'il la méritait.

Le sortilège qui appelait Niriel continuait de lui indiquer la voie. L'apprenti continua son chemin vers le sud de la Souveraineté, l'un des deux seuls accès au Berceau. Il vola par-dessus quelques récoltes et fleurs aux senteurs parfumées ; parcourut des chemins de terre sur lesquels quelques enfants s'amusaient ; et évita de justesse un couple de paysans qui rentrait certainement chez eux, après une longue journée de travail.

Il passa près de l'endroit où les gigantesques flux-nefs des invités, aux carcasses principalement bleutées, se trouvaient stationnées. Niriel jeta un œil à certaines d'entre elles. Il reconnut les véhicules elfiques, pour leurs assemblages étranges et sans logique, constitués de bois et de métaux en tous genres. Celles des Nordiens possédaient des parois plus épaisses, capables de résister au froid glacial qui envahissait constamment leurs terres. À côté des flux-nefs des Elfes, elles renvoyaient une majesté troublante, accentuée par les merveilleux dessins des monts nordiens sur l'ensemble de la carcasse métallique, et les drapeaux des différentes maisons de la noblesse nordienne qui paradaient dans l'air.

Essoufflé mais revigoré par le sortilège et sa magie, Niriel descendit prudemment l'ultime butte qui le séparait du dernier cercle bourgeois entourant Le Berceau. Il but une gorgée d'eau avant de poursuivre sa route. Grâce à ses pouvoirs, il avait économisé quelques heures de course à pied fatigantes.

À la Porte Larmoyante, les gardes le laissèrent passer après les vérifications d'usage. Niriel emprunta l'une des ramifications de la route Bleue, un chemin qui traversait tous les quartiers concentriques et menait au-devant du palais tianien. Au sud, la route Bleue s'étendait jusqu'aux Larmes de Laria, et à l'est, jusqu'à la frontière d'Annhorhellh. L'accès par la forêt Sartrasse avait été interdit pour ne pas déranger les Syraniens y habitant.

Chaque côté de la route s'agrémentait de tentures bleues, de bacs à fleurs extravagants, et de publicités en tous genres. Les pancartes vantaient les mérites de nombreuses pâtisseries ou rappelaient aux passants les bienfaits de plantes médicinales rares.

Quelques tracts se superposaient à certains panneaux, qui insultant la famille tianienne, qui exigeant une économie de la magie ou qui blasphémant sur la déesse Laria. Niriel aperçut des hommes qui travaillaient à nettoyer les pancartes, ainsi que quelques passants, qui gardaient la tête baissée. L'atmosphère bleutée qui se dégageait des lumières artificielles contrastait avec la morosité des habitants de la souveraineté. Niriel accéléra le pas. Il choisit de s'écarter de la voie principale pour gagner en discrétion. L'apprenti emprunta des ruelles parallèles, grimpa sur les toits, choisit des passages plus sombres, évita les rares endroits fréquentés et les éclats de voix. Aidé par un souffle magique qui le portait, l'apprenti ne prit que quelques minutes pour parvenir aux portes du domaine du palais. Son entraînement physique lui permettait de prendre du plaisir à ces parcours survoltés. Même si la magie aidait, son corps fournissait aussi de gros efforts.

Les gardes le saluèrent et lui demandèrent ses documents d'identité. Niriel se plia aux règles. Tandis que les soldats vérifiaient ses données, l'apprenti balaya du regard ce qui l'entourait. Les grilles luisaient. De la magie les enveloppait. Les murailles entourant le domaine du château avaient été surélevées. Un dôme bleuté apparaissait nettement sous le ciel noir. Les aînés de l'apprenti n'avaient pas réduit leur vigilance et avaient invoqué un nouveau bouclier protecteur plus épais, et donc plus voyant.

— Niriel ?

L'apprenti entendit une personne prononcer son nom. Une silhouette approchait sur le côté. Niriel la reconnut malgré un visage marqué par la tristesse. Il ouvrit des yeux étonnés.

— Aelrelne, le salua Niriel par une révérence protocolaire.

— Cela tombe très bien, je voulais te parler, commença le jeune homme avec un sanglot dans la voix.

Niriel n'avait jamais vu l'héritier aussi désemparé. Un drame avait dû se produire. Il songea alors à Nandra, et craignit pour sa vie. Ystar s'approcha, souffla avec dépit sur sa mèche bleue qui lui tombait sur les yeux. Sa veste bleu roi aux boutons brillants, associée à une chemise et à un pantalon droit bleu foncé, rappelait son rang sans pour autant afficher son statut. La chemise qui sortait nonchalamment du pantalon, la veste déboutonnée et les mains dans les poches le laissaient paraître tel un jeune adulte ordinaire.

— J'ai été destitué, expliqua Ystar d'un œil brillant.

— Que s'est-il passé ? s'étonna Niriel.

Les soldats se raclèrent la gorge. L'apprenti se réintéressa à eux. Il récupéra ses documents. Les gardes toisaient Ystar d'un regard dur. Le Tiane n'avait pas encore émis l'ordre de le capturer. Falor espérait encore que son fils accepterait sa décision et qu'il reviendrait de lui-même.

Niriel regrettait de ne pouvoir communiquer par la pensée avec ses aînés. Il avait hâte de participer aux intrigues du royaume et de se consacrer à le protéger à plein temps. L'expression d'Ystar l'attristait. Il avait connu l'héritier deux sacres auparavant, alors qu'il commençait à peine ses vagabondages dans le royaume pour accomplir ses différentes missions. Un peu borné, quelques fois irréfléchi, impulsif, naïf et politicien extrêmement peu doué, Ystar lui avait paru attachant. L'héritier découvrait le monde, le comprenait à sa manière et apprenait à gérer de grands pouvoirs, tout en faisant le deuil de sa mère. À l'héritier tianien revenait l'obligation de donner les missions aux apprentis hauts-magiciens. Grâce à lui, Niriel avait en plus rencontré Nandra et avait eu l'occasion de danser avec elle. Il lui serait éternellement reconnaissant.

— Peu importe ce qui s'est passé, répondit Ystar en détournant le regard. Je vais partir, Niriel. Tu ne pourras plus compter sur moi pour te donner des épreuves, j'en suis navré.

— Aelrelne, où comptez-vous…

— Ne m'appelle plus jamais ainsi, c'est terminé. Je ne sais pas encore où je vais me rendre mais tu ne me verras plus. Je ne veux pas qu'ils me reprennent mes pouvoirs. Je ne peux accepter ça.

Ystar fixa les gardes de la porte du palais avec haine. Le jeune homme invita Niriel à le suivre. Ils s'arrêtèrent à bonne distance, de sorte que les soldats ne pussent plus les entendre. Il ramena son regard sur les yeux bleu-vert de l'apprenti. Ystar y lut de la compassion et cela lui brisa le cœur. Il quittait une vie douce et paisible, une femme dont il était fou amoureux, et un apprenti haut-magicien qu'il considérait comme son ami le plus proche.

— Quand je serai officiellement déclaré fugitif, je ne serai plus une personne fréquentable, Niriel. Ne cherche pas à me contacter.

Ystar baissa la tête. Cela lui coûtait. Niriel se sentait lui-même déconcerté.

— Une personne de confiance te contactera et prendra ma place, reprit Ystar. Je la joindrai demain matin et lui expliquerai ce qu'elle doit faire. J'ai le droit de choisir qui me remplacera, j'ai lu les textes de loi.

L'apprenti ne sut quoi répondre. Contester les volontés de l'héritier n'aurait fait qu'aggraver les choses. Niriel s'avança doucement. Ystar le laissa faire. Les deux hommes se fixèrent avec intensité. L'apprenti ouvrit alors les bras et l'héritier destitué se jeta dedans. Il laissa éclater toute sa rancœur, sa colère, sa rage, sa peine et sa tristesse. Ystar se laissait rarement émouvoir. Seul Niriel connaissait ses faiblesses. L'ami déchu s'écarta et renifla.

— Cette nuit, je vais m'occuper de nos affaires. Tout sera remis dans l'ordre, tu peux compter sur moi.

— Je n'en doute pas, déclara Niriel.

L'apprenti aurait tant souhaité interroger Ystar sur la suite des évènements. Il connaissait nombre de lieux cachés et sûrs qu'il aurait pu lui conseiller. Il songeait notamment à une cabane en bois dans la forêt Sartrasse, un nid douillet qu'il avait fréquenté alors qu'il guérissait de vieilles blessures.

— Tu dois te poser beaucoup de questions, le coupa Ystar dans ses réflexions. Mon successeur te donnera un parchemin qui t'expliquera tout. Je n'ai pas le temps de m'attarder. Je dois te laisser.

Ystar sécha ses larmes d'un revers de manche. Les deux hommes s'observèrent en silence. Leur alliance s'achevait ce soir. Niriel posa son regard sur la mèche bleue. Laria avait donné sa bénédiction à Ystar et cela comptait énormément aux yeux de l'apprenti. Si la déesse l'avait choisi, cela voulait dire qu'il le méritait et qu'il possédait un fond bienfaisant. Niriel réfléchit. Son cœur parla avant sa raison.

— Tu sais comment m'appeler, lui confit-il. N'hésite pas à le faire si tu es en danger. Le monde en dehors du palais n'a rien à voir avec ce que tu connais.

— Merci.

La voix d'Ystar tremblait. Il savait que Niriel risquait sa prometteuse accession au rang des Énèdjärs si sa complicité avec un criminel se découvrait. Ystar et Niriel s'enlacèrent une dernière fois.

— Au revoir, Niriel.

— Au revoir, Ystar.

Niriel ne l'avait jamais appelé par son prénom. L'héritier destitué le salua d'un signe de tête et disparut. L'apprenti retourna au-devant des portes gardées et pénétra dans l'enceinte du château. Le sortilège continuait d'imiter la voix de Nandra. Le jeune homme accéléra le pas. Habituellement, il s'amusait à escalader le palais. Avec toutes les nouvelles mesures de sécurité et un nombre de gardes accru, il préféra se comporter avec respect envers les morts de l'attentat et ne pas inquiéter inutilement les gardes.

Niriel stressait à l'idée de revoir Nandra. Son cœur battait à tout rompre alors qu'il gravissait les escaliers menant au premier étage. Il suivit la voix du sortilège avec attention. Elle s'arrêtait derrière une porte. Niriel connaissait cet étage parce que Nandra s'y rendait régulièrement. Avant qu'il lui parlât, il passait du temps à l'observer, caché dans les hauteurs de la structure du château. Il admirait sa prestance, son autorité et sa passion pour son poste. Via dormait dans la chambre depuis laquelle Nandra l'appelait. Niriel n'avait jamais côtoyé la plus jeune des aelrelnas mais il savait tout l'amour que sa bien-aimée ressentait pour sa protégée. L'apprenti ouvrit la porte.

Il pénétra dans une chambre sombre où seuls quelques éclats lumineux l'accueillirent. Il reconnut des flammes de bougies magiques artificielles qui ne dissipaient aucune chaleur. Nandra vint rapidement à sa rencontre avec un soulagement non feint. Le cœur de son bien-aimé rata un battement à sa vue, puis se contracta sous l'image d'effroi et d'inquiétude que lui renvoyait la domestique. Il se retint avec peine de l'enlacer et de l'embrasser à nouveau. Il ne voulait céder à ses envies en présence d'autres individus.

— Niriel, grâce à la déesse, vous êtes là !

— Que se passe-t-il ici ? demanda précipitamment l'apprenti, ne répondant pas à l'élan de Nandra.

La domestique recula, frustrée par son attitude froide. Le mage ferma la porte derrière lui et se tourna vers le lit. Il y aperçut deux autres hommes. Tari, le chef des domestiques, et Jilm, un Larien, discutaient à voix basse au-dessus du corps de Via. La jeune fille semblait apaisée et dormir tranquillement. Il remarqua les attaches. Ses yeux se plissèrent.

— Jilm, le Larien que vous voyez là-bas, va entamer un exorcisme, détailla Nandra. Nous avons besoin de votre aide pour contenir les puissances obscures qui peuvent s'échapper du corps de Via.

Niriel lui lança un regard interrogatif. Elle lui expliqua alors qu'une présence maléfique possédait le corps de Via, une terrible nouvelle que Jilm avait confirmée. Niriel n'avait jamais assisté à de tels cas. Il s'approcha de Via, salua les deux hommes à ses côtés, et observa l'aelrelna. Tari maintenait une compresse contre le front de Via tandis que Jilm lisait l'un de ses parchemins les mains tremblantes.

— Vous confirmez donc une présence maligne, Gardien ? questionna Niriel.

— Je... Euh... Oui, tout à fait, répondit Jilm. Tout est prêt pour le rituel. Nous vous attendions. C'est un honneur, apprenti.

Jilm s'inclina. Il se sentait intimidé par la présence du mage dont il ne pouvait percevoir le visage. Il regarda Nandra qui acquiesça. Cela rassura Jilm. Tari, quant à lui, se fichait bien de l'identité de cet individu. Il s'inquiétait davantage pour la santé de Via. Il ne voulait pas avoir à décompter une vie supplémentaire en ce jour sinistre. Il avait déjà tant pleuré. Tari rêvait d'une fin de journée fructueuse et salutaire.

Niriel remarqua les statuettes de Laria éparpillées tout autour du lit. Des bandes de tissus bleus parsemaient également le corps de Via. Sur ces derniers, le symbole de vie avait été dessiné : Laria en signe de victoire. Jilm avait également mis à disposition des parchemins de défense. Niriel reconnut le contenu des fioles colorées que le Larien replaçait avec maladresse sur la table de nuit de l'aelrelna.

— Je ne rêve pas ? s'étonna le mage en désignant les fioles. C'est bien ce que je crois ?

Jilm ne réagit pas de suite. Quand il comprit que Niriel s'adressait à lui, il bafouilla une réponse avec empressement.

— Des essences d'âmes de Syraniens, oui.

Niriel en resta abasourdi quelques secondes. Connus pour leur longévité, les Syraniens symbolisaient la force et l'abondance. Quand ils mouraient, les plus fervents d'entre eux se rendaient dans les Larianes pour que les religieux les bénissent et récupèrent une part de leur âme. L'essence de Syranien soignait plus efficacement que les sortilèges les plus puissants. Conscients de la puissance qu'ils possédaient, la plupart acceptaient de sacrifier une partie de leur âme, quand les autres rejoignaient directement la déesse. Les Syraniens s'avéraient bien plus soucieux des Linariens que les Linariens les considéraient.

— Dès que vous êtes prêt, mage, j'imbibe les bandes de tissus puis je débute, déclara Jilm.

— Je suis prêt.

Jilm déglutit. Il ouvrit les différentes fioles et versa de leur liquide sur les tissus. Jilm ne tremblait plus. Extrêmement concentré, il ne songeait plus qu'à libérer Via. L'essence des Syraniens s'évaporait rapidement une fois en contact avec l'air, alors il ne fallait pas la gaspiller. Nandra et Tari s'écartèrent. La domestique entama une prière à la déesse. Niriel l'imita. Tandis que Jilm incantait en ancien langage, une main au-dessus du corps de Via, Niriel créa un bouclier autour de leur duo improvisé. Aucun son, air, ou autre substance ne s'en échapperait. Il lança ensuite un regard à Nandra. La domestique lui adressa un signe d'encouragement.

Le Larien entra en transe, les yeux fermés. Niriel ressentit la présence de flux magiques qui s'enroulaient autour de Jilm, qui battaient au rythme de son cœur. Le mage reprit sa prière et s'adressa de nouveau à Laria. Il lui demanda de prendre soin de Via, et de l'éloigner des forces obscures de ce monde. Il ne s'était jamais trouvé en présence de Raniens, qu'ils soient néfastes ou non. Ces êtres sacrés ne s'approchaient pas des Linariens par hasard.

Jilm restait concentré. Il ne pouvait discerner l'étrange spectacle qui se jouait dans la pièce. Le corps de Via s'était soulevé. Il planait au-dessus des draps trempés. La jeune fille endormie ouvrit soudain les yeux ; deux étendues noires fixèrent le plafond. Les lèvres de l'aelrelna se décollèrent, laissant s'échapper quelques borborygmes incompréhensibles. Nandra pleura. Elle souffrait de voir sa protégée ainsi.

Les flux magiques invisibles s'accélèrent autour de Jilm, entraînant avec eux un courant d'air puissant qui fit voleter les cheveux du Larien et la cape du mage. Niriel dut maintenir sa capuche pour ne pas découvrir son visage. La concentration et le sérieux du Larien le fascinaient. Ce dernier palabrait des phrases en ancien langage que Niriel ne comprenait pas. Les religieux activaient des formes de magies spécifiques, auxquelles personne d'autre n'avait accès, pas même les plus grands mages de Linaria. Niriel, hypnotisé par cette nouvelle puissance qui libérait toute sa force, retint son souffle.

— Déesse ! s'exclama Nandra, terrorisée par les tourbillons.

Tari prit Nandra dans ses bras. Il le cachait bien mais avait bien plus peur qu'elle. L'emploi intense de la magie l'angoissait depuis son plus jeune âge. Bien qu'il eût fait ses classes comme tout le monde, il ne saisissait toujours pas comment la magie se renouvelait et comment elle fonctionnait.

Via hurla. De fins tentacules noirs parcouraient l'intérieur de son corps. De là où il se trouvait, le mage les percevait nettement. De nombreux filaments obscurs et tortueux s'ingéniaient à défier la vigoureuse magie rituelle de Jilm. Niriel ne savait ce qu'il devait faire. Il n'avait jamais participé à un exorcisme, de surcroît un exorcisme impliquant des forces réelles et puissantes.

Les statuettes de Laria, qui entouraient le corps, vibraient, tout comme les bandelettes de tissu, qui tenaient encore miraculeusement malgré les spasmes de Via. Jilm tremblait, en symbiose avec les révolutions des flux magiques qui tourbillonnaient autour de lui. De la sueur coulait sur ses yeux ; ses traits se durcissaient ; et son front se plissait sous l'effort.

Soudain, le courant d'air magique qui entourait Jilm se déplaça au-dessus du corps de Via et se propagea le long de tous ses membres. L'aelrelna multiplia les convulsions, les hurlements stridents et les gestes brusques avant de se calmer ; les yeux toujours grands ouverts, et de la bave blanche le long des lèvres.

Niriel les aperçut. Les cris de la jeune fille libéraient des effluves pâles presque transparents. Certains s'associaient au tourbillon de flux magiques quand d'autres venaient rencontrer le dôme protecteur. Niriel ne ressentait aucune menace provenant de ces formes nuageuses. Des Raniens malsains se seraient battus et auraient été bien plus résistants à les combattre. Aux côtés de Niriel, Jilm défaillit un instant. De terribles maux de tête l'assaillirent.

Le Larien avait inutilement monopolisé toute sa force dans l'incantation, l'être étranger au sein de Via n'avait pas lutté comme il s'y était attendu.

Jilm et Niriel se regardèrent et se détendirent. Le mal qui avait possédé Via souhaitait se déloger. Il ne leur voulait aucun mal. Les deux hommes se tournèrent vers Nandra et Tari pour les rassurer par de faibles sourires. Même si Via semblait en proie aux tourments les plus terribles, elle s'en sortirait et reprendrait une vie normale d'ici peu.

Le sortilège de libération se déroulait sans heurt. Jilm n'avait plus besoin de l'alimenter ou de le fortifier, il en profita pour s'écarter. Niriel observait le processus avec curiosité. L'essence qui s'échappait de Via se concentrait en silence aux abords du dôme. Le corps de l'aelrelna souffrait. Le mage espérait que cela se termine vite pour ensuite la soulager.

Niriel s'intéressait au visage très expressif de Via, tandis que Jilm priait les yeux fermés. Le mage leva les yeux et les écarquilla d'horreur. Les volutes nuageuses parquées au niveau du dôme retournaient à l'intérieur du corps de Via, en passant par sa bouche. Les tourbillons autour de l'aelrelna avaient également changé de sens.

— Gardien, il y a un problème ! s'alarma l'apprenti mage.

— Que... Quoi ?

Jilm hoqueta de surprise. Une puissance inconnue contrait son sortilège. Le Larien se reconcentra sur ses incantations. Cette fois-ci, il dut rassembler ses dernières forces ; le rituel nécessitait davantage d'énergie et davantage de maintien pour s'opposer à la chose qui l'attaquait. Niriel inspecta les contours du dôme et n'aperçut rien de particulier.

— Niriel, là-haut ! le prévint Nandra.

Niriel suivit l'indication de la domestique et trouva enfin ce qui les dérangeait. Une étrange boîte noire se trouvait au-dessus du dôme protecteur. Elle y resta quelque secondes avant d'y pénétrer en douceur. De nombreux filaments sombres surgissaient de l'objet maléfique et venaient s'associer à ceux qui repartaient vers Via. Niriel connaissait cet objet insaisissable. Ystar le lui avait présenté, quelques huitaines plus tôt. Depuis, ils l'étudiaient ensemble mais n'avaient pas avancé. Cette boîte n'en faisait qu'à sa tête ; elle disparaissait sans cesse et aimait les semer. Elle semblait comme vivante.

De nombreux sortilèges englobaient le cube flottant, de sorte que Niriel ne pût le toucher ou le contrôler. Il avait déjà essayé à maintes reprises, sans succès. Il fixa l'objet avec haine. Il devait agir sinon Via resterait habitée par des forces étrangères plus malsaines encore que celles qui l'habitaient déjà. Décidément, cette jeune fille attirait les ennuis.

Un murmure étonnant atteignit les oreilles du mage. La boîte pulsait comme si elle possédait un cœur et appelait la jeune aelrelna à elle. « Via... Via... ». Niriel n'avait jamais entendu phénomène aussi inhabituel. Jilm ne semblait pas l'avoir remarqué. Il combattait l'apparition par sa magie rituelle, mais celle-ci semblait bien faible par rapport à celle de l'objet volant. Une colère sourde contracta le cœur du magicien. Leur impuissance l'insupportait. Il ressentait la présence de flux magiques inconnus ; ces derniers tournaient rapidement autour de la boîte. De la magie rare avait façonné l'artefact noir. Il ne pouvait en être autrement. Le conseil Magique interdisait les objets magiques pour une bonne raison. Les flux magiques qui les composaient n'agissaient jamais comme le créateur s'y attendait.

Niriel fulmina. Il lança plusieurs sortilèges de combat : boule de feu, rayon bleuté chauffant, souffle gelé, tornade, tonnerre... Rien ne fonctionna. Tous les sorts s'annihilaient à quelques centimètres de la boîte. Niriel enchaîna avec une forme de magie plus subtile, un flux qui pouvait toucher et manipuler les esprits. Le mage ne fit que se fatiguer, il s'usa en vain. Il essaya toutes les formules qu'il connaissait, qui étaient considérées comme offensives. L'artefact continuait d'envoyer ses déjections noires dans le corps de l'aelrelna sans en être aucunement perturbé.

Quand un sortilège traversait le chemin des filaments, ceux-ci s'arrêtaient un temps pour ensuite reprendre leur tâche malsaine. Niriel s'essaya à bloquer le trajet des volutes sombres, mais ne parvint pas à maintenir ses sortilèges plus de quelques secondes. La force des jets provenant de la boîte ajoutait de la difficulté. L'apprenti transpirait d'épuisement. L'idéal aurait été la création de plusieurs jets d'air magiques, mais la formule nécessitait un mouvement et un maintien des deux mains.

À son côté, Jilm se tut. Niriel le fixa avec étonnement. Le Larien lui rendit son regard avant de perdre conscience et de tomber au sol. Le mage l'inspecta rapidement, ne remarqua rien d'inquiétant, et le laissa en plan. Il n'avait pas le temps de s'occuper de son cas.

Sans l'aide du rituel de Jilm, Via hurla de plus belle et se cambra de manière anormale. Ses yeux noirs brillaient d'une étincelle douloureuse. Niriel commença à paniquer et se prit la tête entre les mains. Il repensa à ce qu'il apprenait avec ses aînés, aux conseils du sage Chris, toujours bienveillant. L'apprenti fit le vide au fond de lui et analysa la situation. Heureusement pour lui, le dôme l'empêchait d'entendre les cris de Nandra et les coups qu'elle y frappait. Au vu de la fatigue du mage, le bouclier ne tiendrait plus très longtemps.

Une idée folle lui vint. Une chose qu'il n'avait encore jamais expérimentée et qui pouvait s'avérer dangereuse : Niriel désirait combiner de nombreux flux magiques pour un sortilège de sa création. Le terme Énèdjärs, en ancien langage, signifiait « créateurs ». Les hauts-magiciens étaient les seuls à pouvoir fabriquer de nouveaux sortilèges et à les présenter au conseil Magique pour approbation.

Aucun haut-magicien n'avait engendré de sortilèges depuis plus de cinq cents sacres. Le conseil Magique en distribuait bien assez pour qu'il y eût besoin d'en inventer davantage. Rares étaient les formules activant plus d'un type de flux magique. Plus difficiles à maîtriser, plus éreintants à maintenir, ils avaient été supprimés des classes communes. Seuls les Énèdjärs, les religieux et quelques dignitaires triés sur le volet les apprenaient. Bien qu'il les connût tous, Niriel ne pouvait les incanter contre la boîte noire, car ils ne lui auraient servi à rien. Soins majeurs, invisibilité, exorcisme ou multiplication de matières... des effets peu efficaces dans son cas.

L'apprenti prit une grande inspiration. Il commença par incanter la seule formule qui combinait tous les types de magie. L'environnement se transforma alors du tout au tout. Une multitude de traits de couleurs apparurent : du bleu foncé, du jaune, du vert, du rouge, du violet, du gris, du blanc, du noir, du rose, du bleu ciel et de l'orange. Niriel en fut ébloui. Les lignes s'entremêlaient, se chevauchaient et se superposaient.

D'autres formes bien plus rares et non linéaires flottaient dans les airs. Personne n'avait le droit de s'en servir. Le conseil Magique appelait cette magie « rare », comme le statut de son utilisation. Son effet pouvait s'avérer dangereux et aléatoire, aussi bien pour celui qui la manipulait que pour ceux qui la subissaient. Les formes géométriques complexes n'avaient pas leur place dans la catégorisation des flux qualifiés par le conseil.

Les bougies lumineuses de la pièce aspiraient du flux gris ; le bouclier consommait les lignes bleu foncé et autour de Via tourbillonnait un mélange de traits blancs, oranges, jaunes et violets, que Jilm avait activé étape après étape, grâce à une incantation complexe. Du plafond, des flux de plusieurs couleurs tombaient dans la pièce. Le château alimentait régulièrement ses habitants en magie, notamment dans le gris, bleus et rouge, les flux liés aux sortilèges les plus usités.

La quantité de magie disponible variait d'un instant à l'autre. La planète en créait elle-même, mais ce qu'elle fournissait ne pouvait suffire. Les ambrosynes, de fabuleuses pierres naines que le Tiane adorait, créaient des flux magiques bien plus magistraux, bien plus complexes. Les Nains avaient la folie des grandeurs. Le naturel ne leur convenait jamais. Ils devaient toujours créer davantage et surpasser ce que la planète leur donnait. Les ambrosynes ne se contentaient pas de fournir une dizaine de couleurs de flux différentes mais en procuraient plusieurs centaines, toutes dégradées les unes des autres, aux fonctionnalités utiles quant aux captations des mouvements ou des émotions. Les Nains s'avéraient des génies fascinants et hautains.

Niriel mit de côté sa fascination pour choisir et élaborer sa recette. Le rouge, associé aux sortilèges guerriers, lui servirait, tout comme le blanc, lié aux formules de soin, ou le jaune, relié aux esprits. Le noir pouvait également s'avérer utile pour ses liens solides avec la matière, ou le violet, pour ses affinités avec la déesse. Niriel mit de côté trois couleurs : le gris, la magie dont se servaient les citoyens au quotidien ; l'orange, les pouvoirs religieux dont usaient les Lariens ; et le rose, que seuls les Non-Êtres et les Non-Sens maniaient pour que la justice et l'ordre magique règnassent en Linaria.

La boîte noire continuait son déluge malsain, Niriel devait se dépêcher. La première étape consistait à regrouper les flux. N'ayant jamais pratiqué, le mage craignait d'échouer ou de créer un cataclysme sans précédent. Il se déconcentra un instant et croisa le regard de Nandra qui, les mains posées sur l'extérieur du dôme, remuait les lèvres. Niriel les fixa et parvint à traduire ce qu'elle lui disait. « Je crois en toi ! » ne cessait-elle de répéter. Le cœur de l'apprenti se contracta de joie et d'amour. Il fallait qu'il aidât Via. Au moins la soulager pour sa bien-aimée.

Niriel incanta et activa tous les types de flux dont il avait besoin. Des lignes rouges, blanches, jaunes, noires, et violettes ressortirent du lot. L'apprenti souffrait de terribles maux de tête. Son propre flux intérieur bouillonnait ; il n'avait jamais été autant mis à rude épreuve qu'aujourd'hui. Chaque pratiquant de la magie possédait en lui une image infime de tous les flux qu'il était autorisé à utiliser. Ces derniers se connectaient à ceux de la planète et ensemble ils se reconnaissaient. Des bouffées de chaleur pénibles assaillirent l'apprenti qui jouait de ses mains pour regrouper les flux magiques activés.

La seconde étape consistait à les entremêler. Niriel força les lignes de couleur à s'associer ; il parvint à créer une tresse irrégulière, qui reliait tous les flux entre eux. La troisième étape devait annihiler tous les trous d'air au sein de la nouvelle structure créée. Niriel valida également cette transition, après quelques cris de rage peu gracieux. La quatrième étape permettait aux flux de se confondre les uns avec les autres. La tresse multicolore devint un cylindre de couleur blanc cassé.

Niriel s'attaqua ensuite à la cinquième étape : trouver le rythme de battement de la planète et l'insinuer à la forme insolite. Pour cela, l'apprenti étudia son environnement et fit le vide dans son esprit. Les lignes de flux magiques dans l'air scintillaient faiblement en rythme. À l'aide d'une formule en ancien langage, il capta cette pulsation et la copia sur la structure qui lévitait. Cette dernière se mit alors à battre tel un cœur. Les deux dernières étapes consistaient à visualiser l'effet du sortilège en esprit, utiliser du flux jaune pour que l'image imprégnât le cylindre, et rester attentif.

Niriel tomba à genoux. Toute sa force s'était envolée. Sa volonté ne faiblissait pas. La boîte noire pulsait comme une démente. Des larmes coulaient sur le visage de Via et Nandra sanglotait de l'autre côté du dôme, désespérée d'assister à la défaite de Niriel contre un objet volant terrifiant. L'apprenti leva les bras et s'appuya sur le lit en soufflant. Il invoqua de nouveau le sortilège qui lui permettait de visualiser les flux puis se focalisa sur la structure qu'il avait créée ; un cylindre peu esthétique qui n'attendait plus que d'être nommé pour exister et déverser sa puissance. Niriel laissa tomber sa tête sur le matelas. Ses yeux clignèrent rapidement. Tout son corps réclamait du repos. Ce fut alors qu'il l'entendit. Une voix qui lui paraissait féminine lui chuchota des syllabes. Chaque ensemble de lettres symbolisait une idée, une image auxquelles Niriel avait songé lorsqu'il avait rêvé des effets du sortilège. Les syllabes spécifiaient également un mouvement bien particulier.

Il avait réussi ! Tous ses efforts, son apprentissage difficile l'avaient mené à cet instant précis. La planète l'avait reconnu et lui avait offert sa confiance. La déesse Laria devait être fière de lui, Niriel l'espérait ardemment. L'apprenti la remercia dans une dernière prière avant de se redresser et d'activer son sortilège d'une voix forte.

— Étisedisalté !

Niriel envoya ses dernières forces dans un râle désespéré. Le dôme protecteur tomba ; sa magie ne pouvait plus le maintenir. Nandra fut déséquilibrée par la disparition du bouclier. Le mage l'ignora, joignit les deux mains, les dirigea vers la boîte noire et tendit les bras. Le sortilège se déclencha. Le corps de l'apprenti abandonna la partie et s'affala dans les bras de la domestique qui le rattrapa à la volée. Niriel lui adressa un dernier regard avant de défaillir. De son côté, Tari s'était avancé et essayait de réveiller Jilm par des secousses et des claques sur les joues.

— Laisse-moi faire, Tari. Tu le malmènes pour rien ! s'interposa Nandra.

Tari lui adressa un regard acide avant de s'écarter. Il posa ses yeux sur Via et resta bouche bée. Nandra mesura le pouls de Jilm. Il respirait normalement. Rassurée, elle releva la tête et la scène l'émut. Ses yeux se mouillèrent à la vision du corps en lévitation de sa protégée. Niriel avait réussi ! Le sortilège qu'il avait déclenché agissait sans relâche. Un courant d'air entourait la boîte et l'empêchait d'éjecter ses substances sombres ; certaines se voyaient même retourner à l'envoyeur. Au-dessus de la bouche de Via, un autre tourbillon repoussait les filaments noirs ; la plupart s'éparpillèrent dans toute la chambre, effrayant Nandra et Tari qui se protégèrent instinctivement de leurs bras.

Une fois les flux sombres dissipés, la tornade magique changea de sens et commença à aspirer ce qui se trouvait à l'intérieur de Via. La domestique et son supérieur n'en crurent pas leurs yeux. Les effluves noirs remontaient de la trachée de la jeune fille et s'échappaient au-dehors. Du côté de la boîte, le courant avait aussi tourné. Le sortilège s'attaquait au bouclier de l'objet et l'émiettait, grain par grain. L'artefact arrêta de générer davantage de filaments sombres. Les attaques magiques l'affaiblissaient. Il se déplaça dans la chambre, à la recherche des brins noirs qui erraient dans l'air. Nandra et Tari se sourirent. Ils ne savaient comment mais la magie de Niriel ne faiblissait pas et continuait son chemin. Via serait bientôt libérée et l'artefact serait totalement détruit, surtout s'il s'obstinait à résister au jet tourbillonnant magique.

L'apprenti hoqueta dans les bras de la domestique. Nandra posa l'une de ses mains sur son visage pour l'apaiser. Elle comprit qu'elle n'y parviendrait pas sans aide. Du sang suintait de la bouche du mage. La jeune femme hurla de désespoir. Elle sentait que l'apprenti se vidait de sa force vitale dans ses bras. Niriel maintenait le sortilège pour sauver Via. Il mettait en danger sa propre vie pour préserver la sienne. Des larmes coulèrent sur les joues de Nandra. Elle ne pouvait choisir entre Via et Niriel. Tari ne s'intéressait pas à son combat intérieur. Il restait complètement hypnotisé par la scène.

Une immense masse noire quitta le corps de Via qui gémit sous le choc. En même temps, Niriel fut pris de convulsions. Nandra se blottit dans le cou du mage et sanglota. Ce faisant, la capuche de l'apprenti glissa, laissant son visage à découvert. La jeune femme prit le temps de l'admirer et de le caresser. Elle aima sans hésiter ses petites pommettes, son front ovale, ses rides au niveau des yeux, son nez en trompette et sa peau pâle. Main dans la main, cœur contre cœur, elle lui chuchota nombre d'encouragements et de paroles d'espoir. Nandra pria également la déesse Laria de leur venir en aide et de sauver tous ceux présents à ses côtés. Elle berça le corps de Niriel, tout en chantonnant la mélodie qu'elle avait récitée la veille à Via.

— C'est bientôt fini, déclara Tari, toujours fasciné par les effets de la magie. Tous les effluves noirs sont retournés dans la boîte. Il ne reste plus que la force pâle à déloger et tout sera enfin terminé.

— Tu peux y arriver, Niriel. Encore un dernier effort. Tu vas la sauver ! murmura Nandra au mage blotti dans ses bras, tout en continuant à le bercer.

La jeune femme discerna un léger sourire sous le sang qui recouvrait la bouche de l'apprenti. Elle était si fière de lui.

Une lueur bleue recouvrit soudainement tout le corps de Via. Elle s'étendit jusqu'à cacher également la boîte noire qui planait encore dans l'air. Les rayons azuréens aveuglèrent Tari et Nandra qui durent fermer les yeux.

— Que se passe-t-il ? cria Tari.

— Je ne sais pas ! lui répondit la domestique sur le même ton.

Nandra protégea le visage de Niriel en l'enveloppant de ses bras. Le bleu étincelant commençait à devenir douloureux. Tari et la jeune femme subirent des maux de tête terribles ainsi que des bouffées de chaleur désagréables. Nandra espérait ardemment que cette lumière bleue marquât la fin de l'exorcisme. Jilm et Niriel nécessitaient des soins, tout comme Via, qui ne tarderait pas à revenir à elle.

— Déesse Laria ! Sauvez-nous, mes amis et moi, je vous en prie ! Sauvez Niriel pour son abnégation, Via pour sa bonté, Jilm pour son courage, et Tari pour son soutien.

Nandra psalmodia jusqu'à ce que les rayons bleus eussent disparu.

***

Via ouvrit les yeux. Un environnement entièrement bleu l'accueillit. La pièce paraissait immensément longue ; à chacun de ses pas, le fond semblait reculer encore et encore. La jeune fille cligna des yeux sous la lumière ; elle dut attendre quelques secondes pour s'y accoutumer. Via ne savait où elle se trouvait. Elle observa les murs lisses qui l'entouraient sur les côtés, à l'intérieur desquels des bulles d'air se mouvaient. Ce spectacle étonnant la fascina. Elle posa ses mains sur les parois et fixa avec curiosité les boules s'entrechoquer.

Les derniers souvenirs de Via lui revinrent en tête. Nandra s'occupait d'elle et la surveillait alors qu'elle dormait, après que des guérisseurs l'eurent examinée. Avant cela, elle se rappela l'attentat, la poussière, la mort, les hurlements, le désespoir. Les autres instants de l'après-midi lui échappèrent. Un flou ambiant entourait ces instants perdus à jamais. Via grimaça sous la frustration.

— Énévive ? Ma chérie ?

Via se retourna. Cette voix… Elle l'avait immédiatement reconnue.

— Maman ? demanda-t-elle.

Personne ne lui répondit et personne n'était visible. Via fronça les sourcils.

— Énévive ?

Sa mère l'appela à nouveau, mais Via se trouvait seule. Désespérée, la jeune fille se mit à courir. Elle longea les murs et arpenta le vaste couloir infini. L'aelrelna répéta le prénom de sa mère. Elle n'avait pas honte de son héritage, de ce nom honni. Via n'avait jamais cru à la trahison de sa mère. Son père, fou amoureux, n'avait pourtant pas hésité à la tuer sur la place publique. Elle le lui avait pardonné.

Via courut jusqu'à en perdre haleine. Elle s'arrêta, s'appuya sur ses genoux et reprit son souffle. Quand elle releva la tête, elle la vit. Sa mère, dans toute sa majesté, vêtue de l'une de ses tenues protocolaires bleutée et argentée ; une robe longue, à la traîne impressionnante. Elle portait la couronne en os de sarlain et un sceptre de nature identique. Ce même sceptre qui avait été brisé juste avant son bûcher. Via reconnut le collier représentant Laria, que sa belle-mère portait à présent, ainsi que les bracelets de coquillages et le voile bleu qui enjolivait sa coiffure alambiquée, tout en soutenant ses lourds cheveux bleus.

Via et sa mère se ressemblaient tant ; les mêmes joues, les mêmes yeux, la même silhouette, les mêmes cheveux. Sauf la prestance de la défunte souveraine que sa fille pensait ne jamais pouvoir imiter. Son port altier amenait au respect, son regard traduisait toute la bienveillance qu'elle portait sur son peuple, et son expression sereine apaisait tous les cœurs.

Une larme coula le long de la joue de Via. Des images du bûcher apparurent devant ses yeux. Elle avait voulu effacer cette journée de son esprit, pour apprendre à vivre sans elle. Elle n'y était jamais véritablement parvenue.

L'aelrelna courut jusqu'à sa mère et se jeta dans ses bras. Celle-ci l'enlaça et déposa un léger baiser sur son front. Elles restèrent ainsi, l'une sanglotant, l'autre consolant.

— Tu dois me laisser partir, ma chérie, lui intima la défunte reine d'un ton qui laissait transparaître l'ordre indicible.

— Jamais. Tu me manques tellement, maman.

Sa mère l'écarta et prit son visage entre ses mains. Ses yeux bleus étincelaient et se mariaient à la perfection au décor alentour. Sa voix douce, alliée à des intonations fermes, avait manqué à l'aelrelna.

— Tu ne peux continuer ainsi, Énévive. Ce n'est pas sain pour toi.

— Maintenant que je t'ai retrouvée, je ne veux pas te voir t'en aller à nouveau, lui confia sa fille en enserrant ses mains dans les siennes.

Énévive afficha un sourire triste. Elle se redressa, incanta et fit apparaître un banc enveloppé d'un drap bleu. Elle s'y assit et invita sa fille à la rejoindre.

— Ne comprends-tu pas, Via ? Ce que nous vivons n'est pas normal.

— Plus rien n'a de sens depuis quelques jours..., se lamenta l'aelrelna, baissant la tête et serrant les poings.

Énévive enlaça sa fille et posa sa tête sur ses cheveux. Elle souffrait de voir sa petite dernière aussi désemparée.

— Une part de mon âme a vécu en toi, ma chérie. Je ne sais ni comment ni pourquoi, mais cela s'est produit. Tu devras découvrir ce mystère par toi-même. Je ne peux t'aider.

Via releva la tête. Sa tristesse laissa place à l'étonnement. Elle fixa sa mère et plongea son regard dans ses yeux aimants.

— Au fond de toi tu le savais déjà, n'est-ce pas ? Tes cauchemars n'en sont pas vraiment, lui expliqua Énévive. Ils représentent des souvenirs fantasmés de ma vie passée sur Arcaria.

Un nœud se délia au fond de l'estomac de l'aelrelna. Ses épaules se détendirent, en même temps que ses poings. Cette confession inattendue expliquait toute la folie de ses derniers jours, ainsi que toute sa souffrance, tous ses questionnements, et tous ses doutes. La bibliothèque tianienne ne lui avait pas ouvert ses portes à elle, non, elle les avait écartées pour sa mère.

Via n'en revenait pas. Elle avait partagé son âme avec celle de sa mère ! L'aelrelna savait que la défunte reine disait vrai. Elle le ressentait à présent. Elle pouvait sentir l'esprit de sa mère à ses côtés ; cette nouvelle essence d'âme tremblotait au sein de son corps, auprès de la zone où sa propre magie incontrôlable bouillonnait.

Elle revisita ses rêves en pensées : elle se rappela la jeune fille aux cheveux bleus, son regard flamboyant, sa témérité et les dangers qu'elle vivait. Même si ses cauchemars l'avaient profondément perturbée, elle voulait à présent les revivre pour se rapprocher de celle qui l'avait enfantée. Via désirait la comprendre et ne jamais plus la quitter. Énévive avait toujours été un mystère pour ses enfants. Elle leur avait caché sa vie, ses secrets, ses ambitions, ses rêves. Son peuple et le trône représentaient tout à ses yeux. Elle en avait oublié sa famille et ceux qui l'aimaient.

L'aelrelna souhaitait tout savoir de sa mère. Elle avait tant de questions.

— Je suis profondément désolée que tu aies eu à subir tout cela, ma chérie.

Via ne lui en voulait pas, sa mère n'y était pour rien. Une puissance invisible lui avait offert le cadeau de la retrouver, peut-être même était-ce la déesse Laria qui avait répondu à ses prières. L'aelrelna se sentait chamboulée.

— À présent que tu as l'occasion de me laisser partir, grâce au rituel de tes amis, tu ne dois pas passer à côté de cette opportunité.

Via sortit de ses pensées.

— Le rituel de mes amis ? Que veux-tu dire ?

— Nandra, ta suivante, a mis en place un exorcisme pour te libérer de ce qui te possédait. Cette jeune femme est très intelligente et dangereu...

— Comment a-t-elle osé ? la coupa sa fille. Sans ma permission et sans m'avoir prévenue en plus ? s'énerva Via, outrée par l'outrecuidance de la domestique en qui elle avait entièrement confiance.

Son cœur se brisa sous la déception et la trahison. L'aelrelna se leva et commença à faire les cent pas. Nandra n'avait pas le droit de lui enlever sa mère ! Ses derniers mots lui revinrent en mémoire.

— Pourquoi dis-tu qu'elle est dangereuse ?

— Elle t'a empoisonnée une nuit.

Via se pétrifia et ouvrit de grands yeux ronds. Sa mère joua quelques secondes avec ses cheveux avant de reprendre.

— Elle devait sans doute vouloir détruire l'âme étrangère qui te possédait, moi en l'occurrence. Une partie de mon âme est morte en te protégeant cette nuit-là. Je ne le regrette pas. Tu aurais pu en souffrir.

Via respirait vite et fort. Nandra avait su déceler une présence mortifère en elle et ne lui en avait rien dit. Elle comprit alors que Nandra l'avait considérée comme une personne maléfique, certainement à cause de son nom honni par le peuple, de ses rêves et de pouvoirs qu'elle ne contrôlait pas. À cet instant, Via se haïssait pour ce qu'elle était : une jeune fille noble sans intérêt, avec une vie toute tracée, des pouvoirs terrifiants, et une réputation malheureuse. Même sa plus proche compagne l'abhorrait. Nandra l'avait trahie.

De colère, les yeux de Via larmoyèrent. Énévive se leva et la rejoignit. Elle se positionna face à sa fille, droite et le port haut. La souveraine défunte parlait, non la mère.

— Laisse-moi partir, Énévive.

L'aelrelna pleurait en silence. Elle fixa intensément sa mère.

— J'ai tant besoin de toi, Maman. La preuve : tu viens de m'apprendre tellement de choses ! Et tu m'as sauvé la vie ! Si j'ai réussi à venir ici une fois, alors je reviendrai et nous pourrons discuter. Tu pourras tout me dire sur ta vie. J'ai tant de questions à te poser.

Énévive fit un pas en avant et prit la main de sa fille dans la sienne.

— Laisse-moi partir, je t'en prie. Ma place n'est pas ici. Tu le sais.

— Non, il en est hors de question, dit Via. Je te veux près de moi.

Énévive s'approcha davantage. Via put apercevoir des larmes poindre dans les yeux de sa mère. Elle ne l'avait jamais contemplée dans un tel état. Cela lui fit mal. Elle avait pourtant pris sa décision et ne reviendrait pas en arrière.

— Ma chérie, s'il te plaît.

— Je suis désolée, Maman. C'est non.

— Alors, tu ne me laisses pas le choix.

Énévive recula avec souplesse et lança un sortilège. Elle souhaitait que sa fille réagît, non qu'elle se blessât. Un rayon bleuté s'échappa de sa main droite, tout droit sur Via qui, sous la tristesse et la colère combinées, ne chercha pas à l'éviter. L'aelrelna se protégea de ses bras et hurla un mot ; sa voix, brisée par la douleur d'être agressée par sa propre mère, tremblait.

— Arrête !

Le rayon disparut soudainement et la main d'Énévive se paralysa. La défunte reine ne savait pas que sa fille développait de terribles pouvoirs incontrôlables. Bien qu'elle fût confinée dans le corps de Via, elle ne voyait pas à travers ses yeux, ni n'entendait à travers ses oreilles. Elle restait tristement enfermée dans cette cage bleue. Seuls les mouvements de l'âme de son enfant lui parvenaient au-delà des parois à bulles. Grâce à cela, elle avait d'ailleurs sauvé Via, et espérait ne pas avoir à recommencer.

La douleur à sa main atteignit son bras puis son épaule. La reine suffoqua sous la panique. Son cœur se contracta également sous le sortilège et son âme cria au supplice. Énévive se retrouva à genoux, incapable de bouger.

— Je suis désolée, Maman.

Via s'accroupit et lui caressa les cheveux avec tendresse. La jeune fille ne remarquait pas qu'elle causait du tort à la défunte reine ; sa magie lui échappait. Des maux de tête violents vinrent subitement la troubler, comme à chaque fois que ses pouvoirs se manifestaient. Via dut se prendre sa tête dans les bras pour ne pas hurler. L'usage de ses pouvoirs s'avérait encore hasardeux et désagréable. Elle ne comprenait pas comment les activer, comment les contrôler ou comment les stopper. L'usage de l'ancien langage lui semblait apparemment inutile, ce qui la terrifiait. Elle n'était pas normale.

— J'ai décidé : tu restes ! cria-t-elle, entre deux hoquets de douleur.

— Non ! vociféra Énévive. Ma fille, je t'en prie !

Via fit non de la tête. Elle lui lança un regard à la fois déterminé et accablé. Cela lui coûta ; sa mère ne la regardait plus comme auparavant. Une étincelle d'incompréhension ou de haine avait pénétré son expression bienveillante. Sa fille lui paraissait telle une étrangère.

Un rayon bleu vint englober Via qui défaillit. Le corps inconscient de l'aelrelna disparut, laissant celui de sa mère tout aussi ébranlé, évanoui sur le sol.

***

Via ouvrit les yeux et reconnut sa chambre. Ses maux de tête s'étaient dissipés. Elle ne s'était jamais réveillée aussi épanouie depuis longtemps ; elle se sentait entière et pleine d'espoir pour l'avenir, malgré une fatigue intense et une culpabilité envahissante. À présent, sa mère se trouvait tout auprès d'elle, et entièrement. Via avait volontairement aspiré tout le contenu que l'artefact lui avait procuré, après qu'elle eut compris qu'il renfermait le reste de l'âme d'Énévive, sans se soucier de la présence d'autres dépôts plus sombres qu'elle aurait pu assimiler. Via avait agi avec instinct. En cet objet singulier, elle avait reconnu l'étrange boîte noire que son frère poursuivait dans les cuisines, deux jours auparavant.

La déesse Laria avait écouté les prières de l'aelrelna et lui avait ramené sa mère. Un véritable miracle ! Un cadeau qui ne pouvait être ignoré ! Via serait éternellement reconnaissante en la déesse Bleue et en sa compassion. Sa foi meurtrie se réparait.

L'aelrelna se redressa avec peine. Tout son corps lui commandait de rester allongée. Via se rebella, retint un râle et parvint à s'asseoir au bord du lit. Sa chambre était encore plongée dans la pénombre. Des bougies colorées éclairaient une partie de la pièce. Les étoiles scintillaient dans le noir de la nuit, visible à travers la fenêtre grande ouverte. Les anneaux verts d'Arcaria resplendissaient de mille feux. L'air chaud atteignit Via de plein fouet, tout comme une odeur reconnaissable entre toutes. Sur son tapis fétiche, la jeune fille aperçut quelques gouttes de sang.

— Aelrelna, vous êtes réveillée ! s'exclama Tari, heureux de retrouver la jeune fille consciente. Avez-vous soif ?

Les rayons lumineux qui avaient entouré le corps de l'aelrelna avaient caché momentanément la vue à Nandra et son supérieur. Quelques secondes après son apparition, le bleu aveuglant s'était évaporé. Les domestiques avaient alors constaté la disparition de la boîte noire et la présence d'un sourire sur le visage de Via. Heureux, ils en avaient déduit que le sortilège de Niriel avait réussi et que le rituel d'exorcisme de Jilm avait fonctionné. Le duo avait ensuite confié Niriel et Jilm aux guérisseurs, avant de revenir veiller sur Via.

Celle-ci sourit faiblement à Tari et acquiesça à sa demande. Sa gorge sèche la grattait. Le commandant des domestiques tendit un verre d'eau fraîche que la jeune fille but goulument.

— Où est Nandra ? demanda l'aelrelna entre deux gorgées.

Tari regarda le sol avec embarras et se tortilla les doigts. Via fronça les sourcils tout en avalant une nouvelle lampée.

— Qu'est-ce qu'il y a ? demanda-t-elle.

— Nandra vient d'être arrêtée, aelrelna.

Via en cracha son eau de surprise sur les draps.

— Pardon ?

— La garde tianienne l'accuse d'avoir empoisonné la reine, en plus d'avoir tué ses deux derniers enfants. Elle sera jugée dès ce matin, en même temps que les autres prisonniers. Ne vous en faites pas, aelrelna, il y a eu un malentendu, voilà tout.

Via ne dit rien. Tari récupéra le verre et s'éloigna. Le domestique sortit de la chambre. Il se dirigeait vers les cuisines pour rapporter un plateau-repas à la jeune fille. Tari ne croyait pas en la culpabilité de Nandra. Sa collègue adorait Héléna et la protégeait à la moindre occasion. Elle lui avait même signalé son soupçon d'empoisonnement, elle avait dû être la première au palais à s'en apercevoir. Nandra était trop intelligente pour son bien, elle n'avait rien d'une tueuse. Tari lui disait régulièrement de faire attention, surtout au sein même du château. Des oreilles indiscrètes écoutaient sans cesse, et nombre de domestiques la détestaient pour sa dureté et son franc-parler.

La nuit avait été longue, et la matinée qui s'annonçait le serait davantage. L'inquiétude et l'adrénaline le tenaient encore en éveil. Il irait dormir quelques heures dès que possible, une fois que Via aurait mangé. Tari secoua la tête. Il espérait que le jugement se déroulerait sans heurt et que la jeune femme leur reviendrait rapidement, après son acquittement.

Dans sa chambre, l'aelrelna restait abasourdie par la nouvelle. Elle ne savait que penser de l'arrestation de Nandra. Après tout, elle venait d'apprendre qu'elle avait été empoisonnée par sa domestique, bien que des raisons plus ou moins louables pussent expliquer son geste, et qu'elle avait été exorcisée, sans son autorisation, par la même personne. Sa confiance en Nandra avait été malmenée, brisée. La domestique, qui avait l'habitude d'outrepasser les règles, avait aggravé son cas. Via était perdue.

La jeune fille mit de côté ce souci. Sa vie s'annonçait sous un jour nouveau et aucune ombre ne devait ternir cet incroyable bouleversement. Un sourire pétillant s'épanouit sur ses lèvres et fit briller ses yeux. Via savourait un bonheur retrouvé. Sa mère ne la quitterait plus. Plus jamais.

Chapitre 21

Sacre 1410, levée d'Iliath, jour 34 – Dans la soirée –
Près du château tianien

La petite maison affichait un chaos inhabituel. Des livres éparpillés sur le sol perdaient leurs pages, froissées dans un recoin ou déchirées près du réchaud magique. Des draps et couvertures pendaient sur les lustres, des crayons et calepins s'empilaient sur les étagères, et une immense carte recouvrait la grande table du salon. Des sacs d'où ressortaient des vêtements propres avaient été positionnés près de la porte d'entrée. Un sortilège magique s'agitait dans la cuisine, des torchons et éponges voletaient dans les airs pour y nettoyer cuillères et assiettes. Un balai ramassait la poussière et une pelle l'attendait patiemment. Un talisman magique brillait de mille feux sur l'un des murs ; la magie qui s'en échappait nourrissait tous les sorts lancés.

— Mince, mais où est-ce que je l'ai mise ?

Syr agrippa quelques-uns de ses cheveux qui dépassaient de son chapeau. Les tirer l'aidait à mieux réfléchir. Habillé de sa cape de voyage, d'un couvre-chef ensorcelé pour dévier la pluie et d'une canne en bois, l'ancien précepteur de Via se préparait à un long voyage. Le jeune homme s'abaissa pour passer sous la table. Il mit de côté des vêtements sales, des tracts publicitaires et des parchemins griffonnés.

— La voilà ! s'exclama-t-il, ravi d'avoir retrouvé sa boussole familiale.

Ce genre d'artefact ne se fabriquait plus aujourd'hui. Attirés par les flux magiques, ils n'indiquaient pas les directions mais les flux instables ou puissants. Syr ne s'en séparait jamais. Il la gardait toujours près de lui, comme un porte-bonheur. Alors qu'il avait mis sa demeure sens dessus dessous pour retrouver ses affaires de voyage, la boussole lui avait échappée sans qu'il s'en aperçût. Syr la serra tout contre lui.

Il se remit sur pieds, disposa sa boussole dans l'une des poches de sa cape et ramassa sa canne. Syr s'intéressa une dernière fois à la carte. Il positionna son doigt sur son point de départ, non loin du palais tianien. Il bougea sa main pour suivre le parcours qu'il avait tracé ; à chaque ville ou village, point de passage essentiel ou frontière, il chuchotait le nom de l'endroit. Syr n'avait jamais entrepris de périple aussi fou, cela l'excitait et l'inquiétait à la fois. Rassuré par son itinéraire logique et sûr, il replia sa carte et la rangea dans son sac à dos. Vêtements, eau, nourriture, carte, parchemins magiques, chaussures de rechange...

— Je crois qu'on est bon.

Syr observa son intérieur avec émotion. Même s'il ne se considérait pas vraiment comme chez lui ici, il avait aimé cette demeure étroite ancienne, toute faite de bois. Le Tiane l'avait forcé à s'installer tout près de lui pour mieux le surveiller. Le jeune homme positionna son sac sur le dos et s'approcha de la porte. Il posa sa main sur la poignée, ouvrit et sourit.

— Bon, ce n'était pas si difficile, finalement.

Il referma la porte, reposa son sac, retira sa cape et son chapeau. Syr s'installa dans un fauteuil en face du réchaud magique, plein de poussière. Il souffla, l'une de ses mèches retrouva sa place sur son front.

— Plus que quelques jours à attendre, et je pars ! Enfin !

Syr souriait. Son état d'euphorie disparut soudain. Des images noires de monstres à griffes et d'arbres effrayants s'invitèrent à ses pensées guillerettes. Syr secoua la tête ; les visions se dissipèrent. Il avait reçu l'autorisation du Tiane de partir en voyage, une fois les examens de Via terminés. Un garde le suivrait de loin, juste au cas où. Si Syr quittait Le Berceau, il ne pourrait plus y retourner. Le Tiane avait été clair. Le jeune homme craignait de retrouver la magie tortueuse de la Forêt et d'y laisser sa raison.

Depuis ce jour, il n'avait pas quitté son périmètre assigné, entre sa maison et le palais. Tel un enfant, il avait hâte de découvrir le monde. Comme un prisonnier, il avait peur de ne plus retrouver ses repères après avoir quitté les frontières de la Souveraineté. Les lettres lui avaient été interdites, tout comme les communications tianiennes. Isolé de tout, il s'ennuyait. Ses recherches n'avançaient plus. Il espérait enfin redevenir le scientifique qu'il était et fuir cet endroit.

Une lettre lui tomba dans les mains. Syr sursauta. Son cœur battit la chamade. Le sceau tianien trônait au centre de l'enveloppe. Il trembla, la lettre lui tomba des mains. Il n'avait plus l'habitude de recevoir du courrier. Même sa famille l'avait oublié. Syr récupéra l'enveloppe et l'ouvrit. Ses yeux se plissèrent sous l'inquiétude, ses membres frissonnaient. Il lut le message, les sourcils froncés. Ceux-ci se haussèrent à la fin de la lecture. Syr se leva précipitamment. Il récupéra ses affaires, vérifia son sac, arrêta les sortilèges de ménage et se regarda rapidement dans un miroir.

Via avait besoin de lui. L'Institut l'assignait pour la suite de ses études. La jeune fille constituait la seule personne qu'il aimait en ce monde, après ses sœurs. Même si cet appel annonçait la fin de ses rêves de liberté, il ne pouvait abandonner celle qui l'avait sauvé d'un exil pire que la mort. Il le lui devait. Syr sortit et se dirigea vers le château d'un pas décidé. Si le Tiane avait accepté son retour au palais, alors qu'ils ne s'appréciaient guère, cela signifiait qu'une chose terrible s'était produite. Syr grimaça. Un garde le suivait, un pas derrière lui. Tous deux progressaient lentement.

Un vrombissement sonore perturba le silence. Syr sortit la boussole de sa poche et l'observa, les yeux écarquillés. Elle n'avait jamais autant tremblé qu'en cet instant.

Chapitre 22

Sacre 1410, levée d'Iliath, jour 34 – Dans la soirée –
Taverne À l'Elfe Doré – Petit bourg de Syahna

— Allez Dri', s'il te plaît ! Tu sais bien que je ferai attention, supplia Yladri au tenancier.

Ce dernier ronchonna jusqu'à ce que les yeux d'ange de son protégé assouplissent son jugement. Drime ramena ses longs cheveux argentés en une queue de cheval haute. La touffeur pesante de la nuit commençait à l'atteindre. En journée, sa peau dorée lui évitait heureusement les pires désagréments des deux soleils. La nuit, il devait s'hydrater et ne pas oublier de prendre l'air s'il ne voulait pas étouffer sous les bouffées de chaleur qui l'assaillaient. Le gérant sortit un sachet de l'un des rangements de sa ceinture à tout faire, et le tendit à Yladri.

— On est d'accord que tu reviens avec au moins la moitié du sachet, hein ?

— Bien sûr ! s'exclama Yladri tout sourire en récupérant le sachet dans lequel se trouvait une poudre dorée scintillante.

Yladri se pencha par-dessus le bar et embrassa le tenancier sur la joue. L'Elfe enjoué prit ensuite Lildrille par la main et le força à le suivre.

— On va aller dans un lieu secret, lui expliqua-t-il en chuchotant, alors qu'il s'activait à contourner les tables et les danseurs bien avinés. Un endroit dans lequel on peut sentir les étoiles sans être dérangés.

Lildrille prit du temps à comprendre ce qu'Yladri comptait lui faire découvrir. Grâce à la magie, des visionnaires avaient réussi à récupérer de l'essence d'étoiles. La poudre, appelée la luminescente, abondait dans les Régences elfiques. La luminescente n'affectait pas les autres espèces avec la même intensité. Les Elfes adoraient en manger, en sentir et s'en asperger sur le corps. Les effets néfastes de la poudre pure, non mélangée dans des plats, crèmes ou boissons, induisaient fortement sur le comportement de certains Elfes. Le trafic de luminescente était strictement contrôlé.

Drime jouait sur cette ambivalence : il proposait de nombreuses spécialités à base de poudre d'étoiles, et avait ouvert un lieu spécial pour que ses clients les plus fortunés pussent profiter de luminescente pure sans se soucier de la justice. Pour que les autorités ne l'embêtassent pas, il bridait les entrées et protégeait sa cachette. Il faisait appel à des Elfes baraqués qui maintenaient l'ordre, quand les clients s'agitaient ou causaient des problèmes, suite à des folies passagères. Le commissaire Adar, réputé dans la Régence, avait accepté le contrat de Drime, à condition qu'il lui versât quelques bénéfices, que les jeunes ne fussent pas autorisés à pénétrer dans l'antre et que la poudre pure restât bien cantonnée à ce seul endroit. Tout se déroulait sans encombre depuis des sacres.

Alors qu'il récupérait de ses multiples blessures, Yladri avait abusé de cette poudre pour oublier ses malheurs et douleurs. Drime l'avait aidé à s'en sortir. Il en consommait maintenant raisonnablement. Yladri lui serait éternellement reconnaissant. Le tenancier l'avait soutenu à tous les niveaux, tant dans ses affres psychiques que ses tourments physiques. Yladri avait appris à pardonner à ceux qui lui avaient fait du mal, bien que cela fût ardu, et à regarder vers l'avenir pour se construire une nouvelle vie.

Lildrille et lui sortirent de la taverne. L'endroit secret se trouvait à quelques rues. La joie indescriptible de son coéquipier donnait du baume au cœur au prince. Lildrille n'avait jamais senti les étoiles, comme aimait à le dire Yladri. Curieux d'essayer de nouvelles choses, et peu regardant sur les moyens de passer une bonne soirée, le prince rêvait de découvrir les effets incroyables que lui procurerait la luminescente.

Yladri discourait depuis plusieurs minutes ; il lui racontait ses nuits passées à la belle étoile alors qu'il fuyait son ancienne vie, sa découverte de la poudre, sa rencontre avec Drime et ses échanges avec les voix dans sa tête. Lildrille l'écoutait en silence. Le prince était de ceux qui préféraient écouter. Le fait qu'Yladri fût bavard l'arrangeait bien. Il nota que l'Elfe ne s'épanchait pas sur ses blessures ou sur leurs causes. La souffrance d'Yladri transparaissait néanmoins dans ses éclats de voix, ses attitudes moqueuses et ses regards agités. Les deux jeunes gens riaient, insouciants, saouls et ivres de liberté. Yladri marchait à reculons, de sorte qu'il pût regarder le prince dans les yeux à tout instant. Parmi les étincelles de joie qui y transparaissaient, des traits fugaces plus sombres dansaient dans ses iris.

— Un prince aux pensées sombres qui se fait un ami aussi dérangé que lui, ironisa Malin. C'est drôle, je ne m'y attendais pas !

— Bah, espérons que ça le fasse bouger un peu. Ce n'est pas comme s'il avait une personne à retrouver et à sauver, enchaîna Arrogant d'une voix réprobatrice.

— Oh laissez-le s'amuser un peu le pauvre, tempéra Guerrier.

Lildrille fut perturbé par l'échange des voix. Elles avaient raison. Il avait un voyage à entreprendre. Il devait s'y préparer et prévenir sa mère par le biais d'un message. Nimile lui avait précisé qu'il devait sauver Via, elle se doutait donc qu'il ne resterait guère longtemps à ses côtés, bien qu'elle souhaitât lui enseigner son rôle de reine. Lildrille peinait à quitter sa mère, il venait tout juste de la retrouver.

Alors qu'il allait interrompre Yladri dans son monologue endiablé, l'Elfe estropié bouscula une forme sombre et tomba à la renverse sur le dos.

La silhouette, protégée par une capeline qui la recouvrait jusqu'aux épaules, roula sur le sol, emportée par sa propre vitesse.

— Va l'aider, moi ça va, lui dit Yladri, qui se frottait la tête en grimaçant.

Lildrille se précipita pour aider l'inconnu à se relever. La capuche tomba et laissa découvrir un magnifique visage d'humaine. La jeune femme paraissait paniquée. Ses yeux se dirigeaient dans toutes les directions ; son souffle, aussi brusque que ses gestes, la faisait trembler ; elle avait dû courir à toute allure pendant plusieurs minutes. Son visage affichait nettement son angoisse et sa fatigue.

— Capella ? s'exclama Yladri qui s'était relevé. Que fais-tu ici ?

L'Elfe n'en croyait pas ses yeux. La jeune fille appartenait à un passé qu'il pensait révolu. Yladri s'était reconstruit en essayant de l'oublier et elle réapparaissait là où il s'était installé, là où il souhaitait redémarrer une nouvelle existence, loin d'elle et de son souvenir. Le cœur d'Yladri tambourinait dans sa poitrine, partagé entre la joie de la revoir, la peur de souffrir à nouveau, et une haine enfouie qui ne demandait qu'à s'épancher pour se venger. Heureusement, les enseignements de Drime le tenancier parvenaient à le tenir à l'écart des excès colériques et violents qui se dissipaient tout au fond de lui.

— Yladri ? s'abasourdit l'humaine. Oh déesse ! Je t'ai enfin retrouvé.

La jeune fille se jeta tout sourire dans les bras d'Yladri, encore interloqué. Il ne répondit pas à son embrassade, gardant les bras ballants. Son attitude peu chaleureuse troubla Capella. La jeune fille avait passé des levées à le rechercher, avait payé des espions, des mercenaires, avait acheté des sortilèges et était même allée jusqu'à contrer les lois de sa nation pour que son aimé retrouvât ses bras. Pire que tout, sa famille la croyait morte. La jeune fille ne comptait pas rentrer chez elle pour subir de nouveau le joug paternel malsain. Si Yladri ne voulait plus d'elle, elle aurait tout quitté pour rien et se retrouverait seule, perdue.

Capella se détacha et regarda l'Elfe droit dans les yeux. Ses cicatrices et déformations ne l'effrayaient pas. Au contraire, elle le trouvait bien plus fort ainsi, plus charismatique et lumineux que jamais. Il lui avait tant manqué. Ses yeux se mouillèrent quand d'anciennes images lui revinrent en mémoire. Elle se rappelait ses sourires chatoyants, ses yeux rieurs, son énergie phénoménale, sa joie de vivre et sa bienveillance. Dans l'Elfe qui lui faisait face, Capella ne reconnaissait rien de tout cela. Elle en voulait terriblement à son père, Altaïr, pour avoir défiguré son aimé, de surcroît, sous ses yeux. Elle ne le considérait d'ailleurs plus comme sa famille et l'avait banni de son existence.

Yladri n'acceptait pas ce qui se déroulait sous ses yeux. Il s'était reconstruit après les tortures subies, avait appris à vivre avec ses traits innommables, avait appris à s'aimer, à accepter son sort et sa nouvelle vie loin des siens. Il avait changé, tout comme Capella. Il lisait de la détermination dans son regard, de nouvelles rides tachetaient le creux de ses yeux et il remarqua des rougeurs inhabituelles, signe des efforts physiques qu'elle avait multipliés pour le revoir. Sa tenue n'avait plus l'allure de celle d'une princesse. Son pantalon et sa chemise légère s'avéraient confortables pour les voyages.

Yladri, tremblotant, approcha les mains de son visage pour aller le caresser, mais se ravisa au dernier moment. Capella s'écarta, meurtrie. Sa joie de retrouver son aimé disparut soudainement sous un déluge de tristesse.

Elle se sentait si stupide. Yladri ne l'avait pas pardonnée, comment aurait-il pu après tout ce qu'il avait subi sans qu'elle levât le petit doigt. Naïve, elle était alors encore convaincue de la véracité des dires de son cruel de père, et désireuse qu'Altaïr lui prodiguât tout son amour sans modération. Auparavant, Capella avait été une enfant dévouée, une jeune femme soumise, admirant son père et l'élevant sur un piédestal. À présent, elle n'avait plus rien à voir avec celle qu'elle avait été. Son père n'était qu'un humain comme les autres. Elle l'avait compris bien trop tard.

Lildrille se racla la gorge, mal à l'aise devant cette situation inattendue. Il ne comprenait pas les liens qui unissaient Yladri et Capella. Le sourire étincelant de Capella avait rapidement fané, et Yladri paraissait profondément bouleversé. La jeune femme ne savait plus où se mettre. Elle affichait nettement son malheur d'avoir été accueillie avec autant de froideur. En qualité de princesse, Capella avait appris à se ressaisir. Elle afficha un air neutre.

— Oh, oui, pardon, bafouilla Yladri. Capella, je te présente Lildrille, prince Elfe de la Régence.

Lildrille grimaça sous la dénomination. La discrétion ne semblait pas le fort d'Yladri. Le prince lui envoya un regard acide. L'Elfe lui répondit par un haussement d'épaules exagéré et un sourire innocent.

— Enchantée, prince, le salua la jeune femme dans une révérence. Je suis... enfin, j'étais, princesse du Nord, fut un temps. Ne vous embarrassez pas de paroles protocolaires avec ma personne. Cette époque est révolue.

Lildrille comprit pourquoi ce visage lui paraissait familier. Il l'avait croisé lors de négociations d'antan, de bals inter-Régences et d'assemblées spéciales. Cela faisait bien longtemps que le prince ne suivait plus son père ou sa sœur dans leurs sorties diplomatiques.

— Je m'excuse de ne pas vous avoir reconnu plus tôt, prince. Je n'avais pas gardé ce souvenir de vous.

— Un sortilège dissimule encore mon apparence pour quelques heures, expliqua Lildrille avec crispation.

Capella resta interdite quelques instants avant d'acquiescer. Elle se retourna vers Yladri, mais ce dernier l'ignorait ouvertement en jouant avec un caillou qu'il avait ramassé. La jeune femme se renferma sur elle-même, les yeux troublés. Elle ne savait plus quoi faire.

— Ces deux-là ont couché ensemble, aucun doute là-dessus, déclara Malin, suivi par toutes les autres voix qui approuvaient. Il y a de la tension sexuelle dans l'air, les gars !

Lildrille ignora les rires gras des âmes. Il observait Yladri et Capella. Longtemps auparavant, ils avaient sans doute formé un couple détonnant, aussi bien à cause de leurs origines sociales, que de leurs espèces distinctes. Le prince ne savait s'il devait se réjouir de ces retrouvailles ou plutôt s'en méfier.

Lildrille avait du mal à accorder sa confiance à une personne, alors à deux, cela lui paraissait insurmontable. Yladri et Capella lui lançaient des regards plaintifs qui l'incitèrent à agir. Le prince n'aimait guère devoir prendre les choses en main.

— Déesse ! Un prince qui joue les princes, quelle étrange soirée ! ricana Arrogant.

Lildrille l'ignora. Il ne pouvait laisser Capella errer seule en territoire elfique, et souhaitait ardemment accompagner Yladri, avec qui il voulait tisser de nouveaux liens. Il n'avait donc pas le choix.

— Tu me raconteras toute votre histoire, enjoignit Lildrille à Capella avec un sourire forcé. Tu vas venir avec nous.

— Où allez-vous ? demanda la jeune fille, avec un rictus timide.

— C'est un secret, éluda Yladri, de ce sourire espiègle qui se rappelait à lui.

Il balança son caillou au loin et prit Lildrille par les épaules, en évitant soigneusement d'approcher Capella. Les trois jeunes gens reprirent la route. Deux Elfes éméchés en tête et une humaine déprimée sur leurs pas.

***

De l'extérieur, le bâtiment ne possédait aucune empreinte particulière. Les poutres de bois maintenaient une devanture sans chaleur, les plantes grimpantes cachaient l'écriteau, et aucune table n'enjolivait la petite terrasse. En journée, l'endroit accueillait une boutique de parfums. La nuit, l'odeur des étoiles parsemait l'endroit. Yladri leur indiqua la présence d'un dessin d'astre, caché par les lierres, signe de la double identité du lieu. L'Elfe les conduisit sur le côté, où une porte à peine visible et sans poignée passait inaperçue. Yladri toqua deux fois, une fois, puis trois fois. Un gigantesque Elfe à la peau noire et aux muscles saillants les accueillit d'un rictus mauvais.

— Ils sont avec moi, expliqua Yladri en pointant du doigt Capella et Lildrille.

L'Elfe Noir plissa les yeux. Les éclairs qu'il lança intimidèrent le trio. Il fixa un instant le prince et la jeune femme d'un air menaçant. Puis il s'écarta.

— C'est bon, dit-il d'une voix anormalement aiguë pour sa corpulence.

— Super, le remercia Yladri en lui tapotant l'épaule.

Yladri prit la main de Lildrille ; Capella suivait. Le couloir noir n'augurait rien de bon. L'angoisse, due à l'étroitesse de l'endroit, assaillait le prince. Lorsque la lumière apparut enfin au bout du couloir, ils accélérèrent le pas et tombèrent sur une salle à la décoration exceptionnelle. Des centaines de bougies tapissaient le sol, les tables et les chaises. Les murs, tous recouverts de tissus dorés et argentés, reflétaient la lueur des flammes et donnaient à la pièce une atmosphère douce et chaleureuse. Une partie de la toiture avait été vitrée, de sorte que les clients pussent observer le ciel à loisir. Du sable avait été transporté jusque dans une petite crique reconstituée. À côté, un point d'eau chauffé magiquement pouvait accueillir jusqu'à une dizaine de personnes. Une chanteuse, accompagnée d'une harpiste, interprétait des mélodies paisibles, que nombre de clients fredonnaient. Lildrille et Capella restèrent interloqués devant ce spectacle magnifique et intemporel.

Discrets, ou parfois cachés, de nombreux gardes surveillaient la foule. À la moindre altercation, au moindre ton un peu trop échauffé ou mouvement violent, ils intervenaient pour ne pas que la situation dégénérât. La luminescente pouvait perturber certains esprits et Drime ne désirait aucun problème avec les autorités.

L'un des vendeurs de luminescente les apostropha mais Yladri lui montra sa dose personnelle. Les trois jeunes gens s'installèrent autour d'une table surmontée d'une immense bougie au corps travaillé et représentant la déesse Laria.

— Ce que je préfère est mettre de la luminescente sur mon visage puis attendre que ma peau l'assimile, expliqua Yladri, qui avait repris contenance devant ce paysage familier. C'est plus lent mais ça évite les crises. Quoique pour toi, Capella, étant humaine, tu ne sentiras peut-être pas grand-chose. Je vous en mets ?

Lildrille et Capella acceptèrent sans hésiter. La jeune femme voulait essayer même si cela ne lui procurerait sans doute aucun effet. Le lieu, l'ambiance, et la présence de son aimé d'antan qui la détestait la chamboulaient. Et elle avait couru à en perdre haleine, plus tôt dans la soirée. À présent, elle espérait se détendre et oublier ses peines. Quant à Lildrille, il avait hâte de s'abandonner à la drogue étoilée, afin de tester un nouveau moyen d'échapper à ses angoisses. Yladri leur mit de la poudre sur les joues et au-dessus des lèvres, puis les intima de s'allonger sur le sable, sous le ciel visible à travers le trou dans le toit. L'odeur entêtante enivra rapidement le trio, même Capella, qui souriait comme une bienheureuse.

Des serveurs vinrent les déranger. S'ils n'achetaient pas de luminescente, ils devaient consommer de la boisson, qui était servie sans alcool, pour éviter les mélanges indésirables. Yladri commanda trois verres et s'assoupit à nouveau. Il ne savait s'il se sentait malheureux, euphorique ou déjà perturbé par la drogue. La présence de Capella et de son nouvel ami le rendait à la fois fou de joie, inquiet et en colère. Il avait vécu d'atroces instants lors de sa courte vie. Ce soir-là, il souhaitait profiter d'un instant simple et laisser de côté le passé.

Cela faisait plus d'une huitaine qu'il n'avait pas consommé de luminescente. Grâce à Drime, Yladri n'en avait plus autant besoin qu'auparavant. Même s'il avait été banni de sa région natale, même s'il pleurait la perte de sa famille régulièrement, il était parvenu à s'entourer de personnes bienveillantes, qui comptaient pour lui. Les voix lui avaient promis une nouvelle vie, il les avait crues et, depuis sa rencontre avec Lildrille, n'en doutait plus. Yladri avait du mal à croire que la présence de Capella fît partie de l'équation. L'Elfe peinait décidément à comprendre ces voix.

— Alors, comment m'as-tu retrouvé ? demanda Yladri à Capella.

— C'est une longue histoire.

Lildrille et l'Elfe écoutèrent avec effarement tout ce que Capella avait dû entreprendre pour retrouver Yladri. La jeune femme avait engagé nombre d'informateurs, avait appris à se battre, et avait fui sa famille. Yladri ne reconnaissait plus la princesse passive qu'il avait connue.

— Je savais où tu te trouvais depuis plusieurs huitaines déjà, continua Capella. Je travaillais à un plan pour que mon père me laisse tranquille. L'attentat au palais a été une aubaine. J'ai transformé le corps d'un inconnu déjà mort pour qu'il devienne le reflet du mien, et je suis partie sans dire un mot. J'ai couru pendant des heures. Les passants pensaient que je fuyais les explosions et la mort, et ils n'avaient pas tort.

Capella fit une pause et chercha le regard d'Yladri. Il la fuyait encore.

— Je ne regrette rien. Même si tu me détestes, Yladri. Je sais que je t'ai lâchement abandonné et volé aux tiens. J'ai changé et appris de mes erreurs. Je m'excuse pour tout le mal que je t'ai fait.

Yladri resta silencieux à observer le plafond, perdu dans ses pensées.

— Sais-tu si Via s'en est sortie sans séquelle ? demanda Lildrille, pour détourner la conversation.

Capella jeta un regard intrigué au prince Elfe.

— Via... Oh ! La dernière fille du Tiane. Non, désolée, je n'en sais rien. Je suis partie vite, et les jardins étaient déjà envahis par la fumée et les déflagrations magiques.

— Quelle tragédie cet attentat ! s'écria soudain Yladri avec emphase.

Ses partenaires acquiescèrent. Lildrille pria Laria en pensée pour qu'elle sauvât Via et l'éloignât du malheur, le temps qu'il vînt la protéger lui-même.

— J'ai pardonné à l'ancienne Capella, reprit Yladri avec plus de sérieux, les yeux toujours ancrés vers le ciel étoilé. Alors, peut-être, parviendrai-je aussi à pardonner à la nouvelle, qui sait ?

Lildrille et Capella échangèrent un regard complice plein d'espoir, aidés par la montée euphorisante de la luminescente.

— La luminescente parle pour moi, alors ne m'écoutez pas trop ce soir ! Bon, maintenant, je ne veux que du positif pour le reste de la soirée ! réclama Yladri. Ne pensons plus à toutes ces histoires.

Les trois jeunes gens se concentrèrent sur les refrains harmonieux de la chanteuse et les étoiles qui brillaient dans le ciel, tout en échangeant des blagues de mauvais goût. Yladri se leva et se mit à danser. Lildrille l'accompagna un instant, alors que Capella les regardait en riant. La luminescente agissait sur son état, mais bien moins puissamment que sur ses compagnons elfiques qui s'imaginaient voler et toucher les étoiles.

Après quelques acrobaties qui le firent embrasser le sable à plusieurs reprises, Yladri s'allongea pour souffler. Capella se rapprocha et se pelotonna tout contre lui. Le cœur de l'Elfe se mit à battre plus vite et plus fort. De vieux souvenirs remontèrent à la surface. Il ne la repoussa pas. Il prit ses mains dans les siennes, enhardi par la drogue. La jeune femme voulut aller plus loin. Elle rapprocha ses lèvres de celles de l'Elfe, mais son ancien amant détourna prestement la tête.

— Il me faudra du temps pour digérer tout ça, lui expliqua-t-il en s'éloignant.

Au fond de lui, il ne savait pas s'il pourrait un jour aimer la nouvelle Capella, comme il avait aimé l'ancienne. Il lui en avait tant voulu à l'époque, tant voulu de ne rien avoir tenté pour alléger sa peine. Yladri avait été exilé et n'avait même pas eu le temps de dire au revoir à sa famille. Les siens devaient le détester. Capella avait également abandonné ses proches. Il ne l'aurait jamais cru capable d'une telle audace. La petite princesse hautaine et pourrie gâtée avait bien évolué.

Capella ne parvint pas à cacher sa tristesse. Elle se leva et alla s'installer ailleurs. Lildrille et Yladri se retrouvèrent seuls. La poudre les aidait à supporter la situation incongrue. Le prince sentait son cœur ralentir et ses pensées s'entrechoquer dans tous les sens.

— Ça a l'air difficile entre vous, osa le prince, contrarié par l'état d'Yladri, et curieux d'en apprendre davantage.

— Ça l'est, confirma l'Elfe.

— Pourquoi tu n'as pas fait appel à un guérisseur pour effacer tes plaies ? questionna Lildrille, à l'audace débloquée par son état.

— C'est impossible. Son déjanté de père, Altaïr, que tu dois connaître au moins de vue, m'a lancé des sortilèges qui empêchent les guérisons, et qui me rappellent sans cesse les sensations désagréables qu'il m'a infligées durant des huitaines. Je vais en avoir pour des sacres de souffrance, jusqu'à ce que le sortilège se dissipe ou que j'obtienne assez d'argent pour me payer un mage puissant capable de me désenvouter. Voilà ce qu'il m'en a coûté de l'aimer...

Lildrille se mordit la lèvre. Il était profondément choqué par la cruauté d'Altaïr, le père de Capella. Les Nordiens, connus pour leurs mœurs égoïstes et froides, ainsi que pour leur haine des non-humains, continuaient de le dégoûter. Le prince espérait que la famille de Via ne réagirait pas ainsi. Lildrille ne parvenait plus à réfléchir posément. Il se sentait voleter, juste à côté des étoiles, dans l'immensité du ciel infini.

D'autres clients croyaient également voler ou observer des phénomènes étranges. Deux Elfes à la longue barbe grise couraient après des insectes invisibles, enjambaient les autres drogués et se bousculaient régulièrement pour les attraper en premier. Les surveillants intervinrent pour les immobiliser. Une femme d'âge moyen tournoyait sur elle-même, en rythme avec la musique, et un Elfe caressait les murs dorés et argentés avec extase. La luminescente enchantait à tout âge.

***

Le commissaire Adar referma la porte. L'enquêtrice Lyara venait de le quitter, après lui avoir apporté tous les rapports de l'enquête. Il était impatient de se plonger dans les documents et les mystères qui allaient forcément survenir.

Avant cela, il se prépara sa boisson fétiche : un cocktail de jus de fruits variés associé à de la poudre d'étoile scintillante, qu'il obtenait légalement de l'un de ses derniers partenariats lucratifs. Adar mélangea les liquides, y versa de la luminescente et s'assit face aux documents. La boisson sentait délicieusement bon. La poudre dégageait une odeur raffinée, irrésistible. Elle n'avait aucun effet sur son cerveau, n'étant pas Elfe, mais lui procurait des orgasmes gustatifs assurés.

Adar tria les parchemins, les annota pour la plupart et prit le temps de les analyser avec minutie. Les dires du tenancier Raflom ne menaient nulle part, tout comme les relevés magiques et le détail des sortilèges lancés. La guilde des Mystiques chargée de les étudier n'avait malheureusement rien obtenu. Les flux magiques avaient rapidement repris leur consistance initiale. Lyara avait enquêté de son côté, au marché noir, avant de le retrouver et n'avait rien trouvé d'intéressant non plus. Si l'un des conseillers, ou Lyadel Nartim, s'y étaient rendus, ils n'avaient évidemment pas dévoilé leur identité. Entrer au marché noir nécessitait la connaissance des différents codes magiques qui dissimulaient la zone. Ceux-ci changeaient régulièrement. Adar ne savait comment Lyara se procurait ses entrées, mais avait entièrement confiance en elle.

L'enquêtrice comptait se rendre au château, dès le lendemain, pour interroger la reine et son entourage. Adar l'avait mise en garde ; une entrevue serait sans doute impossible, notamment à cause de l'état de la reine. L'enquêtrice lui avait ri au nez. Quand Lyara désirait une chose, elle l'obtenait.

Adar retomba sur le relevé des fréquences magiques, dont l'une d'entre elles restait inconnue, et secoua la tête. Après des heures de recherche, le dossier ne donnait rien de bien probant quant à l'identité de la troisième victime et les raisons de la lutte entre les trois individus. L'affaire tournait en rond.

Un miaulement fit sursauter Adar. Sa chatte avait décidé de se dégourdir les pattes sur la table. Elle avait renversé le reste de son cocktail sur le parchemin des fréquences magiques. Adar rouspéta méchamment ; la chatte comprit le message et s'enfuit d'un saut bien calculé. Le commissaire se servit de l'une de ses manches pour sécher le papier. Le reste des documents n'avait heureusement rien pris. L'odeur de la poudre se répandit autour d'Adar et le calma un instant. Il souleva le parchemin et grimaça. Il invoqua un souffle d'air magique pour assécher le papier. Ce bref usage de la magie le fatigua mais réussit. Il reposa le rapport, satisfait. Aucune séquelle n'était à déclarer. Quoique…

Le motif de Lyadel Nartim n'avait plus le même tracé. D'autres lignes, de plus petite taille, s'y échappaient et se répétaient jusqu'à ce que le papier ne pût plus les afficher. Chacune des figures possédait ses particularités, attestant de leur unicité. Adar resta subjugué devant cette étonnante découverte. La fréquence magique de Lyadel Nartim se décomposait en une infinité d'autres, contrairement à celles des porte-paroles qui n'avaient pas bougé. Adar plissa les yeux d'étonnement.

Des textes anciens parlaient de malédictions elfiques qui pouvaient octroyer plusieurs identités à son porteur. Cependant, personne n'y croyait et ces fables avaient été reléguées au rang de contes pour enfants.

Adar tremblait d'excitation. Ce nouveau mystère surpassait tous ceux de la journée, et même tous les autres sur lesquels il avait travaillé jusqu'à aujourd'hui. La nuit s'annonçait riche en investigations et rebondissements. Adar voulait comprendre. Il avait enfin trouvé la grande affaire qui lui avait longtemps manqué, qui le prendrait aux tripes et l'aiderait à avancer dans sa vie. Celle qui lui ferait oublier sa quête perpétuelle des meurtriers de sa femme.

***

Lildrille rouvrit les yeux. Il s'était assoupi un moment. Yladri dormait encore à ses côtés. Le prince dut cligner plusieurs fois des paupières pour que sa vue redevînt nette. Il avait mal aux articulations et à la tête, mais se sentait apaisé. D'autres clients chuchotaient, la harpiste continuait ses mélodies apaisantes, infatigable, et l'odeur de la luminescente planait dans l'air.

— Yladri, chuchota Lildrille. Yladri ! répéta-t-il en secouant le corps endormi de l'Elfe.

Yladri râla. Le prince insista jusqu'à ce que son coéquipier se réveillât enfin, le regard dans le vague.

— Quoi ? Qu'est-ce qu'il y a ? grogna-t-il.

— Faut qu'on parte, lui expliqua Lildrille. J'ai une mission à accomplir.

— Une mission ?

— Oui, et tu m'accompagnes.

Yladri se trouvait encore engourdi par la drogue. Son cerveau ne fonctionnait pas correctement. Il regarda Lildrille et acquiesça. Si le prince voulait partir, alors il l'accompagnerait, peu importait la raison. Yladri chercha Capella des yeux mais ne la trouva pas parmi ceux allongés dans le sable. La salle était encore bien remplie, un brouhaha ambiant désagréable lui assourdissait les oreilles. Yladri en écopa des maux de tête terribles. L'Elfe se mit debout avec difficulté.

— Capella ! hurla-t-il. Capella !

L'un des gardes lui siffla d'arrêter de crier. Yladri s'excusa platement.

— Elle va nous suivre, ne t'en fais pas, le rassura Lildrille, alors qu'il n'en avait aucune idée.

Son état le rendait égoïste. Lildrille souhaitait Yladri pour lui seul. Capella ne serait qu'un frein entre eux deux. Si la jeune femme ne les retrouvait pas, ils s'en porteraient bien mieux. Elle avait fait du mal à son ami. Lildrille ne l'aimait pas.

Bras dessus, bras dessous, les deux Elfes parvinrent jusqu'à la sortie. Des gardes soigneux examinèrent leur visage et leur posèrent des questions simples pour évaluer leurs capacités cérébrales. Après de longues hésitations, ils répondirent parfaitement. Malgré un état un peu faiblard, ils furent autorisés à quitter l'établissement. Une fois dehors, Lildrille tomba à la renverse. Yladri rit comme un dément, suivi par son nouveau coéquipier. Ils restèrent ainsi pendant de longues minutes, seulement éclairés par les lueurs magiques artificielles des lampadaires.

Capella s'était installée à l'extérieur, sur la terrasse d'une autre taverne, pour dormir. La poudre d'étoile avait cessé de l'apaiser après le rejet brutal d'Yladri. Elle avait préféré attendre la fin de leur session dans l'air rafraîchissant, quoiqu'un peu trop chaud de la nuit. Le froid du Nord lui manquait.

Réveillée par des cris indescriptibles, elle se redressa violemment. Son cœur battait la chamade. Quand elle réalisa qu'Yladri et Lildrille riaient à en perdre haleine, elle les détesta avant d'en être attendrie. Capella décida de les laisser décuver encore un peu avant de les rejoindre. Elle but une gorgée d'eau à sa gourde, puis ferma de nouveau les yeux. La jeune femme eut une pensée trouble avant de sombrer dans le sommeil. Elle désirait ardemment évincer le prince pour garder Yladri seul auprès d'elle.

Au bout de la rue, des formes floues approchaient dans le noir, sans un bruit. Leurs ombres rasaient les murs. Yladri et Lildrille ne les entendirent pas s'approcher, tout occupés à leur hilarité. Les assaillants commencèrent à les frapper. Les rires se transformèrent en hurlements de surprise et de douleur. Les âmes qui vivaient dans le corps du prince, encore trop engourdies, ne parvinrent pas à prendre le contrôle. Lildrille n'eut même pas le temps de comprendre la situation qu'il fut plongé dans un coma magique, tout comme Yladri, qui avait joué de ses poings avant de tomber. Les silhouettes sombres posèrent leurs proies sur leurs épaules et déguerpirent aussi vite qu'elles étaient venues.

Des bruits de bagarre firent émerger Capella de son sommeil. La princesse retint un cri d'horreur quand Yladri roula sur le sol. Elle voulut le secourir mais se ravisa. Affaiblie par la soirée, et courbaturée par sa longue course à pied de la journée, elle savait qu'elle n'avait aucune chance contre quatre individus armés et prêts à utiliser la magie. Capella prit la décision d'assister à la scène sans bouger. Une larme coula le long de sa joue. Les agresseurs s'éloignèrent, les corps d'Yladri et de Lildrille sur leurs épaules. La princesse n'avait pas dit son dernier mot. Malgré sa fatigue, elle était persuadée de pouvoir les sauver si elle prenait les assaillants par surprise, qu'elle prenait le temps de se reposer et qu'elle échafaudait un plan d'attaque intelligent. Son éducation guerrière récente lui serait utile.

Dans le silence et la discrétion, elle entama sa filature.

Chapitre 23

Sacre 1410, levée d'Iliath, jour 34 – Dans la soirée –
Château elfique d'Annhorhellh

Nimile adorait les colpiris, de petits insectes magnifiques aux ailes exceptionnelles, décorées de motifs fascinants aux couleurs incroyables. La reine Elfe de la Régence d'Annhorhellh avait créé son propre élevage. Régulièrement, elle invitait les Linariens à pénétrer dans sa serre pour admirer ses spécimens les plus fabuleux. Avant son coma, Nimile pouvait passer des heures à observer ces insectes. Elle avait même remarqué, inopinément, qu'éclairés sur de longues périodes par des lumières magiques et artificielles, les colpiris développaient leurs ailes, jusqu'à ce qu'elles atteignent le double de leur taille initiale. Nimile en avait été éblouie. Depuis, les serres restaient illuminées les trois quarts du temps par des flux magiques. Les visiteurs avaient afflué pour s'enchanter de sa découverte.

Malheureusement, Lémy, sa fille, et Osrile, son mari, n'avaient pas pris grand soin de sa serre. Nimile avait ordonné à ses employés de l'aider à lui rendre son éclat. Après plus d'une heure de ménage intensif et d'éclairage magique, les colpiris semblaient plus énergiques. La reine leva l'une de ses mains. Un colpiri violet et rouge s'y posa. Des rosaces de toutes les tailles parcouraient ses ailes. Son corps fin, surmonté d'antennes, ressemblait à une brindille fragile. Nimile retrouvait progressivement le sourire, grâce à la bienveillance des employés dynamiques, et au suivi des guérisseurs qui ne la lâchaient pas. Petit à petit, elle parvenait à se maintenir debout plus de quelques minutes. Heureusement, sa serre possédait de nombreux fauteuils confortables.

Son réveil avait été délicat. L'attentat au palais tianien semait le trouble au sein de son peuple. Nimile avait reçu la triste liste des victimes et avait accueilli toutes les familles endeuillées autour d'un repas simple. Elle leur avait partagé toute la force qui lui restait. Lildrille avait été absent. Elle n'avait plus eu de ses nouvelles depuis des heures et s'en inquiétait. Elle avait envoyé deux de ses soldats à sa recherche. Le sommeil ne la prenait pas, tout comme pour la plupart des serviteurs du château qui continuaient de s'activer. La joie d'avoir retrouvé leur reine leur conférait une énergie phénoménale.

— Il se fait tard, déclara la reine. Allez tous vous coucher. Même vous, précisa-t-elle à l'attention des guérisseurs. Je vous remercie pour votre soutien. La journée a été rude. Nous continuerons demain.

Les domestiques acquiescèrent d'un signe de tête. Ils ne discutaient jamais les ordres de leur reine. Ils souhaitèrent une bonne nuit à Nimile et déguerpirent, la laissant seule avec ses colpiris et leurs bruissements d'ailes. L'Elfe se prit à vagabonder, le regard porté sur les insectes volants. Pendant son coma, alors qu'elle luttait pour survivre, des visions s'étaient invitées à ses songes. Des images d'effroi, des scènes de violence, et de sombres créatures l'avaient affligée. La déesse Laria, qui régnait sur Linaria pour que la paix dans le royaume perdurât, ne parvenait plus à faire percer sa voix. La déesse Bleue appelait désespérément à l'aide et seule Nimile l'avait entendue.

Liode, son intendant, pénétra dans la serre. Avec sa barbe grise et ses rides marquées, Nimile aimait à l'associer aux vénérables sages d'antan, à l'époque où le conseil Magique accueillait encore des Elfes dans ses rangs. Ses décisions, son sérieux et son comportement validaient cette image. Nimile adorait Liode, qui l'avait connue toute petite et qui avait aidé les nourrices à l'élever. Il avait été comme un père pour elle. Malheureusement, leur relation s'était quelque peu dégradée avec le temps. Nimile avait cessé d'avoir besoin d'être maternée et sa prise de pouvoir l'avait transformée. Elle s'en voulait et désirait s'excuser. Ce soir-là, elle n'en avait cependant pas la force.

— Ma reine, Nalare Bal et Kirnine Trace souhaitent s'annoncer.

Les noms de ses deux vieilles amies ranimèrent en Nimile des émotions mouvementées. Elles n'avaient pas tardé à se montrer. Face aux tourments qui l'accablaient, elle ne remarqua pas la mine sinistre de l'intendant.

— Faites-les entrer, Liode.

L'intendant abaissa la tête et se prépara à sortir de la serre.

— Liode ! Attendez !

L'intendant revint sur ses pas et leva un sourcil interrogateur.

— Quand mon époux et ma fille reviendront, arrêtez-les ! s'exclama Nimile.

Liode cligna rapidement des yeux.

— Puis-je vous demander pourquoi, ma reine ?

Nimile ne s'offusqua pas de l'interrogation. Seul Liode avait le droit de discuter ses décisions. La reine appréciait sa curiosité, son esprit ouvert et son intelligence sûre. Elle avait entièrement confiance en son jugement.

— Pour tentative de meurtre sur ma personne. Ma maladie, mon coma... Rien n'est arrivé par hasard. Je le sens. Je le sais. Je veux des réponses, Liode.

La déclaration perturba l'intendant dont le regard se durcit. À l'époque, aucune trace d'empoisonnement connu n'avait été détectée dans le sang de la reine. Seuls des parasites communs et une magie instable avaient élu domicile en son sein. Ces intrus avaient activé une maladie dormante qu'elle conservait depuis bien longtemps sans le savoir, la plongeant dans un long et douloureux coma. L'intendant avait appelé les meilleurs guérisseurs, les plus doués des mages, mais l'état de Nimile n'avait fait qu'empirer. De tristesse, puis de lassitude, notamment après les combats acharnés que se livraient Lémy et Osrile, il avait fui le palais.

Liode avait toujours cru aux intuitions de sa reine. Si elle pensait avoir été agressée et trompée, il ne pouvait en être autrement. Tout le talent des génies de la Régence n'y changerait rien. Sa Nimile n'avait pas mérité ce qui lui était arrivé. Ceux qui attentaient à la vie de sa reine ne survivaient jamais bien longtemps, surtout lorsqu'il s'appliquait lui-même à les interroger. De cette histoire, il en faisait une affaire personnelle. Les fautifs paieraient. Croyant à une maladie, comme tout le monde, Liode avait abandonné sa reine, alors que les coupables se trouvaient peut-être continuellement à son chevet, se délectant de leur méfait. Cette réflexion lui donna des frissons, entre dégoût de lui-même et haine viscérale.

— Comptez sur moi, ma reine. Je mettrai rapidement tout cela au clair. D'ici là, je double la garde, vais engager un second goûteur et ne plus vous quitter des yeux.

Il s'inclina et disparut. Nalare et Kirnine en profitèrent pour entrer. Les deux guerrières Elfes saluèrent Nimile avec respect, une main sur leur cœur. Leur longue chevelure aurait touché le sol si des pinces ne les retenaient. Leur armure de cuir leur donnait l'air menaçant tout comme les tatouages qu'elles arboraient sur leur cou et leur avant-bras. Nalare et Kirnine dirigeaient deux clans Elfes de la Régence, réputés pour leur ardeur au combat et leurs multiples victoires aux jeux interclaniques elfiques.

— Nous sommes heureuses de te revoir, Nimile, commença Nalare.

— Et nous sommes prêtes à reprendre là où nous nous étions arrêtées, continua Kirnine avec un sourire déterminé.

Nimile se leva difficilement et alla à leur rencontre en boitillant. Elle posa sa main droite sur l'une des épaules de Nalare et sa main gauche sur l'une de celles de Kirnine.

— Parfait ! jubila Nimile. Avant cela il nous faut intégrer un quatrième membre.

— Nous y avons déjà réfléchi, lui confia Kirnine.

Les trois femmes se regardèrent. La joie des retrouvailles se ressentait dans leurs gestes et leurs yeux pétillants. Si Héléna avait été présente, elle aurait reconnu les deux guerrières, dont les portraits avaient été magnifiquement peints et mis en valeur dans l'antre secret d'Énévive, auprès de la défunte reine et de Nimile elle-même.

Le nouveau quatuor rêverait à nouveau pour aller au-delà. Les Pacificatrices marquaient leur grand retour.

FIN DU TOME 1

Quelques détails sur le royaume de Linaria

— *Le calendrier :*

Une huitaine correspond à huit jours. Quatre huitaines constituent une levée, et seize levées forment un sacre. Chaque sacre commémore le temps qu'il a fallu aux Linariens pour que les esprits de leurs morts rejoignissent l'Océan et la déesse Laria. Ce trajet s'effectue via le fleuve Éternâme, à l'aide de seize prouesses architecturales spécifiques, chacune créée en quatre étapes.

La source du fleuve Éternâme se trouve au sein du palais tianien.

Le second tome de *Sous le regard de Laria* décrira plus en détail ce phénomène.

Le calendrier s'attache davantage à la religion qu'à l'astronomie, de sorte que certaines saisons apparaissent deux fois lors d'un sacre.

— *Les saisons :*

Les saisons se caractérisent par l'état de l'eau correspondant.

Pour les régions tempérées, la saison la plus chaude se nomme la bleue-air et la plus froide la bleue-verre. Entre les deux périodes, les saisons se divisent en fonction de l'influence des rayons des deux soleils. Quand les rayons du plus grand des soleils agissent davantage sur la flore, la saison se nomme la bleue-jaune. À l'inverse, quand le soleil rouge est plus influent, la saison se nomme la bleue-rouge. Quand les deux soleils agissent de concert, la saison s'appelle la bleue-amère, et quand aucune flore ne réagit sous leurs rayons, la saison se nomme la bleue-sombre.

Dans la Régence du Nord, le froid persiste toute la durée d'un sacre. La bleue-verre est dite dominante. À l'opposé, dans la Régence du Sud, c'est la bleue-air qui domine. Ces Régences ont établi leurs propres saisons internes, marquant de faibles écarts de température, sur l'évolution de certaines plantes caractéristiques.

— *Le royaume de Linaria :*

Linaria est constitué de huit Régences ainsi que d'une zone centrale appelée Souveraineté. Les dirigeants des Régences sont appelés régents et régentes, ou rois et reines. La famille tianienne dirige Linaria ainsi que tous les régents, et représente la déesse Laria dans le royaume. Les dirigeants de

Linaria s'appellent Tiane ou Masda-Tiana, des termes qui rappellent que la déesse les aime et les a bénis.

Dans chaque Régence se trouve un bassin-régial qui abrite la demeure des régents, ainsi que des bâtiments de commerce luxueux, et les habitations de familles de la noblesse.

En Souveraineté, la famille tianienne vit dans le bassin-tianien, Le Berceau, dans un palais entouré d'échoppes et commerces variés. Autour du bassin-tianien, plusieurs quartiers concentriques encerclent la zone.

Remerciements

L'écriture de ce premier tome n'aurait jamais pu se terminer sans le soutien de nombreuses personnes :

— Mon ami Jean-Claude pour sa bêta-lecture riche et ses encouragements ;
— Ma mère Patricia, pour son appui et ses avis de lectrice passionnée par la fantaisie ;
— Mon compagnon Axel, pour ses idées pertinentes et inventions de mots géniales ;
— Mon frère adoré Mathieu, pour ses questions incessantes et précises sur mon univers, sa passion pour la géographie et les mondes imaginaires, qui m'ont aidée à rendre Linaria plus réaliste ;
— Mon amie Virginie, pour sa lecture attentive et son soutien sans faille ;
— Mon ami Gwenaël, pour ses félicitations et sa bonne humeur ;
— Ma meilleure amie Caroline qui a toujours cru en moi ;
— Mon ami Jérôme, pour nos discussions fascinantes sur mes projets et son dévouement ;
— Mon père, pour ses connaissances en sciences spatiales, ses créations de termes étonnantes, et sa présence à mes côtés.

Cette publication n'aurait jamais vu sous le jour sans le soutien de contributeurs géniaux, qui ont cru en moi et mon imaginaire. Je ne vous en remercierai jamais assez. Je compte tous vous remercier comme il se doit. Vous le méritez : vous êtes mes premiers fans. Je vous aime !

Je remercie également tous ceux des éditions Maïa qui m'ont soutenue dans ce processus et sans qui rien n'aurait été possible.

L'histoire de Via et de ses comparses me trotte dans la tête depuis le collège. Il m'aura fallu seize années pour mûrir cet univers, les personnages et les différentes sous-intrigues qui parsèment la série. J'espère que ce roman vous fera rêver, qu'il vous fera voyager dans d'autres contrées et que vous vous y attacherez assez pour ne pas hésiter à en discuter avec moi, ou à vous procurer la suite.

Écrire est une passion difficile, qui vous empêche parfois de dormir, qui vous stresse, vous enchante ou vous isole. Cette aventure n'aurait pas de sens si vous, les lecteurs, n'en faisiez pas partie. Un immense merci à ceux qui se sont « plongés » dans cette histoire. Sans vous, je ne serais rien.

Que le bleu de l'Océan vous submerge !

À propos de Chloé Garcia

Du même auteur :
— *Un grain de magie,* Nouvelles, Le Lys Bleu
— *Un monde pour demain,* Nouvelles, Le Lys Bleu

Pour échanger avec l'auteur :
Facebook : @Chloé Garcia – Auteure
Instagram : @chloe.garcia.artiste

Chloé Garcia écrit pour que les lecteurs s'évadent et rêvent, pour leur apporter force et espoir, dans un monde où la magie peut s'éteindre à tout instant. Rêvez la réalité avec elle !

Imprimé en France - 42299 - 14110 Condé-sur-Noireau
RapidBook, une marque du Groupe Corlet Imprimeur